MIRA®

Der Preis dieses Bandes versteht sich einschließlich der gesetzlichen Mehrwertsteuer.

Umwelthinweis:
Dieses Buch wurde auf chlor- und säurefreiem Papier gedruckt.

Laura Wulff

Leiden sollst du

Roman

MIRA®

MIRA® TASCHENBUCH
Band 25642
1. Auflage: Februar 2013

MIRA® TASCHENBÜCHER
erscheinen in der Harlequin Enterprises GmbH,
Valentinskamp 24, 20354 Hamburg
Geschäftsführer: Thomas Beckmann

Konzeption/Reihengestaltung: fredebold&partner gmbh, Köln
Umschlaggestaltung: pecher und soiron, Köln
Redaktion: Daniela Peter, Thorben Buttke
Titelabbildung: Thinkstock/Getty Images, München; pecher und soiron, Köln
Autorenfoto: © Harlequin Enterprises S.A., Schweiz
Satz: GGP Media GmbH, Pößneck
Druck und Bindearbeiten: CPI – Ebner & Spiegel, Ulm
Printed in Germany
Dieses Buch wurde auf FSC®-zertifiziertem Papier gedruckt.
ISBN 978-3-86278-497-4

www.mira-taschenbuch.de

Werden Sie Fan von MIRA Taschenbuch auf Facebook!

Die Zuckers –
zwei unkonventionelle Ermittler mit Kultpotenzial

	Marie Zucker, 29 Jahre
Aussehen:	1,65 m, krause, mittelblonde schulterlange Haare, grüne Augen, sehr schlank, kleidet sich klassisch schick
Beruf:	Kostümbildnerin am Musical Dome, nebenberufliche Gerichtszeichnerin, fertigt auch Phantombilder für die Polizei an
Sie kämpft mit:	Worten, einer Engelsgeduld, Durchhaltevermögen, Leidenschaft, Einfühlsamkeit, guter Menschenkenntnis, einem durch ihren Nebenberuf geschultes Auge, Pfefferspray
Dämonen:	Elternhaus
	Daniel Zucker, 36 Jahre
Aussehen:	kerniger Typ, schwarze Haare, schwarz-braune Augen, Mund-Kinn-Bart, sitzt nach einem Freizeitunfall im Rollstuhl, trotzdem sportlich
Beruf:	Hauptkommissar beim Kriminalkommissariat 11 in Köln, aktuell im Krankenstand
Er kämpft mit:	Rollstuhl, einer Rolli-Tasche mit professioneller, aber auch kreativer Kampfausrüstung, kriminalistischem Spürsinn
Dämonen:	Traumatisches Erlebnis in der Vergangenheit und Querschnittslähmung

*Sterben ist einfach,
Leben dagegen schwer.*

Motto des ersten Krimis
um Marie und Daniel Zucker

Leid, das
Wortart: Substantiv, Neutrum
Grammatik: das Leid, Genitiv: des Leid(e)s

Bedeutungsübersicht:

1. tiefer seelischer Schmerz als Folge erfahrenen Unglücks
2. (gehoben) Unrecht, Böses, das jemandem zugefügt wird

Synonyme:

- Elend, Jammer, Kreuz, Kummer, Last, Leiden, Qual, Schmerz; (gehoben) Drangsal, Gram, Harm, Herzeleid, Herzweh, Pein, Seelenschmerz, Weh; (dichterisch) Erdenjammer, Erdenleid
- Böses, Gemeinheit, Schmerz, Unrecht

Quelle: Duden Online

Zitternd lag sie lang gestreckt mit dem Bauch im Schmutz. Sie glaubte nicht an Gott und dennoch betete sie, dass dieser Psycho ihr nur die Kleider und nicht gleich auch die Haut vom Körper schneiden würde. Ihr Höschen hatte er ihr als Erstes vom Leib gerissen, kaum dass er sie zu Boden gestoßen hatte wie ein Stück Dreck.

Verängstigt hielt sie still, als er ihr Top zerfetzte und lachte, als tickte er nicht ganz sauber. Das tat er ja auch nicht. Von jetzt auf gleich war er explodiert, dieser Psycho!

Plötzlich hörte er auf, wurde merkwürdig still.

Sie bekam eine Gänsehaut.

Bevor sie sich herumdrehen konnte, um zu sehen, was er tat, schabte die Klinge über ihren Rücken.

Augenblicklich verkrampfte sie sich. Sie krallte ihre rosa lackierten Fingernägel ins Erdreich, doch der Schmerz blieb aus. Da begriff sie, dass sie nur die Rückseite der Klinge gespürt hatte, als die Träger ihres BHs durchschnitten worden waren.

Jetzt war sie nackt.

Bis auf den Minirock. Den ließ er ihr. Sie hatte keine Ahnung, warum. Vielleicht machte es ihn an, dass sie etwas anhatte und trotzdem nicht vor seinen Grausamkeiten geschützt war.

Wieso war sie nicht in Jeans zu dieser Party gekommen? Ihr Vater hatte ihr verboten, wie ein Flittchen herumzulaufen, aber sie hatte sich heimlich auf dem Weg nach Porz in einer dunklen Gasse umgezogen. Nur für einen Jungen. Aber der hatte sie gar nicht verdient.

Das hatte sie nun davon! Wäre sie doch nur artig gewesen, ein gutes Mädchen, dann wäre ihr Vater auch nicht so oft böse mit ihr.

Aus dem Augenwinkel heraus sah sie, wie er den Drahtbügel, den er zuvor außerhalb ihrer Reichweite ins Gras geworfen hatte, aufhob.

Sie hätte aufspringen und wegrennen sollen. Aber links von ihr war die Mauer, rechts ein Stapel mit Paletten und vor ihr der Rhein. Außerdem konnte sie sich eh nicht bewegen. Unter anderen Umständen hätte sie es saukomisch gefunden, dass, obwohl ihr Körper vor Furcht bebte, sich ihre Glieder gleichzeitig wie gelähmt anfühlten, etwas, das eigentlich gar nicht möglich war.

Den Bügel hatte er irgendwo im Garten gefunden, hatte ihn aufgebogen und das spitze Ende grob in ihren Unterleib gestochen.

Panisch presste sie jetzt ihre Oberschenkel zusammen.

Doch er spielte ein neues Spiel. Er hieb auf sie ein. Zuerst auf den

Po, dann auf die Rückseite ihrer Beine und schließlich auf den Rücken. Wenn sie herumzappelte, knallte er den Draht noch härter auf ihren Körper.

Verzweifelt schützte sie mit den Armen ihren Kopf. Ihre Wangen waren nass. Sie wunderte sich, dass sie überhaupt noch weinen konnte, wo sie doch schon heulte, seit diese Hölle begonnen hatte.

Als ihre Haut an den Schultern das erste Mal aufriss, schrie sie so laut, dass irgendjemand sie hätte hören müssen.

Wäre die Musik auf der Party nicht so laut, dass sie die ganze Nachbarschaft beschallte.

Wäre das Industriegebiet nicht nachts wie leer gefegt.

Und wäre ihr Schrei nicht so heiser gewesen, weil sie schon die ganze Zeit über wimmerte.

Verzweifelt schluchzte sie. Sie verschluckte sich an der eigenen Spucke und begann zu husten.

Als hätte er Mitleid mit ihr, hörte er auf, sie zu schlagen. War dieser Horror endlich vorbei?

Sie erschrak, als er fortfuhr, ihre Kehrseite mit Hieben zu überziehen, die so höllisch schmerzten, dass ihr die Luft wegblieb.

Blut rann zwischen ihren Schulterblättern hinab, als weinte ihr Körper durch die Wunden rote Tränen.

1. KAPITEL

Heute war einer dieser Tage, an denen einfach alles schiefging. Er hatte für Benjamin Mannteufel schon bescheiden angefangen. Nach dem Gesetz der Serie konnte er nur in einem Albtraum enden.

Erst war Ben am Morgen der Bus vor der Nase weggefahren. Er hatte auf den nächsten warten müssen und kam zu spät zum Unterricht. Eintrag ins Kursbuch. Wieder einmal.

Dann stand auch noch eine Matheklausur an, die er voll versemmelt hatte. Das wusste er, auch ohne dass er das Ergebnis kannte, denn das Blatt, auf denen die Antworten hätten stehen sollen, hatte ziemlich leer ausgesehen.

Und als er nachmittags von der Schule nach Hause kam, hatte seine Mutter auch noch sein Zimmer aufgeräumt. Wie er das hasste! Er war doch kein Kleinkind mehr. Das Chaos gehörte zu ihm wie das kleine Notizbuch, das er immer bei sich trug, um spontan etwas zu zeichnen. Er fühlte sich wohl zwischen den leeren Cola-Flaschen, den Turnschuhen und getragenen Klamotten, die überall herumlagen, sogar auf der Fensterbank.

Außerdem konnte er es auf den Tod nicht leiden, wenn seine Mutter seine Sachen durchwühlte. Sie spionierte ihm nicht hinterher, aber sie könnte auf Dinge stoßen, die sie nichts angingen, die besser unter den Wäschebergen vergraben blieben. Jeder hat ein Recht auf seine kleinen Geheimnisse, fand Ben, besonders ein Achtzehnjähriger.

Geocaching war eins davon. An sich gab es daran nichts zu verheimlichen. Aber seitdem er gegen GeoGod antrat, trieb er sich illegal auf Privatgrundstücken herum, er brach in Gartenlauben ein und verschaffte sich Zugang zu fremden Kellern.

Er wollte niemandem schaden. Es war nur ein Spaß. Harmlos. Bis man ihn erwischen würde.

Das war ihm bisher nicht passiert. Auch heute Abend würde er ungeschoren davonkommen. Im Schutz der Dunkelheit zum Schatz rennen, mit seinem Smartphone ein Beweisfoto vom Inhalt der Kiste machen, dann noch schnell was immer darin war gegen sein abgewetztes Kölner-Haie-Cap umtauschen, und nichts wie weg.

So wollte es GeoGod, der sich auch „Patron“ nannte. Als Spielleiter diktierte er die Regeln.

Und die waren aufregender als normales Geocaching, bei dem man mithilfe eines Global-Positioning-System-Geräts und Koordinaten einen versteckten sogenannten Cache suchte und den Fund auf einer Internetplattform eintrug – was niemanden einen Furz interessierte. Meistens bekam man kein Feedback, keinen Applaus, nichts.

GeoGod war da anders. Er interessierte sich für Benjamin, er beobachtete ihn genau und lobte ihn. Nach einer Prüfung, durch die er sich qualifizieren musste, hatte er ihn als Spieler akzeptiert. Nur Auserwählte durften gegen ihn antreten. Wer alle dreizehn seiner Schätze fand, wobei der Schwierigkeitsgrad anstieg, den würde er als gleichwertigen Partner akzeptieren. Dieser bekam alle Passwörter der exklusiven Website, die noch ein Geheimtipp war, aber bald, so GeoGod, zu *der* Anlaufstelle für Cacher werden würde. Und Ben war dabei!

GeoGod gab ihm das Gefühl, wichtig zu sein, jemand Besonderes. Endlich behandelte ihn jemand als Erwachsenen. Außerdem wurde dieses Spiel zur Sucht. Er konnte kaum mehr an etwas anderes denken.

Na und? dachte er sich. Ist doch alles ungefährlich.

Der mysteriöse Gamemaster würzte die Schnitzeljagd, indem er die Schätze an ungewöhnlichen Orten versteckte. Er verlangte, dass Ben Dinge, die ihm etwas bedeuteten, hinterließ und keinen Müll, wie viele normale Spieler. Zudem hatten sie nicht nur online Kontakt, sondern Ben hatte den letzten Fund in einem Schließfach im Kölner Hauptbahnhof deponieren und den dazugehörigen Schlüssel unter den Abfalleimer, der daneben an der Wand hing, kleben müssen. Den ganzen Tag lang hatte er das Fach beobachtet, um herauszufinden, wie GeoGod aussah. Um elf Uhr nachts hatte er aufgegeben und war heimgegangen, weil er am nächsten Tag zur Schule gemusst hatte. Am darauf folgenden Nachmittag war das Schließfach leer gewesen.

Zu spät fragte er sich, ob nicht nur er die Box beobachtet hatte, sondern GeoGod auch. Vielleicht war er Benjamin gefolgt. Möglicherweise wusste er nun, wo Ben wohnte. Eventuell würde das Spiel in Zukunft noch persönlicher werden, indem er es mehr aus der virtuellen in die reale Welt holte.

Aufgeregt verlagerte Benjamin sein Gewicht von einem Fuß auf den anderen. Die Vorstellung war geil! Etwas Spannenderes hatte er bisher noch nie erlebt.

Ben würde durchhalten, er würde alle Caches finden und den großen Unbekannten schlagen. Die Verstecke sollten angeblich immer kniffeliger zu finden und schwieriger zu erreichen sein, aber das würde er schon packen.

Er nahm einen weiteren tiefen Zug von seinem Blunt und lauschte dabei dem Knistern des Marihuanas, das in dem Zigarrendeckblatt zwischen seinen Fingern eingerollt war und von der Glut aufgefressen wurde.

Ungeduldig trat er näher an den Zaun heran. Seine Jeans rutschte, aber er zog sie nicht hoch. „WK Schrotthandel" vor ihm hatte längst geschlossen, aber es brannte immer noch Licht im Büro. Der Besitzer Walter Kaspar war also noch da. Aber er war seit einer halben Stunde nicht herausgekommen. Wenn Ben sich im Schutz der Altmetallberge bewegte, konnte der Typ ihn nicht sehen. Warum also warten, bis er endlich Feierabend machte und das Grundstück verließ?

In hohem Bogen warf er den Stummel ins Gebüsch. Er kam einfach nicht vom Gras los. Dabei sollte er es besser wissen, nach dem, was vor einem Jahr passiert war. Aber Maik und Denis kifften auch. Immer, wenn Ben glaubte, stark genug zu sein, um damit aufzuhören, bliesen sie ihm den Rauch ins Gesicht, und schon wurde er wieder schwach.

Daniel, der Ehemann seiner älteren Cousine Marie, hatte das Zeug einmal an ihm gerochen. Dabei merkten Bens Eltern nicht einmal, wenn er in seinem Zimmer bei offenem Fenster rauchte. Aber Daniel Zucker hatte eben einen siebten Sinn für so was. Er war ja auch ein Bulle, zumindest vor seinem Unfall. Mann, hatte der einen Aufstand gemacht. Seitdem passte Ben besser auf.

Er zog die Kapuze seines Hoodies über sein Cap, um sein Gesicht vor Blicken zu schützen. Vielleicht gab es hier Überwachungskameras. Er glaubte es zwar nicht, aber sicher war sicher.

Zum Glück war er schlank. Somit konnte er sich leicht durch das Loch im Maschendrahtzaun quetschen. Geduckt schlich er über das Gelände, dicht an den Autowracks vorbei. Immer wieder schaute er auf sein Smartphone, auf dem die GPS-App ihm den Weg zeigte. Sein Puls stieg. Er kam seinem Ziel immer näher.

Während er umherschlich wie ein Einbrecher, fragte er sich, ob er eines Tages auch auf einem Schrottplatz arbeiten würde.

Seine Ma, wie er sie manchmal nannte, machte sich große Sorgen. Sie meinte, wenn er weiterhin so desinteressiert an allem durchs Leben schlurfte – genau diese Worte hatte sie benutzt und irgendwie passten sie sogar –, würde er keinen gut bezahlten Job finden. Für Heide Mannteufel war das wichtiger als die Tatsache, dass er noch nie eine feste Freundin gehabt hatte. Bis auf Nina, aber das mit ihr war nur während der Zeit im Sommercamp vor drei Jahren gelaufen, und mit ihr zu schlafen war eher enttäuschend gewesen, daher verspürte er keinen Wunsch, das zu wiederholen.

Obwohl er ein Wunschkind gewesen war, hatte seine Mutter nach seiner Geburt an einer Wochenbettdepression gelitten. Sie sprach nie mit ihm darüber, aber Ben hatte mitbekommen, wie sie zu Marie gemeint hatte, dass sie unter einer postnatalen Psychose litt, weil ihre Eltern, die von ihr erwartet hatten, dass sie Karriere machte, von der frühen Niederkunft enttäuscht waren. In den ersten Wochen hatte sie ihn als Säugling nicht einmal in den Arm nehmen können. Ihr schlechtes Gewissen, ihn ausgerechnet in den ersten prägenden Wochen seines jungen Lebens im Stich gelassen zu haben, war so groß, dass sie ihre Stelle als Filialleiterin eines exklusiven Küchenfachgeschäfts aufgab, um sich ausschließlich um ihn zu kümmern.

Seitdem klebte sie an ihm wie eine Klette.

Sie meinte es gut, keine Frage. Aber weil sie ständig hinter ihm her war, reagierte er automatisch trotzig. Er wollte das nicht, es passierte von selbst. Inzwischen arbeitete sie an drei Vormittagen in der Woche in einem Laden für Geschenkartikel auf der Hohen Straße. Pünktlich wenn er aus der Schule kam, war sie wieder daheim.

Sein Vater war ganz anders und nahm ihn in Schutz, sie solle ihn doch einfach machen lassen, er würde schon seinen Weg gehen. Für einen Geschäftsmann war er ein ungewöhnlich gemütlicher Typ. Als Versicherungsmakler für Konzerne war er oft unterwegs. Aber wenn er zu Hause war, legte er die Füße hoch. Er besaß keine Hobbys wie Tennis oder Golfen, nur um Business-Kontakte zu pflegen, sondern sagte, dass seine Freizeit ihm gehöre. Für ihn waren Benjamins Noten völlig okay. Hauptsache, Ben bestand sein Abitur irgendwie.

Zurzeit fiel er allerdings ab. In Englisch hatte er eine Vier geschrieben und in der Matheklausur würde er auch nicht gut abschneiden. Er interessierte sich halt mehr für Geocaching, nein, eigentlich mehr für das Spiel mit dem geheimnisvollen Fremden, der ihn lenkte und Orte in Köln zeigte, die Benjamin sonst nie gesehen hätte.

Dank ihm erlebte er Abenteuer! Er kam sich vor wie ein Spion, wie ein Geheimagent, der einen Auftrag erfüllte, ohne dass jemand es mitbekam. Schlau, gewitzt und lautlos. Das war viel spannender, als zu büffeln oder im Internet zu zocken. Das war real! Echte Mutproben eben.

Illegal, aber er tat ja niemandem weh. Er stahl dort, wo er einstieg, ja nichts, sondern entnahm nur dem Cache eine Trophäe.

Allerdings fragte er sich jetzt, da er die Gegend nach der Schatzkiste absuchte, woher die Dinge, die sich darin befanden, stammten. Es schienen ebenfalls persönliche Sachen zu sein. Etwa von anderen Mitspielern? Oder vom Gamemaster selbst?

Plötzlich hörte er Schritte in seiner Nähe. Er schaute sich aufgeregt um, sah den Besitzer des Schrottplatzes aber nirgends. Angestrengt horchte er.

Walter Kaspar musste sich unmittelbar hinter den Autos befinden. Er war ein Schrank, eine Kante von einem Typ. Ben wollte ihm lieber nicht begegnen.

Sand knirschte unter fremden Schuhsohlen. Kaspar kam näher. Der Schrotthändler konnte jeden Moment um die Ecke kommen und ihn erwischen. Er war bestimmt nicht der Typ, der die Polizei rief, sondern regelte die Dinge sicherlich selbst.

Hektisch sah Benjamin sich um. Er musste sich verstecken, denn um zum Zaun zurückzulaufen, war es zu spät. Ihm fiel nur eine Lösung ein, aber die behagte ihm ganz und gar nicht.

Nachdenklich kaute er auf seiner Unterlippe herum, dann gab er sich einen Ruck und kroch in ein Autowrack hinein, das keine Türen mehr hatte. Es lag auf dem Dach, darüber türmten sich die Überreste anderer Fahrzeuge. Diese wackelten zwar nicht, dennoch hatte Ben Angst, dass der Schrott über ihm zusammenbrechen und ihn begraben könnte.

Würde ihn das Altmetall zerquetschen? Hätte sein Smartphone darunter Netzempfang, um sofort Hilfe zu rufen? Oder bekäme er noch ausreichend Luft, um bis zum Morgen auszuharren?

Aber neben all diesen Fragen beschäftigte ihn eine am meisten. Warum setzte GeoGod ihn diesen Gefahren aus?

Er könnte verhaftet oder in diesem Fall verletzt werden. Gab dieses Risiko dem Patron einen Kick? Oder gehörten die Gartenlaube und der Keller, in die Ben eingestiegen war, Freunden von ihm, und er selbst und Kaspar waren ein und dieselbe Person?

Als der Lichtkegel einer Taschenlampe den Weg vor ihm ausleuchtete, zog sich Benjamin noch weiter in das Wrack zurück. Seine

Nackenhaare stellten sich auf. Seine Schultern schmerzten, da er den Kopf einziehen und sich zusammenkauern musste, um in diese Altmetallhöhle zu passen. Sein Puls schlug immer schneller. Er spürte, wie er Panik bekam, doch er konnte nicht sagen, ob er sich mehr vor Kaspar fürchtete oder davor, unter dem Altmetall begraben zu werden. Hatte der Händler bemerkt, dass sich ein Eindringling auf seinem Gelände befand? Oder ging er aus reiner Routine nach Feierabend die Gänge ab?

Benjamin wagte erst wieder durchzuatmen, als sich die Schritte entfernten. Eigentlich hätte er noch einige Minuten warten sollen, doch er hielt es in seinem Unterschlupf nicht länger aus und kroch heraus. Nervös schaute er sich um, konnte aber nur das Licht der Taschenlampe in der Dämmerung ausmachen, es bewegte sich auf das Büro zu.

Du musst den Schatz aufspüren. Streng dich gefälligst mehr an! Wie wild hämmerte Benjamin mit seinem Zeigefinger auf dem Display seines Mobiltelefons herum. Entweder hatte sich die App aufgehängt oder er hatte die Koordinaten des Caches falsch eingegeben, denn er müsste ihn längst gefunden haben. Aber hier war nichts.

Angesäuert startete er das Programm erneut und gab die Daten ein. Es zeigte dennoch denselben Punkt an. Ein weiteres Mal schaute er sich um. Er wurde immer nervöser, schob die Kapuze nun doch vom Kopf und lüftete kurz seine Kappe.

Wo ist das Scheißding? Mit dem Bein holte er aus und hätte beinahe aufgebracht eine Fahrradklingel weggekickt. Im letzten Moment hielt er sich davon ab, um nicht entdeckt zu werden.

Heute war definitiv nicht sein Tag!

Plötzlich bellte ein Hund. Alarmiert machte sich Benjamin so groß wie möglich, um über einen niedrigen Schrotthaufen zu spähen, doch er sah nicht mehr als Kaspars Bürotür, die gerade zufiel. Das Gebell klang schon lauter.

Scheiße, er hat eine Töle! Bens Hände waren schweißnass. Er steckte sein Smartphone in die Hosentasche, um es nicht zu verlieren, denn er wusste, die Zeit war gekommen, um wegzurennen.

„Such! Fang den Kerl, der sich hier herumtreibt. Fass ihn!“, hörte er Kaspar rufen. Seine Stimme klang so aggressiv wie das Knurren seines Köters. Sogleich schabten Hundepfoten über den sandigen Weg.

Benjamin lief los. Sein Herz pochte wild. Er keuchte so laut wie der Hund, der sich auf seine Fährte gesetzt hatte. Zum Glück hatte er lange

Beine. Leider fehlte ihm jedoch die Kondition. Rasch bekam er Seitenstiche. Die Angst half ihm, sie zu ignorieren.

Aus dem Augenwinkel heraus sah er den Bullterrier auf sich zukommen, ein massiges schwarzes Tier mit breiten Schultern. Die Glieder seines dicken Halsbandes klirrten bedrohlich. Geifer tropfte aus seinen Mundwinkeln.

Bebend sprintete Ben schneller. Er quetschte sich gerade rechtzeitig durch das Loch im Zaun. Die Kiefer des Hundes schnappten nach seinem Fuß, bekamen ihn aber nicht zu fassen. Der Bullterrier schob bereits seine Schnauze durch die Öffnung, aber er blieb mit seinem Kettenhalsband im Maschendraht hängen. Wütend kläffend versuchte er, sich loszureißen. Er ging rückwärts, schüttelte sich kräftig und sprang plötzlich wieder in Bens Richtung, aber nichts half, er steckte fest. Allerdings wackelten die Stangen, an denen der Draht befestigt war, bedrohlich.

Besorgt, sein Schutzwall könnte brechen, sprintete Benjamin zur Hauptstraße. Er ließ die Bushaltestelle in der Nähe links liegen und hielt erst an der nächsten an, um genügend Abstand zwischen sich und das Monster zu bringen.

Erst jetzt fiel die Angst von ihm ab. Erleichtert lachte er. Er fühlte sich gut, denn er war der Bestie entkommen und Kaspar hatte ihn nicht erwischt. Das Adrenalin kribbelte in seinen Adern. Seine Oberschenkel hatten sich beim Laufen verkrampft und taten weh, deshalb massierte er sie.

Doch der Rausch hielt nur kurz an. Bald kehrte der Frust zurück. Er hatte den Schatz nicht gefunden. Diese verdammte App war nicht präzise genug. Bisher hatte ihm das wenig ausgemacht. Ben war trotzdem immer erfolgreich gewesen. Diesmal sah es anders aus. Vielleicht hatte der Besitzer oder einer seiner Mitarbeiter die Kiste gefunden oder sie hatten ein neues Wrack darauf abgeladen, ohne es zu wissen.

Ben geriet ins Grübeln, verwarf den Gedanken jedoch sofort wieder. Nein, GeoGod hatte bestimmt nicht versäumt, den Schatz zu verstecken. Dazu war er zu genau. Manchmal kam er Benjamin sogar wie ein Kontrollfreak vor, denn er wollte stets über jeden von Bens Schritten informiert sein. GeoGod schien alles, was er tat, genau zu planen und erwartete von Ben einen ebenso hohen Einsatz. Oder führten die Koordinaten absichtlich zu nichts? Was sollte es dem Spielleiter bringen, ihn hinters Licht zu führen?

Fieberhaft dachte Benjamin nach, ob es einen Trick bei dieser modernen Form der Schnitzeljagd gab, den er nicht kannte, ob der Patron etwas von ihm erwartete, das ihm nicht klar war. Leider fiel ihm nichts ein.

Deprimiert knabberte er an der Innenseite seiner Wange. Er war unzufrieden mit sich selbst. Noch schlimmer war allerdings, seinen Bekannten zu enttäuschen. Der Gamemaster setzte große Stücke auf ihn, hatte er im Chat wortwörtlich so geschrieben, das hatte noch niemand zu ihm gesagt. Er behandelte Ben wie einen Erwachsenen, nicht wie ein Kind oder einen Schüler, sondern gleichwertig. Und nun hatte Benjamin versagt!

Würde der Patron ihn rauswerfen? Was sollte Ben nur ohne den Wettkampf gegen ihn machen? Er wollte weiterspielen, er brauchte den Nervenkitzel, weil GeoGod ihn von der schrecklichen Erinnerung an den Vorfall im letzten Jahr, der ihn quälte und zermürbte, ablenkte.

Heute war wirklich nicht sein Tag.

Mit dem Bus fuhr er von Deutz zurück nach Nippes. Sein Vater hatte versprochen, ihm einen gebrauchten Kleinwagen zu kaufen, sobald er endlich seinen Führerschein gemacht hatte. Aber bisher hatte Benjamin keine einzige Stunde Unterricht genommen. Wozu brauchte man in Köln ein Auto? Irgendwann, sagte er sich, aber nicht jetzt. Genauso wenig wusste er, was er nach der Schule machen sollte. Seine Mitschüler bewarben sich längst. Er dagegen hing lieber mit Maik und Denis rum. Erwachsen war man noch den Rest seines Lebens. Da genoss er doch lieber seine Freiheit, solange er konnte.

Als er nach Hause kam, legte seine Mutter das Buch, das sie gerade las, auf den Wohnzimmertisch und stand von der Couch auf. „Du warst nicht zum Essen da.“

„Ich musste was erledigen.“ Er beeilte sich, an ihr vorbeizukommen.

„Aber du kannst doch nicht ohne Abendbrot ins Bett gehen.“

Er hasste es, wenn sie ihn durch die Wohnung verfolgte. Dann fühlte er sich bedrängt. Über seine Schulter hinweg sagte er: „Ich habe keinen Hunger.“

„Du bist doch schon so dünn.“ Sie blieb vor dem Bad, in dem das Wasser der Dusche rauschte, stehen, als erwartete sie Unterstützung von ihrem Ehemann, aber dieser kam nicht heraus.

Ben wusste ja, dass sie sich um ihn sorgte, aber er war seit einem Monat achtzehn, ging in die zwölfte Klasse des Leonardo-da-Vinci-Gymnasiums in Nippes und konnte auf sich selbst aufpassen. Meistens zumindest. „Ich habe unterwegs etwas gegessen", log er.

Impulsiv warf er ihr die Zimmertür vor der Nase zu. Sogleich bekam er ein schlechtes Gewissen. Er liebte seine Ma, aber diese Bevormundung ging ihm gehörig auf die Nerven.

Noch während er seinen Pullover abstreifte, fuhr er seinen Computer hoch. Das Cap rutschte beim Ausziehen vom Kopf und flog auf den Boden, er ließ es liegen. Schweiß lief seinen Rücken hinab. Ihm war heiß, aber er hatte auch Angst davor, GeoGod seine Niederlage zu gestehen. Ben fürchtete sich nicht vor ihm, sondern vor seiner Schelte. Sie traten zwar gegeneinander an, aber im Grunde betrachtete er den Gamemaster als Freund. Der Unbekannte war interessant, geheimnisvoll, schien über den Dingen zu stehen und die Fäden stets fest in der Hand zu halten.

Er hatte alles, was Ben nicht hatte. Er war alles, was Ben gerne wäre. Ja, er bewunderte ihn sogar. Aber täte er das auch, wenn der Patron vor ihm stände? Womöglich war er in Wirklichkeit gar nicht so cool, sondern ein Kerl mit Strickpullunder und Hornbrille. Oder ein Bulle wie Daniel. Oder aber einer von den Psychopathen, die Daniel vor seinem schrecklichen Unfall gejagt hatte.

Pulli, Smartphone, Notizheft und den Ausdruck mit den Daten, die er von GeoGod bekommen hatte, warf er auf sein Bett. Als er sich vor seinen PC setzte, drückte sein Portemonnaie in der Gesäßtasche. Er nahm es heraus und knallte es auf den Tisch neben der Tastatur.

Nervös rief er die Website auf und wählte sich mit dem Passwort, das er vom Spielführer exklusiv erhalten hatte, ein. Auf der Plattform benutzte er den Namen „Indy", weil er sich wie Indiana Jones vorkam, der Schätze aufspürte. Er suchte sofort den Chat auf, machte sich bemerkbar und wartete.

Inzwischen war es vor seinem Fenster so dunkel, dass er die Tischlampe anknipsen musste. Er sah sein Spiegelbild auf dem Bildschirm. Aufgeregt wuschelte er durch seine blonden Haare, die er etwas länger trug, als es seiner Mutter passte. Eigentlich sollte die Skater-Frisur rockig aussehen, doch die Strähnen lagen durch die Kappe platt am Kopf. Er fand sich nicht hübsch, aber er kam auch nicht gerade schlecht bei den Mädchen an. Okay, er war kein Schwarm wie Maik, wurde aber auch nicht völlig ignoriert wie Denis. Sein Aussehen war durchschnittlich, seine Zensuren ebenfalls. Er mochte es nicht, Mittelmaß zu sein, vielleicht entwickelte er deshalb beim Geocaching solch einen Ehrgeiz.

Da erschien endlich eine Nachricht auf dem Display.

GeoGod: Wo bleibt das Foto?

Indy: Hab's nicht. Die Kiste war nicht da.

GeoGod: Natürlich war sie das. Hast du überprüft, ob du die Koordinaten richtig eingegeben hast?

Indy: Klar. Vielleicht wurde der Cache gestohlen.

GeoGod: Geh noch einmal hin und suche richtig!

Indy: Negativ. Hab morgen Schule.

GeoGod: Zeigst du so wenig Engagement? Ich habe mehr von dir erwartet.

Indy: Meine Eltern würden mich nicht gehen lassen.

GeoGod: Klettere aus dem Fenster.

Indy: Wir wohnen im dritten Stock.

Eine Pause trat ein. Unruhig rutschte Benjamin auf seinem Stuhl hin und her. Immerhin konnte er jetzt sicher sein, dass der Patron ihm nicht gefolgt war. Sonst wüsste dieser, wo er wohnte.

GeoGod: Ich habe die Kiste. Sie war genau dort, wo ich sie versteckt hatte.

So schnell konnte er unmöglich von zu Hause zum Schrottplatz gefahren sein, dämmerte es Ben. In der Nachbarschaft wohnte er jedenfalls nicht, denn der Altmetallhof befand sich in einem Industriegebiet. Viel eher konnte sich Ben vorstellen, dass GeoGod ihn die ganze Zeit beobachtet hatte, mit seinem Smartphone oder einem Laptop online war und längst wusste, dass er unverrichteter Dinge abgezogen war. Warum log er also? Wenn Benjamins Vermutung stimmte, hieß das aber auch, dass dem großen Unbekannten längst bekannt war, wo Ben lebte. Warum tat er dann so, als ob er das nicht wüsste? Am liebsten hätte er sich einen Joint angesteckt, aber er traute seiner Mutter zu, ihm ein Brot zu bringen, daher ließ er es bleiben.

Indy: Ich habe wirklich überall gesucht.

GeoGod: Sie war recht einfach zu finden.

„Fuck!" Mit der flachen Hand schlug Benjamin auf den Schreibtisch. Er war mal wieder der Loser. Aber er hatte wirklich gründlich geschaut.

Beinahe wäre er dabei sogar von einer Bestie zerfleischt worden!

Indy: Da war ein Kampfhund.

GeoGod: Du hättest dich um ihn kümmern müssen.

Indy: Was soll das heißen?

Sein Gegenüber blieb ihm die Antwort schuldig. Genau deshalb wurde Benjamin mulmig. Hätte er den Köter etwa ausschalten sollen? Das konnte nicht sein Ernst sein! Oder doch? Dass der Gamemaster einen hohen Einsatz von seinen Spielern erwartete, war Ben klar. Aber nicht, wie hoch.

GeoGod: Dann erachte ich den Auftrag als gescheitert.

Indy: Ja. Leider.

GeoGod: Du weißt, was das bedeutet.

Indy: Es tut mir leid. Ich hab mich echt bemüht.

GeoGod: Du hast die Konsequenzen zu tragen.

Das klang komisch. So ernst. Als befände er sich in einer Erziehungsanstalt. Oder im Krieg.

Indy: Gib mir noch eine Chance, bitte. Beim nächsten Mal mache ich es besser. Heute war ein Scheißtag für mich.

GeoGod: Er wird nicht besser werden.

Indy: Game over?

GeoGod: Habe ich etwa gesagt, dass das Spiel vorbei ist? Doch nicht wegen eines einzigen Fehlers.

Ben fiel ein Stein vom Herzen. Grinsend lehnte er sich zurück. Er atmete tief durch. Das war ja gerade noch einmal gut gegangen. Er würde nicht abserviert werden. Doch dann schrieb sein Freund etwas, das ihn verunsicherte.

GeoGod: Das steht alles im Kleingedruckten.

Indy: Was?

GeoGod: Die Spielbedingungen, meine Art der AGB.

Wovon sprach er? Ben hatte keinen blassen Schimmer. Aber sein Magen ballte sich zusammen, als hätte ihn jemand geboxt. Während er sich durch die Unterseiten klickte, schluckte er mehrmals schwer. Seine Spucke war zäh wie Kleber.

Indy: Ich finde sie nicht.

GeoGod: ASB. Allgemeine Spielbedingungen. Unten links.

Jetzt endlich entdeckte Ben den Link, allerdings nicht im Menü, sondern separat auf der Hauptseite. Aber er war sich sicher, dass die Verlinkung vorher noch nicht da gewesen war! Eventuell hatte er sie aber auch übersehen, denn sie war kaum zu erkennen. Dunkelgraue Schrift auf schwarzem Hintergrund.

Als er die Überschrift las, wurde ihm schlagartig übel. Sein Brustkorb war wie zugeschnürt. Er wollte GeoGod fragen, was der Scheiß sollte, aber der hatte sich ausgeloggt. Da stand:

Willkommen in meinem Spiel.
Der Einsatz ist deine Familie.

2. KAPITEL

Etwas stimmte nicht. Marie Zucker ließ ihren Blick über die zahlreichen Trauergäste gleiten, konnte aber nicht sagen, was es war. Doch das ungute Gefühl ließ sie einfach nicht los.

Die Kapelle war so voll, dass Benjamin und sie am Eingang stehen mussten, dicht gedrängt mit anderen Gästen, bis der Trauergottesdienst zu Ende war. Die Anteilnahme war groß, aber das wunderte Marie nicht, denn die Tote war zum einen sehr jung gewesen und zum anderen unter tragischen Umständen verstorben.

Nun flossen die Menschen aus dem Gotteshaus, dem selbst die zahlreichen Blumenkränze, Gestecke und Schleifen mit Abschiedsgrüßen die Kühle nicht nehmen konnten, und folgten den Sargträgern über den Westfriedhof. Marie schaute über ihre Schulter hinweg zurück zu der Kapelle und fragte sich einmal mehr, wie jemand ein solch unansehnliches, graues und kaltes Betongebäude in eine so schöne Parkanlage hatte bauen können.

Endlich fiel ihr ein Detail auf, das nicht recht ins Bild passte. Die Sonne schien an diesem traurigen Vormittag. Marie blickte kurz zum strahlend blauen Himmel auf und dachte, dass der Himmel eigentlich weinen müsste. Stattdessen zeigte sich einer der letzten Septembertage von seiner schönsten Seite. Welch eine Ironie!

Aber ihre innere Unruhe ließ nicht nach. Da war noch etwas, das sie aufwühlte, ohne es bisher genau benennen zu können.

Marie und Ben reihten sich in den Strom der schwarz gekleideten Menschen ein, die sich über den Kirchhof schlängelten wie ein überdimensionales Band aus Trauerflor. Je näher sie der Grabstätte kamen, desto mehr schluchzten die Anteilnehmenden. Auch Maries Magen ballte sich zusammen und der Kloß im Hals ließ sie unentwegt schlucken. Ben dagegen schien immer mehr in sich zusammenzusacken, als wollte er sich in seinem eigenen Körper verkriechen.

Erst hatte ihr Cousin gar nicht zur Beerdigung kommen wollen, vor allen Dingen nicht, als seine Mutter ihm vorschlug, einen Urlaubstag zu nehmen und ihn zu begleiten. Das Verhältnis der beiden war nicht einfach. Aber davon konnte Marie auch ein Lied singen! Ihre Mutter war allerdings keine Helicopter Mom, sondern ihre Differenzen hatten etwas mit Irene Basts Erwartungshaltung und ihren hochgesteckten Zielen zu tun. Marie hatte Ben überredet, mit ihm zu Julias Beisetzung zu gehen und ihn danach zum Gymnasium zu fahren, damit er im Abiturjahr nicht zu viel vom Unterricht versäumte.

Der Kies knirschte unter den Sohlen ihrer kniehohen cognacfarbenen Lederstiefel, als sie vom Hauptgang abbog und zwischen fremden Gräbern hindurch zu dem Loch ging, das frisch ausgehoben worden war. Sie musste Ben mit sich ziehen. Für einen Moment machte es den Anschein, als wollte er geradeaus in Richtung Ausgang weitergehen, doch dann ließ er sich von ihr führen. So blass hatte sie ihn noch nie gesehen. Er zog seinen Kopf noch weiter zwischen seinen Schultern ein.

Trotz der elf Jahre Altersunterschied verband sie eine enge Freundschaft. Da war etwas Besonderes zwischen ihnen, ohne dass sie genau sagen konnte, was es war. Die Chemie stimmte einfach. Vermutlich hatte sie die Geduld, die Heide Mannteufel nicht besaß, und ließ ihm seine Freiheit. Er dagegen inspirierte sie mit seinen jugendlichen Ansichten. Aber da war noch mehr, ein Band, das nicht zu erklären war.

Sie legte einen Arm um seine Schulter und drückte ihn an sich. Obwohl er einen Kopf größer war als sie, wirkte er geradezu fragil. Als bräuchte sie ihn bloß anzustoßen und er würde in tausend Stücke zerspringen. Das war nicht seine erste Beerdigung, sein Großvater war an Krebs verstorben, als Ben acht Jahre gewesen war. Aber sein Opa war krank gewesen und er selbst vielleicht noch zu jung, um zu begreifen. Die Situation jetzt war vollkommen anders. Die Tote war in seinem Alter, eine Schülerin wie er, mit Träumen, Hoffnungen und Zukunftsplänen, die sie vermutlich mit ihm geteilt hatte. Nicht nur ihre Eltern trauerten um sie, sondern eine Berufsschulklasse, das Hotel, in dem sie eine Ausbildung zur Köchin absolvierte und eine Tanzschule. Ein junges Leben, das in voller Blüte stand, einfach abgeschnitten.

Obwohl Marie Julia Kranich nur einmal getroffen hatte, traten Tränen in ihre Augen. Ihre Eingeweide krampften sich zusammen und sie hielt Ben fester, nicht nur um ihm Halt zu geben und in diesem schweren Moment beizustehen, sondern auch weil sie selbst fassungslos war.

Die Menschen versammelten sich um das Doppelgrab der Familie Kranich. Die linke Seite war ausgehoben, riesige Gestecke und Kränze bedeckten die rechte. Tannenzweige lagen aufgehäuft davor. Herzzerreißend schluchzte die Frau neben ihr, wodurch Marie eine Gänsehaut bekam.

In dem Sarg vor ihnen lag ein siebzehnjähriges Mädchen. Zumindest war sie zum Zeitpunkt ihres Verschwindens – und vermutlich Todes – in diesem Alter gewesen. Im August des vergangenen Jahres war sie das letzte Mal auf einer Party in Porz, die in einem Haus nahe dem Rheinufer stattfand, gesehen worden. Danach hatte sich ihre Spur verloren. Die Ermittlungen der Polizei waren im Sande verlaufen und man ging davon aus, dass Julia zu viel getrunken hatte und versehentlich in den Fluss gestürzt war. Erst jetzt war ihre Leiche in Chorweiler nahe der Stadtgrenze ans Ufer gespült worden. Sie musste monatelang unter Wasser festgehangen haben. Bei der Vorstellung wurde Marie übel.

Ein Teenager auf der Schwelle zur Frau. Julia würde nie ihre Ausbildung beenden, von zu Hause ausziehen, ihre große Liebe finden, heiraten, Kinder bekommen, Karriere machen, die Welt bereisen oder Großmutter werden. Das Abenteuer Leben begann doch erst richtig, wenn man flügge wurde.

Junge Menschen sollten nicht sterben. Obwohl es Gerüchte gab, dass die Siebzehnjährige freiwillig aus dem Leben geschieden war, glaubte Marie nicht an Suizid. Sie hatte das Mädchen einmal mit Ben in der City getroffen, als die beiden ein Eis essen gegangen waren. Julia hatte ihn angelächelt und verschämt den Blick gesenkt. Ben war knallrot angelaufen. Wenn man verschossen war, brachte man sich nicht um.

Oder gerade deshalb? Hatte sich das Verhältnis zwischen den beiden Jugendlichen geändert?

Zumindest waren sie bis zu ihrem Verschwinden ein Paar in der Tanzschule Dancemania gewesen. Sie hatten sich dort im Salsa-Kurs kennengelernt. Da sie beide ohne Partner gekommen waren, hatte der Lehrer sie zusammengebracht. Sie hatten sich auf Anhieb gut verstanden. Sehr gut sogar.

Eine schicksalhafte Begegnung.

Doch seit Julia verschwunden war, wollte Ben nicht mehr über sie reden. Als hätte sie ihn verlassen und er wäre sauer darüber. Er reagierte geradezu aggressiv, wenn Marie das Thema auf Julia lenkte.

Marie hatte das Mädchen auf den ersten Blick gemocht. Julia war kein Hungerhaken gewesen, sondern ein sportlicher Typ mit langen hellblonden Haaren und Sommersprossen. Sie trat lässig auf und trug damals Jeans und Turnschuhe, aber ihr enges Trägertop brachte ihre Kurven dennoch gut zur Geltung.

Marie hatte sie als strahlend und lebendig empfunden – und nun lag das Mädchen in dem honigfarbenen Kiefernsarg, der vorsichtig in das

Loch im Erdboden gelassen wurde. Sie hatte erwartet, dass Ben, der sich bisher krampfhaft tapfer gab, zusammenbräche, aber er war stocksteif in ihren Armen und schaute zu Boden. Hart und weiß wie ein Kalkstein.

Irritiert betrachtete sie zuerst ihn und dann die Umherstehenden.

Alle waren völlig aufgelöst. Der Augenblick, in dem der Sarg hinabgelassen wurde und man wusste, dass dort unten in der Holzkiste ein Mensch lag, einer, den man liebte, mit dem man schöne Momente geteilt hatte und der nun endgültig weg war, war der emotionalste. Doch Ben hielt weiterhin seinen Kokon aufrecht, während neben ihnen geweint und gewimmert wurde.

Dabei erkannte Marie mit dem geschulten Blick der Gerichtszeichnerin, dass neben dem Sonnenschein an diesem traurigen Tag noch etwas anderes unpassend war. Es waren Menschen anwesend, die nicht zur Trauergesellschaft gehörten.

Zwei Männer schossen Fotos. Sie sahen mit ihren professionellen Kameras und ihren konzentrierten Mienen nicht wie Trauergäste aus. Daher schlussfolgerte Marie, dass sie von der Presse sein mussten. Pietätlos schlich der eine umher, während der zweite sich mehr im Hintergrund hielt und dezent fotografierte. Der dreistere der beiden lichtete auch den Sarg und die Kränze ab.

Der andere jedoch konzentrierte sich auf die Besucher. Er nickte einem Mann und einer Frau zu, die unauffällig in der Menge standen, aber distanziert wirkten. Zudem gingen sie nicht an das Grab, um einen Zweig auf den Sarg zu werfen, wie die anderen Anwesenden, sondern sie blieben stehen und beobachteten die Gäste.

Dieser Scanner-Blick kam Marie äußerst bekannt vor. Ein wenig argwöhnisch, prüfend, forschend und sezierend.

Polizisten in Zivil. Und ein Polizeifotograf.

Marie konnte sich beim besten Willen nicht vorstellen, was sie auf der Beisetzung wollten, aber sie war sich sicher, dass es Ordnungshüter waren, immerhin war sie mit einem verheiratet. Sie hatte Daniel gefragt, ob er mit zur Beisetzung kommen wollte, aber seit er im Rollstuhl saß, mied er Menschenansammlungen.

„Ich komme mir dann wie ein Pinscher zwischen den Füßen eines aufgebrachten Mobs vor", sagte er in seiner liebenswert bissigen Art.

Noch blieb Marie stehen, statt sich in die Schlange einzureihen, die sich vor dem Grab bildete. Die Trauergäste warfen Zweige auf den Sarg, schüttelten zwei Männern die Hände und sprachen leise mit ihnen. Das mussten Julias Vater Horst und ihr Bruder Markus sein, Marie hatte im Kölner Stadtanzeiger über sie gelesen.

Sie standen nebeneinander, als wären sie Fremde. Niemand stützte sie, nicht einmal sie sich gegenseitig. Die Trauernden sprachen ihnen ihr Beileid aus und gingen rasch weiter, als wollten sie nicht mehr Zeit als nötig mit den beiden Männern verbringen. Aber vielleicht täuschte sich Marie auch und die Menschen wussten nur nicht, wie sie mit der Situation umgehen sollten.

Ihr fiel erneut ein Detail auf, das nicht passte. Als Kostümbildnerin und Gerichtszeichnerin besaß sie ein gutes Auge für Details, die falsch waren. Obwohl Horst Kranichs Blick von Schmerz getrübt war und sein Sohn tränennasse Wangen hatte, schauten sie gleichzeitig so zornig, als wollten sie jeden Moment ein Massaker unter den Trauernden anrichten.

Julias Vater war ein kleiner gedrungener Mann, der leicht nach vorne gebeugt stand, als drückte ihn sein Stiernacken wie eine Last nach unten, mit dicken Lippen und Blumenkohlnase. Sein dunkelblaues kurzärmeliges Hemd spannte sich über seinen medizinballrunden Bauch und der Knopf seiner verwaschenen grauen Jeans fehlte. Er trug nicht einmal Schwarz. Hielt er es nicht für nötig? Oder hatte er kein Geld, um sich neue Kleidung für das Begräbnis zu kaufen?

Hätte sein Sohn ihm nicht unter die Arme greifen können? Markus Kranich, sie schätzte ihn auf Ende zwanzig, sah adrett aus in seiner dunklen Baumwollhose und seinem Button-down-Hemd, aber seine Miene wirkte ebenso feindlich und Marie fragte sich unweigerlich, warum sich die Trauer der beiden Männer in Form von Wut zeigte. Julia starb durch einen selbst verschuldeten Unfall. Sie stürzte betrunken in den Rhein und konnte sich nicht ans Ufer retten. Ihr Tod war eine Tragödie.

Marie versuchte Ben anzuschieben, damit er zum Grab ging und seiner Freundin die letzte Ehre erwies, aber er war wie ein Fels und bewegte sich nicht von der Stelle. „Du solltest dich von ihr verabschieden, indem du einen Zweig hineinwirfst."

„Ich kann nicht."

„Tu es für sie. Aber auch für dich."

„Das macht sie auch nicht wieder lebendig."

„Es hilft dir, loszulassen."

Er presste seine blutleeren Lippen aufeinander.

Liebevoll strich sie über seine Haare. „Dann lass uns wenigstens ihrer Familie kondolieren. Es ist unhöflich, zu gehen, ohne ihnen dein Beileid ausgesprochen zu haben."

„Ich kenne sie nicht einmal."

„Aber du kanntest ihre Tochter."

„Wir besuchten nur dieselbe Tanzschule."

„Nur? Ihr wart Freunde."

„Nein!", sagte er barsch und schüttelte ihre Arme ab. Er wandte sich ab, ging in Richtung Parkplatz davon und ließ sie einfach stehen.

Die ganze Zeit hatte sie darüber nachgedacht, was an diesem Vormittag auf dieser Beisetzung nicht stimmte, dabei war die Antwort auf diese Frage direkt neben ihr gewesen.

Es war Benjamin.

Er wirkte verstört. Nicht nur in sich gekehrt, sondern er kapselte sich völlig von seiner Umwelt ab. Er war kalt und abweisend, seine Miene glich einer Maske. Weder ihre tröstenden Worte noch Ermahnungen drangen zu ihm durch.

Er kam ihr fremd vor.

Das war nicht der Ben, den sie seit achtzehn Jahren kannte. Nicht der sensible Jugendliche, der mit sechzehn Jahren einen Sommer lang nachmittags Hunde aus dem Tierheim geholt hatte und mit ihnen spazieren gegangen war, der feuchte Augen bekam, wenn er einen Fernsehbericht über Kindersoldaten in Kriegsgebieten ansah, und der in den Bleistiftzeichnungen, die er in sein kleines Notizheft zeichnete, die Emotionen anderer Menschen so präzise einfing, wie Marie es erst mit viel Übung hatte lernen müssen.

Der Benjamin Mannteufel, der immer schneller von dem Begräbnis wegging, sodass er kurz davor stand, in den Laufschritt zu verfallen, war ein anderer Mensch, einer, der Marie nicht gefiel und der ihr Angst machte.

Aber sie ermahnte sich, verständnisvoll zu bleiben. Einen Freund zu verlieren war ein einschneidendes Erlebnis für einen jungen Menschen.

Merkwürdig war allerdings, dass der Fund von Julias Leiche ihn mehr mitnahm als ihr Verschwinden vor dreizehn Monaten. Er schien regelrecht einen Schock zu haben.

Marie beeilte sich, Horst und Markus Kranich ihr Beileid zu wünschen. Als sie zu ihrem Wagen eilte, damit Ben nicht weglief, ertappte sie sich dabei, wie sie ihre Handfläche an ihrem anthrazitfarbenen

Plisseerock abwischte. Sie bekam ein schlechtes Gewissen, obwohl es eine unbewusste Geste gewesen war. Unweigerlich fragte sie sich, ob Frau Kranich ihrem Mann vielleicht weggelaufen war, Marie könnte es verstehen.

Zu ihrer Erleichterung wartete Ben am Auto auf sie. Sonst war er immer in Bewegung, kickte einen Stein weg, zupfte an seinen Haaren herum oder schrieb SMS und prüfte minütlich, ob es neue Einträge in sozialen Netzwerken gab. Doch er stand einfach nur mit dem Rücken an die Beifahrerseite gelehnt und schaute zu Boden. Sein Smartphone hatte er sogar zu Hause liegen lassen. Absichtlich! Das sah ihm gar nicht ähnlich. Normalerweise schien es an seiner Hand festgewachsen zu sein.

Vielleicht sollte Heide mit ihm zum Arzt gehen. Marie machte sich große Sorgen. Sie würde am Abend mit ihrer Tante reden. Statt wie abgemacht zur Schule, fuhr sie ihn nach Hause nach Nippes, denn er schien nicht in der Verfassung zu sein, am Unterricht teilzunehmen.

„Danke", sagte er immerhin, als er aus dem Fahrzeug stieg. „Das war mir eben einfach zu viel."

Sie lächelte ihn mitfühlend an. „Die Beerdigung deiner Freundin war bestimmt das Schlimmste, was du bisher erlebt hast."

„Du hast ja keine Ahnung." Er warf die Wagentür zu und ging schnellen Schrittes in das dreistöckige Haus, in dem er mit seinen Eltern in der obersten Etage wohnte.

Was hatte er damit gemeint? Sollte sie ihm hinterhergehen? Sie entschied sich dagegen, da sie nicht wie seine Mutter sein wollte. Wenn man ihn bedrängte, machte er ohnehin dicht.

Seufzend machte sich Marie auf den Weg zum Hauptbahnhof, wo sie am Musical Dome als Kostümbildnerin fest angestellt war. Als Zeichnerin arbeitete sie nur, wenn sie einen Auftrag bekam, um zum Beispiel für die Polizei ein Phantombild zu erstellen, da manche Befragten mit den künstlichen Bildern der Spezialsoftware nicht zurechtkamen, oder für die Medien, um während einer Gerichtsverhandlung, zu der in Deutschland keine Kameras zugelassen waren, die Atmosphäre und die Reaktionen der Beteiligten einzufangen. Ungerne ließ sie Ben allein, aber sie konnte sich nicht auch noch den Nachmittag freinehmen.

Sie schaltete das Radio ein, um sich abzulenken. Eigentlich hatte sie sich mit Musik berieseln lassen wollen, aber es erklang nur die monotone Stimme eines Sprechers, der lustlos die Elf-Uhr-Nachrichten vorlas. Sie streckte bereits den Arm aus, um auf das CD-Laufwerk umzuschalten, als sie eine Meldung hörte, die sie mitten in der Bewegung stocken ließ.

„... die Anteilnahme auf der Beisetzung, die soeben zu Ende gegangen ist, war groß. Die Gerüchte, dass es bei der Obduktion des Leichnams der Siebzehnjährigen Hinweise auf ein mögliches Fremdverschulden gab, hat die Kriminalpolizei bisher nicht bestätigt ...“

Marie stoppte so abrupt vor einer roten Ampel, dass der Fahrer hinter ihr beinahe auf ihren Wagen auffuhr. Im Rückspiegel sah sie, dass er wütend gestikulierte und mehrfach auf sein Lenkrad schlug. Entschuldigend hob sie ihre Hand und drehte das Radio lauter.

„... und nun die Wettervorhersage ...“

„Mist.“ Die Meldung war bereits vorbei. Hatte der Sprecher wirklich von Julia Kranich gesprochen? Es musste so sein, aber er hatte von möglichem Fremdverschulden gesprochen. Ein weiteres Detail an diesem furchtbaren Morgen, das nicht ins Bild passte, das nicht stimmte und Marie stutzig machte.

Es musste sich nur um Gerede handeln, anders konnte sich Marie das nicht vorstellen.

„Aber Julia Kranich ist doch durch ein Unglück gestorben, oder etwa nicht?“, murmelte Marie nachdenklich.

Der Mann hinter ihr hupte, weil die Ampel auf Grün umgeschaltet hatte. Marie, in Gedanken versunken, biss sich vor Schreck so stark auf die Unterlippe, dass sie Blut schmeckte.

3. KAPITEL

Geld war nie ein Problem zwischen Marie und Daniel Zucker gewesen.

Diejenigen von ihren Verwandten und Freunden, die wussten, dass sie getrennte Bankkonten hatten, obwohl sie seit zwei Jahren verheiratet waren, konnten das nicht nachvollziehen. Als Begründung sagten sie lediglich: „Das macht man als Ehepaar einfach so." Aber ihre Konten zusammenzulegen war einfach nicht notwendig. Daniel, der mehr verdiente, zahlte die Miete und die Nebenkosten sowie die Hausratversicherung, Marie dagegen übernahm die Gebühren für GEZ, Telefon- und Internetflatrate, jeder kümmerte sich um sein Auto und sein Handy selbst und ging mal einkaufen, sie verdienten beide genug und waren großzügig. Die Maschinerie ihrer Ehe lief wie geschmiert, auch ohne dass sie sich vollkommen verzahnten.

Ihr Problem war anders gelagert. Seit Daniel im März einen Wirbelkörperbruch in einem der unteren Brustwirbel erlitten hatte, hatte er sich verändert.

Der Frühling war ungewöhnlich früh in NRW eingezogen. Bereits im März waren die Temperaturen auf 25 Grad Celsius gestiegen. Daniel, der immer sportlich gewesen war, hatte einen Adrenalinschub gehabt, den er unbedingt abtrainieren musste. Daher hatte er sich dafür entschieden, einen dieser Klettergärten auszuprobieren, die seit einigen Jahren wie Pilze aus dem Boden schossen. Seine Wahl fiel auf eine stillgelegte Talbrücke, an der diverse Parcours angebracht worden waren. Doch an besagtem Tag standen die Zeichen schlecht für ihn. Die feuchte Nacht hatte alles mit Morgentau überzogen, ein neuer Trainer betreute ihn und ließ sich von seinen Frühlingsgefühlen und einer hübschen Kollegin ablenken, sodass er das Sicherungsseil nicht korrekt anbrachte. Eine Weile ging es gut. Mutig und aufgepeitscht vom Kick, den das Spiel mit der kalkulierten Gefahr, dem Kitzel der Höhenangst und der sportlichen Höchstleistung in ihm auslöste, tastete sich Daniel immer weiter über das Tal vor. Plötzlich rutschte er ab, die Leine griff nicht und er fiel schreiend in die Tiefe. Als er rücklings auf dem Boden aufschlug, verlor er das Bewusstsein und wachte erst wieder im Krankenhaus auf.

Seitdem saß er im Rollstuhl und blies Trübsal. Daniel Zucker war nicht mehr der Mann, den Marie auf dem Polizeipräsidium in Kalk durch ihre Nebentätigkeit als Gerichtszeichnerin kennengelernt hatte.

Er hatte sich verändert. Für sie stellte nicht etwa die Querschnittslähmung selbst, die ihn seinen Unterkörper von der Hüfte abwärts nicht mehr spüren ließ, ein Problem dar, sondern seine verlorene Lebenslust.

Leise, als wollte Marie verhindern, dass Daniel sie hörte, schloss sie die Wohnungstür, legte ihr Schlüsselbund und ihre Handtasche auf den Schuhschrank in der Diele und spähte quer durchs Wohnzimmer zur Dachterrasse, auf der er saß. Die Kübel, die sie liebevoll mit Pflanzen und Blumen bestückt hatte, umgaben ihn wie ein kleiner Urwald und schützten ihn vor fremden Blicken. Aber es konnten sie ohnehin nur die Bewohner aus den gegenüberliegenden Dachwohnungen sehen, denn ihr Apartment befand sich im Obergeschoss und alle Häuser in dieser Straße hatten nicht mehr als drei Stockwerke.

Während sie ihren beige-braun karierten, gefütterten Blazer an der Garderobe am Eingang aufhängte, betrachtete sie Daniel. Er saß, versunken in eine Lektüre, die er auf seinem Tablet PC las, mit dem Profil zu ihr und hatte sie bisher nicht bemerkt. Wie gut er aussah! Noch immer hatte er breite Schultern. Er war nie der Typ gewesen, der ins Fitnessstudio ging und Gewichte stemmte, aber er hatte viele andere Sportarten ausprobiert, war sogar mal ein Jahr lang mit Freunden regelmäßig auf dem Rhein rudern gegangen. In geschlossenen Räumen hielt er sich ungerne auf.

„Dort stinkt es nach Schweiß und Egozentrik, denn die meisten treiben nur Sport, um gut auszusehen und ihren aufgepumpten Körper dem eigenen Spiegelbild und den Anwesenden zu präsentieren“, hatte er einmal zu ihr gesagt.

Er brauchte frische Luft und liebte Mannschaftssport. Vor dem Schicksalsschlag hatte er sich mit seinen Kollegen vom Kriminalkommissariat 11 auf dem Bolzplatz getroffen, um zu kicken, oder am Rheinufer, um Beachvolleyball zu spielen. Nur im Winter hatte er sich dazu überreden lassen, in der Halle zu squashen.

Noch sah er mit seinen schwarzen Haaren, die er – weil die Frisur leicht herausgewachsen war, da er nur noch selten zum Friseur ging – zurückgegelt hatte, und dem gestutzten Bart um Mund und Kinn herum aus wie ein kerniger Typ. Aber wie lange würde es dauern, bis seine Muskeln abbauten? Wie er auf dem Balkon saß, den Oberkörper leicht nach vorne geneigt und mit hängenden Schultern, wirkte er wie ein gebrochener Mann.

Er liest nur, redete sich Marie ein, doch ihr war bereits schwer ums

Herz. Noch hatte er sich nicht aufgegeben, aber sie befürchtete, dass es nicht mehr lange dauern würde, sollte er keine neue Aufgabe finden.

Sie streifte ihre Stiefel ab und schlüpfte in braune Lammfellhausschuhe. Daniel hatte Marie immer mit den dicken Puschen aufgezogen, dabei waren die Schuhe modern geschnitten, wie Ballerinas. Marie nahm ihm die Neckereien nicht übel, zumal sie diese Marotte ohnehin nicht ablegen würde, denn sie hatte selbst im Sommer kalte Füße und im ganzen Apartment waren entweder Fliesen oder Laminat verlegt. Seit März neckte er sie leider nicht mehr. Sie vermisste seine Frotzeleien!

Daniel musste sie nun doch gehört haben, denn er lenkte seinen Rollstuhl von der Terrasse hinein ins Wohnzimmer und warf die Glastür hinter sich zu. Die Sonne ging unter, langsam wurde es frisch draußen. „Hola."

„Hola." Früher hatte er sie zur Begrüßung geküsst. Vermutlich sparte er sich jetzt die Peinlichkeit, dass er nur an ihren Mund herankam, wenn sie sich zu ihm hinunterbückte. Innerlich seufzte sie enttäuscht. „Du machst immer noch eine sauertöpfische Miene, wenn du über die Rampe fährst."

„Es wird mich ewig stören." Daniel legte seinen Tablet PC auf den Couchtisch und rieb mit den Handflächen über seine Oberschenkel, als wollte er prüfen, ob er nicht doch etwas spürte.

Als sie zu ihm ging, beschlich sie wieder ein schlechtes Gewissen, weil sie ihre Beine noch benutzen konnte und er nicht. Ihr war bewusst, wie unsinnig dieser Gedanke war – denn selbst wenn sie ebenfalls querschnittsgelähmt wäre, würde Daniel das in keinster Weise helfen –, aber er tauchte immer wieder in ihrem Kopf auf. „Mein Vater hat es nur gut gemeint."

Brummig ließ er sich zu einem „Ich weiß" herab.

„Warum bist du dann sauer, dass er den Umbau der Wohnung bezahlt hat?" Für Rainer Bast war die Summe nur ein Taschengeld gewesen. Er hatte eine Firma, die anatomische Lehrmittel wie beispielsweise Skelette in Handarbeit herstellte, aufgebaut und führte sie sehr erfolgreich. Marie dagegen verdiente als Kostümbildnerin nicht viel und ihre Aufträge als Gerichts- und Phantomzeichnerin waren nicht mehr als ein Zubrot. Da Daniel nun kein volles Gehalt mehr bezog, mussten sie den Gürtel enger schnallen.

„Weil es mir zeigt, was für ein armer Wicht ich bin", brachte er zwischen zusammengepressten Zähnen hervor.

Bisher war es ihnen finanziell gut gegangen. Sie zählten zu den DINKYs – double income, no kids yet –, Paare, die beide einen Job, aber noch keine Kinder hatten. Doch nun war Daniels berufliche Zukunft ungewiss. „Wir hätten einen Kredit dafür aufnehmen müssen. Er wollte uns doch nur unterstützen."

„Es ist nicht nur das Geld, auch das hier." Zwei Mal schlug er kräftig gegen die Reifen seines Rollstuhls.

Marie wusste nicht, was sie darauf erwidern sollte. Tröstende Worte schienen nicht zu ihm durchzudringen, aber mehr hatte sie nicht anzubieten. Außer ihrer Loyalität zu ihm.

Nach dem Unfall wiesen ihn die Ärzte in eine Rehaklinik ein. Von dort aus kam er in ein Spezialhospital, da sein Rückenmark bei dem Sturz aus großer Höhe nicht vollständig durchtrennt worden war. Doch am Ende zerbrachen alle Hoffnungen. Seit Daniels Entlassung Ende Juli versuchte Marie, ihn aufzubauen, indem sie ihm vor Augen führte, dass das Leben weder zu Ende war noch sich auf diese vier Wände beschränkte, aber alle Bemühungen scheiterten. Langsam wusste sie nicht mehr weiter.

„Du bist erst sechsunddreißig Jahre alt." Sie legte ihre Handflächen aneinander und bemühte sich, nicht allzu verzweifelt zu klingen. „Du darfst dich nicht aufgeben."

„Ich lese", sagte er in seiner eigenen trockenen Art und zeigte auf den PC.

Immerhin, ja. Früher las er nur den Kölner Stadtanzeiger, inzwischen auch zahlreiche Online-Magazine und E-Books. Das sah Marie, die immer ein Buch in ihrer Handtasche mit sich trug, egal, wohin sie ging, natürlich gerne.

„Aber du musst auch leben. Besuch doch mal wieder den *Römer*." Vor seinem Unfall hatte er in der Kneipe *Zum stolzen Römer* zwei Straßen weiter oft ein Bier getrunken, um von seinem Job runterzukommen, doch jetzt wollte er nicht, dass seine alten Bekannten ihn so sahen. Das Lokal zählte keineswegs zur modernen Eventgastronomie oder war ein schickes italienisches Restaurant, sondern es handelte sich um eine urige kleine Eckkneipe mit dunkel vertäfelter Theke, billigen Nachbildungen von Amphoren auf den Holztischen und hinter Glas eingerahmten, inzwischen gelbstichigen Zeitungsartikeln über Ausgrabungen und Funde aus dem antiken Köln. Marie hätte schwören können, dass das Interieur seit der Eröffnung nicht erneuert worden war, musste aber zugeben, dass das Ambiente seinen ganz eigenen gemütlichen Charme besaß.

Er winkte ab. „Später."

Was so viel bedeutete wie nein. Diese Antwort kannte Marie zur Genüge und sie machte sie zunehmend wütend. „Auch wenn du das nicht hören willst, du brauchst professionelle Hilfe."

„Ich gehe nicht zum Psychodoktor." Er rollte an ihr vorbei in die Küche, als wollte er damit andeuten, dass das Gespräch über dieses Thema für ihn beendet war.

Aber so leicht ließ Marie nicht locker und folgte ihm. Schließlich hing auch ihr Glück davon ab, dass ihr Mann wieder zurück in den Alltag fand. Noch stand ihre Ehe nicht auf dem Spiel. Marie, so zierlich sie auch aussah, war eine Kämpfernatur. Aber es tat ihr weh, dass er litt, und sie konnte nicht voraussagen, wie lange sie seine schlechte Laune ertragen konnte. Sie hatte eine Heidenangst davor, dass sie sich voneinander entfernten. Seit Monaten mied er Körperkontakt, und wenn, dann ging die Initiative von ihr aus. Marie sehnte sich nach Zuneigung, nicht nur nach Berührungen, sondern auch nach geistiger Zuwendung von ihm, denn er wich ihrem Blick oft aus und floh aus dem Raum. Oft schloss er sie aus seinem Leid aus, kapselte sich ab. Sie glaubte, dass er deshalb so viel Lesestoff verschlang, nicht weil er Freude daran hatte, sondern um in eine andere Realität zu flüchten, beschäftigt zu wirken und in Ruhe gelassen zu werden.

Vielleicht glaubte er, wenn er versuchte, mit seinem Kummer alleine fertig zu werden, würde es die Situation einfacher für Marie machen, doch das Gegenteil war der Fall. Sie fühlte sich ausgegrenzt und sie drang immer schlechter zu ihm durch.

Demonstrativ stellte sie sich in den Türrahmen, damit er ihr nicht erneut entwischen konnte. „Dann helfe ich dir, Gleichgesinnte zu finden, damit du dich in lockerer Umgebung austauschen kannst. Es gibt doch sicher private Gruppentreffen in einer Großstadt wie Köln."

„Was nutzt es, sich das Gejammere der anderen anzuhören?" Er nahm Mineralwasser aus dem Kühlschrank und trank direkt aus der Flasche, weil er sich wohl die Blöße nicht geben wollte, eins der Gläser zu nehmen, die sie für ihn auf die Anrichte gestellt hatte, weil er an die Oberschränke nicht herankam.

„Ihr könntet etwas zusammen unternehmen." Damit er merkte, dass man auch im Rollstuhl vieles sehen und erleben konnte. Er war schließlich nicht ans Bett gefesselt. Aber er tat, als könnte er außerhalb dieser Wohnung nicht atmen. Sie hatte Verständnis für seine Unsicherheit, doch irgendwann musste er es überwinden.

„Ein Ausflug der Krüppel? Besten Dank auch. Keinen Bock auf Kinderbelustigung, mitleidige Blicke und Getuschel hinter meinem Rücken."

„Du bist dünnhäutig geworden." Ihr Blick glitt zum Fenster, das gekippt war. Kühle Abendluft drang herein, aber Marie wollte in diesem Moment ihre Position nicht verlassen, um es zu schließen. Sie zog den geblümten Schal enger um ihren Hals.

„Angreifbarer."

„Du benimmst dich wie ein Aussätziger, Daniel. Die Menschen tun dir nichts. Lass sie doch gucken, lass sie doch reden. Was schert es dich? Früher war dir so was egal."

„Früher war alles anders."

„Du kannst nur nicht mehr gehen. Der Rest ist dir geblieben." Marie stemmte eine Hand in ihre Hüfte. „Dein Job zum Beispiel."

„Ich darf nicht mehr im Kriminalkommissariat 11 arbeiten."

Mit einem Mal fühlte sie sich erschöpft. Sie setzte sich auf einen Küchenstuhl. „Deine Freunde."

„Sie trinken ihr Kölsch auch ohne mich." Er stellte die Flasche auf den Tisch. Den Schraubverschluss legte er daneben.

Resignierend lehnte sie sich an. „Ich."

„Wer weiß, wie lange noch", sagte er leise.

Schnaubend rutschte sie bis zur Stuhlkante vor, um Daniel näher zu sein. Dabei blieb ihre blickdichte schwarze Strumpfhose irgendwo an der hölzernen Sitzschale hängen. Marie sah sie nicht, spürte jedoch, wie sie sich eine Laufmasche riss. „Ich habe nicht vor, dich zu verlassen. Aber langsam bekomme ich den Eindruck, dass du mich rausekeln willst."

Er schüttelte seinen Kopf, schaute jedoch zu Boden. „Vielleicht hast du es eines Tages satt, meine Launen zu ertragen."

„Dann arbeite an dir und lass dir von einem Psychologen dabei helfen." Diese Diskussionen kosteten sie jedes Mal ungeheuer viel Energie. Sie wusste nicht, wie lange sie noch dazu die Kraft hatte, aber noch gab sie Daniel nicht auf. Sie liebte ihn!

„Ich werde nie wieder auf meinen eigenen Füßen stehen können. Hast du gehört? Nie wieder!" Kurz beugte er sich vor, als wollte er aus seinem Stuhl aufspringen, doch dann sank er zurück. „Daran kann auch ein Seelenklempner nichts ändern."

„Aber er könnte dir helfen, deine Querschnittslähmung besser zu ertragen." Außerdem wollte sein Hausarzt ihn nicht länger krankschreiben, wenn er sich nicht dazu bereit erklärte, eine Psychotherapie zu machen. Zu einem Vorgespräch war Daniel ja gegangen, aber seitdem weigerte er sich, noch einmal die Praxis eines Psychiaters zu betreten, weil er schließlich keine Schraube locker hätte, wie er meinte. „Du warst so lebendig, das steckt noch in dir, du kannst dahin zurück, du musst dich nur wiederfinden."

„Früher schien mir die Sonne aus dem Arsch, jetzt tut sich da unten gar nichts mehr." Abschätzig lachte er.

„Deinen Sarkasmus kannst du dir sparen!" Wütend stand sie auf, neigte sich vor und stützte sich auf den Armlehnen seines Rollstuhls ab. „Unsere Freunde fragen regelmäßig, wie es dir geht und wann sie dich mal besuchen dürfen, deine Mutter wartet sehnsüchtig darauf, dass du sie endlich zurückrufst, du kannst immer noch Sport treiben – Rudern zum Beispiel, Schwimmen, Hockey, Badminton, Basketball, sogar Rugby und Karate –, und ich freue mich jede Nacht darüber, dass du neben mir liegst, denn du könntest dir bei dem Sturz auch das Genick gebrochen haben und jetzt tot sein, Herrgott noch mal."

Erst jetzt wurde ihr bewusst, dass sie geschrien hatte, aber sie entschuldigte sich nicht. Sie atmete heftig, als wäre sie gelaufen, und richtete sich wieder auf.

Stumm sah er sie an, wohl überrascht über ihren Gefühlsausbruch.

Sie bemühte sich, ihre Fassung zurückzuerlangen. In den sechs Monaten hatte sie ihn nie ihre eigene Traurigkeit spüren lassen. Es nahm sie mit, ihn, den liebenswürdigen Macho, so fertig zu sehen, hilflos zu sein und ihn nicht aufbauen zu können. Aber sie hatte nie vor ihm geweint, hatte ihn nie ihre Verzweiflung, er könnte zu einem Häufchen Elend verkümmern, spüren lassen, denn sie wollte für ihn stark sein. Dabei war sie ebenso bedrückt über seinen Unfall, weil dieser einen größeren Einfluss auf ihr Zusammenleben hatte, als sie Daniel gegenüber zugab. Die Wohnung umbauen zu lassen hatte keine große Umstellung bedeutet. Aber er würde eine neue Aufgabe finden müssen, in Urlaub zu fahren erforderte ab sofort mehr Planung, er konnte nicht jedes beliebige Gebäude so einfach betreten – Kleinigkeiten, die alles komplizierter machten. Dennoch gab es Schlimmeres, als sich mit einem Dauerkatheter abzufinden und dem Thema, das er jetzt so leise und einfühlsam ansprach, dass es sie umso mehr schmerzte.

„Ich kann keine Kinder mehr zeugen, Marie. Du bist erst neunundzwanzig Jahre alt.“ Sein Blick flackerte. „Ich bin kein richtiger Mann mehr.“

Seine Worte bohrten sich wie Messerklingen in ihre Eingeweide, aber sie ließ sich nichts anmerken. „Wenn du so denkst, warum trainierst du dann deine Arme mit Hanteln?“

Er zögerte. „Damit ich den Rollstuhl besser bewegen kann, er ist nun mal nicht elektrisch.“

„Eine lahme Ausrede.“ Hinter ihren Augen brannten Tränen, doch sie wehrte sich mit aller Macht dagegen, vor ihm zu weinen. Das hatte sie bisher nicht getan und dazu würde sie sich auch heute nicht hinreißen lassen. Aber es wurde mit jeder Diskussion schwerer. „Du hast dich noch nicht aufgeben, denn du trimmst deinen Henri-Quatre-Bart. Du lässt dich gehen, ja, trägst drei Tage lang dasselbe T-Shirt, und keine Ahnung, wie lange du schon diese graue Jogginghose anhast, aber du stehst immer noch minutenlang vor dem Spiegel und bearbeitest deine Haare mit Gel, damit sie genau so liegen, wie du dir das vorstellst. Jemand, der eitel ist, hat mit dem Leben noch nicht abgeschlossen.“

Sie sah ihm an, dass er versuchte, grimmig zu blicken, aber seine Mundwinkel zogen sich dennoch nach oben und sein Lächeln wirkte ehrlich. Endlich trat diese Wärme in seine schwarz-braunen Augen, die sie selbst nach vier Jahren Beziehung noch bezauberte.

„Wenn du schon einen Invaliden zum Ehemann hast, dann soll er wenigstens gut aussehen.“

Aus einem Impuls heraus wuschelte sie ihm durch seine Haare. Ihre Tränen trockneten ungeweint.

„Hey“, machte er, wehrte ihre Hände ab und zupfte an seiner Frisur herum.

„Nicht deine Haare machen dich attraktiv, sondern dein Lachen. Du solltest es öfter zeigen. Auch wer im Rollstuhl sitzt, hat das Recht, das Leben zu genießen.“ Bevor er etwas erwidern konnte, legte sie ihre Hände an seine Wangen, hielt ihn fest und küsste ihn gefühlvoll. Er schmeckte, trotz seiner Brummigkeit, noch immer köstlich. Nach Liebe, Heimat, Familie.

„Wofür war der?“, fragte er, nachdem sie sich wieder von ihm gelöst hatte.

Sie trank einen Schluck aus seiner Wasserflasche und setzte sich wieder. „Muss es für jeden Zuneigungsbeweis einen Grund geben?“

Er leckte über seine Lippen, als wollte er mit der Zunge das Echo ihres Kusses einfangen.

Familie, hallte ihr eigener Gedanke in ihr nach. Unweigerlich dachte sie an Benjamin und wie seltsam er sich am Vormittag verhalten hatte.

Plötzlich hatte sie eine Idee. Vielleicht gab es doch eine Möglichkeit, Daniel aus seinem Schneckenhaus herauszulocken und seine Lust auf das Leben neu zu wecken. Er war immer ein engagierter Polizist gewesen. Wenn sie es schaffen konnte, seinen Spürsinn zu wecken, sah sie eine reelle Chance, dass sein Kokon aufbrach.

„Ich mache mir Sorgen um Ben.“ Das entsprach der Wahrheit, auch wenn es Mittel zum Zweck war, das in diesem Moment zur Sprache zu bringen, weil sie wusste, dass Daniel ihren Cousin auch gut leiden konnte.

Er setzte sich gerade auf. „Was meinst du?“

„Heute auf dem Friedhof machte er auf mich den Eindruck, in einer Art Schock zu sein.“

„Wundert dich das? Eine gute Freundin von ihm ist auf tragische Weise verstorben.“

„Aber er hat nicht einmal geweint. Seine Haltung war seltsam.“ Wie der Rest der Bestattung. Zu viele Details, die nicht so waren, wie sie sein sollten, rief sie sich in Erinnerung, als würde etwas in der Luft hängen, etwas Unausgesprochenes, Ungeklärtes. Einzeln gesehen schienen sie unbedeutend, aber in der Summe bereiteten sie Marie Unbehagen. „Ich konnte sein Verhalten nicht deuten. Entweder stand er kurz davor, in tausend Stücke zu zerbrechen oder vor Wut zu explodieren.“

Daniel zuckte mit den Achseln. „Jeder geht anders mit dem Tod um.“

„Und wenn es kein natürlicher war?“, warf sie geschickt ihr Netz aus.

„Was soll das denn heißen?“

„In den Nachrichten erwähnte der Sprecher Gerüchte.“

„Viele können nicht begreifen, dass auch junge Menschen sterben, und malen sich die ungeheuerlichsten Dinge aus, um mit ihrer Trauer und ihrem Unverständnis umzugehen.“

Sie griff nach dem Verschluss und knibbelte das Frischesiegel ab. „Von Hinweisen bei der Obduktion auf ein mögliches Fremdverschulden war die Rede.“

„Dann gäbe es eine Ermittlung, aber die gibt es nicht.“

„Bist du sicher?“ Eindringlich sah sie ihn an.

Seine Stirn runzelte sich und er legte den Kopf schief. „Die hätten sie in den News doch auch erwähnt.“

„Nur, wenn sie davon wüssten. Möglicherweise ist dieses Detail noch nicht zur Presse durchgesickert oder die Polizei hat sie gebeten, die Info zurückzuhalten.“ Sie atmete bis ins Zwerchfell ein. „Eventuell wurde das Mädchen ins Wasser gestoßen.“

Daniel rieb über seine Unterarme. „Julia war betrunken.“

„Das eine schließt das andere nicht aus“, warf sie ein. Sie stand auf und schloss das Küchenfenster. Bevor sie wieder Platz nahm, reichte sie ihm seine Fleecejacke, die über der Rückenlehne seines Rollstuhls hing.

„Danke“, sagte er und zog sie an. „Komasaufen ist leider weit verbreitet unter den Jugendlichen.“

„So war Julia nicht.“ Energisch schüttelte sie ihren Kopf. Ein krauses mittelblondes Haar löste sich und segelte herab. Marie wischte es von der Tischplatte. „Das passte nicht zu ihr.“

„Du kanntest sie doch gar nicht richtig.“ Er ließ seine Hände auf die Armlehnen seines Rollstuhls fallen, sodass es klatschte. „Vielleicht hatte sie an dem Abend Streit mit ihren Eltern gehabt oder Liebeskummer.“

„Wegen Ben? Vielleicht war er deshalb so bestürzt, weil der Unfall wegen ihm passierte“, gab sie zu bedenken. „Aber das erklärt noch nicht, warum ihr Leichnam von der Staatsanwaltschaft so spät zur Beisetzung freigeben wurde.“

„Es kommt auch immer darauf an, wie voll die Kühlschränke in der Rechtsmedizin sind.“

„Glaubst du ernsthaft, sie würden den Leichnam einer Jugendlichen, die verschwand und tot wieder auftauchte, zurückstellen?“ Marie lockerte ihren Chiffonschal. Das Gespräch erhitzte nicht nur ihr Gemüt. „Die lange Zeitspanne vom Fund ihrer Leiche bis zur Bestattung spricht dafür, dass ihre Leiche nach der Obduktion für weitere mögliche Untersuchungen im Rahmen einer Ermittlung zurückgehalten wurde.“

„Ja, schon“, gab er zu und rieb gedankenversunken mit dem kleinen Finger über seine Unterlippe.

„Außerdem waren Polizisten in Zivil bei ihrer Beisetzung anwesend.“ Endlich hatte sie seine Aufmerksamkeit und legte sofort nach: „Benjamin war auch auf der Party gewesen, bei der Julia voriges Jahr verschwand.“

Eine Pause entstand, die so laut war wie das abrupte Ende eines Orchesterstückes nach dem letzten Paukenschlag. Bestürzt starrte Daniel sie an. „Ben?"

Marie nickte. „Deine Kollegen wissen sicherlich mehr." Ganz bestimmt sogar, da das KK 11 bei jeder gefundenen Leiche gerufen wurde, um einen Mord auszuschließen. Oder ihn festzustellen.

„Ich werde sie nicht fragen."

„Womöglich hat Ben von den Gerüchten gehört und ist deshalb verunsichert. Wenn ich ihm sagen könnte, dass nichts dran ist, geht es ihm vielleicht besser."

„Ich weiß genau, was du vorhast." Er klemmte die Wasserflasche zwischen seinen Oberschenkeln ein, schob die Räder seines Rollstuhls an und fuhr aus der Küche heraus.

Marie sprang auf und folgte ihm. „Ich dränge dich nicht dazu, wieder bei der Mordkommission zu arbeiten, sondern bitte dich nur, wegen Julia Kranich nachzuhorchen."

„Ja, sicher." Müde lächelnd durchquerte er das Wohnzimmer. „Über laufende Ermittlungen darf mir sowieso niemand eine Auskunft geben."

„Sie sind immer noch deine Kollegen, du bist nur im Krankenstand." Marie ignorierte den missbilligenden Laut, den er von sich gab. „Du bist doch immer mit allen gut ausgekommen."

Kraftvoll stieß er die Räder an. „Nein!"

„Tu es für Ben."

„Ich war seit meinem Sturz nicht mehr im Polizeipräsidium und werde auch jetzt nicht dorthin gehen. Ich brauche kein Mitleid! Es macht mich nicht wieder gesund und es hilft mir auch sonst nicht. Im Gegenteil, ich fühle mich dadurch noch schlechter." Tief atmete er ein, doch ehe sie etwas erwidern konnte, fuhr er aufgeregt fort: „Das Bedauern in den Blicken, diese gequälten Gespräche, bei denen man merkt, dass der andere mit der Situation überfordert ist und am liebsten woanders wäre, der vorgeschobene Grund, wieder an die Arbeit zu müssen, die verlogenen Abschiedsworte *Wir sollten uns mal auf ein Kölsch treffen* und dann das Aufatmen, das ich förmlich spüre, wenn ich endlich wegfahre. Das alles brauche ich nicht. Es tut, verdammt noch mal, weh!"

Für ihn war die Diskussion damit offenbar beendet. Denn er nahm seinen Tablet PC und fuhr auf die Dachterrasse hinaus. Doch statt zu lesen, schaute er nachdenklich zum Himmel.

Eine Weile beobachtete Marie ihn mit einem schlechten Gewissen, weil sie seinen Schmerz herausgeschält hatte. Dann ging sie ins Badezimmer, um heißes Wasser in die Wanne einlaufen zu lassen.

An diesem Abend sprachen sie nicht mehr viel. Sie saßen auf dem Sofa und schauten einen Fernsehkrimi. Normalerweise regte sich Daniel gerne über Fehler in den Ermittlungen auf, aber diesmal schwieg er.

„Ich bin müde", behauptete er. Mit dieser bedrückenden Stimmung gingen sie früh zu Bett.

Doch als sie morgens am Frühstückstisch saßen und Marie Kaffee eingoss, sah sie, wie er sein Notebook anschaltete und den Namen Julia Kranich in eine Suchmaske eingab. Verschmitzt lächelte sie hinter seinem Rücken.

In diesem Moment klingelte das Telefon. Marie schrak so stark zusammen, dass ihr beinahe die Glaskanne aus der Hand fiel. Rasch drehte sie sich um, damit Daniel nicht merkte, dass sie mitbekommen hatte, was er tat, denn sie wusste, wann sie ihn in Ruhe lassen musste.

Sie stellte die Kanne weg, ging ins Wohnzimmer und nahm das Mobilteil aus der Halterung auf dem Beistelltisch. „Marie Zucker."

So aufgeregt hatte sie ihre Mutter schon seit einer Ewigkeit nicht mehr gehört. Normalerweise sprach sie bemüht gelassen, ganz die Dame, die sie verkörpern wollte. Jetzt allerdings keuchte sie bei jedem Wort. „Heide wurde von einem Auto erwischt. Es sieht böse aus. Es war Fahrerflucht."

Entsetzt schlug Marie die Hand auf ihren Mund. War ihre Tante tot? Verletzt? Wie stark? Das klang nicht gut, gar nicht gut. Noch mehr Kummer für Benjamin. Wie viel konnte der Achtzehnjährige ertragen?

In letzter Zeit passierten schreckliche Dinge in Maries Familie. Viele schreckliche Dinge. Auffällig viele.

4. KAPITEL

Daniel wagte diesen Schritt, der ihn unglaublich viel Überwindung kostete, nicht nur für Benjamin, sondern in erster Linie für Marie.

Für ihn war sie die tollste Frau auf der Welt und hatte etwas Besseres als ihn verdient. Das war schon vor seinem Sturz der Fall gewesen, aber nun, da er im Rolli saß, erst recht. Warum sie bei ihm blieb, war ihm schleierhaft. Es gab Momente, da hatte er geglaubt, sie würde ihn nur nicht verlassen, weil ihm das den Todesstoß gegeben hätte, oder um ihren Eltern gegenüber, die lieber einen Mann mit weniger ruppigen Umgangsformen und dafür mehr Zaster an ihrer Seite gesehen hätten, nicht klein beizugeben. Inzwischen wusste er, dass sie nicht aus Mitleid durchhielt. Wenn es so wäre, würde sie nicht wie eine Löwin um ihre Ehe … um ihn kämpfen.

Sie hatte es verdient, dass er ihr diesen Gefallen tat. Außerdem hatte sie ihm ein Rätsel aufgegeben, und jetzt gab sein Kopf nicht eher Ruhe, bis er es gelöst hatte.

Das hatte sie absichtlich getan, natürlich, sie kannte ihn gut. Trotzdem konnte er sich nicht dagegen wehren, ständig an die Polizisten in Zivil zu denken, die sich auf Julia Kranichs Beerdigung unter die Trauernden gemischt hatten. Warum waren sie dort gewesen?

Hatten sie jemanden gesucht? Jemand Bestimmtes? Oder nur beobachtet, ob sich einer der Trauergäste auffällig verhielt? Wieso sollten sie das tun, wo Julia doch aus eigener Schuld in den Rhein gestürzt war?

Das machte alles keinen Sinn, ebenso wenig die verzögerte Freigabe ihrer Leiche. Daniel hätte das für leeres Gerede gehalten, wenn seine Kollegen nicht auf der Bestattung gewesen wären.

Also hatte er Tomasz Nowak, mit dem er früher oft nach Dienstschluss ein Kölsch gezischt und Sport getrieben hatte, angerufen und sich mit ihm im Hard Rock Café verabredet. Heimlich, hinter Maries Rücken. Zum einen wollte er nicht unnötig die Pferde scheu machen, sondern erst einmal hören, ob und was Tom ihm verriet.

Zum anderen wusste er nicht, ob er sich tatsächlich dazu überwinden konnte, mit dem Auto, das sein Schwiegervater für ihn hatte behindertengerecht umbauen lassen, zu fahren. Rainer Bast hatte das bestimmt nicht aus reiner Nächstenliebe getan. Er konnte Daniel nicht einmal sonderlich gut leiden, was er ihn bei Treffen auch spüren ließ. Wieso also? Daniel wurde das Gefühl nicht los, dass Rainer eines Tages einen

Gefallen dafür einfordern würde, einen, der Daniel vor die Entscheidung seines Leben stellen würde und entweder mit Marie oder seinem Job als Kriminalkommissar zu tun hatte.

Bisher hatte er mit dem Wagen nur einige Runden auf dem Verkehrsübungsplatz gedreht, aber die Fahrt zur Gürzenichstraße klappte besser als erwartet. In der Innenstadt einen Parkplatz zu finden war prinzipiell nicht einfach, daher hatte er, nach fünf erfolglosen Runden durch das Viertel, sein Auto auf dem für Behinderte abgestellt. Als er ausstieg, guckte er weder nach rechts noch nach links, da er es nicht ertrug, angegafft zu werden. Zudem kam er sich wie ein Kind vor, weil er zu allen ständig aufgucken musste.

Aber irgendwann musste er ja selbstständig werden. Die eigenen vier Wände machten ihn langsam kirre. Seine Beine waren kaputt, sein Kopf musste es nicht auch noch werden.

„Stell dir vor, die anderen sind nackt", murmelte er und machte sich auf den Weg zum Lokal. Am liebsten wäre er umgedreht. Seinen Rolli schob er immer langsamer an, nicht etwa weil seine Kräfte nachließen, sondern weil sein Herz härter in seinem Brustkorb pochte, je näher er dem Eingang kam.

Ihm kam eine alte Frau mit einer Gehhilfe auf dem Bürgersteig entgegen. Unsicher blieb er stehen. Er schaute nach einer Möglichkeit, Platz zu machen, um sie vorbeizulassen, doch er hatte noch keine Erfahrung darin, eine Bordsteinkante zu überwinden, und zögerte. Was wäre, wenn er umfiel? Wie würde er wieder in seinen Sitz kommen? Er nahm sich vor, das zu üben. Die Möglichkeit, beschämt und hilflos auf dem Asphalt zu liegen, lähmte ihn.

Die betagte Dame grüßte ihn mit einem Nicken, trat auf die Straße und setzte dort ihren Weg fort.

„Na bravo. Selbst sie ist schneller als ich." Zähneknirschend schaute er ihr hinterher und erwog ernsthaft, umzudrehen und sich zu Hause zu verkriechen. Aber Aufgeben kam für ihn eigentlich nicht infrage. Damit käme er noch weniger zurecht. Das wusste er vom Sport, aber auch von den ungelösten Fällen des KK 11. Sie nagten an ihm, jeder einzelne. Wie Stacheln saßen sie in seinem Fleisch. Es ging ihm nicht darum, zu gewinnen, sondern etwas bis zum Schluss durchzuziehen, und dazu gehörte nun mal, dass der Böse inhaftiert wurde.

Als Daniel ins HRC hineinrollte, geschah genau das, was er nicht wollte. Alle starrten ihn an. Sie musterten ihn und seinen Bock. Was dachten sie wohl in diesem Augenblick? *Der arme Kerl! Womit hat er das verdient? Was ist ihm zugestoßen? Welche Scheiße hat er verbockt, um derart bestraft zu werden?*

Daniels Hände krallten sich um die Greifringe. Er war sauer auf die Gaffer und öffnete den Mund, um ihnen einen Spruch zu drücken. Doch sie beachteten ihn längst nicht mehr, blickten aus dem Fenster oder führten die Gespräche mit ihren Freunden fort. Dadurch wurde Daniel bewusst, dass er in Wahrheit nur sein Schamgefühl durch Wut, die nun augenblicklich verpuffte, überspielen wollte.

Nur eine Frau sah ihn noch an. Wie dreist, dachte er.

Ihre langen schwarzen Haare flossen wie Teer über ihre linke Schulter. Daniel stand nicht auf Brillen, aber er fand, dass das Modell mit der dicken schwarzen Fassung zu ihr passte. Der blutrote Lippenstift war der einzige Farbtupfer in ihrem Gesicht.

Griesgrämig biss er seine Zähne zusammen, bis seine Kiefer schmerzten. Gleich würde sie weggucken, da er sie beim Starren ertappt hatte. Zu seinem Erstaunen tat sie das jedoch ganz und gar nicht, sondern sie lächelte ihn an.

Das war das Letzte, mit dem er gerechnet hatte!

Seine Wangen brannten, bestimmt waren sie genauso rot wie der Mund der Fremden. Es war nicht sie, sondern Daniel, der wegschaute, weil es ihn verlegen machte, dass sie mit ihm flirtete. Er war doch kein richtiger Mann mehr, sondern vielmehr eine Last.

Kauf dir eine stärkere Brille, dachte er, siehst du nicht, was mit mir los ist? Erneut schielte er zu ihr, nicht etwa, weil sie ihm gefiel, sondern weil ihre Reaktion ihm schmeichelte.

Lachend senkte sie ihren Blick, um ihn dann erneut auf Daniel zu richten.

Mit einem Mal wurde Daniel heiß und er ertappte sich dabei, wie er dämlich grinste. Plötzlich fühlte er sich erleichtert, ja, geradezu … gut.

Es gab also auch Menschen, die sein Rolli nicht störte. Die Kommentare von Marie, seiner Mutter und seinen Ärzten zählten nicht, sie sollten ihn lediglich aufmuntern. Was die Weißkittel schwatzten, war ohnehin Heuchelei. Wie konnten sie behaupten, alles würde wieder gut werden, man könnte auch als Gehbehinderter ein erfülltes Leben führen, wenn sie selbst von einem solchen Schicksalsschlag verschont geblieben waren?

„Diese Quacksalber können mir den Buckel runterrutschen", sagte er zu sich selbst und machte sich auf zu Tomasz, der auf der anderen Seite des Eingangs saß, und ihn zu sich winkte. Die Chirurgen hatten ihm nicht helfen können, warum sollten es die Psychotherapeuten? Er wollte ihr vorgetäuschtes einfühlsames Geschwafel nicht hören.

Als er die Hand seines Kollegen und Freundes schüttelte, spürte er die Hornhaut an seiner eigenen Innenfläche. Vielleicht sollte er doch spezielle Rollstuhlhandschuhe kaufen. Sie waren entweder aus weichem Leder oder Neopren, manchmal mit Geleinlagen versehen und schützten nicht nur, sondern verbesserten auch die Zugkraft. Denn er würde eher tot umfallen, als einen Elektrostuhl zu benutzen.

Bisher hatte er sich gegen Hilfsmittel gewehrt, weil er trotz Behinderung kein Warmduscher war. Er war ganz unten, das auf jeden Fall, aber wie er in Momenten wie diesem feststellte, hatte er noch nicht jeglichen Stolz verloren. Er war noch lange nicht am Ende.

„Dir geht es anscheinend besser als bei unserem letzten Treffen vor … Das dürfte Monate her sein, irgendwann im Sommer, nach deiner Entlassung aus der Spezialklinik." Tomasz kniff in seine eigene Wange. „Du hast eine gesunde Farbe."

Aus Reflex hätte sich Daniel beinahe zu der Schwarzhaarigen herumgedreht, aber er hielt sich in letzter Sekunde davon ab. „Es ist ganz schön anstrengend, einen Sulky ohne Pferde zu fahren."

„Du solltest mit mir laufen gehen, aber das habe ich dir ja schon ein paar Mal vorgeschlagen."

„Laufen?" Daniel schnaubte. „Du joggst und schiebst mich vor dir her wie einen Kinderwagen?"

Tomasz verdrehte seine Augen. „Ich renne und du heizt deinen Feuerstuhl an, um deine Armmuskulatur aufzubauen."

„Danke, aber ich stemme zu Hause Gewichte."

„Du musst auch mal aus deinem Käfig raus."

„Ich bin hier, oder etwa nicht?"

Seufzend legte Tomasz seine Arme rechts und links auf die Rückenlehne der Bank, auf der er saß.

In all den Jahren, in denen sie zusammen im Kriminalkommissariat 11 arbeiteten, hatte er sich nicht verändert, fiel Daniel das erste Mal auf, und er beneidete seinen Freund darum. Sein Gesicht war rund und groß wie ein Basketball, aber er sah keineswegs schlecht aus, sondern war immer leicht gebräunt. Angeblich ging er nur einmal monatlich ins Solarium, doch Daniel nahm ihm das nicht ab. Er färbte seine Haare fast in demselben Ton wie Maries Lederstiefel. Cognacfarben nannte Marie das, Daniel erinnerte es eher an die Heilerde, die Benjamin vor Jahren auf seine Pickel geschmiert hatte. Meistens trug er Bluejeans, ein dezent kariertes Hemd und eine Jeansjacke, so auch an diesem Mittag. Daniel empfand eine Vertrautheit, durch die er sich in Toms Nähe wohlfühlte.

Außerdem war er der einzige Mensch neben Marie und seiner Mutter, der wusste, dass Daniel einmal selbst auf der Schwelle gestanden hatte, an der er sich für die helle oder die dunkle Seite hatte entscheiden müssen. Die Erinnerung lastete immer noch schwer auf ihm. Er wischte den Gedanken an den intensivsten Moment seines Lebens fort, doch ein Schatten haftete auf seiner Seele wie Teer und würde sich niemals abwaschen lassen.

Er wollte lieber an schöne Dinge denken, was aufgrund seiner Lähmung nicht einfach war, aber er bemühte sich – erfolgreich.

Mit einem Mal wurde ihm bewusst, dass alles, was er mochte, noch da war: Tomasz, Marie, Köln mit seinen vertrauten Straßen, der Duft nach leckerem Essen, das Lachen der Vierergruppe am Nachbartisch und sein Wunsch, wieder Teil all dessen zu sein. Bis jetzt hatte er sich als Außenseiter gefühlt. Er hatte gedacht, das Leben hätte sich verändert, aber das stimmte so nicht – nur er war ein anderer geworden. Wieder einmal. Aber konnte er zurück auf die Sonnenseite finden? Oder war dort der Boden zu uneben, um darauf mit seinem Chopper zu fahren?

Er hatte schon einmal geschafft, sich neu zu erfinden, damals, als sein Vater in Handschellen abgeführt worden war und er und seine Mutter vor dem Nichts gestanden hatten, aber diesmal war etwas anders: Seine Beine hingen wie totes Gewebe an seinem Oberkörper. Es existierten keine Superhelden im Rollstuhl.

„Woran denkst du?“, fragte Tomasz und nippte an seiner Coke.

Daniel wachte aus seinen Gedanken auf und bemerkte erst jetzt, dass die Kellnerin neben ihm stand, ihr Kaugummi von einer Wange in die andere schob und ungeduldig mit einem Kugelschreiber auf ihren Block trommelte. Er bestellte ein alkoholfreies Kölsch und klopfte gegen seine Reifen. „Ich überlege, ob ich mir Stulpen für meine Räder zulegen soll, damit ich den Schmutz von draußen nicht in die Wohnung reinbringe. Es gibt tolles Zubehör für Krüppel-Harleys.“

Tom stellte sein Glas so energisch auf der Tischplatte ab, dass Daniel befürchtete, es könnte zerbersten. „Du solltest Gehbehinderte nicht als Krüppel bezeichnen.“

„Du bist doch sonst nicht so politisch korrekt." Daniels Lachen klang gekünstelt und steckte Tomasz nicht an. Also wurde er ernst. Seinem Freund konnte er eben nichts vormachen. „Ich nenne nur mich so, niemals andere Gelähmte, denn ich habe großen Respekt vor jedem, der sein Leben mit einer Behinderung meistert."

Tom lehnte sich zurück und verschränkte seine Arme. Der Jeansstoff seiner Jacke spannte sich eng über seine Ellbogen. „Aber nicht vor dir selbst?"

„Ich meistere gar nichts", brachte Daniel gepresst hervor und schaute sich um, ob jemand ihr Gespräch hören konnte, aber die anderen Gäste saßen zu weit weg. „Ich lebe ja nicht einmal richtig."

„Dann ändere das. Du könntest zurück ins Polizeipräsidium kommen. Gute Polizisten sind dort immer gefragt."

„Christian Voigt hat mich angerufen, aber das weißt du sicherlich."

„Der Leiter der Direktion Kriminalität spricht nicht mit einem Oberkommissar über Personaldinge." Tom zwinkerte. „Wenn einer davon weiß, dann der Fuchs."

Da hatte er recht, der Kriminaldirektor hatte garantiert mit Daniels Vorgesetztem, dem Ersten Kriminalhauptkommissar Karsten Fuchs, gesprochen, bevor er sich mit ihm, Daniel, in Verbindung gesetzt hatte. „Voigt hat mir angeboten, zurückzukehren."

„Das ist doch toll!"

Für einen Moment glaubte er, dass Tomasz seinen Arm tätscheln wollte, denn sein Kollege legte beide Handflächen auf den Tisch und schob sie ein Stück weit auf Daniel zu. Zum Glück tat er es nicht, denn sonst hätte er Tom zeigen müssen, dass er durchaus noch in der Lage war, ihm einen Klaps zu geben. Er wollte weder wie ein Kind behandelt werden, noch ertrug er Jovialität. „Scheiße ist es. Ich soll in die Direktion für zentrale Aufgaben. Kannst du dir vorstellen, wie ich am Schreibtisch sitze und nichts anderes mache, als Akten zu bearbeiten?"

Zögerlich schüttelte Tomasz den Kopf. „Den Papierkram hast du schon immer gehasst. Aber he, es ist ein sicherer Job, der dir auf einem Silbertablett angeboten wird."

Genau aus diesen beiden Gründen hatte er Marie gegenüber das Angebot nicht erwähnt. „Mag sein, dass ich undankbar klinge, aber ich würde kaputtgehen. Ich gehöre auf die Straße, ich will vor Ort ermitteln und keine Tippse sein."

„Jetzt übertreibst du aber." Tom nahm sein Glas und ließ den letzten verbliebenen Eiswürfel in der braunen Flüssigkeit rotieren.

„Innendienst. Verwaltung. Dafür bin ich nicht gemacht. Das ödet mich an! Es ist nicht der Job, für den ich studiert habe und für den ich mir jahrelang den Arsch aufgerissen habe und weiter aufreißen will."

„Aber du darfst nun mal keine Waffe mehr tragen, so ist die Vorschrift", sagte Tom einfühlsam.

„Weil ich im Rollstuhl sitze? Das ist doch gequirlter Mist! Diskriminierung von Behinderten nenne ich das." War es nicht, das war ihm klar. Sachlich betrachtet sprach die Vernunft gegen ihn. Doch nun, da er selbst betroffen war, sah er das anders. Die Hälfte seines Körpers lebte noch, sein Kopf funktionierte bestens. Aber gegen einen Flüchtenden oder einen Angreifer hatte er natürlich keine Chance. Tomasz, dem diese Gründe bewusst waren, zählte sie nicht auf, sondern schwieg. Daniel raufte sich die Haare. „Vollzugsunfähig, ich! Scheiße. Und das nicht einmal, weil ich im Dienst verletzt wurde."

Ohne zu trinken stellte Tom sein Glas wieder ab, als wäre ihm durch den Verlauf des Gesprächs die Lust auf Cola vergangen. „Das hätte es auch nicht besser gemacht."

„Heroischer", antwortete Daniel, ohne darüber nachzudenken.

„Willst du damit etwa sagen – hätte dich ein Arbeitsunfall in den Rollstuhl gebracht, würdest du deine Querschnittslähmung stolz ertragen, wie eine Narbe, die dir im Krieg zugefügt worden ist und die allen zeigt, wie tapfer du gewesen bist?" Tom tippte mit dem Finger gegen Daniels Schulter. „Diese Denkweise, Kumpel, ist krank."

Eine Weile dachte Daniel nach. Schließlich murmelte er: „Vielleicht sollte ich doch zum Psychodoc gehen."

Die Kellnerin kam, doch sie blieb wie erstarrt neben ihnen stehen und wagte kaum zu atmen, so schien es jedenfalls, denn nun legte Tomasz erst richtig los: „Du denkst, wenn du im Büro arbeitest, sitzt du nur faul auf deinem Arsch herum, aber du sitzt sowieso die ganze Zeit in deinem Rollstuhl, und Faulheit ist nichts, was ich mit Daniel Zucker in Verbindung bringe, also reiß dich zusammen und mach das, was du am besten kannst: Kriminelle aufspüren und hinter Gitter bringen."

Eine Pause entstand. Die Kellnerin stellte das Bier vor Daniel und eilte davon, ohne zu fragen, ob er etwas essen wollte.

Überrascht schaute er Tom an. So ehrlich und geradeheraus hatte seit seinem Unfall niemand mit ihm gesprochen. Im Gegenteil, alle behandelten ihn wie einen Mensch aus hauchdünnem Glas, was ihn wahnsinnig machte. Deshalb war er jetzt beeindruckt. Endlich mal jemand, der ihm die Meinung geigte und ihn nicht behandelte, als könnte er zerbrechen, wenn man ihn härter anfasste oder Tacheles mit ihm redete.

Er nahm die Flasche und hielt sie Tomasz hin. „Auf unsere Freundschaft."

„Auf unsere Freundschaft", sagte Tom, nahm seine Coke und stieß mit ihm an.

„Wir machen uns Sorgen um Ben." Während Daniel einen kräftigen Schluck nahm, wartete er auf eine Reaktion auf den Köder, den er ausgeworfen hatte, doch sie blieb aus. Daher fuhr er fort: „Benjamin Mannteufel, Maries Cousin."

„Ich weiß, wen du meinst." Mit der Zunge fischte Tomasz den verbliebenen Eiswürfel heraus und zerbiss ihn.

Allein von dem Geräusch bekam Daniel Phantomschmerzen an seinen Zähnen. „Der Tod seiner Freundin Julia hat ihn sehr mitgenommen. Bisher gab es zumindest noch die theoretische Möglichkeit, dass sie letztes Jahr auf der Party einfach nur mit einem Jungen durchgebrannt war und irgendwo ein schönes Leben führte, aber diese Hoffnung hat sich mit dem Fund ihrer Leiche endgültig zerschlagen."

„Bei der Befragung auf dem Revier schien er einen Schock zu haben."

„Routinebefragung", stellte Daniel klar und schaute ihn aufmerksam an, um jede noch so kleinste Regung mitzubekommen. Aber Toms Pokergesicht bröckelte nicht. Das hatte er nicht beim Kartenspielen gelernt, sondern bei den Befragungen von Verdächtigen auf dem Polizeipräsidium. Er nickte lediglich zustimmend.

Dann machte er doch einen Fehler.

Er warf einen Blick zur Menükarte, die eingeklemmt zwischen Salz-, Pfefferstreuer und Zahnstochern in einem Gestell zwischen ihnen stand, nahm sie jedoch nicht, weil auch ihm klar war, dass Daniel das neben seinem Schweigen als Ablenkungsmanöver gewertet hätte.

Daniels Skepsis wuchs. Was verheimlichte ihm sein Freund?

Als Julia plötzlich verschwand, hatten die Kollegen von der Vermisstenstelle den Fall übernommen und nicht das KK 11, die Abteilung für Tötungsdelikte. Ohne Leiche oder den Hinweis auf eine Bluttat wurde keine Mordkommission einberufen.

Angeblich hatte niemand gesehen, wie Julia betrunken in den Rhein gefallen war. Daniel erinnerte sich noch gut daran, wie er für Ben mit seinen Kollegen aus der anderen Abteilung darüber gesprochen hatte. Sie hatten lediglich vermutet, dass es sich so abgespielt haben könnte.

Um herauszufinden, was wirklich geschehen war, hatten sie sofort nach Julias Verschwinden die Partygäste, die größtenteils aus Hausbesetzern, Studenten und Jugendlichen bestanden, befragt und die Location nach Spuren untersucht. Recht erfolglos. Die einen wollten das Mädchen in den Armen von gleich zwei Männern gesehen haben. Die anderen behaupteten, sie hätten beobachtet, wie sie heulend durch das verwilderte Grundstück, das sich auf der Rückseite des heruntergekommenen Gebäudes bis hinab zum Ufer erstreckte, taumelte. Wieder andere glaubten, sie sei früh heimgefahren, weil sie sich von einem „alten geilen Bock" belästigt gefühlt hatte. Aber da Alkohol und Drogen konsumiert wurden, hatten die Ermittler die Aussagen als wenig zuverlässig eingestuft, dennoch waren sie ihnen nachgegangen, ergebnislos. Einige der Zeugen hatten Julia nicht einmal auf einem Foto wiedererkannt.

Nun ergriff Tomasz die Speisekarte doch. Er schlug sie auf und tat so, als würde er darin lesen. Da er sprach, wusste Daniel, dass er es nicht tat. „Ich habe ihm die Adresse eines Psychotherapeuten, der sich auf Viktimologie spezialisiert hat, gegeben, aber er lehnte ab, ihn auch nur zu einem Vorgespräch aufzusuchen."

Im ersten Moment nahm Daniel sich vor, Ben ins Gewissen zu reden, doch dann schalt er sich einen Narren. Wie konnte ein Esel einen anderen davon überzeugen, weniger stur zu sein? Das war unmöglich, geradezu lächerlich.

„Warst du auch auf Julia Kranichs Beisetzung?", fragte er, um Tom aus der Reserve zu locken. Marie hätte ihn zwar erkannt, aber vielleicht hatte sie ihn aufgrund der vielen Menschen, die das Mädchen auf ihrem letzten Weg begleitet hatten, nur nicht entdeckt.

Sein Gegenüber sah auf. „Nein, war ich nicht. Warum sollte ich?"

Daniel kannte diesen Blick von der Befragung Verdächtiger, die etwas verbargen. Auch Tomasz hatte seine Mimik eingefroren, damit kein Zucken der Mundwinkel oder kein Blinzeln ihn verriet, doch ebenjene bemüht emotionslose, völlig unnatürliche Maske und die verkrampfte Sitzhaltung ließen Daniel erahnen, dass Tom etwas vor ihm zurückhielt.

„Natürlich nicht. Du hattest ja die Befragungen durchgeführt. Auf dem Friedhof wärst du wiedererkannt worden, daher hat der Fuchs andere Kollegen hingeschickt und einen Fotografen, der Bilder von der Trauergemeinde schoss." Zufrieden mit seiner Analyse der Situation schlang er seine Finger ineinander. „Das kann nur bedeuten, dass ihr gehofft habt, jemand würde sich auffällig verhalten, indem er plötzlich zusammenbricht, hysterisch herumschreit oder auch völlig teilnahmslos dabeisteht. Vielleicht habt ihr auch auf einen Streit unter den Anwesenden gewartet. Um einen Hinweis auf was zu finden?"

Zähneknirschend legte Tomasz die Karte weg, nahm sein Handy aus der Jackentasche und schaute kurz darauf, als suchte er nach einer Ausrede, gehen zu müssen. Er steckte es wieder weg und blieb Daniel eine Antwort schuldig.

Dessen Haut kribbelte plötzlich von innen, als würde sein Blut aus Knallbrause bestehen. Er hatte Lunte gerochen und würde nicht eher Ruhe geben, bis er in Erfahrung gebracht hatte, was vor sich ging. Seine Neugier war geweckt. Sein Spürsinn witterte, dass etwas nicht stimmte und, was immer es war, mit Benjamin zu tun hatte. Das machte es für Daniel persönlich. Auch wenn er im Rollstuhl saß und Tom sein Freund war, würde er dennoch seine Zähne wie ein Kampfhund in seinen Arm schlagen und ihn nicht eher aus dem HRC lassen, bevor er mit der Sprache herausgerückt war.

Er fuhr so dicht an den Tisch heran, bis die Reifen an die Platte stießen. „Was wisst ihr über Julia? Welche Informationen haltet ihr zurück?"

„Darüber darf ich nichts sagen, das weißt du", sagte Tomasz. Er nahm einen Zahnstocher, schob ihn zwischen seine Zähne und biss so hart darauf, dass die Spitze abbrach. Überrascht spie er sie in seine Handfläche und ließ sie auf den Boden fallen.

„Maries Cousin Benjamin war mit ihr befreundet, verdammt noch mal."

„Ich weiß." Unentwegt tippte Tom mit dem kleinen Holzstab auf den Tisch.

Das machte Daniel nervös, daher entriss er ihn ihm. „Er leidet wie ein Hund."

Seufzend massierte Tomasz seine Schläfen mit den Handballen.

„Alle halten Julias Tod für ein Unglück", bohrte Daniel weiter. „Aber die Pressestelle des Präsidiums hat das bisher nicht bestätigt, sondern nur bekannt gegeben, dass routinemäßig ermittelt wird. Mir sind diese kleinen Spitzfindigkeiten wohlbekannt, ich war mal einer von euch."

„Das bist du weiterhin, wenn du noch willst. Du könntest …"

Mit einer Geste unterbrach Daniel ihn. Es ging hier nicht um ihn, sondern um Ben. „Ach komm schon. Wäre Julias Ableben ein Unfall gewesen, hättet ihr die Untersuchungen längst abgeschlossen und die Medien davon in Kenntnis gesetzt, damit sie euch nicht länger mit permanentem Nachfragen belästigen und die Gerüchteküche anheizen, indem sie die wildesten Spekulationen aufstellen. Das Spiel kenne ich."

„Spiel?", zischte Tom leise, denn eine Mutter schob gerade ihren Kinderwagen an ihnen vorbei und nahm ihnen gegenüber am Fenster Platz. „Das ist die Wirklichkeit."

„Das Prozedere, die Hinhaltetaktik." Daniel blinzelte. „Schön vage bleiben, nichts zugeben und heimlich weiterermitteln."

Tom dämpfte seine Stimme weiter, doch dadurch klang sie noch aufgebrachter: „Deshalb hast du dich mit mir getroffen, jetzt verstehe ich. Wie oft habe ich versucht, dich zu überreden, mit mir etwas zu unternehmen? Ich dachte, du wärst endlich dazu bereit, aus deinem Schneckenhaus herauszukommen, ehrlich, darüber habe ich mich sehr gefreut. Aber du hast dich nur mit mir getroffen, um mich auszufragen, habe ich recht?"

„Und du bist gekommen, um mich weichzuklopfen, damit ich auf Voigts Angebot eingehe. Du wusstest, dass der Direktor mit mir gesprochen hat, das habe ich sofort gemerkt."

Tomasz' Lächeln wirkte bitter. Er atmete tief durch und lehnte sich zurück. „Du bist eben ein guter Beobachter, ein guter Kommissar. Es wäre schade, wenn die Polizei dich verlieren würde."

Und es wäre schade, wenn ich die Kripo verlöre, dachte Daniel, denn er hatte immer Erfüllung in seinem Job gefunden. Aber das behielt er im Moment lieber für sich, weil er vor einem Dilemma stand, das er nicht zu lösen vermochte. Vielleicht konnte er, wenn er nur lange genug überlegte, sich doch vorstellen, irgendwann zurückzukehren. Aber auf keinen Fall unter den Konditionen, die Voigt ihm anbot!

„Tom", begann Daniel behutsam, denn die Brecheisenmethode hatte bei seinem Kollegen nicht funktioniert, natürlich nicht, denn er war genauso ein harter Brocken wie Daniel selbst. „Ich habe nicht vor, Benjamin die Details zu verraten, das würde ihm mehr schaden, als ihm über seine Trauer hinwegzuhelfen. Auch Marie werde ich nicht einweihen in das, was du mir gleich erzählen wirst."

„Ach, werde ich das?" Sein Freund lachte.

„Sie würde sich nur noch mehr Sorgen machen und ich strapaziere schon genug ihre Nerven, sie braucht nicht noch mehr Kummer." Außerdem befürchtete er, dass sie sich auf die Suche nach der Wahrheit begeben könnte. Sie war eine quirlige Neunundzwanzigjährige, die mehr Feuer im Hintern hatte, als man bei ihrer zierlichen Statur vermuten würde. Außerdem hasste sie Ungerechtigkeit, und in diese Kategorie fiel für sie auch der Tod einer Jugendlichen.

„Also gut, aber nur weil ich weiß, wie hartnäckig du bist und dass du deinen Mund halten wirst, denn was ich jetzt tue, ist gegen die Vorschriften. Käme das heraus …"

„Du weißt, dass ich dich niemals verpfeifen würde." Daniel wusste, dass Tom ihn auch einweihte, um ihn heiß auf die Polizeiarbeit zu machen. Und, verdammt noch mal, mit diesem Schachzug hatte er Erfolg.

Tom rutschte auf der Bank näher an ihn heran, lehnte sich zu ihm herüber und flüsterte beinahe: „Die Leiche des Mädchens war mit einem Betonblock, einem Teil einer Mauer, beschwert worden. Früher begrenzte diese das Grundstück, auf der die Party stattfand, aber sie zerfällt schon seit Jahren und dadurch ist ein Loch entstanden."

„Julia wurde versenkt?"

„Polizeitaucher entdeckten den Klotz auf dem Grund des Rheins. Ein Stück Kabel hing noch daran, dasselbe wie um Julias Fußgelenk gebunden gewesen war. Es stammt nachweislich aus dem Keller des Partygebäudes." Tom rieb seine Handflächen aneinander. „Die Strömung hatte das Bruchstück zwar glatt geschliffen, aber die Zusammensetzung von Zement, Gesteinskörnung, Wasser und weiteren Zusatzstoffen stimmte mit der der Mauer überein, wie das Labor des Landeskriminalamtes festgestellt hat. Jemand hat es mit dem Kabel an Julias Fuß gebunden und sie im Rhein versenkt."

„Folglich wurde sie mit großer Wahrscheinlichkeit dort getötet. Und hat auf der Feier ihren Mörder getroffen", überlegte Daniel laut. Und er saß nutzlos in diesem Krankenkassen-Chopper herum, anstatt den Mörder zu jagen. Verärgert schlug er auf seinen Oberschenkel, aber er spürte den Schlag nur an seinen Handflächen, ein Umstand, an den er sich immer noch nicht gewöhnt hatte.

„Er könnte ihr auch dorthin gefolgt sein."

„Warum haltet ihr zurück, dass Julia Kranich umgebracht wurde?" Bevor Tomasz antworten konnte, schnalzte Daniel. „Dumme Frage, das ist doch klar. Ihr wart in Zivil auf ihrer Beisetzung, weil ihr den Mörder des Mädchens in ihrem Umfeld vermutet."

Benjamin hatte nichts damit zu tun, so viel stand für Daniel fest. Auch wusste der Junge sicherlich nicht, was auf der Fete passiert war, denn wenn es so wäre, hätte er es bei der Befragung ausgesagt. Er war eine ehrliche Haut. Ein einziges Mal hatte er in der Unterstufe auf dem Gymnasium bei einer Arbeit geschummelt. Der Lehrer hatte ihn erwischt, was Ben so peinlich gewesen war, dass er es seitdem ließ, auch weil er nicht gut darin war. Daniel nahm ihm das ab, denn für gewöhnlich wurde Ben recht schnell rot im Gesicht, wenn er flunkerte.

Nein, er hatte mit Julias Ermordung garantiert nichts zu tun. Es sei denn, es war auf der Party etwas geschehen, das die böse Seite, die in jedem Menschen schlummert, in ihm zum Vorschein gebracht hatte.

5. KAPITEL

Seine Mutter hätte tot sein können! Oder querschnittsgelähmt wie Daniel. Allein die Vorstellung, sie mit seiner Dummheit für den Rest ihres Lebens ans Bett gefesselt zu haben, machte Benjamin fertig. Er brauchte dringend etwas Starkes, auch wenn die Gefahr, erwischt zu werden, groß war.

Mit zittriger Hand öffnete er die unterste Schublade seines Schreibtisches, nahm einige Ordner heraus und betrachtete die Flasche Wodka, die er dort neben einigen Blunts versteckt hatte. Doch bevor er sich entscheiden konnte, was ihn besser und schneller entspannen würde, klingelte es an der Wohnungstür.

Sein Puls beschleunigte sich. Waren die Bullen gekommen, um ihn zu holen? Hatten sie einen Tipp erhalten? Oder hatten sie eventuell sogar Spuren von ihm im Auto gefunden? Eigentlich war das nicht möglich und trotzdem konnte es sein.

Inzwischen glaubte er, dass alles möglich war. Schon lange war nichts mehr so, wie es früher gewesen war. Sein Leben glich einem Schiff auf stürmischer See, das von fremden Mächten hin und her geschleudert wurde und das nur noch darum rang, nicht unterzugehen.

Zuerst wollte er Kobold zurück in seinen Käfig setzen, doch das hätte ihn wertvolle Zeit gekostet, daher richtete er sich vorsichtig auf und setzte seine Ratte, die kopfüber an ihm hinabkrabbeln wollte, um herauszufinden, was er da unten machte, auf seine Schulter. Liebevoll rieb er seine Wange an ihrem weißen Fell, das nur um und auf den Ohren herum graubraun war. Wie flauschig es sich anfühlte! Noch immer konnte er sich nicht damit abfinden, sein Haustier einsperren zu müssen, wenn er nicht zu Hause war, aber sonst hätte Ma seinen kleinen Freund nicht akzeptiert. Das war eh ein Kampf gewesen. Und war es noch immer.

Denis hatte sich über den Namen lustig gemacht: „Kobold? Stammt er aus einem dieser superdämlichen Fantasyfilme? Du weißt schon, in denen Kinder durch ein Arschloch in eine Parallelwelt gelangen." Er war der Einzige, der über seinen Witz gelacht hatte. Dabei hatte er gesabbert wie der Bernhardiner des Nachbarn aus dem Erdgeschoss, sodass Ben zurückgetreten war, um seine Ratte zu schützen. „Aus dem Alter sind wir raus."

„Der Name ist nicht kindisch, sondern schwul", hatte Maik gesagt, aber Ben war die Meinung seiner beiden besten Freunde egal. Er nannte seine Ratte, wie er es wollte, und Kobold passte eben zu seinen großen roten Augen. Wenn diese ihn direkt ansahen, hatte Ben das Gefühl, dass das Tier ihn verstand.

Wie ein Spion in den eigenen vier Wänden öffnete er leise seine Zimmertür und spähte durch einen Spalt in den Korridor hinaus.

Nicht die Polizei.

Erleichtert atmete er aus und merkte erst jetzt, dass er angespannt die Luft angehalten hatte. Es war nur Marie, die hereinkam und ihrer Mutter Irene durch den Gang folgte. Die Wangen seiner Cousine waren gerötet und sie hielt ihre Handtasche so fest in ihren Händen, dass es wirkte, als würgte sie das Leder.

„Pst", machte er leise, doch sie hörte ihn nicht, sondern bog bereits ins Wohnzimmer ab, in dem seine Mutter hilflos im Ohrensessel saß und sich sorgte, weil die Staubschicht auf Fernseher, Regal und Sideboard stündlich dichter wurde und sie nichts dagegen machen konnte.

Ihm blieb nichts anderes übrig, als zu den Frauen zu gehen, um auf eine Chance zu lauern. Aus der Küche roch es nach Kaffee, die Maschine presste lautstark Wasser durch den Filter. Er stellte sich in den Türrahmen, die Hände in die Hosentaschen gesteckt, und überlegte, wie er Marie zur Seite nehmen konnte. Denn er musste dringend mit ihr sprechen. Er brauchte ihre Hilfe. Musste sie einweihen. Aber er durfte nicht das gesamte Puzzle aufdecken, sondern ihr nur ein einziges Teilchen zeigen. Er wollte es nicht, aber man zwang ihn dazu. Sonst würde alles noch schlimmer werden.

„Musst du dieses Vieh mit herbringen?", fuhr seine Mutter ihn aus dem Sessel an. „Irene ekelt sich davor, das weißt du doch."

Wie zum Beweis verzog seine Tante, die ihr gegenüber auf der Couch saß, angewidert ihr Gesicht. Benjamin versuchte, sich seinen Spaß nicht anmerken zu lassen. Manchmal liebte er es zu schockieren, ganz besonders seine steifen Verwandten.

„Kaum hört Ben deine Stimme, Marie, kommt er aus seinem Zimmer. Mir hilft er nur, wenn ich ihn rufe, ansonsten lässt er mich alleine", rügte ihn seine Mutter, lächelte jedoch im nächsten Moment schon wieder.

Selbst wenn sie ihm etwas übel nahm, konnte sie nicht ernsthaft böse auf ihn sein. Das machte es für Benjamin leichter, sich gegen sie aufzulehnen, aber manchmal wünschte er sich, sie würde strenger durchgreifen. Hätte sie zum Beispiel durchgesetzt, dass er kein Smartphone bekam, sondern ein normales Handy reichte, hätte er keine GPS-App herunterladen können und wäre nicht in diese Scheiße hineingeraten.

„Ich muss Hausaufgaben machen. Tante Irene war doch bei dir." Obwohl er von ihr sprach, schaute er sie nicht an, denn ihr vorwurfsvoller Blick ließ ihn frösteln. Das hatte sie wirklich drauf. Manchmal fragte er sich, wie zwei Schwestern so unterschiedlich sein konnten. Wäre seine Mutter eine strenge Matrone wie Irene Bast, wäre er wohl an seinem achtzehnten Geburtstag ausgezogen. Arme Marie! Er hatte zum Glück den mütterlich warmen Typ abbekommen, aber umso mehr tat es ihm weh, dass man sie verletzt hatte.

Er verhielt sich wohl in letzter Zeit ein wenig schräg. Das sah er ein, konnte es aber nicht ändern. Seine Mutter hatte ihm vorgeworfen, gleichgültig gegenüber allem zu sein, selbst was den Unfall mit Fahrerflucht, in den sie verwickelt gewesen war, betraf, doch das war so ungefähr das Gegenteil von dem, was in ihm vorging.

Er ertrug es nicht, ihren Gips zu sehen und zu wissen, dass ihre Knochen darunter angebrochen waren. Die grün-blauen Flecken, die ihre ganze rechte Seite überzogen, ließen Tränen in seine Augen steigen. Sich vorzustellen, wie der Wagen seine Mutter weggeschleudert hatte, machte ihn gleichzeitig wütend und schwermütig, weil er sie nicht davor hatte bewahren können.

Deshalb sah er sie kaum noch an. Darum sprach er selten. Das waren die Gründe, wieso er sich in seinem Zimmer verkroch. Nicht etwa weil er zu wenig fühlte – sondern zu viel.

Er gab ja zu, einen Panzer um sich aufgebaut zu haben, aber in ihm wirbelten seine Gedanken so laut durcheinander, dass er kaum noch mitbekam, was um ihn herum geschah. Als seine Ma angefahren wurde, hatte der Sturm in seinem Kopf vor Schock kurz Ruhe gegeben – als stände er im Auge eines Tornados –, um danach umso lauter weiterzutosen. Ben befürchtete, eines Tages über diesen Krach noch verrückt zu werden!

Marie neigte sich zu ihrer Tante Heide herunter und drückte sie vorsichtig. „Ich wäre schon gestern gekommen, aber Mutter meinte, die Untersuchungen im Krankenhaus würden bis spät in die Nacht dauern."

„Mit der Prognose hatte sie recht gehabt. Außerdem hätte es sein können, dass ich notoperiert werden musste. Aber die Verletzungen stellten sich als halb so schlimm heraus, darum wurde ich nicht stationär aufgenommen. Mein Fuß ist nur angebrochen und die Hämatome sehen schlimmer aus, als sie sind." Heide bemühte sich um ein Lächeln, aber es wirkte gekünstelt. „Musst du nicht arbeiten?"

Marie schaute auf die Wanduhr, sie zeigte kurz nach zwölf Uhr an. „Ich habe eine Stunde Mittagspause. Als meine Mutter gestern Abend am Telefon meinte, es sieht böse aus, wäre ich am liebsten sofort zu dir in die Klinik gekommen."

„Weil du dachtest, mein letztes Stündlein hätte geschlagen." Vorwurfsvoll schaute Heide Irene an. „Du weißt doch, wie sie ist. Sie neigt zu Übertreibungen."

Irene Bast zog den Saum ihres Rockes tiefer zu ihren Knien und strich den Stoff glatt. „Du redest, als würde es sich um eine Lappalie handeln. Meine Liebe, ein Mann hat dich angefahren. Wie du sagtest, ist er mit quietschenden Reifen losgefahren, hat dich auf die Motorhaube genommen und auf den Asphalt geschleudert, dabei war auf dem Parkplatz des Supermarkts kaum etwas los, sodass er dich hätte sehen müssen. Dann ist dieser Rowdy auch noch geflüchtet, ohne dir zu helfen. Ich finde das schockierend. Du hättest sterben können."

Benjamin fühlte einen Stich im Herzen. Seine Beine waren plötzlich wie Pudding. Am liebsten wäre er in den Schutz seines Zimmers geflüchtet, aber erst musste er mit Marie reden.

„Bin ich aber nicht. Also, warum sich um etwas Kopfschmerzen machen, was nicht eingetreten ist. Unkraut vergeht nicht", zwitscherte seine Mutter fröhlich, doch als sie das Kissen hinter ihrem Rücken zurechtrückte, biss sie ihre Zähne zusammen und ihr Gesicht verzog sich vor Schmerz.

„Hat die Polizei eine erste Spur? Das Autokennzeichen oder eine Täterbeschreibung?" Marie nahm die blaugrün karierte Wolldecke, die auf der Armlehne der Couch lag, und wollte sie über Heides Beine ausbreiten.

Doch diese wiegelte ab. „Ein Passant hat sich tatsächlich das Kennzeichen aufgeschrieben, aber es existiert nicht. Wahrscheinlich hat er es sich falsch gemerkt."

Ordentlich legte Marie die Decke zurück, aber Irene zupfte dennoch daran herum, sodass ihre Tochter mit den Augen rollte, was Ben trotz seiner Anspannung ein Grinsen entlockte. Kein Wunder, dass er seine Cousine gut leiden mochte. Das Verhältnis zu ihren Müttern war bei ihnen beiden nicht einfach.

Doch dann sagte sie etwas, das ihn aufwühlte: „Oder es handelte sich um ein gefälschtes Kennzeichen."

„Wie kommst du darauf?", schoss es aus Ben heraus. Sogleich biss er sich auf die Zunge. Seine Wangen brannten und er hatte das Gefühl, man sah ihm an, dass er etwas verheimlichte, etwas Schlimmes.

Hatten seine alten Kollegen Daniel auf ihn angesetzt, weil es Hinweise gab, die ihn mit dem Verschwinden von Julia oder dem Auto, das seine Ma auf dem Parkplatz von den Füßen geholt hatte, in Verbindung brachten? Hatte Daniel, der von seinem Vertrauensverhältnis zu Marie wusste, wiederum seine Frau gebeten, ihm auf den Zahn zu fühlen?

Nein, wohl eher nicht! Wenn die Beweise in seine Richtung gedeutet hätten, hätte man ihn längst aufs Polizeipräsidium bestellt oder sogar verhaftet. Das alles machte ihn langsam verrückt! Über seine Angst würde er noch wahnsinnig werden. Bevor sie ihn auffraß und er daran zugrunde ging, musste er seine Furcht mit Marie teilen. Vielleicht konnte sie ihm helfen. Auch wenn er sie besser aus allem heraushalten sollte. Er brachte eine weitere Unschuldige in Gefahr. Aber man ließ ihm keine Wahl. Ein Schweißtropfen rann zwischen seinen Schulterblättern hinab.

„Durch meine Arbeit beim Gericht denke ich wohl ständig an Verbrechen." Sie winkte ab und strich sich mehrfach eine Strähne hinter ihr Ohr, doch das Haar war so kurz und kraus, dass es nicht hielt. Im Hintergrund presste die Kaffeemaschine geräuschvoll die letzten Tropfen Wasser in den Filter. „Das war nur so dahingesagt. Ich hole den Kaffee."

„Deckst du den Tisch?" Heides Augen weiteten sich, um Ben ohne weitere Worte mitzuteilen, dass seine Chance gekommen war, sich ausnahmsweise mal von seiner guten Seite zu zeigen. Er kannte seine Mutter und diesen eindringlichen Blick.

Es tat ihm leid, sagen zu müssen: „Keine Zeit." Ihr enttäuschter Seufzer versetzte ihm einen Stich, aber er ging trotzdem in die Küche.

Im Wohnzimmer hörte er seine Tante Irene sagen: „Ich hatte auch nichts anderes erwartet. Ich mache das schon, meine Liebe." Der vorwurfsvolle Ton machte ihn sauer, aber wie immer schwieg er.

Wie hielt Marie es nur mit ihrer Mutter aus? Er stellte sich neben sie und überlegte, wie er es formulieren sollte, damit ihr nicht vor Schreck die Glaskanne aus der Hand fiel. Unruhig verlagerte er sein Gewicht von einem Fuß auf den anderen. Er nahm Kobold, drückte ihn an seinen Oberkörper und streichelte ihn unentwegt, weil ihn das beruhigte. Für gewöhnlich zumindest. Diesmal klappte es nicht.

Sie schaltete die Maschine aus und spülte die Thermoskanne mit heißem Wasser aus dem Hahn aus. „Warum bist du schon wieder nicht in der Schule?“, wollte sie wissen und klang keineswegs tadelnd, sondern besorgt.

„Ich gehe gleich noch hin. Heute Vormittag habe ich nicht viel verpasst“, log er, dabei hatte er nicht vor, sich dort blicken zu lassen.

„Deine Mutter ist ganz schön mitgenommen.“ Vorsichtig goss sie den Kaffee in die Kanne. „Sie versucht das nur nicht zu zeigen, damit du dir keine Sorgen machst.“

„Ich weiß. Habe sie in Unterwäsche gesehen, als ich ihr heute Morgen beim Anziehen geholfen habe. Sie ist voller Blutergüsse und Schrammen.“ Bei der Erinnerung wurde ihm flau im Magen. Angeblich hatte sein Vater heute einen wichtigen Geschäftstermin und konnte sich deshalb keinen Urlaub nehmen, um bei ihr zu bleiben. Seine Mutter hatte behauptet, Verständnis dafür zu haben, aber als er am Morgen weg war, hatte sie ihren Schuh gegen seinen Kleiderschrank geschmettert. Zu Benjamin hatte sie gemeint, das hätte sie nur getan aus Wut darüber, dass sie bei jeder Bewegung Schmerzen hätte und nicht so konnte, wie sie wollte. Doch er war kein Kind mehr und verstand, dass sie sich über seinen Vater ärgerte.

Marie schraubte den Verschluss auf, drehte sich zu Ben um und schaute ihn einfühlsam an. „Bist du okay?“

Er schwieg und wünschte sich einmal mehr, der mysteriöse Wagen hätte ihn umgenietet und nicht seine Ma. Sie hatte nichts damit zu tun! Sie war eine gute Seele. Anders als er.

Marie fasste seine Oberarme, drückte leicht zu und dämpfte ihre Stimme. „Was ist los?“

Verstohlen schaute Ben über seine Schulter zurück zum Wohnzimmer. Er hob Kobold an seinen Hals, damit er sein Fell und seine Körperwärme spürte. Die Ratte schnupperte an ihm. Ihre Nase strich über Benjamins Haut und es fühlte sich für ihn an, als wollte sie ihn trösten. Schwer würgte er den Kloß in seiner Kehle runter. Ihm war brütend heiß, dabei überzog kalter Schweiß seine Haut. Er flüsterte: „Ich habe sie angefahren.“

Marie runzelte ihre Stirn. Plötzlich schnappte sie entsetzt nach Luft. „Du hast am Steuer des Wagens gesessen?“

Bestürzt über diesen Vorwurf schüttelte er seinen Kopf. „Nein, das nicht. So war es nicht. Aber der Unfall war meine Schuld. Ich habe ihr das angetan.“

6. KAPITEL

Marie traute ihren Ohren nicht. Sie stellte die Isolierkanne so hart auf die Arbeitsfläche neben die Plastikbox, in dem ein eingefrorenes Gericht für den Mittagstisch auftaute, dass sie befürchtete, der Glasbehälter im Inneren würde brechen. Aber er schien intakt geblieben zu sein, denn als sie die Kanne schüttelte, hörte sie keine Anzeichen für Scherben.

„Ist etwas passiert?“, rief ihre Mutter in diesem vorwurfsvollen Unterton, der in jedem ihrer Worte mitschwang.

Marie war daran gewöhnt, sie war damit aufgewachsen und hatte eine Engelsgeduld entwickelt. Doch mit der ging es langsam zu Ende, nicht was ihre Mutter betraf, sondern sie hatte genug von schlimmen Nachrichten. Die letzten Monate hatten ihr mehr zugesetzt, als sie zugab. Für ihre Familie versuchte sie stets stark zu bleiben. Für Daniel, vor allen Dingen für ihn, aber auch für Benjamin, der erst das spurlose Verschwinden seiner Freundin hatte verarbeiten müssen, dann den Fund ihrer Leiche und dass seine Ma, wie er sie liebevoll nannte, angefahren worden war. Heide sah aus, als hätte eine Motorradgang sie verprügelt. Jetzt behauptete er auch noch, etwas mit diesem Autounfall mit Fahrerflucht zu tun zu haben. Es reichte ihr!

Sie verstärkte den Druck ihrer Hand und sagte leise, aber bestimmt: „Ich will sofort wissen, was los ist! Hast du das gehört? Du wirst mir augenblicklich alles erzählen. Alles!“

„In meinem Zimmer.“ Er streichelte seine Ratte so aufgeregt, dass Marie befürchtete, das Tier könnte sich bedroht fühlen und ihn beißen, doch das geschah nicht. Kobold schien genauso großes Vertrauen in Ben zu haben wie Marie, aber das ihre begann zu bröckeln.

„In Ordnung.“ Nickend ließ sie ihn los, worauf er aus der Küche eilte und in seinem kleinen Refugium verschwand. Sie selbst trug den Kaffee ins Wohnzimmer, goss ruhiger, als sie in Wahrheit war, zwei Tassen voll und stellte die Kanne auf den Couchtisch.

„Willst du nichts?“ Ihre Tante hob ihre Augenbrauen.

Die langärmelige Bluse verbarg zwar die meisten Blessuren. Nur am Hals und an der Wange waren Kratzer und Hämatome zu sehen, aber die reichten schon, damit Maries Herz schwer wurde. Heide Mannteufel war eine warmherzige Frau, die ihre Karriere für Benjamin aufgegeben hatte, was ihre erfolgsorientierten Eltern bis heute missbilligten.

Einzig die Tatsache, dass Heides Mann Hans-Joachim als Firmen-Versicherungsmakler über ein ansehnliches Einkommen verfügte, versöhnte ihre Mutter und ihren Vater etwas. Ben machte es ihr in letzter Zeit auch nicht gerade leicht. Sie hatte einen Aufenthalt in einem Wellnesshotel verdient, nicht in einem Krankenhaus. Was hatte er nur angestellt?

„Später. Ich muss erst Ben bei etwas helfen."

„Jetzt?" Heide nahm die Tasse an, die Marie ihr reichte, damit sie sich nicht unter Schmerzen erheben musste. „Kann das nicht warten?"

„Tut mir leid. Es dauert sicher nicht lange." Bevor ihre Tante weitere Fragen stellen konnte, verließ Marie das Wohnzimmer.

„Red ihm ins Gewissen, dass eine Ratte kein Haustier ist", rief ihre Mutter ihr hinterher. „Die Viecher sind unhygienisch und dieser nackte, dicke lange Schwanz ist ekelig."

Marie sparte sich eine Antwort, denn darüber hatten sie schon zu oft diskutiert. Alle waren gegen Kobold, auch Heide und Hajo, aber zu ihrem Erstaunen hatte sich Benjamin durchgesetzt, was sie als erstes Zeichen, dass er erwachsen wurde, wertete. Er hatte noch ein Babyface, wenn auch ein hübsches in ihren Augen, und er wusste noch nicht recht, was er vom Leben wollte. Doch hin und wieder blitzte der Mann durch, der er einmal sein würde. Hoffentlich hatte ihm nicht genau das Ärger eingebracht.

Sie trat in sein Zimmer und schloss die Tür hinter sich. „Was hast du angestellt?"

Ben küsste Kobold zwischen den Ohren. Behutsam setzte er ihn auf den Käfig.

„Was hast du deiner Mutter angetan?" Sanft, aber bestimmt drehte sie ihn zu sich herum.

„Gar nichts! Ich saß nicht hinterm Steuer. Ehrlich", presste er mit aufgerissenen Augen hervor. „Wie kannst du nur so etwas von mir denken?"

Diesmal wirkte sein Hundeblick nicht. Er war längst nicht mehr der unschuldige Ben aus Kindheitstagen. Das war ihr damals bewusst geworden, als sie herausfand, dass er kiffte. Keinesfalls hieß sie das gut, aber jetzt erst machte sie sich das erste Mal ernsthaft Sorgen um ihn. „Im Moment erkenne ich dich kaum noch wieder."

„Ich mich selbst auch nicht", murmelte er mehr zu sich selbst als zu ihr. „Aber ich habe sie nicht über den Haufen gefahren."

„Worum geht es dann?“, fragte sie und wertete die roten Flecken auf seinen Wangen als schlechtes Zeichen.

Er ließ sich auf seinen Bürostuhl fallen, als wäre plötzlich jegliche Kraft aus seinen Beinen gewichen. „Ich bin trotzdem schuld an dem, was ihr passiert ist.“

Marie verstand kein Wort. „Wie ist das möglich?“

„Der Unfall“, ohne sie anzuschauen, malte er Anführungszeichen in die Luft, „war gar keiner.“

Vor Schreck schoss das Adrenalin so stark durch ihren Körper, dass ihr schwindelig wurde, doch sie bekam sich schnell wieder in den Griff. „Was willst du damit sagen?“

Er beugte sich weit vor und stützte die Ellbogen auf seinen Oberschenkeln ab, wie Marie vermutete, um ihrem Blick auszuweichen. Seufzend raufte er sich die Haare.

Sachte drückte sie seine Schulter. „Ben, verdammt, rede!“

„Weißt du, was Geocaching ist?“

„Eine moderne Form der Schnitzeljagd.“ Sie hatte schon Berichte darüber gelesen und Dokumentationen gesehen. Das lag zwar schon etwas zurück, aber sie erinnerte sich noch vage daran.

Er nickte. „Man bekommt durch ein Internetportal Koordinaten oder Rätsel, deren Auflösung einem verraten, wo man hingehen muss. Das Ziel ist es, einen Schatz – den Cache – zu finden.“

„Schön und gut“, sagte sie ungeduldig. „Aber was hat das mit Heide zu tun?“

Er brach eine gehärtete Schlammkruste von seinem Turnschuh ab, drehte sie eine Weile zwischen Daumen und Zeigefinger und warf sie in den Mülleimer unter seinem Schreibtisch. Doch er verfehlte sein Ziel. Der Dreckklumpen fiel daneben, aber Ben hob ihn nicht auf. „Ich habe versagt.“

„Ich verstehe gar nichts.“

„Da ist diese Website und dieser wirkliche coole Gamemaster GeoGod, zumindest dachte ich, er wäre cool.“

Seine Gedankensprünge brachten sie durcheinander. Es war fast so, als kreiste er absichtlich um die Wahrheit. Weil er sich schämte, einen schweren Fehler begangen zu haben? Weil er Angst hatte, darüber zu sprechen? „GeoGod?“ Das klang verrückt. Und nicht gerade nach Bescheidenheit.

Ben starrte die Erdkrume an, als erwartete er, dass sie sich jeden

Moment bewegte. „Er leitet das Spiel, zu dem nur die Besten zugelassen werden.“

Ein Köder, erkannte Marie und stöhnte innerlich. Viele Jugendliche wünschten sich, einmal im Leben ganz oben und etwas Besonderes zu sein. Deshalb strebten sie zum Beispiel danach, zur beliebtesten Clique an der Schule zu gehören, oder nahmen an erniedrigenden Gesangscastings im Fernsehen teil, in denen sie in Wahrheit nur für Quoten verheizt wurden.

„Seine Version von Geocaching ist ein wenig anders. Aufregender. Es reicht nicht, dass man einen Gegenstand aus der Schatzkiste entnimmt und etwas von sich hineinlegt.“

Noch immer hörte sie seine Euphorie heraus. „Sondern?“

„Erst forderte der Gamemaster einen Fotobeweis für meinen Sucherfolg, dann musste ich die Trophäe in einem Schließfach deponieren. Damit wurde alles zum Abenteuer, irgendwie zu einem Agententhriller, auch wenn das vielleicht blöd klingt. Da war jemand, der mir Aufträge gab, der mir antwortete und der sich für mich interessierte.“ Er ließ seinen Kopf hängen. „Dabei vergaß ich, dass ich *gegen* GeoGod spielte, nicht *mit* ihm.“

Es tat Marie weh, ihren Cousin am Boden zu sehen. Aber Mitleid half ihm nicht weiter. Vielmehr musste sie herausfinden, ob dieser ominöse Fremde tatsächlich hinter Heides Unfall steckte. Vielleicht hatte Julias Verschwinden und der Fund ihrer Leiche Benjamin derart aufgewühlt, dass er Zusammenhänge sah, wo keine waren. „Musstest du dich auf der Homepage registrieren? Hatte er deine Adresse?“

„Alles war anonym.“ Er saugte seine Unterlippe ein und kaute darauf herum. „Aber ich glaube, er ist mir einmal vom Hauptbahnhof aus gefolgt.“

Maries Puls beschleunigte sich. „Hast du den Mann gesehen?“

Fest trat Benjamin auf den Schmutzklumpen neben dem Abfalleimer, als wollte er ein Insekt tottreten. Als er seinen Fuß wegnahm, kam ein knopfgroßer sandbrauner Fleck zum Vorschein. „Nein, es ist mehr so ein Gefühl, beobachtet zu werden.“

Deshalb verhielt er sich also so komisch. Marie kam zu dem Schluss, dass sein seltsames Verhalten in letzter Zeit gar nichts mit Julia zu tun hatte. Sein Problem lag woanders. Bei einem Fremden, der sich als Gott bezeichnete und vermutlich wusste, wer Benjamin war und wo er wohnte.

Plötzlich befürchtete sie, dass sie ihm nicht helfen konnte, dass diese Sache eine Nummer zu groß für sie beide war. Es ging schließlich nicht um Trauerbewältigung oder die banalen Probleme eines Heranwachsenden, sondern um eine Straftat. Was Ben dann sagte, erschütterte Marie.

„Er wollte, dass ich den Bullterrier töte." Als versuchte er, vor seinen eigenen Worten davonzulaufen, stand er abrupt auf, nahm Kobold, der mittlerweile durch das Regal turnte, und streichelte mit der Nasenspitze durch sein Fell.

Töten? Sie schnappte nach Luft. „Welchen Bullterrier?"

„Beim letzten Cache war ein Köter. Er hat mich über den Schrottplatz gejagt. Sein Gebiss war so groß wie eine dieser Bärenfallen, ich schwör'!" Um seine Aussage zu unterstreichen, kreuzte er Zeige- und Mittelfinger. „Er hat nach mir geschnappt, hat mich gehetzt. Nur mit viel Glück konnte ich ihm entkommen. Der Patron fand das wohl feige. Er meinte, ich hätte mich um ihn kümmern, ihn beseitigen müssen."

Wer war dieser GeoGod nur? Auf jeden Fall ein krankes Hirn, wenn er einen Achtzehnjährigen dazu aufforderte, ein Tier umzubringen.

Sie ließ sich die Website und die Fotos, die er von den Caches gemacht hatte, zeigen. Langsam glaubte sie Benjamins Vermutung, dass der Unbekannte Heide absichtlich angefahren haben könnte. Bei dem Gedanken an die Konsequenzen und die Gefahr, die weiterhin von ihm ausging, wich ihr jegliches Blut aus dem Gesicht.

„Das hätte ich niemals getan. Niemals! Nicht einmal einen Kampfhund, der mich angreift. Ich hätte mich verteidigt, wenn ich etwas gehabt hätte, aber ihm nicht den Schädel eingeschl…" Ihm versagte die Stimme.

„Warum nennst du ihn *Patron*?" Genau genommen bedeutete das Schutzherr, Gönner oder Förderer. So sah er sich bestimmt selbst, aber in Wahrheit passten diese Bezeichnungen überhaupt nicht zu ihm, nach allem, was Marie gehört hatte.

„Er will es so." Ben nahm auf seinem Bett Platz. „Durch den Köter habe ich den letzten Schatz nicht gefunden. Der Gamemaster war stinksauer. Er meinte, ich müsste dafür bezahlen, so wäre es nun mal, wenn man gegen ihn verliert, das stünde in den Regeln."

Eine böse Vorahnung, was er damit gemeint haben könnte, erwachte in Marie.

„Ich glaube nicht, dass sie vorher schon auf der Website gestanden hatten, und wenn doch, dann gut versteckt. Jedenfalls kannte ich sie bis dahin nicht. Da stand …“

Sie hockte sich vor ihn hin und legte beide Hände auf seine Knie, um ihm durch den Körperkontakt Kraft zu schenken, aber auch weil sie selbst das Bedürfnis nach Nähe zu ihm hatte. Seine Beichte war bisher schon so unglaublich gewesen, dass sie vor dem, was noch kam, Angst hatte. „Was?“

„Dass der Spieleinsatz meine Familie ist“, brachte er atemlos hervor.

Entsetzt keuchte Marie. Der Patron hatte seine Fäden um Benjamin gesponnen, und bevor dieser wusste, wie ihm geschah, hing er auch schon in seinem Netz. Ein Rest Zweifel blieb jedoch. „Du kannst nicht wissen, dass er es war, der deine Mutter angefahren hat.“

„Das Schwein hat mich angerufen, von einem Prepaid-Handy aus, behauptete er zumindest, und ich glaube ihm, denn er ist verfickt clever, er plant immer alles durch, jeden Schritt.“

„Ihr habt telefoniert?“ Die Verzweiflung in seinem Blick machte sie fertig. Sie hätte ihn gerne in den Arm genommen und ihm gesagt, dass die Welt morgen schon wieder besser aussehen würde, aber das wäre gelogen gewesen. So einfach ließ sich das Grab, das er sich und seiner Familie geschaufelt hatte, nicht zuschütten, bevor jemand hineinfiel.

„Heute Nacht, im Krankenhaus, auf dem Smartphone. Er sagte, wenn ich zur Polizei gehe, wird er mich bestrafen. Wenn ich das Spiel abbreche, wird er mich ebenfalls bestrafen. Und damit meint er nicht mich persönlich, sondern dass er beim nächsten Mal den vollen Einsatz einfordern wird.“

Maries Hals fühlte sich so eng an, als wäre er zugeschwollen. Es tat beinahe weh, den Kloß im Hals hinunterzuschlucken. Heides Unfall war nur eine Warnung gewesen, diese Erkenntnis schockierte sie! Der Patron hatte nicht vorgehabt, sie umzubringen, so viel zu den guten Nachrichten. Sollte Ben jedoch ein weiteres Mal versagen oder sich jemandem anvertrauen, würde dieser Psychopath Nägel mit Köpfen machen und Heide oder Hajo auslöschen. „Ich schweige, versprochen.“

Ben setzte Kobold auf seinen Oberschenkel, legte seine Handflächen aneinander und schaute Marie flehend an. „Auch Daniel gegenüber.“

Das würde ihr schwerfallen. Auf seine Meinung legte sie großen Wert, nicht nur weil sie ihn liebte, sondern natürlich auch wegen seines kriminalistischen Spürsinns. Er fand vielleicht eine Möglichkeit,

GeoGod aufzuspüren oder zu stoppen, ohne dass weiterer Schaden entstand.

Doch dann fiel ihr ein, dass das nicht möglich war. Helfen konnte er ihr nur vom Polizeipräsidium aus, in dem er zum Beispiel seine Kollegen, die sich mit dem Aufspüren und Verfolgen von Internetkriminalität beschäftigten, inoffiziell und unter dem Mantel der Verschwiegenheit bat, alles über den Betreiber der Homepage herauszufinden. Aber er weigerte sich ja sogar, Tomasz, mit dem ihn mehr als nur die Arbeit verband, privat zu treffen, geschweige denn das Präsidium in Kalk für ein Gespräch mit dem Personalleiter aufzusuchen.

Nein, von Daniel konnte sie keine Unterstützung erwarten. Eher würde er alles daransetzen, sie von eigenmächtigem Handeln abzuhalten, und vielleicht würde er sogar mit den allerbesten Absichten selbst seine Kollegen einschalten, um Ben, seine Familie und Marie zu schützen.

Dadurch, dass sie nichts über den Patron wussten, war dieser eine unkalkulierbare Gefahr.

Aber war das Risiko, dass er vollkommen durchdrehte, nicht größer, wenn sie professionelle Hilfe suchten? Indem Benjamin seine Anweisung missachtete, machte er alles nur noch schlimmer, wo sein Gegner doch so erpicht darauf war, dass seine Regeln eingehalten wurden. Aber alleine waren sie dem Problem nicht gewachsen.

Offenbar bemerkte Ben ihren Zwiespalt. „Bitte, Marie, du musst das unbedingt für dich behalten. Julia wurde mir schon genommen, ich möchte nicht noch mehr Menschen, die mir etwas bedeuten, verlieren."

Marie horchte auf. „War ihr Tod etwa eine Rache des Patrons?"

Seine Miene verzerrte sich vor seelischem Schmerz. Er schüttelte den Kopf. Seine Augen glänzten feucht.

Wenn sie darüber nachdachte, war die Idee, es könnte ein Zusammenhang bestehen, an den Haaren herbeigezogen, schließlich hatte Julia Kranich nicht zu Bens Familie gehört. Aber dann fiel ihr eine andere Möglichkeit ein. „Hat sie auch mit GeoGod gespielt?"

Zögerlich antwortete er: „Weiß nicht."

Konnte sie ihm glauben oder verschwieg er etwas? „Ihr Bruder vielleicht?"

Womöglich hatte er mehrere Caches nicht gefunden und der Gamemaster hatte ihm als Strafe seine Schwester genommen. Sie erinnerte sich an das Begräbnis und dass Markus Kranich nicht nur traurig, sondern auch wütend dreingeblickt hatte. Hatte er etwa Julia auf dem Gewissen? Richtete sich sein Zorn auf den Patron oder sogar auf sich selbst? Aber spielte ein Mann mit Ende zwanzig, der sich so adrett kleidete wie er, Geocaching?

„Das weiß ich wirklich nicht." Bevor sie weiter nachbohren konnte, sagte er erneut etwas, das sie schockierte: „Ich habe Angst, dass Spuren von mir in dem Wagen gefunden werden, sollten die Bullen ihn jemals ausfindig machen."

„In dem Auto, das deine Mutter angefahren hat?" Sie konnte kaum glauben, was sie da hörte.

„Um mich noch mehr in die Scheiße reinzureiten."

Sie stand auf, streckte ihre Beine, die vom Hocken eingeschlafen waren, und schüttelte sie, um die Blutzirkulation anzuregen.

Um an Benjamins Fingerabdrücke oder gar seine DNA zu kommen, brauchte der Patron nicht einmal ins Haus der Mannteufels einzubrechen, denn er besaß ja die Gegenstände, die Ben in die Schatzkisten gelegt und im Schließfach deponiert hatte. Wenn sie so darüber nachdachte, kam sie zu dem Schluss, dass der Unbekannte das alles von Anfang an geplant haben musste. Aber was wollte er von Benjamin? Oder ging es ihm gar nicht um den Jungen, sondern war Ben nur ein Opfer unter vielen? Erregte es GeoGod, seine Spieler langsam, aber systematisch und grausam zu zerstören?

Oh mein Gott, dachte Marie, in was war Ben da nur hineingeraten? Erschöpft setzte sie sich neben ihn auf sein Bett. Kobold schnupperte an ihren Fingern. Zärtlich streichelte sie über das Köpfchen der Ratte. Aus dem Wohnzimmer drangen die Stimmen von ihrer Mutter und ihrer Tante zu ihnen. Sie diskutierten lautstark über etwas.

Benjamin räusperte sich. „Da ist noch etwas."

„Was denn noch?" Nahmen die Hiobsbotschaften denn gar kein Ende?

Nervös, so schien es Marie, schob er den Jeansstoff seiner Hose zusammen und knibbelte an der entstandenen Falte. „Ich brauche deine Hilfe, um den nächsten Cache zu bergen."

„Was soll das heißen?" Sollte sie etwa etwas Illegales für ihn tun?

„Diesmal soll ich die ganze Schatzkiste aus dem Versteck holen. Das schaffe ich nicht alleine."

„Weil sie so schwer ist?"

„Weil ich Angst habe."

Seine Antwort machte sie einen Moment sprachlos. Dass er sich fürchtete, war ihr schon klar. Dies allerdings offen aus seinem Mund zu hören bestürzte sie. Der neue Auftrag des Patrons musste es in sich haben. „Lass dir doch nicht alles aus der Nase ziehen. Wo soll sie versteckt sein?"

Seufzend strich er seine Jeans glatt und krallte seine Finger um seine Knie. „Im Römisch-Germanischen Museum neben dem Dom."

„Das kann nicht dein Ernst sein." Sie drehte sich zu ihm. Am liebsten hätte sie ihn geschüttelt und gefragt, ob er noch ganz bei Trost war, aber das hätte weder ihm noch ihr genutzt. „Das ist ein öffentlicher Ort. Dort sind Kameras und viele Wächter. Man kommt ungesehen weder rein noch raus."

„Was auch immer er dort deponiert hat, ich muss es finden und entwenden."

„Das ist unmöglich! Absolut unmöglich."

Plötzlich richtete er sich auf und schaute ihr geradewegs ins Gesicht. „Dann muss ich eben nachts dort einbrechen. Ich habe keine Wahl."

Ihr Hals war trocken, denn sie verstand sehr wohl, was er damit sagen wollte. Er musste tun, was immer GeoGod von ihm verlangte, da sonst seine Eltern für seine Verweigerung büßten. Der Patron war Ben haushoch überlegen. Vermutlich hatte er längst alles über den Jungen und sein Umfeld in Erfahrung gebracht, während er selbst ein Phantom blieb. Er ging clever und skrupellos vor. Zwar behauptete er, dass es sich um ein Spiel handelte, doch in Wahrheit war es bitterer Ernst.

Längst hatte sich Marie entschlossen, Benjamin beizustehen. Auch wenn sie es nicht guthieß, würde sie ihn das nicht alleine durchstehen lassen. Trotzdem sagte sie: „Hausfriedensbruch ist eine Straftat."

„Nicht die erste, die ich begangen habe."

Maries Augen weiteten sich. Was hatte das nun schon wieder zu bedeuten?

7. KAPITEL

Während sich Daniel fragte, warum er sich dieser Peinlichkeit aussetzte, klappte er den Kragen seiner schwarzen Jacke hoch.

Als gäbe sein Unterbewusstsein ihm die Antwort, wechselten sich vor seinem geistigen Auge die Bilder so schnell ab, dass ihm schwindelig geworden wäre und er die Balance verloren hätte, säße er nicht im Rollstuhl. Sie waren gespickt mit den unterschiedlichsten Gefühlen und so aufwühlend, dass sich sein Nacken verspannte. Benjamin mit schockstarrem Gesicht, die aufgedunsene Wasserleiche einer Jugendlichen, ein Mauerbrocken, der mit einem Kabel an ihrem Fuß hing, Maries Augen, groß und rund wie die des Gestiefelten Katers aus den animierten Dreamworks-Filmen, und er selbst an seinem Schreibtisch im Kriminalkommissariat 11, seinem zweiten Zuhause, zumindest bis vor wenigen Monaten. Neben seiner Ehe war sein Job der zweite Pfeiler in seinem Leben gewesen. Nun, da er seit Monaten das erste Mal wieder in Kalk war, fühlte er sich, als wäre er gewaltsam von diesem Ort entwurzelt worden. Ihm wurde schmerzlich bewusst, wie sehr ihm seine Arbeit fehlte.

Zähneknirschend zog er seine Schiebermütze tiefer ins Gesicht, damit die Kollegen, die an ihm vorbeigingen, ihn nicht erkannten. Da ihm das immer noch nicht reichte, rollte er seinen Bock weg von der Anmeldung hin zu der Fensterfront gegenüber und parkte sich neben den zwei gläsernen Schaukästen. Intensiv schaute er nach draußen, als würde er vor dem Polizeipräsidium eine verdächtige Person observieren, die er unter keinen Umständen aus den Augen verlieren durfte. In Wahrheit verkroch er sich nur in sich selbst.

Es versetzte ihm einen Stich, dass er im überdachten Innenhof warten musste wie ein Besucher. Aber nach seinem schweren Unfall, der ihn zwang, seine Füße durch Räder zu ersetzen, hatte er Ausweis und Schlüssel abgeben müssen. Offiziell hieß es, das sei eine Sicherheitsmaßnahme gewesen, damit sie ihm nicht gestohlen wurden. Inoffiziell hatte damals kaum jemand daran geglaubt, dass er in den Dienst zurückkehrte, zumindest nahm Daniel das an.

Umso mehr hatte ihn überraschte, dass Kriminaldirektor Voigt auf ihn zugekommen war und ihm mitgeteilt hatte, er wäre in Kalk mehr als willkommen, es wäre ihm sehr daran gelegen, einen wertvollen Mitarbeiter wie ihn zu behalten. Ein Teil von Daniel fühlte sich gebauchpinselt, ein weitaus größerer machte sich vor Schiss in die Hose, weil er sein Leben nicht mehr im Griff hatte. Veränderungen waren nicht sein Ding. Deshalb würde er Köln niemals verlassen, darum mochte er die altbackene Eckkneipe *Zum stolzen Römer*, und sein Wunsch nach Beständigkeit war einer der Gründe, warum es ihn zurück in das Präsidium zog. Hier gehörte er hin. Zumindest der alte Daniel Zucker. Der neue war sich da nicht so sicher.

Er öffnete seine Jacke, weil ihm warm wurde. Die Sonne schien immer noch, doch mit jedem Septembertag, der verging, verlor sie an Kraft. Wenn man von der Eingangshalle hinausblickte, konnte man meinen, es wäre draußen heiß wie im Sommer, doch der Wind frischte zunehmend auf.

Das Wetter stand kurz davor, zu kippen, der Herbsteinbruch war nicht mehr weit und mit ihm würden Regen, Dunkelheit und der erste Frost kommen.

„Welch eine Überraschung!" Tomasz stand plötzlich neben ihm und drückte seine Schulter. „Nach unserem letzten Gespräch hatte ich nicht erwartet, dich bei uns zu sehen. Was machst du hier?"

Verschwörerisch sah Daniel sich um. „Können wir nicht erst einmal raufgehen?" Damit meinte er in die Abteilung des KK 11.

Tom betrachtete ihn stirnrunzelnd, schließlich nickte er und ging voraus. Daniel folgte ihm. Normalerweise machte ihm das nichts aus, sie waren stets gleichwertige Partner gewesen. Aber jetzt fühlte er sich wie ein Kind, nicht nur weil er zu seinem Freund hochgucken musste, sondern weil er beim Öffnen der Türen auf ihn angewiesen war, so oder so, als Besucher wie als Rollstuhlfahrer. Es gab allerdings für Mitarbeiter im Rolli ein Chipsystem, sodass die Eingänge elektronisch aufschwangen, aber das wollte er eigentlich gar nicht benutzen. Er war bestrebt, dass alles so normal wie möglich blieb.

Daniel bekam schwer Luft. Er schob das darauf, dass sie das halbe Gebäude durchqueren mussten, um an ihr Ziel zu kommen. In Wahrheit hatte er eine gute Kondition, denn er ging zwar zu keinem Psychiater, nahm jedoch die Stunden beim Physiotherapeuten wahr. Das Gefühl kehrte dadurch zwar nicht in seine Beine zurück, aber er wollte verhindern, dass der Rest seines Körpers einrostete. Nein, die Anstrengung war nicht der Auslöser dafür, dass er schlecht Luft bekam.

Doch je näher er seiner alten Abteilung kam, desto enger zog sich sein Brustkorb zusammen. Eigentlich war er tough. Er war bewaffneten

Kriminellen hinterhergejagt, auch schon den einen oder anderen riskanten Undercovereinsatz hinter sich und Marie geheiratet, obwohl er damit ihre versnobten Eltern Irene und Rainer Bast an der Backe hatte. Seinen ehemaligen Kollegen in diesem jämmerlichen Zustand zu begegnen kostete ihn allerdings große Überwindung.

Er hatte sich noch nie so verletzlich gefühlt wie in dem Moment, in dem er in den Korridor, wo sich die Mordkommissionen befanden, hineinrollte. Sein Herz wummerte. Am liebsten wäre er wieder umgedreht. Dafür war es jedoch zu spät. Außerdem, wenn er sich erst einmal zu etwas entschieden hatte, zog er das auch durch.

Die ersten Kollegen bemerkten ihn. Ihr Lächeln wirkte unsicher. Zögerlich kamen sie zu ihm, schüttelten ihm weichgespült die Hand und verabschiedeten sich rasch wieder, als hätte er eine ansteckende Krankheit. Daniel war klar, dass sie lediglich nicht wussten, wie sie sich ihm gegenüber verhalten sollten, aber das machte die Begegnung nicht weniger unangenehm. Für beide Seiten.

Er war froh, als er sich mit Tomasz in ihr ... dessen Büro zurückzog. Doch dann sah er, dass sich fremde Unterlagen auf seinem Schreibtisch türmten, und zwar so akkurat, wie er es nie zustande gebracht hätte. Bei ihm hatte stets ein Chaos geherrscht, das EKHK Karsten Fuchs auf die Palme gebracht hatte. „Wer zum Henker sitzt auf meinem Platz?"

„Ein Hospitant. Leander." Tom zuckte mit den Achseln und schaute im Raum umher, als würde sein Blick einer Fliege folgen, aber da war keine.

„Sag mir bitte, dass der nicht wirklich so heißt."

Grinsend setzte sich Tom auf seinen Stuhl. „Er soll in die Mordkommission hineinschnuppern, um herauszufinden, ob der Job etwas für ihn ist. Zu viele neue Kollegen wechselten von der Kripo in andere Bereiche, bevor sie überhaupt eingearbeitet waren, darum hat der Fuchs eine Art Volontariat eingeführt."

Das fand Daniel ja sinnvoll. Bis man Erfahrung hatte und voll drin war, dauerte es ungefähr vier Jahre, aber viele Kollegen fanden schnell heraus, dass man sich in anderen Abteilungen seine Lorbeeren einfacher verdienen konnte. Trotzdem, Nachwuchsprobleme hin oder her, das war immerhin noch sein Tisch! Plötzlich verspürte er eine Wut in sich, die er kaum zügeln konnte.

Trotzig stieß er Leanders Bürostuhl zur Seite und rollte an seinen Platz. Er schob unwirsch die Unterlagen beiseite, zufrieden darüber, dass sich der akkurate Stapel Papiere nun über die linke Tischhälfte ergoss wie in alten Zeiten, legte seine Unterarme besitzergreifend neben die Computertastatur und biss seine Kiefer so fest aufeinander, dass es wehtat. Natürlich konnte er nicht sicher sein, dennoch hatte er das Gefühl, der Volontär wäre auf seinen Job aus. Wie ein Löwe wollte Daniel seine Stelle verteidigen! Wollte er das wirklich? Er war selbst erstaunt über seinen plötzlichen Kampfgeist.

Tom lehnte sich zurück und verschränkte die Arme vor seinem Brustkorb. „Bist du hier, um dich vom Polizeiärztlichen Dienst begutachten zu lassen?"

„Der PÄD kann mir den Buckel runterrutschen!" Mit der Faust schlug Daniel auf die Schreibunterlage, sodass die Tastatur klapperte. „Ich brauche nicht noch mehr Ärzte und Psychiater, die mir sagen, wie ich mein Leben meistern soll."

„Es gibt eine Schwerbehindertenvertretung."

„Bei dem Wort allein gruselt es mich schon."

„Du solltest mit dem Landschaftsverband Rheinland reden", schlug Tomasz vor. „Der LVR finanziert behindertengerechte Arbeitsplätze."

„Ich will so etwas nicht." Außerdem waren bereits einige Zugänge im Präsidium für andere Rollstuhl fahrende Kollegen umgebaut worden, es gab behindertengerechte WCs und spezielle Parkplätze. Und an seinem Bürotisch konnte er problemlos mit seinem Chopper sitzen, wie er gerade feststellte. Wozu also Gespräche mit Menschen führen, die selbst zwei gesunde Beine besaßen und keinen blassen Schimmer hatten, wie es wirklich war, halb gelähmt zu sein?

Seufzend neigte Tom sich vor. Er nahm einen Kugelschreiber und tippte mit der Spitze auf einen Block. „Aber du musst dich damit auseinandersetzen."

„Ich muss gar nichts", Daniel schnaubte und strich über die Armlehne seines Rollis, „außer in dieser Krüppel-Harley zu sitzen."

„Überleg es dir." Bei jedem Argument, das folgte, malte Tomasz einen Haken auf das Papier, als würde er eine Liste abstreichen. „Ein eigener Garagenplatz im Keller, mehr Urlaub, frühere Rente, Steuersenkung …"

„Verdammt, ich will keine Vergünstigungen!", sagte Daniel etwas lauter als beabsichtigt. Eigentlich wünschte er sich lediglich, so zu sein wie jeder andere auch. Wenn er schon nicht normal war, wollte er wenigstens so behandelt werden. „Ich bin nur gekommen, um meine alte Abteilung zu besuchen."

Schnalzend warf Tom den Kuli weg. Dieser rollte über den Tisch. Nur der Stapel Papiere, die Daniel umgeworfen hatte, hielt ihn davon ab, auf den Boden zu fallen. „Verarsch mich nicht. Dazu bist du zu schnell in unser Büro geflüchtet, als die anderen dich begrüßten. Außerdem kenne ich dich zu gut. Weshalb bist du wirklich gekommen?“

Daniel lächelte seinen Freund an. Das mochte er an Tom, für gewöhnlich sprach er Klartext. Das brauchte Daniel, so wollte er behandelt werden und nicht wie ein rohes Ei. Es war Zeit, die Karten offenzulegen. „Da gibt es eine junge Frau, die mir nicht mehr aus dem Kopf geht.“

Plötzlich trat ein Mann ein, der so jung aussah, als wäre er ein Mathestudent im Erstsemester, sah Daniel und stoppte überrascht im Eingang.

Sofort schwieg Daniel. Was er mit Tomasz zu besprechen hatte, war nur für die Ohren seines alten Kollegen bestimmt, denn das Thema war heikel und auch nicht ganz legal.

In einer eindeutigen Geste der Verlegenheit strich sich der Fremde durch seine blonden Locken. Nur eine Seite seines weißen Hemdes steckte in seinen Bluejeans, die andere hing heraus, und Daniel vermutete, dass das stylish sein sollte. Kurz überlegte er, ob er dem Burschen fünf Euro für die Kantine in die Hand drücken sollte, damit dieser sie erstens alleine ließ und er zweitens etwas auf die Rippen bekam, denn er war ein Spargel. Daniel konnte sich den Seitenhieb gerade noch verkneifen.

„Das ist Hauptkommissar Daniel Zucker.“ Tomasz rollte seinen Stuhl etwas zurück und drehte sich in Richtung Tür.

„Kommissar Leander Menzel.“ Etwas schüchtern hob der Anwärter seine Hand zum Gruß. „Ich habe schon viel von Ihnen gehört.“

„Dass ich jetzt ein Krüppel bin?“ Für diese Frage erntete Daniel ein rügendes Zischen von Tom, aber er ignorierte es, weil er eifersüchtig war, dass die beiden nun zusammenarbeiteten.

„Dass Sie einer der besten Kriminalkommissare waren.“ Erst als Leander den Bleistift hinter seinem Ohr hervorzog, bemerkte Daniel den Stift.

Er ließ nach. Normalerweise entging ihm kein Detail. War er etwa jetzt schon aus der Übung? Seinen Unmut über diese Unaufmerksamkeit ließ er an dem jungen Mann aus. „Ich bin es immer noch. Nur weil ich meine Beine nicht mehr spüre, funktioniert mein Kopf trotzdem noch bestens, vielleicht sogar noch besser, weil ich mich nicht mehr auf so unwichtige Dinge wie Gehen konzentrieren muss."

„Tut mir leid, das war ... so war das echt nicht gemeint", stotterte Leander herum und biss einige Male auf das obere Ende des Stifts, als beruhigte ihn das. „Ich muss noch etwas erledigen, bleiben Sie ruhig solange an meinem Platz sitzen. Nicht sitzen, sondern ... Ach, Scheiße."

Sein Gesicht lief so rot an, dass Daniel befürchtete, sein Kopf könnte wie eine Bombe platzen. Nun tat der Neue ihm leid. Er brummte und winkte ab. „Schon gut. Schwamm drüber. Gehen Sie einfach. Ich muss etwas mit Tomasz besprechen. Unter vier Augen."

Leander eilte hinaus.

„Musste das sein?" Missbilligend rollte Tom mit seinen Augen. „Er ist ganz in Ordnung, sehr engagiert, aber eben noch etwas unsicher."

„Wenn sich das nicht rasch ändert, werden die Wölfe ihn fressen."

„Die Kriminellen?"

„Nein, die Kollegen."

Tom lachte herzhaft und wurde dann wieder ernst. „Du brauchst deinen Platz nicht gegen ihn zu verteidigen, du kannst ihn jederzeit zurückhaben."

„Ich wollte nie wieder zurückkehren." Aus Scham, aber auch weil man ihn nicht mehr bei der Mordkommission arbeiten lassen wollte. „Doch Julia Kranich geht mir nicht mehr aus dem Sinn."

„Das tote Mädchen aus dem Rhein?"

„Es wird nicht jeden Tag die Freundin eines Familienmitgliedes ermordet." Daniel lüftete seine Schiebermütze, kratzte sich an der Kopfhaut und setzte sie wieder auf. „Sie war erst siebzehn und Benjamin hielt sich auf derselben Party auf. In seiner Nähe brachte jemand seine Freundin um, ging vermutlich abgebrüht an den Feiernden vorbei in den Keller des Abbruchhauses, riss ein Kabel aus der Wand und band einen Stein an ihren Fuß, um sie damit im Rhein zu versenken. Wie kaltblütig muss man sein?"

Selbstgefällig lehnte sich Tomasz zurück, streckte seine Arme und lächelte, vielleicht, so vermutete Daniel, weil er spürte, dass sein alter Partner wieder heiß auf die Polizeiarbeit war. „Und jetzt willst du den Kerl schnappen."

Verdammt, ja, das wollte er, das war sein Job, nein, mehr als das, es war seine Berufung. Das Schicksal hatte ihn seiner Beine beraubt. Jetzt wollte man ihm auch noch das nehmen, wodurch er sich lebendig fühlte, die einzige Aufgabe, durch die er sich trotz seiner Behinderung wie ein wertvolles Mitglied der Gesellschaft und nicht wie nutzloser Ballast fühlte: Mörder zu jagen.

Er dämpfte seine Stimme. „Ich kann nicht glauben, dass keiner der Zeugen etwas Hilfreiches gesehen haben will, dass es keine Kampfspuren am Ufer gab, dass die Leiche keine Hinweise geliefert hat und …"

„Wer sagt das?"

Daniel stutzte. Dann begriff er. „Du hast mir nicht alles erzählt. Da war noch mehr. Los, rück schon raus mit der Sprache."

Tomasz öffnete seinen Mund, doch bevor er etwas erwidern konnte, stand der Erste Kriminalhauptkommissar im Türrahmen.

„Zucker!" Karsten Fuchs' Haare waren dunkelrot wie der Rost an Maries altem Smart. Sogar auf seinen Augenlidern hatte er Sommersprossen. „Der Korridorfunk hat tatsächlich recht. Der verlorene Sohn ist heimgekehrt."

Er kam zu Daniel und schüttelte seine Hand so fest, als beabsichtigte er, sie zu zerquetschen. Daniel gefiel das, denn die Kollegen hatten ihn angefasst, als würde er bei der leichtesten Berührung in tausend Stücke zerbersten, dabei sah er sich immer noch als richtigen Kerl an. Das wurde ihm mit einem Mal bewusst und es fühlte sich gut an. Innerlich lächelte er.

„Ich habe keinen Termin mit der Personalabteilung, falls es das ist, was du erhoffst."

„Das wünsche ich mir nicht nur, ich erwarte es sogar ausdrücklich von dir."

Überrascht hob Daniel seine Augenbrauen.

„Du bist einer von meinen Männern und die geben sich nicht auf. Unter keinen Umständen!" Karsten ballte seine Hand zur Siegerfaust. „Nimm dir alle Zeit der Welt, um zu heilen. Aber irgendwann musst du deine Arschbacken zusammenkneifen und dein Leben wieder aufnehmen."

„Mit dem Zusammenkneifen ist das in meinem Zustand so eine Sache", gab Daniel sarkastisch von sich.

„Dann nimm deine Hände zu Hilfe, verdammt noch mal."

Daniel konnte nicht anders, als zu schmunzeln. Es tat gut, verbal in den Allerwertesten getreten zu werden. Das brauchte er, um wieder hochzukommen, merkte er. Zum ersten Mal, seit er das Gebäude betreten hatte, entspannte er sich. „Im Präsidium gibt es um die sechshundert Mitarbeiter, in ganz Köln viertausendachthundert. Ihr habt genug andere Polizisten, die Verbrecher jagen."

„Aber nur wenige, die so gut sind wie du."

Daniel ärgerte sich, dass das Kompliment bei ihm ins Schwarze traf. Er fühlte sich geschmeichelt.

„Sobald du hier", Karsten zeigte erst auf Tomasz und dann auf Daniel, „fertig bist, möchte ich mit dir über das Hamburger Modell sprechen."

War Fuchs von der Personalabteilung vorgeschickt worden, um ihn davon zu überzeugen, dass ein Job in der Verwaltung doch gar nicht so übel und ein ebenso wertvoller Beitrag zur Bekämpfung von Kriminalität war wie der Dienst an der Front? Drauf geschissen, dachte Daniel. „Ich bin an der stundenweisen Wiedereingliederung in einer anderen Abteilung als dem KK 11 nicht interessiert."

„In dreißig Minuten in meinem Büro, Zucker!" Ohne auf eine Antwort zu warten, verließ Karsten Fuchs den Raum.

Murrend schob Daniel seinen Chopper zur Tür. „Du hast doch nichts dagegen, wenn wir die schließen, oder?"

Kaum dass sie ins Schloss gefallen war, sagte Tom: „Ich darf dir nichts über den Fall Julia Kranich erzählen."

„Diese Diskussion hatten wir schon im Hard Rock Café und am Ende hast du mir das mit dem Betonblock anvertraut."

Ungeniert zeigte Tom mit dem Finger auf ihn. „Diesmal gewinnst du nicht."

„Wollen wir wetten?" Daniel schob seinen Rolli näher an Tomasz heran. „Wenn du mich die Fallakte lesen lässt, werde ich den Termin mit Fuchs wahrnehmen. Tust du es nicht, fahre ich mit meiner Krüppel-Harley auf direktem Weg nach Hause."

„Also gut." Stöhnend rieb sein Freund sich über die Stirn. „Als Julia vor dreizehn Monaten auf der Party in Porz verschwand, untersuchten die Kollegen von der Vermisstenstelle die Gegend gründlich, fanden aber keine brauchbaren Hinweise. Der Garten war und ist verwildert und gleicht einer Müllhalde. Die Gäste hatten mögliche Spuren zertrampelt. Am Ufer des Nachbargrundstücks hatte jemand Grillkohle zwischen Palettenstapeln ausgeschüttet, vermutlich um die Glut zu entsorgen, und sie dann mit Motorenöl gelöscht."

Daniel horchte auf. „Öl?" Das kam ihm seltsam vor, schließlich befand sich der Rhein in unmittelbarer Nähe. Es wäre naheliegend gewesen, Wasser zu benutzen oder die Kohle einfach in den Fluss zu kippen.

„Damals gehörte das Nachbargelände einer Spedition, die Insolvenz angemeldet hatte. Inzwischen existiert sie nicht mehr, der Grund verkommt wie die meisten in der Siedlung. In der Nacht der Feier wurde dort in das Firmengebäude eingebrochen. Die Mauer zwischen den Grundstücken ist teilweise zerfallen, sagte ich ja schon. Es war ein Leichtes, hin und her zu wechseln." Tomasz zuckte mit den Achseln. „Vermutlich jemand von der Party, der sich langweilte oder zu viele Drogen konsumiert hatte."

„Oder der Inhaber des Betriebs, der einige Dinge beiseiteschaffen wollte, bevor alles verkauft wird", dachte Daniel laut nach. „Die Party fand in einem leer stehenden Haus statt, richtig?"

„Mehr oder weniger." Tomasz lehnte sich zurück und strich über die Knopfleiste seines blau-weiß karierten Hemds. „Der Besitzer hat kein Geld, um das Gebäude instand zu setzen, findet aber auch keinen Käufer; das war vor dreizehn Monaten schon so und hat sich seitdem nicht geändert. Einige Linksautonome haben es wie in den Achtzigern besetzt und im Erdgeschoss eine Volksküche, in der ausschließlich vegan gekocht wird, eingerichtet."

Daniel akzeptierte diese Lebensweise, konnte ihr aber nichts abgewinnen, nicht nur weil er ein Steak liebte, sondern er wollte auch nicht auf Eier, Milch, Honig und andere Lebensmittel verzichten. Warum sich kasteien, wenn man aus dem Vollen schöpfen konnte? Er war ein Genussmensch, wenn auch von der gröberen Sorte. Während Marie neben ihrem Glas Rotwein genüsslich an einer hauchdünnen Scheibe Manchego knabberte, biss er zwischen den kräftigen Schlucken aus der Kölschflasche lieber in eine Mettwurst.

„Dem Eigentümer ist es egal. Er lässt die Leute dort sogar schlafen, wenn er bei ihnen essen darf. Eine Hand wäscht die andere sozusagen. Allen geht es finanziell schlecht, daher schließt man sich zusammen." Tomasz zuckte mit den Achseln. „Die Stadt findet die Vokü löblich, daher lässt sie das Haus nicht räumen, solange es nicht einsturzgefährdet ist."

„Nach allem, was ich gehört habe, ist es davon nicht weit entfernt."

„Laut Bericht der Kollegen, die den Fall damals untersuchten, sah es auf dem weitläufigen Gelände aus wie auf einem Schlachtfeld. Die Partygäste hatten sich dort aufgeführt wie die Schweine. Sollte Julias

Mörder Spuren hinterlassen haben, wurden sie von den Gästen zerstört."

„Unwissentlich", sagte Daniel und dachte wieder an die Grillkohle, „oder absichtlich."

„Inzwischen überwuchert die Natur alles noch mehr. Da man keinen Hinweis auf ein Verbrechen oder Julias Verbleib fand, wurde der Fall auf Eis gelegt und man ging davon aus, dass das Mädchen durchgebrannt war. Ihre Eltern sind nicht von der Sorte, die ein warmes Nest bauen."

„Habt ihr sie noch einmal verhört?"

„Ihren Vater und Julias Bruder Markus. Beide verhalten sich nicht gerade kooperativ. Ehrlich gesagt, haben wir kaum etwas aus ihnen herausgekriegt." Tomasz öffnete die oberste Schublade seines Schreibtisches, holte eine Akte heraus und reichte sie ihm. „Uns fehlt jemand mit dem richtigen Fingerspitzengefühl, wie du es hast."

„Speichellecker." Mit jeder Minute, die er im Kriminalkommissariat verbrachte, spürte Daniel, wie seine Lebensgeister mehr erwachten. „Habt ihr schon einen oder mehrere Verdächtige?"

„Leider nicht, aber dass der Täter in ihrem Umfeld zu finden ist, steht außer Frage." Tomasz neigte sich vor und tippte mit dem Finger auf den Aktendeckel. „Schau dir die Fotos von Julias Leiche an, und du weißt, warum. Aber ich will dich warnen, sie sind harter Tobak."

Bilder von Misshandlungen oder Leichen zu betrachten wurde trotz seiner Erfahrung nicht leichter. Noch immer zog sich alles in Daniel bei den ersten zwei, drei Fotos unangenehm zusammen, danach ging es schon etwas besser. Aber daran gewöhnen würde er sich nie!

Bei den Aufnahmen von Julias Leichnam war es sogar noch schlimmer. Galle stieg in seinen Rachen auf. Er schmeckte sie bitter auf seiner Zunge. Wie Essig brannte sie auf seinen Schleimhäuten. Diese heftige Reaktion lag nicht nur daran, dass ihm durch seine Zwangspause der grausame Anblick dieser Art längere Zeit erspart geblieben war, sondern auch daran, dass Benjamin das Mädchen gekannt und gemocht hatte.

Außerdem hatte ihr Körper viele Monate im Rhein gelegen, war aufgequollen und hatte sich in Adipocire umgewandelt. Julia Kranich war nur noch eine wächserne Masse. Nur anhand ihrer Zähne und eines DNA-Abgleichs konnte ihre Identität festgestellt werden. Ihre aufgedunsenen Gesichtszüge waren grotesk entstellt, konserviert durch das Leichenlipid. Schleifspuren an Stirn, Hand- und Fußrücken sowie den Knien waren vage zu erkennen. Sie stammten vom strömungsbedingten Treiben über den Flussgrund. Die Nasenspitze fehlte.

Daniel konnte förmlich den Geruch von feuchtem, verseiftem Fleisch riechen. Er war bei ihrer Bergung nicht dabei gewesen, konnte sich aber lebhaft an andere Wasserleichen erinnern. Vor seinem geistigen Auge sah er, wie sie vorsichtig aus dem Wasser geborgen und in ein Behältnis der Rechtsmedizin gelegt wurde. Er hörte dieses Geräusch, das man normalerweise nicht mit einem Menschen in Verbindung brachte, als hätte man keine Leiche, sondern ein nasses Handtuch auf das Ufer gelegt.

Die vollkommene Umwandlung ihres Körpers in Fettwachs legte nahe, dass die Leiche des Mädchens die vielen Monate unter Wasser gelegen haben musste, da dieser Prozess nur unter Luftabschluss stattfand.

Sie ist die ganze Zeit tot gewesen, dachte Daniel. War das nun gut oder schlecht? Sie hätte mit jemandem durchgebrannt sein und irgendwo ein schönes Leben führen können, aber genauso gut hätte sie in einem Keller gefangen und unzählige Male missbraucht worden sein. Er spürte dennoch keine Erleichterung.

Aber nicht das Leichenlipid schockierte ihn, nicht nur ihre Nacktheit, die entwürdigend war, sondern auch die Hinweise auf Folter, die die Gerichtsmedizin festgestellt hatte.

Verletzungen der Körperhülle konnte man aufgrund des Leichenlipids nicht mehr feststellen, aber die subkutanen Blutungen auf Julias Rücken waren nicht nur sehr breit gefächert, sondern reichten vor allem so tief, dass diese sogenannte Sugillation noch nachgewiesen werden konnte. Für Daniel war diese Tatsache schockierend! „Jemand hat seiner Wut ... oder seiner perversen Lust freien Lauf gelassen und sie blutig geschlagen."

„Jetzt verstehst du, was ich meine." Tomasz stand auf, verließ kurz den Raum und kehrte mit zwei Gläsern und einer Flasche Mineralwasser zurück.

Daniel atmete flach, als er die Fotos weglegte und stattdessen den Bericht des Instituts für Rechtsmedizin im Universitätsklinikum nahm.

Nachdem der Obduzent das Skelett freigelegt hatte, waren ihm punktuelle Einkerbungen an Julias Schambein aufgefallen. Ihr Geschlecht musste mit einem spitzen Gegenstand brutal traktiert worden sein. „Die Tat hat eindeutig einen sexuellen Hintergrund."

Während Tomasz ihre Gläser mit Wasser füllte, sagte er: „Todesursache war stumpfe Gewalteinwirkung."

Daniel las den Obduktionsbericht zu Ende. Bei der Sektion wurde eine Fraktur am Hinterkopf festgestellt. „Höchstwahrscheinlich hat der Täter das Mädchen erschlagen." Um seinen Übergriff zu vertuschen? War die Tötung von vorneherein geplant, gehörte sie vielleicht sogar zum Lusterlebnis dazu und konnte er ohne sie nicht zum Höhepunkt kommen? Oder nahm der Hass während der Folter so stark zu, dass der Mörder in einen Rausch verfiel und sich nicht mehr bremsen konnte?

Neunzig Prozent der Verbrechen sind Beziehungstaten. Ein Fremder, der auf der Party ein Auge auf Julia geworfen hatte, hätte sie von der Feier weggelockt, um sie zu quälen und umzubringen. Wahrscheinlicher war, dass sie dort einen Bekannten traf. Sie konnten sich gestritten haben und da ist er ausgerastet. „Hatte Julia Feinde?"

„Nein, sie war eher ein unauffälliges Mädchen und hielt sich stets im Hintergrund auf."

Stille Wasser sind tief, fiel Daniel dazu ein. Benjamin gehörte auch eher zu den ruhigen Teenagern, aber er hatte ihn schon beim Kiffen erwischt. Vielleicht war Julias Weste nicht so weiß, wie sie erschien. „Gab es Probleme zu Hause?“

„Nicht mehr oder weniger als bei anderen Teenagern.“ Tomasz reichte ihm ein Glas. „Als man ihre Leiche fand, trug sie einen Minirock. Ihr Vater sagte aus, dass sie eine Jeans anhatte, als sie das Haus verließ, um zu der Feier zu gehen.“

„Sie muss sich umgezogen haben. Um sexy auszusehen. Das hat Daddy nicht erlaubt, also hat sie es heimlich gemacht.“ Einen Moment lang musste Daniel an seine eigene verkorkste Kindheit denken. Eigentlich war es verwunderlich, dass aus ihm etwas geworden war. Er hatte sich, nach all der Scheiße, die ihm widerfahren war, seinen Platz im Leben hart erarbeitet. Die Erkenntnis, dass er das, was er erreicht hatte, nicht hergeben wollte, nur weil er im Rollstuhl saß, traf ihn unvermittelt. „Hatte sie einen Freund? Schlief sie mit jemandem?“

„Wenn ja, dann hat sie es verheimlicht. Sie war jedenfalls keine Jungfrau mehr.“ Als sich Tom in seinen Bürostuhl setzte, knarzte er. „Was ist mit Benjamin?“

Daniel, der gerade trinken wollte, hielt inne. „Ihr habt ihn doch verhört.“

„Er hat kaum den Mund aufgemacht, das sagte ich doch schon beim letzten Treffen.“

Daniel verspürte den Drang, Ben zu verteidigen, weil er zur Familie gehörte. Es fiel ihm schwer, seine persönlichen Gefühle beiseitezuschieben und professionell zu denken. „Ich glaube nicht, dass zwischen den beiden etwas lief. Ben ist schüchtern, was Mädchen betrifft. Ich kann mich nicht daran erinnern, dass er mal eine feste Freundin gehabt hatte. Mit nach Hause brachte er Julia jedenfalls nie, das hätte seine Mutter freudig herumposaunt.“

Tomasz sprach jedes Wort seiner Theorie langsam und vorsichtig aus: „Vielleicht wollte er ihr näherkommen, traute sich das erste Mal, ihr seine Gefühle zu zeigen, und sie lachte ihn aus, sodass er austickte.“

„Ben ist ein Spätzünder. Mädchen interessieren ihn genauso wenig wie den Führerschein zu machen. Beides wird schon noch kommen, da bin ich mir sicher, aber seit Julia verschwand, ist er völlig neben der Spur. Ihr Tod nimmt ihn sehr mit. Er ist sehr sensibel! Jemand, der sie derart zugerichtet hat, muss abgebrüht und kaltherzig sein.“ Oder auf dem Weg des Erwachsenwerdens eine neue Seite an sich entdeckt haben, aber diesen schrecklichen Gedanken behielt Daniel lieber für sich.

In seinem Hinterkopf meldete sich eine weitere Option. War es möglich, dass Benjamin auf der Party härtere Drogen ausprobiert und Julia im Rausch getötet hatte, weil er albtraumhaft halluzinierte und sie für eine Bedrohung, ein Monster, hielt?

Sein Entsetzen wuchs mit jedem neuen Abschnitt des Obduktionsberichts. Plötzlich stieß er auf ein ungeheuerliches Detail.

Aufgekratzt suchte er das dazugehörige Beweisfoto heraus. Sein Sodbrennen wurde so unerträglich, dass er sein Wasserglas in einem Zug leerte. Fassungslos betrachtete er die aufgeschnittenen wächsernen Gesäßhälften von Julias Leiche, die der Rechtsmediziner abgelichtet hatte, um ihre Misshandlung zu dokumentieren. In ihrem Enddarm waren Scherben zu erkennen. „Julia wurde nicht nur geschlagen, sondern auch vergewaltigt?"

„Am Schambein haben die Kollegen in der Uni keine Hämatome festgestellt, bis auf die punktuellen Verletzungen, die von einem spitzen Gegenstand stammen. Allerdings in ihrem After …"

„Das Schwein hat sie mit einer Flasche anal penetriert?", schrie Daniel aufbrausend. Er befürchtete, dass Kollegen ins Büro stürzen könnten, um nachzuschauen, ob ein Streit im Gange war, doch es kam niemand. Hoffentlich hatten sie ihn nicht gehört. Auf keinen Fall wollte er Tomasz in Schwierigkeiten bringen.

Sein Freund schaute gequält. „Dabei ist diese zerbrochen. Julias Schließmuskel muss das Glas zerquetscht haben, weil es dünnwandig war, vermutlich eine Klarglasflasche mit schlankem Hals, in dem jemand selbst gebrannten Schnaps mit auf die Party brachte. Die gibt es leider überall zu kaufen, das hilft uns nicht weiter. Abdrücke von Fingern oder Lippen konnten nicht mehr nachgewiesen werden."

Daniel fing sich langsam wieder, die Wut jedoch blieb. Er lockerte seine Hand um das leere Glas. „Dem Täter ging es offenbar nicht darum, sie zu besitzen, sondern sie sexuell zu erniedrigen."

„Vielleicht hat sie ihn auf der Party nicht rangelassen." Nachdem Tom einen besorgten Blick zur Tür geworfen hatte, nahm er ihm die Akte ab und steckte sie zurück in die Schublade. „Das Grundstück erstreckt sich vom Haus weit nach unten an den Rhein. Es ist zugewuchert, auf den Nachbargrundstücken sieht es ähnlich heruntergekommen aus. Es gibt zahlreiche Stellen, an denen man sich zurückziehen kann. Wir haben viele Kondome gefunden, aber keins davon konnte mit Julia in Verbindung gebracht werden. Auch Rauschgifte wurden konsumiert."

„Das Motiv ist also bisher unklar."

„Die Gelegenheit, sie umzubringen, hatte jeder auf der Feier. Genauso wie jemand, der eher zufällig vorbeikam und zum Beispiel beobachtete, wie sich Julia alleine ins Gestrüpp zurückzog, um zu pinkeln. Sie ließ ihre Hosen runter, er sah ihren siebzehnjährigen Pfirsichpo und konnte nicht widerstehen." Tomasz hob seine Hände, als hielte er einen großen Stein, und ließ diesen niedersausen. „Sie wehrte sich und er schlug zu, da er Angst hatte, dass sie ihn wegen versuchter Vergewaltigung anzeigt, und tötete sie."

„Möglich, aber eher unwahrscheinlich, wenn ich an die Fotos denke. Der Täter scheint auf sie eingeschlagen zu haben, wie von Sinnen, als hätte er sich in seine Wut hineingesteigert." Geräuschvoll stellte Daniel sein Glas ab. „Außerdem hätte er sie vergewaltigt. Doch das tat er nicht, sondern er demütigte sie mit der Flasche. Hier ging es eher um ein verletztes Ego."

„Es handelt sich auf keinen Fall um einen organisierten Täter, der auf der Pirsch nach einem weiteren Opfer war, sondern um jemanden, der spontan gehandelt hat, denn als Waffe benutzte der Mörder Dinge, die herumlagen und greifbar waren." Während Tom Daniels Glas erneut füllte, sprach er weiter: „Vielleicht pinkelte sie auf das Grundstück der Transportfirma und der Besitzer, der wegen seines Konkurses eh aufgebracht war, prügelte auf sie ein."

„Aus Frust über seine geschäftliche Situation?"

„Oder weil sie auf seinen Grund, der immerhin *noch* ihm gehörte, pisste und er das respektlos fand."

„Das würde aber den sexuellen Aspekt nicht erklären." Daniel spürte ein Kribbeln in seiner rechten Hand und rieb sie mit der linken. Er liebte es, mit Tomasz über Theorien zu diskutieren. Das ließ das Adrenalin durch seinen Körper fließen und er fühlte sich lebendig. „Außerdem wurde er nicht auf der Party gesehen, oder? Ihr Mörder muss an den Feiernden vorbei in den Keller der Volksküche gegangen sein, um dort das Kabel, mit dem der Betonklotz an ihrem Fuß befestigt wurde, aus der Wand zu reißen."

„Dass er niemandem auffiel, hat nicht automatisch zu bedeuten, dass er nicht auch dort gewesen war. Viele Fremde liefen in der Vokü herum. Es gab schließlich keine Gästeliste."

Daniel kehrte zurück zu den drei Grundpfeilern der Ermittlung. „Das Motiv ist unklar, es steht nur fest, dass wir nach einer Person suchen, die wütend auf Julia war."

„Wir?" Überrascht hob Tomasz seine Augenbrauen.

„Ihr, sagte ich, du musst dich verhört haben." Daniel brummte betreten. „Die Gelegenheit für den Mord an Julia Kranich hatten zu viele, um den Verdächtigenkreis einzuschränken, und an die Folterwerkzeuge kam jeder heran, weil es sich um Gegenstände handelte, die auf dem Gelände zu finden waren. Es gibt keinen konkreten Ansatzpunkt, nur viele Theorien. Es könnte der Eigentümer der Spedition gewesen sein, der seine Wut darüber, dass sein Betrieb den Bach runterging, auf das Mädchen projizierte, einer der Partygäste, der scharf auf sie war und bei ihr abblitzte, oder sogar ihr Vater, der sie dafür bestrafte, dass sie wie ein Flittchen herumlief, und dabei zu weit ging." Oder sogar Benjamin.

„Ein weiteres Problem sind die Betreiber der Volksküche. Einige von ihnen schlafen in dem Haus, viele aber auch nicht. Sie wollen auf keinen Fall die Namen der Gäste herausrücken, weil das ihrem liberalen Grundsatz widerspricht. Wir haben bisher nur die Aussagen der Personen, die sich freiwillig meldeten oder uns von anderen mitgeteilt wurden. Das Ganze liegt ein Jahr zurück. Es ist schwer, nachzuvollziehen, wer alles da war."

„Ich hätte die Namen längst", sagte Daniel unbescheiden und presste seine Lippen aufeinander.

„Ich weiß." Beiläufig strich Tomasz über seine Brusttasche, die die Zigarettenpackung ausbeulte. „Du fehlst uns."

Offenbar sehnte er sich nach einer Zigarette. Obwohl Daniel nicht rauchte, konnte er Tom verstehen. Dieser Fall ging einem an die Nieren! In einem Nachbarbüro klingelte das Telefon. Das brachte ihn auf eine Idee. „Wo ist Julias Handy?"

„Wir haben keins gefunden. Ihre Handtasche hing um ihren Hals. Der Tragegurt war tief im Leichenlipid versenkt. Zuerst dachten wir, sie wäre mit dem Riemen stranguliert worden, aber er war nur festgezurrt, um ihre Tasche mit ihr im Wasser zu begraben."

„Jemand wollte alle Spuren verwischen, damit es so aussah, als sei das Mädchen abgehauen." Trotz seiner Rage hatte der Straftäter ein letztes Quäntchen Kontrolle über sich und die Situation behalten, das machte ihn in Daniels Augen umso gefährlicher. „Alle Teenager haben heutzutage Handys."

„Sie stammt nicht gerade aus einem reichen Elternhaus“, gab Tom zu bedenken.

„Das spielt keine Rolle. Die Teenager heutzutage würden lieber ohne Unterwäsche aus dem Haus gehen als ohne Mobiltelefon. Da es nicht gefunden wurde, besteht die Möglichkeit, dass der Mörder es mitgenommen hat, um es zu verkaufen“, er holte tief Luft, „oder als Trophäe.“

Tomasz' Augen weiteten sich. „Du glaubst, wer einmal derart ausrastet, tut es wieder?“

„Möglich.“ Daniel nippte an seinem Wasser, er schmeckte die Galle immer noch auf der Zunge. „Seine Hemmschwelle wird inzwischen gesunken sein, denn er ist mit Julias Mord durchgekommen. Bisher zumindest.“

„Ich werde bei den Eltern nachfragen“, sagte Tomasz und machte sich eine Notiz. „Bestimmt kann der Staatsanwalt beim Ermittlungsrichter einen richterlichen Beschluss erwirken, das Handy orten zu lassen, oder wir versuchen, es über den IMEI-Code zu finden, falls es in einem Pfandhaus oder einem Fundbüro gelandet ist oder von Kollegen bei einer Durchsuchung beschlagnahmt wurde.“

Die Chancen dafür standen schlecht, weil die internationale Seriennummer, abgesehen vom Handyspeicher, nur auf der Originalverpackung stand und die Besitzer diese meistens entsorgten, aber Aufgeben kam für Daniel nicht infrage. Jedem noch so kleinen und unwahrscheinlichen Hinweis musste nachgegangen werden.

Das Bild von den Scherben in Julias After ließ ihn nicht los. „Ihr Hintern wird auf jeden Fall geblutet haben, auch ihr Rücken. Die Folterungen müssen doch Spuren auf dem Gelände hinterlassen haben. Neben Blut auch Urin zum Beispiel, weil sich Julias Blase vor Schmerzen und Angst entleert haben könnte. Eventuell versuchte sie wegzukriechen und dabei sind ihre Fingernägel abgebrochen. Irgendetwas!“

„Es sei denn, der Täter beseitigte jegliche Beweise, indem er zum Beispiel den sandigen Untergrund am Ufer abtrug und ihn ins Wasser warf.“ Nachdenklich tippte Tom mit der Spitze seines Kugelschreibers auf den Block.

„Oder er hat sie versteckt.“ Plötzlich erinnerte sich Daniel an die Grillkohle und sein merkwürdiges Gefühl, als er davon hörte. „Unter Kohle und Motorenöl zum Beispiel.“

Schwungvoll warf Tom seinen Kuli auf den Tisch. „Die Möglichkeit, dass Julia auf einem der Nachbargrundstücke umgebracht worden sein könnte, haben wir natürlich in Betracht gezogen. Wir hatten auch das Gelände der Spedition untersucht, aber nichts gefunden. Jetzt wird mir auch klar, warum."

Verärgert ließ Daniel die Knochen seiner Hand knacken. „Der Erkennungsdienst soll die Schicht abtragen, und zwar sofort. Das hat oberste Priorität." Ihm fiel auf, dass er redete, als gehörte er zur Mordkommission dazu, aber das tat er nicht. Er knirschte so intensiv mit seinen Zähnen, dass sie wehtaten.

Die Zeit war immer ihr Feind, aber diesmal lag über ein Jahr zwischen Julias Verschwinden und dem Fund ihrer Leiche. Die Chance, jetzt noch Beweise auf ein Verbrechen zu finden, war gering. Das machte Daniel nur umso heißer, den Fall zu lösen. Er wollte sich darin verbeißen und erst dann Ruhe geben, wenn der Mörder gefasst war, wie vor seinem Unfall auch. Aber man ließ ihn nicht. „Vollzugsdienstunfähigkeit" stand nun auf dem Deckel seiner Personalakte. Das sah er jedoch anders!

Während er schon überlegte, wie er am besten um seine Stelle beim KK 11 kämpfen konnte, griff Tomasz zum Hörer, doch bevor er wählen konnte, schwang die Tür auf.

Leander blieb im Eingang stehen. Sein Blick wechselte unsicher zwischen den beiden Kriminalkommissaren hin und her, bis er schließlich an Daniel hängen blieb.

Dieser versteifte sich. Etwas an Leanders Haltung ließ ihn nichts Gutes erahnen.

Die Schultern des Hospitanten waren so spitz, dass die Knochen durch sein Hemd zu erkennen waren. Er schüttelte unentwegt seine Hände, als beabsichtigte er etwas, das an seinen Fingern klebte, abzuschütteln, als hätte er sich die Finger gewaschen, aber kein Tuch zum Abtrocknen gefunden, weil der Spender leer war. Oder weil eine dringliche Nachricht ihn aus dem Toilettenraum geholt hatte. „Es ist etwas mit Ihrer Frau."

„Mit Marie?"

Leander nickte.

9. KAPITEL

Drei Stunden zuvor

Maries Puls schlug immer schneller, je näher sie dem Römisch-Germanischen Museum kam.

Als sie die Treppen vor dem Hauptbahnhof neben Benjamin hochstieg, rang sie nach Luft. Sie schob ihre Kurzatmigkeit darauf, dass sie den Crosstrainer, der unter dem Ehebett verstaubte, nicht mehr benutzte, da es ihr unangenehm war, in Daniels Anwesenheit Sport zu treiben, etwas, das er geliebt hatte. Aber das war gelogen.

In Wahrheit fühlte sich ihr Brustkorb an, als würde ein Hinkelstein darauf liegen und ihr das Atmen schwer machen.

Sie fürchtete sich davor, erwischt zu werden. Das war auch der Grund, warum sie in der Schule nie abgeschrieben hatte, niemals in der Bahn schwarzfuhr und nicht einmal eine Rolle Nähgarn aus dem Musical Dome mitgehen ließ. Nicht etwa, damit das Image der Bast-Familie in der Öffentlichkeit, auf das ihre Eltern und Großeltern großen Wert legten, keinen Schaden nahm. Sondern weil es sie so verlegen machte, wenn sie ertappt wurde, dass sie sich am liebsten in Luft auflösen würde.

Sie erinnerte sich an ein Erlebnis in ihrer Kindheit. Sollte jemand sie fragen, welches das schlimmste Erlebnis in ihrer Kindheit war, würde sie vermutlich dieses benennen. Schmerz hatte sie immer besser ertragen als Bloßstellung.

Bei ihrer zierlichen Figur nahm ihr das heutzutage niemand ab, wenn sie zugab, als Mädchen pummelig gewesen zu sein. Mit acht Jahren hatte ihre Mutter sie auf Diät gesetzt, damit sie sich auf Maries Erstkommunion ein Jahr später nicht für ihre Tochter schämen musste. Genau so hatte Irene Bast es formuliert, Marie klingelten die Worte heute noch im Ohr.

Nach der Kirche am Weißen Sonntag traf man sich im Garten der Villa Bast zu Kaffee und Kuchen, denn der April zeigte sich von seiner schönsten Seite. Unter dem strengen Blick ihrer Mutter traute sich Marie nicht, mehr als ein kleines Stück Obstkuchen zu essen, ohne Sahne selbstverständlich. Aber sie hatte Hunger, denn sie hatte seit dem Frühstück nichts mehr zu sich genommen.

Deshalb schlich sie sich heimlich in den Vorratsraum, wo die Kuchenreste aufbewahrt wurden. Die restlichen in Schokolade getunkten Erdbeeren, die zum Sektempfang gereicht worden waren, lachten sie besonders an. Sie griff in die Glasschale, nahm gierig eine Handvoll heraus und aß die erste Frucht. Sie war köstlich süß.

Plötzlich hörte sie ein Geräusch.

Gerade noch rechtzeitig stopfte sie die verbliebenen Erdbeeren in die Bauchtasche, die in ihr Kleid genäht war, um dort den Rosenkranz und eine kleine Bibel zu tragen, aber den Inhalt hatte Marie bei ihrer Rückkehr nach Hause sofort abgelegt, weil er durch sein Gewicht den Stoff nach unten gezogen hatte.

Ihrer Mutter, die hereinkam und ihre braunen Haare genauso hoch toupiert hatte wie Cruella de Vil, fiel die Wölbung nicht auf, wohl aber die Schokolade in Maries Mundwinkel. Wütend zerrte sie Marie zu den Gästen und hielt ihr vor allen eine Standpauke, die Marie immer mehr schrumpfen ließ.

„Du willst doch wohl nicht wieder fett werden." Unentwegt zupfte Irene Bast genau dort an Maries weißem Kleid herum, wo es sich spannte. „Dicke Kinder wie du werden immer als Letztes in eine Sportmannschaft gewählt und sitzen auf dem Pausenhof alleine in einer Ecke, weil niemand mit ihnen spielen will. Willst du so sein? Willst du hässlich sein?"

Vor Verlegenheit wurde Marie speiübel. Sie schaute auf ihre Schuhspitzen.

Provokant schlug ihre Mutter auf Maries vermeintlich dicken Bauch. Doch es war kein Babyspeck, der den Stoff wölbte, sondern die Erdbeeren. Maries Kommunionkleid färbte sich rot, genau über ihrem Unterleib.

„Die hat vor Stress ihre Periode bekommen", hörte sie die Gäste tuscheln. „Welch ein frühreifes Früchtchen! Mit der werden ihre Eltern noch Probleme bekommen."

Entsetzt riss Marie Augen und Mund auf. Ihr Kopf glühte, Tränen rannen über ihre heißen Wangen und sie wünschte sich, auf der Stelle zu sterben. In diesem Moment nahm sie sich vor, nie wieder etwas zu tun, das verboten war.

Sie blieb schlank, war aber trotzdem nicht beliebter in der Schule gewesen. Ihren ersten Freund hatte sie erst mit achtzehn, ihren ersten Sex mit einundzwanzig, viele Jahre später als die meisten ihrer Freunde.

Daniel war erst der zweite Mann, mit dem sie jemals geschlafen hatte, eine Tatsache, die sie ihm verschwieg, weil sie sich ohnehin wunderte, dass er sich in sie verliebt hatte. Was fand ein richtiger Kerl an einer steifen Langweilerin wie ihr?

Sie ging neben Benjamin um die Kathedrale herum, bahnte sich ihren Weg durch Schulkinder in bunten Regenjacken, die sich auf der Domplatte um ihre Lehrerin versammelten, um das Wahrzeichen Kölns zu besichtigen oder sogar bis in den Glockenturm hinaufzusteigen, und eilte vorbei an einem Mann, der als Zinnsoldat verkleidet war und starr auf einem silbernen Podest stand. Der Nieselregen perlte zwar von seiner Verkleidung ab, aber er schien keinen Pullover darunter zu tragen, denn das Schild, das auf die Darbietung von „Der Zauberer von Oz" eines kleinen Independent-Theaters hinwies, zitterte, was für seine Absicht, eine Statue zu imitieren, nicht gerade förderlich war. Aber die Werbung funktionierte dennoch. Nicht nur Marie schaute ihn mitleidig an.

Der September war fast vorüber und der Herbst zog langsam in Köln ein.

Marie fröstelte ebenfalls, aber nicht etwa, weil ihr gefütterter Blazer dem Wind, der über den Vorplatz des Doms toste, nichts entgegenzusetzen hatte, sondern weil sie nicht wusste, was auf sie zukam. Sie mochte es, alles stets unter Kontrolle zu haben. Generell fand sie Überraschungen zwar nett, aber sie verunsicherten sie und das gefiel ihr nicht.

Noch weniger, wenn es darum ging, etwas zu entwenden, das an einem Ort versteckt war, an dem alle nervös waren. Sie befürchtete, dass die Museumswächter dachten, sie planten, ein Ausstellungsstück zu stehlen. Ob die Wärter Waffen trugen?

Marie hatte keine Übung darin, Menschen zu täuschen. Aber wie sah es mit Ben aus? Noch immer spukte in ihrem Kopf herum, was er gesagt hatte. Nachdem sie hinter dem Dom um die Ecke gebogen waren und der Eingang des Römisch-Germanischen Museums in Sichtweite kam, hielt sie ihn an der Schulter fest und blieb stehen. „Du hast etwas von weiteren Straftaten erwähnt."

„Hä?" Er reckte seinen langen Hals aus dem hochgeschlagenen Kragen seiner Jacke wie eine Schildkröte aus ihrem Panzer und verlagerte vor Kälte oder Aufregung sein Gewicht immer wieder von einem Fuß auf den anderen.

„Du meintest, ins Museum einzusteigen …“, ob er das tatsächlich in Erwägung gezogen hatte oder der Gedanke lediglich Ausdruck seiner Hilflosigkeit gewesen war, wusste sie nicht, „wäre nicht die erste kriminelle Handlung, die du begangen hast.“

„Ach so, das.“ Er verzog sein Gesicht, als bereute er es, nicht den Mund gehalten zu haben. „Der Patron hat mich schon in fremde Keller geschickt, auch in eine Sporthalle und ein Schrebergartenhaus.“

„Auf Privatgrundstücke.“ Für Marie erweckte es fast den Anschein, als wollte GeoGod, dass Benjamin bei einem seiner Aufträge erwischt wurde. „Und du hast dich nie geweigert?“

„Am Anfang war es nur ein Spaß, Nervenkitzel eben, mehr nicht.“ Sein Teint war aschfahl.

„Das sehen die Eigentümer sicherlich anders.“

War das Regen oder Schweiß, das auf seiner Stirn feucht schimmerte? „Ich habe niemanden erschreckt oder wehgetan, auch nichts kaputt gemacht, bis auf eine Tür, die musste ich aufbrechen.“

„Mehr nicht?“, fragte sie sarkastisch und schüttelte ihren Kopf. Kriminelle Karrieren fingen meistens mit kleinen Straftaten an. Beabsichtigte GeoGod ihn für einen größeren Coup zu rekrutieren, indem er ihn Schritt für Schritt darauf vorbereitete oder testete, wie weit er zu gehen bereit war? Oder erregte es ihn, die Macht zu besitzen, einen Teenager ins Verderben zu schicken, auf eine perverse Art und Weise?

Schweigend blickte Benjamin auf seine Turnschuhe, als wollte er jedes weitere Wort, das ihn belastete, vermeiden. Er zog seine Schultern so hoch, als wollte er sich in seiner Jacke verkriechen. Verschwieg er ihr etwas?

„Lass es uns hinter uns bringen“, schlug er vor und schritt voran. Seine Jeans schlackerten um seine langen, schlaksigen Beine. Die neonfarbenen Schnürsenkel in seinen Turnschuhen leuchteten zu fröhlich für das Risiko, das sie gleich eingingen.

Marie folgte ihm über den Roncalliplatz. Sie wusste nicht, ob sie ihm das glauben konnte, immerhin sah er im Kiffen auch nur ein harmloses Freizeitvergnügen. Auch wenn das Konsumieren nicht illegal war, der Besitz von Haschisch und Marihuana war es sehr wohl. Sie machte sich Sorgen, dass dies Einstiegsdrogen für ihn sein konnten. Damals, als Daniel den süßlichen Geruch an ihm wahrgenommen hatte, hatte Ben das Rauchen von Blunts genauso heruntergespielt, wie er das mit dem Hausfriedensbruch nun ebenfalls tat.

Obwohl Marie das Römisch-Germanische Museum schon mehrmals besucht hatte, faszinierte sie die Tatsache noch immer, dass es über einem großen römischen Wohnhaus aus dem dritten Jahrhundert gebaut worden war, genau über dem berühmten Dionysos-Mosaik, das im Fest- oder Speisesaal gelegen hatte. Sie interessierte sich sehr für die Geschichte Kölns, besonders für die Ausgrabungen aus der Antike. Daniel konnte sie nur schwer dazu bewegen, in Ausstellungen oder ins Theater mit ihr zu gehen, er zog Kino und seine Stammkneipe vor, daher machte sie solche Unternehmungen meistens alleine.

Als sie diesmal den Vorraum des Archäologischen Museums betrat, war Benjamin an ihrer Seite. Sie zog ihm die Kapuze seines nachtblauen Hoodies vom Kopf, denn er schien sie aufbehalten zu wollen, aber damit sah er erst recht auffällig aus, dann öffnete sie ihren Blazer, gab ihn jedoch nicht an der Garderobe ab, sondern behielt ihn wie eine Schutzschicht an.

Ben blickte die ganze Zeit zu Boden, während sie die Eintrittskarten kaufte.

Tief ein- und wieder ausatmen, redete sie sich gut zu. Sie befürchtete, dass ihre Hände zitterten, aber als sie das Rückgeld annahm, wirkten sie ruhig. In ihr jedoch tobte ein Sturm, der so laut war, dass sie nicht verstand, was die Kassiererin zu ihr sagte.

Stirnrunzelnd schaute sich Marie um. Hatte sie sich durch irgendetwas verraten? Verhielten sie sich zu verdächtig? Dann fiel ihr das freundliche Lächeln der Frau auf. Vermutlich hatte sie ihr nur einen schönen Aufenthalt gewünscht. Steif wandte sie sich ab.

Sie wurde das Gefühl nicht los, dass jeder ihnen ansah, dass sie etwas vorhatten, dabei wollten sie ja nicht die Büste der Agrippina stehlen, sondern lediglich etwas entfernen, das gar nicht in diesem Gebäude sein dürfte: GeoGods Cache. Hoffentlich hatte er sich keinen Scherz erlaubt und eine Art Alarm in die Schatzkiste gepackt, der losschrillte, sobald sie den Deckel öffneten. Oder noch schlimmer: eine Bombe, die bei der kleinsten Erschütterung explodierte und ihnen die Hände wegsprengte.

Nervös schaute sie durch die Glasfront hinaus, aber sie widerstand dem Drang, vor ihrer Angst davonzulaufen. Der Patron bestrafte Feigheit. Er würde seinen Zorn nicht an Ben oder ihr auslassen, sondern an Heide und Hajo Mannteufel. Sie hatten keine Wahl und mussten seine Anweisung durchführen!

Beherzter, als sie sich fühlte, griff sie Benjamins Oberarm. Selbst durch seinen Pullover hindurch spürte sie seine angespannten Muskeln. Sie führte ihn zum Einlass, wo sie ihre Tickets vorzeigte, beseelt von dem Wunsch, alles so schnell wie möglich hinter sich zu bringen und zu ihrem normalen, langweiligen Alltag zurückzukehren. Aber war das nicht illusorisch?

GeoGod schien den Cache an immer schwierigeren Orten zu verstecken. Warum sollte er das Spiel nach dieser Aufgabe beenden? Wollte er wirklich, dass Benjamin jedes Mal erfolgreich war? Er konnte sich doch ausrechnen, dass der Junge über kurz oder lang geschnappt wurde, je öfter er ihn auf eine Mission schickte und je riskanter diese wurde. Wann würde er zufrieden sein und Ben in Ruhe lassen?

Nie, schrie eine schrille Stimme in ihrem Hinterkopf und bereitete ihr Kopfschmerzen. Die Sorge um ihren Cousin fraß Marie fast auf.

Er holte sein Smartphone aus der Kängurutasche seines Pullovers. Während er die Daten in die GPS-App eingab, hielt er es so fest, als wollte er es zerquetschen. Der Patron hatte ihm Mathematikaufgaben geschickt, die er hatte lösen müssen, um an die Koordinaten des Schatzes zu gelangen, als ob er ahnte, dass Ben in Mathe besonders schlecht war. Vielleicht wusste er es sogar. Womöglich spionierte er Ben und seine Eltern aus.

Maries Beschützerinstinkt wuchs plötzlich wie Alice im Wunderland, nachdem sie ein verzaubertes Stück Kuchen gegessen hatte.

Mit zerfurchter Stirn folgte Benjamin den Koordinaten bis zur Treppe. Er ging ein Stück am Geländer entlang, prüfte das Display und blieb wieder stehen. Als er durch das Treppenhaus, das von allen Etagen einsehbar war, auf das Steinungetüm zeigte, zitterte sein Arm. „Dort muss der Cache sein."

„Du machst einen Scherz."

„Hoffentlich steht die Kiste einfach nur dahinter."

Marie schüttelte den Kopf. „Dort könnte sie doch jeder Besucher und jeder Wärter entdecken."

„Vielleicht ist sie im Kies vergraben." Ratlos zuckte Ben mit den Achseln.

„Wie sollte GeoGod das geschafft haben?"

„Er schafft alles, was er will."

Fassungslos betrachtete Marie das Poblicius-Grabmal, das nicht nur zwei Etagen hoch war, sondern auch so zentral im Museum stand, dass sie es unmöglich untersuchen konnten, ohne aufzufallen. Es handelte sich um den Grabturm des Legionsveteranen Lucius Poblicius, ein Beispiel für Grabarchitektur reicher Familien zur Römerzeit, 14,70 m hoch und mit einem massiven Sockel aus blankem, grauem Stein. Dieser allein war so hoch wie ein Stockwerk. Darauf standen steinerne Säulen, die ein sich verjüngendes Dach trugen. „Der Schatz muss am Fuß verborgen sein, denn niemand kann daran emporklettern."

„GeoGod schon." Ehrfürchtig schaute Ben zu den Figuren zwischen den Pfeilern auf. „Nachts. Mit einem Seil. Oder mit einer professionellen Bergsteigerausrüstung."

Verschwörerisch senkte sie ihre Stimme und schaute sich um. „Und die Kameras? Und das Wachpersonal?"

„Die schaltet er einfach aus. So wie ich den Köter auf dem Schrottplatz ausschalten sollte."

Marie spürte ein schmerzhaftes Ziehen im Bauch, ähnlich wie Seitenstiche, weil sie sich daran erinnerte, dass Benjamin den Hund hatte töten sollen, wäre es nach dem Patron gegangen.

„Er sucht jemanden, der die Website mit ihm führt, der ihn eines Tages beerbt, einen GeoPrince, sagte er einmal." Die Worte sprudelten nur so aus Ben heraus. „Aber er hat noch keinen gefunden. Das bedeutet, er gewinnt immer. Er ist der Beste."

Weil er über Leichen ging? Maries Herz setzte einen Schlag aus.

„So machen wir es auch!" Plötzlich erhellte sich sein Gesicht. Er eilte los, gefolgt von Marie. Hinab in den Keller zur Ausstellung zum Thema *Totenkult und Alltag der Römer*.

Maries Nacken kribbelte unangenehm, als würde eine Spinne auf ihr herumlaufen, aber als sie mit der Hand über die Stelle wischte, war da nichts. „Was meinst du? Was hast du vor?"

„Wir lassen uns auf den Toiletten einschließen."

„Das ist doch verrückt." Bevor er ihr ins Männer-WC entwischte, hielt sie ihn fest. „Die Sicherheitsleute prüfen sie abends bestimmt als Erstes."

Mit aufgerissenen Augen blickte er sich um, sie waren gerötet. Er wirkte seltsam euphorisch, lächelte ob seines grandiosen Plans, doch Marie wertete das eher als Anzeichen von Panik. Beiläufig wischte er sich mit dem Ärmel seines Hoodies den Schweiß von der Stirn. Er wartete, bis die Aufseherin an ihnen vorübergeschritten war und die Frage eines Paars, das am Dionysos-Mosaik stand, beantwortete, bevor er zum Steinsarkophag vor der steinernen Sphinx rannte und versuchte, den milchigen Deckel wegzuschieben.

Da dieser sich nicht bewegte, rannte er weiter zur Bastelecke, wo nach Termin Schulklassen unter Anleitung eines Museumsmitarbeiters Terrakottafiguren nach römischem Vorbild herstellen konnten, doch jetzt am späten Nachmittag war sie leer. Behände sprang er über das Seil in den abgetrennten Bereich und zerrte an der Tür hinter dem Tisch, aber sie ließ sich nicht öffnen.

„Hör damit auf, Ben“, sagte Marie besorgt, die sich fragte, ob er tatsächlich so abgebrüht wäre, in einen Sarg hineinzukriechen. Das passte nicht zu ihm, daher vermutete sie, dass seine absonderlichen Einfälle auf reiner Verzweiflung basierten.

Doch er hörte nicht auf sie, sondern ging an ihr vorbei und beäugte die Wärterin, die inzwischen mit einem Kollegen im Eingang zum Aufenthaltsraum des Wachpersonals plauderte, mit einem verkniffenen missmutigen Blick, der Marie eine Gänsehaut über den Rücken jagte. So stellte sie sich GeoGod vor. Wütend, bereit, alles zu opfern, um zu gewinnen und sich nur seinen eigenen Regeln beugend. Wollte er, dass Ben wie er wurde, war das der Plan hinter seinem Spiel?

„Lass uns erst einmal nachschauen, ob wir den Cache sehen, dann überlegen wir weiter.“ Sie bemühte sich, begeistert zu klingen, aber Benjamin sprang nicht auf ihren Vorschlag an. Immerhin folgte er ihr zum Sockel, der nicht unmittelbar an der Wand stand, sodass man den Schatz in den Spalt hätte schieben können. Dort fanden sie ihn jedoch nicht. Auch im Kies konnten sie keinen Hinweis darauf entdecken, dass der Cache vor dem Monument vergraben worden war.

Angst breitete sich in Marie aus. Was würde geschehen, wenn sie ihn nicht fanden?

Plötzlich glaubte Marie, ein bleiches Gesicht unter dem Kies auszumachen. Hatte der Patron gar keine Kiste vergraben, sondern eine Leiche? Lebte die Frau noch? Sie kam Marie beunruhigend bekannt vor. Nach Luft schnappend griff sie das Geländer so fest, dass ihre Gelenke weiß hervortraten. Im letzten Moment konnte sie sich davon abhalten, auf die Steine zu springen und wie wild zu graben. Sie kniff ihre Augen zusammen und sah noch genauer hin. Ihre Nerven waren zum Zerreißen gespannt.

Erleichtert erkannte sie, dass da nichts war, ihre Furcht hatte ihr lediglich einen Streich gespielt. Für einige Sekunde hatte Marie geglaubt, der Leichnam ihrer Tante Heide läge vor dem Grabmal vergraben.

Sie mussten die Schatzkiste finden. Koste es, was es wolle!

Ihr Puls raste immer noch. Sie schwitzte, zog ihren Blazer aus und band ihn um ihre Hüften. Es war ihr sogar egal, dass die Ärmel knitterten, so aufgeregt war sie.

War Benjamin eben noch euphorisch gewesen, so wirkte er nun in sich gekehrt. Ihn schien der Mut zu verlassen. Als sie ins erste Obergeschoss zur Ausstellung *Schatzkammer, Urgeschichte und römische und fränkische Epoche* stiegen, um die Zwischenräume der Grabturmsäulen einer Sichtprüfung zu unterziehen, murmelte er: „Sind hier immer mehr Wärter als Besucher?“

Tatsächlich war unangenehm viel Wachpersonal im Einsatz, auch Marie fiel das auf. Nun rächte sich ihr Vorschlag, gegen Ende der Öffnungszeiten ins Museum zu gehen. Je weniger Menschen, desto geringer ist die Chance, erwischt zu werden, hatte sie gedacht. Doch sie hatte nicht mehr in Erinnerung gehabt, wie viele Sicherheitskräfte im Einsatz waren. Durch die wenigen Besucher fielen Marie und Ben mehr auf.

Auch zwischen den Figuren des Poblicius-Grabmals erspähten sie keine Kiste. Erneut schaute Benjamin sich nach einem Versteck für die Nacht um, aber diesmal wirkte er verzweifelt. Seine Hektik fiel einem grauhaarigen Wachmann auf, wohl auch, weil Ben nicht in die Vitrinen guckte, sondern dahinter, als würde er Ostereier suchen. Sein Desinteresse an der Sammlung war zu offensichtlich.

Marie versuchte, flach zu atmen. Noch hatten sie nichts verbrochen. Aber wenn man sie hinauswarf, musste Benjamin dem Patron eine weitere Niederlage gestehen, und womöglich gab es schon morgen ein Mordopfer, das nicht nur Ben, sondern auch Marie nahestand.

In ihrer Jackentasche ballte sie die Hand zur Faust. Sie musste sich zusammenreißen, denn ihr Cousin schien nicht mehr in der Lage dazu zu sein. Er schritt eilig von einem Schaukasten zum nächsten, stolperte dabei über seine eigenen Füße und wäre der Länge nach hingefallen, hätte Marie ihn nicht in letzter Sekunde aufgefangen. Sein Brustkorb hob und senkte sich rasch.

Marie riss ihn in ihre Arme und hielt ihn einen Moment fest an sich gedrückt. „Scht“, machte sie und strich über seinen Rücken.

Der betagte Security Guard tat so, als würde er ziellos umherwandern, aber er behielt sie im Auge.

Ben überragte Marie um einen Kopf. Schluchzend machte er sich los. Doch er sah nicht sie an, sondern in eine Glasvitrine hinter ihr. Keuchend rieb er über seine Wange, als wischte er sich Tränen ab. Hatte er den Cache gefunden?

Aufgewühlt drehte sich Marie um – und schnaubte enttäuscht. Phallussymbole, mehr nicht. Hinter Glas lagen Geschenke und Anhänger aus den verschiedensten Materialien, die hauptsächlich das männliche Geschlechtsteil darstellten. Warum Ben meistens Glieder in sein kleines Notizbuch zeichnete, wenn er sich langweilte, wusste sie nicht, vermutete aber, dass er sich auf diese Weise mit seinem in der Pubertät gereiften Körper auseinandersetzte.

Statt seines Büchleins zückte er seine Handykamera und machte rasch ein Foto. Noch während Marie mit den Augen rollte, fiel sein Blick auf die Rekonstruktion eines antiken hölzernen Reisewagens mit bronzenen Beschlägen. Er rannte an ihr vorbei und stieg ein. „Hier rein. Das ist perfekt."

„He, so geht das aber nicht!", rief der ergraute Wärter zu ihnen herüber.

Marie schwante Übles. Innerhalb von Sekunden lief ein Film vor ihrem geistigen Auge ab, dessen Abspann blutrot war.

Die Situation geriet außer Kontrolle.

Sie waren aufgefallen.

Die Suche nach dem Schatz war somit zu Ende.

Game over.

Ein Auto raste auf Heide zu.

Es schleuderte sie gegen die Wand des Supermarktes.

Schwer verletzt rutschte sie daran hinab.

Das Auto fuhr erneut auf sie zu …

Doch statt ihnen zu folgen, löste der Wachmann ein Walkie-Talkie von seinem Gürtel, rückte nervös seine Brille zurecht und sprach aufgeregt hinein.

„Rückzug!" Marie packte Benjamin, der sich halbherzig wehrte. Auch er wollte nicht aufgeben, denn er wusste, was das für Konsequenzen hatte. Aber was blieb ihnen anderes übrig? Sie konnten nichts mehr tun. Ihre Chance war vertan. Sie hatten verloren.

Doch Marie wurde das Gefühl nicht los, verarscht worden zu sein.

Unsanft zog sie ihn aus dem Reisewagen und hinter sich her quer über die Etage. Sie mussten rasch gehen, bevor sie Ärger bekamen.

Aber als sie die Treppe hinablaufen wollten, sahen sie am Fuße drei Wärter stehen. Die zwei aus dem Obergeschoss mit einem Wachmann aus der unteren Etage. Lachend, offensichtlich schon in Feierabendlaune. Glücklicherweise nahmen sie Marie und Benjamin nicht wahr. Noch nicht.

Bevor Marie ihren Cousin die Stufen hinabziehen konnte, um an der Gruppe vorbeizuhuschen, zückten die drei Sicherheitsleute ihre Walkie-Talkies gleichzeitig. Höchstwahrscheinlich hatte der alte Aufseher einen Rundruf gestartet.

„Mist!" Marie rannte am Treppenabsatz vorbei, dicht gefolgt von Ben. Dabei hätte sie stehen bleiben und sich vom Wachpersonal zum Ausgang begleiten lassen sollen. Mehr wäre eventuell gar nicht passiert.

Aber sie wollte nicht vor ihnen bloßgestellt und ausgeschimpft werden, wie damals als Neunjährige. Sie würde die Schande nicht ertragen, die bohrenden Fragen, die vorwurfsvollen Blicke, das abschätzige Schnalzen und das Brennen ihrer Wangen.

Das Gefühl der Scham hatte sich so tief in sie hineingefressen, dass ihre Füße von alleine liefen.

Außerdem wollte sie nicht, dass GeoGod gewann! Dieser Spinner schien zu allem fähig zu sein. Wie weit seine Skrupellosigkeit ging, wollte sie nicht herausfinden. Daher hielt sie neben den Vitrinen mit den Ausstellungsstücken der Eisenzeit an. Atemlos hielt sie Ben fest. „Versteck dich."

„Was?"

Sie hörte stampfende Schritte auf der Treppe, als käme eine Horde wütender Stiere näher. Die Wachmänner stürmten zu ihnen hoch.

„Du musst heute Nacht weitersuchen." Hatte sie das wirklich gesagt? Selbst der Klang ihrer Stimme war ihr fremd. Sie war nicht mehr sie selbst, sie veränderte sich durch dieses Psychospiel, wie sich ihr Cousin verändert hatte, und wurde sich bewusst, dass GeoGod ebenso Einfluss auf sie nahm wie auf Ben. Dafür hasste sie ihn!

Mit dem Ärmel seines Hoodies wischte Ben sich durchs Gesicht. „Aber du sagtest doch, dass das Wahnsinn sei."

„Ist es auch." Manchmal musste man eben ein Risiko eingehen, um seine Lieben zu schützen. „Aber GeoGod darf nicht triumphieren. Er darf einfach nicht!" Marie würde sich nie verzeihen können, wenn sie nicht alles dafür gegeben hätte, Heide und Hajo vor diesem Irren zu beschützen.

Ben nickte. Er sprintete in Richtung des Themas Bronzezeit weiter, bog hinter dem Poblicius-Monument um die Ecke, kam jedoch sofort wieder zurück. Ratlos zuckte er mit den Achseln. Offenbar gab es dort keine Möglichkeit, sich zu verkriechen.

Die Wärter waren auf dem Treppenabsatz angekommen. Damit sie Ben nicht sahen, eilte Marie zu dem betagten Aufseher, der Hilfe gerufen hatte, und riss ihn herum, damit er mit dem Rücken zu Ben stand. Die anderen stellten sich vor sie, um ihr den Fluchtweg zu versperren.

Hinter ihnen kletterte Benjamin auf die Balustrade. Marie blieb fast das Herz stehen.

Sie faselte irgendwelche zusammenhanglosen Entschuldigungen und bemühte sich, nicht zu Ben zu blicken, aber das war beinahe unmöglich. War dieser Junge denn vollkommen von Sinnen? Der Abstand zwischen Brüstung und Grabturm war viel zu groß, zudem befanden sie sich im ersten Stock.

Sollte Ben abstürzen, konnte er sich das Genick brechen.

Als er hinübersprang, hielt sie die Luft an. Etwas fiel aus seiner Kängurutasche. Sein Smartphone! Es landete zwischen den Streben des Geländers und blieb dort liegen.

Glücklicherweise erreichte Ben das Monument. Doch sein Fuß rutschte ab. Er fiel. Gerade noch rechtzeitig hielt er sich an einer der Säulen fest. Seine Handflächen glitten über den rauen Stein, sie mussten aufschaben und die Reibung einen brennenden Schmerz verursachen, Ben jedoch gab keinen Ton von sich. Kein Schrei, kein Hilferuf, auch kein Keuchen, als er sich unter großer Kraftaufbringung hochzog.

Nun starrte Marie doch in seine Richtung. Das Wachpersonal drehte sich um, aber da war Ben bereits hinter den Säulen und Steinfiguren verschwunden.

„Warum gucken Sie dorthin?“, fragte der grauhaarige Sicherheitsmann.

„Ich habe mein Handy verloren und es gerade entdeckt.“ In ihren Ohren hörte man die Lüge aus jedem Wort heraus. Umso erstaunter war sie, dass niemand sie aufhielt, als sie zu Benjamins Mobiltelefon ging und es aufhob.

Sie kam sich keineswegs heldenhaft vor, weil sie sich für Benjamin geopfert hatte, sondern sie zitterte am ganzen Körper. Hoffentlich zeigte das Museum sie nicht wegen Vandalismus an.

Man glaubte ihr nicht, dass Benjamin das Gebäude verlassen hatte, fand ihn jedoch auch nicht, sodass man es nicht bei einer Verwarnung Maries beließ, sondern die Polizei rief.

Als Marie auf dem Rücksitz des Polizeiautos, das sie zur Inspektion Mitte brachte, saß und durch das Fenster hinausschaute, flatterte ihr Herz aufgeregt, wie die Flügel eines Vogels gegen eine Scheibe, die ihn von der Freiheit trennt. Sie fühlte sich schrecklich. Wie eine Verbrecherin.

Um sich abzulenken, fragte sich Marie, wie GeoGod den Cache im Römisch-Germanischen Museum platzieren konnte, zudem zentral am Poblicius-Grabmal, wo es doch so gut bewacht wurde. Es musste ebenso schwierig gewesen sein, die Schatzkiste zu verstecken, wie sie zu bergen. Oder gar unmöglich.

Wie hatte er das nur geschafft? War er derart schlau, dass er ihnen haushoch überlegen war? Kannte er einen der Sicherheitsleute, der ihm half? Aber was war mit den anderen Wärtern? Er hatte wohl kaum alle schmieren können.

Ein Hoax, schoss es ihr in den Sinn.

Plötzlich krampfte sich in einer bösen Vorahnung ihr Magen zusammen, als wrang eine gigantische Hand ihre Eingeweide aus. Was, wenn er sie in eine Falle gelockt hatte?

Entweder war er ihnen haushoch überlegen und mit allen Wassern gewaschen, ein Gegner, der nicht nur aus dem Verborgenen agierte, sodass sie ihn nicht einschätzen konnten, sondern jemand mit einer kriminellen Energie, die ihm alle Tore öffnete und das Unmögliche möglich machte.

Oder aber es gab im Museum gar keinen Cache.

Vielleicht hatte der Patron nur geblufft und Benjamin ins offene Messer laufen lassen. Möglicherweise hatte er sie genau dort, wo er sie haben wollte: in Polizeigewahrsam. Nein, nicht sie, eigentlich hätte Ben den Ärger am Hals gehabt. Aber warum sollte GeoGod das wollen?

Er hatte Benjamin bereits dafür bestraft, dass dieser erfolglos vom Schrottplatz heimgekehrt war. Denkbar war, dass die Verletzungen, die er Heide durch den Autounfall zugefügt hatte, nicht so schlimm wie von ihm geplant gewesen waren. Oder dass er Ben persönlich leiden sehen wollte. Aus purer Lust am Quälen? Oder weil er eine Rechnung mit ihm offen hatte? War Benjamin der einzige Spieler oder gab es weitere? Hatte auf dem Gelände des Altmetallhandels ebenso wenig eine Kiste auf Ben gewartet?

Zu viele quälende Fragen, zu wenige Antworten, stellte Marie zerknirscht fest und wischte ihre feuchten Handflächen an ihrer Hose ab.

Während sich das Polizeifahrzeug durch den Kölner Abendverkehr kämpfte, drückte sie fest ihre beiden Daumen.

Dafür, dass GeoGod nie von diesem Rollentausch erfuhr und Benjamin die Schatzkiste auf dem Poblicius-Grabturm entgegen aller Hoffnungen doch noch fand.

Dass ihre Eltern niemals erfuhren, dass Polizisten sie wie eine Kriminelle zur Wache brachten, weil Irene und Rainer Bast aus allen Wolken gefallen wären und Marie für den Rest ihres Lebens vorgehalten hätten, den Leumund der Familie beschmutzt zu haben.

Und dass Daniel nichts von diesem Desaster mitbekam. Das war zum Glück eher unwahrscheinlich, da er aus Scham den Kontakt mit seinen ehemaligen Arbeitskollegen mied wie der Teufel das Weihwasser.

10. KAPITEL

Als Daniel seinen Rollstuhl in das Zimmer schob, fiel Marie wortwörtlich die Kinnlade runter.

Die Kollegen vom Polizeirevier hatten sie in ihren kleinen Aufenthalts- und nicht in den Verhörraum gesetzt, wohl aus Respekt vor ihm. Der Polizist bei ihr, ein kleines Kerlchen mit Schuppen auf den Schultern, stand hektisch von seinem Stuhl auf, nickte Daniel zu und ließ sie alleine.

„Was zum Henker hast du angestellt?"

Sie verschränkte ihre Arme vor dem Körper wie einen Schutzschild. „Und wie zum Himmel hast du davon erfahren?"

„Ich habe Tomasz im Polizeipräsidium besucht. Kollegen von der Polizeiinspektion Mitte hatten mich im Foyer gesehen und tratschten munter herum, dass der Freak zurück sei." Mit einem ironischen Lächeln auf den Lippen tätschelte er die Reifen seines Choppers. „Ich bin eine Sensation."

Marie neigte sich vor und brachte gepresst hervor: „Nicht du, sondern dein Rolli."

„Autsch." Daniel war auf der Hut, seine Frau war schlecht gelaunt. Trotzdem würde er sie nicht mit Glacéhandschuhen anfassen, denn sie hatte Mist gebaut.

Heimlich jedoch liebte er sie dafür noch mehr. Ihre versnobten Eltern hatten ihr eingetrichtert, immer perfekt sein und den schönen Schein wahren zu müssen. Umso mehr freute es ihn, wenn zum Beispiel Marmelade an ihrem Kinn klebte und sie es nicht merkte. In solchen Momenten wartete er einige Minuten, bevor er sie darauf hinwies, nicht etwa, um sie zu ärgern, sondern weil dieser Fleck auf ihrer ansonst perfekten Fassade sie nur reizvoller für ihn machte. Diesmal jedoch war die Sache ernster. „Was ist im Römisch-Germanischen Museum nur passiert?"

„Tut mir leid", lenkte sie kleinlaut ein. Nervös drehte sie den leeren Kaffeebecher in ihrer Hand.

Nur mit Mühe unterdrückte er ein Schmunzeln. „Zu randalieren sieht dir gar nicht ähnlich."

„Ich habe nicht ..." Empört schnappte sie nach Luft.

„Warum bist du dann vor den Wärtern davongelaufen?"

Sie zögerte, als wäre sie unsicher, wie sie weiter vorgehen sollte.

Umständlich band sie ihre schulterlangen krausen Haare im Nacken neu zusammen, schaute ihn unsicher mit ihren großen grünen Augen an und holte schließlich ein Smartphone aus der Tasche ihres Blazers. Während sie ihre Unterlippe einsaugte, schloss sie eine App mit einer Art Landkarte und zeigte ihm einen Schnappschuss. „Ich habe nur ein Ausstellungsstück fotografiert und dachte, das wäre verboten."

Daniels Augen weiteten sich. Er konnte kaum glauben, was er auf dem Bild sah, und kam mit dem Gesicht näher heran. Seine Mundwinkel zuckten. „Männliche Geschlechtsteile?"

Augenblicklich wurde sie rot, schaute auf das Foto, als würde sie es das erste Mal sehen, und legte das Telefon mit dem Display auf den Tisch. „Antike Anhänger."

Die metallicblaue Hülle kam Daniel bekannt vor. „Ist das Benjamins Phone?"

Marie wollte es wieder an sich nehmen, aber Daniel war schneller. Warum trug sie Bens Handy bei sich, wo die Finger des Jungen doch beinahe daran festgewachsen waren? Freiwillig hatte er es ihr bestimmt nicht überlassen. Hatte sie es heimlich genommen, weil sich etwas darauf befand und sie beunruhigte? Unweigerlich musste Daniel an Julia Kranich denken.

Stirnrunzelnd untersuchte er das Telefon. Er fand nichts Auffälliges. Dann erinnerte er sich an die Landkarte, die geöffnet gewesen war, als Marie das Smartphone hervorgeholt hatte, und öffnete die GPS-App, die ihr Cousin brauchte, um seinem Hobby Geocaching nachzugehen. Er rief die Anwendung auf. Die Koordinaten, die eingegeben waren, zeigten auf einen Punkt im Museum. Er glaubte kaum, dass Marie sich mit der App auskannte. Daher lag eine Vermutung nahe.

„Benjamin war der Junge, den der Sicherheitsmann von dem antiken Reisewagen runtergescheucht hat!" Ihr Cousin war der Letzte, den er im Museum erwartet hätte. Er passte dort so gut hin wie Marie in Daniels Stammkneipe. „Was wolltet ihr dort? Erzähl mir keine Ausreden. Da ist etwas im Busch."

Da Marie zauderte, fuhr er neben ihren Stuhl. Sanft nahm er ihre Hand und strich über ihre Fingerknöchel, blickte ihr dabei jedoch auffordernd ins Gesicht.

Sie seufzte. „Ich habe Benjamin versprochen, zu schweigen wie ein Grab, und du weißt, ich halte meine Versprechen. Immer."

Daniel wusste, dass es unter diesen Umständen schwer würde, etwas aus ihr herauszukriegen, denn sie war eine loyale Seele. Das schätzte er an ihr. Vermutlich war das einer der Gründe, weshalb sie trotz seines Zustandes bei ihm blieb. Aber sollte sie ihn eines Tages nicht mehr lieben, würde er sie freigeben, schwor er sich. Er wollte sie nicht als Pflegekraft an seiner Seite, sondern als seine Ehefrau.

„Werde ich wegen Vandalismus angeklagt werden?"

Er zog seine Schiebermütze ab, legte sie auf seinen Schoß und schüttelte seinen Kopf. „Das Museum hat nichts gegen dich in der Hand. Sie können nicht einmal ein Hausverbot aussprechen, denn schließlich bist nicht du auf dem Reisewagen herumgeturnt, sondern Benjamin. Und der ist ihnen entwischt."

Erleichtert stieß sie die Luft aus ihren Lungen aus. Sie fuhr ihm durch seine kurzen Haare. „Du warst beim Friseur."

„Das Schneiden war lange überfällig." Verlegen setzte er die Kappe wieder auf.

„Was hast du wirklich auf dem Präsidium gemacht?"

„Sagte ich doch. Ich wollte meine Kollegen wiedertreffen."

„Bisher hast du sie immer als ehemalige Kollegen bezeichnet." Er öffnete seinen Mund, um sich zu verteidigen, doch sie drückte sanft sein Knie. „Du warst dort, um mit der Personalabteilung die Möglichkeiten deiner Wiedereingliederung zu besprechen, habe ich recht? Gib es schon zu. Das ist doch toll!"

Wann hatte sich das Verhör umgekehrt? Daniel befürchtete, dass er bereits an Biss verlor. Er musste dringend zurück in seinen Beruf, um nicht aus der Übung zu kommen. Oder lag es an Marie? Er konnte ihr einfach nicht böse sein. „Ich muss dich enttäuschen, so war es nicht. Sie würden mich in die Abteilung für zentrale Aufgaben stecken und dort würde ich es nicht aushalten. Ich will Kriminelle jagen, nicht Akten abarbeiten."

„Dann kämpfe dafür."

Überrascht, dass sie keinen Versuch wagte, ihn davon zu überzeugen, dass ein Job besser als kein Job war, stutzte er. All die aufgeregten Worte, die er sich zu seiner Verteidigung zurechtgelegt hatte, blieben unausgesprochen.

„Du bist doch sonst ein sturer Hund."

„He", rief er in gespielter Entrüstung und lachte.

„Betrachte deine Rückkehr ins KK 11 wie einen Kriminalfall. Du hast dich immer regelrecht in deine Arbeit verbissen. Tu jetzt dasselbe."

Aus ihrem Mund klang das so einfach. Aber ihm wurde bewusst, dass er privat nicht denselben Kampfgeist zeigte wie beruflich. Er setzte sich für andere mehr ein als für sich selbst. „Ich weiß nicht."

Schnalzend nahm sie ihm Bens Smartphone ab und steckte es in die Jackentasche. „Wie sieht denn dein Plan B aus?"

„Wie bitte?"

„Die Alternative."

Darüber hatte er noch nie nachgedacht.

Eindringlich sah Marie ihn an und gab ihm Zeit, zu antworten. Da er ratlos schwieg, fuhr sie fort: „Du hast gar keine. Kannst du dir vorstellen, etwas anderes zu machen, als beim Kriminalkommissariat zu arbeiten? Nein. Du würdest zu Hause Trübsal blasen und depressiv werden."

„Tolle Aussichten." Sie hatte recht, sah er ein. Er würde unzufrieden werden, immer mehr Frust aufbauen und vielleicht dadurch Marie endgültig wegekeln. Daniel hatte keine Wahl. Er musste zurück zum KK 11, dort war seine zweite Heimat, für diese Arbeit schlug sein Herz.

Jetzt musste er nur noch den Direktor Christian Voigt davon überzeugen, für ihn alle Regeln zu brechen. Die Mauer, die er soeben durch die Erkenntnis, dass er unbedingt an seinen Arbeitsplatz zurückkehren musste, eingerissen hatte, baute sich plötzlich von selbst wieder auf.

Plötzlich ging die Tür auf. Eine Polizistin blieb abrupt stehen. Offensichtlich hatte sie nicht gewusst, dass sich Fremde im Pausenraum befanden. Sie murmelte eine Entschuldigung, stellte schnell ihre leere Flasche in den Kasten neben der Kaffeemaschine und eilte mit einem neuen Wasser hinaus.

„Du warst doch nicht in Kalk, um mit Tomasz und den anderen zu plaudern. Wenn es dir nur um ein Schwätzchen gegangen wäre, hättest du dich doch mit ihnen woanders getroffen und dir nicht die Blöße gegeben, dass alle im Präsidium dich in deiner Krüppel-Harley begaffen."

Aus ihrem Mund hörte sich die Bezeichnung, die er seinem Rolli verpasst hatte, herablassend an. Vielleicht sollte er ihn nicht mehr so nennen. Er konnte ihm ja einen Namen geben, wie andere das bei ihrem Auto taten. Kinky Kylie oder Abby zum Beispiel. Dann hätte er stets eine Frau unter seinem Hintern. Doch er verwarf den Gedanken wieder. Marie wäre sicher nicht erfreut. „Ich bin wegen Benjamins toter Freundin hier."

„Julia?“ Sie richtete ihren Rücken so hastig kerzengerade auf, dass ihre Knochen knacksten.

Er warf einen raschen Blick zur Tür, dahinter waren Stimmen zu hören, aber niemand kam herein. „Auf ihrer Beerdigung waren tatsächlich Ermittler in Zivil.“

„Das bedeutet aber doch …“

Er legte seinen Zeigefinger an seine Lippen. „Scht, leiser. Ja, das Mädchen fiel einem Verbrechen zum Opfer.“

Als er noch überlegte, wie er vorsichtig formulieren konnte, dass sie gefoltert und geschändet wurde, sagte Marie: „Man hat ihr Gewalt angetan.“

„Ihre Leiche wies Hinweise auf ein Tötungsdelikt auf.“ Genauer wollte er nicht darauf eingehen, damit sie keine Albträume bekam. Wenn es nach ihm ginge, würde er alles Übel von ihr fernhalten. Aber so funktionierte das Leben nun mal nicht.

„Weiß Benjamin das?“ Sie rieb über ihre Wangen, als beabsichtigte sie, die Blutzirkulation anzuregen, um die Blässe und den Schrecken zu vertreiben. „Er wird doch nicht etwa verdächtigt?“

„Noch wird die Information über den Mord zurückgehalten. Tomasz spricht nicht über Ben, daran erkenne ich, dass sie ihn keineswegs aus dem Kreis der Verdächtigen ausgeschlossen haben. Aber er hat nichts mit Julias Ermordung zu tun, mach dir keine Sorgen. Benjamin würde so etwas nie tun.“ Bis vor Kurzem hatte Daniel ihm allerdings auch nicht zugetraut, im Museum auf Ausstellungsstücken herumzuturnen wie ein tollwütiger Affe.

Marie führte ihren Becher zum Mund und merkte erst, dass kein Kaffee mehr darin war, als sie zu trinken versuchte. Verlegen lächelnd stellte sie den Becher ab. Hatte er etwas gesagt, dass sie nervös machte?

Plötzlich ertönte ein dumpfes Geräusch, als würde jemand auf die Tasten einer Schreibmaschine hacken und dann die Schreibwalze zurückschieben. Daniel kannte diesen Klingelton. Marie mochte ihn, weil er nostalgisch war. Sie nahm ihr Handy aus der Tasche und las die SMS, die sie soeben erhalten hatte.

„Oh mein Gott!“ Entsetzt schlug sie die Hand auf ihren Mund.

Dann sah sie Daniel mit einem Ausdruck an, der das Blut in seinen Adern gefrieren ließ. „Wir brauchen deine Hilfe. Es geht um Leben und Tod.“

Während sie aufgeregt mehrmals hintereinander kräftig schluckte, hielt sie ihm das Display hin. Eine Telefonnummer wurde nicht angezeigt, denn Marie hatte den Absender eingespeichert. Stattdessen stand über der Nachricht der Name ihrer Tante. Doch von Heide Mannteufel stammte die SMS nicht.

Stumm las Daniel:

Kein Cache. Ben

11. KAPITEL

„Du hast was?", schrie Benjamin aufgebracht ins Telefon.

Er musste nicht befürchten, dass seine Eltern in sein Zimmer gestürzt kamen, denn sein Vater befand sich noch auf einem Geschäftsessen und seine Mutter kam mit den Krücken nicht zurecht. Ihre hilflosen Gehversuche waren schrecklich mit anzusehen. Die meiste Zeit saß sie im Ohrensessel im Wohnzimmer, als wäre sie Dekoraktion wie der Steinbuddha auf dem Beistelltisch. Aber das hatte auch etwas Gutes. Somit verließ sie die Wohnung nicht und war vor weiteren Angriffen durch GeoGod sicher.

„Wir brauchen Daniels Unterstützung, er ist ein Profi", sagte Marie am anderen Ende der Leitung. „Das Ganze wächst uns über den Kopf."

Wütend schnaubte er. Jetzt war es eh zu spät. Sie hatte Daniel bereits eingeweiht. Nicht nur der Patron wollte einen Polizisten aus ihrem Spiel heraushalten, auch Benjamin befürchtete, in Kürze durch ein Labyrinth mit Fallen zu laufen, die Daniel zwar für GeoGod aufstellen würde, denen aber auch Ben selbst zum Opfer fallen konnte.

Plötzlich fühlte er sich beobachtet. Als säße Daniel bereits in der Nähe und hätte ein Teleobjektiv auf ihn gerichtet. Daniel sollte ihn beschützen, aber er brachte Bens Eltern durch seine bloße Anwesenheit nur noch mehr in Gefahr, als sie ohnehin schon waren, und konnte bei der Observation auch Bens dunkle Geheimnisse herausfinden.

Alles war außer Kontrolle. *So eine Scheiße, so eine verfluchte Scheiße!* Dabei war er gerade erst den Museumswärtern haarscharf entkommen. Eine Mitarbeiterin der Reinigungsfirma hatte den Ausstellungsraum durch die Sicherheitstür zu den Aufenthaltsräumen des Personals verlassen. Ben konnte unbemerkt hinter ihr gerade noch hindurchschlüpfen und von dort aus durch den Hinterausgang fliehen.

Marie redete weiter auf ihn ein, aber er nahm ihre Worte nicht wahr. Während Horrorszenarien in seinem Kopf abliefen, stopfte er sich weitere Gummibärchen in den Mund. Vor Nervosität hatte er an diesem Abend die ganze Packung verdrückt. Jetzt war ihm schlecht, aber es waren nur noch fünf Stück übrig. Sie für den nächsten Tag aufzuheben lohnte sich nicht. Nachdenklich wiegte er sie in der Hand und aß sie schließlich doch noch.

Mit vollem Mund sprach er in den Hörer: „Du hattest mir hoch und heilig versprochen, niemandem etwas zu sagen, erst recht nicht Daniel!"

Dieser Vertrauensbruch tat weh! Aber es war Angst, die ihn dazu veranlasste, wie von Sinnen die Schublade seines Schreibtisches aufzureißen und nach den Blunts zu kramen. Noch bevor er das Fenster öffnete, zündete er sich einen an. Das Marihuana senkte sich auf seine Sinne und verbannte die Welt hinter eine Glasscheibe. Normalerweise beruhigte ihn diese Distanz, diese verzerrte Wahrnehmung, der Eindruck, sich unter einer Glocke zu befinden, sodass ihm niemand etwas anhaben konnte, doch das Scheißegal-Gefühl stellte sich nicht ein. Heute wirkte das Gras eher wie ein zusätzlicher Dämon, der ihn niederzudrücken versuchte.

Er rauchte dennoch weiter und lehnte sich gegen die Wand, damit man ihn von draußen nicht sah. Die Wohnhäuser in ihrem Viertel standen viel zu eng beieinander.

„Hörst du mir noch zu?" Nur gedämpft drang Maries Stimme noch zu ihm durch. „GeoGod hat sich auf deinem Handy nicht gemeldet. Keine Anrufe, keine SMS. Hast du versucht, ihn über seine Homepage zu erreichen?"

Als er antwortete, klang es in seinen Ohren, als würde jemand anderes sprechen: „Die ist down."

„Wie bitte?"

„Da steht nur drauf: Die Website ist zurzeit nicht zu erreichen."

„Was hat das zu bedeuten?"

Ben bekam Bauchschmerzen. Das falsche Abendessen, redete er sich ein. „Ich weiß es nicht."

„Vielleicht hat er die Lust verloren."

„Ja, klar." Der Patron steckte nicht so viel Energie und List in die Organisation seines Spiels, um sich dann urplötzlich zurückzuziehen. Nein, Benjamin wusste es besser. Wahrscheinlich gehörte das mit zu GeoGods großem Plan, wie auch immer der aussah. Dieses kranke Schwein bereitete nur seinen nächsten Schritt vor.

Benjamin erschauderte und schob das auf die Kühle der Nacht, aber es funktionierte nicht, sich selbst zu belügen.

„Ich bringe dir dein Handy trotzdem sofort vorbei, falls er doch noch anruft oder schreibt. Daniel hat mich heimgefahren. Ich komme mit meinem Wagen zu dir. Dann reden wir weiter." Sie zögerte. „Er findet es zu riskant, bei dir aufzutauchen, weil der Patron dich beobachten und herausfinden könnte, dass er ein Polizist ist, deshalb komme ich alleine."

Erleichtert stieß er den süßlich duftenden Rauch aus.

„Außerdem muss ich dir etwas über Julia sagen."

„Julia?" Er versteifte sich. Was wusste Marie? Die Gummibärchen in seinem Magen fühlten sich an wie die Wackersteine, die der Jäger dem bösen Wolf in den Magen gepackt hatte, nachdem er Rotkäppchen und ihre Großmutter aus ihm herausgeschnitten hatte. Warum das Mädchen und die alte Frau zu diesem Zeitpunkt nicht einmal ansatzweise verdaut gewesen waren, hatte er nie verstanden.

„Ich möchte nicht, dass du es von der Polizei erfährst oder darüber in der Zeitung liest. Wir reden gleich darüber."

„Nein, ich will es jetzt wissen. Was ist mit ihr? Sag schon!" Er inhalierte den letzten Zug seines Blunts so tief, dass seine Lungenflügel brannten. In hohem Bogen warf er die Kippe hinaus. Er machte in der Wohnung des gegenüberliegenden Hauses, das nur durch einen Gehweg und den Vorgärten von dem ihren getrennt war, eine Bewegung aus. Aber als er erneut hinüberspähte, sah er niemanden. Das Apartment war dunkel. Er musste sich getäuscht haben. Sein Herz pochte dennoch schneller.

Sie schimpfte leise mit sich selbst, als wünschte sie sich, den Mund gehalten zu haben. „Es wurden Spuren an ihrem Körper gefunden."

„Ja?" Benommen schwankte Benjamin zum Käfig, um Kobold herauszuholen, denn er sehnte sich nach seiner Körperwärme und seinem weichen Fell. Doch die Tür stand offen. Er war sich sicher, sie geschlossen zu haben. Wer hatte die Ratte herausgelassen? Seine Mutter bestimmt nicht. Sie ging nicht näher als zwei Schritte heran.

Wie aus weiter Ferne hörte er Marie sagen: „Spuren, die nicht von der Strömung des Rheins stammen."

Besorgt taumelte er durch sein Zimmer und suchte nach Kobold. Pot machte das manchmal mit ihm, aber für gewöhnlich fühlte es sich toll an, als würde er auf Watte gehen, nun war es ihm, als ginge er auf rohen Eiern. „So?"

Maries Stimme wurde immer sanfter. Sie säuselte fast wie der Wind im letzten Italienurlaub, der die Hitze abgemildert und ein Sonnenbad erst erträglich gemacht hatte. „Julia ist nicht in den Fluss gefallen, jemand hat sie hineingeworfen."

Sie hatte nicht „gestoßen" gesagt, fiel ihm auf. Scheinbar wusste sie mehr, womöglich sogar zu viel. Zu seiner Überraschung wurden seine Augen feucht. Das letzte Mal geweint hatte er nach der Party in Porz.

Wochenlang. Bis er leer gewesen war. Er wollte den Kummer nicht zurück. Innerlich wehrte er sich dagegen, er wollte auflegen, damit Marie schwieg, aber er brachte es nicht fertig.

„Ihr wurde Gewalt angetan. Sie starb keines natürlichen Todes."

Warum sagte sie es nicht freiheraus? Dachte sie, er würde an der Wahrheit zerbrechen? Sollte er das? Warum war er das nicht längst? Die Tränen, die über seine Wangen liefen, spülten seine Schuldgefühle nicht weg. Trotzdem war er froh, endlich wieder weinen zu können. Als wäre eine Blase in seinem Inneren aufgeplatzt, die sich über Monate gefüllt hatte, floss das Wasser in Strömen hinab, lautlos, als stände es Benjamin nicht zu, herzzerreißend zu schluchzen.

Er schmeckte Galle auf der Zunge und wusste, was das zu bedeuten hatte.

„Bis gleich", verabschiedete er sich rasch und klang gefasster, als er war. So schnell er konnte riss er den Mülleimer unter seinem Schreibtisch heraus und kotzte sich die Seele aus dem Leib. Gummibärchen für Gummibärchen.

Plötzlich gab es einen Knall. Dann klirrte es. Im Wohnzimmer musste Glas zu Bruch gegangen sein. Hörte Benjamin tatsächlich ein Knistern oder spielte das Dope ihm einen Streich?

Benommen von der Droge, dem Heulen und dem Chaos in seinem Kopf, blickte Benjamin in die Richtung des Lärms, als könnte er durch die Wand in den Raum neben seinem sehen.

Als seine Mutter einen markerschütternden Schrei von sich gab und panisch „Feuer!" rief, wusste er, dass das alles nicht Teil eines Drogentrips war, genauso wie damals.

Im nächsten Moment flog ein Pfeil mit einer brennenden Spitze durch Benjamins geöffnetes Fenster.

12. KAPITEL

Als sich Marie ihrem Auto näherte, glaubte sie von Weitem zu erkennen, dass ihre Fahrertür einen Spaltbreit offen stand, war sich aber nicht sicher.

Alarmiert blieb sie auf dem Bürgersteig stehen. Sie kniff ihre Augen zusammen und spähte in die Dunkelheit. Hätte sie doch nur unter einer Laterne geparkt! Aber sie war froh gewesen, überhaupt einen Parkplatz in der Nähe ihres Apartments in der Südstadt gefunden zu haben.

Daniel und sie hatten nur einen Tiefgaragenstellplatz mieten können. Früher hatte er ihn ihr, ganz Gentleman, überlassen, doch seit dem Unfall stand sein Wagen dort, weil sie hoffte, er würde das umständliche Einsteigen eher in Kauf nehmen, wenn er sich unbeobachtet wusste, und ihrer parkte auf der Straße.

Fröstelnd rieb sie über ihren Oberarm. Der September verabschiedete sich feucht. Es war finster und verregnet. Unheimlich.

Sie schaute hinauf zur Dachterrasse, die vom Licht, das aus dem Wohnzimmer durch die Glasfront drang, erhellt wurde. Sollte sie Daniel rufen? Mochte er auch im Rollstuhl sitzen, so glaubte sie fest daran, dass er dennoch einen Gegner in die Flucht schlagen konnte. Außerdem erkannte er sofort, was vor sich ging. Durch ihren Nebenjob als Gerichtszeichnerin erfasste sie zwar die Gefühle von Personen sehr schnell und las an kleinen Gesten ab, was tief in ihnen vorging, aber GeoGod war wie ein Geist. Sie hatte keine Ahnung, mit wem sich Benjamin angelegt hatte, wie weit er bereit war zu gehen, um seine Macht zu demonstrieren und Ben und seine Familie zu bestrafen.

Vielleicht hatte er sie im Römisch-Germanischen Museum beobachtet und nun ihren Smart durchsucht, um so viel wie möglich über sie herauszufinden – oder um sie zu warnen, damit sie ihren Cousin diesen Kampf alleine ausfechten ließ.

„Das kannst du vergessen!“, sagte sie laut, als könnte der Patron sie hören. Eventuell tat er das sogar. Sie schaute sich um, doch trotz der Straßenlaternen gab es für ihren Geschmack viel zu viele dunkle Winkel, in denen er sich verstecken konnte.

Zögerlich ging Marie weiter, die Hände fest in ihre Handtasche gekrallt. Die Kälte der Nacht kroch unter ihren gefütterten Blazer. Das Klacken ihrer Stiefelsohlen auf dem Asphalt machte sie nervös. Es hallte in der Straße wider, als wäre jemand hinter ihr.

Schritt für Schritt wurde das Bild klarer. Sie hielt die Luft an.

Zumindest saß niemand mehr im Wagen. Erleichtert atmete sie aus.

Als sie neben ihrem Auto stand, neigte sie sich vor und sah durch das Seitenfenster hinein. Überrascht bemerkte sie einen Gegenstand, der auf dem Fahrersitz lag. Er gehörte ganz sicher nicht ihr!

Begleitet von einem unangenehmen Kribbeln im Nacken prüfte sie die Fahrertür. Sie war nicht aufgebrochen worden, ließ sich aber problemlos öffnen, dabei war Marie sich sicher, sie abgeschlossen zu haben. Rasch holte sie ihr Schlüsselbund aus der Tasche und suchte den Wagenschlüssel. Sie hatte ihn noch. Er war dort, wo er immer war.

Daher gab es für sie nur zwei Möglichkeiten. Entweder hatte jemand ihren Schlüssel kopiert oder ihren Smart mit einem Draht oder einem Spezialwerkzeug geöffnet.

Wer mochte das Smartphone auf ihrem Sitz deponiert haben? Und zu welchem Zweck? Verfolgte derjenige ihre Reaktion aus dem Verborgenen heraus?

Sie hoffte, dass alles harmloser war, als sie es sich vorstellte. Die Sache mit GeoGod machte sie nervös, dabei schien er untergetaucht zu sein. Weil er seinen Spaß gehabt hatte oder weil private Gründe ihn von seiner exaltierten Geocaching-Version abhielten. Bestenfalls hörte Benjamin nie wieder etwas von ihm.

Glaubst du das wirklich? fragte sie sich skeptisch, öffnete die Tür und nahm das Handy vorsichtig mit zwei Fingern.

Sie hielt das fremde Smartphone, als handelte es sich um Sprengstoff. Auf der Rückseite klebte das Emblem der Kölner Haie, ein stilisierter Hai und darüber in roter Schrift der Name der Eishockeymannschaft. Benjamin war ein Fan des Teams.

„Viele andere Kölner auch“, versuchte sie sich zu beruhigen.

Unsicher, ob sie tun sollte, was man offenbar von ihr erwartete, nämlich das Smartphone zu untersuchen, oder ob es nicht weiser war, genau gegenteilig zu reagieren, zögerte sie. Sollte Marie etwa …? Jetzt sofort?

Aufgeregt warf sie einen Blick auf ihre Armbanduhr, dachte daran, dass Benjamin in Nippes auf sie wartete, konnte jedoch der Neugier nicht widerstehen und schaltete das Telefon ein. Sie wollte nur kurz nachschauen, was darauf zu sehen war. Möglicherweise fand sie auf die Schnelle eine Antwort auf die Frage, warum man es ihr zugespielt hatte. Und wer in ihren Wagen eingebrochen war.

Denselben Gedanken hatte sie schon im Römisch-Germanischen Museum gehabt, als sie sich gefragt hatte, wie GeoGod es geschafft hatte, den Cache an einem solch zentralen Ort zu verstecken.

War tatsächlich er es gewesen, der das Handy in ihren Wagen gelegt hatte, sodass sie es auf jeden Fall finden musste?

Aber dann fiel ihr ein, dass es vermutlich gar keine Schatzkiste im Museum gab, dass diese Aufgabe nur eine Finte gewesen war, um Benjamin Angst einzujagen und eventuell sogar mit dem Gesetz in Konflikt zu bringen. Vielleicht handelte es sich beim Patron um einen Aufschneider, der nicht halb so mächtig war, wie er vorgab zu sein.

Als sie sich durch den Inhalt klickte, bekam sie eine Gänsehaut. Marie glaubte, Blicke auf sich zu spüren. Schritte näherten sich. Sie sah keuchend auf. Bange schaute sie sich um, während das Blut durch ihre Schläfen pulsierte. Das Geräusch verhallte jedoch, die Person entfernte sich wieder, doch Maries Angst blieb.

Marie flüchtete regelrecht in ihr Auto. Sie setzte sich hinter das Steuer und hielt den Autoschlüssel wie eine Waffe in der Hand. Das sah zwar lächerlich aus, aber Daniel hatte ihr gezeigt, welche Verletzungen man einem Angreifer am Hals und im Gesicht damit zufügen konnte.

Aufgewühlt schloss sie die Tür und verriegelte sie von innen. Sie warf ihre Tasche auf den Beifahrersitz und hielt das Handy wie eine Kostbarkeit, die sie schützen musste, mit beiden Händen fest. Denn es war unschwer zu erkennen, wem es gehört hatte. Das Display zeigte das Foto eines Mädchens. Ihre langen blonden Haare fielen gerade über ihre Schulter hinab. Sie war ungeschminkt und trug ein einfaches, aber enges weißes Trägershirt und sah dabei auf eine natürliche Weise hübsch aus. Daneben war eine Sprechblase abgebildet, in der stand: „Finger weg! Das ist mein Phone."

„Julia Kranich", flüsterte Marie und konnte es kaum fassen. Sie hielt das Telefon einer Toten in der Hand.

Wie sie bei Ben mitbekam, legten Teenager es nur zum Duschen und zum Schlafen weg, ansonsten trugen sie es am Körper und tippten ständig Nachrichten, schauten stündlich in sozialen Netzwerken nach, ob es Neuigkeiten gab, oder surften aus Langeweile im Internet. Julia hatte bestimmt keine Ausnahme dargestellt. Das bedeutete aber auch, dass sie es auf der Party vor dreizehn Monaten dabeigehabt haben musste. Es machte nicht den Anschein, als hätte es im Wasser gelegen. Vielleicht hatte sie es auf der Party verloren. Oder es war ihr gestohlen worden. Aber von wem? Und warum hatte man es ihr, Marie, zukommen lassen und nicht der Polizei oder Julias Familie?

Marie war nicht wohl bei dem Gedanken, die Aufmerksamkeit von irgendwem erregt zu haben. Wusste derjenige, dass Ben mit Julia befreundet gewesen war? Oder dass Daniel seine alten Kollegen von der Kripo nach dem Mädchen gefragt hatte? War sogar Benjamin selbst es gewesen, der ihr Julias Handy zugespielt hatte? Immerhin hätte er leicht an ihren Wagenschlüssel kommen können.

Erneut schaute sie sich um. Nichts außer Dunkelheit. Sie erschauderte.

Rasch klickte sie sich durch die Verzeichnisse. Sie entdeckte einige SMS, die Julia mit Ben ausgetauscht hatte. Es war unschwer herauszulesen, dass sie ein wenig verknallt in ihn gewesen war, doch er hatte sie auf Distanz gehalten. Er hatte nie unhöflich geantwortet, sondern ausweichend, freundschaftlich und sensibel.

Als Marie die Fotos betrachtete, staunte sie nicht schlecht. Das Mädchen schien in jeder Situation fotografiert zu haben, wohl um schöne Momente festzuhalten, denn meistens waren lachende junge Menschen abgelichtet, vermutlich ihre Freunde.

Marie merkte nicht sofort, dass sie sich längst Schnappschüsse von der schicksalhaften Party ansah, sondern erst als sich Julia selbst unter dem Schild der Volksküche stehend – zwei nebeneinander an der Wand aufgehängten Bratpfannen voller angebranntem Fett, auf denen mit weißer Farbe „Vokü“ und „Porz“ gepinselt worden war – aufgenommen hatte.

Sie trug blutroten Lippenstift und Smokey Eyes, die sie blass wirken ließen, und ein freizügiges blaues Top. Der Anhänger ihrer Kette verschwand zwischen ihren nach oben gepushten Brüsten. Das alles passte nicht zu ihr. Sie sah aus wie eine überzeichnete Version ihrer selbst, als hätte sie versucht, in dieser Nacht eine andere Person zu sein.

Zuerst zeigten die Aufnahmen eine bunte Mischung aus Gästen, die eigentlich gar nicht zusammenpassten. Einige der Personen auf den Bildern sahen wie Schüler und junge Studenten aus, andere waren alternativ gekleidet, trugen Dreadlocks oder Nasenringe, manche wirkten wie Obdachlose, andere spießbürgerlich, als wären sie zufällig an der Vokü vorbeigekommen und hätten reingeschaut, weil der Blick in diese andere Welt ein Abenteuer für sie darstellte. Harmonisch schienen sie miteinander zu feiern.

Doch auf immer mehr Fotos fielen Marie glasige Blicke auf. Eine

Shisha stand auf einem Tisch. Joints wurden so selbstverständlich in die Kamera gehalten wie Zigaretten. Sie glaubte, eine Crackpfeife zu erkennen, war sich aber nicht sicher, da eine riesige Pranke sie festhielt und das meiste verdeckte. Julia hatte sogar ein Paar beim Sex abgelichtet, in einer von wenigen Teelichtern erhellten Ecke des Kellers.

Woher das Kabel stammte, mit dem später der Betonblock an ihren Fuß gebunden wurde, wie Daniel Marie erzählt hatte. Aufstöhnend wischte sie sich über die Stirn und klickte rasch weiter.

Plötzlich kam ihr jemand bekannt vor. Sie hielt das Display dicht vor ihre Augen. Obwohl der Mann abwehrend eine Hand hochhielt, war er zum größten Teil gut zu erkennen. Er hatte einen Dreitagebart, vielleicht um seine schlecht verheilten Aknenarben auf den Wangen zumindest teilweise zu überdecken. Seine schwarzen Haare klebten dank Gel an seinem Kopf wie eine Teerschicht. Die Collegejacke ließ ihn jünger wirken. Seine Kleidung war sauber, leger und ordentlich, aber sein Gesicht wirkte verbraucht, als hätte er schon viel durchgemacht. Sie schätzte ihn auf Ende vierzig.

Aber wo hatte sie ihn schon einmal gesehen?

Ihr Gehirn arbeitete auf Hochtouren. Als Gerichtszeichnerin konnte sie sich Merkmale gut einprägen und das auffällige Äußere des Mannes ließ etwas bei ihr klingeln. War er vielleicht bei einem Prozess anwesend gewesen und sie hatte ihn nur am Rande wahrgenommen?

Ein ungutes Gefühl breitete sich in ihrem Inneren aus, eine düstere Vorahnung, dass sie auf der richtigen Spur war, aber in die falsche Richtung suchte.

Plötzlich fiel es ihr wieder ein. Er hatte im Juli des vergangenen Jahres bei einem Prozess ausgesagt, der aufgrund seiner Brutalität großes Medieninteresse und lokalpolitische Diskussionen ausgelöst hatte. Damals hatte der Kölner Stadtanzeiger Marie beauftragt, Zeichnungen während der Verhandlung anzufertigen, die später in der Zeitung abgedruckt wurden. Fünf Obdachlose zwischen sechzehn und vierunddreißig Jahren, die mit ihren Schlafsäcken und wenigen Habseligkeiten unter der Hohenzollernbrücke lebten, hatten im Suff eine Punkerin, die seit einigen Wochen bei ihnen schlief, die ganze Nacht hindurch so heftig vergewaltigt, dass die Einundzwanzigjährige im Intimbereich genäht werden musste.

Wie hieß der Mann noch gleich? Sie kramte in ihrem Gehirn nach seinem Namen.

Stattdessen fiel ihr plötzlich ein, dass sie sein Gesicht das letzte Mal nicht im Gericht vor vierzehn Monaten gesehen hatte – sondern im Stadtanzeiger, diese Woche. Die sie mit einem Stapel Altpapier eben erst in die Papiertonne geworfen hatte. An welchem Tag er in der Zeitung gestanden hatte, wusste sie nicht mehr. Den Bericht hatte sie auch nicht gelesen, das ärgerte sie nun. Sie erinnerte sich nur noch daran, dass die Überschrift schaurig gewesen war und, da sie genug Hiobsbotschaften in ihrem eigenen Leben zu verkraften hatte, nicht über eine weitere lesen wollte.

Wie hatte die Headline noch gleich gelautet?

Grübelnd trommelte sie mit ihren Fingerspitzen auf das Armaturenbrett. Als sie ihr endlich wieder in den Sinn kam, griff sie das Lenkrad so fest, als wollte sie es aus der Halterung reißen.

Kölner Streetworker verstümmelt und ermordet

Ja, genau das hatte in großer Schrift über dem Artikel geprangt.

Sie setzte sich kerzengerade hin. Erneut prüfte sie die Uhrzeit. Eigentlich durfte sie Benjamin nicht länger warten lassen. Aber sie wusste, sie würde sich nicht auf den Verkehr konzentrieren können und sich damit nur in Gefahr bringen, wenn sie losfuhr, ohne nachzuschauen, ob sie die Zeitungsausgabe noch fand. Außerdem durfte sie nicht warten, da die blauen Tonnen auf dem Gehweg standen und morgen von der Müllabfuhr abgeholt wurden.

Sie spähte in alle Richtungen, schob ihre Angst beiseite und sprang aus ihrem Auto. Die Sohlen ihrer Stiefel klackten, als sie über den Bürgersteig zurück zu ihrem Haus lief. Sie riss den Deckel der Tonne auf, kramte hektisch in den Papieren herum und blickte immer wieder über ihre Schulter.

Es dauerte nicht lange und sie hatte die Zeitung gefunden. Sie stellte sich unter eine Laterne und breitete sie aus.

Der Streetworker war keine Titelstory wert gewesen, hatte aber auf der zweiten Seite gestanden. Das Foto neben dem Artikel zeigte ihn lächelnd auf der Domplatte, umrahmt von einer Schar Punker, als wäre er ihr Freund oder sogar einer von ihnen. Das Bild sah gestellt aus, als wäre es für eine Werbebroschüre gemacht worden, und passte so gar nicht zum Titel.

Kölner Streetworker verstümmelt und ermordet
Heute gab die Polizei bekannt, dass der Streetworker Michael „Mike“ Schardt ermordet und grausam verstümmelt wurde. Die Leiche des 48-Jährigen wurde letzten Freitag in seiner Wohnung gefunden. Offenbar war er vor seiner Ermordung verprügelt worden. Der oder die Mörder hatten ihm zudem die Hände abgetrennt und die Augenlider zugenäht. Anhand des hohen Blutverlustes konnte die Gerichtsmedizin feststellen, dass sein Herz zu diesem Zeitpunkt noch geschlagen hatte. Er war bei der Verstümmelung noch am Leben gewesen und ist langsam verblutet. Der Grund für die brutale Vorgehensweise ist unbekannt. Verdächtige gibt es noch nicht. Zuerst vermutete die Kriminalpolizei, dass der Mord an Schardt in Zusammenhang stand mit dem Prozess um die fünf Punker, die im Juli des letzten Jahres eine Einundzwanzigjährige, welche ebenfalls auf der Straße lebte, immer wieder brutal vergewaltigten und mit starken Unterleibsblutungen einfach liegen ließen. Doch die verurteilten Straftäter sitzen noch in Haft. Ein Racheakt von Freunden wird nicht ausgeschlossen, jedoch lässt die Zeitspanne zwischen der Verurteilung der fünf und der Ermordung von Mike Schardt Zweifel an dieser Theorie aufkommen. Trotzdem geht die Polizei der Spur nach. Mike Schardt hatte selbst viele Jahre auf der Straße gelebt und war alkohol- und drogenabhängig gewesen. Nach einem Haftaufenthalt, bei dem ein Mitgefangener ihm das Gesicht zerkratzte, sodass er bleibende Narben zurückbehielt, änderte er sein Leben und wurde Streetworker, damit anderen sein Schicksal erspart blieb. Sachdienliche Hinweise nimmt das örtliche Polizeirevier oder das Polizeipräsidium in Kalk auf.

Marie lehnte sich gegen die Tonne. Die Narben in Schardts Gesicht stammten gar nicht von Akne, sondern waren ein unschönes Mitbringsel aus der Strafanstalt. Hatte der ehemalige Knastbruder ihn wiedergetroffen und seinem Hass freien Lauf gelassen, nun, da ihn keine Wärter zurückhielten?

Kopfschüttelnd über so viel Gräuel rollte Marie die Zeitung zusammen und schob sie in ihre Handtasche.

Zwei Gäste der Volksküchen-Party waren tot. Beide waren ermordet worden. Beiden hatte man vor ihrem Tod Gewalt angetan. Konnte das

Zufall sein? Hatten die Taten etwas miteinander zu tun? Was war auf der Feier damals in dem heruntergekommenen Haus passiert?

Allerdings sprach gegen einen Zusammenhang, dass viele Monate zwischen den Morden lagen. Außerdem arbeitete der Streetworker mit Menschen, die Probleme mit Drogen, Alkohol und der Integration in die Gesellschaft hatten. Es war naheliegender, dass ein Süchtiger ihm das Leben genommen hatte. Aber würde dieser im Rausch so gezielt vorgehen und seinem Opfer die Augen zunähen?

Marie holte Julias Smartphone aus ihrer Handtasche und betrachtete Schardts Foto erneut. Er wirkte abweisend, genervt und fast aggressiv. Definitiv wollte er nicht fotografiert werden. Warum nicht? Was war so schlimm daran? Julia hatte es dennoch getan. Hatte sie für diesen Fehler mit ihrem Leben bezahlt? Hatte Schardts Ermordung gar nichts mit ihr zu tun, sondern etwas mit seinem Job? Oder standen die Morde in Verbindung miteinander?

Während sich Marie erneut die Fotos ansah, die Julia Kranich auf der Party geschossen hatte, grübelte sie darüber nach, wie sie vorgehen sollte. Die Fingerabdrücke auf Julias Handy hatte sie längst verschmiert, daher hatte es wenig Sinn, das Telefon der Kriminalpolizei auszuhändigen. Zumindest redete sie sich das ein.

In Wahrheit hielt sie etwas anderes davon ab, sofort zur Daniels Kollegen zu gehen. Es war das letzte Foto, das das Mädchen in seinem Leben gemacht hatte.

13. KAPITEL

„Benjamin! Benny“, kreischte Heide Mannteufel. Die Schreie seiner Mutter hallten in seinen Ohren wider.

Ein zweiter Pfeil mit brennender Spitze flog in sein Zimmer. Er schlug hinter ihm gegen die Wand, fiel zu Boden und steckte den Haufen Kleider an, der dort verstreut lag. Ein dritter Pfeil zischte an Bens Kopf vorbei. Seine Haare rochen verbrannt. Hektisch schlug er gegen seinen Schopf, weil er befürchtete, zu brennen, aber die Spitzen waren nur angekohlt.

Wer auch immer dort draußen stand und schoss, versuchte, ihn zu treffen.

Das Knistern der Flammen aus der restlichen Wohnung wurde lauter. Rauch drang durch die Türschlitze.

Ma, dachte Ben ängstlich. Er griff die Wasserflasche, die neben seinem Bett stand, benässte ein herumliegendes T-Shirt und hielt es sich vor Mund und Nase. Geduckt rannte er am geöffneten Fenster vorbei. Er riss die Tür auf. Seine Mutter humpelte gerade aus dem Wohnzimmer in den Korridor.

Als sie ihn sah, stoppte sie und winkte ihn zu sich. Sie wollte ihm etwas zurufen, bekam aber durch den Rauch einen Hustenanfall.

Benjamin stürmte zu ihr. Vorsichtig schlug er ihr auf den Rücken. Ob das half, wusste er nicht, ihm fiel jedoch nichts Besseres ein. Langsam fing sie sich. Wie eine Achtzigjährige stand sie japsend über ihre Krücken gebeugt, das versetzte Ben einen Stich.

Kühle Luft drang zu ihm und nahm ihm etwas von dem Rausch des Blunts. Auch das Adrenalin ließ ihn klarer denken als noch vor wenigen Minuten.

Er betrat das Wohnzimmer, um das Fenster zu schließen, denn er wusste, dass Luft Feuer anfachte, aber er kam nicht weit. Die Vorhänge und die Couch brannten bereits lichterloh. Hier und da lagen Pfeile herum. Das Panoramafenster war zerbrochen.

Etwas zerbarst unter seiner Schuhsohle. Überfordert von der Situation nahm er erst nur verschwommen wahr, um was es sich handelte. Ein weiterer Holzpfeil. Allerdings besaß er eine Spitze aus Metall. Wahrscheinlich hatte der Angreifer damit die Scheibe zertrümmert, um den Weg für das Feuer zu bereiten.

Wütend spähte Benjamin zum Nachbarhaus hinüber, er konnte den

Bogenschützen sehen. Er konnte den Dreckskerl tatsächlich sehen! Fassungslos riss er seine Augen auf. Der Schock presste ihm im ersten Moment die Luft aus den Lungen. Der Mann war ganz in Schwarz gekleidet. Die Dunkelheit verbarg sein Gesicht. Der Wichser stand in einer dunklen Wohnung im gegenüberliegenden Hochhaus und zielte auf ihn. Warum schoss er denn nicht? Worauf wartete dieser Psycho? Wer zu Hölle war das und warum tat er den kranken Scheiß?

Als seine Mutter ihn an der Schulter berührte, zuckte Ben zusammen. Er drehte sich zu ihr um.

Ihr Kopf war vor Aufregung und zunehmender Hitze hochrot. „Wir müssen hier raus", krächzte sie.

Er nickte. Seine Nerven waren zum Zerreißen gespannt. „Ich hole Kobold."

„Du musst ihn hierlassen." In ihrer türkisfarbenen Bluse wurden die Schweißflecken unter ihren Achseln immer größer.

„Auf keinen Fall!" Er war sein bester Freund, denn Maik und Denis hatten sein Vertrauen vor geraumer Zeit verspielt. Er hing nur noch mit ihnen ab, weil er keine anderen Kumpel hatte. Kobold flippte nicht von einer Sekunde auf die andere aus und biss zu, seine Zuneigung war echt. Aufgebracht schüttelte er seinen Kopf. Einige Strähnen blieben an seiner schweißnassen Stirn kleben.

Er brachte seine Mutter im Treppenhaus in Sicherheit. „Warte hier. Ich bin gleich zurück."

„Nein", hörte er sie noch schreien, aber da lief er bereits zurück in das Apartment.

Die Flammen griffen auf immer mehr Möbel über. Ein Feuerpfeil schoss an ihm vorbei und zerschellte an der Wand im Flur. Eine Flüssigkeit lief an der Tapete entlang, sie fing Feuer.

Verdutzt blieb Benjamin stehen, blickte zu Boden und sah, dass neben dem Pfeil Scherben lagen. Der Wichser da draußen hatte sich eine Art Molotowcocktail gebastelt, indem er Benzinpatronen aus Glas hinter die Spitze geklebt hatte, um sicherzugehen, dass die Wohnung in Flammen aufging.

Wie ein Sprinter stieß er sich ab und hechtete in sein Zimmer. Als er anhalten wollte, taumelte er weiter, knallte mit den Schienbeinen gegen sein Bett und fiel darauf. Der Rauch raubte ihm den Atem, aber auch das THC in seinen Adern. Wenn Benjamin ruhig stand, war seine Sicht klar, doch sobald er sich bewegte, waberte das Bild vor seinen Augen.

Das kannte er bereits. Normalerweise fand er das lustig und kicherte unentwegt. In dieser brenzligen Situation jedoch blieb ihm das Lachen im Halse stecken. Er schmeckte noch immer bittere Galle, gemischt mit dem süßlichen Geschmack der Gummibärchen.

Obwohl sein Herz raste, bewegte er sich wie in Zeitlupe. Träge rappelte er sich auf und suchte seine Ratte.

„Kobold, wo bist du?", rief er über das Tosen der Flammen hinweg, die an der Einrichtung fraßen.

Verzweifelt riss er das Regal von der Wand. Brennende Schulunterlagen fielen zu Boden und hinterließen rußige Spuren auf dem Laminat.

„Kooobooold!" Das sich ausbreitende Feuer schien höhnisch zu knistern, als würde es sich lustig über ihn machen. Er meinte sogar eine Fratze darin zu erkennen, war aber nicht so benebelt, dass er nicht wusste, dass es sich um eine Halluzination handelte, hervorgerufen durch das Gras. Panisch schlug er sich mehrmals gegen die Wangen, um nicht den Verstand zu verlieren.

Benjamin warf sich auf den Boden und schaute unter dem Bett nach. Er zog seinen Kleiderschrank weg, öffnete ihn und durchwühlte seine Kleidung.

„Kobold", jammerte er und schluchzte: „Wo steckst du nur?"

Die Ratte musste sich irgendwo verstecken, weil sie Angst vor dem Feuer hatte. Vielleicht war sie auch aus seinem Zimmer geflüchtet. Sie konnte überall sein.

Ihm wurde bewusst, dass er sie nicht so schnell finden würde, als er im Augenwinkel sah, wie der Läufer im Flur Feuer fing. Die Flammen breiteten sich im ganzen Apartment aus. Im Hintergrund stand seine Mutter in der Wohnungstür, kreischte irgendetwas und winkte mit ihren Krücken. Er musste Kobold zurücklassen.

Wenn er sein eigenes Leben retten wollte, blieb ihm nichts anderes übrig, als sofort zu fliehen. Damit war Kobold allerdings dem Tode geweiht.

Hadernd und voller quälender Zweifel stand Benjamin noch einige Sekunden lang in seinem Zimmer. Sollten seine Klamotten, sein Computer und sein Kölner-Haie-Schrein ruhig zerstört werden. Es war ihm egal. Aber einen Freund ließ man nicht im Stich. Den Fehler hatte er einmal gemacht, er wollte ihn nicht wiederholen. Doch er hatte keine Wahl. Bald würde sein Fluchtweg versperrt sein oder er vom Rauch bewusstlos werden.

Sein Turnschuh fing Feuer. Wild schlug er es mit dem feuchten Lappen aus. Die Hitze um ihn herum nahm zu, sein Hals kratzte und er musste immer öfter husten. Und er fragte sich immer wieder, wer Kobolds Käfigtür geöffnet und ihn rausgelassen hatte.

Ben goss das restliche Wasser aus der Flasche über seine Hosenbeine. Ein letztes Mal schaute er sich um, in der Hoffnung, Kobold doch noch zu entdecken. Vergeblich. Seine Brust war wie zugeschnürt. Mit feuchten Augen raste er in den Flur. Ohne abzubremsen sprang er, angetrieben von Todesangst, mutig über die Flammen, die wie Hände nach ihm griffen, aber das mochte er sich auch nur einbilden.

Wäre seine Mutter nicht beiseitegetreten, hätte er sie durch den Schwung umgerannt. Er legte den Arm um ihre Taille und half ihr die Treppe hinunter. Beide schrien sie aus voller Kehle und klopften an die Türen der Nachbarn, um sie zu warnen.

Vor dem Haus versammelten sich die Bewohner auf dem Gehweg, warteten auf die Feuerwehr, die längst jemand angerufen hatte, und starrten fassungslos hoch zu der brennenden Wohnung der Mannteufels.

„Heide, Ben, was ist passiert?“, rief Marie und stürmte heran.

Tränen rannen über seine Wangen. Er schaute nach oben, nahm aber nichts wahr, sondern stellte sich einen kleinen verkohlten Rattenkörper vor. Hätte er nicht schon gekotzt, hätte er es jetzt getan. „Kobold verbrennt gerade da oben.“

„Wäre ich doch früher gekommen“, hörte er Marie wie aus weiter Ferne sagen. „Aber man hat mich aufgehalten.“

„Du hättest es nicht verhindern können. Wir müssen die Polizei verständigen.“ Die Stimme seiner Mutter klang fremd, nicht mehr so betont fröhlich wie üblicherweise, wenn sie etwas Negatives herunterspielte, sondern so, als wäre sie auf dem Boden der Realität angekommen. „Jemand hat uns mit brennenden Pfeilen beschossen. Unser ganzes Leben geht in Flammen auf. Wir haben nichts mehr. Nichts. Alles ist weg. Wir sind am Ende.“

Entsetzt riss Marie ihre Augen auf. Mit offenem Mund schaute sie Ben fragend an.

Er konnte ihren Blick leicht deuten, doch eine Antwort hatte er für sie nicht, deshalb zuckte er mit den Achseln.

„Vielleicht wird ja noch etwas gerettet.“ Beruhigend tätschelte Marie den Rücken ihrer Tante. „Hörst du die Sirenen? Die Feuerwehr ist gleich hier."

„Kannst du Hajo auf seinem Handy anrufen, er ist noch auf einem Geschäftsessen im Restaurant … im … ich kann mich nicht erinnern", sagte Heide und machte auf Ben einen verwirrten Eindruck, „und Irene und Rainer, bestimmt können wir vorerst bei ihnen Unterschlupf finden. Sie haben doch so ein großes Haus, so viele leer stehende Schlafräume, so viel Platz."

„Nicht das auch noch." Mit dem Ärmel seines Pullovers wischte sich Benjamin die Tränen vom Gesicht. Inbrünstig fragte er Marie: „Kann ich bei euch schlafen? In eurem Arbeitszimmer steht doch ein Gästebett."

Sie nickte wie ein Wackeldackel bei voller Fahrt. „Selbstverständlich. Wenn deine Eltern einverstanden sind."

„Ich bin achtzehn", rief er ihr in Erinnerung.

„Schon gut, ist in Ordnung." Seine Mutter rieb über die Haut unter ihren Augen, als könnte sie die dunklen Ränder wegmassieren. Seit dem Autounfall schien sie um Jahre gealtert zu sein. Im Licht der Straßenlaterne meinte er graue Strähnen in ihren kurzen braunen Haaren auszumachen, sie fielen ihm jetzt das erste Mal auf.

Plötzlich erklang ein Ton, der Benjamin nur allzu vertraut war. Es handelte sich um den Schrei eines Mannes, der sich vor irgendetwas oder irgendwem gehörig erschreckte. Ben fand das witzig, seine Mutter dagegen bezeichnete seinen SMS-Ton als gruselig, als würde jemand gefoltert werden. Marie trug noch sein Smartphone bei sich.

Sie kramte in ihrer Handtasche, holte zu Bens Überraschung drei Mobiltelefone heraus und betrachtete sie. Seit wann besaß sie ein Zweithandy, wo sie doch stets sagte, sie hätte nur eins für Notfälle und würde es selten nutzen? Auf der Rückseite eines der Telefone klebte ein weißer Sticker mit einer roten Schrift, der ihm bekannt vorkam. Aber bevor er einen genaueren Blick darauf erhaschen konnte, hatte Marie es auch schon wieder weggesteckt, reichte ihm seins und lächelte seltsam verlegen. Auf ihren Wangen bildeten sich unregelmäßige rote Flecken. Aber war das ein Wunder, bei der Aufregung? Er wollte sich nicht ausmalen, wie beschissen er selbst aussah.

Erschöpft und nicht ganz bei der Sache ließ er sich die SMS anzeigen. Mit einem Mal war er hellwach.

Loser! Du hast schon den zweiten Cache nicht gefunden. Versager bestraft das Leben. Ich bin das Leben, ich bin Gott! Die Flammen der Rache nehmen dir alles.

Die Nummer des Absenders wurde nicht angezeigt und dieser hatte seinen Namen weggelassen, aber für Ben war klar, wer der Bogenschütze war. Und er ließ durchblicken, dass er noch in der Nähe weilte, dass er sie genau in diesem Moment beobachtete, vermutlich die Sehne seines Bogens gespannt und den nächsten Pfeil schussbereit hielt. War das tödliche Geschoss auf seine Mutter gerichtet? Oder auf ihn? Benjamins Nackenhaare stellten sich auf.

„Wir müssen hier weg!" Schützend legte er den Arm um seine Mutter und versuchte, sie mit seinem Körper abzuschirmen. Er hielt Marie sein Handy hin und formte lautlos das Wort „GeoGod" mit seinen Lippen.

Ein weiteres Signal ertönte, aber das hatte nicht sein Smartphone abgegeben. Irritiert holte Marie ihr Mobiltelefon heraus.

Unterdessen fuhr die Feuerwehr so dicht an das Gebäude heran, wie es ihr bei dem schmalen Gehweg möglich war, parkte auf der Rasenfläche des Vorgartens und bat alle Anwohner, Platz zu machen, sodass seine Cousine die SMS erst lesen konnte, als sie ihren Wagen erreichte. Die Flecken in ihrem Gesicht wurden noch dunkler, aber ihre Lippen waren blutleer.

Nachdem seine Mutter auf der Beifahrerseite eingestiegen war, zeigte Marie Ben die Nachricht:

Tststs, Marie, entgegen den Regeln hast du Benjamin im Museum geholfen. Wie ungehörig von dir! Aber ich bin nicht sauer darüber, sondern heiße dich in meinem Spiel willkommen. Ich stehe auf böse Mädchen! Ab jetzt bist du Bens Patin, du trägst ab sofort die Verantwortung für sein Scheitern. Ich selbst bin Pate von Bens Gegenspieler. Möge der Bessere am Leben bleiben.

14. KAPITEL

Benjamin schlurfte aus dem Bad ins Wohnzimmer und brachte den Duft von herbem Duschgel mit sich. Er hatte ein weißes T-Shirt von Daniel angezogen, das ihn noch blasser machte, als er aufgrund der Geschehnisse ohnehin schon war.

„Du trittst gar nicht gegen ihn direkt an, sondern gegen seinen Schützling?“ Marie, die Wangen rosig vor Aufregung und vom Alkohol, nippte an ihrem Rotwein und hielt das bauchige Glas mit beiden Händen fest. „Wer könnte das sein?“

Ben schlang eine Fleecedecke um seinen Körper, setzte sich auf die Couch neben sie und legte sein Smartphone neben sich. Sichtlich erschöpft sackte er in sich zusammen. „Weiß nicht.“

„Warum hat er *Rache* geschrieben? Das passt doch gar nicht, sondern es war eine Bestrafung.“ Unruhig rutschte sie auf dem Sofa hin und her und lehnte sich schließlich an.

„Weiß nicht“, sagte er noch einmal, als wäre ihm das Gespräch lästig. Er nahm die heiße Schokolade, die vor ihm auf dem niedrigen Glastisch stand, und trank gierig.

Daniel saß ihnen im Rollstuhl gegenüber und lächelte in sich hinein, weil Ben immer darauf pochte, erwachsen zu sein, in manchen Momenten jedoch wieder wie ein Kind wirkte, so wie jetzt, als er seinen Milchbart ableckte. Obwohl er sauer war, sprach er ihn nicht auf seine geweiteten Pupillen von vorhin an. Der Junge hatte schon genug durchgemacht. Inzwischen war es weit nach Mitternacht. Ben und Marie waren im Krankenhaus durchgecheckt und von der Polizei befragt worden. Jetzt waren sie alle müde, aber innerlich doch noch so aufgekratzt, dass keiner von ihnen sofort ins Bett gehen wollte.

„Ein Spiel auf Leben und Tod.“ Schnaubend stellte Marie ihr Glas ab. Es fiel ihr wohl erst jetzt auf, dass Ben vergessen hatte, das Licht im Badezimmer zu löschen. Sie stand auf und sprach weiter, während sie sich von den beiden Männern entfernte und dabei in ihren Lammfellpantoffeln mehr über das Laminat rutschte als zu gehen. „Ich würde das für einen schlechten Scherz halten, hätte er heute nicht versucht, dich mit Pfeilen zu erschießen.“

„Hat er nicht.“ Ben pustete in seinen Kakao.

Sie schaltete das Badezimmerlicht aus, kehrte zurück und setzte sich wieder. „Aber du sagtest doch …“

„Wenn er mich hätte treffen wollen, hätte er das geschafft." Mit dem Finger nahm er etwas von der Sahnehaube auf und leckte sie ab. „Er hat nur so getan als ob, hat knapp an meinem Kopf vorbeigeschossen, um mir eine Scheißangst einzujagen."

Daniel fand es schade, dass das Kölsch in der Flasche, die Marie für ihn geöffnet hatte, vor ihm schal wurde, aber er wollte einen klaren Kopf bewahren. Als Marie ihm erzählt hatte, dass dieser GeoGod vermutlich Heide Mannteufel absichtlich angefahren hatte, hatte er das für ein Hirngespinst gehalten. Es gab genug Verrückte da draußen, die das Internet nutzten, um Menschen zu erschrecken, aber für gewöhnlich beließen sie es bei dummen Psychospielchen, weil sie ihre Deckung nicht aufgeben wollten. Maries Tante war nur eins von vielen Unfallopfern, hatte er gedacht. Doch nun glaubte er den beiden. Die Mannteufels befanden sich in Gefahr! Der Unbekannte ging immer brutaler vor. „Warum nicht?"

„Vielleicht wollte er mich lieber brennen sehen. Oder mich warnen, damit ich mich beim nächsten Cache mehr bemühe." Ben tippte sich gegen die Schläfe. „Wer weiß schon, wie dieser Wichser tickt?"

Grübelnd knetete Daniel seine Unterlippe. Warum hatte sich GeoGod zurückgehalten? Dass er davor zurückschreckte, jemanden zu töten, davon ging Daniel nicht aus, schließlich hatte er in Kauf genommen, dass Ben oder seine Mutter bei dem von ihm gelegten Brand starben. Dummheit schloss er ebenfalls aus. Selbst wenn er Heide Mannteufel hatte totfahren wollen und es ihm nicht gelungen war, hätte er sich solch einen Patzer nicht ein zweites Mal erlaubt und sie oder Benjamin erschossen. Aber er hatte ja nicht einmal einen Versuch gemacht.

Was hatte ihn davon abgehalten? Die einzige Lösung, die Daniel einfiel, war, dass der Patron auf Psychoterror aus war. Nur einen Grund für diese These konnte er sich nicht denken.

Marie rieb über ihre Oberarme, als fröstelte sie. „Warum hat er überhaupt eine altertümliche Waffe benutzt?"

„Theatralik?" Daniel dachte laut nach. Es war nicht auszuschließen, dass der Patron ein Exzentriker war. Er gab sich viel Mühe beim Vorbereiten des Spiels, wobei es ihm sicherlich weniger um Geocaching ging, sondern vielmehr um etwas völlig anderes – krankes –, das war Daniel, wohl aber noch nicht Ben klar. „Möglicherweise ist er Sportbogenschütze. Es gibt auch in Köln einige Klubs und öffentliche Übungsplätze. Oder er kommt nicht an Schusswaffen heran. Außerdem fallen

Bögen nicht unter das Waffenschutzgesetz. Man kann sie problemlos kaufen, niemand guckt einen komisch an oder fragt nach, was man damit vorhat."

Daniel machte eine Pause, in der Hoffnung, Benjamin würde etwas dazu sagen, aber er schwieg. „Die Sache ist zu groß für uns drei. Wir müssen die Kollegen im Präsidium über GeoGod ins Bild setzen. Man wird wegen des Feuers ohnehin wegen Brandstiftung ermitteln." Das wäre dann die zweite polizeiliche Ermittlung, in die Ben involviert war. Auch wenn er das Opfer war, so würde die Kripo dennoch stutzig werden.

Wenn der Patron wollte, dass die Polizei unter allen Umständen außen vor blieb, warum steckte er dann die Wohnung der Mannteufels so offensichtlich in Brand und vertuschte den Mordversuch, falls es denn einer war, nicht? Wieso akzeptierte er Marie bereitwillig als Bens Patin, obwohl er auf absolute Geheimhaltung erpicht war? Sie hatten weder einen Hinweis auf seine Identität noch kannten sie seine Absichten oder sein Motiv. GeoGod blieb undurchsichtig, das machte ihn noch gefährlicher.

„Auf keinen Fall!" Ben stellte seinen Kakaobecher so hart auf dem Tisch ab, dass Daniel befürchtete, das Glas der Platte würde zersplittern, aber das geschah zum Glück nicht. „Dann tötet er meine Mutter beim nächsten Mal. Garantiert!"

Wahrscheinlich plant er das sowieso, dachte Daniel, behielt diese schreckliche Einschätzung der Situation jedoch für sich.

„Du bist doch einer der besten Ermittler, wir brauchen die anderen nicht." Benjamin zog die Decke um seinen Körper bis zu seinem Kinn hoch.

„Aber ich habe nicht die technischen Möglichkeiten, zum Beispiel um herauszufinden, woher die SMS geschickt wurden." Als Daniel in die Hände klatschte, um seine Worte zu unterstreichen, tanzten die Flammen der Kerze auf dem Tisch, einem Ungetüm mit drei Dochten, das angeblich nach Vanille duftete, aber er roch nichts.

Unruhig leckte Benjamin immer wieder über seinen Eckzahn, der aufgrund einer Zahnfehlstellung etwas höher stand als das restliche Gebiss. „Es stand Werbung darunter und eine Internetadresse, da können wir anfangen."

„Und den Online-Account, von dem sie abgeschickt wurden, hacken? Willst du noch mehr Ärger kriegen?" Draußen knatterte ein

Auto mit Sportmotor durch die Straße und machte einen Höllenlärm. Daniel mochte zwar schnelle Autos und genoss das Röhren bei der Formel 1, aber vor seiner Haustür sollte es gefälligst ruhig sein. „Wir müssen die Bogenschießvereine und Übungsplätze kontrollieren, das schaffen wir nicht alleine."

„Wir sind zu dritt." Offenbar merkte Benjamin, dass Daniel seine Haltung nicht änderte, daher fügte er an: „Ich vertraue dir."

Das versetzte Daniels Abwehrhaltung den Todesstoß. Er seufzte. Inzwischen waren nicht nur die Mannteufels in Gefahr, sondern auch Marie. Das machte Daniel sauer!

Allerdings beschäftigte ihn eine Frage. Wenn GeoGod von Marie wusste, wusste er auch, dass sie mit einem Kriminalkommissar verheiratet war. Warum störte ihn das nicht? Betrachtete er dieses Detail als zusätzlichen Nervenkitzel, zumal Daniel krankgeschrieben war? Oder nahm der Patron ihn nicht für voll, da er im Rollstuhl saß?

Das machte Daniel erst recht stinksauer. Er fühlte sich in seinem Stolz verletzt und herausgefordert. „Okay, zeig mir alles, was du von dem Psychopathen hast, deine Korrespondenz mit ihm zum Beispiel."

„Alles verbrannt." Plötzlich weinte Ben. Von jetzt auf gleich liefen dicke Tränen seine Wangen hinab. Er wischte sie mit dem Zipfel der Decke weg und zog seine Nase hoch. „Auch Kobold."

Behutsam nahm Marie ihn in den Arm, wie nur sie es konnte, mit dieser Mischung aus Einfühlsamkeit und Stärke, die Daniel so an ihr bewunderte. Sie strahlte Herzlichkeit aus und schien den Kummer des anderen zu verstehen, ließ sich jedoch nicht von seinem Gram anstecken, sondern bewahrte trotz Wärme ihre Haltung, um den anderen aufzubauen. „Vielleicht war das GeoGods Plan", sagte sie sanft, „alle Beweise zu zerstören."

„Das hätte er anders leichter haben können. Außerdem kann es sein, dass die IT-Cracks von der technischen Einsatz- und Ermittlungsunterstützung die Daten auf Bens Festplatte rekonstruieren können, falls nicht zu viel zerstört wurde. Das Risiko wäre er nicht eingegangen."

Nein, der Unbekannte wollte Benjamin in Todesangst versetzen, so viel stand für Daniel fest. Er schien nicht einfach nur aus Langeweile mit dem Achtzehnjährigen zu spielen, sondern da steckte mehr dahinter.

Zuerst hatte der Patron bei Benjamin den Eindruck hinterlassen, dieser sei ein Mitspieler. Doch nun wurde er immer emotionaler und es kam heraus, dass er den Jungen in Wahrheit als Gegner betrachtete.

Daniel hatte die SMS, die der Patron an Ben und an Marie geschickt hatte, gelesen. GeoGod hatte sich zuerst Benjamin gegenüber neutral verhalten, doch langsam traten seine wahren Gefühle hervor. Er war großkotzig, bezeichnete sich selbst als Gott, der das Recht hatte, zu strafen, der skrupellos Menschen in Todesgefahr brachte und sich dabei wahrscheinlich einen runterholte, weil er sich selbst so genial fand.

Nein, Ben war nicht einfach nur ein Zeitvertreib für GeoGod, glaubte Daniel, sondern er hasste und verabscheute ihn, warum auch immer. Emotionen zeigte man nur, wenn man etwas persönlich nahm. Er wollte den Jungen fertigmachen! „Als du mit GeoGod telefoniert hast, wie hat seine Stimme geklungen?"

Schluchzend zuckte der Junge mit den Schultern. „Als würde er durch eine Blechdose sprechen."

„Klang er wie ein Roboter?", fragte Daniel, worauf Ben nickte. „Er hat höchstwahrscheinlich einen dieser miesen Stimmenverzerrer benutzt. Die kriegt man heutzutage überall für wenig Geld im Internet. Wäre ja auch zu schön gewesen." GeoGod hatte an alles gedacht. Wahrscheinlich zog er diese Scharade nicht zum ersten Mal durch. Daniel raufte sich die Haare. „Hast du jemanden in Verdacht, eine Vermutung, wer hinter GeoGod stecken könnte?"

Benjamin nahm ein Papiertaschentuch von Marie an und schnäuzte sich die Nase. „Nein."

„Gibt es jemandem, dem du etwas getan hast?" Immerhin hatte der Psychopath das Wort *Rache* benutzt. Vielleicht hatte er es leichtfertig gebraucht, doch davon ging Daniel nicht aus, denn der Patron musste seine Schachzüge vorausplanen und jeden Schritt überwachen. Eher vermutete Daniel, dass er mit diesem Wort den nächsten Level seines Spiels eingeleitet hatte. Das bereitete ihm große Sorgen. Erst Heides Autounfall, dann die Brandstiftung, was kam danach? Der oder die erste Tote?

Benjamin zögerte, doch er machte nicht den Eindruck, als grübelte er. „Nein."

„Bist du sicher?" Daniel neigte sich vor, stützte sich mit den Ellbogen auf den Armlehnen seines Rollis ab und sah ihn eindringlich an. Marie hatte ihm einmal gesagt, er sähe mit seinen schwarz-braunen Augen und dunklen Brauen richtiggehend böse aus, wenn er auf etwas oder jemanden starrte, als wäre er der Schurke und nicht der Gute. Das hatte ihm gefallen, er hoffte, dass es stimmte.

„Du weißt doch, wie ich bin.“ Ben hatte aufgehört zu weinen, aber seine Wangen glänzten noch feucht. „Du kennst mich doch.“

Damit hatte er allerdings recht. Daniel richtete seinen Oberkörper wieder auf. Benjamin tat keiner Fliege etwas zuleide, aber er hätte ihm auch keine Einbrüche in Privateigentum, wie Keller oder Schreberlauben, zugetraut. „Keine Idee, warum er all den kranken Scheiß macht?“

„Wirklich nicht“, gab der Junge etwas zu laut zurück, als wollte er sich hinter Aggressionen verstecken, ein typischer Abwehrmechanismus von Personen, die verhört wurden – und meistens schuldig waren. „Aber ich habe die Fotos noch auf meinem Smartphone.“

Daniel runzelte seine Stirn. „Welche Bilder?“

„Von den Gegenständen, die ich in den Schatzkisten, die er für mich versteckt hat, fotografieren musste. Die habe ich ihm dann als E-Mail geschickt als Beweis, dass ich den Cache wirklich gefunden habe. Später habe ich die Dinge in einem Postfach am Hauptbahnhof deponiert.“

Nur mit Mühe unterdrückte Daniel ein missmutiges Knurren, weil sich Benjamin naiv in etwas hatte hineinziehen lassen, das nun aus dem Ruder geriet. Aber er machte ihm keinen Vorwurf, der Junge hatte nur Abenteuer und Nervenkitzel gesucht. Das hatte Daniel auch, als er im März den Kletterpark an der Talbrücke ausprobierte. Nun drohte Ben genauso abzustürzen wie er. „Ich will sie sehen.“

Ben nickte, nahm sein Smartphone von der Armlehne und drückte auf dem Touchscreen herum. Als er gefunden hatte, was er suchte, hielt er Daniel das Display hin. „Die Maske war im ersten Cache.“

Daniel blieb fast das Herz stehen. Er war versucht, dem Jungen das Mobiltelefon aus der Hand zu reißen, stattdessen packte er sein Knie so fest, dass er meinte, Schmerz zu spüren, aber selbstverständlich war das nur eine bittersüße Illusion.

Im ersten Moment kam ihm die Haarspange erschreckend bekannt vor. Er wähnte, sie schon einmal gesehen zu haben, und hatte sie für einen Schmetterling gehalten, doch Ben hatte recht, es handelte sich um eine silberne Maske. Nein, nein, er musste sich täuschen, doch auch auf den zweiten Blick war die Ähnlichkeit frappierend. „Du weißt nicht, wem sie gehört?“

„Wahrscheinlich hat der Patron sie auf der Straße gefunden, was weiß ich. In Geocaches findet man meistens Müll, aber darauf kommt es ja auch nicht an.“ Benjamin rief die zweite Fotografie auf. „Das war in der zweiten Schatzkiste.“

Daniel blieb fast die Spucke weg. Jetzt nahm er doch einen kräftigen Schluck von seinem Kölsch. Hatte Ben wirklich keine Ahnung? Wusste er nicht, was das für Dinge waren und wer der Besitzer gewesen war?

Die Strumpfhose auf dem Schnappschuss war fleischfarben. Daniel verstand nicht, warum Frauen sie trugen, wenn sie doch dieselbe Farbe wie ihre Beine hatten. Auf der anderen Seite konnte er sowieso nicht nachvollziehen, wie Frauen das kratzige Nylon auf der Haut aushielten. Auf der Höhe des Fußknöchels glitzerte ein Schmetterling aus Strasssteinen. Da der Achtzehnjährige die beiden Gegenstände nicht wiederzuerkennen schien, hatte er die Trägerin wohl nicht genauer angeschaut, er war anscheinend nicht an ihr interessiert gewesen. „War immer nur ein Teil in den Kisten oder mehrere Sachen?“

„Nur eins.“ Ben zeigte ihm weitere Motive, darunter einen rosafarbenen Mädchenslip. Auch den hatte Daniel schon einmal gesehen, nicht live, sondern auf einem Bild.

GeoGod musste wissen, wem die Sachen gehört hatten. Und er hatte sichergestellt, dass Benjamin sie nicht übersah, indem er keine anderen Schätze in die Boxen gab. Das konnte kein Zufall sein!

Machte Ben Daniel doch etwas vor? Er musste ihn aus der Reserve locken, um seine Reaktion zu testen. Das ging am besten, indem man den Verdächtigen damit konfrontierte, dass man längst Bescheid wusste und die Zusammenhänge erkannt hatte. Man warf ihm Details vor, Wahrheiten, Fakten, als ob man bereits das Ganze überschauen würde. „Julia Kranich trug die gleiche Spange, als sie am Rheinufer angespült wurde.“ Die Strömung hatte sie ihr nicht entrissen, sondern zuerst hatten sich ihre langen blonden Haare darin verwickelt und dann das Leichenlipid sie eingeschlossen, sodass die Gerichtsmedizin sie herausschneiden musste. „Das trifft auch auf die Strumpfhose und den Slip zu. Ich habe auf dem Polizeipräsidium Julias Fallakte gelesen und Fotos gesehen.“

„Nein!“ Bestürzt riss Marie ihre Augen auf. Sie schlug die Hand vor den Mund.

Ben war starr vor Entsetzen. Er ließ sein Smartphone einfach fallen. Es landete geräuschvoll auf dem Glastisch. Offenbar erinnerte er sich wirklich nicht daran, dass Julia die Dinge getragen hatte.

„Der Patron muss Bescheid wissen! Mit jedem Cache schickte er dir eine Botschaft. Jetzt ist er wütend, weil du sie nicht verstanden hast.“ Das Bier gärte in Daniels Magen und er bekam das erste Mal Sodbrennen von seinem geliebten Kölsch. „Es besteht eine Verbindung zwischen Julia Kranich und GeoGods Spiel. Und dir, Ben. Ich befürchte, deine Freundin hat letztes Jahr auch mit diesem Psychopathen gespielt.“

Und verloren.

15. KAPITEL

Marie hatte Julias Handy in eine schwarze Lederhülle gesteckt, um den Kölner-Haie-Aufkleber auf der Rückseite zu verdecken. Während Ben am frühen Nachmittag durch den Laden schlurfte und, begleitet von Hip-Hop-Musik in Disko-Lautstärke, Kleidung aussuchte, da seine in der vergangenen Nacht entweder verbrannt oder vom Löschwasser zerstört worden war, lehnte sie sich gegen eine der mit Graffiti besprayten Wände und betrachtete gedankenversunken das Display.

Das letzte Foto, das das Mädchen vor seiner Ermordung geschossen hatte.

Offenbarte der Schnappschuss, wen es als Letztes in seinem Leben gesehen hatte? War er verwackelt, weil Julias Hand gezittert hat? Vor Angst? Marie hoffte, dass diese Schlussfolgerung falsch war und Julia ihr Telefon lediglich vor Lachen nicht hatte ruhig halten können, immerhin hatte sie sich auf einer Party befunden.

Sie musste Benjamin darauf ansprechen. Er war dort gewesen. In Porz. In der Volksküche. Am Rheinufer. Gemeinsam mit Julia und ihrem Mörder.

Doch als er mit einem Haufen Klamotten über dem Arm auf sie zukam, brachte sie kein Wort heraus, weil sie sich plötzlich vor der Wahrheit fürchtete. Wollte Marie sie überhaupt hören? Sie konnte Ben in Gefahr bringen oder womöglich sein Leben zerstören.

Als Marie zur Kasse ging, um zu bezahlen, fühlte sie sich, als hätte sich ihr Darm um ihren Magen geschlungen und die Schlinge würde sich immer enger zusammenziehen wie eine Würgeschlange. Vom Rotwein, den sie ja in der vergangenen Nacht getrunken hatte, bekam sie jedes Mal einen Pelz auf der Zunge, deshalb nahm sie einige Schlucke aus der kleinen Flasche stilles Mineralwasser, die sie in ihrer Handtasche hatte.

Sie trug die zwei Tüten in einer und Julias Smartphone in der anderen Hand und wusste nicht, welche Last schwerer wog. Nach den richtigen Worten suchend, um das Gespräch zu beginnen, folgte sie ihrem Cousin über die Hohe Straße und schaute ihm zu, wie er in einer Drogerie diverse Cremes, Gel, einen Fettstift für die Lippen und sogar eine Pinzette kaufte. Erst jetzt fielen Marie die Stoppeln über seinen Augen auf. Er zupfte sich doch tatsächlich die Brauen! Sie wunderte sich über dieses Verhalten genauso sehr, wie darüber, dass ihr das bisher entgangen war.

Dabei hatte sie gedacht, Ben zu kennen. Aber in letzter Zeit gab es immer wieder Momente, in denen er ihr fremd erschien.

Als sie an der Kasse bezahlte, hörte sie jemanden neben sich schniefen. Benjamin wischte sich die Tränen von den Wangen, schaute durch das Schaufenster in die Fußgängerzone hinaus und drehte sich schließlich weg.

Verwundert über den plötzlichen Gefühlsausbruch folgte sie seinem Blick. Eine Punkerin ging mit federnden Schritten an dem Geschäft vorbei. Gefühlvoll drückte sie ihre Ratte gegen ihr Dekolleté und hielt den fettigen Frittenkarton eines Fast-Food-Ladens über das Tier, um es vor dem Regen zu schützen, obwohl sie selbst bereits durchnässt war und ihre blaue Stachelfrisur langsam in sich zusammenfiel.

Marie ließ Julias Mobiltelefon in ihre Handtasche gleiten. Heute war nicht der richtige Tag, um Benjamin zu fragen, ob das seine blutige zur Klaue geformte Hand auf dem Foto war.

Der Unterarm war genauso dünn wie Bens, die Haut ebenso blass und die Finger filigran, fast weiblich, jedoch gekrümmt, als würden jeden Moment Krallen herausschießen. Aber die Hand hätte zu jedem anderen Partygast gehören können, vielleicht sogar zu Julia selbst … hätten nicht Maik Hagedorn und Denis Buschhütter im Hintergrund gestanden, Benjamins beste Kumpel.

Ihr war nie aufgefallen, dass Maik eine derart ausgeprägte Zornesfalte besaß und dass der schüchterne, etwas dickliche Denis, dessen Blick meistens dem eines gehetzten Tieres ähnelte, überhaupt sauer aussehen konnte. Vielleicht waren die beiden auch nur unglücklich getroffen.

Sie kamen über ein verwildertes Grundstück, vermutlich den Garten des Gebäudes, in dem sich die Volksküche befand, auf Julia zu und wirkten aufgebracht. Allem Anschein nach hatten sie von Julia nicht fotografiert werden wollen. Genauso wie Mike Schardt, kam es Marie in den Sinn.

Sie erschauderte bei der Erinnerung an den Zeitungsartikel. Obwohl kein Foto der entstellten Leiche neben dem Bericht abgedruckt gewesen war, malte sich ihr Unterbewusstsein unweigerlich aus, wie der Streetworker ausgesehen haben mochte: Ober- und Unterlider mit schwarzen Fäden zusammengenäht, grüne und blaue Flecken auf dem Bauch, die die Form von Fußabdrücken hatten, das Gesicht geschwollen, und Arme, die in blutigen Stümpfen endeten und die zertrennten Knochen und Sehnen freilegten.

Als Marie das Wechselgeld von der Kassiererin entgegennahm, zitterten ihre Hände.

Oder war Benjamin auf Julia losgegangen und seine beiden Freunde hatten ihn davon abhalten wollen? Waren sie gar nicht sauer auf das Mädchen gewesen, sondern auf Ben? Sollten das tatsächlich seine Finger auf dem Bild sein? Hatte Julia ihn vielleicht gekratzt, als sie seinen Angriff abwehrte? Allerdings erinnerte sich Marie nicht daran, dass er nach der Party am Daumen geblutet hatte, und die Hand auf dem Foto hatte einige Kratzer von der Fingerwurzel bis zum Gelenk, aus dem Blut austrat.

Marie reichte ihrem Cousin die Tüte mit seinem Einkauf, sah die Trauer um Kobold, die sich auf seinem Gesicht spiegelte, und schluckte ihre zahlreichen Fragen herunter. Wie hätte sie auch erklären sollen, dass sich Julias Smartphone in ihrem Besitz befand? Dass sie es nicht zur Polizei gebrachte hatte, um Benjamin zu schützen? Wenn er das erfahren würde, wüsste er auch, dass sie ihn verdächtigte, etwas darüber zu wissen, was sich vor dreizehn Monaten auf der Vokü-Party ereignet hatte, das zu Julias Ermordung geführt hatte.

Wie konnte sie ihn in die Mangel nehmen, wo er doch gerade seinen kleinen Freund verloren hatte? So wie sie sich automatisch Mike Schardts Leiche vorstellte, malte er sich bestimmt aus, was aus seiner geliebten Ratte geworden war: ein seelenloser Körper, bis zur Unkenntlichkeit geschrumpft, sodass man ihn auch für ein Stück Kohle halten könnte, ein Brikett, das jemand auf dem Fußboden zwischen halb verbrannter Kleidung verborgen hatte.

Sie würde ihm etwas Ruhe gönnen und später nachbohren, doch das fiel ihr schwerer als erwartet. Auf dem Heimweg schaute sie Benjamin immer wieder verstohlen an. Sie öffnete ihren Mund, um ihm all ihre Fragen zu stellen, aber sie wusste nicht, wie sie das geschickt und ohne Anklage anstellen sollte. Zudem wollte sie sich nicht mit ihm streiten, denn das tat sie mit ihrer Mutter schon oft genug. Daher schloss sie ihre Lippen wieder. Er bemerkte ihre Versuche nicht, denn seine Trauer hielt ihn gefangen. Seine Tränen waren zwar getrocknet, aber sein getrübter Blick sprach Bände.

Aufgewühlt, weil sie endlich mehr erfahren wollte, mehr erfahren *musste*, damit GeoGod nicht nach Julia Kranich auch Benjamin erwischte, schloss sie die Wohnungstür auf. Ihre Hand umschloss das Smartphone des Mädchens. Marie war bereit, den Schritt zu wagen, ihm den letzten Schnappschuss zu zeigen und das Messer auf die Brust zu setzen.

Jetzt oder nie, dachte sie und holte das Telefon heraus. Doch dann fiel ihr etwas auf, das sie in ihrer Bewegung stocken ließ. Erstarrt beobachtete sie, wie Ben seine regennassen Turnschuhe auszog und sie ihr hinhielt.

Da sie nicht reagierte, fragte er: „Hierhin oder ins Bad? Sie sind ganz dreckig."

„Stell sie in die Badewanne." Ihre Stimme klang schwach. Verlegen räusperte sie sich, als bekäme sie eine Erkältung.

Sie sah nicht etwa ihren Cousin an, sondern starrte auf seine Hand. Eine unscheinbare verheilte Narbe zog sich von seiner Daumenwurzel bis zum Gelenk. Nun hatte sie den Beweis! Der Arm auf Julias letztem Foto gehörte tatsächlich zu ihm. Er hatte sie angegriffen, hatte versucht, ihr die Handykamera aus der Hand zu schlagen, die Finger aggressiv zu einer Klaue geformt. Warum?

Marie schaute Benjamin hinterher. Er schlurfte, die Schuhe in einer Hand und die Einkaufstüten in der anderen, zuerst ins Badezimmer und dann in das Gästezimmer.

Wieso hatte er im verwilderten Garten der Vokü-Party nicht seine Freunde beruhigt und ihnen gesagt, dass sie sich abregen sollen? Hatte Julia die Jungs vielleicht in einem peinlichen Moment erwischt? Ben hatte ihr einmal erzählt, dass sie gemeinsam in ihrem Versteck onaniert hatten, um herauszufinden, wer am weitesten abspritzen konnte, aber damals waren sie dreizehn gewesen.

Während Ben die Tür seines Zimmers hinter sich schloss, rief Marie noch einmal das letzte Foto auf, das Julia in ihrem viel zu kurzen Leben geschossen hatte.

Hatte Ben Julia vom Fotografieren abhalten wollen und sie hatte ihn in einem Handgemenge verletzt? Oder hatte Julia vielleicht gar nicht beabsichtigt, Maik und Denis abzulichten, sondern Benjamin, und er wollte nicht, dass festgehalten wurde, wie bekifft er war? So sportlich wie das Mädchen aussah, konnte sich Marie gut vorstellen, dass Julia ihn davon hatte abhalten wollen, Drogen zu nehmen, indem sie versuchte, ein Foto von ihm im Rauschzustand zu machen, um ihm einen Spiegel vorzuhalten. Oder es seinen Eltern zu zeigen. Oder es publik zu machen, indem sie es in einem sozialen Netzwerk veröffentlichte. Um sie davon abzuhalten, hatte er ihr die Kamera aus der Hand geschlagen, worauf sie auf den Auslöser drückte und zufällig Maik und Denis auf den Schnappschuss kamen.

Es bestand die Möglichkeit, dass die Jungs gar nicht sauer auf Julia waren, sondern auf Ben, weil er sich auf ein Gerangel mit einem Mädchen eingelassen hatte. Gut möglich, dass sie angerannt gekommen waren, um Julia in Schutz zu nehmen. Eventuell hatte sie ihre Retter abgelichtet.

Per Touchscreen holte Marie die Gesichter von Maik und Denis näher heran. Ihre Pupillen waren vergrößert und ihre Augen gerötet. Wenn seine Kumpel gekifft hatten, hatte Ben das hundertprozentig auch – oder sogar schlimmere Rauschgifte ausprobiert –, denn Marie zweifelte keinen Moment daran, dass auf der Party so einige Drogen angeboten worden waren. Der Konsum führte manchmal auch zu Aggressionen. Möglicherweise waren Ben und Julia deswegen in einen heftigen Streit geraten, worauf sie das erstbeste Angebot eines Partygastes, sie heimzufahren, angenommen hatte. Was ihr Todesurteil gewesen war.

Hatte der Disput Julia zufällig in GeoGods Hände gespült? Oder spielte sie zu diesem Zeitpunkt bereits seine eigenwillige Geocaching-Version und er war ihr heimlich gefolgt, als sie die Party alleine verließ, um sich an ihr für einen nicht gefundenen Schatz zu rächen? Immerhin hatte er einen Brandanschlag auf Ben und Heide verübt. Diesem kranken Hirn traute Marie alles zu!

Es war jedoch auch durchaus denkbar, dass der Patron gar nicht auf der Feier gewesen war, sondern dass Julia die Feier wütend verließ, weil sie nicht bei Ben hatte landen können oder er sich gegen sie gestellt hatte. Aus Trotz oder damit sich ihre Laune wieder besserte, entschied sie sich dazu, die Nacht lieber damit zu verbringen, einen weiteren Cache von GeoGod zu suchen, anstatt mit „Idioten abzuhängen“. Diese Entscheidung hatte tödliche Konsequenzen gehabt. Vorstellbar, ja, aber war es auch so geschehen?

Vielleicht war GeoGod an diesem Abend auf Benjamin aufmerksam geworden, hielt seine vom Kiffen hervorgerufene Aggression für Temperament, das seinem Spiel die richtige Würze geben sollte, und rekrutierte ihn daraufhin.

Marie schob den Gedanken beiseite, der Psychopath könnte Julia aus dem Weg geräumt haben, weil es ihm langweilig mit ihr wurde, sie aber bereits zu viel von seinem Spiel wusste. Möglicherweise wollte er seine Zeit lieber Ben widmen, denn zum Zeitpunkt von Julias

Verschwinden hatte dieser noch keinen Kontakt zu GeoGod gehabt. Ahnte Ben diesen Zusammenhang? Fühlte er sich schuldig und war deshalb so verschlossen?

Plötzlich machte Marie eine weitere Person auf dem Bild aus. Es war nicht mehr als ein Gesicht im Gebüsch hinter Maik und Denis, der Körper von Sträuchern verdeckt. Oberlider, Wangen und Mundwinkel hingen schlaff herab, als steckte ein Fleischerhaken in seinem Unterkiefer und zöge die Haut nach unten, als hätte der Mann schon viele schlimme Dinge gesehen und noch mehr am eigenen Leib erfahren.

War das GeoGod?

16. KAPITEL

Der Nachmittag war weit vorangeschritten. Als Marie den ersten Schritt in das heruntergekommene Gebäude tat, wäre sie am liebsten sofort umgekehrt. In der Volksküche stank es, als würden in den Ecken Tiere verwesen.

Schon von außen wirkte das zweistöckige Haus wenig vertrauensvoll. Die Witterung hatte am grauen Putz genagt. Marie vermutete, dass die anstehenden Herbststürme den Rest auch noch abnagen würden, sodass es bald nackt inmitten der Industriesiedlung stand, dem Frost ausgeliefert, der es noch in diesem Winter zu Fall bringen könnte.

Eine Jalousie im Erdgeschoss war nur noch an einer Seite befestigt, die andere hing über der milchigen Fensterscheibe wie das hängende Augenlid von Karl Dall. Jemand hatte den Firmennamen aus Messingbuchstaben mit Graffiti übersprayt, und dieses wiederum war halbherzig mit wässriger brauner Farbe übermalt worden, sodass die Tür wie die Haut eines Leprakranken aussah.

Zuerst hatte Marie gar nicht eintreten wollen, aber nun war sie schon einmal drin und nahm sich vor, ihre Suche nach Antworten auch weiterzuführen. Immerhin hatte sie eine Spur, eine, die vielversprechend erschien. Ihr Puls schlug einen Takt schneller.

Sie zog den Ärmel ihrer Jacke über die Hand und hielt diese vor Mund und Nase. Vorsichtig ging sie weiter den Gang entlang, stieg über Unrat und schwarzbraune Haufen, die, so hoffte sie, von Tieren stammten, und lauschte. Nichts.

Sie hatte erwartet, einen Mitarbeiter der Sozialküche anzutreffen, um ihm das Foto des Mannes, den sie unbedingt finden musste, zu zeigen. Aber hier war niemand mehr. Die Vokü schien geschlossen und das Haus war verwaist.

Auf den zwei tragbaren Elektrokochfeldern, die an der einstigen Rezeption des Betriebes als provisorische Küche gedient hatten, standen noch die Pfannen und Töpfe. Sie waren derart schwarz, verkrustet und schimmelig, dass niemand sie hatte stehlen wollen. Die ehrenamtlichen Mitarbeiter hatten offenbar das gesamte Interieur einfach zurückgelassen, als wäre es mit einem bösen Fluch belegt.

Was mochte sie dazu veranlasst haben?

Zögerlich streckte Marie ihre Hand nach der Kühlschranktür aus. Sie öffnete sie langsam, um herauszufinden, wie lange die Volksküche schon verlassen war, bemerkte, dass die Lampe im Inneren nicht brannte, und stockte. Es lag nur eine einzige Flasche darin. Schnaps – klar, billig und brannte im Rachen wie Feuer, hatte Marie einmal leidlich festgestellt. *Doppelkorn* las sie auf dem Etikett und hoffte, dass die roten Schmierflecken darauf von Marmelade stammten. Sie fasste den Boden an und stellte fest, dass er warm war. Der Kühlschrank hatte keinen Strom.

Plötzlich blaffte eine Frau hinter ihr: „Finger weg! Das Zeug ist meins."

Marie flog herum, als hätte man sie geschlagen. Ihr Herz pochte vor Schreck schmerzhaft in ihrem Brustkorb. „Ich wollte nicht …"

Die Frau stieß sie beiseite, griff gierig den Kornbrand und drückte ihn wie ein Baby an sich. Ihre rechte Hand war mit einem dünnen Baumwollschal bandagiert, durch den weißen Stoff mit den roten Herzen sah man das Blut darunter. Entweder hatte sie sich in die Handfläche geschnitten oder war mit jemandem tätlich aneinandergeraten.

Misstrauisch wollte Marie Abstand zwischen sich und die Fremde bringen, aber sie saß in der Falle, gefangen zwischen Empfangstheke und zwei Wänden. Die Fremde schnitt ihr den Fluchtweg ab, indem sie im Durchgang stand.

„Gully trinkt nicht aus der Flasche. Sie ist keine von diesen Pennern, die sich nicht benehmen können." Verklärt lächelnd schraubte die Obdachlose den Verschluss ab, hielt ihn zwischen Daumen und Zeigefinger fest und spreizte ihren kleinen Finger ab. Sie goss den Drehverschluss voll mit dem achtunddreißigprozentigen Edelkorn und kippte die klare Flüssigkeit ihre Kehle hinab.

Marie fiel auf, dass die Frau nur Sandalen trug, und nahm sich vor, ihr ihre alten Stiefel vorbeizubringen, denn gegen die drohende Kälte halfen ihre grauen Wollsocken herzlich wenig. Auch ihr türkisfarbener Jogginganzug war viel zu dünn. Ihre dunkelblonden Haare waren kurz geschnitten, aber die Strähnen waren so unterschiedlich lang, dass Marie sicher war, dass sich die Fremde die Frisur selbst geschnitten hatte, womöglich im Suff mit einer Glasscherbe. Denkbar, dass sie sich dabei an der Hand verletzt hatte. „Gully?"

Die Frau schlug sich mit der Faust so hart gegen die Brust, dass Marie Phantomschmerzen bekam, doch sie selbst zuckte nicht einmal mit der Wimper. „Hab mal in der Kanalisation geschlafen, aber jetzt wohne ich hier."

Leider roch Gully noch immer danach. Der Gestank nach Urin und Schweiß brannte in der Nase, aber Marie wandte sich aus Höflichkeit nicht ab. „Ich suche einen Mitarbeiter der Volksküche."

„Alle weg. Es kamen keine Gäste mehr, dann machte die Vokü dicht." Mit dem Ärmel wischte sich Gully die Spucke aus den Mundwinkeln. „Elende Feiglinge! Als ob die Göre hier herumspuken würde."

Marie horchte auf. „Welche Göre?"

„Na die, die hier getötet wurde. War angezogen wie eine kleine Hure. Hat wohl mit ihrem Arsch ein paarmal zu viel gewackelt." Gully spie die Worte förmlich aus, sodass Speichelfetzen herumflogen.

Mit einem Mal fühlte sich Maries Haut wie elektrisiert an. „Dann waren Sie auf der Party, nach der Julia Kranich verschwand?"

„Gully hat zu ihr gesagt: Zieh dir was an, Mädchen. Wenn du was in die Auslage packst, greifen die Kerle zu, ob du das willst oder nicht." Sie gönnte sich einen weiteren Kurzen, trank den Korn wie Wasser und schmatzte genüsslich. „Die Gören halten das alles für einen Spaß, laufen halb nackt rum wie die Weiber in Pornos oder in Musikvideos. Aber anders als diese prominenten Schlampen haben die keinen, der auf sie aufpasst und sie vor Verrückten schützt." Erneut kippte sie einen Korn aus dem Verschluss ihren Rachen hinab. „Frischfleisch – knackig, frisch und strunzdumm."

Maries Magen zog sich zusammen und verhärtete sich. „Haben Sie einen Mann an Julias Seite gesehen? Ist sie mit jemandem weggegangen?"

„Gully hat aus Prinzip nichts gesehen. Ist gesünder."

Einen Moment haderte Marie, dann holte sie einen Schein aus ihrem Portemonnaie.

Gullys Augen weiteten sich. Sie strahlte und steckte ihn hastig ein. Verschwörerisch senkte sie ihre Stimme. „Sie hat sich mit diesem Typ gestritten, der hier ab und zu essen kam, obwohl er sich was Besseres leisten konnte. Aber alle sind geizig, selbst die Reichen. Find das zum Kotzen, denn es gab immer nur wenige Portionen. Wenn die weg waren, waren die weg. Sollen in ihre teuren Schuppen gehen und nicht uns auch noch alles wegfressen. Wir können uns nämlich nichts anderes leisten als diese Pampe." Aufgebracht von ihrer eigenen Rede boxte sie eine der Pfannen von den portablen Kochplatten, die an der Wand neben dem Kühlschrank auf einem Tisch standen. Diese flog scheppernd gegen einen Topf. „Die Kleine wollte etwas von Mike, aber er sagte, er sei privat da, zum Feiern, und sie soll ihn in Ruhe lassen."

Der Streetworker, durchfuhr es Marie. Hatte sich die Situation hochgeschaukelt? War er gewalttätig geworden, um Julia loszuwerden, und dabei ausgeflippt? Bestimmt sammelte sich in seinem Beruf viel Frust an, denn seine Klientel war nicht gerade einfach. „Wissen Sie, worum es bei dem Streit ging?"

„Nö, war viel zu laut hier drin. Er sollte ihr bei irgendetwas helfen oder so, mehr verstand Gully nicht. Hat ihr nicht geholfen. Dabei ist der Arsch doch Sozialarbeiter. Da muss es doch einen Ehrenkodex oder so 'n Scheiß geben. Die haben doch nie frei, genauso wie Pfarrer und Ärzte. Er hat sie abgeschüttelt wie eine lästige Schmeißfliege, sie ist hingefallen und er hat sich entschuldigt, hat ihr aber nicht hochgeholfen, sondern ist weggegangen." Als sie den Verschluss füllte, goss sie ihn diesmal so voll, dass der Korn über den Rand schwappte, sich über ihre Sandale ergoss und von ihrer Socke aufgesaugt wurde.

„Mist! So eine Verschwendung." Rasch trank sie, was übrig geblieben war. „Da draußen hat Mike die Göre abgemurkst. Soll Gully es dir zeigen?"

Ohne auf eine Antwort zu warten, durchquerte sie schwankend das Gebäude und stolperte in die Außenanlage hinaus. Während Marie ihr folgte, die Arme ausgestreckt, um Gully aufzufangen, sollte sie stürzen, stellte Marie klar: „Ich glaube nicht, dass er es war. Er kann sich allerdings nicht mehr dazu äußern, denn er ist tot."

Als Gully sie skeptisch über die Schulter hinweg ansah, dabei jedoch nicht anhielt, wankte sie gefährlich. „Woher willste das wissen, warste dabei?"

Da die Obdachlose nun doch stehen blieb und sich ihre Miene verdüsterte, fügte sie rasch hinzu: „Das stand in der Zeitung."

Schnaubend torkelte Gully weiter und bahnte sich einen Weg durch das wild wuchernde Gestrüpp. „Behalte das ja für dich. Wenn sie hören, dass der Mörder tot ist, kommen sie alle zurück und wollen wieder hier wohnen."

Marie schüttelte den Kopf und fragte sich, wie vertrauenswürdig Gully war. Was waren die Informationen wert, die sie ihr gab, wenn die Bedeutung von Maries Worten schon nicht mehr zu ihr durchdrang?

Oder hatte sie recht und Mike hatte Julia umgebracht, war am Ende aber selbst Opfer eines Verbrechens geworden? So abwegig war der

Gedanke nicht, fand Marie, wenn man bedachte, mit wem er es beruflich zu tun gehabt hatte. Offenbar hatte der Achtundvierzigjährige auch privat Kontakt zu den Außenseitern der Gesellschaft gesucht, war er doch durch seine einstige Alkohol- und Drogenabhängigkeit und seine Gefängnisstrafe selbst einer von ihnen gewesen. Und dann war da noch die denkbare Rache der fünf Punker, die er wegen der brutalen Vergewaltigung einer einundzwanzigjährigen Obdachlosen hinter Gitter gebracht hatte.

Möglicherweise war es nicht Gully, die die Augen vor der Wahrheit verschloss, sondern Marie selbst.

Sie wunderte sich darüber, dass die Wohnungslose den Weg durch den verwilderten Garten so leicht fand, als hätte sie schon immer hier gelebt. Marie selbst verlor sich zwischen den Bäumen und Sträuchern ringsherum und sie erahnte nur, wo sich das Rheinufer befand, weil es gegenüber vom Haus liegen musste und sie in der Ferne das mühsame Tuckern eines Binnenschiffes hörte, das eine schwere Fracht geladen haben musste. Kein Wunder, dass die ermittelnden Polizisten damals davon ausgegangen waren, Julia wäre betrunken ins Wasser gefallen und von der Strömung unter die Oberfläche gezogen worden.

Plötzlich hielt Gully an, Marie wäre beinahe auf sie geprallt. „Da ist das Flittchen abgemurkst worden." Sie zeigte durch eine große Lücke in der Mauer auf das Nachbargrundstück. Der Betrieb dort war augenscheinlich stillgelegt. Es herrschte eine bedrückende Leere auf dem Hof. Ein toter Hase lag mitten auf dem Asphalt. Jemand hatte alle Fenster im Untergeschoss des Firmengebäudes kaputt geschlagen.

Marie wurde flau. Es hatte aufgehört zu regnen, aber Wind war aufgekommen und riss an dem rot-weißen Flatterband aus Polyethylen, mit dem die Polizei die Stelle am Ufer großzügig abgesperrt hatte. Glücklicherweise, so empfand Marie es, sah man nichts weiter als lehmigen Boden, da der Erkennungsdienst längst die Oberschicht abgetragen hatte, um ihn im Labor weiteren Untersuchungen auf Spuren zu unterziehen. „Warum hat man die Stelle vorher übersehen?"

Gully zuckte mit den Achseln, verschüttete dabei die Flüssigkeit, die sie gerade erst in ihr provisorisches Schnapsglas eingeschenkt hatte, und merkte es nicht einmal, da sie zum Absperrband schaute und schon beschwipst lallte. „Früher lag da Grillkohle, mit Motorenöl begossen, sodass es wie ein schwarzer Scheißhaufen aussah. Darunter fanden die Bullen das Blut und so weiter."

Marie hob die Hand, damit Gully nicht genauer beschrieb, was sie mit „und so weiter“ meinte. Zu wissen, dass keine sechs Schritte von ihr entfernt eine junge Frau brutal geschändet, misshandelt und umgebracht worden war, war schon schlimm genug. Dass es sich dabei um eine Siebzehnjährige handelte, die Marie gekannt hatte, wenn auch nur flüchtig, weckte in ihr ein unbekanntes Grausen. Angewidert wandte sie sich ab. „Wie ist das Kriminalkommissariat nach mehr als einem Jahr darauf gekommen, darunter nachzuschauen?“

„Vielleicht haben sie einen Tipp bekommen. He, nicht von mir, dass das klar ist!“ Gully schraubte die Flasche zu und packte den Hals mit beiden Händen, als wollte sie Marie damit schlagen, sollte sie etwas anderes behaupten. „Oder es hat bei denen endlich mal einer seinen Verstand eingeschaltet.“

Marie trat einige Schritte zurück. Etwas zerbrach unter ihren Schuhen. Kurz sah sie hinab, um ihren Blick sofort wieder auf Gully zu richten. Sie war auf eine Spritze getreten, in der noch die Nadel steckte. Blut klebte in der Kunststoffröhre. Angewidert rümpfte Marie ihre Nase.

„Die Göre wurde hier ermordet, na und? Plötzlich wollte keiner mehr in der Vokü essen. Der Fraß war fad, aber fast geschenkt. Jetzt ist der Schuppen zu und ich muss wieder Mülltonnen durchwühlen. Mit dem Zeug töte ich die Bakterien ab.“ Beiläufig deutete Gully auf den Korn. „Nicht mal die Penner wollen hier wohnen. Dabei kommt der Winter. Diese Idioten! Umso besser für mich. Das ist jetzt mein Reich, meins ganz alleine.“ Gullys Augen wurden mit einem Mal zu Schlitzen. „Warum stellst du so viele Fragen? Wer bist du?“

„Sie haben angefangen, von dem ermordeten Mädchen zu erzählen“, stellte Marie klar und versuchte, nicht ängstlich zu wirken. Am liebsten hätte sie diesen dahinsiechenden Ort verlassen, doch sie durfte nicht gehen, ohne eine weitere Brotkrume der Spur, die zu GeoGod führte, aufgespürt zu haben. „Ich bin nur hier, um jemanden zu finden. Meinen Onkel. Sein Bruder, mein Vater, liegt im Sterben und, also, er möchte ihn noch einmal sehen.“

Gully legte ihren Kopf schräg und runzelte argwöhnisch ihre Stirn.

Marie wusste, dass sie eine schlechte Lügnerin war, aber eine bessere Ausrede war ihr auf die Schnelle nicht eingefallen. „Ich habe ein Foto von ihm dabei. Das hätte ich nicht, wenn wir nicht verwandt wären, oder?“

Sie holte Julias Smartphone heraus, rief das letzte Foto auf, das das Mädchen geschossen hatte, und holte mithilfe des Touchscreens das Gesicht des Fremden, der im Hintergrund stand, so weit heran, dass Maik und Denis nicht mehr darauf zu sehen waren. Zusammen mit einem weiteren Euroschein hielt sie Gully das Display hin.

Die Hand der Obdachlosen zuckte so schnell nach vorne, dass Marie erschrak, doch sie entriss ihr nur das Geld. Ohne zu zögern steckte Gully es ein, drückte die Flasche zwischen ihre Brüste und wiegte hin und her. Doch ihre Miene verriet, dass sie noch immer angespannt war.

Marie erschauderte. Sie führte das auf die Kälte zurück, die der Abend mit sich brachte. An diesem Tag würde es früh dunkel werden, denn die Regenwolken hingen so tief, dass sie aufs Gemüt drückten.

„Das Foto", erinnerte sie Gully.

Sie befürchtete, dass die verwahrloste Frau bereits zu betrunken war. Außerdem war das Bild recht unscharf, nun, da sie es vergrößert hatte.

Doch als Gully auf das Telefon schaute, ihre Mundwinkel nach oben zog und triumphierend strahlte, wusste Marie, dass sie den Mann gefunden hatte.

„Das ist Schnapper. Er heißt so, weil der Scheißkerl alles einsteckt, was er kriegen kann: Taschenuhren, Geldbörsen, Schnaps, Essen, Kinder …"

17. KAPITEL

Maries Herz blieb fast stehen. „Wie meinen Sie das mit den Kindern?"

„Er hat kleinen Mädchen in die Unterhosen geguckt. Irgendwann reichte ihm das nicht mehr, und er hat nicht nur am Pfirsich gerochen, sondern ihn auch gepflückt." Gully grinste breit, als spräche sie von etwas Lustigem. „Dabei wurde er erwischt und ging in den Bau. Seitdem kriegt er kein Bein mehr auf den Boden und lebt in der Gosse."

Hatte er sich an Julia vergriffen? Sie war zwar schon siebzehn gewesen, hatte aber jünger ausgesehen. In dem Minirock und dem engen Oberteil hatte er in ihr vielleicht eine verführerische Lolita gesehen, ein blutjunges Mädchen, das sich sexy angezogen hatte, um älter zu wirken. Als sie nach dem Streit – mit Mike Schardt oder Maik und Denis oder Benjamin – die Party verließ, übernahmen seine kranken Triebe eventuell die Kontrolle über ihn und er war Julia gefolgt.

„Wo finde ich ihn?" Aufgebracht warf Marie das Mobiltelefon in ihre Handtasche. Sie war wütend und spürte das Verlangen, Schnapper schnellstmöglich zu stellen und zu befragen. Das erste Mal erfuhr sie am eigenen Leib, wie es sich anfühlte, wenn der Jagdinstinkt erwachte. Nun verstand sie noch besser, warum Daniel Polizist geworden war. Die Umgebung trat in den Hintergrund, sie konzentrierte sich auf Gully und spürte nur das Kribbeln in ihren Füßen, weil diese endlich losrennen und den Obdachlosen finden wollten. „Wo ist er?"

Das Lächeln verschwand aus Gullys Gesicht. Sie nahm wohl die Veränderung in Marie wahr, sichtlich überrascht darüber, dass das dünne Persönchen vor ihr, das bisher eingeschüchtert von der ungewohnten Umgebung war, plötzlich so selbstbewusst auftrat. Zögerlich zeigte sie über das leer stehende Verwaltungsgebäude der Speditionsfirma hinweg zu zwei Hochhäusern, die hinter dem Industriegebiet herausragten und die Grenze zum Wohngebiet darstellten. „Der Hausmeister dort hat Mitleid mit Schnapper. Der lässt ihn liegen, wenn er in irgendeiner Ecke schläft, solange sich keiner der Mieter beschwert, aber es wohnen eh nicht mehr viele da. Die haben nämlich Schimmel an den Wänden. Das habe ich auch, aber muss wenigstens nix bezahlen."

Mit diesen Worten verschwand Gully zwischen den Bäumen und mannshohen Sträuchern. Marie schaute ihr hinterher, sah aber nur, wie die Büsche hin und her wiegten.

Aufgeputscht machte sie sich auf den Weg. Sie stieg durch den Durchbruch in der Mauer auf das Nachbargrundstück, eilte über den Hof und trat durch den Eingang auf die Straße hinaus. Das Tor fehlte. Hinweise auf Vandalismus erkannte sie jedoch nicht. Es schien einfach aus den Angeln gehoben worden zu sein. Ob der ehemalige Besitzer alles, was nicht niet- und nagelfest war, mitgenommen hatte? Oder hatte der Insolvenzverwalter sogar die Pforte zu Geld gemacht, um die Schulden der Spedition zu tilgen?

Noch während sie darüber nachgrübelte, kam sie an den zwei Hochhäusern an. Sie waren absolut identisch und so eng aneinandergebaut, dass sie wie siamesische Zwillinge wirkten. Viele der Wohnungen waren nicht vermietet, was Marie daran erkannte, dass die Gardinen oder Jalousien an den Fenstern fehlten und in den Räumen hinter den schmutzigen Scheiben gähnende Leere herrschte. Trostlosigkeit lag über dem gesamten Viertel. Sie vermutete, dass das Industriegebiet und die angrenzenden Häuser über kurz oder lang abgerissen werden würden, um Platz für ein modernes, teures Wohnviertel zu schaffen, denn die Grundstücke in Rheinufernähe waren heiß begehrt. Was würde dann aus Gully werden?

Es dämmerte bereits. Die tief hängenden Regenwolken wurden immer schwärzer. Der Abend würde früh hereinbrechen. Marie ärgerte sich darüber, dass sie ausgeschlafen und erst nach dem Mittagessen in die City gegangen waren, um Benjamin neue Kleidung zu kaufen. Kurz überlegte sie, ob sie die Suche nach Schnapper am nächsten Tag fortsetzen sollte. Aber nachts würde sie ohnehin nicht schlafen können, denn ihre Eltern hatten ihr beigebracht, Dinge, die es zu erledigen gab, sofort anzugehen. Ein weiteres moralisches Familienerbe, das sie ständig unter Druck setzte, denn es gab immer etwas zu erledigen. Daniel beneidete sie darum, stets alles unter Kontrolle zu haben, wo er doch eher chaotisch veranlagt war. Wie konnte er auch wissen, dass sie aufgrund ebenjener gelobten Charaktereigenschaft ständig unter Strom stand? Man hatte sie schließlich gelehrt, äußerlich die Haltung zu wahren. Sie hatte kein Problem damit, Daniel ihre Liebe zu zeigen oder bei einem Film vor Rührung zu weinen. Negative Gefühle jedoch hielt sie unter Verschluss, weil sie dadurch verletzlich wurde.

Auch jetzt sah sie für einen der Mieter, der zufällig aus seinem Apartment auf die Straße schaute, wie eine ruhige, unauffällige junge Frau aus, die die Zwillingsgebäude betrachtete, zum Beispiel weil sie eine neue

Bleibe suchte. In diesem Fall nutzte sie dies als ihren Vorteil. Betont gelassen schlenderte sie umher und warf einen – schon weniger – unauffälligen Blick in den Unterstand für die Mülltonnen, doch Schnapper fand sie dort nicht.

Vielleicht saß er im Hauseingang. Es war zwar schon einige Zeit trocken geblieben, aber es drohte, erneut zu regnen. Er würde sich auf jeden Fall einen überdachten Schlafplatz gesucht haben.

Beim ersten Gebäude fand sie ihn nicht. Sie rüttelte an der Tür. Verschlossen. Ihr Herz pochte, als wollte es gegen die List protestieren, aber Marie klingelte dennoch hier und da, um hereingelassen zu werden und im Vorraum nachschauen zu können. Aber niemand öffnete ihr oder meldete sich über die Gegensprechanlage. Offenbar wollten die Bewohner in Ruhe gelassen werden. Vielleicht weil hier nur Gerichtsvollzieher und Drückerkolonnen klingelten.

Marie fühlte sich immer unwohler. Porz hatte seine schönen Ecken, diese Gegend zählte nicht dazu. Sie siechte dahin. Schnapper im Alleingang zu befragen war riskant. Sollte er sie angreifen, würde ihr niemand zu Hilfe kommen, da war sie sich sicher. Sie führte ihre Hand in ihre Umhängetasche und ließ sie dort, damit niemand mitbekam, dass sie ein Pfefferspray umschloss.

Innerlich aufgewühlt ging sie den Weg zurück, umrundete das Rasenstück, das sie vermuten ließ, dass dem Hausmeister nicht nur egal war, ob Schnappers Anwesenheit die Mieter störte, denn augenscheinlich sammelte sich der Müll im Vorgarten nicht erst seit heute. Sie bog in den Weg ein, der zum zweiten Hochhaus führte – und stoppte abrupt.

Drei Jugendliche hingen davor ab.

Sichtlich gelangweilt trat der fülligste Stück für Stück Putz von der Mauer ab. Ob er sein graues T-Shirt absichtlich zu groß gekauft hatte, damit es seinen Bauch verbarg? Die Naht auf seiner rechten Schulter löste sich auf, der Stoff hatte bereits ein Loch. Seine Haare hatte er so kurz rasiert, dass seine schneeweiße Kopfhaut hindurchleuchtete.

Der dünnste trug eine weiße Baseballmütze mit dem roten Werbeslogan eines Getränkeherstellers. Über seinen Ohren wies sie dunkle münzgroße Flecken auf; fettige Fingerabdrücke, die er hinterließ, wenn er das Werbegeschenk zurechtrückte. Er fischte einen Brief aus einem der Postkästen neben der Aluminiumtür, zündete ihn mithilfe eines Feuerzeugs an und warf ihn lachend wieder hinein. Rauch stieg daraus auf.

Am meisten Sorge bereitete Marie allerdings der Junge mit dem verwaschenen Totenkopf-Bandana. Unentwegt ließ er die Klinge eines Springmessers herausschießen. Dabei zuckte der Zigarettenstummel in seinem Mundwinkel jedes Mal.

Die drei bemerkten sie. Maries Puls beschleunigte sich. Die Kids sahen aus wie sechzehn, mochten aber auch erst vierzehn oder sogar schon achtzehn Jahre alt sein, das ließ sich heutzutage schwer einschätzen, fand sie. Jedenfalls signalisierten ihre Mienen Marie, dass es ratsamer war, den Rückzug anzutreten.

Als der Feuerteufel sie sah, strahlten seine Augen mit einem Mal. Schließlich wurden sie zu Schlitzen, er rückte seine Kappe zurecht und lächelte seine Kumpel boshaft an. Der mit dem Bandana sprang auf. Er stieß den Dicken, der ihn um einen Kopf überragte, an, und zeigte mit der Messerspitze auf Marie, worauf sein Freund auf den Weg spuckte.

Sie wagte kaum zu atmen, während sie rückwärtsging, betont langsam, um keine Kurzschlussreaktion zu provozieren. Die drei langweilten sich offenbar und sahen in ihr eine willkommene Abwechslung. Allerdings zweifelte Marie nicht, dass sie mit ihr spielen wollten wie eine Katze mit einer Maus. Sie musste hier weg! Schnapper war plötzlich egal.

Der Drang wegzurennen wurde immer stärker, aber ihre Glieder waren wie gelähmt. Sie konnte ihre Beine kaum dazu bringen, sich zu bewegen.

Ein Zischen war in ihrer unmittelbaren Nähe zu hören. Erst einige Sekunden später wurde ihr bewusst, dass sie auf den Auslöser des Pfeffersprays in ihrer Handtasche gedrückt hatte. Mit den Fingerknöcheln strich sie über das Futter, es war feucht. Mist! Immerhin funktionierte es noch. Es war ihre einzige Waffe. Lächerlich gegen drei Jugendliche, die genauso groß waren wie sie und ein Stellmesser besaßen.

Endlich schaffte sie es, sich abzuwenden. Sie eilte den Bürgersteig entlang, der zu ihrem Auto führte, doch der Weg zur ehemaligen Volksküche schien nun, da sie verfolgt wurde, viel länger zu sein als noch zuvor. Die Schritte hinter ihr machten sie nervös, denn das Klappern der Sohlen klang immer hastiger.

Ängstlich schaute Marie über ihre Schulter zurück. Der Junge mit der Kappe holte etwas Goldenes aus seiner Hosentasche und streifte es über seine Finger. Ein Schlagring!

Angsterfüllt lief Marie los. Sie kramte nach ihrem Schlüsselbund, dafür musste sie allerdings das Spray loslassen. Warum mussten Frauen immer den halben Hausstand mit sich tragen? Oder lag es an ihrer Furcht, dass sie das Bund nicht sofort fand, und als sie das endlich tat, ihn nicht zu fassen bekam? Als wäre es lebendig, zuckte es beim Laufen in ihrer Tasche hin und her und entzog sich ihr.

Plötzlich tauchte eine Jugendliche vor ihr auf. Sie war aus dem zweiten Hochhaus gekommen. Ihre Gesichtszüge waren jung, aber das starke Make-up machte sie älter, daher konnte Marie ihr Alter nicht schätzen. Sie hatte ein Hosenbein bis unter das Knie hochgeschoben, vielleicht damit man das Playboy-Emblem auf ihren Socken sah. Ihr Unterschenkel war breiter als Maries Oberschenkel. Obwohl sie korpulent war, trug sie ein hautenges pinkes Trägertop und darüber ein schwarzes Bolerojäckchen, das zwei Nummern zu klein war. Sie hatte ihre Augenbrauen wegrasiert und sie mit einem dunklen Kajal neu aufgemalt. „Was geht 'n hier ab?"

Lauf weg, wollte Marie schreien, weil sie befürchtete, dass die Jungs sich auch auf sie stürzen könnten, um sich ein wenig Spaß zu gönnen, doch der mit der Klinge kam ihr zuvor: „Halt die Schlampe auf. Die hat uns blöd angemacht."

„Die schuldet uns was." Der füllige Junge zeigte auf ihre Tasche.

Marie lag der Protest bereits auf der Zunge, doch sie schluckte ihn herunter, denn es machte keinen Sinn, mit ihnen zu diskutieren.

„Logo." Breitbeinig stellte sich das Mädchen ihr in den Weg, und zwar mitten auf die Straße, damit Marie auf keinen Fall an ihr vorbeikam. Sie schlug ihre Faust in die offene Hand, die Haut auf ihrer Nase kräuselte sich und sie grinste kampfeslustig.

Marie konnte kaum glauben, wie ihr geschah. Unschlüssig, wie sie darauf reagieren sollte, verlangsamte sie ihr Tempo. Umdrehen konnte sie nicht, da die drei Jungs ihr den Weg versperrten. Sie befürchtete jedoch, dass sie auch gegen die Jugendliche keine Chance hatte, allein schon weil sie so viel kräftiger als Marie gebaut war. Und wenn sie Marie erst einmal festhalten würde, waren ihre Kumpel schnell zur Stelle.

Ihre Eingeweide zogen sich zusammen. Sie war den vieren ausgeliefert! Die Straße war wie ausgestorben. Ein Gesicht erschien an einer der Scheiben. Neugierig schaute die Frau nach, was da unter ihrem Fenster vor sich ging. Als sie die Situation begriff, zog sie die Gardine vor. Marie hegte wenig Hoffnung, dass sie die Polizei alarmierte.

Vor der Einfahrt zur Tiefgarage blieb sie stehen. Sie keuchte, atemlos vor Furcht. Verzweifelt sah sie sich um. Ihr Nacken schmerzte vor Anspannung. Ihr Blick fiel auf die Gittertür neben dem Rolltor. Jemand hatte vergessen, den Durchgang zu schließen. Wenn Marie es schaffte, hindurchzuschlüpfen, bevor ihre vier Verfolger sie einholten, konnte sie den Eingang schließen und wäre vorerst in Sicherheit.

Ein gewagter Plan. Aber der einzige, der ihr spontan einfiel.

Ohne weiter zu zaudern, rannte sie hinab. Sie stolperte förmlich in die Garage hinein, denn der Asphalt hatte sich an einigen Stellen, vermutlich durch den Frost des letzten Winters, gehoben. Als sie die Tür zuwarf, fiel ihr die Handtasche hin. Sie hob sie auf und spürte beim Bücken das Pochen ihres Herzens noch intensiver. Es pulsierte bis in ihre Schläfen.

Verdutzt blieben die drei Jungen und das Mädchen zuerst oben an der Einfahrt stehen. Dann sahen sie, dass das Schloss nicht griff, und rannten wütend hinab.

Entsetzt riss Marie ihre Augen auf. Sie knallte die Tür erneut zu, aber auch diesmal rastete sie nicht ein. Der Schließmechanismus war defekt! Deshalb war sie offen gewesen, nicht weil jemand vergessen hatte, sie zu verriegeln.

Panisch zog sie sich tiefer in die Dunkelheit zurück. Das Deckenlicht schaltete sich nicht an. Noch etwas, das nicht funktionierte. Marie stöhnte entgeistert. Ob das der Grund war, weshalb nur wenige Autos in diesem Loch parkten? Oder konnten sich die meisten Mieter den Stellplatz nicht leisten?

Noch während sie nach ihrem Smartphone kramte, ging sie weiter. Die vier Jugendlichen konnte sie immer noch ausmachen, da sie sich vor der hellen Ausfahrt abzeichneten, doch sie selbst war längst in die Finsternis eingetaucht.

Einer nach dem anderen kamen sie durch die Tür.

So leise wie möglich bewegte sich Marie vorwärts. Es stank nach feuchten Socken, altem Urin und über allem lag ein süßlich moschusartiger Geruch.

Endlich legten sich ihre Finger um ihr Telefon. Sollte sie Daniel anrufen? Zu laut. Oder lieber die integrierte Taschenlampe nutzen, um zum Treppenhaus zu finden? Zu hell. Beides würde ihren Jägern verraten, wo sie sich befand. Aber sie musste etwas unternehmen!

Sie entschied sich für das Licht. Ein Telefonat würde ihr keine direkte Hilfe leisten. Bis Daniel oder einer seiner Kollegen bei ihr eintraf, würde sie bereits verprügelt, bestohlen und eventuell sogar vergewaltigt in der Ecke liegen.

Marie machte sich bereit. Kaum hatte sie die Lampe angeschaltet, lief sie auch schon los. Hektisch zuckte der Lichtkegel über die grauen Wände. Ihre Schritte hallten laut wider. Hinter ihr schrien die vier Jugendlichen auf.

„Da ist sie."

„Packt sie."

„Die mach ich fertig."

„Ich kriege ihre Stiefel, dass das klar ist!"

Maries Hals fühlte sich wie zugeschnürt an. Sie taumelte auf die Feuerschutztür zu, auf der das Zeichen für das Treppenhaus prangte. Beinahe stolperte sie vor Hast über ihre eigenen Füße. Sie prallte mit den Händen gegen den Stahl. Ein dumpfer Knall erklang, als das Spray in ihrer Linken dagegenstieß. Wie von Sinnen riss sie am Griff, doch nichts geschah. Durch ihre Furcht merkte sie erst jetzt, dass von außen keine Klinke, sondern nur ein Knauf angebracht war. Man kam nur mit einem Schlüssel hindurch, damit keine Fremden ins Haus gelangten. Fremde wie Marie.

„Scheiße", fluchte sie, was sie äußerst selten tat, und bekam sogleich ein schlechtes Gewissen. Die Rüge ihrer Mutter klingelte in ihrem Ohr. Ihre mahnenden Worte hatten sich so stark bei ihr eingebrannt, weil Irene Bast sie schon mal mit einem Schwall heißem Wasser über Maries Kinderarme bekräftigt hatte.

Die drei Jungs und das Mädchen kamen langsam auf sie zu, sich dessen bewusst, dass Marie in der Falle saß. Sie trommelten auf das Dach eines Autos, schrien Drohungen, die in der Tiefgarage dröhnten, sodass die vier Stimmen wie Hunderte klangen. Ein Crescendo des Terrors.

Plötzlich gewann die Panik in Marie die Oberhand. Aus einem Impuls heraus schoss sie nach vorne, schlug dem Mädchen ihre Tasche ins Gesicht und sprintete an ihr vorbei, bevor diese wusste, wie ihr geschah. Die Stimmen verstummten, dann erschütterte ein Kreischen die Garage.

„Die mach ich fertig", brüllte das Mädchen. „Gib mir dein Messer. Her damit!"

Zitternd tastete sich Marie tiefer ins Innere der Betonhöhle vor. Der Uringestank wurde penetrant, er brannte in der Nase. Doch dieser andere Geruch war weitaus schlimmer, er legte sich ekelhaft auf ihre

Zunge und bildete einen Film, den ihr Speichel nicht wegspülen konnte. Mehrmaliges Schlucken half auch nicht. Nun mischte sich der Duft von vergammeltem Fleisch darunter. Entweder hatte sich ein Hase oder ein Vogel hier herunter verirrt, hatte nicht wieder herausgefunden und war verendet, oder einer der Bewohner hatte in der Garage seinen Unrat entsorgt. Auch die Möglichkeit, dass die Jugendlichen an diesem einsamen Ort ein Tier gequält und getötet hatten, schloss Marie nicht aus.

Dennoch blieb ihr nichts anderes übrig, als sich weiter in die Dunkelheit zu flüchten. Sie traute sich nicht, die Handylampe noch einmal anzuschalten. Unter ihren Sohlen spürte sie etwas Weiches und blieb stehen. Stoff!

Als plötzlich, keine fünf Schritte von ihr entfernt, ein Feuerzeug angemacht wurde, zuckte Marie zusammen, als hätte neben ihr eine Bombe eingeschlagen. Der Junge mit der Baseballmütze grinste sie boshaft über die Flamme hinweg an. Das Licht spiegelte sich im Gold seines Schlagrings. Die Göre und der dickliche Jugendliche flankierten ihn. Offenbar hatte sich der Typ mit dem Bandana das Springmesser nicht abschwatzen lassen, wahrscheinlich um seine Führungsrolle nicht zu schwächen, denn er stand einen Schritt vor den anderen. Er war kleiner als seine Kumpel, machte aber einen gefährlicheren Eindruck. Mit säuerlicher Miene spuckte er seinen Zigarettenstummel in ihre Richtung.

Erschrocken wich Marie zurück. Ihre Füße stießen an etwas, doch da war es schon zu spät. Sie verlor das Gleichgewicht. Verzweifelt ruderte sie mit den Armen, aber es nutzte nichts. Wie ein Stein fiel sie zu Boden. Um den Aufprall abzufangen, ließ sie instinktiv Smartphone und Pfefferspray los und bereute es sogleich, denn sie verschwanden in der Finsternis.

Zu ihrer Überraschung kam Marie jedoch nicht auf dem harten Beton auf, sondern landete weich.

Ein Keuchen war zu hören. Genau unter ihr.

Sie war auf etwas draufgefallen. Den unrechtmäßig entsorgten Abfall? Einen Wäschehaufen, Altkleider vielleicht?

Marie drehte sich um – und schrie so laut, dass ihr die Trommelfelle von ihrem eigenen Schrei schmerzten. Der Mann unter ihr war eindeutig tot! Schockiert kroch sie von der Leiche, der Marie durch ihren Aufprall die verbliebene Luft aus den Lungen gepresst hatte, herunter. Ein feuchtes Geräusch war zu hören, dann roch sie Kot. Der Darm des Toten hatte sich durch den Druck ihres Gewichts geleert.

Das Feuerzeug ging aus. Kreischend liefen die Jugendlichen aus der Garage hinaus. Dann wurde es still.

Marie saß alleine in der Dunkelheit. Und würgte.

Die Schwärze schien an ihr zu zerren, schien sie ersticken zu wollen. Der Verwesungsgeruch war überwältigend. Sie hielt sich den Jackenärmel vor Mund und Nase, doch das half nur wenig. Bestimmt würde sie ihn nie wieder loswerden.

Bebend tastete sie nach dem Telefon und fand das Spray. Sie steckte es in ihre Handtasche, die an ihrer Schulter hing, ohne dass sie wusste, wie sie dahin gekommen war, nachdem sie das Mädchen geschlagen hatte.

Sie erhob sich mühsam. Schlotternd presste sie ihren Rücken gegen die Wand. Etwas knirschte unter ihrer rechten Sohle. Das Smartphone! Julias, um genau zu sein, denn sie hatte es in ihre Schutzhülle gesteckt, um den Aufkleber zu verbergen.

Sie griff es, zögerte, weil sie nicht sicher war, ob sie den Anblick noch einmal ertrug, und schaltete die Taschenlampe doch an. Weil sie das Licht brauchte, um diese dunkle Hölle zu verlassen. Und weil sie überprüfen musste, ob tatsächlich *er* es war.

Mit Grausen sah sie sich um. Hier musste Schnapper geschlafen haben, im hintersten Teil der Garage, die selten oder gar nicht genutzt wurde. Die wenigen Autos, die hier unten parkten, standen alle nah am Gittertor. Die Stellplätze im hinteren Bereich waren leer. Hier war es stickig, es roch modrig und nach Tod.

Langsam verlor sie die Kontrolle über sich. Ihr Körper zitterte so stark, dass der Lichtkegel über den Leichnam zuckte. Sie schluchzte, wandte sich ab, weil sie befürchtete, sich übergeben zu müssen, und schaute tapfer erneut hin.

Das war krank! Wie konnte ein menschliches Wesen einem anderen so etwas Schreckliches antun? Sie hoffte, dass er es wenigstens nicht mehr miterlebt hatte, aber die blutgetränkte Kleidung bewies das Gegenteil.

Angewidert betrachtete sie ihre Hände, ihre Kehrseite und ihr Hosenbein, aber sie waren sauber. Erst jetzt erkannte sie, dass das Blut des Mannes längst getrocknet war.

Sein Gesicht war aschfahl, seine Augen überzogen von einem milchig-grauen Film. Eine Fratze!, dachte sie und erschauderte. Die Totenstarre schien sich schon gelöst zu haben, aber Marie wagte nicht, ihn zu berühren, um festzustellen, ob sie mit ihrer Vermutung richtiglag.

Man hatte ihm den Mund zugenäht und Haken in seine Augenlider gebohrt, diese hochgezogen und die andere Seite an der Stirn befestigt, sodass es den Eindruck machte, als starre er in die Dunkelheit. Weitere Haken waren durch seine Wangen gestochen und seine Haut damit Richtung Hinterkopf zurückgezogen worden. Ein bizarres Facelifting.

Außerdem fehlten seine Füße.

Das Fleisch an den Stümpfen sah zerfranst aus, als wären sie abgesägt worden und der Täter hatte mehrmals ansetzen müssen. Marie leuchtete durch die Dunkelheit, sah die fehlenden Körperteile jedoch nirgends.

Grausam! Marie würgte bittere Galle hoch. War er es wirklich? Sie war sich nicht sicher, da er durch die verzerrte Mimik anders aussah, entstellt, als wäre die Ermordung nicht genug gewesen, sondern als beabsichtigte der Mörder nach seiner Ermordung, sich noch über ihn lustig zu machen, ihn zu entwürdigen, der Lächerlichkeit preiszugeben und seine Leiche zu schänden.

Marie war so durch den Wind, dass sie mehrere Anläufe benötigte, um Julias letztes Foto aufzurufen. Mit den Tränen kämpfend hielt sie es neben den Toten.

Ja, das war Schnapper. Obdachloser, Exknacki und verurteilter Kinderschänder. Nun war er selbst Opfer eines Verbrechens geworden. Hatte seine Ermordung etwas mit seiner krankhaften Lust zu tun? Hatte ein Elternteil eines der Kinder, an denen er sich vergangen hatte, späte Rache geübt? War er rückfällig geworden und hatten die Anwohner Selbstjustiz verübt? Oder lag das Motiv für die Tötung in der schicksalhaften Party vor dreizehn Monaten?

Immerhin war er schon der zweite Mann, der mit Julia dort gefeiert hatte und bestialisch umgebracht worden war. Was hatte das zu bedeuten? Was verband Mike Schardt, Julia Kranich und Schnapper? Hatte Benjamin, der ebenso wie der Stadtstreicher auf Julias letztem Foto zu sehen war, die beiden Männern gekannt?

Ben! Er durfte nicht mit ihnen in Verbindung gebracht werden, sonst stand er unweigerlich auf einer Liste: entweder der der Verdächtigen oder der der Todeskandidaten.

In Panik schaltete sie das Smartphone komplett aus, um ihn zu schützen. Erst als sie umgeben von Finsternis und Stille dastand, realisierte sie, dass sie das Telefon nie wieder würde aktivieren können, da sie weder die PIN noch die PUK-Nummer kannte.

Marie hatte das Gefühl, mit dieser Kurzschlussreaktion Benjamin keinen Gefallen getan zu haben.

18. KAPITEL

Alle im Polizeipräsidium nannten Vasili Papadopoulos nur „Papa" oder den „Goth", aber Daniel sagte respektvoll Vasili zu ihm, denn er hatte erkannt, was in ihm steckte.

Der untersetzte Achtundzwanzigjährige trug immer Schwarz, nicht etwa, um seine Leibesfülle zu verdecken, sondern als Ausdruck seiner Lebenseinstellung.

Den Ohrring, ein schwarzes Kreuz, gestand sein Vorgesetzter von der Abteilung Computer- und Internetkriminalität und Telekommunikationsüberwachung ihm noch zu. Aber dieses verklemmte Arschloch zwang ihn, selbst bei dreißig Grad Hemden und T-Shirts mit langen Ärmeln zu tragen. Andere Vorgesetzte drückten bei der Umsetzung der Dienstanweisung des Innenministeriums, die besagte, dass Tätowierungen im Dienst nicht sichtbar sein dürfen, schon mal ein Auge zu. Vasili jedoch musste selbst im Präsidium, wenn ihn ausschließlich Kollegen zu Gesicht bekamen, die Tattoos, die seinen linken Arm von der Schulter bis hinab zum Handgelenk zierten, verdecken. Ein Gräberhügel, bleiche Frauen mit Todessehnsucht in den Augen und ein weinender Engel mit ausgerissenen Flügeln passten seiner Meinung nach nicht zu der Aufgabe, Mörder, Pädophile und Betrüger im Internet aufzuspüren.

Wie Vasili einmal zu Daniel gemeint hatte, fühlte sich der junge Deutsch-Grieche der Schwarzen Szene zugehörig. Er interessierte sich aber auch fürs Mittelalter, für LARPs und MMORPGs und fand auch den Einfluss von Steampunk und Cyberkultur auf die Gothic-Szene spannend – was bewies, dass er weitaus toleranter war als sein Chef.

Er hatte ihm ein Foto von sich gezeigt, das Daniel nun, da er neben ihm saß und sich von ihm seine Tätigkeit erklären ließ, wieder vor sich sah. Es war auf dem letzten *Wave-Gotik-Treffen*, das an jedem Pfingstwochenende in Leipzig stattfand, aufgenommen worden.

Daniel hatte ihn darauf kaum wiedererkannt. Vasili, der normalerweise sein schulterlanges Kraushaar mit einem Lederband im Nacken zusammengebunden trug, hatte es an dem Tag auftoupiert gehabt. Die Mähne umrahmte sein weiß geschminktes Gesicht und ließ es noch blasser wirken. Kunstvoll aufgemalte Ornamente zierten seine Stirn. Eine Gliederkette verband sein Nasenpiercing mit seinem Ohrring und ein Rosenkranz hing um seinen Hals.

Mit stolzer Haltung – seine zahlreich beringten Finger am Revers seines Samt-Fracks, das Kinn erhoben und die Schultern gestrafft – präsentierte er sich der Kamera und wirkte auf Daniel wie jemand, der eine Gruppe leiten konnte, ein charismatischer Anführer, gleichermaßen selbstbewusst und gütig. Das war der wirkliche Vasili Papadopoulos, sein wahres Ich, nicht der Computer-Nerd, der immer freundlich, aber zurückhaltend war.

Auf dem Schnappschuss hatten Cyberlox, so neongrün wie seine Kontaktlinsen, aus seinem Schopf geragt, was Daniel an die Predator-Filme erinnerte. Im Hintergrund war Kleidung zu erkennen, darüber das Emblem des WGT an der Wand. Vasili hatte offenbar in einem Shop gestanden und Accessoires ausprobiert.

Daniel mochte ihn und konnte sich gut vorstellen, mit ihm zusammenzuarbeiten – allerdings nicht im KK 35. Den ganzen Vormittag auf einen Computer zu starren machte ihn krank! Er fühlte sich an den Schreibtisch gekettet, als wäre er der Verbrecher. Und das alles nur, um wieder einen Fuß in die Tür zu bekommen, denn er hatte keineswegs vor, hier zu versauern. Aber der Leiter der Direktion Kriminalität Christian Voigt wollte ihn nicht zurück ins KK 11 lassen, daher hatte er sich auf diesen vermeintlichen Kompromiss eingelassen.

In Wahrheit plante er, sich über diesen Umweg in *seine* Abteilung zurückzuschleichen. Außerdem musste er privat an die Polizeidatenbank herankommen.

Daniel war froh, als sein Handy klingelte. Er hatte schon vor Minuten aufgehört, Vasilis Ausführungen zu Computerbetrug und -sabotage, Datenveränderung, Hacker-Tools, dem Ausspähen und Abfangen von Daten, der Verbreitung pornografischer Schriften im Internet, Urheberrechtsverletzungen, Waren-, Leistungs- und Kreditbetrug und sonstigen Straftaten zu folgen. Das alles war zweifelsohne wichtig und er bewunderte Vasili für sein Sitzfleisch, aber ihn selbst interessierte dieser ganze Kram nicht die Bohne. Er brauchte Menschen um sich herum, keine Maschinen, Ermittlungen vor Ort, Sonnenlicht statt Deckenlampen, Gespräche mit Zeugen und Kollegen, keine Flut von E-Mails – eine lebendigere Arbeit, auch wenn das in Bezug Tötungsdelikte makaber klang. Es war schlimm genug gewesen, Berichte zu schreiben. Jetzt ließ Voigt ihn gar nicht mehr aus dem Gebäude. Schuld daran war nur diese Krüppel-Harley.

Daniel widerstand dem Drang, seinem Rolli einen leichten Schlag zu verpassen und nahm stattdessen sein Handy aus der Tasche. Das Display zeigte Maries Nummer an. „Hallo, Schatz", meldete er sich bemüht positiv.

„Ich hole uns Kaffee." Vasili erhob sich und verließ diskret und für seinen Körperumfang sehr leise sein eigenes Büro.

Daniel nickte ihm dankbar zu. Dann war er allein in dem kleinen Raum.

„Hast du schon etwas herausgefunden?", fragte Marie.

Im Hintergrund hörte er die Geräusche von Zügen und Autoverkehr. Sie musste den Musical Dome verlassen haben, um ungestört zu telefonieren.

„Ich bin gerade erst eine Stunde in Kalk und unter ständiger Aufsicht." Außer jetzt, wurde ihm klar. Er setzte sich aufrechter hin und zog die Tastatur näher zu sich heran. „Moment. Ab sofort sprechen wir wieder offen miteinander. Keine Alleingänge mehr, einverstanden?"

Daniel war sauer auf sie gewesen, nicht nur weil sie sich einem hohen Risiko ausgesetzt hatte, sondern auch weil sie ihm nicht einmal Bescheid gegeben hatte, wo sie war und was sie vorhatte. Die vier Jugendlichen hätten sie zusammenschlagen können. Nicht auszudenken, was passiert wäre, wenn sie Schnappers Mörder auf frischer Tat ertappt hätte. In der dunklen Garage. Allein auf sich gestellt.

Aber Daniel machte ihr keinen Vorwurf, schließlich hatte er zurzeit zu viel mit sich selbst zu tun. Erst nachdem sie aus Porz zurückgekehrt war und der Schock von ihr abgefallen war, hatten sie sich ausgesprochen. Dabei hatte er ihr gestanden, dass er seinen alten Job nun doch zurückhaben wollte. Wenn man ihn allerdings nicht zu den Mordkommissionen zurückließ, wusste er nicht, was aus ihm werden sollte. Eine andere Arbeit kam für ihn nicht infrage, da blieb er stur!

„Das gilt für uns beide", sagte sie in dieser trockenen, unnachgiebigen Art, die er so an ihr schätzte. Sie war eine wundervoll gefühlvolle Frau und ließ ihm dennoch nicht alle Flausen durchgehen.

„Ja, sicher." Er rief die digitale Kriminalakte von Günther Lenz auf, wie Schnapper mit bürgerlichem Namen hieß, so viel hatte er immerhin schon herausgefunden.

„Dann haben wir einen Deal." Sie nieste zwei Mal und er wünschte ihr Gesundheit. „Danke. Ab sofort arbeiten wir zusammen."

Ein Sherlock Holmes im Krankenkassen-Chopper und ein weiblicher Watson, kam ihm in den Sinn. Er schmunzelte in sich hinein.

Konnte solch ein komisches Team erfolgreich sein? „Abgemacht."

„Ich liebe dich."

Daniel hielt die Luft an, überrascht, obwohl sie sich das früher oft gesagt hatten, und antwortete: „Ich dich auch", verärgert über sein Zögern. Es war nicht so, dass er nichts mehr für Marie empfand, sondern er war unsicher, ob es fair war, sie weiterhin an sich zu binden. Er konnte ihr nichts mehr bieten, vielmehr war er ein Klotz an ihrem hübschen Bein und sie war doch so zierlich. Sie sollte nicht unter seiner Last zerbrechen!

Ohne ihn hatte sie schon genug Probleme. Um Ben zu schützen und Julias Smartphone nicht abgeben zu müssen, hatte Marie den Tatort in der Garage verlassen und eine Weile beobachtet, in der Hoffnung, die Jugendlichen würden die Polizei verständigen. Doch das taten sie nicht, sodass Marie der Polizeiinspektion Südost in einem anonymen Anruf einen Hinweis gegeben hatte. Im Nachhinein war Daniel froh darüber, dass sie es selbst hatte tun müssen, denn die Kids hätten Marie verraten.

Manchmal wünschte er sich jedoch, dass Maries Recherchen aufflogen. Allein der Gedanke fühlte sich gemein und hinterhältig an. Aber vielleicht konnte ein großer Knall Benjamin retten. Falls er unschuldig war, zog sich GeoGod vermutlich zurück, damit die Polizei ihm nicht auf die Schliche kam. War er jedoch schuldig, würde er endlich mit der Wahrheit herausrücken müssen und bekam eine Chance, seine Weste wieder reinzuwaschen, selbst wenn das Geständnis Gefängnis für ihn bedeutete.

Momentan stürzte die Welt über Ben zusammen und begrub ihn Stein für Stein. Irgendwann würde er unter dem Haufen nicht mehr herauskriechen können. Wenn es so weit gekommen war, würde nicht einmal mehr Daniel ihm helfen können.

Außerdem brachten Maries Recherchen Daniel in einen Gewissenskonflikt. Er hielt Informationen zurück, die er eigentlich sofort an seine Kollegen weiterleiten sollte. Verdammt, er war ein Bulle! Aber er schwieg – für Marie, für Ben und auch ein wenig aus Rache, weil man ihn aus seiner zweiten Heimat, dem Kriminalkommissariat 11, verbannt hatte.

Aber verlor er nicht bereits an Biss? War er nicht längst aus der Übung? Hatte sein Kopf beim Sturz vom Kletterparcours an der Talbrücke doch gelitten?

Er sah die Puzzlesteine – den Mord an Julia, den Schnappschuss von dem Streetworker, mit dem sie sich vorher gestritten hatte, ihr letztes Foto, das Maik, Denis, Schnapper und Bens Hand zeigte, die Ermordungen und Verstümmelungen von Mike Schardt und Günther Lenz, und GeoGod, der Duplikate von der aufreizenden Kleidung, die Julia bei ihrer Tötung getragen hatte, in seine Caches legte –, aber es formte sich kein Gesamtbild.

Wo war die Verbindung? Gab es vielleicht gar keine? Welche Spuren waren wichtig und welche waren irrelevant, um die Bluttat an Julia aufzuklären? Gab es überhaupt einen Zusammenhang oder handelte es sich nicht vielmehr um Einzelverbrechen, die nichts miteinander zu tun hatten?

„Hast du etwas gefunden?“, holte Marie ihn aus seinen Grübeleien heraus.

„Ich habe Günther Lenz’ Kriminalakte vor mir. Du weißt ja, dass er ein verurteilter Kinderschänder ist. Er könnte auch aus Rache von einem Elternteil ermordet worden sein oder vom Mob gelyncht.“

Sie trank, verschluckte sich und hustete. „Der Gedanke kam mir auch schon.“

„Jedenfalls handelt es sich bei ihm nicht um GeoGod.“ Schon als Daniel sein Foto auf dem Bildschirm sah, konnte er ausschließen, dass es sich bei ihm um Benjamins Plagegeist handelte. Der Patron war jemand mit einem großen Ego. Er hielt sich für überlegen, vermutlich nicht nur beim Geocaching, sondern im Leben allgemein, und er manipulierte gerne, wahrscheinlich aber nur Schwächere.

Schnapper dagegen lebte auf der Straße und hatte jeglichen Halt verloren. Er besaß bestimmt nicht das Geld, um regelmäßig ein Internetcafé aufzusuchen. Auf dem Bild erweckte er mit seiner schlaffen Gesichtshaut den Anschein, als hätte die Haftstrafe ihm jegliche Kraft geraubt.

Während Michael Schardt nach der Vollzugsanstalt sein Leben geändert hatte, war Schnapper nach der Entlassung sozial abgerutscht. Mike, wie passte er ins Bild? Es war denkbar, dass der Stadtstreicher ihn durch eine Sozialeinrichtung gekannt hatte. Traf das etwa auch auf GeoGod zu?

Lenz’ Blick war der eines Opfers. Ihm fehlten die Aggression und das Selbstbewusstsein des Patrons. Ob dieser sich so weit im Zaum hatte, dass er seinen Zorn verbergen konnte? Psychopathen waren oft ausgezeichnete Schauspieler.

„Hat Schnapper Kinder?“, fragte Marie, begleitet von einem Rascheln. Sie biss von etwas ab, vielleicht einem Brötchen, und kaute genüsslich.

Daniel las die Zeilen hier und da und schaute zwischendurch immer wieder zur geschlossenen Bürotür. Wahrscheinlich ließ sich Vasili absichtlich Zeit, damit er in Ruhe telefonieren konnte. „Einen Sohn und eine Tochter.“

Rasch überflog er den Obduktionsbericht. Lenz wurde so lange verprügelt, bis er nahezu bewusstlos gewesen sein musste. Sein Mörder sägte ihm daraufhin beide Füße ab, zog mit den Haken die Gesichtshaut zurück und schaute vermutlich zu, wie der Stadtstreicher verblutete. Dass er bis zum letzten Atemzug bei Schnapper geblieben war, stand für Daniel fest, denn der Täter musste sichergehen, dass sein Opfer nicht überlebte.

Abgebrüht und kaltblütig!

Daniel vermutete, dass der Mörder sogar eine gewisse Genugtuung daraus zog, den Todeskampf zu beobachten. Vielleicht geilte er sich sogar daran auf. Auf jeden Fall genoss er es, sonst hätte er keinen Wert darauf gelegt, dass der Tod langsam eintrat. Wäre es dem Mörder nur darum gegangen, den Obdachlosen umzubringen, hätte er ihm die Kehle durchgeschnitten oder ihn erschossen. Aber er hatte ihn lange leiden lassen.

Das war ein wichtiger Hinweis, ein sehr wichtiger! Er zeigte Daniel, dass das Verbrechen persönlich gewesen war, ebenso wie die Verunstaltung von Lenz’ Gesicht.

Plötzlich fühlte er sich an den Brandanschlag auf die Wohnung der Mannteufels erinnert. Ben hatte ausgesagt, der Bogenschütze hätte ihn anvisiert, aber die Sehne nicht losgelassen, als wäre sein Ziel nicht, den Jungen oder seine Mutter umzubringen, sondern Angst und Schrecken zu verbreiten.

Der Gerichtsmediziner gab an, dass Günther Lenz bereits zwei bis drei Tage tot gewesen sein musste, bevor er – von Marie – gefunden worden war. Die Totenstarre hatte sich bereits gelöst, was üblicherweise nach vierundzwanzig bis achtundvierzig Stunden geschah, und die Maden auf und im Leichnam befanden sich bereits im zweiten Stadium ihrer Entwicklung, wofür sie um die drei Tage brauchten. Eine Analyse von Fundortmerkmalen, Bekleidung, Rektal- und Umgebungstemperatur, Körpergewicht und vorherrschender Feuchtigkeit untermauerte diesen Richtwert.

Zeugen gab es keine. Niemand der Anwohner wollte etwas Verdächtiges gehört oder gesehen haben. Den Verwesungsgeruch hatte angeblich keiner bemerkt, da es in der Tiefgarage immer stank. Zudem war bekannt, dass Schnapper ab und zu im hinteren Bereich schlief, daher hielten sich alle, die einen Stellplatz für ihr Auto angemietet hatten, von dort fern. Es konnten sich ohnehin nur wenige Bewohner einen Parkplatz dort unten leisten und die Deckenlampe funktionierte wohl schon seit Monaten nicht mehr.

Daniel schnaubte. Die Ballungsgebiete nahmen zu und die Menschen in Großstädten wie Köln rückten näher zusammen, wussten aber immer weniger über ihren Nachbarn. Jeder kümmerte sich nur noch um seinen eigenen Mist.

„Und Michael Schardt? Hat der Streetworker auch Nachwuchs?"

„Ich schau kurz nach." Daniel suchte die Fallakte und überflog die Personaldaten. „Ja, ein Mädchen. Seine Frau ist Britin."

„Vielleicht haben die Kinder von Lenz und Schardt mit GeoGod gespielt und die Schatzkisten nicht gefunden, worauf er ihre Väter tötete", mutmaßte Marie.

„Schon möglich. Aber was hat Julia damit zu tun? Sollte sie sich mit dem Patron eingelassen und sein krankes Spiel verloren haben", was über kurz oder lang immer passierte, davon ging Daniel aus, „hätten ihre Eltern doch dafür bezahlen müssen und nicht sie selbst."

„Frau Kranich war nicht auf der Beerdigung." Marie brauchte ihre Befürchtung nicht auszusprechen, Daniel verstand auch so, worauf sie hinauswollte. Möglicherweise tötete GeoGod zuerst ein Elternteil und dann den Spieler selbst.

„Wo ist Ben jetzt?" Plötzlich machte er sich große Sorgen um Maries Cousin. Seine Eltern lebten zwar noch, aber auf Heide Mannteufel waren schon zwei Mordanschläge verübt worden.

„Ausnahmsweise mal in der Schule."

„Wir sollten jemanden engagieren, der ihn im Auge behält. Ich kenne einen Privatdetektiv."

„Und was ist, wenn Benjamin …" Marie stockte. „Was ist, wenn dieser Bekannte von dir dabei zufällig etwas herausfindet, das Ben belastet?"

Auf dem Gang waren Männerstimmen zu hören. Daniel lauschte angestrengt, doch Vasili war nicht darunter. Nachdenklich kraulte er seinen gestutzten Bart. „Alle Spuren führen zu Julia. Ob eine der Personen allerdings etwas mit ihrer Ermordung zu tun hat, steht auf einem anderen Blatt. Sicher scheint jedenfalls, dass Schardt und Lenz ein und demselben Täter zum Opfer gefallen sind, denn beiden wurden Gliedmaßen abgetrennt und etwas in ihren Gesichtern verändert." Als wollte der Mörder sie entstellen. Oder ihr wahres Ich zeigen.

Er wechselte zwischen den Akten hin und her, schaute sich diesen und jenen Vermerk an und stockte. Plötzlich fiel ihm ein Eintrag ins Auge – der in beiden stand. „Sie saßen beide in Ossendorf ein!"

„In der JVA Köln?" Das Klappern von Maries Schuhen begleitete ihre Worte, wahrscheinlich ging sie zum Musical Dome zurück.

In der Justizvollzugsanstalt verbüßten seit 1969 Männer, Frauen und Jugendliche in neunhundertsechzehn Einzel- und dreiundfünfzig Dreierzellen ihre Haftstrafen. Es war durchaus denkbar, dass sich Mike und Schnapper eine Zelle geteilt hatten oder sich in den Spazierhöfen, den Hobbyräumen oder den Werkstätten begegnet waren. Waren sie dort jemandem auf die Füße getreten?

Neunzig Prozent der Tötungsdelikte waren Beziehungstaten. Habgier, Rache und Eifersucht waren die häufigsten Motive für Mord. Was traf auf Schnapper zu, was auf Schardt und was auf Julia?

„Ja, aber für gewöhnlich haben Kinderschänder keinen guten Stand bei den Mitgefangenen." Daniel schaute auf die Zwischentür, denn im Nebenbüro wurde laut gelacht. „Es gibt vieles, was ich klären und erst noch herausfinden muss. Das braucht seine Zeit, weil ich selten alleine im Büro bin."

„Kann ich in der Zwischenzeit etwas tun?"

„Auf keinen Fall!"

„'Kay."

Das klang wenig überzeugend für ihn. „Marie!"

„Ich sagte: Okay."

„Wenn du Zugeständnisse flapsig aussprichst, meinst du sie nicht ernst." Durch ihr Kichern bekam er eine Gänsehaut, die sich über seinen gesamten Brustkorb erstreckte. Seine Nippel zogen sich vor Erregung zusammen, ganz tot war seine Libido also doch noch nicht. Wahrscheinlich sollte er Marie wirklich freigeben, damit sie einen Mann fand, der diese Bezeichnung auch verdiente. Aber sie tat ihm so gut. Wie sollte er es übers Herz bringen, sie wegzustoßen? Unter keinen Umständen wollte er ihr wehtun. Außerdem konnte er sich nicht vorstellen, ohne sie zu leben. Noch viel mehr als seinen Job beim KK 11 brauchte er doch sie!

„Du kennst mich einfach zu gut, Daniel“, antwortete sie mit einem Lächeln in der Stimme.

„Zucker!“, rief plötzlich jemand.

Ertappt zuckte Daniel zusammen. Sein Puls beschleunigte sich. Er war so sehr darin vertieft gewesen, alle möglichen Theorien durchzugehen, dass er nicht mitbekommen hatte, wie die Tür geöffnet worden war.

Hatte er soeben seine Chance verspielt, jemals wieder bei der Polizei zu arbeiten, weil er die Datenbanken privat genutzt hatte?

19. KAPITEL

Tomasz stellte sich breitbeinig im Eingang hin, als wollte er ihn zum Duell auffordern, die Zigarettenpackung in der Hand wie ein Schießeisen.

„Ich muss Schluss machen“, sagte er zur Marie, während sich sein Herzschlag langsam wieder beruhigte, und legte auf. Rasch loggte er sich aus der Datenbank aus und setzte, geübt durch unzählige Befragungen, sein Pokerface auf, als hätte er nicht eben außeramtliche Nachforschungen angestellt.

„Du solltest deine Arme beim Dienstsport trainieren, wenn sie deinen Rollstuhl nicht einmal mehr bis in die richtige Abteilung schieben können, Herr Kriminalhauptkommissar.“

„Mit denen schaffe ich es sogar einmal komplett über den Kölner Ring.“ Daniel hob beide Hände, um seinem Freund und ehemaligen Kollegen seine neueste Errungenschaft zu zeigen: schwarze Halbfinger-Rollstuhlhandschuhe aus weichem Leder mit verstärkter Daumenumgebung, Polsterung an den Innenflächen und Klettverschluss. Er hatte sich bisher gegen jegliche Hilfsmittel gewehrt, weil er dachte, er würde sich dadurch nur noch schwächer fühlen, doch eigentlich sahen sie recht cool aus und er kam schneller voran. Außerdem versteckte er darunter etwas vor Marie.

„Und warum sitzt du dann bei *Papa*?“

„Direktor Voigt will sich dafür einsetzen, dass ich wieder in der Direktion Kriminalität und nicht im Direktionsbüro für zentrale Aufgaben eingesetzt werde. Er meint, das wäre Verschwendung. Aber das KK 11 soll ich mir abschminken.“ Murrend schob Daniel seinen Rolli so, dass er in Richtung Ausgang saß und seinen Freund direkt ansehen konnte. „Heute schaue ich mir mal für einige Stunden das KK 35 an, aber mir tut jetzt schon der Arsch weh.“

Tomasz warf die Zigaretten hoch und fing sie geschickt mit einer Hand auf. „Aber du spürst da unten doch gar nichts mehr.“

Jeder andere Kollege hätte aus Taktgefühl geschwiegen, nicht so Tom, und genau deshalb hatte er bei Daniel ein Stein im Brett. „Zeigt das nicht erst recht, wie schlecht es mir hier drinnen geht? Phantomschmerzen! Ich fühle mich eingesperrt. Ich bin nicht dafür geschaffen, den ganzen Tag im Präsidium zu hocken.“

Unentwegt drehte Tomasz die Packung zwischen seinen Finger hin und her. „Mittagessen um eins in der Kantine?"

„Wenn nichts dazwischenkommt." Daniel hatte dann ohnehin Feierabend, da er aus arbeitsrechtlichen Gründen stundenweise wieder eingegliedert werden musste, was auch auf das Probearbeiten zutraf.

Tom lächelte ironisch. „Du weißt ja, wie es ist."

„Es kommt immer etwas dazwischen." Sobald man Pause machen wollte, kam ein neuer Anruf rein, dass eine Leiche gefunden wurde. Immerhin gab es im Verantwortungsbereich des Kölner Polizeipräsidiums um die tausendfünfhundert Todesfälle jährlich, das machte vier bis fünf Leichen am Tag. Diese waren nicht alle Opfer von Bluttaten, sondern darunter fielen auch Selbstmorde und natürliche Todesursachen, wie das Ableben durch Altersschwäche. Aber selbst in diesen Fällen rückten Mitarbeiter des Kriminalkommissariats für Tötungsdelikte aus, um Fremdeinwirken auszuschließen.

„Also um eins im Foyer." Tom zwinkerte, wandte sich ab und blieb auf dem Korridor noch einmal stehen. „Übrigens, danke für den Tipp, auf dem Gelände der ehemaligen Spedition unter der Grillkohle und dem Motorenöl nachzuschauen. Dort fanden wir tatsächlich noch Hinweise darauf, dass Julia Kranich an dieser Stelle umgebracht wurde."

Daniel nickte zwar, freute sich jedoch nicht darüber, schließlich ging es um ein brutales Verbrechen. Während er seinem Freund hinterherschaute, war er gedanklich schon wieder bei Schardt und Lenz.

Dem Streetworker und dem Obdachlosen war genauso Gewalt angetan worden wie Julia, allerdings war der Täter bei den Männern gezielt vorgegangen. Bei dem Mädchen dagegen schien es blinde Wut gewesen zu sein, die sich bis zum Äußersten gesteigert hatte.

War die Siebzehnjährige das erste Opfer eines Psychopathen gewesen, eher zufällig, und ihre Tötung nicht geplant? Hatte dem Mörder gefallen, Macht über einen Menschen zu besitzen, ihn leiden zu lassen und ihm am Ende das Leben zu nehmen? Waren durch den Adrenalinschub alle Dämme gebrochen und seine Gewaltfantasien endlich real geworden, worauf er den Kick wiederholen wollte … musste, sodass er sich weitere Opfer gesucht hatte?

War Julia der Auslöser für einen Serienkiller gewesen? Womöglich hatte er in den Monaten darauf seine Foltermethoden verfeinert und sie bei den Männern angewandt. Die Hände von Mike wurden nicht am Tatort gefunden, genauso wenig wie die Füße von Schnapper. Waren die Gliedmaßen Trophäen?

Vasili kehrte mit zwei Bechern zurück. Verständnisvoll lächelnd stellte er sie auf dem Schreibtisch ab, setzte sich neben ihn und rückte seinen Stuhl heran.

„Danke." Daniel griff nach dem Kaffee, nippte daran und stellte ihn ab, weil er noch zu heiß war.

„Das Koffein wirst du brauchen, dein Kopf raucht jetzt schon."

Aber nicht von den Informationen, die Vasili ihm bisher über die Arbeit in der Unterabteilung der Kriminalinspektion 3 mitgeteilt hatte.

Daniel schob seinen Rollstuhl dicht an den Schreibtisch heran und tat so, als würde er Vasilis Ausführungen lauschen, dabei hörte er gar nicht zu. Er gab sich noch nicht einmal Mühe, ihm zu folgen, sondern konnte nur noch an den Patron denken.

War GeoGod der Serienkiller?

Möglich, dachte Daniel. Immerhin war mehr als ein Jahr seit Julias Ermordung vergangen. In dieser Zeitspanne mochte der Patron, dessen Verhalten psychopathische Züge aufwies, den Ablauf seiner Morde, ein Ritual, entwickelt haben. Vielleicht hatte er am Anfang seine Mordopfer versteckt und die Polizei hatte sie deshalb nicht gefunden. Oder sie waren gefunden worden, aber man hatte keinen Zusammenhang erkannt, da die Tötungsweise noch nicht signifikant genug gewesen war. Das musste Daniel noch überprüfen.

Wie so vieles. Innerlich fluchte er. Wenn er doch nur an seinem alten Arbeitsplatz zurück wäre.

Während er geistesabwesend nickte, als würde er Vasili zuhören, spann er seine Theorien weiter.

Die Geocaching-Spieler mochten entweder tot sein oder schwiegen aus Angst, das kranke Schwein könnte ihnen auch noch das zweite Elternteil nehmen. Vielleicht ließ er seine Opfer inzwischen einfach liegen, weil es ihn ermutigte, dass man ihm bisher noch nicht auf die Schliche gekommen war. Aus Überheblichkeit. Oder weil er wollte, dass sie entdeckt werden, damit man seine Macht anerkannte. Würde er sich bald an die Presse wenden, um noch mehr Aufmerksamkeit zu bekommen?

Ein Detail passte jedoch nicht: Schnapper, ein Obdachloser, würde wohl kaum Geocaching gespielt haben. Aber unter Umständen seine Tochter oder sein Sohn oder beide: Sie ließen sich womöglich mit GeoGod ein, dieser arrangierte, dass sie irgendwann die Schätze nicht mehr fanden, und verletzte ein Elternteil, tötete es später sogar und knöpfte sich schlussendlich den Spieler selbst vor. Währenddessen erregte er sich am Leid der Familie und malte sich immer wieder das große Finale aus, bis er sich nicht mehr zurückhalten konnte und die Kontrolle über seine Mordlust verlor.

Die ersten beiden Phasen hatte Benjamin bereits durchlaufen. Stöhnend rieb sich Daniel durchs Gesicht. Würden sie Ben bald gefoltert und ermordet auffinden?

„Du hörst mir gar nicht zu.“ Als Papa mit der flachen Hand auf den Tisch schlug, zuckte Daniel zusammen. „Was beschäftigt dich, Mann?“

Er zauderte. Konnte er dem Goth vertrauen? Wie viel durfte er von den Problemen, die seine Familie immer öfter mit dem Tod konfrontierten, preisgeben, ohne sein Misstrauen zu wecken? „Ich brauche deine Hilfe. Kannst du mir einen Gefallen tun?“

„Warum sollte ich?“

„Ich lass dich mal mit meiner Krüppel-Harley fahren.“

„Danke, aber ich habe schon ein Handicap: ein Bulle, der den Tod romantisiert. Kommt beim Chef nicht gerade gut an.“ Vasili schob den Ärmel seines schwarzen Hemdes hoch und legte seine Tattoos frei. „Mir schwebt ein anderer Deal mit dir vor.“

„Oh, oh“, machte Daniel und drehte den Oberkörper zu ihm. Er legte seinen Arm auf die Rückenlehne seines Choppers, wartete auf eine Erklärung und tippte ungeduldig mit dem Zeigefinger gegen seinen Mund.

Vasili schob den Ärmel wieder herunter. „Gib dem Kriminalkommissariat 35 eine Chance. Das ist alles, was ich will.“

Um Zeit zu gewinnen, trank Daniel an seinem Kaffee. Er verbrannte sich die Zunge und sog scharf die Luft zwischen seinen Zähnen ein. Er freute sich über jeden Körperteil, den er noch spürte, aber auf Schmerzen konnte er verzichten.

„Ich weiß, du wärst lieber bei deinen alten Kollegen, aber so übel ist es bei uns gar nicht“, fuhr Vasili fort. „Die wenigen Außeneinsätze würden wir übernehmen. Du brauchst deine Beine nicht zu benutzen, sondern nur deinen Kopf.“

„Und was ist mit meinem Herz?“ Die Worte waren über Daniels Lippen gekommen, bevor er darüber nachgedacht hatte. Nun bereute er sie, nicht nur, weil er Vasili damit eine Abfuhr erteilte, sondern auch weil ein Kerl wie er ungerne über Gefühle sprach.

Vasili stieß die Luft aus seinen Lungen aus. Er legte eine Hand an seine Brust und lächelte. „Dagegen hat ein Endzeitromantiker wie ich kein Argument. Nun, was kann ich für dich tun?“

Kurz überlegte Daniel und wagte sich dann vor. Er mochte es nicht, Vasili anzulügen, hatte aber keine Wahl. „Maries Cousin macht Geocaching in seiner Freizeit. Er hat etwas in die Kiste gelegt, das er jetzt unbedingt zurückhaben will.“

„Warum geht er nicht einfach noch mal zum Schatz?“

„Er ist weg.“

„Lag denn kein Logbuch dabei?“ Vasilis Augen weiteten sich. „Darin findet man den Namen des Besitzers. Vielleicht hat der das Gefäß geholt oder, falls ein Geomuggle es entdeckt hat ...“

„Ein was?“

„Einer, der sich mit Geocaching nicht auskennt, so wie du.“ Vasili zwinkerte. „Bestenfalls hat dieser es dem Eigentümer zurückgegeben.“

Von dem ganzen Kram hörte Daniel heute das erste Mal. „Kennst du dich etwa damit aus?“

„Ich hatte da mal einen Fall ... Das Logbuch wird in dem versteckten Gefäß, aber auch online geführt und stellt das Herz des Caches dar.“

Daniel schüttelte den Kopf „In diesem Fall nicht.“

„Ungewöhnlich.“ Vasili überkreuzte die Arme vor dem Körper und legte sie auf seinem Bauch ab. „Wenn besagter Cousin seinen Schatz nicht zufällig als Travel Bug gekennzeichnet und auf geocaching.com registriert hat, wird es schwer werden, nachzuvollziehen, wo er gelandet ist.“

„Bug?“, echote Daniel und runzelte die Stirn.

„Das ist eine Art Anhalter, der mit einem Cache verbunden oder auch alleine weitergereicht wird.“ Vasili zuckte mit den Achseln. „Online kann man seinen Weg nachverfolgen.“

„Das ist ja das Problem. Der Junge hat sich auf einer privaten Homepage eingetragen und jetzt meldet sich der Betreiber nicht mehr.“

„Geolutins, Geokretys, Travelertags oder Geocoins, jede Gruppe nennt seine“, der Goth malte Anführungszeichen in die Luft, „Wanderpokale anders. Jede Site hat üblicherweise ein Internetlog, in dem jeder Geocacher seinen Tausch notiert, aber dafür sind viele zu faul.“

Endlich brachte Daniel auf den Punkt, worauf er wirklich hinauswollte. „Wie kann man herausfinden, wem eine Website gehört?“, fragte er scheinheilig und unterstrich seine zur Schau gestellte Hilflosigkeit, indem er seine Schultern anhob. Er hatte zwar von dem ganzen Technikkram keine Ahnung, lebte aber dennoch nicht völlig hinter dem Mond.

„Es sollte ein Impressum vorhanden sein."

Daniel schüttelte den Kopf. Natürlich hatte er das als Erstes geprüft.

„Klingt nicht sehr seriös."

Zerknirscht presste Daniel seine Lippen aufeinander. Als ob er das nicht selbst wüsste! Er hatte sich ja nicht umsonst auf das Probearbeiten in der Abteilung für Computerkriminalität eingelassen.

„Ist die Top Level Domain .de?", fragte Vasili und schob das Lederband in seinen langen Locken etwas höher, als machte er sich für einen Sprint bereit.

Daniel gab ihm die URL.

„Wenigstens das." Sein Gegenüber seufzte, zog die Tastatur zu sich heran und rief die Homepage von DENIC in einem Browserfenster auf. „Das ist die dezentrale Registrierungsstelle für alle .de-Domains. Schauen wir mal nach, wer der Inhaber ist." Ein Klick, mehr brauchte es nicht. „Voilà, eine Kölner Adresse, wie praktisch!"

Daniel ballte seine Hand zur Faust. Sie hatten GeoGod!

Selbstverständlich kannte er DENIC, hatte jedoch noch keine Zeit gehabt, dort nachzuschauen; das hatte er heute machen wollen, Vasili aber gerne den Vortritt gelassen. Aber vor allen Dingen hatte er nicht erwartet, auf einen brauchbaren Hinweis zu stoßen, sondern eher auf eine Marketingagentur oder eine Webdesignfirma, hinter der sich der Patron versteckte. Dort hätte er mit seinem Bock nicht so einfach hinfahren und um Einsicht in die Kundenkartei bitten können, schließlich ermittelte er nicht für die Polizei, sondern privat. Daher hatte er gehofft, mit etwas Überredungskunst Vasilis technische Fertigkeiten illegal nutzen zu können. Er war erleichtert, dass es dieses Schrittes nicht bedurfte.

Aber da gab es noch etwas anderes, das er für ihn tun konnte. „Kannst du für mich herausfinden, wer online von einem Anbieter für kostenlose SMS, bei dem man sich registrieren muss, zwei Nachrichten verschickt hat?"

„Hat Maries Cousin wieder etwas damit zu tun?"

Vasili glaubte ihm nicht, umso besser. Vielleicht dachte er, Daniel spionierte Marie hinterher. Tatsächlich war ihm schon der Gedanke gekommen, sie könnte sich einem anderen Mann zuwenden, einem, der mit ihr wandern gehen konnte, wie sie es früher schon mal an verlängerten Wochenenden getan hatten, den sie auf Partys vorstellen konnte, ohne verlegene Blicke zu ernten, und der ihr mit seinem Sarkasmus nicht das Leben schwer machte. Anzeichen hatte er dafür jedoch nicht bemerkt. Aber allein die Vorstellung versetzte ihm einen Stich.

„Ja, genau“, sagte Daniel. Seine Antwort klang wie eine Lüge, dabei sagte er diesmal die Wahrheit. Er gab ihm die nötigen Infos.

Lächelnd tippte Vasili auf der Tastatur herum, bohrte jedoch nicht weiter.

Daniel lehnte sich in seinem Rolli zurück, legte seine Hände an die Greifringe und rieb darüber, weil ihm das beim Überlegen half.

Seine Gedanken wurden immer düsterer. GeoGod hatte sich nicht sonderlich bemüht, zu verschleiern, wo er zu finden war. Das passte nicht zu ihm.

Was zur Hölle würde Daniel unter der Adresse, auf die die Website des Patrons eingetragen war, erwarten?

20. KAPITEL

Marie wollte nicht hier sein. Dieser Ort besaß eine negative Aura. Sie war zwar kein esoterischer Mensch, fand aber keine bessere Beschreibung für diese Gruft.

Widerwillig ging sie durch den Korridor voraus, vorbei an der Theke, bemüht, flach zu atmen, denn der Gestank hatte seit ihrem letzten Besuch noch zugenommen, und wich Kleidungsstücken und Kochutensilien aus, die auf dem Boden lagen.

Seufzend blieb sie stehen. „Durch diesen Müll zu waten macht doch keinen Sinn. Was sollen wir hier schon finden?“ Sie drehte sich um und schaute ihren Mann mit ausgebreiteten Armen an.

Benjamin hinter ihm, die Hände in die Hosentaschen gesteckt und die Kapuze seines Pullovers bis über die Stirn gezogen, wäre beinahe gegen Daniels Rollstuhl gelaufen, weil er nicht nach vorne, sondern verstohlen in die dunklen Ecken sah, als erwartete er, dass jeden Augenblick ein Phantom heraussprang und ihn angriff. Der Geist von Julia etwa?

An Daniels verkniffener Miene und dem Mahlen seiner Kiefer erkannte Marie, dass er innerlich kochte. Zwei kalte Spuren an einem Tag waren für Hauptkommissar Zucker schwer zu ertragen. Das kratzte an seinem Ego. Aber Marie kannte ihn gut, für gewöhnlich stachelte ihn das nur noch mehr an.

„Scheiße!“

„Daniel“, ermahnte Marie ihn.

„Als ob das Wort neu für Ben wäre. Die Jugend heutzutage sagt ganz andere Sachen.“ Ratlos blickte er nach oben. Befürchtete er, die Zimmerdecke könnte jeden Moment über ihnen einstürzen?

Abwegig fand Marie das nicht. Sie schaute in den Kühlschrank und seufzte enttäuscht, weil sie keine Schnapsflasche darin fand. Es wäre immerhin ein Zeichen gewesen, dass hier noch jemand wohnte.

Ein Plastikbecher knackte, als Daniel über ihn hinwegfuhr und ihn mit seinem Rolli zermalmte. „Was machst du da?“

„Nichts.“ Sie schloss die Schranktür leise. Hatte sich Gully doch eine neue Unterkunft gesucht und diesen Ort verlassen, wie alle anderen auch?

Marie konnte Daniel seine schlechte Laune nicht verübeln. Sein Kollege Vasili hatte am Vormittag herausgefunden, dass die SMS, die Ben und sie von GeoGod nach dem Brandanschlag erhalten hatten, von einem Online-Account aus verschickt worden waren, der auf Julia Kranich zugelassen, aber erst nach ihrem Tod eingerichtet worden war. Die IP-Adresse hatte Daniel zu einem Internetcafé gelotst. Dort war er am Nachmittag jedoch nicht weitergekommen, denn der Besitzer führte kein Buch über seine Kunden, das Gros zahlte bar und Daniel hatte keine richterliche Handhabe, um Einsicht in die EC- und Kreditkartenabrechnungen verlangen zu dürfen.

Die Adresse, unter der GeoGod seine Website bei DENIC eingetragen hatte, hatte sie nun, am Abend, nach Porz geführt. Ausgerechnet in die Volksküche. Unschlüssig standen sie im Gang herum.

„Der will uns nur verarschen. Lasst uns gehen." Benjamin flüsterte, als wollte er die Toten nicht wecken. Sein Adamsapfel hüpfte, wenn er schluckte.

„Wäre ja auch zu leicht gewesen", sagte Marie, schob den Riemen ihrer Tasche auf der Schulter höher und stöhnte.

„Der Patron macht es einem nie leicht." Benjamin wandte sich ab und schlurfte auf den Ausgang zu.

„Hiergeblieben!", rief Daniel in einem Ton, den er, so vermutete Marie, anschlug, wenn ein Mitglied der Mordkommission, die er gerade leitete, pünktlich Feierabend machen wollte, obwohl der Täter noch nicht verhaftet worden war.

Es wirkte. Ben blieb stehen.

Mit harter Stimme fuhr Daniel fort: „Der SMS-Account wurde erst angelegt, nachdem Marie im Römisch-Germanischen Museum der Schutzpolizei übergeben wurde. Das muss etwas zu bedeuten haben."

Ben zuckte mit den Achseln. „Er spielt Spielchen, das ist alles."

„Darum geht es ihm nicht allein", sagte Daniel schon etwas sanfter.

Maries Augen weiteten sich. Ihr war klar, dass der Patron etwas im Schilde führte. Sie war nicht so naiv, zu glauben, dass er spontan seinen nächsten Schritt entschied, sondern er musste einen Plan haben. Aber sie hatte das Gefühl, dass Daniel diesen ein Quäntchen mehr durchschaute als sie.

„Er wollte, dass Benjamin im Museum verhaftet wird. Sein Plan scheiterte." Während er seine Theorie erklärte, kraulte er seinen gestutzten Bart. „Also entschied er sich kurzfristig, Marie ins Boot zu holen. Dafür legte er einen Online-Account an, um ihr eine SMS zu schicken."

„Und Ben", warf Marie ein.

„Auf Julias Namen. Er legte Duplikate von ihrer Wäsche in die Caches.“ Daniel holte eine Stabtaschenlampe aus seiner neuen Tasche, die mithilfe eines Klettverschlusses an seiner rechten Armlehne befestigt war, schaltete sie aber nicht an, sondern hielt sie mit beiden Händen fest, wie einen Schlagstock. „Und jetzt hat er uns an den Ort geführt, wo sie starb.“

„Alles weist auf Julia hin.“ Wollte GeoGod damit indirekt prahlen, das Mädchen getötet zu haben? Und gleichzeitig Ben Angst einjagen? Marie fürchtete sich jedenfalls vor dem großen Unbekannten. Bisher hinterließ er blutige Visitenkarten, aber keinen Hinweis auf seine Identität. „Vielleicht wollte er, dass wir dieses Fazit ziehen, das könnte seine ganze Botschaft gewesen sein.“

„Oder auch nicht.“ Daniel klemmte die Lampe zwischen seinen Oberschenkeln ein, rollte an Marie vorüber und spähte in den nächsten Raum. Tische und Stühle standen dort ordentlich zusammengestellt, als warteten sie auf Gäste der Vokü. „Die Schatzkisten beim Geocaching waren bei jeder neuen Aufgabe schwerer zu finden, seine Angriffe auf Ben und seine Familie werden immer heftiger – egal, was er macht, er steigert sich stets. Das betrifft bestimmt auch die Andeutungen, die er hinterlässt. Er hat uns nicht umsonst hierher dirigiert. Wir müssen auf jeden Fall nachschauen, ob wir etwas finden.“

Marie war sich da nicht sicher. Immerhin glaubte sie, dass er im Museum gar keinen Schatz für Benjamin versteckt hatte, sondern sein Ziel einzig und allein war, den Jungen in eine brenzlige Situation zu bringen.

Außerdem gefiel ihr die Stille in diesem Haus nicht. Auch nicht der Nieselregen, der lautlos an den blinden Fensterscheiben herablief und für ihren Geschmack viel zu wenig Tageslicht ins Innere ließ. Ebenso, dass Gully nicht aufkreuzte, um ihr Revier zu verteidigen. Marie erschauderte bei der Vorstellung, die Obdachlose in einem der Räume tot aufzufinden, mit abgeschnittenen Gliedmaßen und verunstaltetem Gesicht.

Der Wind säuselte durch die Ritzen des Hauses und es klang, als würde das Gebäude atmen und langsam sein Maul öffnen, um, nach allen anderen, die sich hier aufgehalten hatten, auch sie zu verschlingen. Marie bekam eine Gänsehaut an Stellen ihres Körpers, an denen sie nie zuvor eine bekommen hatte.

Mutiger, als sie sich fühlte, schlug sie vor: „Lasst es uns hinter uns bringen und das Haus durchsuchen.“

„Ich halte das für Quatsch!" Ben trat gegen eine auf dem Boden liegende Konservendose. Sie knallte gegen die Wand, prallte daran ab und rollte scheppernd weiter, bis sie schließlich liegen blieb.

„Wir tun das alles für dich." Der Vorwurf war deutlich herauszuhören, aber das scherte Marie nicht. Er hatte sich mit Händen und Füßen dagegen gewehrt, hierher mitzukommen, aber Daniel hatte ihn von der Notwendigkeit überzeugt, indem er sagte, sie könnten auf etwas stoßen, das nur Ben deuten konnte, schließlich hatte nur er Kontakt zum Patron gehabt.

„Ich weiß. Tschuldigung", gab Benjamin kleinlaut zurück. Er rollte seine Schultern nach vorne, versank damit noch tiefer in seinem Hoodie und starrte zu Boden. Durch seine Haltung erweckte er den Anschein, als wäre er nicht sonderlich erpicht darauf, etwas zu finden, als fürchtete er sich vor diesem Ort.

Marie konnte es ihm nicht verdenken. Seine Dämonen erwachten erneut, die Erinnerung an die letzte Nacht mit Julia und sein schlechtes Gewissen, weil er sich gewiss fragte, ob er sie hätte retten können.

Als sie weiterging, spürte sie eine wachsende Abscheu gegenüber diesem Gebäude. Was genau der Auslöser war, vermochte sie nicht zu deuten, schließlich handelte es sich nur um ein leer stehendes Haus. Vielleicht lag das Grausen an dem Verbrechen, das hier seinen Anfang genommen hatte und auf dem Nachbargrundstück blutig zu Ende gegangen war. Oder an dem Dahinsiechen dieses Gebäudes … des gesamten Industrieviertels. Oder der Angst, einen weiteren Toten zu finden.

Aber GeoGod hatte möglicherweise mit Schardts und Lenz' Ermordung gar nichts zu tun gehabt. Er hatte weder Ben noch sie zu der Leiche des Obdachlosen in der Tiefgarage geführt, sondern Marie war durch ihre Recherche auf Schnapper gestoßen. Oder etwa doch nicht? Hatte der Patron ihr Julias Handy zugespielt, da er den Stadtstreicher ebenfalls auf dem letzten Foto entdeckt hatte?

Wie sollte jedoch das Smartphone des Mädchens in seinen Besitz gekommen sein? Die einzige Schlussfolgerung, die Marie einfiel, war, dass er Julia umgebracht haben musste.

Sie meinte das Rascheln des Flatterbands der Polizei, das den Tatort auf dem Nachbargrundstück absperrte, zu hören, aber das musste sie sich einbilden, denn das Ufer war zu weit weg.

Ihre Nerven spielten ihr einen Streich.

Sie kam sich vor wie auf einem Geisterschiff, das von seiner Crew verlassen worden war. Die Hausbesetzer waren so schnell wieder abgezogen, wie sie gekommen waren, wie Wanderheuschrecken. Der Eigentümer würde aufgrund der Tragödie um Julia Kranich nun erst recht keinen Kaufinteressenten mehr finden.

Dieser Ort war tot.

Gully schien als Letzte das sinkende Schiff verlassen zu haben. Maries Nackenhaare stellten sich auf. Fröstelnd rieb sie sich über ihre Oberarme.

Ihr schwirrte der Schädel. Kopfschmerzen kündigten sich an. Sie blieb stehen, nahm einige Schlucke aus der kleinen Wasserflasche, die sie immer in ihrer Handtasche trug, und beobachtete, wie Daniel mit seinem Rolli in den ehemaligen Speiseraum fuhr und Benjamin an der Tür stehen blieb. Angespannt ließ sie ihre Blicke umherschweifen.

Plötzlich bemerkte sie etwas im Raum ihr gegenüber. Erschrocken spuckte sie das Wasser aus. An einer der Wände klebte Blut.

„Was ist los?“, hörte sie Daniel rufen. Die Rollen seines Gefährts kratzten über den Boden, vermutlich klebten Schmutz und kleine Steine an den Rädern.

Ich habe etwas gefunden, wollte Marie antworten, aber die Worte blieben ihr im Halse stecken. Sie hatte nicht gewusst, dass einem von Wasser übel werden konnte, aber in diesem Augenblick fühlte es sich an, als hätte sie drei Liter auf einmal getrunken, die nun ihren Magen unangenehm dehnten.

Ohne den Blick von den kleinen Leichen zu nehmen, schraubte sie die Flasche zu und steckte sie zurück in ihre Tasche. Ihre Hände zitterten.

Hatte Gully dieses Massaker gesehen und war geflohen, um nicht das nächste Opfer zu werden? Oder lag sie im Keller oder im Obergeschoss und war genauso zugerichtet?

Es sind nur Tiere, beruhigte sich Marie, aber das machte die Tat nicht weniger grausam, denn die Ratten waren regelrecht abgeschlachtet worden. Die Szene erweckte den Anschein, als hätte der Tierquäler auch noch Spaß dabei gehabt. Oder er war ausgerastet und hatte vollkommen die Kontrolle über sich verloren.

Schockiert stolperte Marie in das Zimmer hinein.

Rechts unter dem Fenster, das dürftig mit Lappen abgedichtet war, schmiegten sich zwei fleckige Matratzen aneinander. Ein benutztes

Kondom hing an der Wand dahinter. Vielleicht war es mit dem Keilabsatz der Sandale, die davor lag, festgenagelt worden. Angewidert verbot Marie sich, darüber nachzudenken, was auf dem schmutzigen Lager geschehen war. Sie glaubte schon zu spüren, wie Herpes an ihrer Unterlippe entstand.

Ihre Mutter hatte sie zu Ordnung und Reinlichkeit erzogen, manchmal sogar mit recht drastischen Mitteln. Marie musste drei oder vier Jahre alt gewesen sein, als sie von Irene Bast dabei erwischt worden war, wie sie neugierig mit einem Ast im Kot von Hermann, dem Familienlabrador, herumstocherte. Daraufhin hatte ihre Mutter sie mit den tierischen Fäkalien eingerieben, und Marie hatte sich erst waschen dürfen, nachdem diese getrocknet gewesen waren. Selbst nach dem Duschen hatte sie den Gestank noch in der Nase gehabt. So klein, wie sie auch gewesen war, an diesem Tag hatte sie ihre Lektion gelernt.

Was sie jedoch jetzt sah, war weitaus schlimmer als die Erfahrung von damals. Sie konnte es kaum fassen, blinzelte, wünschte, das Bild vor ihren Augen würde verschwimmen, sich neu zusammensetzen und ihr etwas anderes zeigen, aber das tat es nicht. Es blieb ekelerregend!

Drei ausgewachsene Ratten lagen unweit von ihr entfernt. Einer schwarzen hatte man mit weißem Garn die Augen zugenäht und die Vorderpfoten abgetrennt.

Der weißen mit den braunen Ohren – Marie erkannte sie wieder – Aber wie war das überhaupt möglich? – waren die Schnauze mit einem Kreuzstich verschlossen und die Hinterpfoten abgeschnitten worden.

Die dritte hatte man vom Schwanz bis zum Kopf aufgeschnitten. Ihre drei ungeborenen Babys lagen neben ihr. Sie schienen zertreten worden zu sein und waren kaum noch zu erkennen.

Ben trat neben Marie. „Kobold!“ Sein Schrei hallte von den Wänden wider und tat nach der Stille regelrecht weh in Maries Ohren. Tränen strömten über seine Wangen. Er wollte zu seiner Hausratte laufen, doch Daniel hielt ihn davon ab, indem er seinen Rollstuhl quer stellte. „Tu dir das nicht an.“

„Du kannst nichts mehr für ihn tun.“ Behutsam berührte Marie den Arm ihres Cousins. Er bebte.

Hemmungslos schluchzend riss er sich los und rannte hinaus. Marie hörte, dass er sich im Korridor übergab. Während sie wie gelähmt dastand, würgte er noch einige Male, dann entfernten sich seine Schritte. Kurz darauf krachte die Eingangstür zu.

Marie schlug die Hand vor den Mund. Kobold war also doch nicht bei dem Brandanschlag auf die Wohnung der Mannteufels verbrannt. GeoGod musste Bens kleinen unschuldigen Freund vorher entführt haben – weil er andere Pläne mit ihm hatte. Er wollte, dass Benjamin sich mit Vorwürfen quälte, weil er glaubte, die Schuld and Kobolds Tod zu tragen, und dann brachte der Patron die Ratte ein zweites Mal um, diesmal tatsächlich, und vergrößerte damit Bens Elend noch.

Wie sehr musste er Ben hassen! Aber warum, um alles in Welt? Auch Maries Augen wurden feucht.

Daniel sprach leise, als wollte er die Ruhe der Toten nicht stören. „Jetzt haben wir den Beweis, dass es eine Verbindung zwischen dem Streetworker, dem Obdachlosen, Julia und Benjamin gibt."

„Lass Ben da raus!" Marie gab dem Bedürfnis nach, ihren Cousin zu beschützen. Er sollte nicht in einem Atemzug mit den drei Todesopfern genannt werden, als wäre er das nächste. „Die zwei Ratten wurden genauso präpariert wie Schardt und Schnapper. Aber was bedeutet die dritte?"

„Ein weiteres Opfer, das noch nicht gefunden wurde."

Auf der einen Seite beneidete Marie ihren Ehemann für seine Stärke. Auf der anderen fragte sie sich, wie er die Situation so emotionslos analysieren konnte. Ihre Stimme dagegen zitterte. „Wer mag die Frau sein?"

„Julias Mutter vielleicht oder die eines weiteren Gegenspielers beim Geocaching."

Hoffentlich nicht Heide, dachte Marie, schloss sie dann aber aus, da ihre Tante nicht in anderen Umständen war. „Stehen die großen Tiere stellvertretend für erwachsene Menschen?"

„Sieht so aus."

„Und die Föten für Kinder?" Für Spieler wie Ben?

Daniel fuhr seinen Rollstuhl neben sie. Er nahm ihre Hand, drückte sie sanft und küsste sie. „Vielleicht war es lediglich Zufall, dass eines der Tiere trächtig war. Im Rausch brachte er auch ihren Nachwuchs um, das muss nicht geplant gewesen sein."

Für Marie klang das sehr danach, als versuchte Daniel, sie mit dieser Theorie zu beruhigen, weil er genau wusste, was das Szenario vor ihnen in Wahrheit bedeutete:

Der Täter wollte Benjamin unter seiner Schuhsohle zerquetschen wie eins der ungeborenen Rattenbabys.

GeoGod hatte bereits getötet, auf jeden Fall den Streetworker und den Obdachlosen und mit aller Wahrscheinlichkeit auch Julia Kranich. Er brachte sie aber nicht einfach nur um, sondern er tat ihnen vorher das an, was er mit Rattenblut an die Wand hinter dem Massaker geschrieben hatte. Es handelte sich um eine Drohung, ein erbarmungsloses Versprechen – um das Motto seines Spiels:

Leiden sollst du!

21. KAPITEL

„Verdammt, Ben, rede mit uns!“, schrie Daniel hinter ihm her, doch der Achtzehnjährige verschwand in seinem Zimmer, ohne zu antworten oder auch nur kurz stehen zu bleiben. Laut fiel die Tür ins Schloss.

Auf der Heimfahrt von der ehemaligen Volksküche in Porz zu ihrem Apartment in der Südstadt hatte er versucht, etwas aus dem Jungen herauszukitzeln. Er musste mehr wissen, als er zugab. Selbst wenn nicht, Daniel glaubte zu spüren, dass Ben wenigstens eine Ahnung hatte, worum es GeoGod eigentlich ging.

Aber er hüllte sich in Schweigen und kapselte sich ab. Je mehr man ihn bedrängte, desto mehr zog er sich zurück. Bis zu einem gewissen Grad hatte Daniel das akzeptiert. Doch nun war Schluss damit! Nachdem Julias Leiche am Rheinufer angespült worden war, hatte er Ben Zeit gegeben, seinen Schmerz und seine Trauer zu verarbeiten. Jetzt war der Punkt gekommen, wo sich der Junge öffnen musste, ob er wollte oder nicht, denn sein Leben und das seiner Eltern stand auf dem Spiel!

Wütend zog Daniel seine Jacke aus, warf sie auf den Schuhschrank und legte seine Hände an die Greifringe seines Rollstuhls, um Ben zu folgen.

Marie bat: „Sei nicht so hart zu ihm.“

„Vielleicht waren wir zu nachlässig, hast du darüber schon mal nachgedacht?“ Er beobachtete, wie sie ihre Handtasche abstellte und seine Jacke an den Haken hängte, an den er nicht mehr herankam, seit er im Rollstuhl saß, was ihn immer noch wurmte. Er würde einen in Kinderhöhe aufhängen müssen, das passte ihm nicht, aber es ging nicht anders. „Wir haben keine Erfahrungen als Eltern.“

„Willst du diese Handschuhe nicht mal ausziehen? Du trägst sie ja Tag und Nacht.“

Ertappt suchte Daniel nach einer Ausrede. Er krümmte seine Finger mehrmals, bemüht, sich den Schmerz, der dabei entstand, nicht anmerken zu lassen, und schaute auf das Spiel der Sehnen und Muskeln in seinem Unterarm, um Marie bei seiner Notlüge nicht in die Augen zu blicken. „Ich folge nur dem Rat des Herstellers. Man soll sie anfangs oft tragen, damit das Leder weicher wird.“

Glücklicherweise kehrte sie mit ihren Gedanken zu Benjamin zurück.

Sie streifte ihre Schuhe ab und schlüpfte in ihre Lammfellpantoffeln. „Wir sind nicht seine Eltern."

„Aber er lebt jetzt bei uns. Wahrscheinlich für länger." Die Mannteufels wollten nicht in ihre alte Wohnung zurückkehren, da die Renovierungsarbeiten nach dem Brand lange dauern würden und sie mit schlechten Erinnerungen belastet war. Heide und Hans-Joachim suchten bereits nach einer neuen Bleibe, aber die Mietpreise in Köln lagen über deutschem Durchschnitt. Die günstigsten Apartments gab es in Chorweiler, das Viertel war allerdings als Hochhausgetto verschrien. „Er muss sich an unsere Regeln halten, und eine lautet, ehrlich zueinander zu sein."

Marie hob ihre Augenbrauen, die sie aus Gründen, die Daniel nie verstehen würde, zupfte. „Wie wir beide zueinander in letzter Zeit?"

„Das liegt hinter uns." Daniel seufzte. Sie hatte ja recht. Er hatte ihr erst gestanden, dass er über eine Rückkehr in den Polizeidienst nachdachte, als er bereits seine Fühler nach seinem alten Job ausgestreckt hatte. Nicht etwa, weil er sie nicht an seinem Leben teilhaben lassen wollte. Sondern weil er unsicher gewesen war, ob er es wirklich wollte und ob man ihn lassen würde, außerdem wollte er ihr keine falschen Hoffnungen machen. Jetzt stand er unter Druck. Der Weg zurück stand ihm offen, allerdings nicht in seine alte Abteilung. Würde Marie dafür Verständnis zeigen, wenn er dem Polizeipräsidium den Rücken kehrte, weil die Tür ins KK 11 verschlossen blieb? Wohl kaum. Sie war stets verständnisvoll, aber auch ihre Geduld mit ihm hatte Grenzen. Eine Frau, die aus einem karriereorientierten Elternhaus wie dem der Basts kam, würde nicht mit einem Mann zusammenleben können, der zu Hause herumsaß und nichts mit sich anzufangen wusste. „Wir haben unsere Fehler eingesehen und uns geändert. Benjamin wird das auch tun müssen."

Daniel klopfte an die Tür des Gästezimmers, doch Ben antwortete nicht. Daher öffnete er sie und fuhr hinein.

Der Junge lag auf dem Bett. Musik war so weit aufgedreht, dass Daniel sie hören konnte, obwohl Benjamin Kopfhörer trug. Da Ben keine Anstalten machte, sie abzuziehen, riss Daniel sie ihm vom Kopf.

„He!" Ben setzte sich auf.

Instinktiv spürte Daniel, dass die Zeit für Verständnis um war und er sanften Druck ausüben musste. Anders kam er nicht weiter. „Red mit uns!"

„Es gibt nichts zu reden."

Daniel neigte sich vor. „Du musst uns sagen, was du weißt."

„Auch nicht mehr als ihr." Bens Auge zuckte.

Niemand anderem wäre das aufgefallen, aber Daniel war durch zahlreiche Verhöre geübt darin, auf kleine Auffälligkeiten zu achten. Dass er ihm auf den Zahn fühlte und das erste Mal nicht zaghaft vorging, machte Benjamin offenbar nervös. Er verheimlichte ihnen etwas.

„GeoGod wird von Hass angetrieben", erklärte Daniel, lehnte sich zurück und verschränkte seine Arme vor dem Brustkorb. „Er spielt nicht einfach nur zum Spaß."

Ben zog einen Flunsch, als wäre er erst acht und nicht achtzehn Jahre alt. „Was weiß ich."

„Was könntest du ihm getan haben?"

„Ich?" Abwehrend hob Benjamin beide Hände. „Ich kenne ihn doch gar nicht."

„Vielleicht doch, hast du darüber mal nachgedacht?" Daniels Blick wurde intensiver.

„Gleich behauptest du noch, Maik oder Denis stecken hinter dem Patron." Abfällig lachte Ben. „Oder gleich beide zusammen."

Daniel horchte auf. Wie kam Benjamin auf diese Idee? Die Freunde mussten sich gestritten haben. Nur worüber? „Warum könnten sie dich fertigmachen wollen?"

Ben zog seine Schuhe aus, warf sie in die Ecke, wo sie gegen Maries Bügelbrett knallten und schließlich auf dem Boden davor liegen blieben. Eine Weile starrte er sie an. Als wollte er Zeit gewinnen. Um über die Frage nachzudenken? „Hör auf mit dem Schwachsinn!"

„Ich habe den Eindruck, du willst gar nicht darüber nachdenken."

Abschätzig schnaubte Ben.

„Weder über GeoGods Identität noch über seine Gründe oder seinen Bezug zu Julia. Wovor hast du Angst?", fragte Daniel und rieb seine Handflächen aneinander. „Vor der Wahrheit?"

Nervös rutschte Ben auf der Kante hin und her. „Oh, bitte."

„Weil du erfahren könntest, warum er dir das antut? Wer er ist?", setzte Daniel schonungslos nach, obwohl er sah, dass er den Jungen mit seinen Fragen quälte. „Weil du befürchtest, ihn zu kennen, ihm sogar nahezustehen?"

Ben kroch rückwärts über sein Bett und lehnte sich mit dem Rücken gegen die Wand.

„Oder weißt du das längst?" Daniel spürte, dass er immer näher an sein Ziel herankam. Ben stand kurz davor, aufzubrechen. Er durfte jetzt nicht nachgeben.

„Mein Leben ist kein verfickter Roman!", keifte der Junge.

„Willst du enden wie die Ratten in der Vokü?"

„Fuck!" Ben sprang vom Bett auf. „Hört auf, mich zu bedrängen."

Daniel bemerkte seine feuchten Augen, verspürte Mitleid und bekam ein schlechtes Gewissen, weil er ihn an Kobold erinnert hatte, durfte aber jetzt nicht nachgeben. „Wenn zwei der Rattenbabys für Julia und dich stehen, wer ist dann der dritte Spieler?"

„Ich. Weiß. Es. Nicht. Ich bin nicht der Patron, ich kann nicht in seinen Kopf reingucken und bin nicht einmal in der Lage, so krank zu denken wie er." Hektisch gestikulierte Benjamin herum. „Marie macht einen auf Psychotante. Und du, glaub ja nicht, dass du mich für irgendwas beschuldigen darfst, nur weil du im Rollstuhl sitzt."

Daniel stutzte. Was kam jetzt? „Keiner redet von Schuld."

„Du wirfst mir doch vor, ihm etwas angetan zu haben."

„Tue ich nicht. Ich versuche nur, sein Motiv herauszufinden." Ben wollte ihn unterbrechen, aber Daniel fuhr ihn an: „Ich rede jetzt. Hör mir gefälligst zu." Ich bin auf deiner Seite, wollte er sagen, aber dazu kam er nicht mehr.

„Ich werde nicht die Schnauze halten, nur weil du …" Immer wieder zeigte Ben auf den Rollstuhl, bekam aber die Worte nicht heraus.

„Was? Nur weil ich ein Krüppel bin?" Obwohl er nicht besser von sich selbst sprach, fühlte er sich durch Bens Vorwürfe verletzt. Er war nicht mehr derselbe wie vor seinem Unfall, er würde es auch nie wieder sein, das führte der Junge ihm wieder vor Augen.

Unruhig verlagerte Ben sein Gewicht von einem Fuß auf den anderen. „Behindert, wollte ich sagen."

„Gehbehindert, um genau zu sein. Ich will gar nicht anders behandelt werden als früher!" Aber respektiert werden, wie jeder andere auch, fügte er in Gedanken hinzu. Doch manche Menschen gingen mit ihm um, als wäre er nicht ganz dicht. Rainer Bast zum Beispiel hatte ihm, anders als allen anderen, beim letzten Familientreffen eine Serviette zur Cola gereicht, als befürchtete sein Schwiegervater, er könnte beim Trinken sabbern. „Ich will auch kein Mitleid."

„Sorry, Mann.“ Ben ließ den Kopf hängen und sah ihn von unten herauf an. „Ich wollte das nicht sagen.“

„Schon gut.“

„So meinte ich das nicht. Ach, Scheiße, alles geht den Bach runter.“

„Was meinst du?“ Es kribbelte in Daniels Nacken. Hatte er Benjamin so weit? Brach sein Kokon endlich auf und er gab ihnen den entscheidenden Hinweis? Er hielt Informationen zurück, so viel stand fest. Nur wusste Daniel nicht, ob sie ihnen weiterhelfen konnten und was der Grund für Bens Verschlossenheit war. Aber was wusste er schon von Teenagern?

„Meine Eltern …“

„Was ist mit ihnen?“ Daniel richtete seinen Oberkörper auf. Hatten Heide und Hajo jemanden verärgert und gar nicht Benjamin selbst?

„Sie haben sich getrennt.“ Kraftlos ließ sich Ben auf sein Bett fallen, stemmte die Ellbogen auf seinen Schenkeln ab und stützte seinen Kopf mit den Händen ab. „Ma hat heute Morgen einen Tanga in der Hosentasche meines Vaters gefunden. Er sagte, er hätte keinen blassen Schimmer, wie das Höschen in seine Klamotten gekommen sei, er ginge nicht fremd. Sie hat ihn ausgelacht, weil er es abstritt, dabei hielt sie doch den Beweis hoch. Er behauptet aber weiterhin, keine Affäre zu haben, und eine Frau für eine Nacht wäre schon gar nicht sein Ding. Aber Ma hat ihn trotzdem rausgeworfen. Er wohnt jetzt in einem Hotel in Deutz. Jetzt habe ich kein Zuhause und keine Eltern mehr.“

„Sie sind immer noch beide für dich da.“

„Sie haben ihre eigenen Probleme.“ Eine Träne lief Bens Wange herab. Mit dem Ärmel seines Pullovers wischte er sie weg.

Sachte drückte Daniel seine Schulter. „Du hast uns.“

„Danke.“

Ihre Blicke trafen sich. Er sah den Kummer in Bens Augen, worauf sich etwas in seinem Brustkorb schmerzlich zusammenzog. Wie viel Last konnte ein Achtzehnjähriger auf seinen Schultern tragen, bevor er in die Knie ging oder sein Rückgrat brach?

Er hatte sich Ben noch nie so nah gefühlt.

Auf der Familie Mannteufel schien zurzeit ein Fluch zu liegen. Bisher hieß dieser GeoGod. Aber Hajos Affäre konnte man ihm schlecht in die Schuhe schieben.

Daniel nahm sich vor, alles, was in seiner Macht stand, zu tun, um Benjamin und Marie vor diesem Irren zu schützen. Nichts konnte ihn daran hindern, nicht einmal der Bock unter seinem Arsch.

Mit vierzehn Jahren war er aus dem elterlichen Haushalt geflüchtet, anstatt seiner Mutter zu Hilfe zu eilen. Diesen Fehler würde er nicht wiederholen. Niemals! Eher wollte er sterben.

22. KAPITEL

Als Benjamin Denis zwischen den abgestellten Güterwagen hindurch erspähte, fragte er sich, wie viel von ihrer alten Freundschaft noch übrig war.

Sein Kumpel saß auf dem vom Nieselregen feuchten Sandboden und verschüttete Bier aus der Dose, weil er nicht darauf achtete, wie er seine Hand hielt, während er mit der anderen eine Pistole nachahmte und so tat, als würde er damit einen Vogel, der am Himmel über ihm kreiste, abschießen. Dieser Spinner!

Plötzlich lachte Denis, denn ein zweiter größerer Vogel griff sein Ziel an, wodurch der kleinere einige Meter in die Tiefe stürzte, sich rechtzeitig wieder fing und weiterflog, doch der andere jagte ihm aggressiv hinterher.

Denis war der Älteste von ihnen, er würde im Dezember neunzehn werden, weil er einmal sitzen geblieben war. Aber mit seinen karierten Bermudahosen, den weiten T-Shirts und XL-Hoodies, die seine Marshmallow-Figur kaschierten, sah er aus wie fünfzehn. Er benahm sich auch oft so. Außerdem hatte er schon in der achten Klasse aufgehört zu wachsen und reichte Ben nur bis zur Brust.

Benjamin hatte Maik und ihn in der Schule gebeten, sich auf ihrem Stammplatz zu treffen, der Insel inmitten des Rangierbahnhofs, der zwischen den Stadtteilen Kalk und Höhenberg im Stadtbezirk Kalk lag. Hier fielen sie niemandem auf, denn die Waggons und die Sträucher verbargen sie. Es kam sowieso keiner vorbei, außer hin und wieder eine Lokomotive mit einem Fahrer, der stoisch geradeaus schaute, da er auf dem Gelände niemanden erwartete. Sie konnten kiffen, saufen und wichsen, wie sie wollten. Der Himmel auf Erden! Bis auf das Quietschen der Räder, wenn die Züge bremsten. Es war so laut und hoch, dass es bis tief in Bens Kopf drang.

Dieser Ort würde ihn auf ewig an den geilsten Orgasmus, den er jemals gehabt hatte, erinnern. Maik – er trug als Einziger einen Bart, ein Ziegenbärtchen am Kinn, er besorgte das Gras und hatte von ihnen die meisten Haare auf der Brust und am Sack – hatte eine Linie in den Sand gezeichnet, sie hatten sich zu dritt dahintergestellt und ihre Hosenschlitze geöffnet.

„Wer am weitesten spritzt, kriegt die Flasche Tequila, die ich mitgebracht habe." Maik hatte nicht gezögert und seinen Penis rausgeholt.

Bens Glied stand schon, bevor er es überhaupt anfasste.

Natürlich hatte er die Schwänze seiner Freunde schon oft gesehen, schließlich pissten sie hier in ihrem Versteck einfach ins Gestrüpp, wo die anderen dabei waren. Aber gewichst hatte Benjamin bisher nur alleine unter der Bettdecke oder unter der Dusche. Es war das erste Mal, dass er seine Kumpel dabei beobachtete.

Maik konnte am meisten Alk trinken, bevor er kotzte, er hatte sich mal in einem Laden ein Flat Cap von New Era aufgesetzt und war ganz cool an der Kasse vorbei nach draußen spaziert, und er war der Einzige von ihnen, der sich getraut hatte, sich ein Zungenpiercing stechen zu lassen – aber an besagtem Tag war Ben der Held gewesen!

Sein Sperma spritzte nicht nur am weitesten, sondern er kam auch als Erster. Ein toller Augenblick, den er nie vergessen würde, auch wenn Maik danach sauer gewesen war und behauptet hatte, Ben hätte geschummelt. Wie zur Hölle hätte er das machen sollen? Dass die anderen sich vor seinen Augen einen runtergeholt hatten, hatte ihn einfach so erregt, wie nichts anderes zuvor. Das lag jetzt fünf Jahre zurück.

Ben ging zwischen den Waggons hindurch und schlurfte zur Insel. Seit sie sich hier trafen, war der Grünstreifen inmitten der Schienen immer kahler geworden. „Wo ist Maik?"

Denis' Kopf zuckte spastisch, um den schräg geschnittenen Pony aus der Stirn zu bekommen, ohne die Hände benutzen zu müssen. Seine weißblonden Haare glänzten immer fettig, da er sie jeden Morgen mit Gel bearbeitet, aber seine Skater-Frisur saß trotzdem nie. Er hatte einfach kein Händchen für cooles Styling. Auch die neongrünen Overear-Kopfhörer, die um seinen Hals hingen, eine billige Kopie der Monster Beats von Dr. Dre, fand Ben ziemlich Achtzigerjahre, Trend hin oder her.

„Sagt, er lässt sich von dir nichts befehlen." Denis riss eine Dose Bier aus dem Sechserpack und reichte sie Benjamin. Blaue Adern schimmerten durch die dünne helle Haut auf seinem Handrücken.

Widerwillig nahm Ben das Kölsch an. Er wollte es sich mit seinem Kumpel nicht verscherzen, denn er musste mit ihm reden. Die Situation war ernst. „Arschloch", ranzte er und meinte Maik.

Grinsend holte Denis die Glasbong hinter seinem Rücken hervor und präsentierte sie stolz. Normalerweise entzündete Maik das Cannabis-Tabak-Gemisch, aber jetzt zeigte sich, dass Denis von ihm gelernt hatte und sich ebenso geübt anstellte. Während Ben noch darüber nachdachte, ob das gut oder schlecht war, hielt Denis ihm die Wasserpfeife hin.

Er schüttelte den Kopf, denn er musste klar bleiben.

„Du zickst in letzter Zeit rum wie ein Weib.“ Denis lachte gekünstelt. Er kniff seine Augen zusammen und musterte Ben. „Alter, zupfst du dir die Augenbrauen?“

Innerlich fluchte Ben. Er dachte bisher, man würde es nicht bemerken, da er es nicht übertrieb. Da hatte er sich wohl geirrt. „Red doch keinen Scheiß, Mann!“

„Setz dich schon hin, Schwuchtel.“ Denis’ tiefe Stimme passte gar nicht zu seinen Pausbacken. Er war immer blass, aber heute leuchteten seine Wangen fiebrig. Irgendetwas stimmte nicht mit ihm.

Ben nahm neben ihm Platz, nippte an seinem Kölsch und hätte es beinahe ausgespuckt, weil sein Magen rebellierte. Das war ihm ja noch nie passiert. Lag es daran, dass Denis herausgefunden hatte, dass er es mit der Körperpflege etwas genauer nahm als andere Jungs in seinem Alter? Oder an dem, was er mit ihm besprechen wollte? „Maik hätte kommen sollen. Er gehört zu uns.“

„Wie das Kölner Dreigestirn?“ Die Bong zeigte offenbar ihre Wirkung, denn Denis lallte bereits und schielte, wie das Opossum Heidi aus dem Leipziger Zoo. „Scheiße, Mann! Wer ist denn von uns der Prinz, wer der Bauer und wer die verfickte Jungfrau?“

„Ich hab mit Karneval nichts am Hut“, antwortete Ben ausweichend, dabei trafen die Bezeichnungen ganz gut zu.

Maik glaubte, er wäre der Anführer ihrer kleinen Gruppe, aber hatte bei Ben inzwischen jeglichen Respekt verspielt. Benjamin verpfiff ihn nur nicht, weil er dann selbst mit dran war.

Denis war dumm wie Grütze und tat alles, um ein wenig Anerkennung zu bekommen. Wirklich alles! Das hatte Ben erschreckt und enttäuscht. Aber er traf sich weiterhin mit den beiden, denn sie kannten sich schon, seit sie Kinder waren.

Er selbst hatte zwar schon mit Nina im Sommercamp gevögelt, aber er war dabei nicht gekommen, was niemand jemals erfahren durfte. Im Internet hatte er gelesen, dass viele Jungs beim ersten Mal versagten, weil sie nervös waren und keinen hochkriegten. Aber die Wahrheit war, der Sex mit ihr hatte ihn einfach nicht geil genug gemacht. Maik dagegen hatte es bei seinem ersten Mal dem Mädchen so richtig besorgt. Behauptete er zumindest.

„Er kann sich nicht einfach drücken." Ben musste den Namen seines Kumpels nicht nennen, damit sein Gegenüber wusste, von wem er sprach.

Denis rülpste. „Er macht immer, was er will."

„Das ist ja das Problem."

„Fang nicht wieder davon an."

„Wir müssen darüber reden. Es ist noch nicht vorbei."

„Klar ist es das."

„Und was ist mit der Leiche?"

„Soll ausgesehen haben wie ein weißes Gummibärchen." Lauthals lachte Denis, als hätte er den Witz des Jahrhunderts gerissen, und zeigte mit seinen Händen einen großen Abstand an. „Nur viel, viel größer."

„Das ist nicht lustig, du Idiot!" Tränen stiegen in Benjamins Augen und er wusste nicht, ob aus Wut oder aus Trauer.

Plötzlich schlug Denis auf seinen eigenen Arm, einmal, zweimal und noch einmal fester, als wollte er eine Mücke erwischen und töten, aber da war nichts. „Mitgehangen, mitgefangen."

„Ich hab gar nichts getan." Ben fragte sich, was sein Kumpel heute schon geraucht hatte. Schweißflecken bildeten sich unter Denis' Achseln auf seiner Kapuzenjacke. Vielleicht war er krank. Oder er hatte zu viel gepafft. Oder beides.

Wie verrückt kratzte sich Denis am Hals. Seine Fingernägel hinterließen rote Striemen. „Ich auch nicht."

Lügner! Aufbrausend warf Ben seine volle Dose weg. Sie knallte gegen einen Baumstamm, rollte zurück auf ihn zu und blieb zu seinen Füßen liegen. Schäumend rann das Bier heraus und Ben tat es nicht einmal leid. Er hatte vom Saufen und vom Kiffen die Schnauze voll! Hatte es satt, immer wieder ein Bier oder einen Joint oder die Bong angeboten zu bekommen, weil er dann nicht ablehnen konnte. Es war das erste Mal, dass er es doch tat. „Hast du keine Angst?"

Denis blinzelte ihn warnend an und presste seine Lippen aufeinander, eine schlechte Imitation von Maiks Fresse, wenn er sauer war. Denis machte Mister Wichtig alles nach, er war Gott für ihn. „Wir sind früh von der Party weggegangen, sehr früh, so früh, dass wir eigentlich gar nicht wirklich da gewesen waren. Maik und ich, wir haben am Riehler Ufer gezeltet, wild, heimlich, ist ja verboten, aber uns hat eh niemand gesehen, dafür können wir nichts. Er wird das bestätigen."

„Du bist doch nicht mehr ganz bei Trost." Wütend, nicht so sehr, weil Denis jegliches ernste Gespräch abblockte, sondern weil sich seine Freunde ein Alibi ausgedacht hatten, ohne ihn einzubeziehen, schlug Ben ihm die Glasbong aus der Hand. Sie zerschellte an einem Waggon.

„Ich will nicht mehr darüber reden, nie wieder! Hörst du?" Denis sprang auf. „Ich muss jedes Mal kotzen, wenn ich daran denke. Und jetzt halt die Schnauze!"

„Werde ich nicht." Auch Benjamin erhob sich.

Denis wischte sich mit dem Pulliärmel den Rotz von der Nase. Er schrie, aber seine Stimme klang weinerlich. „Halt deine verdammte Schnauze. Es ist nichts passiert!"

Sprachlos stand Benjamin vor seinem Freund. Bisher hatte er es für möglich gehalten, dass Denis vergessen hatte, was geschehen war, immerhin waren sie besoffen gewesen und hatten eine Menge Pot geraucht. Sein Kumpel konnte sich schon immer schlecht lange auf etwas konzentrieren. Aber nun erkannte Benjamin, dass er die Nacht absichtlich verdrängte. „Hast du auch Albträume?"

„Meine sind real."

„Wie meinst du das?"

Plötzlich heulte Denis los. Er trat gegen die vollen Bierdosen. „Du interessierst dich ja auch nur noch für dich. Kein Wunder, dass du nichts mehr mitkriegst."

Das stimmte nicht. Er hatte sich von Maik und Denis zurückgezogen, weil er mit der Situation nicht umzugehen wusste. Mit ihrer Freundschaft war es nicht gut bestellt, aber er wollte vermeiden, dass daraus Hass wurde. „Was ist los, Mann?" Sachte berührte er ihn am Arm.

Doch Denis riss sich los. „Vorgestern Nacht ist Claudi aus dem Fenster gefallen."

„Deine Schwester?" Deshalb war Denis vorgestern nicht in der Schule gewesen. Benjamin dachte, sein Kumpel hätte einfach blaugemacht, das kam öfter mal vor. Von dem Unfall hatte er tatsächlich nichts mitbekommen. Er bekam ein schlechtes Gewissen.

„Sie sagen, sie sei schlafgewandelt, dabei dachte ich, so was gäbe es gar nicht in echt. Das hat sie noch nie gemacht", schrie Denis so laut, als stände Benjamin auf der Kalker Seite des Rangierbahnhofs und er selbst in Höhenberg. „Angeblich ist sie auf die Brüstung gestiegen und einfach gesprungen. Das ist doch Bullshit!"

Auch das noch. Erst letzten Monat war bei den Buschhütters

eingebrochen worden. Dabei gab es bei ihnen gar nichts zu stehlen. Bis auf das Discounterlaptop der Mutter. Alles war verwüstet worden, wahrscheinlich weil der Einbrecher frustriert gewesen war, nicht sonderlich viel erbeutet zu haben.

Ben traute sich kaum zu fragen, tat es aber dennoch: „Geht es Claudi gut?“

„Bist du bescheuert, Mann? Sie hat schwere Knochenbrüche, liegt im künstlichen Koma und du kommst mir mit so einer Scheiße an. Ich dachte, wir hängen zusammen ab, dröhnen uns zu, wie echte Kumpel das eben so machen. Aber du kannst ja die Vergangenheit nicht loslassen. Schau nach vorne, Alter! Wir machen bald Abi. Dann beginnt erst das große Abenteuer. Die weite Welt wartet auf uns.“

Ben brauchte ein wenig, um Denis' Gedankensprüngen zu folgen. „Wie könnte ich?“

„Ich kann das sehr gut.“ Sein rechtes Lid zuckte und strafte ihn Lügen. Denis bückte sich, hob eine Dose auf und öffnete sie. Sprudelnd ergoss sich das Kölsch über seine Hand. Er trank das Bier in einem Zug leer, als müsste er die Erinnerung wegspülen.

So tun, als wäre nichts geschehen, funktionierte nicht, Ben hatte es selbst versucht. „Glaubst du, er war es?“

Eine Lok fuhr in den Rangierbahnhof ein. „Sprich nicht über ihn.“

„Er hat zwei Typen umgebracht.“

Denis sah tollwütig aus. Wegen des Bierschaums in seinen Mundwinkeln. Und dem aggressiven Blick. „Ich warne dich.“

„Glaubst du, er kann uns hören?“ Mit einem sarkastischen Achselzucken schaute sich Benjamin um.

Hatte Denis eben noch aufgebracht herumgeschrien, so flüsterte er nun: „Er ist überall.“

„So ein Quatsch!“

„Doch.“ Sogar Denis' Atem zitterte, als er Luft holte. „Schließlich weiß er alles.“

Der Zug kam immer näher und bremste lang ab. Ben sprach lauter, um das Quietschen der Räder zu übertönen. „Wir könnten die Nächsten sein. Erst meine Ma …“

„Sag es nicht.“ Erneut kratzte sich Denis an seiner Kehle und diesmal hörte er nicht auf, bis es blutete. Überrascht betrachtete er das Blut unter seinen Fingernägeln.

„… und …“

Denis' Miene verzerrte sich zu einer Fratze. Er schaute Ben an und zerquetschte die leere Dose in seiner Hand. „Wehe!"

Ben brachte es nicht übers Herz, seine Vermutung auszusprechen und *ihren* Namen seiner Aufzählung hinzuzufügen, aber sein Freund wusste ohnehin, wen er meinte, denn Denis keuchte entsetzt. Der Zug hielt am anderen Ende des Rangierbahnhofs und es kehrte wieder Ruhe ein. Normalerweise genoss Ben den Moment, diesmal jedoch wirkte die Stille fast schmerzhaft und seine Worte unangenehm laut: „… dann wir."

Plötzlich änderte sich Denis' Mimik. Die Furcht, die sich auf seinem Gesicht gezeigt hatte, wich einem irren Grinsen. „Und Julia." Sogleich trübte sich sein Blick. Denis schien mit seinen Gedanken weit weg zu sein. Sein Kopf wiegte hin und her, als drohte er von den Schultern zu kippen, und Denis stammelte: „Er hat Julia gekillt, er hat sie auf dem Gewissen, er ist schuld."

Die Lok fuhr wieder los, kam auf die Jungs zu. Das Quietschen begann erneut und Ben fragte sich, warum die Lokführer diese verdammten Räder nie ölten. Seine Nackenhaare stellten sich auf. Er schüttelte Denis, denn er konnte seinen Stimmungsschwankungen kaum noch folgen. „Du bist doch total bekifft, Mann!"

Denis' Lider flackerten, er sah verzweifelt aus. Seine Augen glänzten wieder feucht. Plötzlich kräuselte sich die Haut auf seiner Nase vor Wut. „Mich kriegt der Arsch nicht. Und die Bullen auch nicht." Er ließ das zerbeulte Blech fallen und rannte los, zwischen den geparkten Waggons hindurch und verschwand.

Die Lok war jetzt ganz nah. Sie nahm an Fahrt auf. Die Räder hatten mit dem Kreischen aufgehört, aber ein bedrohliches Surren und Rauschen lag in der Luft, als näherte sich etwas Gigantisches, das alles platt walzen würde, was sich ihr in den Weg stellte.

„Neeein!", schrie Benjamin und sprintete los.

Die Angst um seinen Freund ließ ihn schneller laufen. Er war froh, nicht gesoffen und geraucht zu haben. Denis dagegen schlug Haken wie ein Kaninchen, dessen Fluchtinstinkt eingesetzt hatte, gehetzt und desorientiert, sodass er es Benjamin schwer machte, an ihm dranzubleiben. Sie hatten sich im letzten Jahr nicht viel zu sagen gehabt, aber sie waren immer noch Freunde, schließlich hatten sie viel zusammen durchgemacht. Mehr als andere Cliquen. Viel, viel mehr!

Denis fand endlich, wohin er wollte – zu den Gleisen, auf denen sich der Zug näherte. Torkelnd stellte er sich mitten darauf. Aus unerfindlichen Gründen fiel er wie ein Stein zu Boden. Aus einiger Entfernung sah Ben, wie er sich aufsetzte. Der Kopfhörer lag eine Armlänge entfernt neben ihm, war noch verbunden mit dem Kabel, das unter dem Hoodie verschwand, und wirkte wie ein Anker. Grinsend schaute Denis den wild gestikulierenden Fahrer an. Dieser zog die Bremse, aber Ben ahnte, dass die Lok bereits zu viel Schwung hatte, um rechtzeitig zum Stehen zu kommen.

Denis blieb einfach sitzen und blickte sich gehetzt um, als wäre er von Dämonen umringt, die nur er sehen konnte. Mit tränennassen Wangen breitete er seine Arme aus. Um zu zeigen, dass er sich nicht fürchtete? Um den Tod willkommen zu heißen?

„Wichser", rief Benjamin und lief schneller. „Lass mich mit dieser ganzen Scheiße nicht alleine."

Plötzlich sah Denis ihn an. Er schien nun, da er sich entschieden hatte, völlig ruhig zu sein. Sein Brustkorb hob und senkte sich nicht mehr. Der irre Blick war weg, aber seine Augen glänzten glasig und seine Lider waren halb geschlossen. Unnatürlich gelassen klopfte er neben sich, während sein Oberkörper hin und her wiegte wie ein Blatt, das der Sturm jeden Moment vom Baum reißen würde. „Dann komm doch und setz dich dazu."

Vor Entsetzen über seine Worte stolperte Benjamin. Er ruderte mit den Armen, um sein Gleichgewicht zu finden. In diesem Schreckmoment kam er sich wie der kleine Vogel am Himmel vor, auf den Denis mit einer imaginären Waffe gezielt hatte und der ins Trudeln geraten war, weil ein anderer größerer Vogel ihn plötzlich attackiert hatte.

23. KAPITEL

Prickelnde Vorfreude erwachte in Daniel, als er seinen Chopper in das Bootshausrestaurant *Die Hummergabel* fuhr. Heute Abend würde er sein Geheimnis lüften und seinen rechten Rollstuhlfahrerhandschuh das erste Mal im Beisein von Marie ausziehen. Er freute sich schon den ganzen Tag auf ihr Gesicht.

Wie lange war es her, dass er sich so gut gefühlt hatte? Es musste definitiv vor März gewesen sein, denn danach war seine Welt zusammengebrochen. Nicht ganz, korrigierte er sich. Er hatte jegliches Gefühl in seinem Unterleib verloren und damit auch seinen Job bei der Mordkommission, aber eine Konstante war in seinem Leben geblieben – Marie.

Er küsste ihren Handrücken, ließ sie los und beobachtete, wie der Kellner ihr den Mantel abnahm und aufhängte. Noch immer verspürte er einen Stich in seinem Brustkorb, weil er zu ihr aufschauen musste wie ein Zwerg, dabei war es vorher andersherum gewesen. Doch ganz langsam fand er sich damit ab. Es stürzte ihn nicht mehr jede Kleinigkeit in eine Krise. Sein männlicher Stolz jedoch hatte immer noch ein wenig daran zu knabbern. Aber er musste an sich arbeiten, wenn er Marie weiterhin an seiner Seite haben wollte. Sie hatte ihm unmissverständlich zu verstehen gegeben, dass sie mit einem Gehbehinderten zusammenleben konnte, nicht aber mit einem verbitterten Mann, der alles schwarzmalte. Deswegen hatte er sie an diesem Abend in ein schwimmendes Restaurant eingeladen. Es hatte einen festen Ankerplatz auf der *Schäl Sick*, wie die Kölner das rechtsrheinische Ufer nannten.

Der Kellner führte sie zu ihrem reservierten Tisch und nahm für den Rollstuhl einen Stuhl weg. Irritiert starrte Daniel die vier Gedecke an. „Wir sind aber nur zu zweit."

Überrascht hoben sich die Augenbrauen des Obers. „Das tut mir leid. Ich schaue rasch nach, ob wir die Reservierung falsch notiert oder ich Sie an den falschen Tisch gebracht habe." Er lächelte entschuldigend und ging.

„Kann ja mal passieren." Marie zuckte mit den Achseln und sah sich um. „Wunderschön."

Das Restaurant fasste nur zwanzig Tische für zwei oder vier Personen. Daniel strich über die gestreifte barocke Polsterung eines Stuhls. Der Stoff war bestimmt nicht billig gewesen, ebenso wenig wie das

Fischgrätenparkett. Beiläufig prüfte Daniel, ob sein Rolli Kratzer auf dem Boden hinterlassen hatte, und atmete erleichtert aus. Der goldene Kerzenständer wirkte nicht einmal kitschig, sondern passte in das edle Ambiente. Unauffällig betastete Daniel die Blumengestecke, sie waren echt. Hoffentlich würde er das richtige Besteck für den richtigen Gang benutzen. Auch die zahlreichen Gläser irritierten ihn. Er fühlte sich bei solch einem Schickimickikram eigentlich unwohl, aber er wusste, dass Marie die exklusive Atmosphäre genoss, und nur das zählte.

Mit einem unguten Gefühl im Magen rieb Daniel über seinen Ringfinger, während er blinzelnd die zwei überflüssigen Gedecke anstarrte, als wären es Eiterbeulen, die den Appetit verdarben. Die Haut unter dem Lederhandschuh kribbelte. Ungern dachte er an die Tortur zurück, die er durchgestanden hatte. Er sah sich selbst als echten Kerl an, der hart im Nehmen war, aber die Schmerzen hatten ihm die Tränen in die Augen getrieben. Seitdem trug er seinen Ehering auf der linken Seite.

Daniel wollte, dass der Abend perfekt war, wollte Marie verwöhnen und überraschen, denn sie hatte es verdient.

Außerdem ging es ihm besser, nicht körperlich natürlich, sondern moralisch. Dieser kleine Durchbruch musste gefeiert werden! Es hatte ihm Kraft gegeben, das Polizeipräsidium von innen zu sehen, ein paar Kollegen zu treffen und wieder an einem Schreibtisch zu sitzen, wenn auch in der falschen Abteilung.

Überdies hatte er eine Aufgabe. Er musste GeoGod stoppen und herausfinden, wo der Zusammenhang zwischen Mike Schardt, Günther Lenz, Julia Kranich und, ja, auch Benjamin bestand. Dadurch, dass er endlich wieder ein Ziel vor Augen hatte, rauschte das Blut stärker durch seine Adern, das Adrenalin riss ihn aus seiner Lethargie und er spürte, dass sein Lebensmut zurückkehrte. Er bekam ein schlechtes Gewissen, weil etwas Böses ihn aus seiner Schwermut riss, aber er war nun einmal mit Leib und Seele Kriminalkommissar und würde nie etwas anderes sein können.

Ungeduldig schaute er sich nach dem Kellner um, der verschwunden war, und seufzte. „Ich muss wirklich dringend aufs stille Örtchen."

„Ich bestelle schon mal ein Glas Rotwein." Marie lächelte ihn an.

„Nein." Amüsiert nahm er zur Kenntnis, wie ihr das Grinsen von einer Sekunde zur anderen verging.

„Nicht?"

Er zwinkerte ihr zu. „Gleich eine ganze Flasche."

Verschwörerisch neigte sie sich zu ihm und dämpfte ihre Stimme. „Die ist hier bestimmt sehr teuer und wir müssen unser Geld zusammenhalten."

„Das ist heute Nacht egal." Er küsste sie sanft auf den Mund, wischte sich danach mit dem Handrücken ihren dezent rosafarbenen Lippenstift ab, was sie mit einem Kopfschütteln und einem Lächeln quittierte, und fuhr zum WC.

Dort zog er seine schwarzen Halbfinger-Rollstuhlhandschuhe aus. Er entfernte das Pflaster von seinem rechten Ringfinger, das er zum Schutz trug, damit sich die Wund- und Heilsalbe nicht unter dem Leder verteilte, wusch diese ab und zog mit der Fingerspitze die dunklen Linien nach. Zufrieden und gespannt, da er nicht wusste, ob Marie ihn für verrückt erklären würde oder seinen Liebesbeweis zu schätzen wusste, steckte er seinen Ehering auf die richtige Seite und zog die Handschuhe wieder an.

Er kehrte ins Restaurant zurück, verwundert darüber, wie stark sein Herz vor Aufregung pochte – und stoppte die Räder seines Bocks unvermittelt. Das durfte doch wohl nicht wahr sein! Er traute seinen Augen kaum. Irene und Rainer Bast nahmen gerade neben Marie Platz – an ihrem und Daniels Tisch, gedacht für ein romantisches Essen, das ihre Ehe bitter nötig hatte. Aber sie würden gleich wieder gehen, oder etwa nicht?

Noch hatten sie ihn nicht bemerkt, denn ein Paravent aus kunstvollem Eisengeflecht stand zwischen ihnen und nahm zwar nicht die volle Sicht, schirmte aber dennoch ein wenig ab. Außerdem saß seine Schwiegermutter mit dem Rücken zu ihm und von seinem Schwiegervater sah er nur das Profil.

Was taten sie in der *Hummergabel*? Es gab unzählige Restaurants in einer Großstadt wie Köln. Mussten sie sich ausgerechnet dieses aussuchen? Das war einfach zu unwahrscheinlich! Zumal sie nie über dieses schwimmende Lokal gesprochen hatten.

In seiner ironischen Art untersuchte er seinen Bock nach einem Peilsender, fand aber keinen.

Widerstrebend rollte Daniel auf seiner Krüppel-Harley näher. Dann blieb er doch wieder stehen und knirschte mit den Zähnen. Er hatte keine Lust auf das affektierte Geschwafel der beiden, auf Rainers wohlgemeinte Ratschläge, die immer von oben herab klangen, und Irenes mitleidige Blicke für Marie und abschätzige für ihn. Sie mochten ihn genauso wenig wie er sie, warum verschwanden sie also nicht sofort wieder? Stattdessen brachte der Ober eine Flasche Champagner und vier Gläser.

Arschkarte, dachte Daniel und biss die Zähne zusammen, bis seine Kiefer schmerzten. Er legte seine Hände an die Greifringe, konnte sich aber nicht dazu überwinden, die Räder anzuschieben. Mit Mördern und Totschlägern legte er sich ohne mit der Wimper zu zucken an, aber um seine Schwiegereltern machte er lieber einen Bogen, das war doch verrückt! Es war nicht so, dass er Angst vor ihnen hatte. Allerdings brachten sie ihn allzu leicht in Rage, und wenn er wütend war, drückte er sich nicht gerade diplomatisch aus, sondern sprach seine Meinung freiheraus aus. Ein waschechter Kölner eben, direkt und ehrlich. Sollte es zum Bruch mit den Basts kommen, befürchtete er, dadurch auch Marie zu verlieren. Denn welche Tochter entschied sich schon gegen ihre Eltern?

In manchen Momenten glaubte er, dass ihre Eltern es genau darauf anlegten, dass sie ihn absichtlich reizten, damit er explodierte und es zum Streit kam, um Marie vor die Wahl zu stellen: er oder sie. So weit wollte er es aber nicht kommen lassen, besonders nicht jetzt, wo er ihr kaum mehr etwas bieten konnte. Alles ging den Bach runter. Er belastete sie mit seiner körperlichen Beschränktheit und seinen Depressionen, sein Schwanz würde nie wieder in ihr sein und ihr Lust verschaffen, hinzu kamen finanzielle Sorgen und eine ungewisse Zukunft. Seine Karten waren im Moment nicht die besten.

„Du hattest mir doch bei unserem letzten Telefonat gesagt, wo ihr hingehen wolltet, hattest davon geschwärmt, dass er dich das erste Mal, seit ihr zusammen seid, in ein Gourmetrestaurant ausführt." Irenes nasale Stimme bewirkte, dass sich Daniels Nackenhaare aufstellten. Offenbar war Marie ebenso überrascht, ihre Eltern zu sehen, wie er, und hatte gefragt, was sie in die *Hummergabel* geführt hatte.

Marie sprach leiser. Er musste lauschen, um sie zu verstehen. „Ich hab dir nur davon erzählt, weil ich mich so sehr darauf gefreut habe. Doch nicht, damit ihr auch kommt."

„Stören wir?" Demonstrativ erhob sich Irene. „Dann können wir auch wieder gehen. Wäre peinlich, aber wir wollen dich nicht in Verlegenheit bringen."

„So war das nicht gemeint."

Ihre Mutter lächelte triumphierend und setzte sich wieder. „Wir sehen uns kaum noch und da dachten wir, es wäre eine gute Idee, zu viert essen zu gehen."

Maries Schweigen sprach Bände.

„Außerdem könnt ihr euch die Haute Cuisine hier doch gar nicht leisten. Was hat sich Daniel nur bei der Auswahl der Lokalität gedacht?" Theatralisch schnalzte Irene.

Daniel ballte seine Hand um die Greifringe. Nur ruhig Blut, redete er sich gut zu.

„Ihr seid natürlich eingeladen", sagte Rainer Bast in dieser zur Schau gestellten Großzügigkeit, die sein Gegenüber automatisch schrumpfen ließ und ihn demütigte.

„Das braucht ihr nicht", widersprach Marie schwach. Sie wusste genauso gut wie Daniel, dass ihr Budget zurzeit knapp war, da er nur Krankengeld bezog, dass seine berufliche Perspektive eher düster aussah und sie als Gerichts- und Phantomzeichnerin im September nur zwei Mal angefordert worden war. Trotzdem hätte er sich eher die Fußnägel ausgerissen, als Almosen anzunehmen. Von niemandem!

„Papperlapapp, das ist mit dem Ober bereits geregelt." Rainer lehnte sich zurück und selbst diese Bewegung hatte etwas Großkotziges. „Alles geht auf meine goldene Kreditkarte. Such dir aus, auf was du Appetit hast, und nicht was günstig ist."

„Arschloch", sagte Daniel leise. Ein älteres Ehepaar, das in der Nähe saß, hörte ihn und schaute pikiert. Überhaupt fiel es langsam unangenehm auf, dass er nicht weiterfuhr.

„Danke, du bist wie immer sehr", Marie machte eine Pause und legte einen Hauch von Spott in das letzte Wort: „gönnerhaft."

Daniel lächelte in sich hinein. Offenbar hatte sein Sarkasmus auf sie abgefärbt. Das gefiel ihm.

„Wo bleibt er denn?" Ungeduldig tippte Irene mit ihren langen falschen Fingernägeln, die Daniel gerne als Klauen bezeichnete, auf die Tischplatte. „Warum sucht er überhaupt das WC auf? Hat er denn keinen Blasenkatheter?"

„Mutter!"

Entsetzt hielt Daniel kurz die Luft an. Als er ausatmete, wurden seine Augen feucht. Er sprach offen über seine Querschnittslähmung, sie war ohnehin offensichtlich, aber es gab Themen, die blieben tabu. Von einer Sekunde auf die andere fühlte er sich mit seinen sechsunddreißig Jahren wie ein pflegebedürftiger Greis.

„Kein Wort mehr darüber oder ich stehe auf und gehe!“ Empört schob Marie ihren Stuhl zurück, blieb aber sitzen.

Irene nahm ihren Champagner. „Ich brauche dringend einen Schluck oder auch zwei oder drei. Lasst uns anstoßen.“

„Wir sollten auf Daniel warten“, wandte Marie ein, nahm aber das Glas, das ihr Vater ihr reichte, an.

„Das erachte ich als nicht nötig. Zum einen werde ich die Flasche bezahlen und zum anderen sind wir drei eine Familie.“ Rainer stieß leise mit seiner Frau an. „Wir haben jedes Recht darauf, jetzt schon anzustoßen.“

Daniels Rücken tat weh, als hätte man ihm ein Messer zwischen die Schultern gerammt. Aber die Verspannung kam wahrscheinlich daher, dass er durch die privaten Ermittlungen seine Übungen, die der Physiotherapeut ihm gezeigt hatte, nicht gemacht hatte, redete er sich erfolglos ein. Die Basts zählten ihn nicht zur Familie, das hätte er sich denken können. Diese kleinen Spitzen brachten ihn jedes Mal aufs Neue auf die Palme. Er fühlte sich ausgeschlossen und versuchte, die Tropfen in seinen Augenwinkeln wegzublinzeln, während die Gläser am Tisch jenseits der Eisengeflecht-Trennwand klirrten.

„Wir sind immer für dich da, egal, was passiert.“ Aus dem Mund jedes anderen Vaters hätte dieser Satz aufrichtig geklungen, nicht jedoch aus dem von Rainer Bast. Bei ihm erzeugte er bei Daniel vielmehr das Bild eines Netzes, das seine Tochter einfangen und heimzerren sollte.

Marie seufzte. „Ich weiß.“

Ihr Vater war noch nicht fertig mit seiner Ansprache. „Auch wenn du gewisse Entscheidungen triffst, die im ersten Moment hart erscheinen, aber sicherlich besser für dich wären.“

„Wovon …“, setzte Marie an, doch Irene unterbrach sie: „Wir hätten Verständnis dafür, wenn du ihn verlassen würdest.“

Ihre Worte trafen Daniel wie Pistolenschüsse.

„Daniel?“, hakte Marie nach, als könnte sie nicht fassen, dass ihre Mutter ihren Ehemann damit gemeint haben könnte.

Irene legte ihre Hand auf die ihrer Tochter. „Die Ehe ist auch für uns normalerweise heilig, aber ihr habt nicht einmal kirchlich geheiratet, daher gilt sie auch nicht richtig.“

„Für mich schon.“ Marie zog ihre Hand weg.

„Ihr wart schon immer sehr unterschiedlich. Du besuchst gerne Kulturveranstaltungen, legst Wert auf dein Aussehen und liest Bücher.“

Irenes Stimme wurde frostiger. „Er dagegen ist mehr der Kneipentyp – einfach gestrickt, zufrieden mit einem Bier in der Hand und etwas nachlässig in der Wortwahl, um es vorsichtig auszudrücken. Ihr habt noch nie zusammengepasst.“

Marie tat diesen Einwand mit einem lapidaren Achselzucken ab, aber sie setzte sich kerzengerade hin, was ihre Anspannung verriet. „Gegensätze ziehen sich eben an.“

„Die Zeit der Rebellion ist vorbei, Kind.“ Irene tätschelte ihre Tochter unbeholfen, da, so wusste Daniel, sie Marie nicht einmal in ihrer Kindheit in den Arm genommen hatte. „Wir verstehen uns doch jetzt besser als früher, nicht wahr?“

Glaubte sie etwa, dass Marie ihn nur geheiratet hatte, um gegen ihr versnobtes Elternhaus zu rebellieren? Daniel spürte einen Stich im Herzen. Er sollte über solch eine Anschuldigung müde lächeln, doch er konnte nicht ausschließen, dass etwas dran war.

Marie schob das Glas von sich fort. „Ich bleibe bei ihm.“

Meinte sie das wirklich ernst? Ihre Stimme klang brüchig, vielleicht weil ihre Eltern sie verunsichert hatten, möglicherweise aber auch, da sie den Tränen nah oder sauer war. Sie war eine starke Person. Gegen ihre Eltern jedoch konnte sie sich nicht durchsetzen. Er wollte ihr helfen, das zu ändern, falls er noch eine Chance dazu bekam. Daniel zog seinen Handschuh aus und schob seinen Ehering bis zum Knöchel hoch, um das Tattoo darunter zu betrachten.

„Doch nicht etwa aus Pflichtgefühl?“ Aufgebracht schob Rainer die Ärmel seines Bogner-Pullovers hoch und legte, unbewusst oder bewusst, seine teure Graham-Armbanduhr frei, die es, wie er nicht müde wurde zu betonen, nur in einer limitierten Auflage von fünf Stück weltweit gab. „Das hat eine Bast nicht nötig. Wir sind niemandem etwas schuldig.“

„Weil ich ihn liebe“, sagte sie so laut, dass auch die Personen an den umliegenden Tischen es hörten.

Daniel spürte eine angenehme Wärme im Brustkorb. Er entspannte sich etwas, doch die alten Zweifel kehrten zurück, ob er Marie ein Zusammenleben mit ihm überhaupt zumuten durfte. Das letzte halbe Jahr hatte sie es nicht leicht mit ihm gehabt. Sie fühlte sich, wie sie einmal gestanden hatte, von ihm abgewiesen. Manchmal konnte er ein richtiges Ekel sein, aber nur, weil er sich selbst nicht mehr leiden konnte. Er hatte nun mal Probleme, sich damit abzufinden, dass er nicht mehr gehen konnte. Doch er arbeitete an sich und seiner Einstellung. Er machte Fortschritte, hatte diesen romantischen Abend geplant und sich als Liebesbeweis Maries Vornamen in geschnörkelten Buchstaben um den Ringfinger an der rechten Hand tätowieren lassen.

„Das redest du dir ein, weil du ein gutes Herz hast. Aber schau mal", sagte Irene belehrend. „Beruflich ist er am Ende. Er wird nie wieder bei der Polizei arbeiten können. Was soll also aus ihm werden? Ein Sozialfall, den du durchfüttern musst."

Rainer trank sein Glas leer und stellte es laut hin. „Die sieben Jahre Altersunterschied haben mich schon immer gestört."

Nicht, wenn ich einen Managerposten hätte oder aus einer reichen Familie stammte, dachte Daniel. Warum regte er sich eigentlich innerlich so auf? Er wusste doch längst, dass seine Schwiegereltern ihn nicht als gut genug für ihre Tochter betrachteten. Vielleicht weil er es das erste Mal mit klaren Worten aus ihrem Mund hörte? Das kam hin.

„Er kann keine Kinder mehr zeugen und dich nicht einmal im Bett befriedigen." Gereizt nippte Irene an ihrem Champagner. „Welche gesunde Frau will sich schon an einen Mann wie ihn binden?"

Marie schnappte nach Luft. Schließlich sprang sie zornig von ihrem Stuhl auf. „Es reicht. Noch ein Ton und ich gehe."

„Setz dich wieder", befahl Rainer Bast in einem Ton, den seine Angestellten bestimmt öfter zu hören bekamen. „Nur Proletarier machen Szenen an öffentlichen Orten."

Marie beugte sich vor und stützte sich mit ihren Händen auf dem Tisch ab. „Ich gehöre zum Proletariat und fühle mich sauwohl dabei."

„Diese Wortwahl." Irene schlug die Hände über dem Kopf zusammen. „Die hat von Daniel abgefärbt."

Wutschnaubend schritt Marie um die Stellwand herum, bemerkte Daniel und blieb erschrocken vor seinem Rollstuhl stehen. Ihre Augen weiteten sich entsetzt, da ihr wohl bewusst wurde, dass er das Streitgespräch mitbekommen hatte.

Daniel war elend zumute! Sein mühsam zurückgewonnenes Selbstbewusstsein schmolz. Am liebsten hätte er sich auf der Stelle in Luft aufgelöst. Stattdessen blickte er sie kummervoll an und saß auf seinem Bock wie ein gebrochener Mann, ganz der hilflose Krüppel, den ihre Eltern in ihm sahen.

Wenn es mal rundläuft, kotzt das Leben einem doch wieder ins Essen, dachte er und zog rasch den Handschuh über, bevor ihr die

Tätowierung auffiel. Vielleicht war das Tattoo eine Scheißidee gewesen, denn ihre Ehekrise war noch nicht überstanden. Wie auch immer, der Liebesbeweis kam auf jeden Fall zu früh.

Die Basts stellten sich neben Marie und erröteten zu seiner Überraschung verlegen. Vollkommen abgebrüht waren sie also doch nicht.

Daniel erwog kurz, sie mit seinem Chopper über den Haufen zu fahren, ließ es jedoch bleiben. Einzig die Tatsache, dass sie sein größtes Geheimnis nicht kannten, heiterte ihn auf eine groteske Weise auf.

Wenn sie wüssten, dass er als Teenager um ein Haar seinen eigenen Vater getötet hatte, würden sie alle legalen und vermutlich, so schätzte er Rainer ein, auch illegalen Hebel in Bewegung setzen, um ihn von Marie fernzuhalten.

24. KAPITEL

„Wo ist Daniel denn heute Nachmittag?“ Ben trat vor ihr in den Aufzug der LVR-Klinik Köln. Lässig lehnte er sich an die Wand, als würde es ihm nichts ausmachen, in eine Psychiatrie hineinzugehen, aber Marie bemerkte das stete Zucken seines Augenlids.

Sie folgte ihm in die Kabine. „Auf dem Polizeipräsidium. Probearbeiten im KK 32. Beamten- und Korruptionsdelikte.“

„Ich dachte, so was Langweiliges will er nicht machen.“

„Ist auch so.“ Es tat ihr leid, dass sie kurz angebunden klang, als hätte sie keine Lust, bei ihm zu sein, dabei hatte sie ihm angeboten, ihn nach der Arbeit in den Stadtteil Brück in die Wilhelm-Griesinger-Straße zu fahren und ihn auf die geschlossene Station zu begleiten.

Ben blies seine Wangen auf. „Warum geht er dann hin?“

„Um herauszufinden, ob es Neuigkeiten zu Julia gibt.“ Und um nicht zu Hause zu sein, fügte sie in Gedanken hinzu. Nachdem er aus der Reha zurückgekehrt war, hatte er bis mittags im Bett gelegen, weil er nichts mit sich anzufangen wusste, aber diese Frustphase war vorbei. Inzwischen stand er extra auf, um mit ihr zu frühstücken. An diesem Morgen jedoch hatte er noch geschlafen – oder so getan als ob.

Marie drückte auf den entsprechenden Etagenknopf. Ruckelnd setzte sich der Fahrstuhl in Bewegung.

„Ist alles okay?“, fragte er und rückte sein Baseball-Cap zurecht. „Du wirkst bedrückt.“

„Ich bin nur erschöpft. Der Tag im Musical Dome war anstrengend.“ Sie schüttelte ihren Kopf, denn sie wollte ihn nicht auch noch mit ihren Problemen belasten. Um das Gespräch auf ein anderes Thema zu lenken, las sie einen Punkt aus der Broschüre, die sie sich an der Anmeldung mitgenommen hatte, vor: „Besondere Schwerpunkte sind: Substitutionsbehandlung bei Heroinabhängigen …“

Aufbrausend unterbrach Benjamin sie. „Denis spritzt nicht oder so ’n Scheiß!“

„Aber er kifft exzessiv.“

Rote Flecken zeigten sich auf seinem Hals. Er starrte seine Turnschuhe an, als könnte er sich nicht daran erinnern, sie angezogen zu haben.

Jetzt war der Moment gekommen, wo Marie mit ihm über seinen Graskonsum hätte reden sollen. Aber sie fühlte sich zu ausgelaugt und hatte in der vergangenen Nacht schon genug mit Daniel gesprochen.

Zumindest hatte sie es probiert. Wenig erfolgreich. Sie blickte wieder auf das Heft. „Depressionen, Traumafolgestörungen …"

Der Aufzug hielt und die Tür öffnete sich, aber niemand stieg ein.

„Trauma?" Benjamin stieß sich von der Wand ab und wollte so schnell aus dem Aufzug eilen, dass es wie eine Flucht aussah, aber Marie hielt ihn davon ab, denn sie hatten das Stockwerk, in der sich die Abteilung Allgemeine Psychiatrie II befand, noch nicht erreicht. Während er an der Innenseite seiner Wange knabberte, nahm er ihr die Informationsbroschüre aus der Hand und ließ seinen Blick darüber schweifen. „Was ist Komorbidität?"

„Wenn zwei oder mehrere psychische Störungen auftreten, zum Beispiel eine Psychose und ein Suchtproblem." Das stand direkt darunter, aber anstatt weiterzulesen, fragte er lieber. Typisch Ben! Marie fror, obwohl es im Krankenhaus warm war. Das lag vermutlich an dem wenigen Schlaf. Sie hatte kaum ein Auge zugemacht und tagsüber zu wenig gegessen. Wenn sie Kummer hatte, bekam sie kaum etwas herunter. Sie zog ihren Schal enger und schlang die Arme um ihren Oberkörper. „Denis liegt auf Station 15. Dort ist er unter ständiger Beobachtung, damit er nicht erneut versucht, sich umzubringen." Marie schob den Ärmel ihres Mantels zurück und sah auf ihre Armbanduhr. „Frau Buschhütter wartet vor der Stationstür, sagte sie mir am Telefon."

„Das trifft auf Denis zu." Ben gab ihr die Broschüre zurück.

Spannungskopfschmerzen kündigten sich an. Sie massierte ihren Nacken, aber das brachte ebenso wenig Linderung wie das Gespräch mit Daniel in der Nacht. „Welcher Punkt?"

„Alle."

Überrascht hob Marie ihre Augenbrauen. Bevor sie nachhaken konnte, verließ er die Kabine. Frau Buschhütter empfing sie. Sie umarmte Ben. Fest drückte sie ihn an sich. „Ich bin so froh, dass du ihn von den Schienen runtergezogen hast."

Benjamin hatte einen Krankenwagen gerufen. Nachdem Denis untersucht und festgestellt worden war, dass er keine Verletzungen hatte, hatte man ihn wegen versuchten Suizids in die Psychiatrie zwangseingewiesen. Marie war überrascht, dass Ben seinen Freund nach seinem Selbstmordversuch nicht einfach nur nach Hause gebracht und ins Bett gelegt hatte, ohne irgendwem etwas zu sagen, um ihn zu decken. Das ließ Marie hoffen, dass er sein eigenes Problem ebenfalls bald erkannte.

Frau Buschhütter brachte Benjamin zu ihrem Sohn, während Marie in der Sitzecke, die zwischen Stationseingang und Aufzug unter einem Fenster stand, wartete.

Als Denis' Mutter zurückkehrte, hielt sie mit zwei nikotingelben Fingern eine Zigarettenschachtel hoch. „Rauchen Sie?"

Marie schüttelte ihren Kopf. Befürchtete Frau Buschhütter, dass die Stühle für ihre dralle Figur zur klein waren? Marie hatte wenig Lust auf die feuchtkalte Luft, sagte aber aus Höflichkeit: „Aber ich leiste Ihnen Gesellschaft, wenn Sie möchten."

Gemeinsam fuhren sie ins Erdgeschoss und stellten sich unter das Vordach vor dem Eingang der Psychiatrie.

Nervös, als bräuchte sie dringend Nikotin, um das alles zu überstehen, zündete sich Frau Buschhütter eine Zigarette an. Sie inhalierte tief und schien beruhigt. „Ich bin an allem schuld."

„Wie bitte?"

Sie hustete röchelnd und hielt sich eine Hand vor den Mund. „Ich habe schon immer viel gequalmt. Hab es als Teenager mit meinen Freundinnen ausprobiert, weil es cool aussah. Die Kerle standen damals tatsächlich darauf. Also bin ich dabei geblieben. Als ich mit Denis schwanger wurde, versuchte ich aufzuhören. Aber wenn man Kette raucht, klappt das nicht. Ich reduzierte von zwei Schachteln auf eine, mehr war nicht drin. Nach Denis' Geburt paffte ich am Fenster. Wir haben keinen Balkon, wissen Sie?"

Marie wollte einwerfen, dass sie sich nicht entschuldigen und sich keine Vorwürfe zu machen brauchte, aber das wäre gelogen gewesen, daher schwieg sie.

„Er bekam das Rauchen schon in die Wiege gelegt." Frau Buschhütter lachte freudlos. Die Bemerkung sollte wohl ein Scherz sein, war sie aber nicht. Asche fiel auf ihren braun-blau gestreiften Synthetikpullover. Obwohl sie sie sofort wegwischte, blieb ein kleines Brandloch zurück. „Schon mit zehn Jahren habe ich ihn dabei erwischt, wie er sich heimlich eine angesteckt hat. Mit zwölf hat er regelmäßig gequalmt. Nicht zu Hause, aber ich habe es an seiner Kleidung gerochen."

„Haben Sie nichts dagegen unternommen?"

„Was hätte ich dagegen einwenden sollen?" Verlegen trippelte sie auf der Stelle herum. Ihre Füße quollen über die fleischfarbenen Pumps. „Ich rauche ja selbst wie ein Schlot."

„Er war doch noch ein Kind!"

Entschuldigend zuckte sie mit den Achseln. „Ich bin alleinerziehend, da lässt man vieles durchgehen, um den Vater zu ersetzen. Außerdem bin ich eh kaum daheim. Ich habe eine Teilzeitstelle und zwei Minijobs, um über die Runden zu kommen."

Es fiel Marie schwer, Verständnis aufzubringen, aber nicht jeder konnte in einem reichen Haushalt wie dem ihrer Eltern aufwachsen. Geld war nie ein Problem für Marie gewesen, und obwohl Irene Bast im Unternehmen ihres Mannes mitarbeitete, hatte sie sich für Maries Erziehung Zeit genommen, aber ein schönes Heim hatte sie deshalb trotzdem nicht gehabt.

Frau Buschhütter schob den Gummibund ihrer dunkelblauen Stretchhose etwas tiefer, vermutlich weil er in ihren stattlichen Bauch einschnitt. „Irgendwann hat Denis nicht mehr nur geraucht, sondern auch gekifft. Die Ärzte sagen, er hat es damit übertrieben. Genauso wie mit dem Essen. Aber auch diese Veranlagung hat er von mir. Ich bin an allem schuld, an allem."

Gefühlvoll berührte Marie ihre Schulter. Unter ihrer Hand spürte sie, dass Denis' Mutter vor Kummer bebte.

„Er hätte psychische Probleme, sei labil, sagen sie", fuhr Frau Buschhütter fort und löschte ihre Kippe in einem mit Sand gefüllten Aschenbecher, der neben dem Eingang stand. „Dadurch löste das exzessive Kiffen bei ihm eine Psychose aus. Ich hätte es merken können, merken müssen. Seit einem Jahr wacht er nachts manchmal schreiend auf. Er ist dann so nass geschwitzt, dass er duschen muss."

Marie zog ihre Hand zurück, als hätte sie sich verbrüht. „Seit einem Jahr?"

„Ich dachte, das hätte noch etwas mit der Pubertät zu tun, denn Denis war schon immer ein Spätzünder. Angeblich hatte er schon Freundinnen, aber nach Hause hat er noch keine gebracht. Ist allerdings auch kein Wunder, bei unserem Drecksloch."

„Wenn ich etwas für Sie tun kann ..."

„Sie müssen schon für Benjamin da sein. Der arme Junge und seine Familie machen ja zurzeit auch viel durch." Als Frau Buschhütter ablehnend ihren Kopf schüttelte, schwangen ihre schulterlangen braunen Spaghettihaare hin und her wie die Schnurgardine von Maries Großeltern im Luftzug.

„Das kann man wohl sagen." Seufzend schmiegte sich Marie an das Gebäude, denn der Wind wurde stärker und peitschte den Regen unter das Dach.

„Was ist nur los im Moment? Kummer und Leid, wohin man schaut. Meine Tochter liegt im künstlichen Koma."

Bestürzt riss Marie ihre Augen auf.

„Claudi fiel beim Schlafwandeln aus dem Fenster. Ich hatte gar nie mitbekommen, dass sie manchmal nachts durch die Wohnung geistert. Ich meine, man fängt doch nicht erst mit dreiundzwanzig damit an." Seufzend rieb sie sich durch ihr blasses Gesicht. „Aber ich wusste ja auch nicht, wie schlimm es um Denis steht."

„Sie zittern ja." Obwohl Marie nicht glaubte, dass die Kälte der Grund dafür war, zeigte sie in Richtung Lobby. „Lassen Sie uns reingehen, dort ist es wärmer."

Frau Buschhütter nickte und ging voran. Ihre Absätze klackten auf den großen schwarzen Fliesen. „Aber ich will nicht anfangen zu jammern, das habe ich bisher nie getan und die Zeiten waren immer hart. Andere haben auch Probleme. Maik Hagedorn wurde festgenommen, wussten Sie das schon?"

„Der Freund von Denis und Ben?" Marie fiel in einen Laufschritt, um mit der großen, kräftigen Frau mitzuhalten.

„Die drei Fragezeichen fallen auseinander. Ist ein dummer Vergleich, ich weiß, sie sind ja keine Hobbydetektive und besonders clever sind die Jungs auch nicht, wenn ich das so offen sagen darf." Entschuldigend hob sie ihre Hände und blieb vor dem Aufzug stehen. „Denis kifft sich in die Psychiatrie, Benjamin, verzeihen Sie meine Ehrlichkeit, muss aufpassen, dass es ihm nicht genauso geht, und Maik versucht sich mit Kokain im Koffer ins Ausland abzusetzen."

„Wie bitte?" Marie traute ihren Ohren kaum.

„Er wurde am Köln-Bonner Flughafen festgenommen und behauptet, nichts von dem Koks zu wissen. Alles abzustreiten ist ziemlich dämlich, wenn das Teufelszeug im eigenen Gepäck gefunden wird, nicht wahr?"

Seltsamerweise musste Marie an ihren Onkel Hajo denken. Er beharrte darauf, keine Affäre zu haben und nicht zu wissen, woher der Damenslip in seiner Wäsche stammte. Aber das musste ein Zufall sein. Die meisten Menschen, die bei etwas erwischt wurden, stritten erst einmal ab. Dennoch ging ihr der Gedanke nicht aus dem Kopf. „Wie kam er an das Rauschgift?"

„Er kifft ja auch."

„Das ist aber eine andere Hausnummer. Konsumiert er selbst?"

„Das weiß ich nicht. Ich hatte bei ihm zu Hause angerufen, um ihnen mitzuteilen, dass Denis in der Klinik des Landschaftsverbands Rheinland liegt, dabei erzählte mir der Vater das nur kurz. Mehr weiß ich nicht."

Während sie mit dem Fahrstuhl auf die Etage fuhren, in der sich die Station 15 befand, schwiegen sie. Marie erfasste eine Unruhe, die sie nicht mehr abstreifen konnte. Lag es daran, dass zu viel in zu kurzer Zeit passierte?

Abgesehen von den Querelen mit ihren Eltern war die Welt bis vor einem Jahr noch in Ordnung gewesen. Die Mannteufels waren eine intakte Familie und Ben, Maik und Denis genossen ihr letztes Jahr als Schüler, bevor das Arbeitsleben oder ein Studium einen Großteil ihrer Zeit in Anspruch nehmen würde.

Plötzlich verstarb Julia, Daniel hatte einen Unfall, der sein Leben veränderte, GeoGod stalkte Benjamin, sein Vater ging fremd, Denis kiffte sich in eine Psychose, seine Schwester war schwer verletzt und Maik versuchte mit Kokain im Koffer auszureisen, als hätte er nicht mehr Grips als ein Einzeller. Vor wem oder was hatte er versucht, davonzulaufen?

Was passiert hier? fragte sich Marie. Unglücke geschahen, aber nicht in solch einer geballten Form. Zu viel Kummer, zu viel Leid auf einmal, das machte sie stutzig. Sie wusste, sie würde nicht eher Ruhe finden, bevor sie nicht mit Maiks Eltern gesprochen hatte.

Sie bot Benjamin an, ihn zu den Hagedorns zu fahren, damit er ihnen ihre Hilfe anbieten konnte, aber er weigerte sich. Er wollte Maik nicht in der Untersuchungshaft besuchen, nicht einmal einen Brief schreiben. Es erweckte den Anschein, als würde Ben ihn meiden. Frau Buschhütter hatte recht, die Freundschaft der drei zerfiel. Noch etwas, das Marie der Liste der Tragödien dieses Jahres hinzufügte.

Also brachte sie Ben in die Südstadt und fuhr alleine zu den Hagedorns nach Fühlingen. Sie wohnten in einem Reihenhaus in der Nähe des Naherholungsgebietes Fühlinger See, mit Herbstanemonen in den Blumenkästen, die genauso weiß waren wie die Spitzenhalbgardinen an den Fenstern. Der Putz schien frisch eierschalenfarben gestrichen worden zu sein. Im Vorgarten stand eine kleine Holzschubkarre, in die rosa Herbstastern gepflanzt waren.

Marie parkte am Straßenrand und lief durch den Regen zur Tür, an der ein Holzschild mit dem Namen der Familie im Wind baumelte. Sie klingelte.

Ein Mann öffnete. Sein Teint war gräulich, sodass sich Marie fragte, ob er krank war. Er hatte eins dieser Gesichter, die man nicht wiedererkannte. Normaler Haarschnitt, unauffällige Nase, kleiner Mund.

Herr Hagedorn schob seine Brille zur Nasenwurzel hoch. „Ja, bitte?"

„Marie Zucker." Höflich reichte sie ihm die Hand. „Ich bin die Cousine von Benjamin Mannteufel. Er wäre gerne mitgekommen, aber der Besuch bei Denis vorhin im Krankenhaus hat ihn zu sehr mitgenommen."

„Hab ich gehört. Schrecklich!" Herr Hagedorn trug ein blaugrün kariertes Hemd, das bis auf den letzten Knopf geschlossen war.

Bei dem Anblick schnürte sich Maries Hals zu. „Deshalb konnte er leider nicht kommen, noch nicht, aber er schickt mich, um sie zu fragen, ob er etwas für Maik tun kann."

„Beten."

Marie runzelte ihre Stirn.

Er winkte ab, als hätte er einen schlechten Scherz gemacht. „Nicht einmal das wird ihm helfen. Was hat sich der Junge nur dabei gedacht?"

Da er heraustrat und sich verschwörerisch umsah, als befürchtete er, einer der Nachbarn könnte sie hören, nutzte Marie die Chance, um sich Eintritt zu verschaffen. „Darf ich vielleicht reinkommen?"

„Aber sicher doch. Wie unhöflich von mir." Einladend öffnete er weit die Tür.

Marie putzte ihre Schuhe auf der altrosafarbenen Kokosmatte ab, die die Gäste mit dem Spruch *Tritt ein ins Paradies* willkommen hieß, und ging in die Diele. „Wie geht es Maik?"

Als sie im Schutz des Hauses standen, wirkte Herr Hagedorn erleichtert. „Er ist ziemlich fertig und schwört Stein und Bein, nichts von den Drogen zu wissen. Das Dreckzeug muss ihm untergeschoben worden sein!"

Marie lächelte milde. Eltern neigten dazu, an das Gute in ihren Kindern zu glauben und daher blind zu sein. Wenn Ben und Denis kifften, tat Maik das auch, und oft waren Joints der Einstieg zu härteren Sachen.

„Die Polizei vermutet, dass er vorhatte, sie in Südamerika zu verkaufen, um über die Runden zu kommen." Schaumiger Speichel sammelte sich in seinen Mundwinkeln.

„Ein Achtzehnjähriger?" Das erschien Marie doch sehr unwahrscheinlich, zumal Maik kurz vor dem Abitur stand. „Und warum Amerika?"

„Mein Bruder ist vor drei Jahren nach São Luis ausgewandert. Karl hatte immer diese Doku-Soaps gesehen und plötzlich packte ihn die Abenteuerlust." Er rümpfte seine Nase, und Marie war sich sicher, dass er selbst solch einer Laune niemals nachgeben würde. „Doch anstatt Brasilien zu genießen, wie er geplant hatte, arbeitet er jetzt mehr als vorher, um über die Runden zu kommen."

Beiläufig schaute sie sich um. Von der Diele aus konnte sie eine Vitrine mit Hummelfiguren im Wohnzimmer erspähen. „Woher hatte er denn das Geld, um das Kokain zu kaufen?"

„Hätte", korrigierte er sie. „Es müsste heißen: Woher hätte er das Geld haben sollen? Denn er ist unschuldig."

„Verzeihung. So war das nicht gemeint."

„Schon gut. Ich bin Lehrer am Hildegard-von-Bingen-Gymnasium in Sülz-Klettenberg." Während er weitersprach, holte er ein Brillenputztuch aus seiner Hosentasche und reinigte seine Brillengläser, als wollte er etwas zu tun haben, um Marie nicht in die Augen schauen zu müssen. „Maik hat sein Konto leer geräumt. Rechnet man den Flug ab, kommt man nicht auf die Summe, die er für den Kauf des Kokses benötigt hätte. Immerhin sehen die Polizisten das ein."

„Hat er denn selbst konsumiert?", fragte sie behutsam.

„Um Himmels willen, nein! Er ist ein guter Junge, hört nie laut Musik auf seinem Zimmer, wechselt täglich seine Unterwäsche und achtet darauf, dass er ordentlich gekleidet aus dem Haus geht. Er war immer zum Abendbrot da, und wenn er danach noch einmal wegging, kam er stets pünktlich nach Hause. Wenn er mal zu spät heimkehrte, lag das nicht an ihm, sondern ..." Umständlich steckte er das Tuch in seine Hosentasche und setzte seine Brille wieder auf.

An Freunden wie Benjamin, vollendete Marie den Satz in Gedanken. Das war jedenfalls nicht der Maik, von dem Ben manchmal erzählte – der früher in einem Affenzahn mit dem Skateboard durch die Kölner Innenstadt gefahren war und den einen oder anderen Passanten umgenietet hatte oder sich erst vor Kurzem alle Zigaretten einer Schachtel in den Mund gestopft hatte, um sie gleichzeitig zu rauchen, was er ganze zwei Züge lang durchgehalten hatte, bevor er sich übergeben und seine Hände in die Seiten gestemmt hatte, weil seine Lungen wie Feuer brannten.

„Er hat ja nicht einmal Tattoos und Piercings wie die meisten junge Leute heutzutage.“ Er hob seinen Zeigefinger. „Das hätten wir auch nicht erlaubt.“

Marie versuchte, sich ihr Erstaunen nicht anmerken zu lassen. Maiks Vater wusste anscheinend nicht, dass sein Sohn ein Zungenpiercing hatte. Ben hatte ihr mal davon berichtet, weil es sich ein bisschen entzündet hatte und er froh war, dass er sich keins hatte stechen lassen. So harmonisch kleinbürgerlich die Familie Hagedorn auch wirkte, sie schienen Maik nicht wirklich gut zu kennen. Zu Hause spielte er den folgsamen Sohn und draußen ließ er es krachen. „Wussten Sie, dass er Ihren Bruder besuchen wollte?“

„Mitten im Schuljahr und kurz vor dem Abitur?“ Herr Hagedorn schaute sie an, als würde er an ihrem Verstand zweifeln. „Natürlich nicht. Als die Polizei uns anrief, fielen wir aus allen Wolken.“ Mit einem Mal stand ihm die Verzweiflung ins Gesicht geschrieben. „Maik hatte sich nicht verabschiedet und auch keinen Abschiedsbrief geschrieben, sondern war einfach auf und davon, als wäre Satan persönlich hinter ihm her.“

Marie wollte sich unbedingt in seinem Zimmer umschauen. Nur wie sollte sie es schaffen, vom Vater hineingelassen zu werden? Während sie grübelte, fiel ihr Blick auf eine geöffnete Aktentasche, die ein Stapel Schulhefte ausbeulte. Da kam ihr eine Idee. „Benjamin hat ein kleines Problem. Er hat gemeinsam mit Maik ein Stufenprojekt begonnen. Ihr Sohn hat die Unterlagen noch und Ben braucht sie, um es abzuschließen und im Unterricht zu präsentieren, selbstverständlich auch im Namen von Maik.“

„Kein Problem. Ich gebe sie Ihnen mit. Folgen Sie mir.“ Herr Hagedorn bot ihr mit einer Geste den Vortritt an, dann fiel ihm ein, dass sie sich ja nicht auskannte, und er ging voraus. Mit seinen Pantoffeln rutschte er mehr über die Fliesen, als dass er ging.

Die Treppe hatte Marie bisher nicht einsehen können. Als sie schwungvoll um die Ecke bog, stoppte sie abrupt, denn sie wäre beinahe gegen einen Käfig gelaufen.

Herr Hagedorn, der bereits einige Stufen erklommen hatte, drehte sich zu ihr um. „Den wollte ich gerade in den Keller bringen, als Sie klingelten. Dort sollte er ohnehin stehen, aber meine Frau wäscht und bügelt dort unten und wollte das Tier nicht in ihrer Nähe haben. Ratten gehören nicht in eine Wohnung. Das sind keine Haustiere.“

„Maik hatte auch eine Ratte?“ Vor ihrem geistigen Auge sah sie die toten Tiere in der ehemaligen Volksküche und stöhnte.

Offenbar betrachtete er das als Bestätigung seiner Entrüstung. „Ich habe das missbilligt. Es hat oft Streit gegeben.“

„Haben Sie sie weggeben?“ Eine Verurteilung von Maik wegen Drogenschmuggels war sicher, so schnell würde er nicht nach Hause zurückkehren. Und er hatte sie wohl kaum mit zum Flughafen genommen, um sie unter seiner Jacke oder im Koffer mit ins Flugzeug zu schmuggeln.

„Maik glaubte, ich hätte sie heimlich freigelassen“, sagte er, während er die Treppe weiter hochstieg, „damit es so aussieht, als sei sie weggelaufen, aber das stimmt nicht.“

„Wann war das?“ Marie folgte ihm. Mit jeder Stufe pochte ihr Herz stärker, aber das lag nicht an der Anstrengung.

„Vor ein paar Tagen.“ Auf dem Absatz blieb er stehen. „Meinen Sie, er war so sauer auf mich, dass er abgehauen ist?“

„Der Grund wäre wohl nicht triftig genug“, beruhigte sie ihn. Nein, es musste etwas Schlimmeres passiert sein, das Maik dazu veranlasst hatte, sein behagliches Nest zu verlassen. Er schaffte es, seine Mutter und seinen Vater an der Nase herumzuführen, und konnte sich draußen austoben, ohne dass sie es bemerkten. Warum sollte er sie verlassen? Nein, mit seinen Eltern hatte seine überstürzte Abreise nichts zu tun.

Standen die zertretenen Rattenbabys aus der Vokü für Julia, Ben und Maik, fragte sie sich, als sie Maiks Zimmer betrat. Sie schaute sich um. Es war für einen jungen Mann ungewöhnlich aufgeräumt. An den Wänden hingen Poster von asiatischen Martial-Arts-Filmen, die sie nicht kannte. Ansonsten besaß das Zimmer nicht viel Persönlichkeit. Vermutlich verbrachte Maik nicht viel Zeit hier, sondern hing lieber draußen ab, wo er sein konnte, wie er wirklich war.

„Spielte Ihr Sohn auch Geocaching? Benjamin hat damit vor einiger Zeit angefangen.“ Marie versteckte ihre wahre Intention hinter einem Lächeln. „Scheint ein neuer Trend unter den Jugendlichen zu sein.“

„Noch nie davon gehört.“ Er zeigte zum Schreibtisch und setzte sich auf die Bettkante, als wäre er plötzlich erschöpft. Mit einem Stofftaschentuch wischte er sich über die Stirn. „Dort steht seine Schultasche. Suchen Sie am besten selbst nach den Projektunterlagen.“

Sie tat so, als würde sie in der Tasche kramen, schaute jedoch auf das Regal zu ihrer Rechten. Verschiedene Dudenausgaben, die

Encyclopaedia Britannica und weitere Nachschlagewerke zu meist wissenschaftlichen Themen reihten sich dort auf. Sie erweckten den Anschein, dass Maik wissbegierig war, aber die Bücher sahen wie neu aus. Vermutlich hatten seine Eltern sie ihm geschenkt und er hatte nie reingeschaut. Ein leerer Bilderrahmen lehnte dagegen. Hatte das Foto, das auf dem Regalboden darunter mit dem Motiv nach unten lag, darin gesteckt? Neugierig musterte Marie die Rückseite. Es kribbelte in ihren Fingern.

„Haben Sie etwas gefunden?“ Herr Hagedorn erhob sich und kam zu ihr.

Ertappt zuckte sie zusammen. „Leider nein.“

Er öffnete eine Schublade, doch Marie sah nicht hin, sondern ergriff die Fotografie, drehte sie herum – und erstarrte! Eigentlich zeigte das Bild ein harmloses Motiv, doch Marie erkannte die Tragweite auf den ersten Blick.

Benjamin, Denis und Maik standen nebeneinander und präsentierten stolz ihre Ratten. Kobold krabbelte gerade Bens T-Shirt hoch. Dieser hielt seine Hände unter seinen kleinen Freund, um ihn aufzufangen, sollte er fallen. Denis hatte sein Tier auf seinen Kopf gesetzt und Maik hatte seine Arme in einer machohaften Geste verschränkt, das Kinn erhoben und einen herausfordernden Blick aufgesetzt, während seine Ratte auf seiner Schulter saß. *Rat Pack* stand mit einem roten Edding quer über die rechte Ecke geschrieben.

Herr Hagedorn deutete auf den Schriftzug. „Den Namen hat sich Maik ausgedacht, weil ich ein großer Fan von Frank Sinatra, Peter Lawford, Dean Martin, Joey Bishop und Sammy Davis Junior bin. Ich habe sogar alte Konzertmitschnitte aus dem Sands Hotel in Las Vegas.“

„Sie besaßen alle Ratten.“ Erneut musste sie an das Massaker in der Vokü denken, doch diesmal sah sie die großen Tiere vor ihrem inneren Auge. Bei dem mit der zugenähten Schnauze und den abgeschnittenen Hinterpfoten hatte es sich eindeutig um Kobold gehandelt. Das zweite musste Maik gehört haben. Da lag die Vermutung nahe, dass das trächtige Tier Denis' kleiner Freund gewesen war.

Maiks Ratte war genauso wenig fortgelaufen, wie Benjamins verbrannt war, sondern beide waren gestohlen worden, um sie zu töten und ihre Leichen haargenau so zu arrangieren wie Michael Schardt und Günther Lenz.

Bestürzt ließ sich Marie auf den Bürostuhl fallen. Sie hatte gerade entdeckt, dass zwischen dem Rat Pack und den Morden an Schardt und Schnapper eine Verbindung bestand, freute sich aber ganz und gar nicht über diese Erkenntnis.

Aber wie passte Julia ins Bild? Was hatten der Streetworker und der Obdachlose mit Ben, Maik und Denis zu tun? Und wie konnte Marie die Mannteufels vor diesem Wahnsinnigen schützen?

Herr Hagedorn legte ihr seine Hand auf die Schulter. „Geht es Ihnen nicht gut?"

„Alles in Ordnung", log sie, war aber nicht einmal in der Lage, sich ein Lächeln hervorzuquälen. Ihr Magen fühlte sich an, als hätte sie einen Stein verschluckt.

Sie legte das Foto zurück ins Regal, so wie sie es vorgefunden hatte, mit dem Motiv nach unten, und ertappte sich bei dem Gedanken, dass Maik, sollte er wider Erwarten doch freigesprochen werden und nach Hause kommen, sein Zimmer unverändert vorfinden musste. Er durfte nicht wissen, dass sie herumschnüffelte. Offenbar war er nicht gut auf seine Freunde zu sprechen.

Plötzlich erinnerte sie sich an etwas. Sie nahm das Bild erneut in die Hand und hielt es näher an ihr Gesicht. Ihre Zunge war belegt. „Was trägt Maik denn da am Arm?"

Sie hielt das Foto seinem Vater hin. Hoffentlich merkte er nicht, dass ihre Hand vor Aufregung zitterte. Sie bekam kaum Luft, weil sie bangte, ihre Vermutung könnte sich bestätigen. Das würde ein völlig neues Licht auf dieses wirre Puzzle werfen.

„Das ist nur ein modisches Accessoire." Desinteressiert zuckte er mit den Schultern.

„Ist er Bogenschütze?" Ihr Puls beschleunigte sich. Es fiel ihr schwer, sich nichts anmerken zu lassen. Für Marie sah das Lederband aus wie ein Armschutz, den man beim Bogenschießen trug, da die zurückschnellende Sehne zu schmerzhaften Hämatomen führen konnte. Allerdings war es nicht gut zu erkennen. Vielleicht täuschte sie sich auch. Aber wenn nicht, dann ...

„Maik?" Herr Hagedorn runzelte seine Stirn, dachte kurz nach und schüttelte dann seinen Kopf. „Nein, ganz bestimmt nicht."

Maries Anspannung blieb, seine Eltern wussten so einiges von ihrem Sohn nicht. Sie betrachtete erneut die Poster der Kampfsportfilme, ließ ihren Blick über den modernen Computer auf dem Schreibtisch gleiten, dachte an Maiks Macho-Geste auf dem Schnappschuss des Rat Packs und daran, dass das Foto aus dem Rahmen genommen worden war. Manchmal wurde aus Freundschaft Feindschaft.

Hatte Maik die Wohnung der Mannteufels durch brennende Pfeile mit Benzinpatronen in Brand gesetzt? War er gar kein Opfer, sondern der Täter? War Maik GeoGod?

25. KAPITEL

Als wäre der Teufel hinter ihm her, raste Daniel über den Flur des Kriminalkommissariats 11.

Ein ehemaliger Kollege, den er ohnehin nie hatte leiden können, wich erschrocken zurück. Dampfender Kaffee schwappte aus dem Becher in seiner Hand, worauf er einen Schmerzenslaut von sich gab und fluchte.

Daniel scherte sich nicht darum. Stinksauer schob er seine Krüppel-Harley immer schneller an, aber die Hoffnung, seine schlechte Laune würde mit jeder Radumdrehung schmelzen, trat nicht ein.

Wie ein Rallyefahrer peste er in sein altes Büro. Ohne das Tempo vorher zu drosseln, hielt er sich am Türrahmen fest, schlidderte um die Ecke und kam vor den zwei Schreibtischen vor dem Fenster zum Stehen.

Halb erschrocken, halb überrascht sahen Tomasz und Leander ihn an.

„Hallo, Jungs", sagte Daniel etwas außer Puste und nahm sich vor, sich über Rollstuhlsport zu erkundigen, bei dem man die Ausdauer trainierte, bestenfalls in einer Mannschaft. Muskeltraining für den Oberkörper machte er sowieso, aber das half ihm nicht weiter, wenn er lange Strecken schnell fahren musste.

Während Tom schnalzte, erhob sich der Hospitant, offenbar, um sie alleine zu lassen.

„Setzen!" Daniel zeigte auf seinen alten Bürostuhl, der nun dem Volontär gehörte.

Tatsächlich folgte Leander der Anweisung. „Könnten Sie bitte einen anderen Ton anschlagen?"

Daniels Augen weiteten sich. „Ist Leo auch so freundlich, wenn er eine Verhaftung durchführt?", fragte er Tomasz spöttisch.

„Benimm dich, Zucker!" Statt dazwischenzugehen, lehnte sich Tom zurück, verschränkte die Arme vor dem Bauch und beobachtete mit gespannter Miene den verbalen Schlagabtausch.

„Ich bin hier, um herauszufinden, ob mir die Abteilung liegt. Momentan machen Sie mir das KK 11 nicht gerade schmackhaft." Während Leander sprach, hüpfte sein hervorstehender Adamsapfel aufgeregt auf und ab.

„Gut für dich, dass ich sowieso nie wieder hier arbeiten werde. Du kannst meinen Schreibtisch behalten, mit meinen Kollegen zusammenarbeiten und meinen Job erledigen. Was willst du noch?" Daniel klopfte auf die Armlehnen seines Rollis. „Meinen Bock?"

„Ein freundliches Wort zur Abwechslung wäre nett." Leander legte seine Handflächen aneinander, als wollte er flehen. Oder als würde er um seine Geduld ringen. „Hören Sie, ich kann nichts dafür, dass Sie …"

Nonchalant unterbrach Daniel ihn. „Will ich nicht hören."

„Es tut mir leid, trotzdem …"

„Mitgefühl kotzt mich an."

Plötzlich sprang Leander auf. Seine blonden Locken wippten. Auch an diesem Tag hatte er eine Seite seines blau-weiß gestreiften Hemdes in die Jeans gesteckt, die andere hing über dem Bund. „Warum zerfließt du dann in Selbstmitleid? Einen Schutzwall aus Grantigkeit um dich herum zu erbauen macht deine Situation auch nicht besser. Ich gehe jetzt, ob es dir passt oder nicht!" Mit hochrotem Kopf rannte er aus dem Büro und schlug die Tür hinter sich zu.

Beeindruckt schaute Daniel im hinterher, als könnte er ihn durch die Wand den Korridor entlanggehen sehen. Vielleicht steckten in dem blutjungen Kriminalkommissar doch mehr als ein Muttersöhnchen und ein Warmduscher. „He, der hat mich geduzt."

„Du ihn ja auch." Als sich Tomasz grinsend vorneigte, um seine Unterarme auf den Schreibtisch zu legen, quietschte sein Stuhl. „Geht es dir jetzt besser?"

Daniel schwieg. Tom kannte ihn zu gut. Er wusste, dass er den Streit nur gesucht hatte, um Dampf abzulassen. Nun bekam er ein schlechtes Gewissen. Vielleicht war Leander gar nicht so übel. Nicht unbedingt die Sorte Mann, mit der Daniel nach Feierabend gerne ein Kölsch trank und der in einer Abteilung wie dem KK 11 überleben konnte, aber ganz in Ordnung. Er konnte ja nichts dafür, dass Daniel im Rollstuhl saß, ohne Job oder berufliche Perspektive war und eventuell sogar bald ohne Ehefrau. „Alles nicht so rosig im Moment."

„Dunkle Wolken im Paradies?"

Daniel murrte nur. Er verspürte keine Lust, über seine Eheprobleme zu sprechen. Diskussionen änderten nichts. Irene und Rainer Bast konnten ihn nicht leiden, das wusste er ja. Aber dass sie gegen ihn intrigierten, war ihm neu. In der *Hummergabel* hatten sie sich zwar entschuldigt, doch darauf gab er einen Dreck. Als er später zu Hause mit Marie alleine war, hatte sie über den Vorfall reden wollen. Er hatte die Aussprache jedoch abgeblockt. Nicht so barsch, wie er sich Leander gegenüber verhalten hatte, sondern vielmehr kraftlos und resigniert.

Marie hatte sich mit Tränen in den Augen vor seinen Rollstuhl gekniet, zu ihm hochgeschaut und ihre Hände auf seine Knie gelegt. „Soll ich ihnen sagen, dass ich sie nie wiedersehen will?"

Ihre Worte hatten ihn innerlich zerrissen, aber er war nicht einmal in der Lage gewesen, sie in diesem Moment in den Arm zu nehmen, weil er selbst zu verzweifelt war.

Mit einigen Aspekten hatten ihre Eltern nämlich recht. Er konnte ihre Tochter nicht mehr beschützen, ihr finanziell nichts bieten und ihr keine Orgasmen schenken, indem er sie lange und gefühlvoll nahm, sodass sie diesen anerzogenen Drang zur Perfektion vergaß. Der einzige Moment, in dem sie völlig ihre Fassung verlor, war der Höhepunkt. So verschwitzt, mit unordentlichen Haaren und zitternd vor Lust, sah sie am schönsten aus. Teufel noch mal, wie er diese Intimität vermisste!

„Mach das bitte nicht, Marie." Im Inneren hatte er *Nicht für mich* hinzugefügt, die Worte aber nicht laut ausgesprochen. „Immerhin hast du noch eine Familie, auf die du zählen kannst, ein Nest, zu dem du zurückkannst, komme, was wolle. Ich habe das nicht."

Seufzend fuhr sich Daniel durch seine schwarzen Haare und kehrte ins Hier und Jetzt zurück. Er überging Tomasz' Frage. „Ich hatte gerade ein Gespräch mit Christian Voigt, Karsten Fuchs und zwei Damen und einem Herrn aus der Personalabteilung."

Unerwartet lachte Tomasz schallend. „Fünf Personen haben sie in den Kampf geschickt? Alle Achtung! Sie hatten eindeutig Angst vor dir."

Der Direktor der Kriminalkommissariate war sich mit der Personalleitung einig. Unter keinen Umständen konnten sie gegen die Richtlinien verstoßen und Daniel zurück ins KK 11 lassen. Die Lähmung seiner Beine war das absolute Ausschlusskriterium, an dem es nichts zu rütteln gab. Nur der Erste Kriminalhauptkommissar der Mordkommissionen hatte sich für ihn ausgesprochen. „Keine Chance. Ich bin fertig!"

Schwungvoll schob Tomasz seinen Bürostuhl zurück. „Red keinen Unsinn."

„Nur Fuchs könnte sich vorstellen, dass ich wieder für ihn arbeite, aber wie, das weiß er auch nicht. Mein brillanter Kopf reicht ihnen als Argument nicht." Sarkasmus war alles, was Daniel geblieben war. Wie sollte er diese Niederlage nur verkraften?

„Du bist nicht der Typ, der aufgibt.“

„Der alte Daniel Zucker vielleicht.“ Die unschöne Szene im Restaurant steckte ihm immer noch in den Knochen. „Ich habe mich verändert.“

„Du bist und bleibst ein Kämpfer!“

Niedergeschlagen schaute Daniel zwischen die Fußstützen seines Rollis, als erwartete er, dass der Boden sich auftun und ihn verschlucken würde. Er spürte seine Wut nur noch unterschwellig. Die Entmutigung überwog inzwischen und sie brachte Schmerz mit sich.

„Du hast richtiggelegen.“ Um seine Aufmerksamkeit zu erlangen, warf Tomasz ein Papierkügelchen in Daniels Richtung.

Dieser wich mit dem Kopf rechtzeitig zur Seite aus. Er kannte Toms betont fröhlichen Tonfall, er wollte ihn aufmuntern. Eigentlich hätte er bei dem Köder nicht anbeißen sollen, aber er tat es dennoch. „Womit?“

„Julia Kranich besaß tatsächlich ein Handy. Ein Smartphone, um genau zu sein. Ihr Bruder Markus hat es ihr geschenkt, weil die Eltern wenig Geld hatten und er als Buchprüfer ganz ordentlich verdient. Das Verhältnis der beiden war wohl sehr eng.“

„Habt ihr es orten können?“ Daniel versteifte sich und sah das Telefon vor seinem geistigen Auge in Maries Nachttischschublade liegen.

„Leider nicht. Entweder es ist ausgeschaltet oder der Akku ist leer.“

Ersteres trifft zu, dachte Daniel und biss die Zähne fest aufeinander, als wollte er unbewusst verhindern, dass die Wahrheit über seine Lippen kam. Marie hatte ihm gebeichtet, dass sie, nachdem sie Günther Lenz’ übel zugerichtete Leiche gefunden hatte, aus einem Affekt heraus das Smartphone ausgeschaltet hatte. Auf Julias letztem Foto war nicht nur Benjamins Hand, sondern auch Schnapper zu sehen. Die Kripo hätte darüber eine Verbindung zwischen den dreien hergestellt und Ben wäre offiziell zum Verdächtigen geworden. Für Daniel war er das. Er traute ihm die Morde nicht zu, konnte ihn aber auch nicht von jeglichen Vorwürfen freisprechen. Etwas stimmte nicht mit Maries Cousin. Der Achtzehnjährige mauerte derart, dass nicht einmal Daniel Informationen aus ihm herauskitzeln konnte, und das sollte schon etwas heißen.

Mit einem Mal war Daniel wieder mittendrin in seinen Überlegungen zu den Mordfällen. Für ein paar Minuten hatte er glatt seinen Kummer vergessen. „Kennt der Bruder die PIN und PUK oder die IMEI-Nummer?“

„Liegen alle vor. Er hat die Vertragsunterlagen sauber abgeheftet." Mit einem Kugelschreiber klopfte Tomasz auf die Akte neben seiner Tastatur. „Markus Kranich ist ein ordentliches Kerlchen."

Unauffällig ballte Daniel seine Hand zur Siegerfaust. Sie waren noch im Spiel. Nun konnten Marie und er das Smartphone reaktivieren. Auch wenn das unklug wäre, weil sie dann seine ehemaligen Kollegen am Hals hätten. Aber alleine durch die Möglichkeit sah er einen Hoffnungsschimmer. So weit war es also schon gekommen. Normalerweise glaubte er nur an Fakten. Marie war diejenige, die sich an Hoffnungen klammerte, nicht er.

Zogen sie überhaupt noch an einem Strang?

Dadurch, dass er sich auf die Ermittlung konzentrierte, wurden seine Gedanken klarer und er erdete sich langsam wieder. Erst jetzt wurde ihm bewusst, was für einen großen Liebesbeweis sie ihm in der vergangenen Nacht angeboten hatte! Sie hätte sich für ihn und nicht für ihre Eltern entschieden, hätte er sie vor die Wahl gestellt. Was er niemals getan hätte.

Statt gerührt einzulenken, hatte er sich abweisend verhalten. *Verdammter Idiot!* Er hatte nicht behauptet, dass alles aus und vorbei war und er die Ehe mit ihr nicht mehr fortführen wollte, aber mit seinem introvertierten Verhalten hatte er sie dennoch von sich weggestoßen.

Das war ein Fehler gewesen, erkannte Daniel.

Er hatte sich einfach elend gefühlt. Nun wurde ihm bewusst, dass es ihr ähnlich gegangen sein musste. Sie hatte sich für ihre Eltern geschämt, war wütend auf sie gewesen, und auf ihrem Gesicht hatte er abgelesen, dass sie sich verletzt fühlte, als hätten ihr Vater und ihre Mutter sich über sie und nicht über Daniel abfällig geäußert.

Er hatte sich falsch verhalten, denn er hätte Marie im Bett in seine Arme ziehen und eng umschlungen mit ihr einschlafen sollen. Stattdessen hatte er sich abgekapselt, wie Ben es in letzter Zeit tat und Daniel damit zur Weißglut brachte, weil er nicht an ihn herankam.

Bevor Marie ebenso über ihn dachte, musste er sein Fehlverhalten wiedergutmachen. Er rollte zu Leanders Schreibtisch, stieß den Bürostuhl weg und zog sich an der Tischplatte heran.

„Was machst du?" Die Skepsis in Tomasz' Stimme war nicht zu überhören.

„Ich muss etwas nachgucken." Am Abend wollte er Marie eine Wiedergutmachung präsentieren. Keinen Blumenstrauß! Den konnte ihr jeder schenken. Daniel plante, ihr etwas zu überreichen, das nur er ihr geben konnte – weitere Ermittlungsergebnisse.

„Im Polizeicomputer?" Missbilligend kniff Tom seine Augen zusammen. „Nicht gut."

„Wirst du mich davon abhalten?", fragte Daniel und sah seinen Freund herausfordernd an.

Tom hob seine Arme und zeigte seine Handflächen. „Ich fasse doch keinen Rollstuhlfahrer grob an. Nachher verklagst du mich noch wegen tätlichen Angriffs auf einen Gehbehinderten."

Lächelnd nickte Daniel. „Danke."

Im Zweifingersystem hackte er auf die Tastatur ein und spürte das vertraute Kribbeln im Nacken, wenn er sich auf Spurensuche begab. Er rief die Kriminalakte von Michael Schardt auf und schaute in seinen Personaldaten nach der Information, die er suchte.

Seine Ehefrau hieß mit Mädchennamen Janet Evans. Die britische Dolmetscherin war 1998 nach Deutschland gekommen, um in Köln als freiberufliche Übersetzerin zu arbeiten und ihre Deutschkenntnisse zu vertiefen. Die Stadt bat sie eines Tages um Hilfe bei einem Schotten ohne Papiere, der auf der Straße lebte, betrunken Passanten anpöbelte und Ärger machte. Er sprach kein Deutsch, dafür die Beamten Englisch, aber bei seinem schottischen Dialekt mussten sie kapitulieren. Also half Janet Evans aus. Dabei lernte sie den Streetworker kennen. Sie heirateten nach einem halben Jahr. Bald darauf wurde sie schwanger. Sarah wuchs aber nur achtundzwanzig Monate mit ihrem Vater auf, dann trennten sich ihre Eltern. Von seinem Besuchsrecht machte Michael Schardt immer seltener Gebrauch. 2006 kehrte Janet mit ihrer Tochter nach England zurück und der Kontakt zu Mike brach laut seiner Exfrau ganz ab.

Grübelnd zupfte Daniel an seinem Bart. Er schloss das Dokument und ließ sich die Akte von Günther Lenz anzeigen.

Seitdem er wegen Kindesmissbrauchs verurteilt worden war, verweigerte seine Ehefrau Margarete ihm den Kontakt zu seiner Tochter und seinem Sohn. Nach der Entlassung aus der Haftanstalt lebte er einige Monate in einer Sozialwohnung, aber seine Nachbarn bespuckten ihn und warfen Steine durch seine Fenster. Eines Tages begoss ihn jemand mit Benzin und ein anderer versuchte, ihn anzuzünden. In letzter Sekunde konnte sich Lenz von seinen Angreifern losreißen und weglaufen. Eine Anzeige hatte es nicht gegeben. Er kehrte nie wieder in sein Apartment zurück, lebte seitdem in der Gosse und wurde zu „Schnapper". Seine Sprösslinge waren heute fünf und sechs Jahre alt.

Nachdenklich schloss Daniel die Datei. Es war zwar möglich, dass Schardts Tochter Sarah, die inzwischen vierzehn Jahre alt war, Kontakt zu ihm aufgenommen hatte, aber Daniel hielt das für eher unwahrscheinlich, und die Kinder von Lenz waren noch zu jung, um Geocaching zu spielen.

Die Männer waren jedenfalls nicht gestorben, weil sich ihr Nachwuchs mit dem Patron eingelassen und gegen ihn verloren hatte, worauf er die Väter umbrachte. Eine Sackgasse.

Auch stand nirgendwo vermerkt, dass der Streetworker Schnapper betreut hatte. Das schloss zwar nicht aus, dass sich die beiden Toten schon einmal begegnet waren. Näher jedoch hatten sie sich jedenfalls nicht gekannt, weder aus der JVA Köln, denn sie hatten ihre Haftstrafen zu unterschiedlichen Zeiten verbüßt, noch später von der Straße.

Nur eins stand fest: Sie waren demselben Täter zum Opfer gefallen.

Daniel lehnte sich in seinem Rollstuhl zurück und starrte auf den leeren Bildschirm. Warum hatte der Mörder die Männer auf diese spezielle Art zugerichtet?

Er war aggressiv vorgegangen und hatte ihnen erst die Seele aus dem Leib geprügelt. Als Vorspiel, weil ihn Gewalt erregte? Oder als nüchterne Vorbereitung, damit sie sich nicht mehr wehrten, wenn er mit einer Handsäge ihre Gliedmaßen abtrennte und ihr Gesicht grauenvoll herrichtete?

Nein, mit nüchtern hatte das nichts zu tun, denn ein Schuss oder eine durchtrennte Kehle zum Beispiel hätte ihn schneller ans Ziel gebracht. Daniel strich diesen Punkt aus seiner Überlegung.

Selbstverständlich wollte der Psychopath die Männer umbringen, aber ihm war es wichtig, dass sie noch lebten, dass sie alles mitbekamen und Qualen erlitten. So hatte er es sich wahrscheinlich in seiner Fantasie zigmal ausgemalt. Deshalb die Prügel und das Herauszögern ihres Todes.

Er musste sie gehasst haben, keine Frage.

Aber es konnte ihm nicht um Pädophilie gehen oder mit Mikes Arbeit als Streetworker zu tun gehabt haben, sondern die Männer mussten einen gemeinsamen Nenner haben, den Daniel noch nicht entdeckt hatte.

Bis auf die Party in Porz vor dreizehn Monaten.

Viele Gäste hatten die Volksküche in dieser Nacht besucht. Warum erwischte es also Schnapper und Schardt? Und wieso erst viele Monate später?

Es muss einen Auslöser gegeben haben, dachte Daniel. Etwas muss geschehen sein, das den Täter dazu veranlasst hatte, auszurasten. Nur was?

Er lehnte sich vor, stützte sich mit den Ellbogen auf dem Tisch ab und vergrub den Kopf in seinen Händen. Mit geschlossenen Augen rief er sich ins Gedächtnis, wie die Leichen präpariert worden waren.

Der Täter hatte Mike Schardt die Hände abgetrennt und die Augen zugenäht.

Hatte der Streetworker zu viel gesehen oder etwas Illegales gemacht? Immerhin hatte er einiges auf dem Kerbholz. Vielleicht hatte die Haftstrafe ihn nicht so geläutert, wie er behauptet hatte, oder er war rückfällig geworden.

Oder war das Gegenteil der Fall und er hatte die Augen vor etwas verschlossen? Etwas Schlimmem, zum Beispiel einem Verbrechen oder einem Notfall. Waren seine Hände entfernt worden, weil er jemandem nicht geholfen hatte?

Er hatte weggeschaut, anstatt einzugreifen, das klang für Daniel nach einer plausiblen Erklärung, denn es schien, als wollte der Täter sagen: „Ich nehm dir deine Hände, du benutzt sie eh nicht." Vage erinnerte er sich an etwas, das Marie ihm erzählt hatte. Die Zeugenaussage einer Betrunkenen. Aber sie hatte die Frau nur am Rande erwähnt, weil der Leichenfund des Obdachlosen an diesem Tag wichtiger gewesen war.

Schnapper, ihm hatte der Mörder die Füße abgetrennt, den Mund zugenäht und die Lider mit Haken an der Kopfhaut befestigt, sodass die Augen weit aufgerissen waren.

Hatte er verhindern wollen, dass der Obdachlose vor ihm oder einer Verantwortung davonlief? Hatte er das Geheimnis des Täters ausgeplaudert? Hatte Schnapper, im Gegensatz zu Schardt, vielleicht sehr genau hingesehen, war aber weggerannt?

Oder hatte er einen Vorfall beobachtet und hätte laufen und Hilfe holen sollen, doch stattdessen war er geblieben und hatte gegafft, wie er jahrelang vor Schulhöfen herumgelungert und mit steifem Schwanz Kinder beobachtet hatte?

Julias letztes Handyfoto kam Daniel in den Sinn. Schnapper hinter der Hecke in bester Spannermanier. Selbst gesehen hatte er es bisher nicht. Aber da Marie aufgrund ihrer Arbeit als Gerichtszeichnerin ein Auge fürs Detail besaß, hatte sie ihm alles auf dem Schnappschuss haargenau beschrieben, sodass er den Eindruck hatte, selbst einen Blick darauf geworfen zu haben.

Wenn ein Täter sich die Mühe machte, Leichen auf eine spezielle Weise herzurichten, tat er das nicht aus Spaß, wusste Daniel aus jahrelanger Erfahrung. Mörder besaßen selten Humor. Durch seine Opfer wollte der Killer eine Botschaft vermitteln. Ein Hinweis auf ihre Vergehen? Oder zeigte er der Polizei damit nur seinen Stinkefinger?

Daniel glaubte nicht, dass es ihm allein darum ging, zu beweisen, wie clever er war, dass er morden konnte, ohne erwischt zu werden, dafür war er zu gezielt vorgegangen. Er hatte nicht wahllos Gliedmaßen abgetrennt, sondern musste sich im Voraus darüber Gedanken gemacht haben. Er hatte einen Plan entworfen, einen präzisen, was Opfer, Ort und Tötungsart betraf. Lust an der Grausamkeit mochte eine Rolle spielen, aber da war mehr.

Die Männer gehörten zu einem Puzzle mit Leichen. Wenn Daniel sie zusammensetzen konnte, würde er das Motiv des Mörders erkennen, aber so weit war er noch nicht. Ihm fehlten Teile, hoffentlich atmeten diese noch, wenn er sie fand.

Ihm fielen die getöteten Ratten in der Vokü ein. Sechs. Bisher waren nur drei Tote aufgetaucht. Julia, Schardt und Schnapper.

Plötzlich fragte er sich, ob der Straftäter mit den Leichen jemanden warnen wollte: Halte dich bedeckt oder du bist der Nächste. Unweigerlich musste er an Benjamin denken, der so verschlossen war wie noch nie. Auch die zertretenen Rattenföten sprachen eine deutliche Sprache: Ich zerquetsche euch unter meinen Sohlen.

Ihm kam die Mutterratte in den Sinn. War Julia möglicherweise schwanger gewesen?

Adrenalin rauschte durch seine Adern. Schneller als man das mit zwei Fingern erwartete, gab er ihren Namen ein, rief ihre Akte auf und las den Bericht des Gerichtsmediziners.

26. KAPITEL

Nichts. Mist!

Ob vielleicht die Freundin des Täters ein Kind erwartet hatte? War ihre Fruchtblase auf der Party geplatzt und Schardt und Lenz hatten ihr weder selbst helfen noch einen Arzt rufen wollen, sodass das Baby starb? Eventuell sogar auch die Mutter bei der Geburt? Allerdings hatten die Polizisten, die letztes Jahr nach der vermissten Julia die Grundstücke der Volksküche und der Nachbargelände durchkämmten, keine Hinweise auf eine Geburt gefunden. Doch Daniel wurde den Verdacht nicht los, dass die Ermittler den Fall damals nicht gründlich genug untersucht hatten, weil sie davon ausgegangen waren, dass Julia abgehauen oder betrunken in den Rhein gefallen war. Voreilige Schlüsse waren fatal und unprofessionell. Er las die Namen der Kollegen, kannte aber keinen der beiden.

Zu viele Fragen, zu wenig Antworten. Stöhnend fuhr sich Daniel mit der Hand durch die Haare und streckte seinen Oberkörper.

Etwas zu laut stellte Tom sein Glas auf den Tisch. „Ich könnte dir bei deinen Überlegungen helfen."

„Das geht nicht", sagte Daniel und schloss die Datei.

Während er sprach, drehte er das Glas unentwegt. „Theorien diskutieren hat uns immer ein gutes Stück weitergebracht."

„Diesmal nicht. Tut mir leid." Er durfte Tom nicht einweihen, weil er ihn sonst in ein berufliches Dilemma brachte, dem er ihn nicht aussetzen wollte. Daniel fühlte sich ja selbst wie ein Judas.

Aber er hatte dennoch einen Partner: Marie. Darüber hinaus hatte er Kontakte, wie Vasili aus der Abteilung Computerkriminalität, konnte die Polizeidatenbanken über Tom oder Leanders Zugang sicherlich hin und wieder heimlich nutzen und erfuhr von seinem Freund die Ermittlungsergebnisse.

Wenn er darüber nachdachte, steckte er bereits mitten in einem neuen Fall. Nicht einmal Kriminaldirektor Voigt und die Spacken von der Personalabteilung hatten ihn davon abhalten können. Zufrieden lächelte er in sich hinein.

Plötzlich kam ihm eine Idee. Die Polizei Köln wegen Diskriminierung zu verklagen würde nicht reichen, um seine alte Stelle im KK 11 zurückzubekommen. Es brauchte mehr. Zum Beispiel einen Mord aufzuklären. Wie der an Julia Kranich. Er würde auf seinem Tablet PC zu Hause seine eigene Fallakte anlegen und dort alles eintragen, was Marie und er an Informationen gesammelt hatten. Heimlich würde er weiter nachforschen und den Fall lösen. Dann wollte er Voigt die Infos auf den Tisch knallen, ihm drohen, ihn zu verklagen und die Presse in seinen Feldzug einzubeziehen, und ihm somit gleich drei Klingen an die Kehle halten.

„Dein Grinsen besagt nichts Gutes.“ Tomasz nippte an seiner Cola und sah ihn über den Rand des Glases an. „Du heckst doch etwas aus.“

„Ich? Ich bin nur ein Rollstuhlfahrer, der die Gänge blockiert.“

„So sieht es vielleicht für einige aus, aber ich weiß es besser. Du bist immer noch ein Jäger und gerade eben hast du das Zielfernrohr auf deine imaginäre Flinte geschraubt und ein Jagdmesser in die Armlehnentasche deines Rollis geschoben.“ Seine Mundwinkel zuckten. „Rein bildlich gesprochen selbstverständlich.“

„Manchmal frage ich mich, ob wir nicht von derselben Mutter abstammen.“

„Pass auf dich auf, Kumpel.“

Die Bürotür schwang auf und Leander kehrte zurück. Als er Daniel an seinem Schreibtisch sitzen sah, hob er halb fragend, halb missbilligend seine Augenbrauen, schwieg jedoch. Eine feuchte Stelle zeigte sich auf dem aus der Hose hängenden Zipfel seines Hemds, als hätte er sich beim Händewaschen nass gemacht oder einen Flecken herausgewaschen.

Daniel murrte und machte seinen Platz frei. „Du hast Essensreste am Mund kleben.“

Verunsichert holte Leander ein Papiertaschentuch aus seiner Hosentasche, wischte über seine Lippen und betrachtete das Tuch. Es war sauber. „Aber ich habe gar nichts zu mir genommen.“

„Warum glaubst du mir dann und prüfst nach, ob da etwas ist, wenn da gar nichts sein kann?“ Daniel zwinkerte Tomasz zu. „Wir sehen uns.“

Anstatt zu antworten, schüttelte Tom nur seinen Kopf.

Hinter sich hörte Daniel, wie Leander schnaubte. Er hatte sich die kleine Stichelei nicht verkneifen können. Der Hospitant reizte ihn einfach. Er war viel zu höflich, zu steif, der perfekte Schwiegersohn für die Basts, und insgeheim hoffte Daniel, er würde noch einmal kontern, wie er das getan hatte, als Daniel aufbrausend ins Büro gestürmt gekommen war.

Während er durch die Korridore rollte, überlegte er sich, wie er weiter vorgehen wollte. Die Namen der Kollegen, die das Verschwinden von Julia letztes Jahr untersucht hatten, kannte er nun. Er hielt vor dem Aufzug an, ging mit seinem Smartphone ins Internet und suchte sie im Telefonbuch, fand aber weder den einen noch den anderen. Ärgerlich! Blieb ihm nur noch die Personalabteilung, um die Adressen zu erfahren, und das Verhältnis zwischen ihm und den Mitarbeitern dort glich nach dem Streit über seine Zukunft im Polizeipräsidium zwei primitiven Völkern, die den Feind nicht nur gefangen nahmen, sondern gleich verspeisten.

Aber die Computer aller Kollegen waren an ein und dasselbe Netzwerk angeschlossen und gesichert wurde auf einem einzigen Server. Selbstverständlich kam man nicht so leicht an die Daten der anderen Abteilungen heran, doch mit etwas Know-how und Geschick ließe sich diese Nuss bestimmt knacken.

Anstatt zum Ausgang, fuhr er mit dem Fahrstuhl zu Vasilis Etage.

Als er in der Tür von Papas Büro auftauchte, schaute dieser von seinem Computer auf. „Was willst du von mir?"

„Wie kommst du darauf, dass ich etwas möchte?" Langsam schob Daniel seinen Chopper näher.

„Weil du es eilig hast, zu mir zu kommen. Freiwillig würdest du diese Abteilung doch nur betreten, wenn du ein Anliegen hast." Die Augen des Goths sahen aus wie feuchte Murmeln, klein und glänzend, als hätte er die ganze Nacht hindurch am PC gesessen und gearbeitet. Vermutlich hatte er das sogar. Seine Haut war blasser als üblich und er hatte Ränder unter den Augen.

Über seine Schulter hinweg prüfte Daniel, ob der Gang leer und somit niemand in Hörweite war. Er sprach trotzdem leise: „Kannst du mir zwei Adressen besorgen?"

Er legte seine Stirn in Falten „Vom Papst? Sophia Thomalla? Oder Christian Voigt, um sein Haus in Schutt und Asche zu legen?"

„Dann weißt du es schon?"

„Hab mitbekommen, wie er sich kurz vor eurem Termin mit den Personalfuzzis besprochen hat, als ich meinen Urlaubsschein abgegeben habe. Sie befürchteten, du würdest das Büro in Kleinholz zerlegen, obwohl du im Rollstuhl sitzt."

„Im KK 35 bekommt ihr frei?", scherzte Daniel. Er war an seinen freien Tagen oft ins Büro gefahren, um einen Fall abzuschließen, weil ein Kollege krank geworden war oder er bei einem Großeinsatz helfen musste. Die Kriminellen richteten sich nicht nach Urlaubsplänen. „Vielleicht überlege ich es mir doch noch, zu euch zu wechseln."

„Wie kann ich dir helfen?"

Wenigstens er ließ ihn nicht im Stich. Daniel nannte ihm die Namen der Kollegen, erntete ein Stirnrunzeln, doch Vasili fragte nicht nach dem Grund.

Ein paar Klicks später reichte Vasili ihm einen Notizzettel. „Dort wohnt Corinna Backes."

„Und Karl Görtz?"

„Ist im Januar in Ruhestand gegangen und zwei Monate später urplötzlich verstorben. Herzinfarkt, habe ich in der Kantine gehört. Arme Sau! Hat ja richtig viel von seinem Lebensabend gehabt."

„Danke." Daniel wusste das wirklich zu schätzen. „Ich schulde dir was."

„Verbuche das unter Toleranz." Demonstrativ schob er die Ärmel seines schwarzen Pullovers hoch und legte das Tattoo frei, das er laut seinem Vorgesetzten bedecken musste, da sich nach dessen Meinung die romantisierte Darstellung vom Tod nicht mit der Aufklärung von Verbrechen, darunter auch Morde, vertrug.

Daniel zog seinen rechten fingerlosen Lederhandschuh aus und zeigte ihm Maries eintätowierten Namen unter dem Ehering.

Vasili gab einen Laut der Anerkennung von sich gab. „Das Stechen an der Fingerwurzel muss verdammt wehgetan haben, Alter."

„Das kann ich dir sagen." Verlegen, weil es bewies, wie verzweifelt er Marie liebte, zog Daniel seinen Handschuh wieder an.

Daniel verließ Vasili und fuhr geradewegs nach Müngersdorf. Es dämmerte bereits, als er am Straßenrand parkte. Es war für ihn umständlich, aus seinem Wagen auszusteigen und es blieb ihm peinlich, wenn Passanten starrten, aber glücklicherweise war niemand zu sehen. Allerdings hatte die Allee eine leichte Steigung, was zusätzliche Mühe bereitete. Trotz der zunehmenden Abendkälte schwitzte er.

Ihm fiel ein, dass sein Mobiltelefon noch auf lautlos eingestellt war, und er änderte das sofort. Vereinzelte Tropfen fielen auf das Display. Für einen kurzen Moment hoffte er, darauf den Hinweis „Ein Anruf in Abwesenheit" zu lesen, doch der Wunsch ging nicht in Erfüllung.

Marie hatte nicht versucht, ihn zu erreichen. Schade.

Eine Weile starrte er auf sein Handy, den Finger erhoben, um ihre

Nummer zu wählen, doch am Ende steckte er es wieder ein. Er musste sich für sein abweisendes Verhalten von Angesicht zu Angesicht entschuldigen, nicht am Telefon. Und vor allen Dingen verspürte er den Drang, sie zu umarmen und an sich zu drücken.

Mit einem Mal konnte er es kaum erwarten, nach Hause zurückzukehren, doch erst musste er noch mit Corinna Backes sprechen.

Der Wind peitschte ihm ins Gesicht, als er sich den Weg hoch quälte, um zur Hausnummer 18 zu gelangen. Auf den ersten Blick sah die Häuserreihe mit ihren Stuckverzierungen und Erkern sehr hübsch aus, ein wenig zu verspielt für Daniels Geschmack, aber er zog charaktervolle Fassaden aalglatten Neubauten vor. Doch als er auf den Eingang zufuhr, bemerkte er, dass Risse und einige handtellergroße Flächen, wo der Putz abgeblättert war, einfach übermalt worden waren. Unter dem Elfenbeinweiß zerfiel das Gebäude.

Daniels Laune sank in den Keller, als er vor der Treppe anhielt. Drei Stufen, nur mickrige drei Stufen trennten ihn von der Haustür und dennoch war sie so unerreichbar für ihn wie die Klingelknöpfe.

„Verdammter Mist!" Mit der flachen Hand schlug er auf die Armlehne. Er hasste es, an diesen Bock gekettet zu sein! Doch das erste Mal überließ er seinem Gram nicht die Oberhand, sondern nahm sich vor, eine Teleskopstange zu kaufen. Seine Querschnittslähmung konnte er nicht ändern, also musste er sich besser darauf einstellen. Griesgrämig spähte er zu den Namensschildern auf, als könnte er durch bloßes Starren die Klingel drücken.

„Kann ich Ihnen helfen?" Eine schlanke Frau ging an ihm vorbei.

Er schätzte sie auf Mitte zwanzig. Ihrem kreativen Outfit nach schätzte er, dass sie Studentin war, etwas Künstlerisches. Oder sie arbeitete in einem Secondhandladen. Sie hatte ihre langen braunen Haare über ihre Schultern nach vorne gelegt und mit schwarzen Gummibändern locker zu Zöpfen gebunden, als wäre sie zuckersüße acht Jahre alt, dabei hatte sie ihre Augen so dick mit dunklem Kajal umrandet wie Amy Winehouse. Ihre abgewetzte schwarze Lederjacke musste Größe XS sein. Dass sie darin überhaupt Luft bekam, wunderte Daniel. Unter ihrem knallbunten Strickrock trug sie eine schwarze blickdichte Strumpfhose. Ihre Gummistiefel in Leopardenoptik schmiegten sich so eng an ihre Waden, als wären sie extra für sie angepasst worden.

„Hi, ich bin Maja", sagte sie, als wollte sie das Eis brechen, indem sie ihren Namen nannte.

„Daniel.“ Er zeigte auf die Schilder. „Könntest du für mich bitte bei Corinna Backes klingeln?“

„Klar.“ Ohne zu zögern stieg Maja die Treppe hoch und tat ihm den Gefallen, aber die Gegensprechanlage blieb stumm. Sie läutete wieder und wieder, bis es Daniel schon unangenehm wurde. „Vielleicht kehrt sie Blätter zusammen.“

Besorgt beobachtete er, wie sie ihren Daumen auf den Knopf drückte und nicht wieder losließ. „Wie bitte?“

„Das macht sie im Herbst ständig. Sie hat eine Erdgeschosswohnung mit Garten, ich wohne im Stockwerk über ihr bei meinen Eltern.“ Verlegen schulterte sie die Tasche, die so groß war, dass, so unkte Daniel, ihr ganzes Hab und Gut darin Platz fand. „Ich gehe noch zur Uni. Mein Zimmer hat ein Fenster nach hinten raus. Ständig sehe ich Corinna mit der Laubharke. So heißt das Ding doch, oder? Eines Tages fragte ich sie, warum sie die Blätter nicht in den Mülleimer packt. Wenn sie sie nur auf einen Haufen kehrt, wie sie es tut, weht der Wind sie jedes Mal wieder auseinander. Ist doch dumm, die ganze Arbeit umsonst, besonders jetzt, wo Corinna hochschwanger ist.“ Ihr Finger blieb auf der Klingel, als wäre er daran festgeklebt.

Daniel wollte Maja unterbrechen, um ihr zu sagen, dass es reichte, aber er kam nicht dazu, denn sie sprach ohne Luft zu holen weiter: „Sie macht das für die Igel. Kannst du dir das vorstellen? Igel in der Stadt, gibt's so was? Die ganze Mühe für ein paar Viecher, ich wüsste Besseres mit meiner Zeit anzufangen. Aber sie meint, sie könnte keine Tiere halten, weil sie durch ihren Job selten zu Hause ist, dabei hätte sie so gerne eine Katze oder einen Hund. Deshalb kümmert sie sich liebevoll um das Leben in ihrem Garten. Irgendwie verrückt! Ich meine, die gehören ihr doch nicht. Wenn du mich fragst, ist sie deshalb sogar früher in Mutterschutz gegangen. Sie sagt, sie sei krankgeschrieben, ackert aber ständig im Freien. Dabei sollte sie gucken, dass sie ihr Baby nicht durch die Bewegung verliert. Hat ja lange genug gebraucht, um schwanger zu werden.“

„Stopp!“, rief Daniel so laut, dass eine Frau mit Kopftuch alarmiert aus einem der Fenster schaute, wohl um herauszufinden, was das Gebrüll auf der Straße sollte. „Danke für deine Hilfe, aber jetzt kannst du die Klingel loslassen. Wenn sich Corinna Backes bis jetzt nicht gemeldet hat, wird sie nicht zu Hause sein.“ Und bitte hör auf zu quasseln, fügte er in Gedanken hinzu.

„Oh! Ja, klar." Sie nahm ihre Hand herunter und blieb unschlüssig stehen.

Bei dem Wetter würde er bestimmt nicht vor ihrem Haus herumlungern und auf sie warten. „Wahrscheinlich ist sie mit ihrem Mann ausgegangen."

„Corinna?" Maja prustete. „Niemals. Ich habe noch nie einen Kerl bei ihr gesehen. Wenn du mich fragst, hat sie sich bewusst einen Samenspender gesucht, bevor der Zug für sie abgefahren ist. Ich meine, sie ist doch bestimmt schon vierzig oder älter. Sie geht praktisch nie aus. Wo sollte sie jemanden kennenlernen? Merkwürdig, dass sie sich nicht meldet."

Daniels Nackenhaare stellten sich auf. Er zog den Reißverschluss seiner Fleecejacke bis oben zu und stellte den Kragen auf, aber dieses eisige Gefühl blieb.

„Durch ihre Arbeit war sie früher kaum zu Hause. Jetzt, wo sie krank ist, verlässt sie die Wohnung kaum noch. Sie ist so gut wie immer da. Bestimmt wird sie mal eine richtige Glucke."

„Nur ausgerechnet jetzt nicht." Schon komisch. Die Kälte an seinem Haaransatz breitete sich auf seinem Rücken aus.

„Vielleicht hängt sie über der Kloschüssel und kotzt. Oder kehrt Laub zusammen, im Garten hört sie das Schellen nicht." Maja zeigte zur Straßenecke. „Wenn du da runter und dann nach rechts mit deinem Popo-Ferrari fährst ..."

„Popo-Ferrari?" Er glaubte, sich verhört zu haben, und erntete ein verschämtes Kichern von ihr. Dann errötete sie, und für ein paar Sekunden machte es den Anschein, als ob sie poussierte. Es erstaunte ihn, wie locker Maja damit umging, dass er im Rollstuhl saß, und er beneidete sie um ihre Leichtigkeit.

„Von der Seitenstraße aus führt ein Weg an der Rückseite der Reihenhäuser vorbei." Sie gestikulierte wie ein Verkehrspolizist. „Von dort kommst du in Corinnas Garten, der dritte auf der rechten Seite."

„Danke."

Lächelnd zwinkerte sie ihm zu und verschwand in der Nummer 18.

Er sollte nach Hause fahren und Marie in seine Arme schließen, doch Daniel konnte diese unnatürliche Kälte, die immer mehr von ihm Besitz ergriff, nicht ignorieren. Es würde ja nicht lange dauern, eben nachzuschauen.

Er ertappte sich dabei, dass er eine kindische Freude dabei empfand, die abschüssige Straße hinunterzusausen. Rechtzeitig drosselte er das Tempo ein wenig, lenkte seinen Rollstuhl immer noch so schnell um die Ecke, dass er drohte, zur Seite zu kippen, was nur nicht passierte, weil er seinen Bock durch die Lederhandschuhe perfekt im Griff hatte, und nutzte den Schwung aus, um rasant weiterzufahren. Ein Junge mit einem Turnbeutel, der auf dem gegenüberliegenden Bürgersteig ging, schaute ihm mit offenem Mund hinterher.

Voigt und die Personalspackos sollten noch mal behaupten, er könnte keine Verbrecher jagen. Und ob! Bestimmt war er mit seinem Rolli schneller als der Direktionsleiter, dessen teigiger Statur man ansah, dass er seit seiner Beförderung nur noch Büroarbeit leistete.

Die Gärten zweier Parallelstraßen bildeten hinter den Häusern zusammen eine grüne Oase, die in der Mitte ein schmaler betonierter Pfad in zwei Hälften trennte. Daniels Puls beschleunigte sich, als er den Weg einschlug. Der Zaun zu Backes' Garten reichte bis zu den Armlehnen seines Bocks. Das Tor ließ sich leicht öffnen, da es nur durch einen Hebel gesichert war.

Schon von der Grundstücksgrenze aus fiel Daniel sofort ins Auge, dass die Terrassentür offen stand. „Frau Backes?“

Niemand beantwortete sein Rufen. Lediglich im Nachbargebäude wurde eine Balkontür geschlossen, als fühlte sich jemand gestört. Vom Fenster im ersten Stock beobachtete Maja ihn. Daniel hob die Hand, worauf sie heftig winkte. Sie trug noch immer ihre Lederjacke.

Daniel schwitzte noch mehr und führte das auf den Sprint zurück. Aber warum war sein Rücken immer noch eiskalt, als würde ihn eine eisige Hand im Nacken gepackt halten, um ihn davon abzuhalten, näher auf die Glastür zuzufahren?

Regenwolken hingen tief über den Dächern, drückten auf die Stimmung und ließen den Abend älter erscheinen, als er war. Warum brannte in der Wohnung kein Licht? War Backes gar nicht daheim und hatte nur vergessen, alles zu schließen? Letzteres schloss Daniel aus, schließlich war sie Polizistin.

Also, warum stand diese verdammte Tür offen, wenn Corinna nicht in der Nähe war?

Daniel atmete bis ins Zwerchfell ein und wieder aus. Er bemühte sich, konzentriert zu bleiben und sich langsam der Glasfront zu nähern, damit Corinna Backes keinen Schrecken bekam, sollte sie doch zu Hause sein.

Beim ersten Blick ins Wohnzimmer übergab er sich beinahe. Würgend hielt er sich die Hand vor den Mund. Er hatte schon vieles gesehen, nicht nur auf Tatortfotos, sondern auch mit eigenen Augen.

Aber dieses Schlachtfeld vor ihm glich einem Horrorszenario!

Corinna Backes lag auf der Seite zu ihm. Ihr Gesicht war fast zugeschwollen. Dennoch sah Daniel, dass ihre Augenhöhlen leer waren, als wären sie mit einem Esslöffel ausgeschabt worden. Vielleicht waren sie das sogar.

In der Mitte des Raums gerann eine große Blutlache, die nicht älter als ein paar Stunden sein konnte. Dort musste der Täter ihr den riesigen Bauch aufgeschlitzt haben. Sie hatte sich noch bis zum Couchtisch geschleppt, aber das Telefon darauf hatte sie nicht mehr erreicht.

Daniel schmeckte Galle aufsteigen. Um den Tatort nicht zu kontaminieren, schluckte er sie herunter. Zitternd holte er sein Handy aus der Tasche und musste an die Ratten in der Volksküche denken. Die Handschrift des Patrons, sie war unverkennbar.

GeoGod hatte seine Trophäensammlung von Michael Schardts Händen und Günther Lenz' Füßen erweitert. Mit den Augäpfeln und dem ungeborenen Kind von Corinna Backes.

27. KAPITEL

Tomasz gab seinem Kollegen, der auf der Terrasse mit dem gerade eingetroffenen Staatsanwalt sprach und ihn über den Leichenfund aufklärte, einen Wink, dass er sich mit Daniel auf die Straße begeben würde, um dort seine Aussage aufzunehmen.

Während der Rechtsmediziner gerade auf Corinna Backes' Haut Stück für Stück Folie klebte, um mögliche Faserrückstände zu sichern, und der Erkennungsdienst die Terrassentür abpuderte, die Fingerabdrücke auf dem Glas fotografierte und mit der klebrigen Oberfläche eines Streifens Transparentfolie sicherte, fuhr Daniel vor Tomasz den betonierten Gartenweg entlang. Die Kollegen von der Schutzpolizei waren dabei, den Zugang mit Flatterband abzusperren, denn der Täter mochte auf diesem Weg in Backes' Haus eingedrungen und auch wieder geflohen sein, deshalb mussten der Pfad und die Gärten der Nachbarn ebenso akribisch untersucht werden wie das gesamte Haus. Das würde die ganze Nacht dauern.

Aus der Lebertemperatur und dem Gerinnungsgrad des Blutes, das die ermordete Polizistin verloren hatte und sich bereits in Gerinnsel und Serum aufgeteilt hatte, hatte der Rechtsmediziner abgeleitet, dass sie um die Mittagszeit getötet worden war. Genaueres würde erst die eingehende Untersuchung in der Gerichtsmedizin bringen.

Der Fötus war, wie Daniel zuerst vermutet hatte, nicht ihrem Körper entrissen worden, sondern befand sich noch in ihr. Er war so tot wie seine Mutter. Mit Abscheu dachte Daniel an die Rattenbabys in der Volksküche und stellte sich vor, wie der Täter ihnen brutal das Leben aus dem Leib gepresst hatte, indem er auf ihnen herumgetrampelt hatte. Hatte er denselben Plan mit Corinna Backes' ungeborenem Kind gehabt, war aber gestört worden? Oder hatte der Anblick des Fötus in ihrem Bauch ihn zutiefst schockiert, sodass er geflüchtet war?

„Was machst du hier?“ Tomasz' Cowboystiefel klackerten auf dem Asphalt.

„Eine Kollegin besuchen“, antwortete Daniel über seine Schulter hinweg.

Auf dem Bürgersteig blieb Tom stehen. Er holte einen Notizblock und einen Kugelschreiber aus der Innentasche seiner Jeansjacke. „Du kanntest sie nicht einmal.“

„Wir sind uns mal in der Kantine des Polizeipräsidiums begegnet.“

Betont lässig öffnete Daniel den Klettverschluss an seinen fingerlosen Rollschuhhandschuhen und schloss ihn wieder, etwas enger als zuvor. Er durfte nicht verraten, dass er auf eigene Faust ermittelte. Es war schon ein großes Risiko gewesen, die Mordkommission zu verständigen, aber er hatte keinen anonymen Anruf machen wollen.

„Das soll ich so notieren?"

„Klingt zu verdächtig." Verschmitzt grinste Daniel. „Belassen wir es dabei, dass Corinna und ich uns gekannt hatten." Hatten sie nicht, aber es war durchaus im Bereich des Möglichen. Er sah Tomasz an, dass er ihm nicht glaubte. Zum einen kannte er ihn zu gut und wusste, wann er flunkerte, zum anderen war er eben ein guter Kriminalkommissar.

Tom schlug immer wieder mit dem Ende des Kulis auf den Block. „Wo liegt der Zusammenhang zwischen Corinna Backes, Michael Schardt und Günther Lenz?"

Überrascht weiteten sich Daniels Augen, obwohl er es hätte besser wissen müssen. Es gab mehrere Arten, einen Verdächtigen oder schweigenden Zeugen weichzuklopfen, damit er endlich mit der Wahrheit herausrückte. Man konnte ihm vorgaukeln, bereits alle Fakten zu kennen, und ihm raten, seinen Kopf durch ein Geständnis noch rechtzeitig aus der Schlinge zu ziehen. Oder man spielte Verständnis vor und tat so, als wäre man insgeheim auf der Seite des Beschuldigten. Oder man versuchte ihn durch eine direkte Konfrontation aus der Reserve zu locken, damit er sich vor Schreck verriet. Daniel war darauf reingefallen und ärgerte sich. „Wie bitte?"

„Leander hat herausgefunden, dass du die Akten der beiden Männer auf seinem Computer aufgerufen hast, als du heute Nachmittag bei uns gewesen bist."

„Dieser kleine Scheißer!", rutschte es Daniel heraus. Der Hospitant musste sich das Verlaufsprotokoll angeschaut haben.

„Er steht auf deiner Seite."

Mit der Faust hieb Daniel auf seine Armlehne. „Warum schnüffelt er mir hinterher?"

„Wenn er dir hätte ans Bein pissen wollen, hätte er dem Fuchs Bescheid gegeben." Endlich hörte Tomasz damit auf, den Kuli gegen das Papier zu schlagen. „Aber er kam damit zu mir, weil er wusste, ich würde es niemandem erzählen, sondern dich direkt darauf ansprechen."

Daniel murrte nur, denn sein Freund hatte recht. Auch wenn er wie ein Milchbubi aussah und ein Frischling im KK 11 war, durfte er

Kriminalkommissar Leander Menzel nicht unterschätzen.

„Woher weißt du von Schardt und Lenz?"

„Aus der Presse." Lapidar zuckte Daniel mit seinen Achseln und wünschte sich, diese Geste unterdrückt zu haben, denn Worte mit Gestik zu unterstreichen war oftmals ein Versuch, sie glaubwürdiger klingen zu lassen.

„Alle drei wurden vom selben Täter umgebracht."

Tief atmete Daniel durch. Er konnte sich nicht vollkommen unbedarft geben, das würde Tom ihm nicht abnehmen und es wäre nicht fair seinem Freund gegenüber. „So viel steht fest."

„Und wer war es?"

„Ich bin nicht Sherlock Holmes. Anhand der bloßen Betrachtung eines Fingernagels die Familiengeschichte einer Person bis drei Generationen zurückliegend inklusive der aktuellen Tätigkeit, der seit Kindheit eingenommenen Medikamente und der Restaurants, in denen sie verkehrt, zu rekonstruieren, funktioniert nur im Film."

Schmunzelnd verschränkte Tomasz seine Arme und malte versehentlich einen Strich auf seine Jacke unterhalb seiner Achsel. „Aber du weißt mehr."

Daniel zögerte ein, zwei Sekunden und verriet sich dadurch. Das war jedoch noch lange kein Grund für ihn, gleich alle Karten auf den Tisch zu legen. „Rollstuhlfahrer sind zu dumm, um bei der Kripo zu arbeiten."

„Mit dieser Scheiße brauchst du mir erst gar nicht zu kommen", blaffte Tom, während er mit dem Stift auf Daniel deutete, und schaute sich dann schuldbewusst um, ob einer der Kollegen von der Schutzpolizei, die vor dem Absperrband Wache hielten, ihren Disput mitbekommen hatte. Er fuhr leiser fort: „Also, Kumpel, was zum Teufel geht in unserer Stadt vor sich?"

Daniel steckte in einem Dilemma. Er wollte seine Informationen ja mit Tom teilen, aber damit würde er seinen Plan, den Fall selbst zu klären und zum KK 11 zurückzukehren, zunichtemachen. Zudem bekämen auch Marie und Ben Probleme, da sie sich strafbar machten, indem sie Informationen, die eine polizeiliche Ermittlung betrafen, zurückhielten.

„Es hat etwas mit Julia Kranich zu tun, habe ich recht?" Tomasz seufzte, klickte auf den Kugelschreiber und schob ihn samt Block in seine Brusttasche.

Anerkennend hob Daniel seinen Daumen. „Siehst du, du brauchst mich doch gar nicht."

„Der Streetworker besuchte die Feier der Volksküche und Backes ermittelte zusammen mit dem inzwischen verstorbenen Kommissar Karl Görtz, als Julia nach dem Fest verschwand, so viel wissen wir schon. Aber wie passt der Obdachlose ins Bild?"

Daniel haderte. Wie viel durfte er Tomasz erzählen?

Verschwörerisch kam Tom näher, neigte sich etwas vor und dämpfte seine Stimme weiter: „Okay, machen wir einen Deal. Du sagst mir, was du weißt, und ich nehme dich mit zur Familie Kranich. Ich möchte herausfinden, ob ihnen die Namen Michael Schardt, Günther Lenz oder Corinna Backes etwas sagen. Vielleicht hat Julia sie über ihre Eltern kennengelernt."

„Du würdest mich gegen den Willen von Direktor Voigt in die Ermittlung einbinden?" Daniels Augen weiteten sich.

„Nein, ich biete dir nur an, mit zu Julias Eltern zu fahren. Nicht mehr und nicht weniger", sagte Tom und richtete seinen Oberkörper wieder auf. „Interessiert?"

Daniel brauchte nicht lange zu überlegen und nickte.

Nachdem Tomasz die Schachtel aus der Innentasche seiner Jacke genommen hatte, entnahm er ihr eine Zigarette und zündete sie an. „Nun, was ist mit Schardt?"

„Er war auch dort."

„Woher weißt du das?" Tief inhalierte er das Nikotin.

Daniel schob die Erinnerung an Julias letztes Foto, das Marie ihm detailliert beschrieben hatte, beiseite. „Hat jemand mir erzählt."

„Wer?", fragte sein Freund und stieß gleichzeitig Rauch aus.

Daniel überlegte kurz, ob er Gully erwähnen durfte, entschied sich aber dagegen, um Marie zu schützen. „Weiß ich nicht mehr."

Seufzend fuhr sich Tom durch seine Haare. „Zucker, du treibst mich in den Wahnsinn!"

„Ist doch nichts Neues." Daniel hoffte auf ein wenig Glück und schlug vor: „Schau mal in euren Zeugenbefragungen nach. Vielleicht erwähnt dort jemand einen Schnapper. So hieß Günther Lenz auf der Straße. Möglicherweise habt ihr deshalb den Zusammenhang nicht herstellen können."

„Hast du die Info von Ben? Hat er dir mehr gesagt als uns?"

„Er ist verschlossen wie Fort Knox."

Tom aschte ab. „Bist du deshalb zu Corinna Backes gegangen? Um etwas von ihr zu erfahren, das ihn entlastet?“

In Gedanken bedankte sich Daniel bei seinem Freund, da er ihm gerade eine brauchbare Erklärung für seinen Besuch bei der Polizistin geliefert hatte. „Zählt er denn zu den Verdächtigen?“

„Was glaubst du?“ Tomasz nahm einen weiteren Zug, ließ einen Teil des Rauchs über seine Nase entweichen und stieß den Rest über seinen Mund aus.

Natürlich tat Ben das. Maik, Denis und er hatten sich gegenseitig ein Alibi verschafft, was jedoch nicht viel zählte. Die anderen Partygäste hatten nicht mehr nachvollziehen können, wer wann wo gewesen war. „Er war es nicht.“

„Das möchtest du glauben.“

„Julia war seine Freundin!“, erwiderte er empört, dachte aber daran, dass Benjamin ihr das Handy aus der Hand geschlagen hatte, als sie ihr letztes Foto schoss. Zumindest hatte es für Marie den Anschein gemacht. Um von Ben abzulenken, kam Daniel zurück auf die drei Toten zu sprechen. „Die Männer waren Gäste der Vokü gewesen.“

„Nicht so Backes.“ Mit der Zungenspitze befeuchtete Tom seine Lippen und paffte weiter.

Daniel rieb seine Handflächen über die Greifringe seines Choppers. „Auch sie hatte eine Verbindung, da sie nach Julias Verschwinden dort ermittelte.“

„Vielleicht haben die vier etwas gemeinsam ausgeheckt. Schardt, Lenz und Julia bot sich die Chance, einen großen Coup zu landen, dafür müssen sie sich vorher nicht einmal gekannt haben.“

„Du meinst: Gelegenheit macht Diebe?“

„Ein spontanes Verbrechen mit Zufallsbekanntschaften. Oder die beiden Männer kannten sich vorher schon von der Straße und sprachen Julia an, ob sie ihnen helfen würde, wenn sie einen Anteil bekäme.“ Toms Theorie hörte sich eher nach laut ausgesprochenem Grübeln an, noch unausgereift und mit zu viel „Wenn“ und „Aber“. „Corinna Backes deckte das Verbrechen auf und ließ sich ihr Schweigen bezahlen. Sie hatte keinen Partner, vielleicht brauchte sie Geld für eine Samenbank oder einen privaten Samenspender.“

„Von einem Streetworker, einem Obdachlosen und einer Siebzehnjährigen? Die letzte These kannst du getrost streichen.“ Dennoch war diese Idee einen Gedanken wert. Daniel erinnerte sich, dass sich Julia und der Sozialarbeiter gestritten hatten. Gully hatte geglaubt, er würde ihr seine Hilfe verweigern. Aber vielleicht ging es um ein gemeinsames krummes Ding.

Tom zog selbst noch an der Zigarette, als sie bereits heruntergebrannt war. „Sie könnten Geld ergaunert haben, von dem die Polizistin etwas abhaben wollte, um ihren Mutterschutz zu genießen oder es für ihr ungeborenes Kind auf die hohe Kante zu legen."

„Mag sein, halte ich jedoch für unwahrscheinlich." Sachte schob Daniel die Räder seines Bocks vor und zurück. Es war fast so, als würde er sein Gewicht ständig von einem Fuß auf den anderen verlagern. „Denk mal über den Zeitpunkt nach. Warum wurde Backes erst jetzt ermordet?"

„Weil Schardt und Lenz sich in Sicherheit wiegten."

„Bis Julias Leiche ans Rheinufer gespült und der Mord an ihr publik wurde. Nein, nein, ich glaube eher, dass die beiden Männer verantwortlich für Julias Tod sind."

„Sie könnten aber auch eine Komplizin beiseitegeschafft haben." Tom ließ den Stummel fallen und trat ihn aus. Schuldbewusst sah er sich wohl nach einem Mülleimer um. „Soll ich die Kippe etwa in einem Taschentuch mitschleppen?"

„Sei mal nicht päpstlicher als der Papst." Belustigt schüttelte Daniel seinen Kopf. „Mag sein, dass Julia nicht so unschuldig war, wie alle glauben, schließlich hat sie sich vor der Party umgezogen und ist ziemlich freizügig dort aufgekreuzt." Das allein sagte aber noch gar nichts aus. Sie war in dem Alter, wo Mädchen sich aufhübschten, um Jungs zu beeindrucken, und da ihr Elternhaus ihr sexy Kleidung verbot, wechselte sie ihr Outfit eben heimlich. „Aber ich gehe dennoch weiterhin davon aus, dass das Mädchen das Opfer war und nicht eine Täterin. Wahrscheinlicher erscheint mir, dass Schardt und Lenz ihren Lolitareizen nicht widerstehen konnten und sich gemeinsam an ihr vergangen haben."

„Okay, gehen wir davon aus, dass Corinna Backes Beweise für die Schuld der Männer entdeckte und sich von ihnen hat schmieren lassen. Die zwei können sie dennoch nicht umgebracht haben, um sie zum Schweigen zu bringen, weil sie vor Backes ermordet wurden." Aufgeregt holte Tom wieder Stift und Notizblock hervor. Er tippte mit dem Kugelschreiber gegen seine Unterlippe. Plötzlich hörte er auf und hielt ihn in die Luft. „Also muss es einen vierten Komplizen geben."

„Sollte diese Theorie stimmen." Die Möglichkeit bestand. Daniel kannte sogar seinen Decknamen. GeoGod. Vielleicht war er der Kopf der Bande. Er besaß den meisten Grips, die höchste kriminelle Energie und eventuell den nötigen Zaster, um Backes bestochen zu haben. Schardt und Schnapper waren eher der Typ Handlanger, der Patron dagegen war ein Macher. Und leider gewitzt und akribisch, denn auf den ersten Blick hatte er keine Spuren hinterlassen, aber die Labortechniker und die Gerichtsmediziner arbeiteten noch an den Auswertungen.

Tomasz notierte etwas. „Ich muss in Ruhe darüber nachdenken. Noch heute Abend rufe ich bei den Kranichs an und frage, wann wir morgen bei ihnen vorbeischauen können. Aufs Revier kann ich sie ja schlecht bestellen, wenn du dabei sein möchtest." Tom reichte ihm eine Adresse in Chorweiler, dem Viertel mit der höchsten Kriminalitätsrate und einem sehr hohen Migrantenanteil. Doch man fand dort auch zwei Supermärkte, sechzig Läden und viele Gastronomiebetriebe vereint unter dem Dach einer dieser modernen zweistöckigen Shoppingmalls und sogar eine Waldorfschule. Nirgends waren die Gegensätze größer in Köln.

„Bist du sicher, dass du mich mitnehmen willst?" Daniel wollte ihn nicht in Schwierigkeiten bringen. Wenn Voigt das erfuhr, würde er eine disziplinarrechtliche Ermittlung gegen Tomasz einleiten.

„Versprochen ist versprochen. Außerdem kann ich mit dir am besten Theorien besprechen." Tom zwinkerte. „Wir suchen einen vierten Mann, einen Komplizen, der gefährlich ist, denn er mordet nicht nur, sondern hat auch noch Spaß daran."

Zustimmend nickte Daniel. „Außerdem ist er wahrscheinlich auf den Geschmack gekommen, denn wer einmal Trophäen sammelt, für den gibt es meistens kein Zurück mehr, sondern sein Drang zu foltern und zu töten nimmt weiter zu."

Besorgt dachte er an Benjamin. Stand er auch auf GeoGods Abschussliste? Oder waren die kranke Geocaching-Variante und seine Angriffe auf Ben und seine Familie lediglich eine perverse Form von Warnungen? Das wäre zumindest eine Erklärung, warum der Junge beharrlich schwieg.

Daniel verabschiedete sich und eilte, schon allein um keinem der Reporter, die ihn kannten, aufzufallen, nach Hause – nicht ohne sich vorher die Gesichter der Schaulustigen vor Backes' Haus einzuprägen, weil Täter oft zum Schauplatz ihres Verbrechens zurückkehrten und die Kripo bei ihrer Arbeit beobachteten. Seine Grübeleien ließen sich nicht abstellen, wodurch er sich nur schwer auf den Verkehr und die noch immer ungewohnte Handkupplung konzentrieren konnte.

Blieb immer noch die Frage, warum Ben Julia daran hatte hindern wollen, auf der Vokü-Party Fotos zu schießen. Daniel kam zu dem Schluss, dass es sich nur um einen harmlosen Streit unter Teenagern gehandelt haben musste.

Unter Umständen hatten Benjamin, Denis und Maik etwas von dem Deal, den Schnapper, Schardt und GeoGod auf der Party ausgeheckt hatten, mitbekommen, und der Patron wollte sie zum Schweigen bringen, indem er sie und ihre Familien bedrohte. Hatte GeoGod an Julia ein Exempel statuiert und sie kaltgemacht, um die Jungs, Corinna Backes und vielleicht selbst seine Komplizen Schardt und Lenz zu warnen, dass er fähig war, bis zum Äußersten zu gehen?

Inzwischen waren die Erwachsenen tot. Würden die Kids folgen?

Er war ein Monster, keine Frage! Auch wenn er letztendlich davor zurückgeschreckt hatte, den Fötus aus Backes' Bauch zu schneiden, so bedeutete das keinesfalls, dass er Ben, Maik und Denis nicht erledigen würde. Allerdings schien er bei den Erwachsenen nicht gezögert zu haben, sie abzuschlachten. Benjamin jedoch machte er auf eine andere Weise fertig, nämlich indem er ihn mit dem Gesetz in Konflikt brachte und seine Mutter Situationen auslieferte, die auch zu ihrem Tod hätten führen können. Wenn der Patron das gewollt hätte. Aber die Angriffe glichen eher Warnschüssen.

Als Daniel in der Südstadt parkte und den Motor abstellte, hatte er eine Ahnung. Konnte es sein, dass GeoGod Kinder zu sehr mochte, um ihnen etwas anzutun? Falls diese Idee stimmte, hatte diese Sympathie ihn womöglich davor zurückgehalten, das ungeborene Kind zu schänden, indem er es dem Mutterleib entriss und entweder tottrampelte oder mitnahm, und es bewahrte Benjamin davor, ebenso kaltblütig abgemurkst zu werden. Noch. Die Situation mochte jeden Moment kippen, denn mit seinen achtzehn Jahren war Ben vor dem Gesetz volljährig.

Mit einem mulmigen Gefühl im Magen, weil Daniel nicht wusste, in welcher Stimmung Marie nach der von ihm verweigerten Aussprache war, ob sie nicht vielleicht schon ins Bett gegangen war, um ihm an diesem Tag nicht mehr zu begegnen, oder sie vielleicht bei einer Freundin oder in der Villa Bast übernachtete, schob Daniel seinen Rollstuhl in ihr gemeinsames Apartment.

Sogleich kam sie aus der Küche in den Korridor und sah ihn abwartend an.

Zögerlich, da eine Zurückweisung ihn geschmerzt hätte, breitete er einladend seine Arme aus. Sie lächelte zaghaft. Langsam kam sie auf ihn zu. Er zog sie auf seinen Schoß und drückte sie so fest, als würden sie sich das erste Mal nach einer Ewigkeit wiedertreffen. Sie nahm seinen Kopf in ihre Hände und küsste ihn. Ihr Kuss hatte etwas Sexuelles, das spürte er sofort, denn er dauerte länger und war feuchter, um als bloße Begrüßung oder Versöhnung durchzugehen.

Verunsichert löste er seinen Mund von ihrem und fuhr mit ihr auf seinen Oberschenkeln sitzend ins Wohnzimmer. „Wo ist Ben?“

„Er nimmt ein Bad.“ Zärtlich strich sie über Daniels Stirn hinab über seine Schläfe und kraulte seinen gestutzten Bart. „Hättest du auch Lust? So wie früher.“

Zu zweit, meinte sie. Noch vor wenigen Monaten wäre er längst unter ihr hart geworden, doch jetzt regte sich nichts mehr zwischen seinen Beinen. Behutsam schob er sie herunter. „Ohne Badewannensitz?“

„Du hast doch starke Oberarme.“ Auf eine sinnliche Art und Weise drückte sie seinen Bizeps. Dabei beugte sie sich zu ihm herab, sodass er ihre Brüste unter dem Pullover sehen konnte. Wie er seine Ehefrau kannte, war ihr das nicht einmal bewusst. Der Anblick ließ ihn nicht kalt, aber es handelte sich dabei eher um ein Gefühl von Wärme in seinem Brustkorb als in seinem Schritt.

„Ich könnte am Wannenrand abrutschen und mit dem Hinterkopf aufschlagen. Du hast nicht die Kraft, mich aus dem Wasser zu heben, nicht einmal zusammen mit Ben.“ Vor seinem Unfall – das war inzwischen zu seiner Zeitrechnung geworden – hatten sie ab und zu zusammen gebadet und nicht gerade selten hatten sie entweder in der Wanne oder danach im Bett miteinander geschlafen. Das würde nie wieder passieren. Sosehr er es sich auch wünschte, er konnte ihr keine Befriedigung mehr verschaffen. Manchmal glaubte er, Marie mache sich etwas vor, weil sie immer noch daran festhielt, dass Intimität zwischen ihnen weiterhin möglich war.

Sie verzog ihr Gesicht und richtete ihren Oberkörper auf. „Wovor hast du Angst?“

„Versöhnungssex ist nicht mehr … machbar“, sagte er zerknirscht. Verkrampft hielt er sich an den Armlehnen fest.

„Ich will dich! Immer noch genauso wie vorher."

„Aber ich bin nicht mehr der Mann, den du geheiratet hast, nicht da unten zumindest." Auch sein Charakter hatte sich geändert, und zwar nicht gerade zum Besten.

Resigniert ließ sie ihre Arme hängen. „Ich möchte doch nur Nähe. Im warmen Wasser in deinen Armen liegen und dich spüren."

„Aber ich spüre da unten nichts mehr." Um seine Worte zu unterstreichen, kniff er in seinen Schoß.

Marie zuckte erschreckt über die gegen sich selbst gerichtete Grobheit zusammen. „Aber der Rest von dir ist noch lebendig. Warum lässt du es zu, dass der gelähmte Teil deines Körpers den gesunden negativ beeinflusst? Es sollte andersherum sein. Dein Lebenswille sollte über die Querschnittslähmung siegen."

„Du hast wie immer recht. Und ich bemühe mich ja." Immerhin fuhr er inzwischen Auto, hatte sich Equipment für seinen Rolli gekauft und versteckte sich nicht mehr zu Hause, sondern kämpfte sogar darum, seinen alten Job wiederzubekommen. „Aber Sex kann ich dir nicht mehr bieten."

„Liebe offenbar auch nicht, denn jede Berührung scheint dich Überwindung zu kosten. Herrgott, ich bin nicht so sexbesessen, wie du denkst. Du bist erst mein zweiter Mann gewesen …" Überrascht von ihrem eigenen Geständnis, das ihr anscheinend voreilig über die Lippen gekommen war, schlug sie die Hand vor ihren Mund. Sie errötete.

Das hatte er nicht gewusst. Umso schlimmer war es für ihn, nicht mit ihr schlafen zu können. Sie hatte ihn mit dieser Beichte wohl beruhigen wollen, doch nun fühlte er sich erst richtig elend. Eine junge schöne Frau wie Marie sollte Abenteuer erleben, sollte sich austoben und Erfahrungen sammeln, stattdessen hing sie an ihm fest. Möglicherweise hatten ihre Eltern recht, sie hatten zu früh geheiratet.

Der Gedanke, dass sie sich mehr oder minder für ihn aufgespart hatte und er ihr keine Lust mehr verschaffen konnte, zerriss ihn innerlich. Es war nur eine Frage der Zeit, bis sie ihn verlassen würde, um einen richtigen Mann zu finden, der mit ihr das aufholte, was sie in ihren gemeinsamen Jahren – Zeit, die sie damit vergeudet hatte, ihm zur Hand zu gehen wie eine Pflegekraft – verpasst hatte.

Mit belegter Stimme sagte er absichtlich etwas Grausames, um sich davon abzulenken, nicht in tausend Stücke zu zerbrechen, und Maries Verlangen, sollte nach der Diskussion überhaupt noch ein Quäntchen davon vorhanden sein, zu zerstören: „Ich habe gerade eine Leiche gefunden“, genau genommen waren es zwei, „eine schwangere Polizistin.“

„Das Baby …?“ Entsetzt ließ sich Marie auf die Couch fallen.

„Tot.“

„Oh mein Gott!“

Er zog seine Fleecejacke aus, auf der noch immer Regentropfen schimmerten, und erzählte ihr davon, dass Corinna Backes, die die Ermittlungen nach Julias Verschwinden im vergangenen Jahr geleitet hatte, nun ähnlich verstümmelt wurde wie der Streetworker und der Obdachlose, und von Tomasz’ Theorie, dass sie sich hatte schmieren lassen. „Die Ermittlungen werden sich jetzt wohl darauf konzentrieren, eine weitere Person zu finden.“

„Maik Hagedorn!“

Daniel hob seine Augenbrauen. Wovon sprach sie?

„Er ist Benjamins Freund und hatte die Party in Porz auch besucht. Gut möglich, dass er der Komplize ist.“

„Soweit ich das beurteilen kann, hat Maik sowohl den Grips als auch das Aggressionspotenzial.“ Während Marie ihm erzählte, dass Denis Buschhütter, ein weiterer Kumpel von Ben, versucht hatte, sich umzubringen, und nun in der Psychiatrie war, und Maik einen Armschutz aus Leder, wie ihn Bogenschützen benutzen, trug, waren ihre Finger ständig in Bewegung.

Kopfschüttelnd legte Daniel seine Jacke über die Sessellehne. „Nein, das kann nicht sein.“

„Für mich klingt es durchaus logisch, dass Maik der dritte Mann ist. Er führte gemeinsam mit Schardt und Lenz eine krumme Sache durch. Julia, die Maik über Ben kennenlernte, bekam das mit, und musste sterben. Die Kommissarin deckte den Mord an der Siebzehnjährigen auf oder auch nur den Coup der drei Männer und ließ sich von ihnen kaufen. Deshalb wurde Julia auch nicht vergewaltigt. Ihre Mörder waren nicht an Sex interessiert, sondern nur an ihrem Tod.“

„Aber warum folterten sie sie dann? Außerdem …“

„Möglicherweise wollten sie die Bluttat vertuschen, indem sie sie wie einen Sexualmord aussehen ließen, um ihr wahres Motiv, Habgier, zu vertuschen.“ Aufgeregt rieb Marie die Handflächen über ihre Oberschenkel. „Vielleicht hatten sie auch nur vor, ihr Angst einzujagen, damit sie schwieg, doch das funktionierte nicht oder der Einschüchterungsversuch lief aus dem Ruder. Julia starb versehentlich und die Männer entsorgten die Leiche im Rhein.“

„Nein, wirklich, das ist unmöglich.“

„Weil nicht Daniel Zucker, der Kriminalhauptkommissar die Zusammenhänge erkannt hat?“ Schnaubend lehnte sie sich zurück, verschränkte ihre Arme vor der Brust und legte ein Bein über das andere.

Ihre Wut darüber, dass es ihm schwerfiel, Nähe zuzulassen, schien doch noch nicht verflogen zu sein. Ihre Körperhaltung zeigte Daniel nicht nur, dass sie sauer war, sondern auch, dass sie sich vor ihm verschloss, was mehr schmerzte als ihr Groll.

Die Badezimmertür schwang auf, knallte gegen die Wand und Ben tapste auf nackten Füßen in Richtung seines Refugiums. Seine Haare waren noch feucht und er hatte Augenringe, wie ein Achtzehnjähriger sie nicht haben sollte. Zum Gruß hob er seine Hand, hielt das Badetuch um seine Hüften mit der anderen fest und verschwand.

„Deine Theorie klingt nicht übel." Sie öffnete ihren Mund, um ihrem Ärger Luft zu machen, daher sprach er rasch weiter: „Aber die drei Männer können Corinna Backes nicht getötet haben, denn sie starb heute. Zum Zeitpunkt ihrer Ermordung waren Schardt und Lenz längst tot und Maik saß bereits in Haft."

„Dann war Maik eben ein Spieler wie Ben", kurz blickte sie zu seinem Zimmer, als befürchtete sie, er könnte sie hören, „und GeoGod zwang ihn, mit seinem Bogen und selbst gebastelten Molotowcocktails die Wohnung der Mannteufels in Brand zu setzen, während sich Benjamin und Heide zu Hause aufhielten."

„Damit hätten wir auch eine Erklärung, warum er nicht auf Ben schoss, als er die Chance dazu hatte. Maik konnte sich nicht dazu überwinden, ihn zu verletzen."

Marie rutschte auf die Kante der Couch vor. Ihr Gesicht rötete sich, als bekäme sie Fieber, doch das war sicherlich nur die Aufregung, eine Spur entdeckt zu haben. „Und versuchte nach Brasilien zu fliehen, weil er die Anweisung des Patrons missachtet hatte und seine Strafe fürchtete."

Zwar nickte Daniel, fragte sich jedoch, ob GeoGod wirklich so vorgehen würde. Auf der einen Seite war er ein Spieler, auf der anderen allerdings ein Kontrollfreak. Würde er einen wichtigen Schritt, wie einen Brand zu legen, wirklich in die Hände eines Jungen legen? Zudem hatte er Ben noch nie angewiesen, eine andere Aufgabe zu erledigen, als Caches zu finden. Es war jedoch denkbar, dass sich Maik schon auf einem höheren Level befunden hatte.

Plötzlich gab sein Handy einen Ton von sich. Er holte es aus seiner Hosentasche und schaute, wer ihm eine SMS geschickt hatte.

Marie erhob sich und schritt kühl an ihm vorüber, ohne ihn anzuschauen. „Ich geh alleine baden."

„Es ist Tomasz", beeilte er sich zu sagen, als müsste er sich rechtfertigen. Morgen früh um zehn Uhr in Chorweiler, schrieb er.

Unsicher folgte Daniel Marie, doch das bekam sie nicht mit, denn sie warf die Tür hinter sich ins Schloss, ohne sich umzudrehen.

Zähneknirschend blieb er eine Weile vor dem Badezimmer stehen, doch er konnte sich nicht dazu überwinden, hineinzufahren. Allein die Vorstellung, wie ungelenk er sich in die Wanne fallen lassen würde, war ihm so peinlich, dass keine romantischen Gefühle möglich waren.

Schlecht gelaunt schob er seine Krüppel-Harley in die Küche, um sich ein Kölsch aus dem Kühlschrank zu holen und in Gedanken noch einmal die Theorien, die er mit Tom und Marie diskutiert hatte, durchzugehen. Sein Kopf war das Einzige an ihm, was noch bestens funktionierte. Aber wenn er nicht zurück in seinen alten Job kehrte, würde auch dieser Teil von ihm bald verkümmern.

Pünktlich um zehn Uhr morgens wartete Daniel vor dem Hochhaus mit der traurigen Fassade, in dem Familie Kranich zehn Kilometer vom Stadtzentrum wohnte. Der Putz war schmutzig grau und strahlte Kälte und Lieblosigkeit aus. Eigentlich waren es vier Häuser, die aneinandergebaut worden waren. Ihre Eingänge zeigten jeweils in eine Himmelsrichtung.

Wie viele Mietparteien mochten in dem Block wohnen? Vierzig? Das war ja eine eigene kleine Gemeinde innerhalb Chorweilers. Es war unschwer zu erraten, dass die Arbeitslosigkeit hier hoch war. Niemand, der genug Geld verdiente, würde freiwillig im Getto leben.

Tomasz kam wenige Minuten nach ihm an. Da er keinen Parkplatz in der Nähe fand, parkte er halb auf dem Bürgersteig und brachte das „Kriminalpolizei im Einsatz"-Schild hinter der Windschutzscheibe seines Dienstwagens an.

„Ob das so eine gute Idee ist?", begrüßte ihn Daniel.

Breitbeinig, wie es seine Art war, blieb Tom vor ihm stehen. „Ich bin risikofreudig." Er roch nach Rauch. Es konnte nicht lange her sein, dass er sich eine Zigarette angesteckt hatte.

Daniel wunderte sich, dass Toms Zähne trotzdem strahlend weiß waren. „Seit wann das?"

„Schließlich lasse ich dich auch bei Ermittlungen anwesend sein."

Murrend legte Daniel seine Hände an seine Greifringe. „Jaja, erinnere mich nur daran, dass ich nicht mehr zum Team gehöre."

„Heute schon." Tomasz gab ihm einen freundschaftlichen Klaps auf die Schulter und ging voran zum Eingang. „Halte dich nur ein wenig mit deinem Sarkasmus zurück. Sollten die Kranichs im Präsidium anrufen und nachfragen, wer denn der komische Kauz mit dem Krankenkassen-Chopper war, der diese unverschämten Fragen gestellt hat, werde ich einen Kopf kürzer gemacht, nicht du."

„Einverstanden, dann spielst du eben ausnahmsweise mal den bösen Cop. Wird dir nicht schwerfallen."

„Aber dir, den guten zu mimen." Die Tür wurde aufgedrückt. Grinsend hielt Tom ihm den Eingang auf.

Daniel tat so, als würde er Tomasz in die Beine fahren, bremste aber rechtzeitig und lenkte seinen Bock stattdessen an ihm vorbei ins Gebäude hinein. Auf einer der unteren Stufen der Kellertreppe lag etwas, das eine benutzte Damenbinde sein mochte, aber Daniel sah nicht lange genug hin, um sicher zu sein. Die Wände waren mit obszönen Sprüchen übersät und im Stockwerk über ihnen stritten sich zwei Frauen so laut, dass es durch das ganze Treppenhaus schallte. Dies war kein guter Ort für Kinder. Er wunderte sich, dass Benjamin und Marie gemeint hatten, Julia sei ein richtiger Sonnenschein gewesen: immer ein Lächeln auf den Lippen, ein hübsches natürliches Erscheinungsbild, eher sportlich bequem gekleidet, zurückhaltend, höflich und smart. Auf jeden Fall nicht heruntergekommen und desillusioniert wie dieser Ort. Aber warum hatte sie sich dann heimlich aufreizend angezogen? Das schien so gar nicht zu ihrem Charakter zu passen. Hatte die Gegend, in der sie aufgewachsen war, sie am Ende doch ins Verderben gezogen?

Gemeinsam stiegen Daniel und Tomasz in den Aufzug ein.

„Erzähl mir etwas über die Familie Kranich." Daniel schaute auf die Etagenknöpfe und erinnerte sich, dass er diese Perspektive von unten das letzte Mal als Kind gehabt hatte. An die obersten zwei hätte er nur mithilfe der Stabtaschenlampe, die er seit der Durchsuchung der Volksküche immer in der Armlehnentasche seines Rollis trug, heranreichen können. Frustrierend!

„Horst, Julias Vater, hat früher mal auf dem Bau gearbeitet, konnte den Job aber nicht mehr ausüben. Bandscheibenvorfall mit dreiundvierzig. Seitdem ist er arbeitslos." Tomasz drückte auf die Acht, lehnte sich gegen die Kabinenwand und beobachtete, wie sich die Tür schloss.

„Und seine Frau?"

Ruckelnd setzte sich der Lift in Bewegung. „Ewa war Polin, kam aber schon mit sechs Jahren zusammen mit ihren Eltern nach Deutschland."

„War?"

„Nachdem Julia letztes Jahr verschwand, gaben sich Ewa und Horst gegenseitig die Schuld und trennten sich im Herbst."

„Aber das ist nicht alles, habe ich recht?", fragte Daniel und kraulte seinen Bart.

„Leider nein. Ewa Kranich verkraftete den Verlust ihrer Tochter nicht und erhängte sich Mitte Dezember in einem schicken Marketingbüro, in dem sie abends, wenn alle Angestellten nach Hause gegangen waren, putzte. Als die Empfangssekretärin am Morgen an ihren

Arbeitsplatz kam und die Leiche, die von der Decke baumelte, fand, fiel ihr der Coffee-to-go-Becher aus der Hand, sie rief die 110 an und regte sich", Tom schnaubte, „geschlagene fünf Minuten darüber auf, wie jemand so gedankenlos sein konnte, sich in einem öffentlichen Gebäude das Leben zu nehmen, damit hätte sie ihr das ganze Weihnachtsfest versaut."

Daniel schüttelte über so viel Ignoranz den Kopf. Wie sehr musste Ewa Kranich gelitten haben! Doch gleichzeitig kamen Zweifel in ihm auf. „Hat die Gerichtsmedizin den Suizid nachgewiesen?"

Tom runzelte seine Stirn. „Ja, wieso fragst du?"

„Routine", antwortete Daniel ausweichend. Noch immer erachtete er es als möglich, dass Julia ebenfalls mit dem Patron Geocaching gespielt hatte. Es wäre möglich gewesen, dass sie einige Schatzkisten nicht gefunden und ihre Mutter dafür mit ihrem Leben bezahlt hatte. Aber hätte der Patron es wie einen Selbstmord aussehen lassen? Das passte nicht zu seinem Profil. Als Heide Mannteufel angefahren worden war, hatte es jedoch auch nach einem normalen Unfall mit Fahrerflucht ausgesehen. Und sollte er Maik Hagedorn die Drogen unbemerkt zugesteckt haben, sodass dieser am Flughafen verhaftet worden war, wäre das auch Bestätigung dafür, dass GeoGod seine Attacken manchmal tarnte. Daniel musste die Indizien prüfen, aber das würde sehr schwer werden. Die Zeit lief gegen ihn, der Patron hinterließ bisher keine Spuren und Daniel standen nicht mehr die Möglichkeiten zur Verfügung, die er beim KK 11 gehabt hatte.

Jetzt wusste er auch, warum Julias Mutter auf ihrem Begräbnis gefehlt hatte. Als die Wasserleiche des Mädchens gefunden worden war, lag Ewa Kranich längst unter der Erde. „Und Markus Kranich?"

„Er hat sich immer um alles gekümmert, war die Schnittstelle von uns zur Familie, damals, als Julia verschwand, wie auch heute, wo wir wegen Mordes ermitteln. Ein aufgeweckter Bursche, wenn du mich fragst, allerdings auch ein wenig zu gespielt tough. Das hat er wohl im Getto gelernt. Allerdings ist er nicht so ein harter Hund, wie er vorgibt zu sein." Der Aufzug öffnete sich und Tomasz ließ Daniel den Vortritt. „Er hat seine Schwester über alles geliebt, sie standen sich wohl sehr nah. So wie er aussagte, war ihr Verhältnis zueinander inniger als zu den Eltern, weshalb er ihr ab und zu heimlich Geld für Kleidung gab und ihr ein Smartphone kaufte. Jedenfalls verlor er im Herbst seinen Job und kurz darauf auch seine Freundin. Nachdem Julia vom Erdboden verschwand, ging sein Leben den Bach runter. Der Kummer fraß ihn innerlich auf, vermutlich war ihm alles scheißegal, so sehe ich das, aber inzwischen hat er sich wieder im Griff."

Daniel nickte. Im ersten Moment war es für viele Hinterbliebene schlimm, wenn die Leiche eines Vermissten gefunden wurde. Aber es lag auch ein gewisser Trost darin, endlich Gewissheit zu haben, und die Bestattung wurde oft als Endpunkt angesehen, um abzuschließen und neu beginnen zu können.

Forsch klingelte Tom an der Tür. Entweder hatte er die Kranichs schon einmal aufgesucht oder jemand hatte ihm beschrieben, an welche Wohnung er sich wenden musste, denn es gab weder Namensschilder noch dekorative Gegenstände. Keine Schmutzfangmatten, keine Aufhänger, keine Blumen, keine Schuhe, Kinderwagen oder Spielsachen. Nichts. Nur das Plärren des Fernsehers der Nachbarn beschallte das Treppenhaus, ansonsten hätte man auch glauben können, die Etage wäre verlassen.

Das Erste, was Daniel dachte, als Horst Kranich ihnen öffnete, war: Konnte er sich kein T-Shirt ohne Löcher anziehen? Die Naht auf seinen Schultern löste sich auf der linken Seite bereits auf und der Saum wellte sich, da er ausgeleiert war. Seine blaue Trainingshose wies Beulen an den Knien auf. Bestimmt nicht vom Sport, dachte Daniel, sondern eher vom vielen Sitzen auf der Couch. Gereizt kratzte sich Julias Vater an seiner roten Knollennase, ein mögliches, aber kein sicheres Zeichen für Alkoholismus. Seine Haut wies jedoch auch feine geplatzte Äderchen auf. Keine geröteten Augen und kein Tremor. Trinkt regelmäßig, schätzte Daniel, aber kein Komasäufer.

Noch ehe Horst Kranich etwas sagen konnte, schob sich ein junger Mann vor ihn, der zwar dieselben Gesichtszüge aufwies, aber ihn um einen Kopf überragte. „Markus Kranich, Julias Bruder. Sie sind von der Kripo?"

Als Erstes fiel Daniel auf, dass er, anders als sein Vater, noch immer Schwarz trug. Wäre Horst Kranich noch in Trauerkleidung gewesen, hätte er sich nicht gewundert. Doch junge Menschen heutzutage waren weniger religiös und traditionsverbunden und zogen meist schon einen Tag nach einer Beerdigung Alltagskleidung an.

Als Zweites bemerkte er, dass der ältere Mann zwar einen roten Kopf bekam, weil er offensichtlich das Verhalten seines Sohnes, sich vorzudrängeln und das Ruder in die Hand zu nehmen, obwohl er nicht das

Familienoberhaupt war, nicht guthieß, aber schwieg. Wären Daniel und er keine Polizisten, hätte er seiner Wut wahrscheinlich Luft gemacht. Horst Kranich strahlte Aggressivität aus. Lag es an seinen kleinen zurückliegenden Augen? Der gedrungenen Gestalt? Oder der dauerhaft gerunzelten Stirn, die Daniel als Skepsis und Abneigung deutete?

Vielleicht hatte sich sein Sohn wohlweislich des Besuchs angenommen, um zu verhindern, dass sein Vater wegen einer unbedachten Bemerkung hochging. Er wirkte jedenfalls weitaus gelassener. Allerdings begrüßte er sie, als wären sie Geschäftspartner, so Daniels Eindruck, und nicht wie Polizisten, die den Tod seiner Schwester untersuchten. Seltsam distanziert, zu souverän, zu wenig betroffen. War er bemüht, die Haltung zu wahren, um nicht in Tränen auszubrechen?

„Oberkommissar Tomasz Nowak.“ Er zeigte seine Kriminalmarke und seinen Dienstausweis.

Doch Markus Kranich ignorierte sie und schaute stattdessen starr auf Daniel herab. „Ich erinnere mich an Sie. Nicht aber an Ihren Kollegen.“

„Hauptkommissar Daniel Zucker“, stellte sich Daniel mit fester Stimme vor. Dadurch, dass er im Rollstuhl saß und zu allen aufsehen musste, hatte er den Eindruck, doppelt so selbstbewusst auftreten zu müssen, um ernst genommen zu werden. Ob das jedoch nur ein Hinweis auf seine eigene Unsicherheit war oder ob die Menschen ihn wirklich nicht für voll nahmen, dazu fehlten ihm noch die Erfahrungswerte, immerhin traute er sich erst seit Kurzem öfter aus seinem Schneckenhaus heraus.

Skeptisch musterte Kranich den Rolli. Vermutlich hatte er noch nie einen querschnittsgelähmten Polizisten gesehen und fragte sich, ob Daniel überhaupt einer war. „Wo sind Ihre Marke und Ihr Ausweis?“

Tom öffnete seinen Mund, um Daniel zu Hilfe zu eilen, denn dieser hatte beides während seiner langen Krankheitsphase abgeben müssen, aber Daniel brauchte keine Unterstützung, denn er antwortete kaltschnäuzig: „In der Rückentasche meiner Krüppel-Harley. Warten Sie, ich stehe eben auf und hole sie heraus.“

Er machte keine Anstalten, sich herumzudrehen, sondern verschränkte provokant seine Arme und erwiderte Kranichs Blick. Wenn dieser darauf bestand, dass er sich auswies, war Daniel geliefert!

Markus Kranichs harte Miene bröckelte und er zeigte beinahe so etwas wie ein Lächeln. Er drängte seinen Vater zurück und ließ Daniel und Tomasz hinein. „Sind wir nicht alle auf die eine oder andere Art beschädigt?"

Daniel fand diese Bemerkung schräg, aber wahrscheinlich spielte Kranich damit auf seinen eigenen schmerzlichen Verlust an oder wollte schlichtweg einlenken. In seiner Gegenwart sagten die Menschen aus Verlegenheit die seltsamsten Dinge, weil sie unsicher waren, wie sie sich verhalten sollten.

Unrecht hat er nicht, dachte Daniel, als er – wie hatte Maja ihn noch genannt? – in seinem Popo-Ferrari an ihm vorbeirollte. Genau genommen schien er sogar eine besondere Beobachtungsgabe zu besitzen und tiefsinnig zu sein. Selbst ein Mensch, der so perfekt aussah und auftrat wie Marie, trug Narben auf seiner Seele und verbarg sie vor der Welt, bis etwas geschah, das ihn aufbrechen ließ, sodass er sich offenbarte. Das konnte etwas Gutes, aber auch etwas Schlechtes bedeuten. Daniels Kreuz sah man ihm im Gegensatz zu dem seiner Ehefrau, die in jungen Jahren von ihrer Mutter auf subtile Weise gequält worden war, an. Doch die wenigsten Menschen ahnten, dass er nicht nur ein körperliches Defizit hatte, sondern auch von den Dämonen aus seiner Kindheit verfolgt wurde.

Unauffällig schaute sich Daniel im Wohnzimmer, in das sie gebeten wurden, um. Löcher in der Tapete gaben den Blick auf das Blümchenmuster vergangener Tage frei. Die Stickgemälde mussten noch von Ewa Kranich stammen, ebenso wie die Plastikveilchen, auf denen sich der Staub sammelte und Fäden von einer Blüte zur anderen gewoben hatte. Das Sofa war durchgesessen und schmutzig und Daniel war froh, dass er sich nicht daraufsetzen musste, wie Tomasz es just aus Höflichkeit tat.

Offensichtlich hatte Horst Kranich die Wohnung so gelassen, wie sie war, nachdem seine Frau ausgezogen war, aber vermutlich nicht, weil er nicht loslassen konnte oder hoffte, sie käme eines Tages zurück, sondern aus Trägheit, denn sonst hätte er zumindest renoviert. Er erweckte nicht den Eindruck, ein Mann der Tat zu sein.

Auf dem Couchtisch stand ein riesiger Aschenbecher mit einem Werbelogo, er quoll über vor Kippen. Angewidert leerte ihn Markus Kranich in der Küche aus. Vermutlich wohnte er nicht mehr hier, auch weil er sich nur auf die Sessellehne setzte und nicht in den Sessel, als würde er sich genauso davor ekeln wie Daniel.

Jetzt, wo er saß, nahm Daniel erst wahr, dass er genauso einen Stiernacken und einen Bauchansatz hatte wie sein Vater, nur fielen sie durch seine Größe weniger auf und waren noch nicht ganz so ausgeprägt.

Horst Kranich ließ sich auf das Sofa fallen, breitbeinig und selbstgefällig wie ein Pascha, und steckte sich eine Zigarette an. Sogleich holte auch Tom seine Schachtel heraus, aus Taktik, wie Daniel wusste, um sich zu solidarisieren und das Eis zu brechen. Es funktionierte, denn der alte Kranich gab ihm Feuer und lehnte sich etwas entspannter zurück. Sein Schweigen deutete Daniel keineswegs als Schüchtern- oder Introvertiertheit, sondern eher, als würde er sich mühsam zurückhalten, um nicht zu explodieren, weil man ihn belästigte.

Eigentlich kamen sie, um neue Fragen zur laufenden Ermittlung um Julia zu stellen. Daher wunderte sich Daniel, dass sie nicht voller Neugier und Hoffnung empfangen wurden. Aber wahrscheinlich betrachteten die beiden verbissenen Männer jeden Besucher als Eindringling. In einer Gegend wie dieser wurde man unweigerlich misstrauisch jedem Fremden gegenüber.

„Es tut uns leid, Sie noch einmal behelligen zu müssen“, begann Tomasz behutsam und blies den Rauch aus seinen Lungen, sodass er in diesem Moment nicht wie ein Kommissar wirkte, sondern wie ein Bekannter, der auf einen Freundschaftsbesuch gekommen war. „Aber wir müssen Ihnen noch einige Fragen stellen.“

„Warum, zum Henker?“ Als Horst Kranich sich nach vorne neigte, um abzuaschen, musste er seine Beine spreizen, damit sein Bauch dazwischenpasste und er an den Tisch herankam. „Das ist doch immer wieder dasselbe Zeug. Wir sind doch keine Kühe, die ständig alles wiederkäuen. Es kotzt mich an. Das bringt doch nichts. Bis jetzt habt ihr das Schwein nicht gefunden und das werdet ihr auch nicht. Ich sag nichts mehr. Nachher beschuldigt ihr mich wieder. Oder Markus. Aber vor allen Dingen mich. Selbst den Hausmeister hattet ihr im Verdacht. Nur weil ihr keinen Durchblick habt. Verdächtigt Hinz und Kunz, in der Hoffnung, zufällig den Richtigen zu erwischen. Aber ich halte ab jetzt die Schnauze, sonst sitze ich nachher noch im Knast.“

„Neunzig Prozent der Verbrechen sind Beziehungstaten, daher untersuchen wir routinemäßig auch die Verhältnisse innerhalb der Familie.“ Damit Kranich bequemer abaschen konnte, hielt Tomasz ihm den Aschenbecher hin. Dessen Dank klang wie ein Murren. „Deshalb sind wir aber heute nicht hier."

„Sondern weil neue Ermittlungsergebnisse vorliegen, nicht wahr?" Selbstgefällig grinste Markus Kranich.

Daniel sah Tom an, wie er mit sich rang. Eigentlich wollte er so wenig wie möglich preisgeben. „Darüber dürfen wir nicht sprechen."

„Es geht um den Mord an meiner Schwester!" Kranichs Grinsen verschwand. Von einer Sekunde auf die andere wurde sein Gesicht zu einer wütenden Fratze und er ähnelte seinem Vater mit einem Mal sehr. „Und Sie wollen uns nichts sagen?"

„Die Ermittlungen laufen noch." Daniel schob seinen Rollstuhl etwas vor, als müsste er sich wie eine Barriere zwischen Tom und Kranich stellen. „Es gibt Spuren, denen wir nachgehen müssen, aber diese könnten sich genauso gut als falsch erweisen. Wenn wir zu früh mit Informationen herausrücken, könnte es zu einer öffentlichen Hetzjagd, einer fälschlichen Denunzierung oder sogar zu Selbstjustiz kommen."

Plötzlich lachte der junge Kranich und schlug sich auf den Oberschenkel. „Jetzt verstehe ich. Sie befürchten, verklagt zu werden."

Das auch, dachte Daniel, schwieg jedoch.

Kranich erhob sich und wurde ernst. „Wenn das so ist, Oberkommissar Tomasz Nowak und Hauptkommissar Daniel Zucker, möchte ich Sie eindringlich bitten, die Wohnung meines Vaters sofort zu verlassen."

Zustimmend brummte Horst Kranich. Obwohl er ruhig dasaß, wirkte er wie ein Vulkan kurz vor dem Ausbruch.

Daniel fiel auf, dass Julias Bruder sich ihre Namen etwas zu gut gemerkt hatte. Normalerweise behielten Zivilpersonen nur die Bezeichnung „Kommissar" und höchstens die Nachnamen, wenn überhaupt. Er war gewitzt, keine Frage. Aber noch mehr als von ihm herausgeworfen zu werden, hatte Daniel Angst, er könnte sich auf dem Präsidium nach ihm erkundigen und dort erfahren, dass er noch krankgeschrieben war und gar nicht ermitteln durfte.

Als Tomasz Daniel zunickte, wusste dieser, dass sein Kollege eine Entscheidung getroffen hatte, die er ihm nicht abnehmen konnte, da dies sein Fall war. „In Ordnung. Wir werden Ihnen alles erzählen, aber Sie müssen uns versprechen, es für sich zu behalten."

Markus Kranich setzte sich zwar, versprach jedoch nicht, zu schweigen.

„Es hat weitere Morde gegeben: zwei Gäste, die ebenfalls die Party in Porz besuchten. Darf ich Ihnen Fotos zeigen?“ Die beiden Männer waren so überrascht von dieser Neuigkeit, dass sie nicht reagierten. Tomasz holte sein Diensthandy aus der Innentasche seiner Jeansjacke, rief ein Bild auf und zeigte es ihnen. „Michael Schardt, Streetworker hier in Köln, wird von Freunden Mike genannt. Kannte Julia ihn vielleicht?“

Mit hochroten Wangen schnaubte Horst Kranich. „Natürlich nicht. Mein Mädchen trieb sich doch nicht auf der Straße herum. Ich hatte ihr sogar verboten, zur Volksküche zu gehen, weil sich dort nur Abschaum herumtreibt. Sie sagte mir, sie wolle zur Tanzschule, weil dort eine Tanzveranstaltung stattfinden sollte.“

„Aber das war gelogen.“ Sein Gegenüber kniff wütend seine Augen zusammen, was Tom wohl dazu verleitete, rasch hinzuzufügen: „Wir haben das überprüft. Dancemania hatte an diesem Abend geschlossen. Ist es möglich, dass Sie mit Herrn Schardt mal Kontakt gehabt hatten? Möglicherweise hat Julia ihn über Sie oder Ihren Sohn kennengelernt.“

Die Tatsache, dass der alte Kranich aufgebracht seinen Zigarettenstummel im Ascher ausdrückte, als wollte er in Wahrheit etwas oder jemanden unter seinem Daumen zerquetschen, war Antwort genug.

„Hätte ja sein können, dass Schardt mal eine Jugendeinrichtung hier im Viertel geleitet hat.“ In Daniel kam der Wunsch auf, die Stabtaschenlampe aus seiner Armlehnentasche zu nehmen, um für einen Ausraster Kranichs gewappnet zu sein, doch er ließ sie, wo sie war. Allerdings nahm er sich vor, seiner Rollstuhlausrüstung einen Einsatzmehrzweckstock hinzuzufügen. „Wir wollen nur herausfinden, ob sich die getöteten Personen vorher gekannt haben und somit ein Zusammenhang zwischen den Morden besteht oder ob sie zufällige Opfer sind.“

Bisher bestand der einzige gemeinsame Nenner darin, dass sie auf demselben Fest gewesen waren und der Täter ihre Leichen auf ähnliche Weise zugerichtet hatte – und vermutlich von einer Person, die sich GeoGod nannte, umgebracht worden waren, aber einen handfesten Beweis gab es dafür nicht, nur die Ratten in der Vokü, die die Polizei bisher noch gar nicht entdeckt hatte. Und selbst wenn, würden die Kollegen wohl kaum eine Beziehung zu dem „Rat Pack“ herstellen. Es sei denn, sie erkannten die Haustiere der Jungs wieder. Wenn das geschah, konnte Daniel Benjamin nicht länger schützen.

„Verständlich.“ Ausgerechnet Markus Kranich zeigte sich einsichtig. „Wen hat es noch erwischt?“

Tom zeigte ihnen ein Foto von Günther Lenz, das bei seiner Inhaftierung wegen Kindesmissbrauchs aufgenommen worden war. „Schnapper, ein Obdachloser."

„Mit so einem Pack haben wir nichts zu schaffen!", brüllte Horst Kranich cholerisch.

Innerlich zuckte Daniel aufgrund des unerwarteten Ausbruchs zusammen, aber äußerlich ließ er sich nichts anmerken. „Vielleicht sind Sie ihm nicht bewusst begegnet, sondern er könnte im Hauseingang herumgelungert haben."

Kranich kam so abrupt bis zur Kante des Sofas vor, dass diese harmlose Bewegung etwas Bedrohliches ausstrahlte. „Den hätte ich dort weggeprügelt oder einer der Nachbarn. Penner haben hier nix zu suchen! Nein, daran würde ich mich erinnern." Provokant ließ er die Knöchel seiner Finger knacken.

„Es gab noch eine Tote, Corinna Backes." Tomasz präsentiert ihr Foto auf seinem Handy. „Die Beamtin, die nach dem Verschwinden von Julia ermittelte."

Die Mundwinkel des alten Kranichs zuckten. Höchstwahrscheinlich war er der Meinung, dass ihr das recht geschah. „Die Schl…, ich meine, die Polizistin war ein einziges Mal hier, kurz nachdem Julia verschwand. Die machte keinen Hehl daraus, dass sie davon ausging, mein Mädchen sei durchgebrannt, weil wir von Hartz IV leben und ich Regeln aufgestellt habe, die die Kinder befolgen mussten. Aber das sind gute Prinzipien. Wären sie betrunken, high oder schwanger nach Hause gekommen, hätte ich ihnen die Flausen schon ausgetrieben."

Daniel konnte nicht verhindern, dass der aufgeschlitzte Bauch von Corinna Backes vor seinem geistigen Auge auftauchte. Das Bild wurde abgelöst durch die trächtige Ratte, deren Föten neben ihr lagen, zu Brei zertreten. Ihm wurde übel. Der intensive Fleischgeruch, der in der Wohnung hing, machte es noch schlimmer.

„Vater regiert mit strenger Hand, aber nur weil er Wert darauf legt, dass wir nicht auf die schiefe Bahn geraten, das passiert in diesem Viertel leider leicht." Markus legte seinen Kopf schief. „Warum glauben Sie, dass alle vier ein und demselben Täter zum Opfer gefallen sind?"

„Darüber dürfen wir keine Auskunft geben." Tomasz machte seine Zigarette aus und verstaute seine Schachtel wieder in der Jackentasche.

„Starben sie wie meine Schwester auch schon letztes Jahr, aber die glorreiche Kölner Polizei fand sie erst jetzt, wie Julia?"

„Wir tun unser Bestes." Tomasz' Gelassenheit beeindruckte Daniel. Er selbst stand kurz davor zu platzen. Niemand im Präsidium ging nach Ablauf seiner Schicht pünktlich nach Hause. Außer der Personalabteilung wahrscheinlich, spottete Daniel in Gedanken. Überstunden waren die Regel, nicht die Ausnahme, weshalb viele Ehen scheiterten. Wenn man den Job ausüben wollte, musste man ein hohes Maß an Idealismus mitbringen, neben seiner normalen Arbeit auch für Bereitschaft, Not-, Groß- und Sondereinsätze zur Verfügung stehen und verdiente beispielsweise in der freien Wirtschaft weitaus mehr, zumal das Ansehen des Berufs gesunken war. Man wurde beschimpft, bespuckt und angegriffen, riskierte sogar sein Leben für das Allgemeinwohl und bekam nie Dank dafür. Und trotzdem war es das, was Daniel machen wollte, was ihn glücklich und zufrieden machte!

„Das scheint nicht viel zu sein." Während Markus Kranich sprach, rieb er seine Handflächen aneinander. „Die Kriminalstatistik zeigt, dass die Aufklärungsquote immer weiter zurückgeht. Von sechs Millionen Straftaten wurden im vergangenen Jahr nur 54,7 Prozent aufgeklärt, im Jahr davor waren es 56 Prozent. Dem Polizeiapparat wird aber immer mehr Geld in den Arsch geblasen, las ich."

Da hatte sich aber jemand eingehend mit dem Thema beschäftigt. Daniel zog die Augenbrauen hoch und warf Tom einen genervten Blick zu. Das klang ja fast, als wollte Kranich junior durch die Blume sagen: *Ich kann nachvollziehen, wenn jemand ein Verbrechen begeht, denn die Gefahr, überführt zu werden, liegt bei etwa fünfzig zu fünfzig.* Im ersten Moment regte sich Daniel über diesen Vorwurf, sie würden ihrer Arbeit nicht akribisch genug nachgehen, auf. Im zweiten merkte er sich die Zahlen, um sie Voigt demnächst um die Ohren zu schlagen, denn sie bewiesen, dass jeder gute Mann gebraucht wurde – und er war gut.

„Verbrechen kann nur mit exzellent ausgebildetem, qualifiziertem Personal bekämpft werden", sagte Tomasz unbeeindruckt und zuckte mit den Schultern. „Das kostet nun mal."

Mit gerümpfter Nase blickte der junge Kranich auf den Rollstuhl. Vielleicht dachte er in diesem Moment, dass einige Polizisten den Staat mehr kosteten als andere, oder bezahlt wurden, obwohl sie die Leistung nicht zu hundert Prozent erbringen konnten. „Diese Bestie läuft seit einem Jahr frei herum. Und sie tötet munter weiter, das ist doch Ihre Theorie, oder?"

„Wenn ich den erwische, bringe ich ihn um, ich schwöre es!" Mit seinen Händen demonstrierte Horst Kranich, wie er dem Täter das Genick brechen wollte. Das war gar nicht so einfach, wie es in Filmen aussah, aber Daniel hätte es ihm zugetraut, so authentisch kam ihm die brutale Geste vor.

Tom räusperte sich. „Das habe ich nicht gehört."

„Steht nicht ein Hauptkommissar über einem Oberkommissar? Warum führen Sie dann nicht die Befragung?" Markus Kranich neigte sich vor, kam dabei näher an Daniel heran und stützte sich auf seinen Oberschenkeln ab. Seine Haltung wirkte lauernd.

„Ein Mann im Rollstuhl wird nicht immer ernst genommen", gab Daniel zu, obwohl das in diesem Fall nicht der Grund für seine Zurückhaltung war.

„Sie erwecken nicht den Anschein, als ob Sie sich unterkriegen ließen, Kriminalhauptkommissar Zucker."

„Damit haben Sie recht. Wie wäre es, wenn Sie mir Julias Zimmer zeigen würden?" Bemüht freundlich lächelte Daniel ihn an, um seine Bitte harmlos erscheinen zu lassen. Er versprach sich nicht viel davon, doch immerhin konnte Tom dann Julias Vater in Ruhe weiter befragen, ohne dass Markus' spitzfindige Bemerkungen die Befragung störten.

„Das haben Ihre Kollegen schon untersucht, fanden aber keine Hinweise darauf, dass meine Schwester ihren Mörder gekannt hatte."

„Ich habe von hier unten eine andere Perspektive, eventuell fällt mir etwas auf, das meine Kollegen übersehen haben." Tom hatte recht gehabt, es fiel Daniel nicht leicht, seinen Sarkasmus abzustellen. Aber offenbar traf er Kranichs Nerv, denn er stand schmunzelnd auf und ging voraus.

Als Daniel seinen Rolli durch den engen Gang bugsierte, sah er unauffällig in alle Räume. Im Schlafzimmer war eine Seite des Doppelbettes durchgebrochen, die Badewanne lag voller Schmutzwäsche und in der Küche türmten sich leere Bierflaschen.

Auf den ersten Blick schien Julias Jugendzimmer unverändert, obwohl die Kollegen es auf den Kopf gestellt haben mussten. Wahrscheinlich hatte ihr Vater alles wieder so hergerichtet, wie es gewesen war, und es seitdem nicht verändert, als eine Art Schrein. Das war nicht ungewöhnlich, viele Eltern, die ein Kind verloren haben, scheuten sich im ersten Jahr davor, den Raum einem anderen Zweck zuzuführen. Es wunderte Daniel aber, dass Horst Kranich so sentimental war.

Er schien eigentlich nicht der gefühlsduselige Typ zu sein. Aber vielleicht war er einfach nur zu faul dafür gewesen, genauso wie er die Sachen seiner Frau nicht weggeräumt hatte, außerdem brauchte er das Zimmer ohnehin nicht, da er alleine lebte.

Im ersten Moment unterschied sich dieses Reich nicht von dem anderer Siebzehnjähriger. Poster von Popstars hingen an den Wänden, die Farbe der Bettwäsche – Pink – tat Daniel in den Augen weh, eine rosa Schachtel mit Computerersatzteilen lugte unter dem Bett hervor. An der Wand hing ein Spiegel mit pfirsichfarbenem Rahmen. Auf einem Tischchen darunter lagen unechte Perlenohrringe, die bereits anliefen, eine Dose Creme, ein Glitzerlipgloss und Armbänder aus billigen Plastikperlen. Als er genauer hinsah, fiel Daniel auf, dass zwischen den Bändern auch ein selbst geflochtenes aus Wollresten zu finden war. „Julia" war linkisch darauf gestickt worden. Auf der Rückseite standen drei Buchstaben. Daniel brauchte das Band nicht anzufassen, was ihm recht war, denn er wollte vermeiden, dass Markus Kranich seine Entdeckung ebenfalls bemerkte, sondern konnte sie im Spiegel lesen, da das Armband auf der Seite lag.

BEN.

Julia hatte seinen Namen auf der Rückseite verewigt, um ihn immer bei sich zu tragen, um heimlich mit ihm verbunden zu sein. Sie hatte für ihn geschwärmt. Aber dabei wollte sie es nicht belassen, dafür hatte sie sorgen wollen.

Es lag für Daniel nahe, dass sie für ihn gegen die Anweisung ihres Vaters verstoßen und sich vor der Party in Porz in irgendeiner dunklen Ecke umgezogen hatte, um Benjamin mit ihren Reizen zu verführen. Wahrscheinlich hatte sie es sattgehabt, dass er nur den Kumpel in ihr sah, und wollte ihm zeigen, dass unter der lässigen Kleidung, die sie üblicherweise trug, eine sexy junge Frau steckte.

Hatte Julias Anmache Ben verärgert, sodass er austickte, als sie auch noch ein Foto von ihm machen wollte? Oder war sie ausgerastet, weil er nicht auf ihre Flirtversuche reagierte, sodass er versucht hatte, ihr die Handykamera aus der Hand zu schlagen?

Oder war sie ihrem Mörder durch ihr aufreizendes Outfit aufgefallen?

Ben, was hast du getan?, fragte sich Daniel besorgt.

„Sie kokettieren mit Ihrer Querschnittslähmung", sagte Kranich plötzlich und musterte den Bock. „Das beweist, dass Sie große Probleme haben, sich damit abzufinden, denn sonst würden Sie die Behinderung einfach ignorieren und als gegeben betrachten. Bedeutet, Sie sitzen noch nicht lange im Rollstuhl. Er mag Ihnen Sympathiepunkte einbringen. Aber was machen Sie, wenn Sie körperlich angegriffen werden?"

Langsam wurde der Typ Daniel unheimlich. Er verunsicherte ihn, und das absichtlich. Ihm kamen die Worte nur schwer über die Lippen. „Zurückschlagen, wie vorher auch."

„Sie haben sicherlich Ihre Dienstwaffe bei sich, nicht in der Tasche mit Ihrem Dienstausweis und Ihrer Kriminalmarke, denn an der Rückenlehne ist überhaupt keine Tasche befestigt, wie Sie eben meinten", überführte er Daniel der Lüge, hakte aber nicht nach. „Vielleicht in einem Beinhalfter?"

„Möchten Sie die Walther sehen?" Daniels Puls beschleunigte sich. Er sollte den Mund halten und zurück zu Tomasz fahren! Stattdessen provozierte er den Bruder eines Mordopfers. Dabei durfte er nicht auffallen. Eigentlich hatte er hier nichts zu suchen! „Ich darf sie allerdings nur ziehen, wenn ich mich in einer Notsituation befinde oder jemanden stellen muss, der sich einer Verhaftung zu entziehen versucht."

Einige Sekunden lang stand Markus Kranich vor ihm. Bewegungslos. Nicht einmal sein Brustkorb hob und senkte sich bei seinen Atemzügen. Sein Gesicht glich einer ausdruckslosen Maske. Er sah weder gelassen noch angriffslustig aus, und genau das beunruhigte Daniel.

Endlich lächelte Kranich. „Schade, ich hätte die Waffe gerne mal zu Gesicht bekommen. Sie haben meinen vollsten Respekt. Es ist sicher nicht einfach in Ihrer Situation, besonders nicht als Cop, aber Sie lassen sich nicht unterkriegen, das merkt man. Gefällt mir."

Er zog seinen imaginären Hut vor Daniel und hielt ihm seine Gettofaust hin, wie ein Teenager, der seine Gang begrüßte. Irritiert, da diese Geste so gar nicht zu Kranichs Auftreten passte, erwiderte Daniel den Gruß. Offenbar hatte Daniel den Test bestanden und das Übel, eine Beschwerde bei seinem Vorgesetzten, noch einmal abgewendet.

Hinter Kranich fiel ihm eine schwarze Beanie ins Auge. Die Buchstaben ACAB waren in Weiß auf die Wollmütze gestickt, was die Abkürzung von „all cops are bastards" war. Daniel biss seine Zähne zusammen.

Kranich folgte seinem Blick. Rasch nahm er die Mütze und setzte sie auf. Jegliche Überheblichkeit wich aus seinem Gesicht. Seine Augen drückten eine tiefe Traurigkeit aus. „Die gehört mir, so etwas trägt man hier nun mal. Julia und ich haben uns dieses Zimmer geteilt, bevor ich zu meiner Freundin, jetzt Ex, zog. Aber Nadine stellte sich als genauso provinziell wie Widdersdorf heraus. Julia dagegen war mein Sonnenschein in dieser düsteren Welt."

Daher kam wohl auch ihr inniges Verhältnis. In dieses Nest hatten sie sich bestimmt gemeinsam vor ihrem Vater, der immer unter Dampf zu stehen schien, geflüchtet. Sie hatten es bunt gestaltet, mit ihren Träumen dekoriert und sich gegenseitig in den Arm genommen, um die Trostlosigkeit dieses Blocks zu vergessen, nahm Daniel an.

„Als ich der Gegend den Rücken kehrte, ließ ich das meiste zurück." Er sog seine Wange ein und knabberte von innen daran, wie er es bestimmt als Junge getan hatte, schätzte Daniel, manche Verhaltensweisen legte man nie ab. „Von meinem ersten selbst verdienten Geld schenkte ich Julia einen Rechner, denn den brauchen die Kids doch heutzutage in der Schule. Die Lehrer gehen einfach davon aus, dass jedem zu Hause einen Internetzugang zur Recherche zur Verfügung steht, und erwarten die Hausaufgaben getippt und ausgedruckt. Wie sollen sich arme Familien das leisten?" Seine Mundwinkel hingen traurig herab, doch seine geballte Faust sprach eine andere Sprache. „Julia wurde schon wegen ihrer Billigklamotten vom Discounter gehänselt."

„Sie kauften ihr ein Smartphone." Daniel wollte, dass er weiterredete. Unter Umständen erfuhr er doch noch etwas Brauchbares.

„Ich verdiene als Buchprüfer gut. Einige Monate war ich arbeitslos, aber jetzt habe ich wieder eine Anstellung. Trotzdem machte der Alte damals Ärger, als er einmal mitbekam, dass ich Julia einen Schein zusteckte, das macht er sowieso immer." Tief atmete Kranich ein und wieder aus, wie jemand, der eine schwere Last trug. Er wischte sich mit der Mütze die feuchten Augen trocken, warf sie auf Julias Bett und starrte darauf, als hoffte er, seine Schwester würde plötzlich unter der Decke hervorkriechen. „Hab Julia zu ihrem Siebzehnten das Handy gekauft und sie schwören lassen, den beiden Alten nichts zu verraten. Sie hat dichtgehalten. Bis in den Tod."

Das erste Mal sah Daniel den wahren Markus Kranich. Er trauerte immer noch sehr um seine jüngere Schwester. Vielleicht war sein schroffes Verhalten nur Fassade, um zu verbergen, wie verletzt er war. Genauso wie Daniel sich oft hinter Sarkasmus versteckte. Er schnalzte leise. Da hatte er doch soeben eine Gemeinsamkeit entdeckt, damit hatte er nun wirklich nicht gerechnet.

Trotzdem fragte er sich, ob Kranich die Mütze aus reiner Provokation hatte liegen lassen, immerhin hatte er gewusst, dass Polizisten kamen. Oder hatte er schlichtweg vergessen, dass sie da war?

Daniel ging darüber hinweg, kehrte zu Tomasz zurück, der resigniert den Kopf schüttelte, weil er wohl keine neuen verwertbaren Hinweise erhalten hatte, und sie verabschiedeten sich.

„Nette Typen“, sagte Tom im Aufzug auf dem Weg nach unten.

Daniel streckte sich. Dadurch, dass er gezwungen war, den ganzen Tag zu sitzen, hatte er oft Nacken- und Rückenschmerzen, besonders in letzter Zeit, da er durch seine Privatermittlungen das Muskeltraining vernachlässigte. „Ich war drauf und dran, sie zum Abendessen einzuladen. Aber Marie kann mit so viel Testosteron nicht mehr umgehen, schließlich liegt der Pegel bei uns zu Hause seit März bei null.“

„Spinner!“ Rügend gab Tom ihm einen Klaps. „Jedenfalls haben wir nichts Neues erfahren. So ein Mist! Wäre ja auch zu schön gewesen.“

Daniel war froh, dass sein Freund das Armband, auf dessen Rückseite Julia Bens Namen aufgestickt hatte, nicht gesehen hatte, denn sonst wäre der Junge erneut in den Fokus des KK 11 geraten. „Was sagt denn eure Täteranalyse?“, fragte er nicht ohne Hintergedanken.

„Männlich, intelligent, aber in einem kontrollierten Rahmen gewaltbereit, denkt, er wäre zu clever, um erwischt zu werden.“

„Weil er mit dem ersten Mord an Julia Kranich durchkam“, warf Daniel ein.

Der Lift blieb auf der sechsten Etage stehen, doch niemand stieg zu. Ungeduldig hämmerte Tomasz auf den Schalter für das Erdgeschoss. „Möglich, aber ihr Körper war nicht hergerichtet worden wie die von Schardt, Lenz und Backes. Ihre Leiche wurde auch nicht an einem Ort liegen gelassen, wo sie jemand unweigerlich finden musste.“

„Der Killer hat sich weiterentwickelt, wie üblich für Serientäter.“ Daniel bemühte sich, die zahlreichen Kaugummis, die an den Wänden klebten, zu ignorieren. Er fand das widerlich. „Er hat seine Methode eben Schritt für Schritt perfektioniert.“

„Unwahrscheinlich, denn Serienkiller bleiben meist bei einem Geschlecht. Sie springen nicht hin und her wie unserer. Außerdem wurden an keinem der erwachsenen Opfer sexuelle Handlungen durchgeführt.“

Das hatte Daniel nicht gewusst. Er hatte auf dem Präsidium nicht die Zeit gehabt, die Kriminalakten komplett durchzulesen. Der Mord an Julia hatte unter anderem einen sexuellen Auslöser gehabt, was die anale Penetration zeigte. Kaum vorzustellen, dass der Täter diesen Habitus ablegte. Wahrscheinlicher war, dass er ihn ausbaute, indem er immer größere Gegenstände nahm, brutaler zustieß oder die Erniedrigung und den Schmerz an Intimstellen womöglich sogar zu seinem zentralen Thema machte. Wieso fehlte dieses wichtige Tatmerkmal also bei den drei Erwachsenen?

Das konnte nur bedeuten, dass es sich um zwei verschiedene Täter handelte.

Im Verborgenen ballte Daniel seine Hand zur Faust, um sich nichts anmerken zu lassen. Hatte GeoGod – entweder selbst ein Gast der Vokü-Party, einer der Veranstalter oder ein Mitarbeiter der Spedition – den Mord an Julia auf dem Nachbargrundstück beobachtet und hatte dieser Zufall eine Mordgier in ihm ausgelöst, die sich immer weiter hochschraubte?

„Der Gesuchte besitzt Sozialkompetenz ...", fuhr Tomasz fort, hörte aber sofort wieder auf mit seiner Aufzählung, da der Aufzug hielt. Er stieg als Erster aus, nur um Daniel die Haustür aufzuhalten.

Mit einem Nicken bedankte dieser sich. „Und er fällt daher nicht weiter auf. Das macht es schwierig, ihn zu entlarven. Außerdem muss er in Köln leben, das beweist sein Aktionsradius." Täter schlugen für gewöhnlich bei ihren ersten Taten in ihrer vertrauten Umgebung zu, weil sie sich dort sicher fühlten.

In Gedanken fügte Daniel noch weitere Charakterzüge hinzu, noch immer verwirrt von der neuen Erkenntnis, dass sie wahrscheinlich nach zwei Tätern – einem Einzelmörder und einem Serienkiller – suchten: möglicherweise Bogenschütze, falls Maik nicht aus Verzweiflung um das eigene Leben und das seiner Eltern doch auf Ben und Heide geschossen hatte. Kam an Drogen heran, denn dass ein Achtzehnjähriger vorhatte, sich in Brasilien eine Zukunft als Dealer aufzubauen, klang zu unwahrscheinlich. Kannte sich mit dem Internet aus und war mobil, besaß also einen Führerschein und ein Auto, was wiederum aussagte, dass er mindestens zur Mittelklasse gehörte, doch das alles erwähnte Daniel nicht, da er die Schlussfolgerungen von seinem Wissen um Ben und Maik ableitete. „Es handelt sich um einen vorausplanenden Täter und keinen impulsiven, denn er hat seine Opfer gezielt ausgewählt."

„Auch wusste er vor dem Mord, wie er sie verstümmeln würde." Hinter Tomasz knallte die Tür ins Schloss. Über ihnen strahlte die Sonne am blauen Himmel, aber sie besaß keine Kraft mehr. „Es bleibt nicht auszuschließen, dass es ihm allein um die Grausamkeit ging, denn er hat Schardt, Lenz und Backes äußerst brutal zusammengeschlagen und gefoltert, indem er ihnen einige Extremitäten abschnitt und Körperöffnungen zunähte. Er wollte, dass sie mitbekamen, wie das Leben langsam aus ihnen wich. Vermutlich genoss er ihre Schmerzen und ihre Verzweiflung."

„Aber er blieb auch bis zu ihrem Tod bei ihnen, um sicherzustellen, dass sie nicht frühzeitig gefunden oder sich bemerkbar machten und gerettet wurden." Daniel zog den Reißverschluss seiner schwarzen Fleecejacke zu, denn es war empfindlich kalt. Bei dem Sozialarbeiter und dem Obdachlosen mochte es sich so zugetragen haben. Da Backes sich jedoch noch von dem Ort, an dem sie lag, als ihr der Bauch halb aufgeschnitten worden war, zwei Meter mit den Händen weggezogen hatte, blieb die Frage offen, ob sie noch gelebt hatte, als ihr Angreifer sie alleine ließ, oder ob sie doch beim Sterben von ihm beobachtet worden war. „Denkbar ist auch, dass er experimentierte, welche Grausamkeit seinem Opfer das meiste Leid zufügte und ihn am meisten erregte."

Tom stellte seinen Kragen auf. „Er ist ein Perfektionist, bisher hat er nie Spuren hinterlassen und mit an Sicherheit grenzender Wahrscheinlichkeit alle Taten bis ins Detail vorab geplant."

„Alles lief so, wie er es wollte. Bis er das ungeborene Kind in Backes' Bauch sah. Plötzlich stieg sein Mitgefühl an die Oberfläche, und seine menschliche Seite verdrängte den Psychopathen in ihm." Er hatte sich gehörig erschreckt, glaubte Daniel, erst vor dem Fötus und dann vor sich selbst.

„Er fängt an, Fehler zu machen. Gut für uns."

Für die Polizei vielleicht, aber nicht für die zukünftigen Opfer des Serienkillers. Daniel konnte sich Toms Euphorie nicht anschließen. Was hatte es in dem Killer ausgelöst, einen Plan nicht zu Ende gebracht zu haben? Zog er sich von Selbstzweifeln geplagt und erschüttert zurück, sodass Köln aufatmen konnte?

Wohl kaum, denn ein Psychopath blieb ein Psychopath, nach Daniels Erfahrung. Diesen Wesenszug legte man nicht einfach ab. Er war tief und krankhaft in einem Charakter verankert.

Naheliegender empfand Daniel die Möglichkeit, dass er vor Zorn ausflippte und beim nächsten Mal umso bestialischer zuschlug, um seinen Fehler vor sich selbst wiedergutzumachen und um sich zu beweisen, dass er doch ein harter Kerl war.

Wer war denn noch übrig, den es zu bestrafen galt?

Spontan fiel Daniel nur eine Person ein: Benjamin. Und der Junge hatte sich ausgerechnet vor dem listigeren der beiden Killer zu fürchten.

Hatte er bisher nur überlebt, weil er so eisern schwieg? Fragte sich nur, wie lange das GeoGod reichte. Er ging für gewöhnlich kein Risiko ein. Und Ben war eins.

„Spinnen denn alle Männer in diesem Haushalt?“ Maries rhetorische Frage hallte durch den Korridor.

Unbeeindruckt von ihrem Ausbruch, der kaum diese Bezeichnung verdiente, zog Benjamin die Badezimmertür hinter sich zu, um vor der Schule noch zu duschen.

„Du hast doch gestern Abend erst gebadet.“ Schmutzig konnte er kaum sein. Was versuchte er also abzuschrubben? „Und zu spät kommst du auch.“

Offensichtlich flüchtete er genauso vor einer Aussprache mit ihr wie Daniel, der das Frühstück hatte ausfallen lassen, um sich mit Tomasz zu treffen.

Kurz dachte sie daran, einfach ins Badezimmer zu gehen und Ben zu schütteln, bis er endlich aus seinem Schneckenhaus herauskam und ihr erzählte, was ihm auf der Seele lag. Um zu sehen, dass ihn etwas belastete, dafür musste sie keine studierte Psychologin sein. Durch ihren Nebenberuf als Gerichtszeichnerin war sie es gewohnt, die Gesichter der Menschen zu lesen und feine Nuancen wahrzunehmen. Zudem hatte sie schon als Kind sensible Antennen entwickelt, um die Gemütsschwankungen ihrer Mutter frühzeitig wahrzunehmen und sich bei schlechter Laune in einem entlegenen Winkel der Bast-Villa zu verstecken.

Benjamin litt. Er quälte sich mit etwas, das ihn mit jedem Tag mehr belastete. Nachdem er seinen Freund Denis vom Selbstmord abgehalten hatte, ging es ihm kurz besser, nur um danach in ein noch tieferes Loch zu fallen.

Sie hatte mit ihm darüber reden wollen. Gestern und heute Morgen wieder, doch er blockte genauso ab wie Daniel. Wahrscheinlich war sie immer noch zu nett zu ihnen. Aber es fiel ihr schwer, die Stimme zu erheben und sich durchzusetzen, weil sie das nie gelernt hatte. Sie war stets vor ihrer Mutter geflohen, erst in ein Versteck im Haus, dann in eine Ausbildung nach Hamburg und schließlich in die Ehe mit Daniel. Aber sie liebte ihn wirklich. Benjamin ebenfalls. Sie hatte keineswegs vor, die beiden jetzt schon aufzugeben. Denn bei all den Tränen, der Scham und der Verletzung an Körper und Geist, hatte sie ihrer Mutter auch etwas zu verdanken.

Ihre schwere Kindheit hatte sie zu einer Kämpferin gemacht. Keine, die kreischend und mit gezücktem Schwert auf den Feind losging. Wohl aber eine, die mit leisen Waffen kämpfte, mit Durchhaltevermögen, Worten, Geduld und Zuneigung.

Im Moment allerdings überwog ihre Wut und Frustration. Deshalb ließ sie sich zu etwas hinreißen, das sie unter anderen Umständen niemals auch nur in Erwägung gezogen hätte.

Das Prasseln der Dusche war zu hören. Es verursachte bei Marie eine Gänsehaut, weil sie wusste, dass Ben oft darunter weinte. Sie lauschte. Bisher schluchzte er zum Glück nicht. Ging es bergauf mit ihm? Wohl eher nicht, sonst würde er sich nicht so oft waschen. Aber seelischen Schmutz konnte man nicht abschrubben, das wusste sie selbst nur allzu gut.

Auf Zehenspitzen schlich sie in Bens provisorisches Zimmer und schaute sich um. Seine neue Kleidung häufte sich unordentlich auf dem Stuhl und hing sogar über eine Ecke des Schrankes. Benutzte Teller, eine Müslischale und drei Gläser mit Colaresten türmten sich auf dem Bügelbrett.

Da lag es ja! Marie fischte sein Smartphone aus einem Tennisschuh, der vor seinem Bett lag, rang ihr schlechtes Gewissen nieder und schaute sich auf dem Gerät um.

Sie fand belanglose SMS von Julia. Viele SMS. Nur auf jede zweite oder dritte hatte Benjamin geantwortet. Man konnte glatt meinen, Julia wäre eine kleine Stalkerin gewesen, dachte Marie. Hatte Ben sich auf der Party verfolgt und bedrängt gefühlt und war so ruppig zu ihr gewesen, dass sie meinte, sie müsste seine Handgreiflichkeiten auf einem Foto festhalten?

Seltsamerweise entdeckte sie keine Nachrichten von Maik oder Denis. Mit seinen Freunden musste Ben sich doch am meisten getextet haben. Hatte er sie alle beseitigt? Es schien fast so. Sogar aus dem Gelöscht-Ordner hatte er sie entfernt, auffällig gründlich für jemanden, dessen Zimmer wie ein Schlachtfeld aussah.

Als sie auf eine Nachricht von GeoGod stieß, rutschte ihr das Herz so stark in die Hose, dass sie sich auf die Bettkante setzen musste. Die SMS war vor Tagen von dem Online-Account abgeschickt worden, den er auf Julias Namen und Adresse angelegt hatte, kurz nachdem ihre Tante Heide von ihm angefahren worden war.

Mehrmals las Marie die Zeilen, denn die Buchstaben verschwammen vor ihren Augen. Sie konnte nicht fassen, was da stand, was die Anweisung zu bedeuten hatte, was die Konsequenzen waren und welchen Verrat sie nach sich zogen.

GeoGod hatte Benjamin befohlen, sie, Marie, als Patin für sein Spiel anzuwerben.

„Mein Gott!" Und Ben hatte den Befehl befolgt. Ohne ihr jedoch zu sagen, dass er es nicht aus freiem Willen tat. Stattdessen hatte er sie unter großer Geheimniskrämerei damals in sein Zimmer geholt und so getan, als würde er ausgerechnet sie und nur sie einweihen, weil sie sich nahestanden.

Dieser Judaskuss tat verdammt weh! Sie legte das Handy so rasch zurück in den Schuh, als hätte sie sich daran verbrannt.

Plötzlich fiel ihr wieder ein, was auf GeoGods Website, die inzwischen vom Netz gegangen war, als bräuchte er sie nicht mehr, als hätte er mit ihr erreicht, was er wollte, gestanden hatte:

Willkommen in meinem Spiel.
Der Einsatz ist deine Familie.

Marie war davon ausgegangen, dass Heide und Hajo Mannteufel damit gemeint waren. Doch sie selbst gehörte auch zu Benjamins Familie. Sie war längst eine Spielfigur in GeoGods tödlichem Spiel. Wahrscheinlich beobachtete er sie, lenkte sie, lachte sie aus und hatte bereits Pläne mit ihr.

Sie befand sich in akuter Gefahr!

Ihr Brustkorb war wie zugeschnürt. Warum tat Ben ihr das an, wieso hatte er ihr die Wahrheit verheimlicht, wo sie doch mehr wie Busenfreunde als wie Cousin und Cousine waren? Schrubbte er sich deshalb gerade unter der Dusche die Haut vom Leib, weil er sich schäbig vorkam? Berechtigterweise!

Marie sprang auf und stolperte aus seinem Zimmer, weil sie dort drinnen keine Luft mehr bekam. Ihr Kopf drohte zu platzen, sie brauchte dringend ein Aspirin.

Hatte Benjamin seinem Gott ein Opfer gebracht, um ihm zu huldigen oder sich seine Gunst zu erkaufen?

31. KAPITEL

Daniels Hirn lief auf Hochtouren. Noch immer befand er sich mit Tomasz vor dem schäbigen Hochhaus, in dem Horst Kranich inzwischen alleine wohnte. Während Tom eine Anekdote von Leander zum Besten gab, nickte Daniel stumm, als würde er ihm zuhören, was er nicht tat.

GeoGod hatte Mike Schardt, Günther Lenz und Corinna Backes erst ermordet, nachdem Julia Kranichs Leiche ans Rheinufer gespült worden war. Dennoch musste er seine drei Opfer schon vorher ausgeguckt und ihren Tagesablauf ausspioniert haben, um herauszufinden, wann er sie töten konnte, ohne dabei beobachtet zu werden. Dafür hatte er Zeit benötigt, er hatte die Morde nicht spontan verübt, sondern sich einen Plan zurechtgelegt, sich ausgemalt, was er jedem Einzelnen von ihnen antun wollte.

Perfektionisten wie er wollen die Kontrolle über die Situation behalten, und das funktioniert nur bei einer ausgefeilten Vorbereitung.

Daran, dass er dem Streetworker und dem Obdachlosen beim Sterben zugeschaut hatte, ließ sich erahnen, dass er, wie die meisten Serienkiller, vorher unendlich viele Male in seiner Fantasie den Mord durchgegangen war, ihn sich detailliert ausgemalt hatte, nicht allein, damit nichts schieflief, sondern auch aus Vorfreude und um sich daran aufzugeilen. Dass es sich nicht um Sexualmorde gehandelt hatte, machte keinen Unterschied. Es ging immer um die Befriedigung perverser Triebe. So auch bei GeoGod. Der langsame und schmerzhafte Tod, der durch seine Hände verübt worden war, erregte ihn.

Was hatten die drei Erwachsenen ihm angetan, dass sie in seinen Augen ein solches qualvolles Ende verdient hatten?

Spontan fragte er sich, ob sie ihn womöglich auf der Vokü-Party ausgelacht und damit einen wunden Punkt bei ihm getroffen hatten? Hatten sie ihn eventuell bei einem Coup ausgeschlossen? War wirklich etwas so Banales der Auslöser für sein Blutbad gewesen?

Konnte es sein, dass er Julia auf der Vokü-Party angebaggert hatte, aber von ihr abgewiesen worden war? Sie bedrängte, sodass Benjamin, Maik und Denis sich schützend vor sie gestellt hatten und nun für ihre Courage büßten?

Es war durchaus denkbar, dass GeoGod den Wunsch nach Vergeltung hegte und davon geträumt hatte, es ihnen heimzuzahlen. Er hat sie verfolgt, beschattet und gehasst, jedoch hätte er seine blutigen Träume niemals in die Tat umgesetzt, wenn Julia nicht von jemand anderem umgebracht worden wäre. Das hatte ihm womöglich vor Augen geführt, dass seine Rachegelüste keineswegs Fantasie bleiben brauchten – und er begann zu töten.

Eine weitere grauenhafte Idee kam Daniel.

Konnte der Patron bei einem Killer, den er auf der Party bei der Ermordung Julias ertappte, all die Monate seither in die Lehre gegangen sein und mordete deshalb erst jetzt, sozusagen als Reifeprüfung? Die Möglichkeit schloss Daniel nicht aus, stufte sie aber mit niedriger Priorität ein, denn Julias Mörder hatte sie unkontrolliert, wie in Raserei, geschlagen und anal geschändet, während GeoGod eine Signatur entwickelt hatte und die Intimstellen seiner Opfer mied. Innerhalb dieser kurzen Zeit entwickelte sich kein Schüler so weit, dass er raffinierter als sein Meister wurde. Allerdings würde diese Theorie erklären, warum sie zwei Straftäter suchten.

Alles lief auf Julia hinaus, egal, wie Daniel es drehte und wendete. Mit ihr hatte die Mordserie ihren Anfang genommen, so oder so.

„Ich hoffe trotzdem, dass Leander bleibt. Er hat was auf dem Kasten. So blass und schlaksig, wie er aussieht, unterschätzt man ihn leicht." Tom steckte sich eine Zigarette an und deutete beschwörend mit der Schachtel auf Daniel.

„Du musst mit ihm zusammenarbeiten, nicht ich." Bevor Tomasz Lobeshymnen auf den Hospitanten anschlug, die Daniel nicht hören wollte, weil er auf seinem Platz im KK 11 saß, sagte er rasch: „Fahren wir zu dieser Nadine? Markus' Exfreundin."

Überrascht hob Tom seine Augenbrauen. „Was versprichst du dir denn davon? Die beiden leben doch seit dem Frühjahr getrennt."

Und außerdem hatte er sein Versprechen eingelöst und Daniel kein Recht mehr darauf, weiterhin bei den Ermittlungen dabei zu sein. *Besten Dank auch!* Nicht mehr zum Team dazuzugehören machte Daniel sauer. Ungeduldig schob er seinen Rolli vor und zurück.

Tom schob die Kippen zurück in seine Tasche. „Hör auf damit, das macht mich nervös."

„Gut zu wissen." Daniel blieb stehen und blinzelte ihn an. „Die Morde an Schardt, Lenz und Backes müssen irgendwie mit Julia zusammenhängen."

„In erster Linie mit der Vokü-Party."

Daniel löste den Klettverschluss seines Handschuhs und schnürte ihn enger, als mache er sich für ein Wettrennen bereit. Im übertragenen Sinne traf das auch zu. Er ging fest davon aus, dass GeoGod bald wieder töten würde, und Benjamin stand ganz oben auf seiner Liste. Soweit Daniel wusste, war er sogar der einzig verbliebene Name darauf. „Da ihr Vater und ihr Bruder kein Licht ins Dunkel bringen wollen …"

„Du glaubst, sie verheimlichen uns etwas?", fragte Tomasz. Obwohl er seine Stirn runzelte, waren kaum Falten zu sehen. Vielleicht lag das an seinem medizinballrunden Gesicht, unkte Daniel, weil die Haut sich eng über den großen Schädel spannte.

„Horst Kranich würde nie zugeben, wenn sich Julia beispielsweise mit Kriminellen eingelassen hätte, die sie am Ende umbrachten. Damit gestände er ein, mit seiner Erziehung versagt zu haben. Das würde an seinem Ego kratzen. Und Markus Kranich ist ein Arschloch, wenn auch auf andere Weise als sein Vater." Entschuldigend zuckte Daniel mit den Achseln. „Ist doch so. Aber er liebte Julia sehr. In ihrem Jugendzimmer hatte er feuchte Augen. Er scheint eher der Typ harte Schale, weicher Kern zu sein. Selbst wenn seine Schwester sich mit bösen Buben eingelassen hätte, würde er das verschweigen, denn er beschützt sie auch noch nach ihrem Tod."

„Aber was willst du von Nadine erfahren?" Mit jedem Wort stieß Tomasz ein Rauchwölkchen aus.

„Nur ein wenig plaudern, locker und ungezwungen. Bestenfalls gibt sie uns unbewusst einen Hinweis auf Julias Mörder. Wäre nicht das erste Mal, dass so etwas passiert."

„Tut mir leid, Kumpel, aber das glaube ich nicht." Tom schob den Ärmel seiner Jeansjacke hoch und schaute auf seine Armbanduhr. „Nimm es mir nicht übel, ich habe Wichtigeres zu tun."

„Verstehe." Da er etwas erwidern wollte, hob Daniel beschwichtigend seine Hände. „Nein, wirklich, ich weiß doch, unter welchem Druck die Mordkommission permanent steht. Aber ich habe die Zeit dazu, auch wenig Erfolg versprechende Termine wahrzunehmen. Du hast doch nichts dagegen, oder?"

Grinsend ließ Tom seine Zigarette fallen und trat sie aus. „Könnte ich dich davon abhalten?"

„Wohl kaum."

Ohne dass er ihn darum gebeten hatte, ließ sich Tomasz von der Sekretärin des Kriminalkommissariats Nadines Adresse heraussuchen und teilte sie Daniel mit. „Pass auf, dass Voigt nichts davon erfährt."

Daniel nickte dankend.

Bevor er sich auf den Weg machte, rief Daniel bei Nadine Schmitz an, um zu fragen, ob und wann er sie aufsuchen konnte, weil er sich unnötiges Ein- und Aussteigen ersparen wollte. Es war mühsam, sich allein mit der Kraft der Armmuskulatur auf den Fahrersitz zu heben, die Krüppel-Harley zusammenzuklappen und zu verstauen und beim Verlassen des Wagens dieselbe Prozedur durchzuführen, nur in umgekehrter Reihenfolge, meist unter den Blicken von Neugierigen. Wäre er nicht vorher schon sportlich gewesen, hätte er die Physiotherapie nicht wahrgenommen und nicht nach der Reha zu Hause zusätzlich mit Gewichten trainiert, hätte er das niemals alleine geschafft. Trotzdem würde er noch eine Weile brauchen, bis er sich daran gewöhnt hatte. Es war anstrengend, erniedrigend für einen ganzen Kerl wie ihn, aber irgendwann würde er schon darüber hinwegkommen. Beim Sport musste man auch durchhalten und weiterkämpfen, das Brennen der Muskeln und die Erschöpfung ignorieren und den Schmerz ertragen, denn es kam immer der Moment, an dem sich Körper und Geist daran gewöhnten und es wie von selbst lief.

Leider war er von diesem Durchbruch noch weit entfernt.

Er war erleichtert, als er hinter dem Lenkrad saß und losfuhr. Beim Fahren konnte er am besten nachdenken.

Hatte er am Anfang noch vermutet, Julia wäre GeoGods erster Mord gewesen – spontan, impulsiv, ein Wutausbruch, der aus dem Ruder gelaufen war und ihn auf den Geschmack gebracht hatte –, so glaubte er das inzwischen nicht mehr. Das Täterprofil sprach dagegen. Außerdem gehörten die drei niedergemetzelten Ratten in der Volksküche Ben, Maik und Denis. Einen Hinweis auf Julia fand Daniel in diesem blutigen Arrangement nicht.

Jemand anderes als der Patron hatte das Mädchen getötet und damit eine weitaus größere Bestie hervorgelockt. Nur wer?

In der Hoffnung, Nadine Schmitz könnte ihm den entscheidenden Tipp liefern, traf er sich mit ihr im Nordwesten Kölns in Widdersdorf, einem beschaulichen Stadtteil, der 1975 eingemeindet worden war, und wo noch Landwirtschaft betrieben wurde. Allerdings verdrängten die stetig wachsenden Neubaugebiete im Osten und Süden die Felder immer weiter.

Nadine Schmitz öffnete die Tür des Einfamilienreihenhauses schon, als er noch darauf zurollte, und fragte nicht einmal nach seinem Polizeiausweis und seiner Marke. Ihrer Reaktion nach zu urteilen, schien sie zu überrascht zu sein, einen Kommissar im Rollstuhl vor sich zu haben.

„Ich bin erkältet und deshalb heute nicht in die Uni gegangen." Demonstrativ schnäuzte sich Nadine Schmitz. Ihre Pupillen waren glasig, als hätte sie Fieber. „Kommen Sie, wir gehen außen herum. Ich wohne in einer Einliegerwohnung. Man kann sie über das Erdgeschoss meiner Eltern erreichen, aber sie hat auch einen separaten Eingang von der Straße aus."

Einige rote Blätter des Ahornbaums, der im Vorgarten stand, fielen herab, obwohl kein Lüftchen ging. Als Daniel Nadine mit seinem Chopper um die zwei Rasenhälften herum folgte, begriff er, warum sie diesen Weg vorgeschlagen hatte. Im Gegensatz zum Haupteingang gab es hier keine Treppenstufe. Dankbar rollte er in ihr Domizil und verfluchte gleichzeitig das feuchte Herbstlaub, das den Weg rutschig machte. Die Räder seines Bocks drohten immer wieder auszubrechen.

Von außen wirkte der kleine Anbau mit seinen roten Backsteinen rustikal, aber das Innere war modern gestaltet mit gelber Tapete, Bildern, die afrikanische Motive zeigten, einfache Drucke, aber zum Ambiente passend, und einem Billy-Regal, auf dem eine große Sammlung von Miniaturgiraffen aus den verschiedensten Materialien eine Handvoll Liebesromane einrahmte.

Nadine Schmitz geleitete Daniel ins Wohnzimmer. „Darf ich Ihnen etwas zu trinken anbieten?"

„Nein, danke." Da sie unschlüssig ihr Gewicht von einem Fuß auf den anderen verlagerte, sagte er: „Setzen Sie sich ruhig. Haben Sie hier mit Markus Kranich gelebt?"

Ihr Lächeln gefror, aber sie wirkte bemüht, sich nichts anmerken zu lassen. Sie nahm auf der Couch Platz, wodurch der blaue Überwurf etwas verrutschte, und faltete ihre Hände zusammen. „Fünf Jahre lang. Als wir uns kennenlernten, war ich erst neunzehn."

In Daniels Ohren klang das wie eine Entschuldigung. Sein Blick fiel auf ein Foto an der Wand über der Couch. Es zeigte eine jüngere Nadine Schmitz in einem schicken Abendkleid und mit einem Glas Sekt in der Hand. Er vermutete, dass der Schnappschuss auf ihrem Abiball aufgenommen worden war, kurz bevor sie Markus Kranich kennengelernt hatte. Damals hatte sie noch ein paar Kilos mehr auf den Rippen gehabt und das hatte ihr gutgestanden. Sie sah darauf aus wie das blühende Leben, strahlte über das ganze Gesicht, blondierte Strähnen lockten sich aus ihrer weizenfarbenen Hochsteckfrisur, sie trug Make-up und Schmuck.

Auf der Fotografie sah sie aus wie Glücksmarie, die Frau auf dem Sofa vor ihm dagegen wie Pechmarie.

Sie schien sich seither gehen zu lassen. Aber Daniel war der Letzte, der ihr deswegen Vorwürfe machte, schließlich hatte er sich – nachdem er aus der Reha entlassen wurde, weil die Ärzte sich einig waren, dass sich sein Zustand nicht bessern würde – elend gefühlt und das auch nicht zu verbergen versucht. Herrgott, war er heruntergekommen gewesen! Hätte Marie ihm nicht täglich eine frische Unterhose unter die Nase gehalten, hätte er nicht einmal die gewechselt, dafür schämte er sich jetzt.

„Markus wollte schon nach zwei Monaten mit mir zusammenziehen, aber meine Eltern fanden, dass ich zu jung sei. Außerdem hatte ich gerade erst mein Mathematikstudium begonnen."

„Mathematik?" Das überraschte Daniel. Mit ihrer zarten Figur, der blassen Haut und dem schüchternen Lächeln wirkte sie auf ihn eher wie eine Studentin des Bibliothekarwesens. Er ertappte sich dabei, wie er sich fragte, was Kranich an ihr gefunden hatte. An der Seite von Julias Bruder hatte er sich eher eine Frau mit Profil und Format vorgestellt, jemanden, der ihn aufwertete. Immerhin hatte er dem Getto entkommen wollen. Nadine jedoch war eher eine stille, graue Maus – zumindest heutzutage.

Verlegen zog sie den ausgeleierten fleischfarbenen Pullover bis zu den Knien und stopfte ihr Taschentuch in die Tasche ihrer Strickjacke. „Das traut man mir nicht zu, ich weiß."

„Ich dachte, dass eher Männer dieses Fach wählen."

„Inzwischen gibt es auch viele Frauen." Sie erhob sich, holte eine Packung Tempos aus einer Schublade und setzte sich wieder. „Mit Markus hat es nicht geklappt, wie Sie ja wissen. Er wohnt seit Februar nicht mehr hier. Aber wir waren fünf Jahre zusammen, das ist doch schon etwas, oder?"

Aufmunternd nickte Daniel. Seinem Eindruck nach war sie der Typ, der unsicher war und viel Zuspruch brauchte.

„Markus wollte wirklich gerne mit mir zusammenleben, er konnte es kaum abwarten. Deshalb schlossen wir einen Kompromiss und bezogen die Einliegerwohnung." Auch jetzt merkte man ihr noch an, dass sie sich geschmeichelt gefühlt hatte, von einem Mann, der bereits sein eigenes Geld verdiente und erfahrener war als ihre Freunde, umschwärmt worden zu sein. Aber der traurige Unterton entging Daniel nicht. „Vorher war sie an einen Referendar vermietet gewesen, aber er ging nach Frankfurt, weil dort eine Lehrerstelle frei wurde. Als Markus das mitbekam, war er Feuer und Flamme gewesen und steckte mich an. Selbst meine Eltern waren damit einverstanden. Auf ihre Meinung lege ich großen Wert."

Etwas brachte Daniel ins Grübeln. Er hätte gedacht, dass Markus dem Elend daheim so schnell wie möglich, also mit achtzehn Jahren, den Rücken gekehrt hatte, aber er war erst mit vierundzwanzig Jahren ausgezogen. Warum nicht schon früher? Lag es allein am Geld?

„Aber sind Sie nicht eigentlich wegen Julia gekommen?", fragte sie und fasste sich an die Stirn, als prüfte sie, ob sie Fieber hatte. „Er hat gelitten wie ein Hund, als sie verschwand und auch als sie ... wieder auftauchte."

Man mag von Markus Kranich halten, was man will, dachte Daniel, aber er hat ein Herz. Wahrscheinlich hatte er in seiner Jugend gelernt, seine weiche Seite zu verbergen, vor seinem Vater und vor dem rauen Klima im Getto. „Hat Julia sie beide oft besucht?"

„Nur drei oder vier Mal in all der Zeit. Aber Markus hat sie oft in der Innenstadt getroffen, hat ihr Kleidung gekauft oder sie zum Pizzaessen eingeladen. Ihre Eltern konnten sich solche Extraausgaben nicht leisten." Nadine nahm einen kleinen Korb mit Stiften, Feuerzeugen, Teelichtern und anderem Krimskrams vom Beistelltisch neben der Couch, kramte darin herum und entnahm ihm eine Tube Creme. Ein wenig gab sie davon auf die geröteten Stellen unterhalb ihrer Nase und verteilte sie. Aber sie hatte zu viel genommen, sodass eine glänzende weiße Schicht, die nicht einzog, auf ihrer Haut zurückblieb.

Während er ihre fahrigen Bewegungen verwundert beobachtete, fragte er sich, warum Markus seine Freundin zu den Treffen nicht mitgenommen hatte. „Wissen Sie, ob Julia einen Freund hatte?" Ben oder einen Fremden, der sie aus Eifersucht getötet hatte.

„Da war jemand, für den sie schwärmte, denn Markus riet ihr mal am Telefon, sie sollte den Jungen nicht mit zu sich nach Hause nehmen, weil ihr Vater sonst einen Anfall bekäme. Horst Kranich ist recht ..." Etwas übereilt nahm sie ein Taschentuch und tupfte damit die überschüssige Creme ab.

Daniel setzte sich aufrechter hin. „Was meinen Sie?"

„Eigentlich rede ich nicht schlecht über Menschen." Sie prüfte, ob ihr Zopf noch ordentlich geflochten war, spähte aus dem Fenster und, da Daniel nicht aufgab und sie weiterhin wartend ansah, schlang die Arme um sich, als müsste sie sich selbst festhalten oder trösten. „Er ist aufbrausend. Ich war mit Markus nur ein einziges Mal bei ihm und glaubte, die ganze Zeit auf einem Pulverfass zu sitzen. Markus und er, die beiden verstehen sich nicht gut, sie sind sich einfach zu ähnlich."

Daniel hielt die Luft an. Die Atmosphäre im Raum hatte sich geändert, sie knisterte plötzlich. Horst Kranich machte keinen Hehl daraus, dass er zulangte, wenn ihm etwas nicht passte. Blieb noch zu klären, wie schnell er explodierte. „Und Ewa Kranich?"

Starr blickte Nadine auf ihre ausgelatschten Hello-Kitty-Pantoffeln. Vermutlich ein Überbleibsel ihres alten Ichs, das zu ihrem neuen so gut passte wie ein Graffiti in schrillen Farben auf einer Fabrikruine. „Sie lebte da schon im Frauenhaus, deshalb waren wir ja dort. Markus wollte seinem Vater ins Gewissen reden."

Plötzlich spürte Daniel einen Schmerz im Brustkorb, doch er wusste, dass er nicht real war. Er krallte seine Hände unauffällig um die Armlehnen und ermahnte sich, die Haltung zu wahren. Es war nur eine Erinnerung, die ihn immer mal wieder quälte.

Durch ein einziges Signalwort stieg seine eigene Vergangenheit in ihm hoch wie Kotze nach einer durchzechten Nacht.

Ein Psychotherapeut hatte ihm in seiner Kindheit eine Atem- und Entspannungstechnik beigebracht, mit der er angeblich seine Dämonen in die dunkelste Ecke seiner Seele zurückdrängen konnte, aber sie funktionierte nicht. Nicht damals und nicht heute. Aufgrund dieser schlechten Erfahrung hatte er nach seinem Unfall im März eine Therapie beim Seelenklempner verweigert. Reine Zeitverschwendung! Kaum dachte er an den schrecklichsten Moment in seiner ersten Lebenshälfte zurück, rissen die Wunden auch schon auf – dann war es zu spät, der Kummer würde ihn auf jeden Fall überrollen –, sie heilten von selbst, allerdings dauerte dieser Prozess.

Er hoffte, dass Nadine Schmitz nichts von dieser inneren Eruption mitbekam, und wischte sich mit dem Ärmel seiner Jacke die Schweißperlen von der Stirn. Dachte er an seinen Vater, färbten sich seine Gedanken rot vor Wut. Aber wenn etwas ihm die Todesangst seiner Mutter ins Gedächtnis rief – ihre panisch aufgerissenen Augen, ihr Mund zu einem stummen verzweifelten Schrei geöffnet, und die Hände hochgerissen –, zog sich seine Brust immer wieder von Neuem zusammen, als würden Wassermassen von allen Seiten die Luft aus ihm herausquetschen.

Reiß dich zusammen, beschwor er sich. Es ging hier nicht um ihn, sondern darum, den Mord an Julia aufzuklären. „Warum wohnte Ewa im Frauenhaus?“, wollte er mit belegter Stimme wissen. Er konnte es sich denken, wollte seine Vermutung aber aus Nadine Schmitz’ Mund bestätigt hören.

„Das wissen Sie noch gar nicht?“ Überrascht hob sie ihre Brauen und keuchte. „Ich hätte das nicht verraten sollen, ich hätte nichts sagen sollen, über Tote spricht man nicht, mein Gott, oh mein Gott.“

„Beruhigen Sie sich. Alles, was wir besprechen, bleibt unter uns.“ Zumindest würden Voigt und Fuchs erst davon erfahren, wenn er ihnen die Lösung des Falls auf den Tisch knallte. Die Kripo war selbst schuld, schließlich hatten die Kollegen es bisher nicht für nötig gehalten, mit Nadine Schmitz zu reden. Ein Fehler, den er, würde er noch für die Abteilung arbeiten, nicht gemacht hätte, Stress hin oder her.

„Jetzt können Sie es sich eh denken.“ Als sie den Kragen ihres Pullovers hochzog, als wollte sie sich darunter verstecken, zitterte ihre Hand. „Horst hat Ewa verprügelt, nicht nur einmal, über Jahre hinweg, bis sie es nicht mehr aushielt und von ihm weglief … als Julia verschwand, denn …“

Nadine schien immer kleiner zu werden, sie sackte auf dem Sofa immer weiter in sich zusammen und war inzwischen kreidebleich. Daniel bekam ein schlechtes Gewissen, weil sie krank war, ins Bett gehörte und sie das Gespräch mehr belastete, als er erwartet hatte, immerhin kannte sie Markus’ Eltern ja kaum. Sie schien für diese Welt zu dünnhäutig zu sein. Wahrscheinlich war das der wahre Grund, weshalb sie mit vierundzwanzig Jahren immer noch bei ihren Eltern wohnte.

„Bitte, sprechen Sie weiter“, bat er sanft.

„Sie … Ewa … also, sie fürchtete sich vor ihrem Mann und wollte nicht so enden wie Julia, was auch immer sie damit meinte.“

32. KAPITEL

Feuer! Marie roch es sofort, als sie die Tür ihrer Wohnung in der Südstadt aufschloss.

Ihr Körper spannte sich an. Sie richtete alle ihre Sinne auf das Apartment. Das Knistern von Flammen vernahm sie nicht und der Rauch war dezent, aber er war definitiv da. Er stieg nicht im Treppenhaus auf und zog auch nicht von der Straße aus herein, denn die Fenster waren geschlossen. Draußen goss es in Strömen. Der Regen prasselte laut gegen die Scheibe.

„Daniel?" Keine Antwort. Er schien noch unterwegs zu sein. Zum Glück. Somit war er in Sicherheit.

Hastig legte sie ihre Handtasche auf den Schuhschrank. Sie rannte durch den Korridor, blieb stehen und schnupperte. Verbranntes Gras, aber es lag auch etwas Chemisches in der Luft.

Aufgeregt rief sie: „Benjamin, hallo?" Er sollte zu Hause sein.

Das Leonardo-da-Vinci-Gymnasium hatte vor etwa einer Stunde seine Mutter angerufen und sie darüber in Kenntnis gesetzt, dass die Schulleitung ihn nach Hause geschickt und mit einem Verweis gedroht hatte. Zu dem Zeitpunkt saß Heide Mannteufel gerade mit Hans-Joachim im Wartezimmer des Eheberaters. Sie klingelte bei Marie an und fragte, ob die ausnahmsweise nach Benjamin schauen könnte, denn der Psychologe hätte gemeint, ein Grund für ihre Eheprobleme sei, dass Heide sich mehr um ihren Sohn als um ihren Mann kümmere. Also hatte sie beschlossen, die Glucke abzulegen. Ein erster Schritt war, in diesem aktuellen Fall Ben nicht über Hajo zu stellen, sondern bei ihrem Mann zu bleiben und den Termin wahrzunehmen.

Neuerungen waren gut, zumal sich das Verhältnis zwischen Benjamin und seiner Mutter entspannen würde, doch im Moment veränderte sich für Maries Geschmack zu viel auf einmal.

Außerdem brauchte der Junge Rückhalt. Also war sie zwischen einer Gerichtsverhandlung, bei der sie Zeichnungen für den Kölner Stadtkurier angefertigt hatte, und ihrer Arbeit beim Musical Dome, wo sie die verpassten Stunden vom Vormittag abends würde dranhängen müssen, heimgefahren.

Ben, der eigentlich nicht einmal einer Fliege etwas zuleide tat, hatte sich, so die Direktion, mit einem Jungen aus seiner Stufe geprügelt. Dieser hatte einen Ausschnitt aus einer Boulevardzeitung herumgezeigt, in der reißerisch gefragt wurde, ob Julia Kranich nicht eventuell selbst ihre Ermordung provoziert hätte. Daneben war wohl ein Foto von der Vokü-Party abgedruckt, auf der die damals Siebzehnjährige viel Haut zeigte. Weiß Gott, wo die Redaktion den Schnappschuss nach der langen Zeit ausgegraben hatte! Offenbar hatte nicht nur Julia mit ihrer Handykamera fotografiert.

Es roch intensiver nach Rauch, je weiter Marie in die Wohnung vordrang. Beinahe wäre sie ins Wohnzimmer gelaufen, wechselte jedoch im letzten Moment die Richtung, da sie ein Geräusch gehört hatte.

Unweigerlich dachte sie an die Brandstiftung bei den Mannteufels, daran, dass sie jederzeit mit einem Angriff von GeoGod rechnen musste, weil er Benjamin indirekt Leid zufügte, indem er ihr Schmerzen zufügte oder sie sogar tötete.

Sollte sie die Wohnung verlassen und Hilfe holen? Aber was war, wenn der Patron Benjamin gefesselt und einen Brandsatz gelegt hatte?

Nein, sie konnte nicht warten! Beherzt schnappte sich Marie einen für seine geringe Größe recht schweren Buddha, um ihn als Waffe einzusetzen. Ihr Herz schlug ihr bis in den Hals, als sie ins Bad stürmte, die Steinfigur mit beiden Händen zum Schlag bereit erhoben.

„Ben!“ Keuchend blieb sie stehen.

Ertappt setzte er die Wodkaflasche vom Mund ab. Während die Musik in seinen Kopfhörern so laut plärrte, dass sogar Marie sie hörte, starrte er sie erschrocken an. Unbeholfen zog er seine Inears heraus.

„Was machst du hier?“, lallte er. Hektisch wedelte er über den Flammen im Waschbecken herum, als würde das helfen, sie zu löschen. Dabei verbrannte er sich die Handkante, merkte es jedoch nicht einmal. Stattdessen kicherte er und rülpste schließlich. „Mir war kalt.“

Marie stellte den Buddha auf den Boden, eilte kopfschüttelnd zu ihm und drehte das Wasser auf. Schnaubend hielt sie seine Hand unter den Strahl. Innerlich zählte sie von dreißig rückwärts, um nicht zu explodieren. Sie öffnete den Siphon und versuchte die eingestanzten Bilder auf den bunten Pillen, die gemeinsam mit der Asche und den brennenden getrockneten Pflanzenteilen in den Abfluss gespült wurden, zu identifizieren.

Wankend lehnte sich Ben an sie. „Du bist so gut zu mir. Immer bist du für mich da. Du bist die Einzige, die immer da ist.“

„Bis du von allen guten Geistern verlassen?“, schrie sie ihn an und stieß ihn von sich fort. Sie hielt ihm die silbernen Spice-Tüten unter die

Nase, deren Ränder geschmolzen und wellig waren.

Mit zusammengekniffenen geröteten Augen schaute er auf die Etiketten der Flakons und Lotions auf der Ablage, bis er die Flasche ausgemacht hatte, die er dazwischen abgestellt hatte. „Nicht einmal Brennspiritus hat geholfen. Die Scheißverpackung der Pillen ist unkaputtbar."

Marie fragte sich, wie viel er schon getrunken hatte, wenn er bereits Sehstörungen hatte. Einen Moment lang war sie glatt ein wenig froh, dass er den Wodka festhielt, womöglich hätte er ihn sonst in seinem Suff mit dem Ethanol verwechselt und versehentlich getrunken. Vielleicht spürte er nicht einmal mehr den Unterschied. Sie griff besorgt nach der Glasflasche.

„He!" Wütend entriss Benjamin sie ihr wieder. Er nahm einige Schlucke und verzog keine Miene, als würde es sich um Wasser handeln. „Ich mache, was ich will. Bin achtzehn."

„Auf dem Papier ja. Aber in Wahrheit bist du ein kleiner bockiger Junge, der probiert, seinen Schmerz in Alkohol zu ertränken. Aber das funktioniert nicht. Nach dem Kater sind die alten Probleme wieder da."

Als sie erneut nach dem Wodka langte, hielt er ihn am gestreckten Arm hoch, denn da sie einen Kopf kleiner war als er, kam sie nicht heran. „Du hast nicht mitgemacht, was ich mitmache."

Das stimmt, hätte Daniel ihm geantwortet, aber ich bin durch andere Scheiße gewatet. Wie gerne hätte Marie ihn hier gehabt! Sie brauchte ihn. Was wusste sie schon davon, wie man mit einem Teenager umging, der nicht nur in der Pubertät steckte, sondern auch noch alle Menschen verloren hatte, die ihm nahestanden: Julia, Denis, Maik, und nun hatten auch noch seine Eltern keine Zeit mehr für ihn, weil sie das Kitten ihrer Ehe auf Platz eins ihrer Prioritätenliste gesetzt hatten.

„Du hast nicht gesehen, was ich gesehen habe." Plötzlich weinte er hemmungslos. Zwischen herzzerreißenden Schluchzern kippte er Wodka in sich hinein. Wollte er sich damit etwa ersäufen? Überhastet stellte er die Flasche auf den Badezimmerschrank, offensichtlich damit Marie nicht herankam, und erbrach sich in die Toilettenschüssel.

Nachdem er sich gewaschen hatte, hingen seine Mundwinkel schlaff herab, als würde er die Kontrolle über seine Gesichtszüge verlieren.

Marie machte sich große Sorgen um ihn. Er war unten, tief unten, und sie war sich nicht sicher, ob sie es schaffen konnte, ihn alleine aus diesem Loch wieder herauszuholen.

Die Luft im Badezimmer stank säuerlich. Angewidert kippte Marie das Fenster.

Als sie sich wieder zu ihm herumdrehte, holte er gerade ein Foto aus der Tasche seines Kapuzenpullovers. Er warf es ins Becken, goss etwas von dem Spiritus darauf, den Marie für das Fondue-Rechaud gekauft hatte, und wollte es anzünden.

Gerade noch rechtzeitig nahm sie ihm das Feuerzeug ab. Die Aufnahme war die gleiche, wie Marie sie in Maiks Jugendzimmer gesehen hatte. Sie zeigte die drei ehemals besten Freunde und ihre Hausratten – das Rat Pack. „Hast du harte Drogen genommen?"

„Bist du crazy?" Er zerriss den Schnappschuss und spülte die Schnipsel im WC runter.

Langsam reichte es Marie. „Sprich vernünftig mit mir!"

Sichtlich beeindruckt über ihr ungewohntes Auftreten schwieg er.

Marie war selbst erstaunt über den bestimmten Ton und ihre aufrechte, selbstbewusste Haltung. Normalerweise bemühte sie sich um Harmonie, erhob ihre Stimme nicht, sondern bemühte sich, den Ball flach zu halten, und suchte eine Aussprache. Doch mit dieser Methode kam sie hier und jetzt nicht weit. Außerdem hatte sie keine Lust mehr darauf, die nette, wohlerzogene und rücksichtsvolle Marie Zucker, geborene Bast, zu sein. Das hatte sie bei ihrer Mutter nicht weitergebracht und bei Daniel auch nicht. Es war Zeit, Tacheles zu reden!

„Ich hab keinen Stoff genommen", sagte er kleinlaut. „Nur meine russische Medizin des Vergessens."

„Und was ist mit dem Spice, dem Ecstasy und was du sonst noch verbrannt hast?"

Er zog den Kopf zwischen seine Schultern. „Hab's in meiner Schultasche gefunden."

„Einfach so. Rein zufällig."

„Einige Blunts steckten zwischen meinen neuen Klamotten." Er zeigte auf die Wand, als wäre sie aus Glas und sie könnten bis in sein Zimmer schauen. „In meiner Kommode."

„Hier in der Wohnung?", fragte sie. Wenn Daniel wüsste, dass Benjamin Rauschmittel mitgebracht hatte, würde er ihn einen Kopf kürzer machen.

Hart klopfte er gegen seinen Brustkorb, schien es aber nicht zu spüren. „Sie waren nicht von mir. Meine sind in der alten Wohnung verbrannt."

Freudlos lachte Marie.

„Ich kiffe nicht mehr. Will nicht mehr. Das Zeug ist Dreck!“ Er holte die Flasche vom Schrank, doch da Marie sie ihm abnehmen wollte und seine Koordination gestört war, entstand ein kurzes Gerangel, was dazu führte, dass sich ein Teil des Alkohols über seine Haare ergoss. „Fuck!“

Marie ließ von ihm ab und reicht ihm ein Handtuch, mit dem er sich abtrocknete.

„*Er* hat sie mir untergeschoben.“ Bens Haare standen feucht in alle Richtungen ab. Er war kreidebleich, hatte Ringe unter den Augen und einen Schweißfilm auf der Oberlippe.

„Wer?“

Verschwörerisch sah Ben sich um, obwohl sie alleine waren, und flüsterte: „Der Patron.“

Sie stemmte die Hände in die Hüften und schnalzte enttäuscht. „Das soll ich dir glauben?“

„Genauso wie er das Koks in Maiks Gepäck geschmuggelt hat, damit er am Flughafen verhaftet wird. Für ihn ist so was ein verficktes Kinderspiel.“ Er legte seinen Kopf in den Nacken und ließ die Flüssigkeit in seinen Rachen laufen, ohne zu schlucken. Betrunken taumelte er rückwärts und landete auf dem WC-Sitz, sodass Marie ihm die Flasche endlich wegnehmen konnte.

Wenn es stimmt, was Ben behauptet, dann ist GeoGod in unserem Apartment gewesen, schoss es ihr in den Sinn, oh mein Gott!

Entsetzt keuchte sie und widerstand dem Drang, jede Ecke ihres kleinen Reichs zu untersuchen, um herauszufinden, ob er neben den Drogen noch etwas anderes deponiert, etwas entwendet oder eine teuflische Notiz hinterlassen hatte, möglicherweise sogar einen Cache, und danach jeden Zentimeter zu schrubben und am besten noch zu desinfizieren.

Sanft schüttelte sie Benjamin, denn er schloss benommen seine Lider. „War Maik der Bogenschütze, der auf deine Mutter und dich mit brennenden Pfeilen geschossen hat?“

„Maik?“ Lauthals lachte er, dabei hüpfte sein Adamsapfel auf und ab. „Der macht nur Kraftsport, damit seine Muskeln wachsen.“

„Aber er hat ein breites Lederband, eins, das Bogenschützen zum Schutz des Unterarms tragen, falls die Sehne im falschen Winkel zurückschnellt.“

„Das trug er nur, weil er cool aussehen wollte, wie Liam McIntyre in der Serie *Spartacus*. Dieser Spacko!“ Sein Blick trübte sich. Er fasste sich an den Hals, als müsste er sich erneut übergeben, tat es jedoch nicht. „Es ist verbrannt. In einem Lagerfeuer. Ist schon was her, dreizehn Monate und zwei Wochen. Hab's selbst gesehen.“

„Auf der Party?“ Ihre Alarmglocken schrillten. „Warum hat er es entsorgt?“

„Es war schmutzig, voller ...“ Die letzten Worte verschluckte er, unabsichtlich oder auch nicht. Sein Kopf wankte auf dem Rumpf.

„Ich bin enttäuscht von dir.“ Es änderte nichts an der Tatsache, aber sie musste es zur Sprache bringen. „Du hast so getan, als würdest du mich über dein Spiel mit GeoGod aufklären, als wäre ich die Einzige, weil wir Freunde sind und du mir mehr vertraust als jedem anderen. Aber das stimmt nicht! Du hast mir etwas vorgemacht. Er wollte, dass du mich einweihst, das gehörte mit zu seinem perversen Plan.“

Mit einem Mal schien er wieder wacher. Nervös leckte er immer wieder über seinen überstehenden Eckzahn. „Woher ...?“

„Ich habe seine SMS ...“, sie drehte unentwegt die Flasche in ihren Händen, „seine Anweisung auf deinem Smartphone gelesen.“

„Du hast mich ausspioniert?“ Verärgert sprang er auf. Er schwankte und lehnte sich mit der Schulter gegen den Schrank. Nachdem er sein Gleichgewicht zurückgewonnen hatte, boxte er wütend dagegen.

„Das war nicht okay“, murmelte er, taumelte in sein Zimmer und warf die Tür hinter sich zu.

Marie riss sie auf und folgte ihm. „Komm mir nicht mit Recht und Unrecht, schließlich hast du mich hintergangen und wie ein Opfer zu Schlachtbank geführt.“

„Nein!“ Wie ein Stein fiel er auf sein Bett.

„Du hast mich zu seiner Marionette gemacht, hast mich dem Risiko ausgesetzt, dass er mich in sein Spiel mit einbezieht und mich verletzt, wie deine Mutter.“

Er setzte sich auf, spreizte seine Beine und ließ seine Arme dazwischenhängen. „Das hätte er so oder so machen können. Ma weiß schließlich bis heute von nichts.“

Damit hatte er allerdings recht. Marie saugte ihre Unterlippe ein und biss darauf.

„Es tut mir leid, das musst du mir glauben. Ich war verzweifelt und wollte Zeit schinden.“ Benjamin zog sie neben sich aufs Bett. Während er mit ihr sprach, schaute er den Wodka an, den sie wie einen Säugling im Arm hielt. „Aber ich hatte eine Scheißangst, hab ich immer noch. Ich wusste nicht, was ich tun sollte, denn der Patron hätte gewusst, wenn ich seinen Befehl nicht befolgt hätte, und womöglich dich dafür bestraft. Aber dann bin ich ja sowieso bei dir … bei euch eingezogen und habe auf dich aufgepasst." Zärtlich drückte er ihre Hand.

Marie konnte ihm nicht länger böse sein. Immerhin hatte er sie nicht aus niederen Motiven an GeoGod ausgeliefert, beispielsweise weil er Eindruck schinden wollte oder sie insgeheim hasste. Seine Ratlosigkeit konnte sie gut nachvollziehen, die Geschehnisse der letzten Zeit verwirrten sie ebenfalls sehr, dennoch tat der Verrat weh. Er hätte sie wenigstens warnen können. Aber dann hätte sie sich wahrscheinlich nicht authentisch verhalten und der Patron hätte Lunte gerochen.

„Wie bist du überhaupt auf seine Geocaching-Website aufmerksam geworden?" Jetzt erst merkte sie, dass sie ihren Mantel noch anhatte. Sie streifte ihn von den Schultern.

„Denis."

Überrascht weiteten sich ihre Augen. „Hat er dich mit reingezogen, so wie du mich?"

Schuldbewusst senkte er seinen Blick und nickte.

„Wahrscheinlich fürchtete er genauso um das Wohl seiner Mutter und seiner Schwester", und um das eigene, fügte Marie in Gedanken hinzu, „wie du dich um deine Familie sorgst."

„Denis sitzt nicht in der Klapse wegen des Kiffens, sondern weil GeoGod ihn fertiggemacht hat. Claudi hat er verdammt übel mitgespielt, dieser Wichser!"

„Sie ist doch aus dem Fenster gefallen, weil sie mondsüchtig ist", wandte Marie ein.

„Quatsch! Sie hat davor noch nie schlafgewandelt. Nie in dreiundzwanzig Jahren. Bevor sie ins künstliche Koma versetzt wurde, hat sie was von einem schwarzen Mann gefaselt. Alle glauben, sie hätte geträumt oder halluziniert oder so, aber wir wissen es besser, nicht wahr?"

„Ja." mehr brachte Marie nicht heraus, so bestürzt war sie über die Erkenntnis. GeoGod hatte die junge Frau nachts aus ihrem Bett gehoben und sie aus dem Fenster geworfen. Wie gestört musste jemand sein, um so etwas zu tun?

„Davor wurde bei den Buschhütters eingebrochen. Wer ist so bescheuert und versucht etwas von armen Leuten zu stehlen. Nee!"

Benjamin gestikulierte übertrieben heftig, wodurch sein Oberkörper wie eine Stehauffigur hin und her wankte. „Der Spinner hat Denis mit den Nerven fertiggemacht, sodass er immer mehr kiffte und soff."

Und Ben hatte er auch bald so weit, befürchtete Marie. Sie hielt ihn fest, damit er mit dem Wackeln aufhörte. „War Julia auch Geocacher?"

„Sie mochte weder Computer- noch Brettspiele, hat höchstens mal auf dem Handy gedaddelt, aber das ist Kinderkram. Wir haben alle erst nach ihrem Tod mit dem Cachen angefangen."

„Julia ..." Wie sollte Marie es nur ansprechen? Da sie so oder so nicht die richtigen Worte finden würde, denn die gab es nicht, rückte sie ohne Umschweife mit der Sprache heraus. „GeoGod hat mir ihr Smartphone zugespielt."

Sein Mund öffnete sich, aber er sagte nichts. Ein glänzender Film überzog seine Pupillen.

„Ich habe darauf ein Foto entdeckt. Es war das letzte, das sie auf der Party", Marie räusperte sich, „in ihrem Leben geschossen hat. Maik und Denis sind darauf zu sehen, sie waren aufgebracht. Aber ich weiß nicht, ob deine Freunde sauer auf Julia, auf einen Gast", wie Schnapper oder Schardt, aber das brauchte Ben nicht zu erfahren, „oder auf dich waren."

„Auf mich?"

„Du hast versucht, das Mädchen vom Fotografieren abzuhalten. Deine Hand ist auf dem Bild, wie sie nach dem Handy greift. Wie eine Klaue." Sie machte es ihm vor. „Aggressiv. Außerdem hattest du Kratzer."

Benjamin stieß die Luft aus, als hätte er sie die ganze Zeit angehalten. „Warum hast du mir nicht schon früher davon erzählt?"

„Ihr seid die drei Letzten, die Julia lebend gesehen haben. Das macht euch zu", sie wagte kaum, es auszusprechen, weil sie es immer noch nicht wahrhaben wollte, „Verdächtigen."

Einen Moment lang schien die Zeit stillzustehen. Keiner von ihnen bewegte sich. Stocksteif saßen sie nebeneinander auf der Bettkante und starrten sich gegenseitig an. Kein Laut drang vom Hof zu ihnen hoch. Weder Stimmen noch das Plärren des Fernsehers war aus den Nachbarwohnung zu hören und selbst der Regen setzte kurz aus, als hielte die Welt den Atem an.

Bens Augen wurden feucht. „Es war voll Blut."

„Wovon sprichst du?", fragte Marie und bekam eine Gänsehaut.

Eine von der Wodkadusche feuchte Strähne fiel ihm in die Stirn, aber er schien sie gar nicht wahrzunehmen, sondern sein Blick richtete sich nach innen. „Das Leder."

„Maiks Armschutz?" Verdutzt runzelte sie die Stirn.

„Ich wünschte, ich wäre nie in den Tanzkurs gegangen." Die ersten Tränen rannen über seine wächsernen Wangen. „Das ist doch nur für Schwule."

Ben driftete ab, doch Marie blieb beharrlich. „Wessen Blut?"

„Dann hätte ich Julia nie kennengelernt." Heulend wiegte er sich vor und zurück. „Ich bin an ihrem Tod schuld. Ich habe sie auf dem Gewissen."

„Erzähl mir, was auf der Party passiert ist, sonst vergiftet es dich langsam." Sie nahm ihn in den Arm, strich ihm seine Haare zurück und streichelte beruhigend seinen Rücken. „Siehst du das nicht? Es zurückzuhalten macht dich krank."

„Fühle mich jetzt schon gaga, aber ich will nicht so schizo werden wie Denis."

Sie ließ zu, dass er die Wodkaflasche nahm und an sich drückte, während er den Kopf an ihre Schulter lehnte. „Lass es raus, Ben."

„Ja …" Seufzend roch er am Wodka, trank jedoch nicht.

Er entspannte sich etwas in ihrer Umarmung, als wäre eine große Last von ihm abgefallen. Dann begann er zu erzählen, erst zögerlich, stockend und nuschelnd aufgrund seiner Fahne. Aber je mehr er preisgab, desto flüssiger berichtete er, was damals geschehen war, weil er, so vermutete Marie, froh war, seine Bürde endlich mit jemandem zu teilen. Auch wenn er immer wieder zwischendurch Heulkrämpfe hatte, würgte und Pausen brauchte, so klang er dennoch erleichtert.

Falls er sich allerdings alles von der Seele redete, weil er sich Absolution von ihr erhoffte, war er auf dem Holzweg. Schockiert lauschte sie und biss ihre Lippe blutig vor Entsetzen.

33. KAPITEL

Nadine Schmitz stand auf, stellte die Heizung höher, was Daniel dazu veranlasste, sich augenblicklich seiner Jacke zu entledigen, und nahm wieder Platz.

„Ich hörte, wie Ewa Kranich zu Markus sagte, dass sie nicht so wie ihre Tochter enden wollte. Wir besuchten sie einmal im Frauenhaus." Nachdem sie ihre Strickjacke zugeknöpft hatte, zog sie auch noch den Kragen bis zu ihrem Kinn hoch. „Ich habe vor ihrem Zimmer gewartet, weil er nicht wollte, dass ich mit reinkam. Auf dem Flur hörte ich, wie er sie bat, zu seinem Vater zurückzukehren, worüber ich mich aufgeregt habe, aber es war eh dicke Luft, daher behielt ich meine Meinung für mich. Außerdem wusste ich, wie sehr er sich eine intakte Familie wünschte. Da ich mich weigerte, schwanger zu werden, bevor mein Studium beendet war, versuchte er, wenigstens seine Eltern wieder zu vereinen."

Daniel konnte es kaum glauben, diese Spur war tatsächlich heiß! Ewa Kranich hatte vermutet, dass ihr Ehemann die gemeinsame Tochter bei einem Tobsuchtsanfall getötet hatte.

Die Puzzleteile rückten an ihre richtige Stelle.

Horst Kranich musste Julia heimlich zu der Party gefolgt sein. Dort hatte er gesehen, wie nuttig sie in seinen Augen herumlief. Sie überschritt gleich zwei Verbote, das machte ihn stinkwütend. Sein Kamm schwoll augenblicklich an, innerhalb von Sekunden war er von null auf hundert. Zornig bis in die Haarspitzen nahm er sie auf dem Grundstück der Spedition zur Seite, stellte sie zur Rede und prügelte – versehentlich oder auch nicht – alles Leben aus ihr heraus, weil sie seine Anweisungen missachtet hatte.

Vorsichtig formulierte Daniel seine nächste Frage. „Hat Horst Kranich seine Frau umgebracht und es wie einen Selbstmord aussehen lassen?"

„Gott bewahre, nein!" Seit Minuten sah Nadine Schmitz Daniel wieder an, und das erste Mal sprach sie aus dem Brustton der Überzeugung heraus, als hätten Ewa und sie sich nahegestanden, was nicht der Fall gewesen war, da sie sich kaum gekannt hatten, als wüsste Nadine genau, was in Frau Kranich vorgegangen war: „Sie war verzweifelt, weil sie sich von Markus Hilfe erhofft hatte. Aber als sie hörte, dass sie seiner Meinung nach zu ihrem Mann heimzukehren hatte, wusste sie nicht, wie es mit ihr weitergehen soll. Ihre Eltern lebten zu diesem Zeitpunkt wieder in Polen, weil sie sich von ihrer kargen Rente in ihrem Heimatland mehr leisten können und ihre Verwandten noch dort wohnen, erklärte Markus mir. Durch Horsts Temperament hatte sie in Köln keine Freunde. Sie fühlte sich einsam und allein gelassen und sah keinen anderen Ausweg mehr als den Tod."

„Warum trennten Markus und Sie sich?"

Selbst die Farbe aus ihren Lippen wich. Die Ränder unter ihren Augen wurden noch dunkler. „Ich hatte das Gefühl, dass er Julia mehr liebte als mich. Für ihn war sie unfehlbar, während ich ihm nie etwas recht machen konnte. Wir passten einfach nicht zusammen."

„Trotzdem waren Sie fünf Jahren lang ein Paar." Das Gespräch strengte sie wohl sehr an, das tat ihm leid und er nahm sich vor, nur noch wenige Fragen zu stellen.

„Ewa blieb dreiundzwanzig Jahre bei Horst." Sie nieste gekünstelt und stand auf. „Entschuldigung, aber mir geht es wirklich nicht gut."

Ihm fiel wieder auf, wie dürr ihre Beine in den schwarzen Leggins waren. Zerbrechlich wie Streichhölzer. Sein Arm war breiter als ihr Oberschenkel. „Tut mir leid, dass ich auf ein Treffen bestanden habe."

„Ich habe viel zu viel ausgeplaudert. Manche Dinge sollten in der Familie bleiben", sagte sie, während sie voraus zum Ausgang ging. „Probleme gibt es doch überall, nicht wahr?"

Oh ja, dachte Daniel. Der Druck in seiner Brust nahm wieder zu. Vor seinem geistigen Auge tauchte das Messer in seiner Hand auf. Dann das Gesicht seiner Mutter, auf dem sich pure Angst spiegelte. Vor ihm. Vor dem, was er mit der Klinge vorhatte. Der Anblick hatte sich in seine Netzhaut eingebrannt.

Nadine Schmitz legte ihre Hand an die Klinke, öffnete die Haustür jedoch nicht. Ihr Blick war der eines Rehs, das ängstlich in den Gewehrlauf des Jägers schaut. „Eine offizielle Aussage möchte ich aber nicht machen. Ich habe Ihnen das im Vertrauen gesagt. Mein Name darf nirgendwo erscheinen."

Fürchtete sie sich davor, Horst Kranich könnte sie zur Rede stellen? Oder mit ihr dasselbe tun wie mit Julia? Waren das auch Benjamins Befürchtungen, der die Tat womöglich mit angesehen hatte?

Nein, das passt nicht, korrigierte sich Daniel. Ben hatte Angst vor dem Patron, aber Horst Kranich steckte auf keinen Fall hinter diesem Pseudonym, denn er war ein Choleriker. Außerdem kannte sich der alte Kranich bestimmt nicht mit dem Internet, Prepaid Handys und Geocaching aus. Der zweite Täter, der sich GeoGod nannte, war dagegen ein Kontrollfreak, einer, dem man seinen inneren Zorn nicht sofort ansah, da er ihn zu verbergen wusste.

Verdammt! Obwohl das Gesamtbild immer klarer wurde, blickte Daniel immer noch nicht durch. Das ärgerte ihn gewaltig!

„Sie sollten sich ins Bett legen, da gehören Sie hin. Kurieren Sie sich aus." Und schließen Sie nachts Türen und Fenster, hatte er auf der Zunge liegen, sprach die Warnung allerdings nicht aus, weil er damit ihre Furcht nur gesteigert hätte. Außerdem fanden Soziopathen immer einen Weg hinein, das hatte er als Elfjähriger selbst miterlebt.

Er verabschiedete sich. Das Einsteigen in seinen Wagen fiel ihm diesmal schwerer als üblich. Nicht die Ermittlungen raubten ihm die Kraft, sondern die Vergangenheit, die nun wieder auf ihm lastete. Das schreckliche Erlebnis lag zwar schon viele Jahre zurück – immerhin war er inzwischen sechsunddreißig –, war aber immer noch unangenehm präsent und erdrückend. Es verfolgte ihn seit seiner Kindheit.

Er bezweifelte, dass er jemals vergessen konnte, was er seiner Mutter damals beinahe angetan hätte.

Schwer atmend legte er die Stirn auf das Lenkrad und schloss seine Augen. Schon sah er sie vor sich, die Küche mit den mintgrünen Fliesen, von denen sich alte Pril-Blumen lösten; Zeichen aus besseren Zeiten, inzwischen blass wie die kaltweiße Küchenzeile. Er spürte die raue Tapete mit den tellergroßen Blüten, über die seine kleine Hand glitt, als bräuchte er Halt, weil er sich kaum mehr aus seinem Kinderzimmer heraustraute. Er roch den vertrauten Staub, der sich auf dem dunkelbraunen geflochtenen Korblampenschirm sammelte, und stieß unbeholfen gegen den Resopaltisch mit den wackeligen Beinen, als er zusammenzuckte, wenn ein Schatten hinter ihm auftauchte.

Plötzlich dröhnten die Schreie seiner Mutter schmerzhaft in Daniels Ohren, als säße sie neben ihm auf dem Beifahrersitz.

Er wusste, er konnte die Bilder von damals nicht zurückhalten, weil die Parallelen zu der Tragödie der Familie Kranich zu eindeutig waren, obwohl dies der falsche Zeitpunkt und der falsche Ort waren. Hilflos ließ er zu, dass die Erinnerung ihn überrollte, und fühlte sich wieder genauso klein und schwach wie vor fünfundzwanzig Jahren.

„Geh auf dein Zimmer. Schnell!“, hatte seine Mutter ihm an dem Tag, der ihr Leben verändert hatte, befohlen. Äußerlich blieb sie ruhig, doch er hörte das Zittern ihrer Stimme und las die Angst in ihren Augen. Beides kannte er bereits. So hatte sie sich immer verhalten, wenn der Herr des Hauses unter Strom und kurz vor der Explosion stand.

Aber das war in der alten Wohnung gewesen. In der neuen hatte alles anders werden sollen. Kein Vater, kein Streit, keine Schläge. Doch nun war er zurück. Wie ein wütender Stier scharrte er im Flur mit dem Fuß, als würde er innerlich Anlauf nehmen, um sich jeden Augenblick auf Christiane Zucker zu stürzen.

Zögerlich ging Daniel ein Stück auf sein Refugium zu, drehte sich jedoch wieder um.

„Geh endlich. Sofort!“ Nun klang sie nicht länger streng, sondern bittend.

Daniels elfjähriges Ich schloss die Tür seines Zimmers hinter sich und blieb unschlüssig stehen.

Als das Geschrei losging, hielt er sich kurz die Ohren zu, befürchtete jedoch, dass sein Vater seine Mutter diesmal töten könnte, und nahm seine Hände wieder weg.

Alarmiert horchte er, selbst seine Nackenhaare standen wie Antennen auf. Brüllen, Kreischen, erst im Flur, dann hörte es sich an, als würde seine Mutter die Tür im Bad versuchen zu schließen, aber ihr Noch-Ehemann tobte und trat wohl dagegen. „Das werdet ihr büßen!“

Den Geräuschen nach zerrte er Daniels Mutter an seinem Zimmer vorbei. Ihr Schluchzen kam immer näher, war dann so laut, dass es sein Herz fast zerriss, und wurde wieder leiser.

Heulend floh Daniel zwischen Kleiderschrank und Bett und hockte sich hin, machte sich ganz klein und doch nicht klein genug, denn in diesem Moment wäre er am liebsten ein Staubkorn gewesen. Unsichtbar, aber noch da, um seine Mutter nicht alleine zu lassen. Aber was konnte er schon tun, um ihr zu helfen?

Während dicke Tränen über seine Wangen flossen, war er gezwungen, dem Kampf seiner Eltern zu lauschen. Wie immer würde seine Mutter verlieren. Das durfte er nicht zulassen! Auf allen vieren kroch er aus seinem Versteck und zog sich im letzten Moment doch wieder zurück, weil ihm übel wurde. Er griff den kleinen blauen Mülleimer mit den Bildern schicker Sportwagen drauf, den sie ihm letzte Woche geschenkt hatte, obwohl eigentlich kein Geld dafür übrig war, und kotzte sich die Seele aus dem Leib.

Er hatte gehofft, dass das vorbei war, dass er diesen Horror nie wieder erleben müsste. Die Sozialarbeiter hatten es versprochen!

Das hatten seine Mutter und er nun davon, dass sie auf die Mitarbeiter des Frauenhauses gehört hatten. Die hatten sie auch nicht schützen können. Sein Vater hatte trotz aller Sicherheitsmaßnahmen und Verschwiegenheit herausgefunden, wo sie jetzt wohnten. Diesmal war er nicht nur sauer, wie so oft, seit er seine Anstellung als Ingenieur verloren hatte und das Arbeitsamt ihn zwang, einen „Deppenjob", wie er es nannte, anzunehmen, damit die Familie die Bezüge nicht verlor – „Das vergiftet seinen Verstand", hatte seine Mutter Daniel heimlich erklärt und gesagt, es würden wieder bessere Zeiten kommen –, sondern er war richtig zornig, da seine Familie vor ihm abgehauen war. Er behandelte sie wie Leibeigene, die er schikanieren und prügeln konnte, um seinen Frust abzubauen. Vier Jahre lang hatte seine Mutter den Blitzableiter gespielt, hatte sich schützend vor Daniel gestellt und auch die zweite Wange hingehalten.

Plötzlich schepperte es. Etwas ging zu Bruch. Seine Mutter heulte auf, dann war es unangenehm still.

Nein!, schrie alles in Daniel, doch kein Laut kam über seine Lippen. Sekundenlang hielt er die Luft an. Vor Schreck versiegten seine Tränen. Jeder Muskel in seinem Körper spannte sich an.

Als er sich gerade verzweifelt fragte, warum die Nachbarn denn die Polizei nicht riefen, hörte er seine Mutter beschwörend auf seinen Vater einreden. Sie lebte! Noch.

Er sprang auf und lief durch die Wohnung, bis er seine Eltern in der Küche fand. Die Scherben der Vase, die auf dem Tisch gestanden hatte, knirschten unter seinen Sohlen. Seine Mutter hielt ihren Kopf über die Spüle, das Blut aus der Wunde an ihrer Schläfe tropfte hinein und floss zäh in den Siphon. Etwas war seltsam an ihrem Gesicht, es wirkte irgendwie schief, und das lag nicht an ihrer geschwollenen Wange, die sich zusehends verfärbte.

Benommen tastete sie nach einem Trockentuch, presste es auf die Platzwunde und schaute Daniel entsetzt an. „Du sollst das nicht sehen."

Jetzt, da sie sprach und ihre Worte undeutlich klangen, bemerkte er, was falsch an ihr war. Ihre Zähne waren rot verfärbt, oben rechts fehlte einer, aber den Anblick kannte er schon. Was ihn jedoch schockierte, war, dass ihr Unterkiefer an einer Seite herabhing.

„Doch, das soll er." Sein Vater fasste in ihre kurzen schwarzen Haare, schlug ihre Hand mit dem Tuch weg und drehte ihren Kopf mit der Wunde zu Daniel. „Das wird auch ihm eine Lehre sein. Wir sind eine Familie. Ihr gehört mir. Mir!"

War das tatsächlich der Mann, der früher mit ihm Fußball gespielt hatte? In der Einfahrt ihres Hauses, das sie hatten verkaufen müssen, nachdem Gerald Zucker seine Anstellung verlor und er die Raten nicht mehr zahlen konnte? Der die Verkäuferin in der Fleischabteilung um eine Scheibe Kinderwurst bat, weil Daniel sie so gerne aß? Und der ihm beide Spielzeuge kaufte, wenn Daniel sich nicht zwischen zweien hatte entscheiden können? *Nein!* Er sah zwar aus wie sein Vater, trug immer noch kurze Haare, Ohren und Nacken ausrasiert, Hemden mit gestärkten Kragen und gewichste Lederschuhe, aber es steckte inzwischen ein anderer hinter der sorgsam polierten Fassade, ein brutales Alien, das von seinem Körper Besitz ergriffen hatte. „Fass sie nicht an, du Schwein!"

Sein Vater holte aus, um ihm eine zu langen, aber seine Mutter hielt seinen Arm fest. Er lief rot an und stieß ihren Kopf gegen den Hängeschrank über der Spüle. Erst keuchte sie vor Schmerz, dann weinte sie, vor allen Dingen aus Scham, glaubte Daniel. Winselnd presste sie die Hände an ihren Kiefer, als wollte sie sicherstellen, dass er nicht abfiel. Die Blutergüsse an ihren Armen wurden immer dunkler, einige Adern in ihren Augen waren geplatzt und ihr rechtes Lid schwoll weiter an. Blut rann ihren Hals hinab.

„Lauf", formte sie lautlos mit ihrem schiefen Mund. „Lauf weg."

Doch er konnte nicht. Diesmal nicht. Er würde seine Mutter nicht noch einmal alleine in diesem ungleichen Kampf gegen seinen Vater lassen. Er war jetzt der Mann im Haus. Sie hatte oft genug die Prügel für ihn eingesteckt, hatte sogar schon mit einem gebrochenen Arm im Krankenhaus gelegen, wo die Ärzte sie überredeten, sich von Gerald Zucker zu trennen und mit ihrem Sohn ins Frauenhaus zu gehen.

Daniel befürchtete, dass es nicht noch einmal so glimpflich für sie ausgehen würde. Vor seinem geistigen Auge sah er nicht den Notarzt vorfahren, sondern den Leichenwagen.

Statt wegzulaufen, riss Daniel die Besteckschublade auf, nahm das Brotmesser heraus und schob sie wieder zu, damit nichts zwischen ihm und seinem Vater stand. Drohend hielt er es hoch. „Hau ab!"

„Leg das Messer weg, und zwar sofort." Gerald Zuckers Miene verzerrte sich zu einer Fratze. „Oder du wirst es bereuen."

„Nein, du wirst es bereuen, wenn du nicht sofort abhaust." Selbst in Daniels Ohren klang seine Stimme viel zu piepsig, um ernst genommen zu werden, zumal er die Worte einfallslos wiederholte und sie damit an Wirkung verloren. Doch er fuchtelte mit der Klinge herum, machte sich bewusst, dass er eine Waffe hatte, sein Gegner jedoch nicht, und spürte das erste Mal Adrenalin durch seinen Körper rasen. Durch dieses Feuer fühlte er sich mutiger und stärker als noch kurz zuvor.

„Ich werde dir jeden Knochen einzeln brechen, wenn du das Scheißmesser nicht weglegst, hast du mich verstanden, Balg?"

Eigentlich hätte Daniel vor Furcht erbeben müssen. Warum zitterte er nicht wie früher? Eine Gelassenheit ergriff Besitz von ihm, die ihm neu war und die ihm gefiel. Immerhin lag der Vorteil auf seiner Seite. Die Klinge machte ihn überlegen. Die Hitze in ihm nahm weiter zu, als er den Körper seines Feindes musterte. Sollte er in den Bauch stechen oder doch lieber ins Herz?

„Elendes Muttersöhnchen. Du bist doch eh zu feige, um zuzustechen." Plötzlich schnellte Gerald Zuckers Hand nach vorne, um ihn zu packen.

Daniel reagierte blitzschnell. Er dachte nicht nach, sondern hieb instinktiv mit der Klinge nach dem Arm und schnitt ihn, nicht tief, aber er erreichte, was er wollte, denn Gerald Zucker schreckte zurück. Er hörte den Aufschrei seines Vaters und sah das herausquellende Blut, doch es berührte ihn nicht. Seltsam distanziert beobachtete er, wie sein Vater die Tischdecke vom Küchentisch riss und auf den Schnitt drückte, und spürte gleichzeitig einen kleinen Triumph, der ihm einen Kick gab und ihm bewies, dass er gewinnen konnte.

Drohend machte Daniel einen Schritt auf ihn zu. Wie ein Nachwuchsrambo schwang er das Brotmesser.

Unerwartet stellte sich seine Mutter ihm in den Weg. „Nicht. Tu das nicht."

„Ich werde ihn fertigmachen, wie er uns fertiggemacht hat." Daniel verstand die Welt nicht mehr. Wie konnte sie ihn davon abhalten, das zu tun, woran sie doch mit Sicherheit selbst dachte?

„Wenn du das tust, bist du nicht besser als er", brachte sie mühsam nuschelnd hervor. Blutiger Speichel rann aus ihrem herabhängenden Mundwinkel. Ihre Augen waren vor Angst weit aufgerissen.

Fürchtete sie sich etwa vor ihm? Wie konnte das sein?

Ihre Worte und die Verwirrung ließen seinen Zorn innerhalb weniger Sekunden in sich zusammenfallen. Er schaute auf die Klinge in seiner Kinderhand und sah nun wieder den elfjährigen Jungen, der er in Wirklichkeit war. Er kam sich lächerlich vor, hilflos und klein.

Warum tat seine Mutter ihm das an? Wieso hielt sie ihn auf? Er hätte es zu Ende bringen können. Hier und jetzt!

Als sein Vater seiner Mutter mit beiden Fäusten in den Rücken schlug, fiel sie wie ein Stein zu Boden. Beim Aufprall wich die Luft hörbar aus ihren Lungen, doch ansonsten gab sie keinen Laut von sich.

Daniel dagegen schrie erschrocken auf. Doch bevor er ihr aufhelfen, sich auch nur zu ihr hinabbeugen konnte, musste er flüchten, denn sein Vater hatte sie nur niedergeschlagen, um an ihn heranzukommen. Schon hechtete Gerald Zucker über seine Frau hinweg, trat auf ihre Hand, ohne dem Beachtung zu schenken, und stürmte auf Daniel zu. Dieser flog herum und floh durch den Korridor.

Kurz vor der Wohnungstür bekam sein Vater Daniels T-Shirt zu fassen. Dieser wurde zurückgerissen, der Bund drückte schmerzhaft gegen seine Kehle und raubte ihm den Atem.

Aber die Angst setzte neue Kräfte in ihm frei. Sein Puls raste. Er riss sich los, indem er sich einmal um die eigene Achse drehte. Keuchend lief er durch das Wohnzimmer. Das Fenster dort stand weit offen. Ohne anzuhalten, sprang er auf den Sims und ließ sich einfach fallen.

Als er auf dem Garagendach eine Etage tiefer aufkam, fühlte es sich an, als würden seine Beine ihm bis in den Bauch gedrückt. Er befürchtete, sein Herz könnte seinen Brustkorb sprengen, so schnell und hart schlug es, als er nach oben spähte. Brüllend lehnte sich sein Vater aus dem Fenster, folgte ihm jedoch nicht.

Er hat recht, dachte Daniel von Schuldgefühlen zerfressen, du bist ein Feigling, rennst weg und lässt deine Mutter mit diesem Schläger allein. Aber er musste ihr doch helfen! Nur wie?

Als könnte sein Vater die Verzweiflung auf seinem Gesicht ablesen, grinste er und verschwand im Apartment. Er wusste, wie er Daniel seine Aufsässigkeit heimzahlen, wie er ihn verletzen konnte, mehr noch, als wenn er ihn krankenhausreif geschlagen hätte.

Erneut liefen Tränen über Daniels Wangen. Er fühlte sich elend und hilflos. Dieses Schwein könnte längst tot sein, durch seine Hand. Jetzt ließ er seine Wut an seiner Ehefrau aus. Das durfte Daniel nicht zulassen! Aber er war erst elf Jahre alt. „Was soll ich tun? Was soll ich nur tun?"

Mit dem Shirt wischte er seine Augen trocken und sprintete los. Er sprang vom Garagendach, knickte mit dem linken Fuß um und rannte weiter, obwohl sein Knöchel bei jedem Schritt höllisch wehtat. Erst im Büdchen an der Ecke hielt er an.

Özmir, der deutsch-türkische Besitzer, bei dem Daniel immer montags Lakritzschuhe für fünf Pfennig das Stück kaufte, hob erschrocken beide Hände. „Was willst du mit der Klinge, Junge?"

Erst da bemerkte Daniel, dass er das Brotmesser noch immer in der Hand hielt. Er ließ es einfach los. Kraftlos fiel er auf seine Knie. Ein Beben ging durch seinen Körper.

Mit dem Schock kam das Zittern, wodurch seine Worte abgehackt klangen: „Er wird meine Mama töten ... rufen Sie die Polizei ... bitte, bitte ... die Grünen, schnell ... mein Vater wird sie umbringen, totschlagen ..." Er nannte die Hausnummer, mehrmals, da er unsicher war, ob Özmir ihn verstand, wo er doch so heftig schluchzte.

„Wie gut, dass du anders bist als dein Vater. Du bist ein guter Junge. Ich bin gleich zurück", sagte Özmir aufgeregt und eilte zum Telefon im hinteren Teil des Kiosks.

Anders? Dieses Wort hallte in Daniel so lange wider, bis er erkannte, warum seine Mutter ihn gebeten hatte, zu fliehen, anstatt den Helden zu spielen. Nicht nur, weil er gegen einen Erwachsenen ohnehin keine Chance gehabt hätte, sondern vor allen Dingen, um ihn davor zu bewahren, so zu werden wie sein Erzeuger.

Ihre Befürchtungen waren berechtigt gewesen. Als er das erkannte, zitterte er ein bisschen weniger, dafür glühte er mit einem Mal und fühlte sich fiebrig.

Hatte er nicht denselben Zorn wie sein Vater verspürt, die Hitze und das Adrenalin, das alles andere ausradierte, sogar jedes Mitleid und jede Vernunft? Er hatte Gerald Zucker nicht mehr als ein Familienmitglied wahrgenommen, sondern als Feind, den es zu vernichten gab. So musste es seinem Vater auch ergehen. Er spürte offenbar diesen krankhaften Zorn, der seine Welt rot färbte und der die Realität in weite Ferne rückte, sodass er zu spät bemerkte, dass er denen Leid zufügte, die ihm am nächsten standen.

So wollte Daniel auf keinen Fall sein! Aber beinahe wäre er so geworden. Hätte er eben zu Hause seinem Wutanfall nachgegeben und auf seinen Vater eingestochen, wäre er vielleicht genauso böse geworden wie er. Jeden Tag ein bisschen mehr. Bis er genauso aufbrausend und brutal gewesen wäre.

„*Wenn du das tust, bist du nicht besser als er*", hatte seine Mutter gesagt und er hatte die Angst in ihren Augen gelesen. Sie hatte sich nicht vor ihm gefürchtet, sondern davor, dass er denselben Charakterzug in sich trug wie der Mann, der ihn gezeugt hatte, wurde ihm mit einem Mal klar.

„Ich bin nicht so wie er. Auf keinen Fall!" Wimmernd wiegte Daniel seinen Oberkörper vor und zurück. Fast wäre er zum Mörder geworden. Es hätte ihm in diesem Augenblick nichts ausgemacht. Im Gegenteil! Er hätte sich gut dabei gefühlt, schließlich war sein Vater der Böse. Doch wie hätte er hinterher damit weiterleben sollen, einen Menschen abgestochen zu haben? Seine Mutter hatte ihn auch davor bewahrt.

Die Polizei kam und verhaftete Gerald Zucker, doch da hatte er seine Ehefrau Christiane schon so schwer verprügelt, dass sie erst nach vielen Monaten aus dem Krankenhaus entlassen werden konnte. Das Drahtgestell in ihrem Unterkiefer machte es ihr zwar bis zum heutigen Tag möglich, bis auf ein leichtes Nuscheln relativ normal zu sprechen und zu essen, aber ihre untere Gesichtshälfte blieb entstellt.

Die Polizisten hatten seine Mutter vor dem Tod gerettet. Sie waren mutiger gewesen als er, der feige weggelaufen war, denn sie hatten die Wohnung gestürmt und wiedergutgemacht, was er verbockt hatte. So wollte er auch werden! Er wollte gut sein und entschied sich damals schon dazu, eines Tages ebenfalls Polizist zu werden, um anderen, die auch so schwach und hilflos waren wie er, zu helfen.

Sein Vater wurde verurteilt. Nach dem Prozess sahen sie ihn nie wieder. Doch Gerald Zucker hielt sich ganz in ihrer Nähe auf, das wusste Daniel mit Sicherheit! Denn nachdem er im März den Unfall im Klettergarten gehabt hatte, erhielt er eine Karte mit Genesungswünschen, abgestempelt in Köln, unterzeichnet mit „G. Z.". Seitdem fühlte er sich beobachtet.

Ein plötzlicher Wolkenbruch ließ ihn hinter dem Lenkrad zusammenschrecken. Er richtete seinen Oberkörper auf, fuhr das Seitenfenster ein Stück weit herab und hielt seine Hände durch den Spalt hinaus, sodass sie nass wurden. Erschöpft von den Emotionen, die er erneut durchlebt hatte, rieb er sich die Feuchtigkeit ins Gesicht und spähte zum Himmel auf. Trist grau. Er hatte gar nicht bemerkt, dass es sich nach seinem Besuch bei Nadine Schmitz zugezogen hatte.

Er musste an die Familie Kranich denken und dass ihre Familientragödie nicht so glimpflich ausgegangen war wie die seine, immerhin lebten seine Mutter und er noch. So wie es aussah, hatte Horst Kranich seine Tochter Julia in einem cholerischen Anfall und vermutlich unter Alkoholeinfluss an Ort und Stelle – auf dem Grundstück der Spedition – dafür bestraft, dass sie entgegen seiner Anweisung die Party der Volksküche besucht hatte und zudem dort wie ein Flittchen herumlief.

Das erzählte er auch Tomasz am Handy. „Wir haben einen Verdächtigen. Endlich!"

„Wir", Tom machte eine bedeutungsvolle Pause, um Daniel darauf hinzuweisen, dass er nicht im selben Boot saß, was wehtat, aber Daniel wusste, er wollte ihn nur davor schützen, sich seine Rückkehr zu verbauen, „haben nichts in der Hand. Keine Fakten oder handfesten Beweise."

„Der alte Kranich ist frustriert vom Leben", so wie sein Vater, Gerald Zucker, allerdings war dieser kein Alkoholiker gewesen, aber das machte keinen Unterschied. „Er ist arbeitslos, seine Familie zerfällt und er hat keine Perspektive mehr. Das ist bei einem Hitzkopf und Trinker wie ihm, als ob man Öl ins Feuer gießt."

Tom seufzte am anderen Ende der Leitung. „Reine Spekulation."

Nein, das waren Erfahrungswerte, die Daniel aus seiner Kindheit ableitete. „Aber er hat seine Gewaltbereitschaft uns gegenüber doch zugegeben. Erinnere dich daran, wie er demonstriert hat, jemanden zu erwürgen. Außerdem gab er zu, dass er einen Obdachlosen aus dem Hauseingang prügeln würde, sollte er entdecken, dass einer dort sein Nachtlager aufschlug."

Eine Weile hörte er Tomasz nur atmen. Offenbar dachte er nach und Daniel störte ihn nicht dabei. Schließlich fragte sein Freund einlenkend: „Würde Nadine denn gegen Horst Kranich aussagen?"

„Sie ist labil." Nicht nur weil sie gerade erkältet ist, vermutete Daniel und spähte zu der Einliegerwohnung, an deren Fenster die gleichen Gardinen wie im Haus ihrer Eltern hingen. Sogar das Willkommen-Holzschild an der Haustür, das von einem Strohkranz eingerahmt wurde, war identisch.

„Also nicht." Gereizt stöhnte Tom. „Außerdem wird der Staatsanwalt nicht aufgrund ihrer Zeugenaussage einen Haftbefehl gegen Kranich ausstellen, das weißt du ganz genau. Vielleicht hat Markus Nadine Schmitz auch aus Gründen, die uns nicht bekannt sind, verlassen, und nun rächt sie sich aus gekränkter Eitelkeit an seiner Familie. Hast du das auch in Betracht gezogen oder Horst Kranich schon vorverurteilt?"

Daniel schwieg, denn Tom hatte ihn eiskalt erwischt. Normalerweise traute er nur hieb- und stichfesten Beweisen. Doch durch seine eigene Familienhölle stand die Schuld des alten Kranichs für ihn fest. Sein Freund weckte Zweifel in ihm, aber nur leise.

„Wir haben die DNA des Täters", sagte Tomasz plötzlich, begleitet vom lauter werdenden Prasseln des Regens im Hintergrund.

Daniels Finger umschlossen das Lenkrad so fest, dass seine Handgelenke weiß hervortraten. „Was?"

„Backes hat ihren Mörder gekratzt." Tomasz' Schritte waren zu hören, hart und schnell auf feuchtem Asphalt. „Was für ein Sauwetter! Wenn ich dem Staatsanwalt Beweise dafür vorlege, dass Horst Kranich seine Ehefrau Ewa und eventuell auch seine Kinder misshandelt hat – Einsatzprotokolle der Kollegen von der Schutzpolizei wegen häuslicher Gewalt, Belege über Krankenhausaufenthalte, die Bestätigung eines Frauenhauses, falls die nicht auf die Schweigepflicht pochen –, weist er vielleicht einen Abgleich zwischen Kranichs DNA und der, die unter Backes' Fingernägeln sichergestellt wurde, an."

„Das wird nichts nutzen." Daniel brummte mürrisch, weil er die Klappe halten sollte, aber er war zu sehr Kriminalkommissar, als dass er die Kollegen länger im Dunkeln hätte tappen lassen können. „Es sind zwei Täter."

„Zwei?" Die Schritte verstummten, Tom war stehen geblieben. Als er weitersprach, klang seine Stimme dumpf, als hätte er sich irgendwo untergestellt. „Wie kommst du darauf?"

„Das Profil des Killers von Schardt, Lenz und Backes passt nicht auf Horst Kranich, wohl aber auf das von Julias Mörder, denn dieser handelte in blinder Wut, den Misshandlungen nach zu urteilen." Die Kälte drang in Daniels Wagen ein. Atemwölkchen begleiteten seine Erklärungen. „Der Täter, der die drei Erwachsenen auf dem Gewissen hat, trägt zwar dieselbe Gewaltbereitschaft in sich, aber er kann sich zurückhalten. Über einen längeren Zeitraum spioniert er seine Opfer aus und schlägt im geeigneten Moment eiskalt und präzise nach Plan zu.

Er ist nicht wie Kranich." Auch nicht wie sein Vater, sondern schlimmer! Eine clevere Bestie. „Der Serienkiller wird nicht von seinem Zorn kontrolliert, sondern er kontrolliert seinen Zorn."

„Verdammt, du hast recht. Kranich mag Julia getötet haben, aber für Schardt, Lenz und Backes ist er nicht verantwortlich." Ein Feuerzeug zischte. Tomasz inhalierte den Rauch einer Zigarette und stieß ihn mit einem Schnauben wieder aus. „Wie konnten wir so blind sein?"

„Ihr seid überlastet." Und braucht dringend weiteres Personal, fügte Daniel in Gedanken hinzu, und zwar keinen Neuling wie Leander, sondern einen alten Hasen wie ihn.

Er bohrte seine Fingernägel in seine Handballen, doch der Schmerz nahm ihm nicht die Enttäuschung, dass er mit diesem Wink höchstwahrscheinlich die Chance verspielt hatte, den Fall alleine zu lösen und sich mit diesem Erfolg seinen alten Job zu erkämpfen.

34. KAPITEL

Volksküche in Köln-Porz
August, vor einem Jahr

Benjamin sog den gesamten Rauch der Glasbong in nur einem einzigen tiefen langen Atemzug in seine Lungen. Während er ihn wieder ausstieß, schaute er triumphierend zu Maik hinüber, der mit Denis am Hintereingang der Volksküche mit zwei Mädchen sprach. Maik tat so, als hätte er das *Hitten* nicht mitbekommen, aber Ben wusste es besser, denn sein Freund warf seine Kippe auf den Boden und trat sie so fest aus, als trampelte er ein ekeliges Insekt tot.

Das Dope entspannte Benjamin, genau das, was er nach einem beschissenen Tag wie diesem brauchte. Er fühlte sich mit einem Mal so leicht, dass er nachschaute, ob er nicht einige Zentimeter über dem Balken, auf dem er vor dem improvisierten Grill saß, schwebte.

Grinsend lehnte er sich gegen den Baumstamm hinter ihm. Hätte er eben noch darüber kotzen können, dass er übermorgen wieder in den Unterricht musste, so war ihm jetzt scheißegal, dass die Schulferien mit diesem Augustwochenende vorbeigingen. In zwei Jahren war er eh mit dem Gymnasium fertig, dann musste er die Lehrerspacken dort nie wiedersehen. Die Zeit saß er doch auf einer Arschbacke ab, besonders mit etwas Ganja, wie sein dunkelhäutiger Sitznachbar Killa es nannte. Angeblich kam er aus Jamaika, aber Ben glaubte ihm kein Wort, denn er sprach nicht nur ohne jeglichen ausländischen Akzent, sondern es schwang sogar etwas Kölner Dialekt bei ihm mit.

Grinsend rauchte er einen weiteren Head und lachte ohne Grund, einfach so. *Mann, tat das gut!*

Als er zu der Party in Porz gefahren war, war seine Laune auf dem Nullpunkt gewesen. Erst hatte sein Vater ihm eine Strafpredigt gehalten, die sich gewaschen hatte, weil seine letzte Handyrechnung schon wieder zu hoch gewesen war, und gedroht, ihm sein Smartphone wegzunehmen. Dann hatte seine Mutter ihn auch noch beim Wichsen erwischt. Er hatte sich doch nur einen runtergeholt, um nach der Standpauke wieder gut drauf zu sein. *Fuck, war das peinlich gewesen!* Nachdem sie mit hochrotem Kopf aus seinem Zimmer geflohen war, war sein Schwanz zwar immer noch hart gewesen, aber er hatte nicht mehr abspritzen können. Diese Unzufriedenheit löste sich erst jetzt in Luft auf.

Dank *Mary Jane* ging es ihm wieder gut. Das Blubbern des Wassers in der Wasserpfeife klang nach Urlaub für ihn. Ihm war, als würde er auf einer Luftmatratze auf dem Wasser treiben, während die Sonne auf ihn herabschien.

Auch wenn das Gebäude, in der sich die Vokü befand, echt abgefuckt war. So stoned war er noch nicht, dass er hier etwas essen würde. Es lag eh nur Gemüse auf dem Rost vor ihm und drinnen gab es Salat mit Sprossen, die wie Spermien aussahen, Couscous und ein veganes Gericht in einer Tajine – einem marokkanischen Topf, wie man ihm erklärt hatte, der ihn an eine braune Zipfelmütze erinnerte –, das so verkocht war, dass man nicht mehr erkennen konnte, aus was es bestand.

Eine Mitarbeiterin kam mit einer Spinne auf einem Maisfladen in den Garten und setzte sie zwischen einer aufgerissenen Mülltüte und einem vergammelten Birkenstock-Schuh ab. Der Clog sah so gelb aus wie der Fladen, und Ben vermutete, dass jemand darauf gepisst hatte. Sie steckte sich, wieso auch immer, einen Dreadlock zwischen ihre Zähne, ging wieder hinein, und Ben zweifelte keinen Moment daran, dass sie den Maisfladen zurück auf das Buffet legen würde.

Plötzlich drehte sich Killa neben ihm herum, spie den halb verdauten Tajine-Eintopf aus – Ben fand, dass das Essen auch nicht anders als vorher aussah – und schob mit dem Schuh einfach etwas Dreck auf die Kotze. Als wäre nichts geschehen, wandte er sich wieder zur Glut um und soff weiter.

Verwundert rauchte Ben seine Wasserpfeife. Normalerweise wurde ihm speiübel, wenn er so etwas mitbekam. Aber durch die Bong machte ihm nicht einmal der säuerliche Gestank etwas aus.

Benjamin schaute sich um und fühlte sich allen so nah, obwohl er keinen auf der Party kannte, außer Maik, Denis und Julia. Viele liefen in Klamotten herum, die nicht einmal mehr in die Altkleidersammlung gehörten, aber was das Dope betraf, waren sie korrekt und teilten sogar.

Killa, der sich eigentlich Killa Rhymes nannte und Rapper war, hatte Benjamins Bong neu gefüllt, und dieser fragte sich, was er da rauchte, denn das Zeug haute rein. Normalerweise paffte Ben ein Gemisch aus Tabak und Cannabis, aber heute Nacht schmeckte es anders. Aber weil er nicht uncool sein wollte, fragte er nicht nach.

Julia kam aus dem Haus, blieb auf dem Betonquadrat, das wohl vor langer Zeit einmal eine Terrasse gewesen war, stehen und schoss mit ihrer Handykamera ein paar Fotos von den Gästen. Als sie Benjamin bemerkte, packte sie ihr Smartphone weg. Ihre Miene verfinsterte sich.

Oh, oh, dachte er und kicherte in sich hinein. Manchmal sah sie seiner Ma erschreckend ähnlich.

Maik hielt Julia am Arm fest, doch sie schüttelte ihn ab, ohne auch nur einmal in seine Richtung zu schauen, und wankte auf Benjamin zu.

Dieser fragte sich, warum sie hohe Hacken trug, wenn sie nicht darauf gehen konnte, denn sie stolzierte wie ein betrunkener Storch, obwohl sie nüchtern war. Sie trank nie. Oder sollte das sexy sein? Er runzelte die Stirn und zuckte schließlich mit den Achseln. Von Mädchen hatte er trotz seiner siebzehn Jahre immer noch keine Ahnung.

Breitbeinig blieb sie vor ihm stehen und redete auf ihn ein, aber er verstand kein Wort, weil zwei Boxen auf der Terrasse standen und den Garten beschallten. Im Gebäude war die Musik allerdings noch lauter. Da hatte Ben es kaum ausgehalten.

Drinnen zittern die Wände und draußen die Grashalme, unkte er in Gedanken, lachte sich schlapp darüber und wunderte sich, warum Killa und Julia nicht mitgrölten. Bis ihm einfiel, dass sie ja nicht in seinen Kopf reingucken konnten, worauf er erneut gackerte.

Julia verdrehte ihre Augen und setzte sich neben ihn. Sanft legte sie ihre Hand auf seinen Arm, neigte sich zu seinem Ohr und sprach direkt hinein: „Ich mag nicht, wenn du dich zudröhnst."

Warum zog sie ihre Finger nicht weg? Dass sie ihm in die Augen sah, machte ihn verlegen, das mochte er nicht. Aber er wehrte sich nicht gegen ihre Berührung, weil Maik sie beobachtete und der ihn eh auf dem Kieker hatte. „Das ist wie Fliegen!" Er bot ihr die Wasserpfeife an, doch sie schob sie von sich fort.

„Durch die Drogen veränderst du dich. Dann bist du nicht mehr mein Benny."

Warum lächelte sie, obwohl sie blöd fand, was er tat? Mädchen würden wohl auf ewig ein Mysterium für ihn bleiben. Er musterte ihren Minirock und ihr enges Top, durch das man ihren BH erkennen konnte, und deutete mit einem Nicken auf ihr tiefes Dekolleté. „Du bist heute auch eine andere."

„Gefalle ich dir nicht?" Nervös knabberte sie an der Innenseite ihrer Wange. Sie merkte, dass eine Strähne an ihrem Mund klebte, löste sie und säuberte das Haar mit etwas Spucke, um den roten Lippenstift zu entfernen.

Er zuckte mit den Achseln. So bemalt erinnerte sie ihn an den Clown vor dem Indoor-Spielplatz. Über diesen Einfall lachte er herzhaft.

Ständig zog Julia ihren Rock in Richtung Knie. Warum hat sie ihn an, wenn sie sich unwohl fühlt, fragte sich Benjamin und hielt ihr die Pfeife erneut hin, denn sie hatte das Dope mindestens genauso nötig wie er.

Maik, der sie die ganze Zeit angestarrt hatte, ließ die zwei Mädchen, mit denen er gesprochen hatte, einfach stehen und schlenderte zu ihnen. Wie ein Hündchen folgte Denis ihm. Benjamin prustete in die Bong hinein, weil er sich die beiden wie ein Comicpaar vorstellte: Maik, der in Achselshirt und mit Muskeln wie Dwayne „The Rock" Johnson poste, und Denis, wie er auf allen vieren hechelnd um ihn herum lief und an seinem Bein hochsprang.

In seiner machohaften Art hockte sich Maik vor Julia hin und schüttelte die Flasche in seiner Hand, sodass die klare Flüssigkeit darin hin und her schwappte. „Selbst gebrannt, ist so stark, dass der Schnaps auch zum Desinfizieren von Wunden benutzt werden könnte."

Die Frau neben ihr zündete sich eine Zigarette an, wodurch die Flamme des Feuerzeugs einige Sekunden lang auf Julias gerümpfte Nase fiel. „Ich bin doch nicht lebensmüde."

„Komm schon." Aufmunternd zwinkerte Maik ihr zu. Seine Augen funkelten gefährlich, wie bei einem Tiger, der zum Sprung ansetzte, fand Benjamin, aber vielleicht lag das auch nur am Feuerzeuglicht oder weil Maik selbst schon einen im Tee hatte, denn die Flasche war bereits halb leer. „Ich habe den Alk extra für diesen besonderen Abend besorgt."

Sie warf Benjamin einen unsicheren Blick zu. „Ich lass mich nicht abfüllen."

Was erwartete sie von ihm? Ben sog an seiner Bong und fand die beiden lustig. Sie führten ein eigenes kleines Theaterstück für ihn und Denis auf.

„Das habe ich doch gar nicht vor. Ich möchte nur, dass du lockerer wirst." Maik trank selbst einen Schluck und verzog sein Gesicht, weil der Fusel offenbar höllisch in seiner Kehle brannte, und kraulte Julias Wade.

Schroff schlug sie seine Hand weg.

Benjamin konnte mit dem Kichern nicht mehr aufhören, weil Maiks Balzverhalten von Julia eiskalt abgeblockt wurde. Auch wenn sie im Moment wie ein Girlie aussah, steckte in ihr doch ein ganzer Kerl. Sie war ein Kamerad für ihn. Einer mit Titten, aber im Grunde ein Kumpel. Er mochte sie lieber, wenn sie Jeans und Chucks trug.

Zuerst blinzelte er Benjamin von der Seite an und packte den Flaschenhals so fest, dass Ben befürchtete, er würde zerbrechen. Provozierend klackte er sodann sein Zungenpiercing von innen gegen seine Zähne und schaute ihr auf die Brüste. „Trinkst nicht, rauchst nicht. Wie sieht es mit Ficken aus?"

„Fick dich selbst!" Sie zeigte ihm ihren Mittelfinger, stieß Ben mit einem wütenden Schnauben an, sodass ihm beinahe die Glasbong aus der Hand gerutscht wäre, und stand auf, um zu gehen.

Doch Denis stellte sich ihr in den Weg. Er war etwas kleiner als sie, aber breiter. Sein gelbgrünes Cologne-Crocodiles-Käppi saß schräg auf seinem Kopf. Es drückte seinen asymmetrisch geschnittenen Pony platt, sodass eine Strähne seine Wimpern streifte und er ständig zwinkern musste, aber er änderte nichts daran. Sein schwarz-rotes Kölner-Falcons-T-Shirt war so groß, dass man die Konturen seines Körpers nicht erkennen konnte.

Er könnte es auch als Nachthemd tragen, kam es Benjamin in den Sinn. Warum hatte sich Denis nicht für eine der beiden American-Football-Mannschaften entschieden? Vielleicht befürchtete er, auf Fans beider Vereine zu stoßen, und wollte Ärger vermeiden, das würde zu ihm passen. *Speichellecker!* Grinsend inhalierte Ben den Rauch.

Julia versuchte, an Denis vorbeizugehen, aber er versperrte ihr den Weg und schaute zu Maik, als erwartete er Applaus. Plötzlich rammte sie ihm ihren Ellbogen in die Rippen, sodass er aufschrie und beide Hände auf seine Seite drückte.

So ein Gesicht muss er als Baby gemacht haben, wenn er geheult hat, um seiner Mutter mitzuteilen, dass er Hunger hatte, dachte Benjamin und hielt sich den Bauch vor Lachen.

Julia glaubte wohl, er würde sich über sie lustig machen, denn sie warf ihm einen vernichtenden Blick zu, stieß Denis weg und stakste an ihm vorbei ins Haus hinein.

Maik setzte sich dorthin, wo Julia noch vor Kurzem gesessen hatte, schob Benjamin weg und lehnte sich selbstzufrieden gegen den Baumstamm, den Ben als Rückenlehne benutzte. „Das hast du verbockt."

„Ich?" Bens Augen weiteten sich. „Warum ich?"

Maik schnalzte, als würde er mit einem Kleinkind sprechen. „Die Alte ist sauer auf dich, Mann."

„Ihr", Ben schaute abwechselnd seine beiden Freunde an, „habt Julia doch blöd angemacht."

„Die tut nur spröde, um mich heißzumachen. Sie steht auf mich." Dass Maik sich ausgerechnet in diesem Moment an die Eier packte, um sich zu kratzen, hielt Benjamin nicht für einen Zufall.

Ben stellte die Wasserpfeife kurz ab, um seinen Turnschuh neu zu binden, denn die Schnürsenkel waren aufgegangen. „Ja, klar."

Maik spannte seinen Arm an und strich über seinen Bizeps. „Alle Weiber stehen auf mich."

„Die nicht, dic fährt auf ihn ab", sagte Denis und zeigte auf Ben.

Mit zusammengepressten Zähnen starrte Maik zu ihm auf, worauf Denis ihm schnell einen Blunt reichte.

Ben fühlte sich gebauchpinselt. Er wollte nichts von Julia. Sie war nett, keine Frage, aber eben mehr auch nicht. Dass sie jedoch kein Interesse an Maik hatte, wie sonst eigentlich alle Mädchen, gefiel ihm.

Als Maik in den Sand vor Bens Füßen rotzte, grinste er, aber dieses Lächeln wirkte nicht wie Sonnenschein, der vom klaren Himmel herabschien, sondern wie Strahlen vor einem Gewitter, die sich durch kranken, ockerfarbenen Dunst quälten. „Besorgt sie es dir?"

Jetzt war wohl der Moment, wo Ben ihn aufklären sollte, dass sie nicht seine Freundin war, zumindest nicht so, aber er tat es nicht, damit sich Macho-Maik ärgerte.

In einer obszönen Geste schob Maik immer wieder seine Zunge in seine Wange und deutet damit Oralverkehr an, während Denis die Musik zu dem Schauspiel lieferte und stöhnte.

„Ihr seid Spinner!" Ben lachte, erhob sich und schlurfte ins Gebäude, um Julia zu suchen. Er wollte nicht, dass sie verärgert war, schließlich konnte er mit ihr über Dinge reden, über die er mit seinen Kumpel nicht sprechen konnte. Gefühle zum Beispiel.

Als er sah, dass sie bei einem Mann stand, wusste er nicht, ob er sie stören sollte. Dann gerieten die beiden in Streit. Sie schrien sich an, aber die Musik war zu laut, als dass Benjamin die Worte verstehen konnte. Da der Kerl abhauen wollte, packte sie ihn, holte mit der anderen Hand ihr Handy aus der Tasche und schoss ein Foto von ihm. Aufbrausend wehrte er sie ab, und zwar so grob, dass sie rückwärtstaumelte und über eine Gruppe von Frauen, die um Tarotkarten auf dem Boden hockte, fiel. Anstatt sich um sie zu kümmern, floh er.

„Arsch!", rief Benjamin ihm hinterher. Er lief zu Julia und half ihr auf. „Bist du okay?"

„Schon gut", sagte sie, rieb sich jedoch ihren Hintern.

Hier drinnen war es viel zu laut und durch die Essensgerüche und Ausdünstungen der Gäste zu stickig, um sich mit ihr zu versöhnen. „Sollen wir einen Spaziergang machen?“

Julias Augen leuchteten. Sie nickte strahlend.

Um Maik zu ärgern, legte er den Arm um Julia, während er sie an ihm und Denis vorbeiführte, und amüsierte sich darüber, dass Maik seine Wut zu verstecken versuchte. Aber er setzte die Flasche mit dem hochprozentigen Schnaps etwas zu hastig an seinen Mund, er trank etwas zu gierig und saugte danach am Blunt, als wollte er den gesamten Shit in einem Atemzug inhalieren.

Zufrieden grinsend schlenderte Benjamin neben Julia durch das Dickicht aus Bäumen und Sträuchern, das ihn an einen Irrgarten erinnerte. Die Natur hatte das Gelände erobert, weil sich niemand mehr darum kümmerte, aber es gab einige wenige ausgetretene Pfade, die die Gäste der Volksküche und die Besetzer des Hauses immer wieder nahmen, um zum Rheinufer zu gelangen oder im Schutz des Buschwerks zu vögeln oder sich einen Schuss zu setzen. Weil man Gefahr lief, sich auf benutzte Spritzen zu setzen oder zu treten, blieben die meisten Besucher im Dunkeln am Haus.

Im Gestrüpp sah Ben fast die Hand vor Augen nicht. Aber als sie das Ufer erreichten, glitzerte der Halbmond auf der Wasseroberfläche.

„Romantisch, nicht?“ Julia zeigte auf die Lichter an der gegenüberliegenden Seite, Straßenlaternen und Lampen der Häuser im Stadtteil Sürth.

Ben zuckte mit den Schultern. Hauptsache es war heller und leiser. Erst jetzt, wo die Musik nicht alles übertönte, merkte er, dass er alles um sich herum intensiver wahrnahm, das kam vom Ganja, wusste er – das Rascheln der Blätter, das Rauschen des Flusses, der Gestank von Pisse, Julias blumiges Parfüm und dass sie nach Kaugummi schmeckte, denn plötzlich legte sie die Arme um seine Hüfte und küsste ihn.

Zuerst erstarrte er. Benjamin hoffte, sie würde aufhören, wenn sie merkte, dass er nichts tat, sondern einfach nur dastand wie die lebenden Statuen vor dem Kölner Dom. Da sie aber weiter ihre Lippen auf seine drückte, schob er sie sanft von sich weg, indem er seine Hände an ihren Oberkörper legte. Da er durch Was-auch-immer-in-seiner-Bong-war seinen Körper nicht mehr ganz im Griff hatte, berührte er dabei ihre Brüste.

„Es tut mir leid." Erschrocken hob er seine Hände, als hätte er sich verbrannt. Das Wasser in der Pfeife schwappte aufgeregt gegen die Glaswände.

Julia schenkte ihm ein Lächeln und zog ihr Top ein wenig nach unten, um ihr Dekolleté zu präsentieren. „Muss es nicht."

„Das wollte ich nicht."

„Nicht?" Verwirrt runzelte sie ihre Stirn. „Du hast mich doch hierher gebracht, um mit mir alleine zu sein."

„Du hast da was falsch verstanden." Er hatte nur quatschen wollen, nicht herumknutschen.

„Ständig gibst du mir wirre Zeichen." Vorwurfsvoll machte sie einen Schmollmund. Er hatte keinen blassen Schimmer, was sie damit meinte. „Erst legst du den Arm um mich und bringst mich hierher, aber küssen willst du mich nicht. Dann fasst du endlich meinen Busen an … und entschuldigst dich dafür, ich verstehe das nicht."

„Das war ein Versehen." Es tat ihm leid, aber wieso musste sie auch alles so bierernst nehmen. Sie waren immerhin auf einer Party und er hatte viel geraucht.

Plötzlich fiel ihm hinter Julia ein Gesicht auf. Es schwebte körperlos über einem Strauch, zumindest schien es so. Ein Mann mit fettigen Haaren und Bartstoppeln. Vielleicht bildete sich Ben das aber auch nur ein. Denn als er wegschaute und erneut hinsah, war der Typ weg. Dass man von Drogen halluzinieren konnte, wusste er, aber jetzt erlebte er es das erste Mal am eigenen Leib. Oder wurden sie doch belauscht und beobachtet?

Er betrachtete die Bong in seiner Hand, überlegte, ob er lieber mit dem Rauchen aufhören sollte, und entschied sich dagegen, weil Julia etwas sagte, das ihm missfiel, aber er konnte sich nicht wirklich aufregen, weil das Dope ihn entspannte.

„Maik hat recht, du hast keine Eier." Sie stieß ihn mit ihrem Zeigefinger an der Schulter an.

„Das hat er nicht so gemeint." Um ihrem Finger auszuweichen, machte er einen Schritt rückwärts, und das fühlte sich an, als ginge er auf Watte. „Wir ärgern uns halt gegenseitig gerne."

„Er hat dich bei mir schlechtgemacht." Empört stampfte sie auf, was in Bens Augen mit einem High Heel wenig beeindruckend war. „Ich weiß gar nicht, warum du mit ihm befreundet bist."

„Weil wir Blutsbrüder sind", sagte Maik plötzlich hinter ihr.

Erschrocken fuhr Julia herum. Sie ließ beinahe ihr Smartphone fallen, packte es aber gerade noch rechtzeitig.

Aus einem Reflex heraus wollte Benjamin es schnappen, aber der Stoff entspannte ihn inzwischen so sehr, dass ihm jede Bewegung schwerfiel. Am liebsten hätte er sich ans Ufer gesetzt, hätte das Wasser beim Fließen beobachtet und in Ruhe seine Bong aufgeraucht.

Ben fühlte sich wie unter einer Glasglocke. Er sah alles, aber es war, als würde er einen Film anschauen, in dem er selbst nicht mitspielte. Wenn er die Wasserpfeife zum Mund hob, kostete ihn das Kraft, als würde die Luft um ihn herum aus Sirup bestehen. Die Leichtigkeit von vorhin verflog immer mehr, und er wusste noch nicht, ob diese bleierne Schwere eine Wohltat war oder ihm Angst einjagte.

„Wir sind das Rat Pack. Und wir teilen alles: Pot, Alk und Weiber. Stimmt's, Benny-Boy?", fragte Maik und kippte den Schnaps runter, als handelte es sich um Red Bull.

Auffordernd hielt Denis Benjamin seine erhobene Hand hin, die dieser aus Gewohnheit abklatschte. Als Maik daraufhin „Yeah" sagte, wie einer der Kerle aus den US-Serien, die einen Cowboyhut, staubige Jeans und Westernstiefel mit Sporen trugen und breitbeinig gingen, als hätten sie Stierhoden, ahnte Ben, dass sein Freund diese freundschaftliche Geste als Zustimmung wertete. Er wollte protestieren, aber das Dope machte seinen Mund müde. Seine Gesichtsmuskeln fühlten sich an, als würden sie schlaff herunterhängen, vielleicht taten sie das sogar.

Lässig schlenderte Maik zu Julia. Er kam so nah, dass sie zurückwich. Anzüglich musterte er sie von oben bis unten, was ihr wohl unangenehm war, denn sie zog ihr Top wieder hoch, wohl, damit man die Ansätze ihrer Brüste nicht mehr sah, was Ben irgendwie dumm fand, da sich ihr BH durch den Stoff eh abzeichnete.

„Trink!" Mit der Öffnung der Flasche strich Maik ihren Kiefer entlang. „Das macht dich lockerer."

Julia drehte ihren Kopf weg und presste die Lippen aufeinander.

„Ekelst dich wohl davor, weil ich schon daran getrunken habe, Bitch", schrie er und packte ihren Arm.

Doch sie riss sich los: „Du hältst dich wohl für cool, was? Biste aber nicht."

Maik ließ seine Muskeln spielen, vielleicht um ihr zu zeigen, was sie verpasste. „Du stehst wohl mehr auf Nerds!"

Alle gafften Benjamin an. Der verdrehte die Augen. Maik sollte endlich damit klarkommen, dass nicht alle Mädchen auf ihn abfuhren, sondern er, Ben, auch ganz gute Schnitte hatte, aber seine Zunge war schwer wie Blei, er bekam keinen Ton heraus.

„Er ist kein Nerd!“ Als Julia sich neben ihn stellte, grinste Ben übers ganze Gesicht.

Plötzlich riss Maik ihm die Wasserpfeife aus der Hand. Mit seinem Mund am Ende des Zylinders entzündete er den Kopf neu und saugte so kräftig, dass er rot anlief. Das Wasser im Inneren der Glasbong blubberte, das war Musik in Bens Ohren. Maik atmete tief ein, sog erneut an der Öffnung und ließ nicht eher von ihr ab, bis der Kopf der Pfeife leer war. Während Denis wild Beifall klatschte, fragte sich Ben, was Maik damit beweisen wollte. Dass er ebenfalls das *Hitten* draufhatte? Dass Benjamin in nichts besser war als er?

Der Typ hat echt ein Problem, dachte er, ein Problem mit mir.

Maik wankte, stieß den Rauch aus seinen Lungen aus und kicherte dämlich. Erstaunt betrachtete er die Bong, als hätte er nicht erwartet, dass der Stoff so stark war. Er warf Ben einen vernichtenden Blick zu, sodass dieser sich fragte, was jetzt schon wieder los war. Wunderte sich Maik etwa, dass er, Benjamin, noch nicht völlig high war, obwohl er schon den ganzen Abend dieses Zeug rauchte? Wenn er nicht erkannte, dass Ben ziemlich stoned war, hatte er wohl schon selbst zu viel gesoffen.

Maik reichte ihm die Flasche mit dem selbst gebrannten Schnaps.

Aber Benjamin wiegelte ab. „Hab schon genug gepafft. Sehe schon Typen, wo keine sind.“ Außerdem wusste er weder, woher der Alk stammte noch wie viel Prozent er wirklich hatte.

„Ey, Alter.“ Unsanft stieß Maik ihn an. „Gehörst du zum Rat Pack oder nicht?“

„Klar.“ Was für eine dumme Frage! Benjamin musste aufstoßen und glaubte, Rauch zu rülpsen. „Einer für alle und alle für einen. Oder so.“

„Dann zick nicht rum wie ein Weib.“ Denis’ Ellbogen landete in seinen Rippen.

Seltsamerweise spürte Ben keinen Schmerz. Er nahm den Schnaps und trank, schließlich wollte er vor seinen Freunden nicht wie ein Warmduscher dastehen. Auf einmal fiel ihm etwas auf, was er bisher nicht bemerkt hatte und ihn kurz an seinem Verstand zweifeln ließ. Er blinzelte seinen Freund an. „Ist das da ein Kabel um deinen Hals?“

Denis schlug sich grölend auf den Oberschenkel. „Ja, Mann, das hab ich aus dem Keller. Andere tragen Stacheldraht als eine Halskette, ich einen Strick, falls ich mich spontan killen will."

„Wichser!" Offenbar war er nicht als Einziger neben der Spur, das beruhigte Ben. Er befand sich in bester Gesellschaft von Spinnern.

„Selber." Denis zeigte auf Julia. „Eine Möse ist hinter dir her, aber du legst sie nicht flach. Was ist los mit dir, Alter?"

Ben fand Julia hübsch, ja, aber er flippte nicht gleich aus, nur weil sie einen kurzen Rock und einen tiefen Ausschnitt trug. „Bin halt nicht so notgeil wie ihr zwei."

Während Maik weiterrauchte, ließ er Julia nicht aus dem Blick. Seine Pupillen waren stark geweitet. „Da geht der in eine Tanzschule wie eine Schwuchtel und lernt ausgerechnet dort eine heiße Braut kennen. Wir hätten mitgehen sollen."

Angewidert schüttelte sich Denis, das sollte wohl *Nicht wirklich!* heißen.

„Ich kriege sie zuerst." Maik fixierte Julia wie ein Kater eine Maus, bevor er sie anspringt, um sie mit seinem Spiel zu quälen und schlussendlich zu fressen. „Hab das Rat Pack schließlich gegründet."

Die Brise legte sich. Kein Lüftchen wehte mehr. Die Augustnacht wirkte auf Benjamin schwüler als noch kurz zuvor. Er schwitzte von einer Sekunde auf die andere stark. Außerdem war da ein Geruch, den er jetzt erst bemerkte. Es stank, als würde in der Nähe ein totes Tier verwesen.

35. KAPITEL

„Du bist doch krank!“, schrie Julia so schrill, dass Ben sich die Ohren zuhielt. Sie versuchte den Pfad zurück zum Haus zu gehen, doch Maik und Denis stellten sich ihr in den Weg. Sie hob ihr Handy hoch, als handelte es sich um eine Waffe.

„Keiner kriegt sie.“ Hatte Benjamin das gerade gesagt? Er hörte sich sprechen, hatte aber nicht den Eindruck, seinen Mund zu bewegen. Mit seinen Fingern imitierte er Schwalben. „Sie ist frei wie ein Vögelchen.“

„Ein Vogel, der zum Abschuss freigegeben ist.“ Mit dem Unterarm wischte sich Mike über die Lippen, als sabberte er.

Denis tat, als würde er ein Gewehr halten, visierte damit Bens Schwalben an und knallte sie ab, worauf dieser lachte. Sie verhielten sich oft kindisch, wenn sie kifften.

„Sag doch was.“ Grob boxte Julia Benjamin. „Tu doch was, verdammt!“

„Bleib cool! Die machen nur Spaß.“ Alles war Spaß: die Party, Julias Kuss, der Alk und das Dope.

Aufbrausend schlug sie ihm die Flasche aus der Hand. „Die wollen mir an die Wäsche und dir ist das völlig egal. Das macht nur dieses widerliche Zeug, mit dem du dich zudröhnst. Ich hasse es!“

Maik stürmte zum Schnaps und hob ihn auf. Die durchsichtige Flüssigkeit war ausgelaufen und sickerte vor seinen Füßen in den Boden. Wütend brüllte er: „Fotze!“

„Keiner fasst dich an“, beruhigte Ben Julia. Wer wollte schon einem Mädchen zwischen die Beine greifen? Weiber waren feucht da unten, sie rochen anders als Jungs, hatte er bei Nina im Sommercamp damals festgestellt, und das reichte ihm, und sie machten ständig alles kompliziert. Wenn das Rat Pack unter sich war, gab es nie Streit.

Zitternd zeigte Julia auf Maik. „Er hat doch schon beim Grill angedeutet, dass er mich ficken will.“

„Bullshit.“ So etwas hatte Maik bestimmt nicht gesagt. Oder etwa doch? Etwas klingelte bei Ben, aber er erinnerte sich nicht. Warum lachte Denis ihn aus? Hatte er etwas nicht mitgekriegt?

Julia packte ihn an den Schultern und schüttelte ihn. „Deine Vergesslichkeit kommt von der Bong.“

Wovon redete sie? Verwundert betrachtete er seine Hände. Sie waren leer. „Welche Bong?“

Denis hielt sich den Bauch und grölte, während Maik immer noch zornig dreinschaute. Sein Gesicht erinnerte Ben an eine Teufelsfratze. Im ersten Moment fand er das lustig, doch dann gruselte es ihn. Warum hörte Denis nicht auf zu lachen? Es klang immer irrer. Als Benjamin über Julia hinweg zu ihm schaute, inhalierte er gerade den Rauch aus der Wasserpfeife.

„Die Tussi hat meinen Selbstgebrannten verschüttet", brüllte Maik wütend. „Hast du eine Ahnung, wie viel Kohle ich dafür geblecht habe?"

„Sie soll ihn bezahlen", schlug Denis vor, leckte sich über die Lippen und machte damit klar, dass er nicht von Geld sprach. Er schaute zu Maik auf wie ein Hund, der ein Kunststück aufgeführt hat und dafür Lob erwartete.

„Gute Idee." Als Maik ihm auf die Schulter klopfte, schwoll Denis' Brust förmlich an.

Julias Stimme zitterte. „Ich hab kein Geld."

„Das glaube ich dir nicht." Jeder Muskel in Maik schien sich aufzublähen.

Benjamin kannte dieses Macho-Gehabe. Indem sein Freund sich aufplusterte, versuchte er, je nachdem, Weiber zu beeindrucken oder Kerle einzuschüchtern. Diesmal wirkte er bedrohlich, obwohl er ein Mädchen vor sich hatte. Das passt nicht zusammen, das ist nicht richtig, dachte Ben, aber seine Bedenken verloren sich im Rausch.

„Ich habe nur noch drei Euro dabei." Aufgeregt suchte Julia in ihren Taschen.

„Das werde ich überprüfen", sagte Maik und lächelte, sodass Ben für einen Moment glaubte, er habe sich die Anspannung nur eingebildet und die anderen spielten ihm nur etwas vor, weil sie genauso stoned und betrunken waren. Aber Mikes Lächeln wurde immer teuflischer. „Dafür muss ich dich natürlich ausziehen."

„Leibesvisitation!", rief Denis und nickte unentwegt mit seinem Melonenkopf wie ein Wackeldackel.

Ängstlich sah Julia die beiden abwechselnd an. „Fasst mich ja nicht an, ihr Schweine!"

„Erst werde ich dir die Kleider vom Leib reißen und dann deine Fotze untersuchen, ob du die Münzen nicht da unten versteckt hast." Mit dem Flaschenhals deutete Maik auf ihren Schoß.

Julias Körper bebte. Um sie zu beruhigen, wollte Benjamin sie in den

Arm nehmen, aber sie floh vor ihm, als würde sie sich vor ihm fürchten. Maik redete doch nur Scheiß. Das gehörte dazu, wenn er einen auf dicke Hose machte. Warum regte sie sich so auf? Kapierte sie das denn nicht?

War die Luft eben noch wie Sirup, so war sie nun zum Schneiden dick. Unsicher blickte Ben zwischen den dreien hin und her. Er hatte keinen Plan, was vor sich ging. Bildete er sich das alles nur ein? Hatte er wieder Halluzinationen? Es musste so sein. Alles kam ihm so unwirklich vor.

„Sie sieht aus, wie eine, die sich für Sex bezahlen lässt. Aber heute bezahlt sie uns." Provozierend klackerte Maik sein Zungenpiercing gegen seine Zähne.

„Bleibt ja, wo ihr seid!" Heftig atmend taumelte Julia rückwärts, bis der Rhein sie aufhielt. Einen Schritt weiter und sie wäre ins Wasser gefallen.

Sie nestelte an ihrem Handy herum und hielt es hoch, sodass es auf Maik und Denis zeigte. Zuerst begriff Benjamin nicht, was sie vorhatte. Ihm fiel das Denken immer schwerer. Sein Gehirn war wie Pudding. Eigentlich hatte er vorgehabt, durch das Kiffen zu vergessen, was an dem Tag alles schiefgelaufen war, aber nun konnte er durch das Dope nicht dem folgen, was gerade passierte. Er spürte nur, dass etwas nicht stimmte. Die Atmosphäre war bedrückend. Anscheinend meinten die das ernst mit ihrem Streit. *Wichser!* Sie befanden sich doch auf einer Scheißparty! Warum verdarben sie den ganzen Spaß?

Als er erkannte, dass Julia ein Foto von seinen Freunden schießen wollte und die beiden lautstark protestierten, verdeckte er die Kameralinse mit seiner Hand, um einen Streit zu verhindern. „Lass das, 'kay? Bitte. Nicht noch mehr Stress. Wir sind doch zum Feiern hier."

Gereizt kratzte sie ihn. Fassungslos beobachtete er das Blut, das aus den oberflächlichen Wunden drang und sofort gerann.

Erneut hob sie ihr Smartphone. Diesmal sah sie echt gefährlich aus, wie Prinzessin Leia in *Star Wars*, die mit erhobenem Blaster auf die herannahenden Sturmtruppen wartete. Um seine Freunde zu schützen, hielt er erneut seine Hand vor die Handykamera, aber diesmal schaffte sie es, ein Bild zu machen. Ben beruhigte sich damit, dass darauf eh nichts zu sehen sein würde, höchstens seine Lebenslinien in Nahaufnahme.

„Ich rufe die Polizei. Bleib ja weg!" Hektisch tippte sie auf dem Display herum. „Wehe, ihr kommt näher. 110 … 110 … 110."

Ein Kichern stieg seine Kehle empor, weil sie die drei Ziffern ständig wiederholte, denn offensichtlich vertippte sie sich vor Nervosität ständig. Am Ende blieb es ihm im Halse stecken, weil Maik und Denis ihn grob beiseitestießen und sich auf Julia stürzten. Benjamins Fall wurde von einem Strauch gedämpft. Dornige Äste bohrten sich in seinen Rücken, sodass er rasch auf allen vieren davon fort kroch.

Aufbrausend schlug Maik Julia das Handy aus der Hand, sodass es in die Büsche flog. Denis wäre dem Smartphone beinahe dorthin gefolgt, denn sein Fuß verhedderte sich in einem Drahtbügel, der auf dem Bogen lag. Die Bong ließ er einfach los, breitete seine Arme aus, um sein Gleichgewicht wiederzuerlangen, und fluchte.

„Halt die Kuh fest!" Denis übernahm Julia von Maik. Lachend hielt er sie von hinten und schlang einen Arm um ihre Hüften und den anderen um ihren Hals.

Eingeschüchtert hielt sie im ersten Moment still. Als Maik den Bügel aufhob und aufbog, riss sie ihre Augen auf. Mit einem Ruck zog er ihren Minirock so weit hoch, dass ihr rosafarbener Slip zu sehen war.

Benjamin wollte ihn fragen, was er da tat, was das alles sollte und in welchen verfickten Film er da hineingeraten war. Aber er befürchtete, sich mit den Fragen lächerlich zu machen, weil sich herausstellte, dass das alles nicht wirklich geschah. Er durfte Maik keine Steilvorlage bieten, etwas, womit er ihn fertigmachen konnte, daher schwieg er und versuchte herauszufinden, was real war und was nicht.

Während er noch an dem, was er sah, zweifelte, hörte er bereits Julias Schreie, und sie klangen erschreckend echt.

Unentwegt pikte Maik mit dem spitzen Ende des Drahtbügels in Julias Schoß. Immer wieder. Immer fester. Ihr Höschen schien die Stiche nicht zu dämpfen, denn sie schlug nach ihm, aber er stand zu weit weg, um ihn zu erreichen. Verzweifelt trommelte sie auf Denis ein, kratzte und versuchte, in seine Augen zu stechen. Dessen Gelächter erstarb, als sie Maik, der wohl glaubte, sie würde sich auf Denis konzentrieren und daher näher gekommen war, in die Eier trat. Keuchend klappte Maik zusammen, hielt sich aber auf den Beinen. Julias Treffer lenkte Denis ab, sodass sie sich von ihm losreißen konnte.

Weinend lief sie in Richtung Volksküche, aber weit kam sie nicht. Maik, der sich schnell erholt hatte, packte sie und schleuderte sie herum. Denis machte eine angesäuerte Miene, wahrscheinlich weil er schuld war, dass Julia beinahe hatte fliehen können, und legte ihr das Kabel, das er zuvor als morbiden Schmuck getragen hatte, um ihren Hals. Bevor sie sich wehren konnte, griff Maik das Ende und zerrte sie hinter sich her, wodurch sich das Kabel zusammenzog. Nach Luft ringend und mit hochrotem Gesicht stolperte Julia hinter ihm her.

Schockiert blieb Benjamin allein zurück und war im ersten Moment unfähig, sich zu bewegen. Er fühlte sich, als hätte ihn ein Zug überrollt. Platt. Kopflos. Das Grauen war innerhalb von Minuten in sein Leben getreten.

Die Bäume erzitterten vom Bass der Musik, die von der Party durch den Garten dröhnte. Jeder Beat war wie eine Erschütterung. Das Rauschen des Rheins klang für Ben unangenehm laut, als säße er neben einem Wasserfall. Selbst das Rascheln der Blätter war mit einem Mal nicht mehr angenehm, sondern nervend, wie Millionen von Glasscherben, die an Fäden hingen, permanent aneinanderstießen und ohrenbetäubend klirrten. Doch das alles wurde übertönt von Julias Schreien und ihrem Schluchzen, das in ihm widerhallte.

Benjamins Herz schlug so hart und schnell in seinem Brustkorb, dass er Angst hatte, einen Infarkt zu bekommen.

Mühsam rappelte er sich auf und taumelte den Pfad entlang, den seine Freunde genommen hatten. Er fand sie auf dem Nachbargelände, stieg ebenfalls durch das Loch in der Mauer, die die Grundstücke trennte, und wankte. Alles waberte vor seinen Augen. Er blinzelte, in der Hoffnung, dass das Bild wieder deutlicher wurde. Aber als es das tat, glaubte er nicht, was er sah.

Rüde stieß Maik Julia zwischen der Mauer und einem Stapel Paletten zu Boden. Im Hintergrund spiegelten sich die Lichter des gegenüberliegenden Ufers auf dem Wasser, auf Ben wirkten sie jetzt erst recht nicht mehr romantisch, sondern wie Fackeln in einem Kerker. Lediglich ein Kilometerstein trennte sie vom Rhein.

Wie ein wehrloser Marienkäfer lag Julia auf dem Rücken und strampelte mit Händen und Füßen, aber sie konnte nicht verhindern, dass Maik ihr den Slip vom Leib riss, denn Denis drückte ihre Schulter nach unten. Als Maik ein Taschenmesser zückte, rührte sich Julia nicht mehr. Sie wimmerte nur noch leise und ließ es zu, dass er ihr Top kaputt schnitt.

Benjamin hatte ernsthaft vor, ihr zu helfen, aber seine Füße fühlten sich an, als wären sie mit Blei ausgegossen. Hatte er etwa einen Schock? Oder lag das an den unbekannten Substanzen, mit denen Killa seine

Bong gefüllt hatte? Kam nach dem Hochgefühl die Müdigkeit, schaltete sich erst sein Verstand und dann der restliche Körper ab?

Nicht jetzt, bitte, noch nicht jetzt, bat Ben in Gedanken, machte einen Schritt auf die drei zu und fiel der Länge nach hin.

Aus Panik bekam er kaum noch Luft. Ihm fiel das Atmen so schwer, als läge ein Fels auf seiner Brust. Seine Gedanken schwirrten durcheinander. Gesichter tauchten vor ihm auf: Julia geschminkt wie ein Clown, ein Fremder hinter den Büschen, Blut, das von seinen Händen tropfte, von dem er aber nicht wusste, ob es sein eigenes oder fremdes war, Denis mit Hundehalsband und Maik mit verschwitzter Stirn und fiebrig glühenden Wangen, der Denis sein Messer reichte.

Letzteres war real. Da Denis Julia losließ, um die Klinge anzunehmen, hielt sie ihre Hände vor ihre Brüste und drehte sich blitzschnell auf den Bauch. Während sie leise weinte, ging immer wieder ein Beben durch sie hindurch.

Benjamins Kehle war wie zugeschnürt. Gleichzeitig spürte er, wie der Burger, den er mit seinen Freunden in einem Fast-Food-Laden gegessen hatte, bevor sie zur Party nach Porz gefahren waren, hochstieg, und er hatte Angst, an seiner eigenen Kotze zu ersticken.

Während sich Maik einen Blunt ansteckte, schnitt Denis Julias BH auf. Erst den einen Träger, dann den anderen und schließlich das Band mit dem Verschluss. Nachdem er fertig war, schaute er zu Maik auf, wie ein Hund, der ein Stöckchen apportierte und dafür ein Leckerchen von seinem Halter erhoffte. Maik nickte ihm zu und reichte ihm das Gras.

Der fette Wichser hat einen Steifen! Benjamin sah deutlich, wie sich Denis' Jeans-Bermuda im Schritt wölbte. Seine Pupillen glänzten. Vom Shit. Und vor Geilheit. Aber Ben glaubte nicht, dass Julia der Grund dafür war, sondern vielmehr die von Maik verliehene Kontrolle und Macht über das Mädchen.

Nackt bis auf den Rock lag sie vor ihnen. Ben fühlte sich krank vor Sorge.

Neben Maiks Muskeln traten nun auch die Sehnen hervor, als wären sie Kabel, durch die nun Strom floss. Immer wieder öffnete und schloss er seine Faust.

„Zahlen soll die Hure, für den Schnaps, mit vollem Körpereinsatz." Zufrieden rauchte Denis die Kippe und warf Ben einen triumphierenden Blick zu.

Ja, ja, du bist endlich die Nummer zwei im Rat Pack, kannst dir einen drauf runterholen, Wichser, schoss es Benjamin durch den Kopf. Ich scheiß drauf!

„Das reicht nicht. Sie soll auch büßen." Maik steckte das Messer weg und ließ seine Zunge in einer obszönen Geste in den Flaschenhals schnellen. Dabei klackte sein Piercing gegen das Glas. „Mich weist man nicht zurück. Mich nicht!"

Impulsiv schlug er mit dem Drahtbügel auf Julias Rücken. Sie schrie vor Schmerz auf und wollte sich herumdrehen, da folgte auch schon der nächste Hieb. Vielleicht war sie zu entsetzt, vielleicht wollte sie aber auch ihre Brüste schützen, Benjamin konnte das nicht sagen, jedenfalls blieb sie liegen und legte die Hände über ihren Kopf, während sie immer herzzerreißender schluchzte. Das spornte Maik nur noch mehr an, sie zu schlagen. Er beobachtete jede Reaktionen von ihr mit wachsender Begeisterung, machte Pausen, in denen er einen Blunt nach dem nächsten paffte und immer higher wurde, und zog den Bügel erst wieder über ihre Kehrseite, wenn Julia sich entspannte, weil sie dann vor Schreck und Schmerz noch lauter kreischte.

Von einer Sekunde auf die andere stürzte Benjamin aus der luftigen Höhe, in die das Pot ihn gehoben hatte, in ein dunkles Loch. Er fühlte sich wie ein kleiner einsamer Wurm. Die Erde drohte auf ihn niederzuprasseln und ihn zu ersticken. Niemand half ihm, er konnte sich aber auch nicht selbst helfen. Seine Zähne klapperten vor Angst. In einer Panikattacke versuchte er aufzustehen. Doch als er seine Hände hob, blieb seine Haut am Boden kleben, was ihn so sehr verstörte, dass er sein Vorhaben aufgab und im Dreck liegen blieb. Das Bemühen, auf die Füße zu kommen, hatte ihn so angestrengt, dass ihm schwindelig und daraufhin übel wurde. Sein Puls raste und er kotzte so lange, bis nur noch bittere Galle hochkam.

War er in einem beschissenen Gruselfilm gelandet? Oder befand er sich auf einem Horrortrip, weil er zu viel Dope konsumiert hatte?

Julias Schreie rissen ihn aus seinen Halluzinationen. Er sah wieder Denis vor sich, der neben ihr auf dem Boden saß, sich auf ihren Rücken lehnte, um sie unten zu halten, und gleichzeitig ihr Bein abspreizte und festhielt. Mit erweiterten Pupillen, so rot wie glühende Kohlen, hockte Maik auf ihrem anderen Oberschenkel und steckte Julia gerade den Flaschenhals in den Hintern.

Als er mitbekam, dass Benjamin nach seinem Filmriss wieder wach war, zuckte er mit den Achseln. „Sie mag ja keine Schwänze, sonst hätte sie mich rangelassen, also besorg ich es ihr so.“

Benjamins Wangen waren nass, ohne dass er mitbekommen hatte, dass er heulte. Dämonen mussten in Maik und Denis gefahren sein, wie er das in einem Buch gelesen hatte. Die Jungs da vor ihm konnten nicht mehr seine Freunde sein. *Fuck!* Ben kam sich nicht einmal mehr wie er selbst vor, sonst würde er nicht hier liegen und tatenlos zusehen. Aber noch immer fühlte er sich wie unter einer Glasglocke. Er konnte die Welt da draußen sehen, aber nicht erreichen und somit auch nicht eingreifen.

Eine Weile wand sich Julia, doch dann blieb sie liegen und wimmerte nur noch. Offenbar verlor Maik dadurch das Interesse, deutete Denis an, er solle die Flasche in sie hineinpressen, und zündete sich einen weiteren Blunt an. Er betrachtete die glühende Spitze, dann Julias Unterleib. Sein Grinsen wurde immer breiter.

Julia, die über ihre Schulter prüfte, was er tat, erkannte wohl, was er Teuflisches vorhatte. Just in dem Moment, als Denis begann, sie erneut zu penetrieren, sprang sie unerwartet auf, doch er hielt sie am Rock fest. Die Flasche rutschte aus Julia heraus, ein Stück vom Hals fehlte. Blut floss an Julias Beinen hinab. Kreischend wie eine Furie stieß sie Denis fort, aber er ließ den Stoff nicht los, gleich einem Köter, der sich festgebissen hatte.

Ein Gerangel entstand.

Plötzlich gab Denis sie frei. Er formte mit beiden Händen eine einzige große Faust, holte weit aus und schlug ihr seitlich gegen den Kopf, direkt aufs Ohr. Julia kippte um. Ohne einen Laut von sich zu geben, fiel sie. Hart schlug sie auf den Kilometerstein auf und blieb reglos liegen. Blut sickerte aus der Wunde an ihrer Schläfe.

Ihr Brustkorb hob und senkte sich nicht mehr.

Stille trat ein.

Schmerzhaft zogen sich Benjamins Eingeweide zusammen, als würde ihm jemand die Luft unter der Glocke, die ihn abschirmte, absaugen – bis er endlich bemerkte, dass er lediglich vergaß zu atmen. In einem Tunnelblick sah er nur noch Julia.

Panik brach aus.

Wie von Sinnen schüttelte Denis Julia, doch sie regte sich nicht. Er hörte erst auf, als Benjamin zu ihnen wankte und ihn von ihr fortriss. Ein Vakuum herrschte in seinem Kopf, als Ben ihren Puls fühlte.

Nichts. Er legte sein Ohr an ihre Brust, konnte ihr Herz aber nicht schlagen hören. Aus Verzweiflung hielt er ihr die Hand vor den Mund und heulte auf, weil er ihren Atem nicht spürte. Er nahm sie in seine Arme und glaubte, dass sie bereits kalt wurde, war sich aber nicht sicher, ob er sich das nicht nur einbildete. Um endlich klarer zu werden, kroch er zum Ufer und schaufelte sich Wasser ins Gesicht.

Fluchend schleuderte Maik den Drahtbügel weit auf den Fluss hinaus. Er ließ die Schultern hängen, sodass seine Muskeln viel kleiner aussahen als zuvor, als hätte jemand mit einer Nadel reingestochen und die Luft herausgelassen.

In einer Kurzschlussreaktion versenkten Maik und Denis Julias Leiche mithilfe des Kabels und einem Mauerstein zum Beschweren im Rhein. Der Schock lähmte Benjamin. Außerdem war er immer noch zu breit, um sie daran zu hindern. Während die beiden aufgescheucht umherliefen – Denis besorgte Grillkohle, um Julias Blut auf dem Boden, zu überdecken, und Maik brach in die Spedition ein und goss das dort erbeutete Motorenöl auf die Stelle, wo sie umgekommen war –, fühlte sich Benjamin, als wäre er neunzig Jahre alt und nicht siebzehn.

Die beiden Jungs schleppten ihn zurück zur Party, setzten sich um den Grill, der inzwischen zum Lagerfeuer umfunktioniert worden war, und taten so, als wären sie nie weg gewesen, damit sie ein Alibi hatten.

Maiks Lederarmband war voller Blut. Das musste passiert sein, als er Julias Leiche ins Wasser gezerrt hatte. Unauffällig warf er es in die Flammen, neigte sich zu Benjamins Ohr und beschwor ihn, ja die Klappe zu halten. „Jetzt ist die Sache eh nicht mehr zu ändern. Glaub mir, wenn ich es könnte, würde ich es ungeschehen machen. Aber es war ein Unfall. Wir sind doch mehr als nur Freunde. Wir sind das Rat Pack, verdammt noch mal! Einer für alle und alle für einen, vergiss das nicht.“

Leise und erbärmlich weinte Benjamin. Hätte das Dope sich nicht wie eine bleierne Decke über ihn ausgebreitet, wäre er in den Rhein gesprungen, um mit Julia unterzugehen.

36. KAPITEL

Köln-Südstadt
Oktober dieses Jahres

Daniel schlief immer ohne Schlafanzug. Selbst im Winter, da Marie, dünn wie sie war, leicht fror und die Heizung auf niedriger Stufe durchlaufen ließ. Doch seit dem Unfall, der seinen Unterkörper zu nutzlosem Ballast gemacht hatte, war es ihm unangenehm, entblößt neben ihr im Bett zu liegen.

Obwohl er die Decke bis zur Brust hochzog, fühlte er sich auch an diesem Abend nackt. Nicht so sehr körperlich, sondern vielmehr seelisch.

Sein Defizit schien ihm deutlicher sichtbar als tagsüber in Kleidung, was streng genommen Unsinn war, aber er konnte das Unbehagen nicht abstellen. Das Problem mit der Sexualität, die nie wieder zwischen ihnen stattfinden konnte, schwebte zwischen ihm und Marie wie eine unsichtbare, aber fühlbare Trennwand. Sex gehörte zu einer Ehe dazu, es war eins der Bänder, die ein Paar verband. In ihrem Fall war es im März plötzlich durchgeschnitten worden und konnte nie wieder zusammengefügt werden. Wie lange würden die verbliebenen Bänder sie noch zusammenhalten können?

Ihm fehlte die Nähe zu Marie ja auch, aber er tat sich schwer damit, sie in den Arm zu nehmen, weil ihm die Berührung schmerzlich bewusst machte, dass er ihr nicht mehr geben konnte.

Stocksteif lag er neben ihr und hörte ihr zu. Je mehr sie ihm von Benjamins Beichte erzählte, desto mehr traten seine Gedanken an die Kluft zwischen ihnen in den Hintergrund. Was sie berichtete, war schockierend. Es machte ihn fassungslos.

„Benjamin hatte behauptet, müde vom Alkohol zu sein und früh schlafen zu wollen.“ Sie setzte sich im Bett auf, sodass die Decke bis zu ihren Hüften hinabrutschte. „Ich hatte ihm geglaubt. Er sah so fertig aus!“

Das braune Samtnegligé schmiegte sich an ihre wohlgeformten kleinen Brüste wie früher Daniels Hände. „Du hättest nicht ahnen können, dass er weitersäuft.“

„Ich habe den Wodka mitgenommen, aber ich hätte sein Zimmer nach weiteren Flaschen untersuchen müssen. Als ich noch einmal nach ihm schaute, hatte er den Tequila längst intus." Aufgeregt strich sie sich eine krause Strähne hinter ihr Ohr.

Ihm fiel auf, dass das Loch für ihren Ohrstecker gerötet war. „Gib dir keine Schuld daran. Er ist achtzehn Jahre alt und träg die Verantwortung selbst."

„Manchmal verhält er sich, als wäre er erst dreizehn. Er sah so blass aus, öffnete seine Augen nicht und wirkte weggetreten, da bekam ich Angst und rief einen Krankenwagen."

„Das war die richtige Entscheidung." Wäre Daniel nur früher heimgekehrt. Aber das Kreuz seiner Kindheit hatte ihn vor dem Haus von Nadine Schmitz in den Fahrersitz seines Autos gepresst und die Erinnerungen hatten ihn überrollt. Danach war er eine ganze Weile in Köln herumgefahren, um sie wieder loszuwerden, aber es kam ihm immer noch so vor, als läge ein Schatten auf ihm.

Marie nahm ein Buch von ihrem Nachttisch und drehte es unentwegt, als bräuchte sie etwas zu tun für ihre Hände. „Der Arzt in der Notaufnahme meinte, Ben hätte keine Alkoholvergiftung, sondern wäre nur sturzbesoffen. Er schlug vor, ihn trotzdem aufzunehmen, damit er unter Beobachtung steht und, sobald er aus seinem Rausch erwacht und feststellt, dass er sich in einer Klinik befindet, so schockiert und verlegen ist, dass er daraus lernt und sich nie wieder so gehen lässt. Vielleicht glaubte der Arzt auch, eine zierliche Person wie ich käme mit einem betrunkenen jungen Erwachsenen, der einen Kopf größer ist, nicht klar."

Daniel fragte sich, ob Marie Einspruch erhoben und ihren Cousin mit heimgenommen hätte, wenn sie einen Ehemann hätte, der mit anpacken konnte, und keinen Krüppel. Er legte die Arme über die Decke, denn ihm wurde warm. „Sobald er wieder auf dem Damm ist, werde ich ihm den Kopf waschen! Nicht nur wegen des Komasaufens, sondern auch wegen Julias Tod."

„Er leidet wie ein Hund darunter." Mitfühlend schaute sie auf Daniel herab.

Beinahe hätte er sich von ihrem Welpenblick erweichen lassen, aber das Vergehen von Ben und seinen Freunden war zu ernst. „Nimm ihn nicht in Schutz! Er hätte die Finger von den Drogen lassen sollen und sofort zur Polizei gehen müssen."

„Zu dir, meinst du wohl." Sie warf das Buch in ihren Schoß.

„Ja, verdammt, ich bin sauer, dass er sich mir nicht anvertraut hat."

Er legte den Arm über seinem Kopf aufs Kissen. Seine Achsel duftete herb nach dem Deo, das er nach dem Baden aufgetragen hatte. „Bist du das etwa nicht? Ihr seid nicht nur verwandt, sondern beste Freunde, dachte ich zumindest bisher."

Als sie sich weiter zu ihm drehte, beschien das Licht der Nachttischlampe sie von hinten. Mit etwas Fantasie sah es aus, als trüge sie einen Heiligenschein. „Natürlich bin ich verärgert. Aber auch am Tag nach der Vokü-Party wusste Benjamin nicht mit Sicherheit, ob er nicht nur einen Horrortrip gehabt hatte oder ob Julia wirklich zu Tode gekommen war."

Daniel schnaubte. „Dazu hätte er nur seine Freunde zu fragen brauchen."

„Maik und Denis redeten wochenlang auf ihn ein, setzten ihn unter Druck und erpressten ihn damit, seinen Eltern zu stecken, dass er auf der Vokü-Party harte Drogen in der Bong konsumiert hatte."

Durch die Lichtquelle wurde der Flaum auf ihrer Wange unterhalb des Ohrs sichtbar. Daniel hob seine Hand, um Marie dort zu streicheln wie früher, befürchtete jedoch, sie könnte das als Aufforderung zu mehr betrachten, und legte seinen Arm wieder ab. *Feigling!* „Also schwieg Ben."

„Ich will nicht rechtfertigen, was er getan hat." Sie nahm das Buch und hielt es wie ein Schutzschild hoch. „Aber er war zutiefst schockiert über das, was seine Freunde Julia im Drogenrausch und Suff angetan hatten. Er fühlte sich regelrecht gelähmt, sagte er, er konnte nicht klar denken und ging kaum noch aus dem Haus. Alles fiel ihm schwer, meinte er, selbst das Atmen."

„Er leidet nicht annähernd so, wie Julia Kranich gelitten hat", sagte Daniel.

Ein dumpfer Knall war zu hören. Den Nachbarn unter ihnen musste etwas hingefallen sein.

„Als ihre Leiche am Rheinufer angespült wurde, kam alles wieder in ihm hoch und er durchlebte die quälende Achterbahn der Gefühle noch einmal. Er konnte nicht darüber sprechen, selbst wenn er gewollt hätte. Seine Zunge war schwer, als wäre sie mit Beton ausgegossen, so beschrieb er es, und der Schmerz in seinem Inneren machte klares Denken unmöglich."

„Außerdem schwieg er, weil er befürchtete, selbst in den Jugendknast zu gehen, habe ich recht?"

„Das spielte sicherlich auch eine Rolle. Unter anderem fühlte er sich dem Rat Pack verpflichtet. Seinen Blutsbrüdern. Ein dämlicher Ehrenkodex." Sie griff das Buch mit beiden Händen, als wollte sie es in der Mitte durchreißen.

„Er hat sich mit den falschen Freunden verbündet."

„Jungen wachsen zu Männern heran und werden zu Konkurrenten. Drogen verändern Menschen."

Diagnosen auch, dachte er wehmütig. Vor einem Dreivierteljahr hätte er keinen Moment gezögert, Marie zu berühren. Er hatte kaum neben ihr liegen können, ohne nicht wenigstens sein Bein unter ihre Decke zu schieben oder sie in seine Arme zu ziehen. „Trotzdem hat Ben Denis in der Psychiatrie besucht. Warum?"

„Weil sie eine lange Freundschaft verbindet. Weil Denis Julia nicht absichtlich umgebracht hat. Und um ihm zu sagen, dass er zur Polizei gehen wird."

„Wollte er sich etwa für diesen Termin Mut antrinken?", fragte Daniel sarkastisch und runzelte zweifelnd seine Stirn.

„Oder seinen Kummer herunterspülen, damit sich endlich seine Zunge löste und er darüber reden konnte." Nachdenklich tippte sie mit dem Buchrücken gegen ihr Kinn.

„Ich werde mit Benjamin die Mordkommission aufsuchen, sobald er aus dem Krankenhaus entlassen wird." Er befürchtete, sie würde versuchen, ihn davon abzuhalten, weil es ihm unangenehm sein könnte, seine alten Kollegen wiederzusehen und dabei auf der falschen Seite des Verhörtisches zu sitzen, doch das tat sie nicht.

Stattdessen sagte sie: „Mach das. Ben ist bereit dazu. Er will endlich die Last dieses furchtbaren Geheimnisses loswerden, um nicht davon erdrückt zu werden."

„Klingt wie ein Satz aus einem deiner Romane." Schmunzelnd zeigte er auf die Lektüre, die sie schon die ganze Zeit festhielt. Das Pflaster an ihrem Zeigefinger war neu. Sie musste sich geschnitten haben, vielleicht an einer Schere während ihrer Arbeit als Kostümbildnerin oder an einer Buchseite.

Eigentlich war Daniel ein Technikmuffel. Doch seit er einen Tablet PC besaß, hatte er sich einige E-Books heruntergeladen, die meisten zum Thema Querschnittslähmung.

Marie jedoch verweigerte sich in diesem Fall dem Fortschritt und kaufte ausschließlich Bücher. Viele Bücher! Da die Regalwand im

Wohnzimmer bereits zum Bersten gefüllt war, legte sie die ausgelesenen Exemplare überall ab. Die zwei Stapel auf der Schlafzimmerkommode wuchsen immer höher. Die Hardcoversammlung auf dem Schuhschrank neben der Garderobe am Eingang nahm immer mehr Ablageplatz weg. Inzwischen türmten sich sogar Bildbände auf der Waschmaschine im Bad.

Sie besaß sogar einen Stapel mit ungelesenen Romanen, den sie regelmäßig aufstockte, denn wenn er schrumpfte, bekam sie regelrecht Panik, nicht genug Lesestoff im Haus zu haben. So etwas wäre Daniel nicht im Traum eingefallen. Er lud sich runter, was er sofort lesen wollte, und nicht mehr.

Auf ihrem Nachttisch lag immer ein Buch, auf seinem seit geraumer Zeit sein Tablet PC. Aber Daniel las dennoch lieber Online-Zeitungen und News-Seiten und schaute abends meistens fern, so war er nun mal.

„Du wirst es nicht hören wollen, aber ich erzähle es dir trotzdem." Marie strich über den Einband des Exemplars in ihrer Hand wie über die Haut eines geliebten Menschen.

Daniel bekam eine wohlige Gänsehaut. „Wovon sprichst du?"

„Karins Geschichte."

„Wer zur Hölle ist Karin?"

„Die Frau, die dieses Tagebuch verfasste, das später ein Verlag veröffentlichte."

Warum, fragte sich Daniel, wurde er das Gefühl nicht los, dass die Aufzeichnungen etwas mit ihm zu tun hatte?

„Zwei Jahre lang schrieb sie ihre Gedanken und Gefühle auf, setzte sich so mit ihrer schwierigen Situation auseinander und erkannte, dass es okay war."

„Was war okay?" Wollte er es überhaupt hören? Dieses Psychogequatsche löste seit den Gesprächen mit einem Seelenklempner in seiner Kindheit, nachdem er fast seinen Vater abgestochen hatte, bei ihm stets den Wunsch nach Flucht aus. Wie gut für Marie, dass er nicht so schnell aufstehen und wegrennen konnte.

Begleitet vom Quietschen der Bettfedern setzte sie sich so, dass sie ihn ansehen konnte. „Erinnerst du dich an den Massenunfall auf der A31 im November 2011? Karin fuhr über die Münsterländer Autobahn. Nebelbänke erschwerten immer wieder die Sicht. Plötzlich sah sie die Massenkarambolage, die vor ihren Augen entstand. Wie sich später herausstellte, war sie durch den Nebel und einen einfachen Blechschaden zweier Limousinen, die die Fahrbahn blockierten, ausgelöst worden. Panisch trat Karin auf die Bremse, doch der Asphalt war nass und sie rutschte zur Seite weg. Da erfasste sie ein Großraumtaxi und schob sie in die verkeilten Autos hinein. Sie konnte nichts dagegen machen. Ihr Wagen wurde zusammengequetscht. Sie fühlte sich wie in einer Schrottpresse, so beschreibt sie es in ihren Aufzeichnungen. Ihr Becken und ihre Beine wurden an zahlreichen Stellen gebrochen und ihr Rückenmark wurde beschädigt, sodass sie ihren Unterkörper seitdem nicht mehr spürt."

Daniel zischte. Wusste er es doch! Er packte die Decke, um sie zurückzuschlagen und aufzustehen.

Aber Marie neigte sich über ihn. „Wenn du nicht liegen bleibst, werfe ich mich auf dich wie eine Schlammcatcherin."

„Hm", machte er und tat, als würde er überlegen. „Diese verführerische Aussicht macht mir die Entscheidung nicht leichter." Lächelnd legte er sich wieder auf den Rücken. Sein altes Ich blitzte auf und wollte vorschlagen, Bens Nutella als Schlammersatz zu nehmen, sein neues Ich jedoch verbot ihm diese schlüpfrige Anspielung.

Marie bohrte ihm ihren Zeigefinger in die Schulter. „Karin …"

„Müssen wir darüber sprechen?" Stöhnend rieb er sich über die Stirn.

„… schreibt darüber, wie sie sich zurück ins Leben kämpfte. Sie arbeitet heute wieder als Fremdsprachensekretärin und hat einen Freund."

„Lass mich raten? Er hat auch einen Rolli."

„Tut mir leid, dich in deinen Vorurteilen nicht bestärken zu können", sagte Marie in einem ironischen Ton, den sie von ihm gelernt haben musste. „Karin ist wieder glücklich, beteuert sie, vielleicht sogar zufriedener als zuvor, denn sie hätte bei dem Massencrash weitaus mehr verlieren können als die Fähigkeit zu gehen."

„Erspar mir jegliches Pathos, bitte." Manchmal war es schwerer weiterzuleben, als zu sterben. Genervt von seinem eigenen Pessimismus schloss er kurz seine Augen und massierte mit zwei Fingern seinen Nacken, der vom Anschieben der Räder und dem ständigen Sitzen stark beansprucht wurde. Er wollte nicht undankbar sein. Ihm ging es nicht schlecht und er war keineswegs lebensmüde. Er hatte nur keine Lust, sein Gefühlsleben zu analysieren, weil er sich dann verletzlich vorkam.

„Karin berichtet am Ende des Buchs über ihre Verlobung mit Peter. Sie wundert sich, dass sie eine wundervolle Partnerschaft führen, während viele ihrer", Marie malte Anführungszeichen in die Luft, „*gesunden* Freunde sich getrennt haben oder sogar geschieden sind."

„Vielleicht sind sie das in ein paar Jahren auch."

Sachte boxte Marie ihn. „Manche verstehen nicht, was Peter an ihr findet, wo er doch kein normales Sexualleben mit ihr führen kann."

Daniel horchte alarmiert auf. Jetzt kam sie zum Kern der Geschichte und zum Zweck dieser Unterhaltung. Unruhig schob er das Kissen unter seinem Kopf zusammen. Aus dem Augenwinkel heraus betrachtete er Marie. Wie wunderschön sie mit ihrem wirr abstehenden krausen Haar aussah! Im Alltag lief sie immer so zwanghaft ordentlich herum, dass er ihr abends, wenn sie nebeneinander auf der Couch saßen, gerne durch ihren Schopf wuschelte. Dann erinnerte sie ihn an die Abbildung von Struwwelpeter auf dem Kinderbuch, aus dem seine Mutter ihm früher vorgelesen hatte. Mit ihrem kleinen runden Gesicht, ihren großen grünen Augen und der Stupsnase sah sie wie eine Porzellanpuppe aus, so zerbrechlich, dass sie seinen Beschützerinstinkt weckte. Aber konnte er sie auch noch in seinem Zustand beschützen?

Ihre Worte rissen ihn aus seinen Gedanken: „Karin und Peter führen trotzdem ein schönes Liebesleben. Sie streicheln sich stundenlang, küssen sich leidenschaftlich und sein Orgasmus ist auch für sie erfüllend."

„Das genügt ihr?" Daniel redete sich ein, dass ihre Augenringe nur Schatten waren, die das Licht der Nachttischlampe warf.

„Nähe und Sinnlichkeit sind ihnen wichtiger als Matratzensport."

Er stemmte sich auf seinen Ellbogen ab und drückte sich hoch. „Behaupte jetzt nicht, ich hätte dich nie verwöhnt."

„Das tue ich nicht." Erneut hielt sie das Buch hoch. „Romantische Abendessen bei Kerzenschein, Bootsausflüge, miteinander flirten wie am ersten Tag, ein Glas Wein zusammen trinken und einfach nur den Sternenhimmel betrachten, eng aneinandergeschmiegt, das alles gewinnt laut Karin an Stellenwert."

Kopfschüttelnd ließ er seine Schultern wieder hinab. „Es ist nur ein Ersatz." Ein Substitut konnte niemals so gut wie das Original sein. Aber was gab es für eine Alternative? Abgesehen davon, dass er Angst hatte, Marie zu verlieren, indem er sie auf Abstand hielt, wollte er selbst auch nicht ganz auf Berührungen verzichten. So weit, so gut, jetzt musste er sie nur noch zulassen können.

„Ich fühle mich immer noch zu dir hingezogen." Plötzlich neigte sie sich zu ihm herab. Ihr Gesicht schwebte knapp über seinem. Sie schaute ihm kurz in die Augen, als wollte sie stumm um seine Zustimmung bitten, und küsste ihn auf den Mund. Nicht lange, aber es war kein rein freundschaftlicher Kuss, auch kein flüchtiger, wie ein Paar ihn sich gab, wenn es morgens aus dem Haus ging, dafür war er eine Spur zu fest und zu feucht. Dann setzte sie sich wieder auf. „Jetzt musst du wieder lernen, dich selbst zu lieben."

Autsch, das tat weh. Sie hatte ja recht. Er hatte kein Problem mit ihr, sondern mit sich selbst. Nicht nur, dass sein Körper nicht mehr voll funktionstüchtig war, was sein Selbstbewusstsein ins Wanken gebracht hatte, sondern er war in den letzten Monaten auch zu einem reinen Werkzeug geworden. Die Ärzte im Krankenhaus und in der Rehaklinik hatten ihn nackt gesehen, ihn angefasst, ohne auf Schamgrenzen oder Intimsphäre zu achten, sodass Daniel sich aus Verlegenheit von seiner Hülle distanziert hatte. Sein Körper war nicht mehr gewesen als der Rollstuhl unter seinem Hintern – ein Arbeitsgerät. Jetzt musste er wieder lernen, dass er zu ihm gehörte und dass er nicht sein Feind war.

Sie legte ihren Kopf neben seinen auf sein Kissen, sodass ihre Schulter die seine berührte, und las ihm einige Passagen aus Karins Tagebuch vor. Der Text berührte Daniel unerwartet so sehr, dass er nasse Augen bekam. Er erkannte sich in den Zeilen wieder. Heftig blinzelte er seine Tränen weg. Die Scham darüber, dass Marie um ihre Ehe kämpfte und er nicht, wuchs. Ohne sie anzublicken, schob er seinen Arm unter ihren Kopf.

„Ich muss dir etwas zeigen", sagte er leise, nachdem sie das Buch zugeklappt hatte.

Mit gerunzelter Stirn sah sie ihn an.

„Ich hatte es schon viel früher vor, aber die Situation war nie passend." Das letzte Mal, dass er ihr dieses besondere Geschenk hatte machen wollen, hatten ihre Eltern ihn mit ihren Kommentaren in den Boden gerammt. Er zog seinen Ehering aus und steckte ihn an die linke Hand. Langsam wickelte er das Pflaster darunter ab. Sein Puls beschleunigte sich, als er seinen Ringfinger drehte, damit sie ihren eintätowierten Namen lesen konnte.

„Daniel, das ist ..."

„Du musst nichts dazu sagen. Ich möchte sogar, dass du nichts sagst. Nimm es einfach nur wahr." Als sie mit ihrem Daumen über das Tattoo strich, spürte er das Streicheln bis in seinen Brustkorb hinein. „Du glaubst, dass ich nicht mehr viel auf unsere Partnerschaft gebe, dass ich uns vielleicht sogar schon aufgegeben habe, weil ich mich aufgegeben habe, aber damit liegst du falsch. Ich liebe dich wie am ersten Tag, nur kann ich mich zurzeit selbst kaum ausstehen, das hast du eher erkannt als ich." Jetzt bereute er es, psychologische Hilfe abgelehnt zu haben, denn dort hätte er diese Erkenntnis wahrscheinlich schon früher gehabt. Sie öffnete ihren Mund, doch er verschloss ihn mit seiner Hand. „Ich bin auf dem Weg der Besserung. An meiner Querschnittslähmung wird sich nichts mehr ändern, aber ich werde lernen, damit zu leben, das verspreche ich dir. Das braucht Zeit und es wird Rückschläge geben, doch Schritt für Schritt werde ich den Kotzbrocken, der ich im letzten halben Jahr war, hinter mir lassen."

Als Marie seinen Arm von ihrem Gesicht wegzog, lächelte sie. „Ich denke, ich werde es noch ein bisschen länger mit dir aushalten, Daniel Zucker."

„Da habe ich ja noch einmal Glück gehabt", sagte er und meinte es auch so.

„Eventuell magst du den Rest ja auch noch lesen." Ohne darauf zu bestehen oder zu versuchen, ihn dazu zu überreden, legte sie Karins Tagebuch auf seinen Nachttisch. Sie streifte ihr Negligé ab und ließ ihm Zeit, eine Entscheidung zu fällen.

Als ob er bei dem Anblick ihrer kleinen festen Brüste noch eine Chance gehabt hätte! Einladend schlug er seine Bettdecke auf.

Ihm fiel wieder auf, wie dünn Marie war, aber er machte keine Bemerkung, weil er wusste, dass sie aufgrund einer Erziehungsmaßnahme von Irene Bast ein Problem mit dem Essen an sich hatte. Nachdem sie als Kind einmal Nachschlag genommen hatte, hatte ihre Mutter ihr beim Essen eine Wäscheklammer auf die Nase gesetzt. Jedes Mal, wenn Marie schluckte, hatte es sich für sie angefühlt, als ob ihr Kopf explodierte. Sie bekam kaum Luft und aß dadurch immer weniger. Der Druck unter der Schädeldecke und die Angst zu ersticken hatten sich so bei ihr eingebrannt, dass sie bis heute jeder Bissen Überwindung kostete.

Nackt schmiegte sie sich an ihn. Dass er sie nur oben spürte, irritierte ihn, doch er ließ sich das nicht anmerken. Jedes seiner Härchen richtete sich auf.

„Es wird dir nicht reichen." Ich werde ihr nicht reichen, dachte er. Das war seine größte Sorge.

„Du warst doch früher nicht so einfallslos." Für gewöhnlich strahlte sie Unschuld aus. Gerade deshalb wirkte es auf ihn wie ein Feuerwerk, wenn ihre Augen so anzüglich funkelten wie in diesem Moment.

Unsicher streichelte er ihren Busen. Ihre Brustwarzen wurden sofort hart, das machte ihm Mut. Sie hatte recht, er besaß noch immer zwei gesunde Hände und einen gesunden Mund.

Er küsste sie leidenschaftlich, ließ seine Zunge langsam in ihrem Mund kreisen und schob seine Hand zwischen ihre Schenkel, die sie einladend für ihn öffnete. Erstaunt stellte er fest, dass sie bereits feucht war. Sie begehrte ihn tatsächlich, trotz seiner schlechten Laune in den vergangenen Monaten und der Tatsache, dass er nicht mehr normal mit ihr schlafen konnte. Diese Frau war ein Wunder!

Er spürte etwas Heißes in seinem Inneren, ein prasselndes Feuer mit aufgeregt zuckenden Flammen. Lust! Sie war anders als früher, kam nicht mehr aus seinem Schwanz, sondern aus dem Bauch und dem Herzen, aber es war immer noch Lust.

Als er spät in der Nacht das Licht löschte, nachdem er Marie ausgiebig verwöhnt hatte, bis sie meinte, ein Orgasmus mehr und sie würde am nächsten Tag vor Muskelkater nicht mehr laufen können, drehte er sich auf die Seite und legte den Arm um sie, damit sie nicht auf ihre Bettseite entwischte. Er hatte zwar keinen Höhepunkt gehabt, aber er fühlte sich das erste Mal seit seinem Unfall sauglücklich!

Indem sich Marie ihm hingegeben hatte, hatte sie ihm ein kleines bisschen seiner Männlichkeit zurückgeschenkt. Den Rest musste er sich alleine erkämpfen.

37. KAPITEL

Sie schliefen lange und standen das erste Mal gemeinsam auf. Bisher hatte Daniel immer darauf geachtet, dass Marie im Bad schon fertig war, bevor er sich aus dem Bett auf seinen Chopper schwang, sich wusch und anzog, oder vor ihr im Bad war. Seine Morgentoilette war zu einer langwierigen Prozedur geworden, dabei hatte er nicht beobachtet werden wollen. An diesem Tag machte es ihm überraschenderweise nichts aus.

Als sie sich ihren Kaschmirpullover, in dem Daniel sich wund gekratzt hätte, überstreifte, streckte sie ihre Arme gen Zimmerdecke. Dabei traten ihre Rippen hervor und Daniel musste an Nadine Schmidt denken, die fast so dünn wie Marie war. Immer, wenn Marie, Stress oder Ärger hatte, aß sie noch weniger als üblicherweise. Ging es Nadine ähnlich? Belastete sie etwas? Vielleicht fürchtete sie sich davor, Horst Kranich könnte erfahren, dass Ewa ihn beschuldigt hatte, ihre gemeinsame Tochter ermordet zu haben, und dass Nadine davon wusste. Nun, da Daniel erfahren hatte, was sich wirklich auf der Party in Porz im vergangenen Jahr zugetragen hatte, stellte sich ihre Angst als unbegründet heraus.

Am besten teilte er ihr das mit, entschied er.

Möglicherweise lag er falsch und sie war einfach nur krank, weshalb sie so bemitleidenswert aussah. Aber er hatte selbst mit Dämonen zu kämpfen. Wenn er einen der ihren von ihr nehmen konnte, wollte er das tun. Selbst wenn sie sich nicht vor Kranichs Rache fürchtete, hielt er sie immerhin davon ab, Gerüchte zu verbreiten und eine Anzeige wegen Verleumdung zu riskieren.

„Was hältst du davon, wenn wir auswärts frühstücken gehen, bevor wir in die Klinik düsen?“ Er rollte zum Waschbecken, das sein Schwiegervater hatte tieferlegen lassen wollen, als sie den Umbau der Wohnung planten. Daniel hatte sich dagegen gewehrt, da er so viel Normalität wie möglich behalten wollte, auch wenn Rainer Bast den Umbau bezahlt hatte.

An Maries Strahlen las er ab, dass sie von seinem Vorschlag begeistert war. Spontan hatte sie sich den heutigen Tag freigenommen, was ihrem Vorgesetzten gar nicht gepasst hatte. Es hatte einige Überredungskunst gebraucht, bis er ihren Urlaubsschein unterschrieb, aber nichts hätte sie davon abgehalten, Benjamin beizustehen, wenn er im Krankenhaus erwachte und die Tragweite seiner Beichte erkannte. Vielleicht glaubte sie auch, schon heute zur Polizei gehen zu können, aber Daniel war sich sicher, dass Ben einen weiteren Tag im Hospital verbringen musste, bevor er entlassen wurde.

Nachdem er sich gewaschen hatte, zupfte er seine Haare zurecht, war unzufrieden mit dem Ergebnis und beschloss, das Gel wieder auszubürsten und seine Schiebermütze zu tragen. „Ich muss nur kurz bei jemandem vorbeifahren."

Skeptisch hob sie eine Augenbraue und hielt in ihrer Bewegung inne. Der Parfümflakon schwebte über ihrem Handgelenk. „Um was wetten wir, dass das Frühstück ausfällt?"

„Warum sollte es?", fragte er und pinselte seine Wangen mit Schaum ein. Seiner Meinung nach rasierten sich echte Männer nass.

„Weil irgendetwas immer unsere gemeinsamen Pläne durchkreuzt, wenn du nur mal eben kurz etwas erledigen willst, das mit deinem Job zusammenhängt. Ist doch so, nicht wahr?"

Er reinigte den Pinsel und legte ihn auf den Beckenrand. „Da ich zurzeit Arbeit suchend bin …"

„Bist du nicht", fiel sie ihm ins Wort. „Du bist krankgeschrieben."

„… kann deine These gar nicht zutreffen. Ich möchte nur kurz zu Nadine Schmitz, um ihr zu sagen, dass Kranich seine Tochter nicht umgebracht hat, damit sie sich keine Sorgen mehr zu machen braucht, sie könnte nach seiner Ehefrau Ewa und nach Julia das nächste Opfer einer seiner Wutausbrüche sein."

Der Flakon zischte leise. Ein blumiger Duft drang zu Daniel. Das Parfüm benutzte Marie schon, seit sie sich kannten. Sie war eine treue Seele. Gut für ihn. Wenn er ihr Parfüm roch, fühlte er sich zu Hause und wohl. Er bemühte sich, nicht zu lächeln, als er das Rasiermesser über sein Gesicht führte, aber es fiel ihm schwer.

Sie stellte sich hinter ihn und prüfte ihr Erscheinungsbild. „Solange du Bens Namen nicht erwähnst." Im Spiegel sah sie ihn an.

„Zu laufenden Ermittlungen darf ich nichts sagen." Er zwinkerte ihr zu, während er den Aftershave-Balsam auftrug, die einzige Salbe, die er benutzte, da konnte Marie ihm noch so viele Cremes kaufen und demonstrativ in seine Ecke auf der Ablage stellen. „Also bist du doch noch beim KK 11 angestellt."

„Auf dem Papier, ja." Aber auch nur da, dachte er zerknirscht.

„Dann nehme ich lieber mal ein paar Äpfel mit, falls das Frühstück doch ausfällt." Auf dem Absatz drehte sie sich um und verließ das Bad.

Obwohl es schon später Vormittag war, knurrte sein Magen nicht einmal, als er in der Einfahrt der Familie Schmitz in Widdersdorf parkte. Er fühlte sich, als hätte er Flügel. Alles fiel im leicht, selbst das Aussteigen, und das lag nicht nur daran, dass Marie seinen Rollstuhl aus dem Fahrzeug holte, aufklappte und vor die Fahrerseite stellte. Es lag vielmehr an der vergangenen Nacht. Er hätte die Nähe zu Marie schon viel eher zulassen sollen. Aber was nutzte es, vergangenen Chancen hinterherzutrauern? Dafür war er nicht der Typ. Marie hatte nicht einmal gefragt, ob sie mit ihrem Wagen fahren sollte, sondern war ihm selbstverständlich zu seinem Auto gefolgt. Diese Frau war definitiv seine bessere Hälfte!

Mit raschen Bewegungen schob er die Räder seines Bocks an, um den Termin schnellstmöglich hinter sich zu bringen. Er klingelte einmal an der Tür der Einliegerwohnung. Keine Reaktion. Er schellte ein weiteres Mal, doch noch immer wurde ihnen nicht geöffnet. Ungeduldig klopfte er.

Marie legte ihm ihre Hand auf die Schulter. „Es ist niemand zu Hause."

„Sie muss da sein. Gestern war Nadine Schmitz noch krank und sie machte nicht den Eindruck, heute wieder fit zu sein, eher das Gegenteil." Während des Gesprächs hatte sie immer mehr abgebaut. Sie war förmlich in sich zusammengesunken, war noch blasser und nervöser geworden. Daniels schlechtes Gewissen konnte ihn nicht davon abhalten, die Faust erneut zu heben, um gegen die Tür zu donnern, doch dazu kam er nicht.

Plötzlich räusperte sich ein Mann. „Kann ich Ihnen helfen?" Er blieb mitten im Vorgarten des Haupthauses stehen, einer quadratischen Fläche englischen Rasens, umrankt von Rosenbüschen. Es musste sich um Herrn Schmitz, Nadines Vater, handeln. Trotz der Kälte trug er nur ein kurzärmeliges weißes Hemd, durch das sich seine Brustwarzen rosig abzeichneten. Der Ledergürtel wurde von seinem hängenden Bauch verdeckt, nur an den Seiten erahnte man ihn. Sein kahler Schädel glänzte. Vielleicht vom Nieselregen. Eventuell auch vor Angstschweiß, denn er hielt einen Hammer in der Hand und Daniel bezweifelte, dass er ihn dabei gestört hatte, wie er Nägel in die Wand schlug.

Eine Frau lugte aus der Eingangstür, als traute sie sich nicht weiter vor. Ihre grauen Haare passten ebenso wenig zu ihren jungen Augen wie die tiefen Falten. Daniel sah nur ihr Gesicht und dass sie ein Halstuch über ihrem Rollkragenpullover anhatte, was er übertrieben für die Herbstzeit fand. Ihm fiel das Telefon in ihrer Hand auf. Ihr Daumen schwebte bereits über einer Taste.

„Ich komme von der Kripo“, beeilte er sich zu sagen. Die Lüge schmeckte für ihn nicht einmal wie eine. „Ich hatte gestern erst Ihre Tochter besucht. Ist sie wohl noch einmal zu sprechen?“

„Sie liegt im Bett.“ Mit dem Ärmel fuhr sich Herr Schmitz über seinen Mund. „Ihr geht es nicht gut.“

„Dann ist ihre Erkältung schlimmer geworden?“ Daniel hoffte, keine Schuld daran zu tragen.

Herr Schmitz warf seiner Frau einen kurzen Blick zu, nahm den Hammer in die linke Hand und wischte die rechte an seiner Jeans ab. „Sie ist schwach und braucht ihre Auszeiten.“

„Kommen Sie wirklich von der Polizei oder ist das ein Trick?“ Nervös nestelte seine Frau an ihrem Schal herum. „Ich meine, das mit dem Rollstuhl.“

Verwundert legte Daniel seine Stirn in Falten. Unter anderen Umständen hätte er eine sarkastische Antwort parat gehabt, aber er war zu überrascht. Glaubten sie etwa ernsthaft, er spielte ihnen eine Scharade vor? Vor wem oder was hatten sie Angst? „Ich wünschte, es wäre so.“

„Er ist wirklich querschnittsgelähmt.“ Maries Ton klang ungewohnt scharf. „Wie kommen Sie dazu, das anzuzweifeln?“

Besänftigend strich er über ihren Oberschenkel. „Ich bin nur gekommen, um Ihrer Tochter mitzuteilen, dass Herr Kranich Julia nicht ermordet hat. Diese Vermutung hatte sie mir gegenüber geäußert.“

Schmitz prustete. Speicheltropfen flogen umher. „Zu Recht! Diesem Schwein traue ich alles zu.“

„Sie kennen ihn?“, fragte Daniel und wünschte sich, ein Aufnahmegerät bei sich zu tragen. Im Geiste schrieb er das auf seine Besorgen-Liste plus eine weitere Rolli-Tasche, denn seine Ausstattung wuchs.

Schmitz’ Hand ballte sich fester um den Hammer, sodass sich die Haut über seine Knöchel spannte und blaue Adern hindurchschimmerten, etwas, das Nadine offenbar von ihm geerbt hatte. „Sind Sie wirklich von der Polizei?“

„Aber sicher!“, sagte Daniel im Brustton der Überzeugung.

„Dann sollen Sie doch wissen, dass er nicht nur mit Nadine liiert war, sondern auch bei ihr gewohnt hat. Selbstverständlich kennen wir ihn!“

Jetzt erst begriff Daniel. Ihr Vater sprach vom jungen Kranich, nicht vom alten. Bevor er das Missverständnis jedoch aufklären konnte, hieb Herr Schmitz mit dem Hammer nach einem imaginären Feind.

„Ich hatte gleich ein schlechtes Gefühl bei ihm. Mich konnte er mit seinen höflichen Umgangsformen und seinen Ambitionen nicht täuschen, meine Tochter leider schon."

Flink wie eine Spinne huschte Frau Schmitz auf den Treppenabsatz vor. „Was geschehen ist, soll in der Familie bleiben, hast du selbst gesagt."

„Und meine Gattin auch."

„Wir waren uns einig, ihn nie wieder zu erwähnen." Sie betastete die Perlen ihrer Kette einzeln, als betete sie den Rosenkranz.

Mit einer Geste bedeutete er ihr, den Mund zu halten. „Der Polizei brauchen wir keine heile Welt vorzuspielen. Die haben doch protokolliert, wann sie hier waren, weil Markus Nadine mal wieder verprügelt hat. Nicht wahr?"

„Das ist so üblich, ja", sagte Marie in einem Ton, der einer Polizistin alle Ehre gemacht hätte, und ignorierte Daniels Stirnrunzeln. Verständnisvoll nickte sie. „Wie der Vater, so der Sohn."

„Der Apfel fällt eben nicht weit vom Stamm." Angewidert spuckte Herr Schmitz in den Vorgarten. Mit dem Werkzeugstiel zeigte er auf Daniel. „Tut mir leid wegen der kruden Begrüßung. Ich befürchtete, das Arschloch könnte einen Kumpel schicken, der sich als Invalide in unser Haus einschleicht, plötzlich aufspringt und Nadine … uns … einschüchtert." Leise fügte er hinzu: „Oder Schlimmeres."

Daniel rollte ein Stück näher heran, bis die Rosen ihn stoppten. „Warum sollte er das tun?"

„Damit wir nichts über ihn sagen und seine Weste weiß bleibt." Verlegen betrachtete Herr Schmitz den Hammer und steckte den Stiel schließlich zwischen Gürtel und Hose.

Die Pumps seiner Frau klackerten auf den Treppenstufen, als trüge sie Stepptanzschuhe. Sie blieb auf dem Weg, der zum Eingang ihres Hauses führte, einen Schritt hinter ihrem Mann stehen und rieb ihre Oberarme. „Er ist ein Blender."

„Er täuscht alles und jeden, das beherrscht er bis zur Perfektion." Während Herr Schmitz weitererzählte, holte er ein Stofftaschentuch aus der Jeanstasche und wischte damit über seine Glatze. „Seine Klamotten waren immer ordentlich, seine Haare kurz geschnitten und seine Fingernägel sauber. Darauf achte ich, auch wenn Sie das jetzt lächerlich finden. Gepflegte Nägel sagen viel über einen Menschen aus, finde ich."

Eifrig nickte Marie. Sie setzte eine Miene auf, die einfühlsamer nicht hätte sein können. Daniel schmunzelte beeindruckt, war sich jedoch nicht sicher, ob sie das Mitgefühl nur vorgab, um mehr zu erfahren, oder tatsächlich betroffen war. In ihrer Nähe tauten die Menschen auf, sie fühlten sich von ihr verstanden. Er nahm sich vor, sie öfter zu Befragungen mitzunehmen.

„Von Anfang an ließ er sich von Nadine bedienen. Wenn er Hunger auf etwas Bestimmtes hatte, fuhr sie los und holte es ihm. Manchmal kochte sie ihm um elf Uhr abends noch eine warme Mahlzeit, nur weil der Pascha das verlangte." Unwirsch stopfte Herr Schmitz das Tuch zurück in die Tasche.

„Zu uns meinte sie, er würde sie nicht bedrängen, sie mache das freiwillig." Frau Schmitz verteidigte ihre Tochter noch immer, stellte Daniel traurig fest.

„Aus Liebe. So sind wir Frauen eben", sagte Marie butterweich und sah Daniel aus dem Augenwinkel an.

„Papperlapapp. Es stellte sich heraus, dass er zornig wurde, wenn sie nicht tat, was er wollte. Zuerst schrie er sie nur an, später wurde er sogar handgreiflich …" Herrn Schmitz' Stimme wurde brüchig.

Seine Ehefrau starrte Löcher in den Boden. Sie war zur Salzsäule erstarrt. Nicht einmal ihr Brustkorb hob und senkte sich. Als wollte sie nicht auffallen. Sie tat, als wäre sie gar nicht da.

So musste sich Nadine ebenfalls verhalten haben, ahnte Daniel. Wie viele Frauen, die von ihren Partnern misshandelt wurden, war sie wahrscheinlich durch ihre eigenen vier Wände geschlichen, hatte versucht, keinen Laut von sich zu geben, um ihren Freund nicht wegen einer Kleinigkeit wütend zu machen und von ihm geschlagen zu werden. Sie führten eine Art Schattendasein. Das kannte Daniel nur zu gut. Nicht nur, weil seine Mutter dieselbe nervenaufreibende Tortur durchgemacht hatte, sondern er selbst als Kind ebenfalls.

Bei Frau Schmitz lag die Sache etwas anders. Er glaubte nicht, dass ihr Mann Hand an sie legte, sondern sie versuchte nur still zu stehen, damit der Schmerz darüber, dass Markus ihre Tochter körperlich und seelisch gequält hatte, sie nicht traf, sondern an ihr vorüberwehte wie der Herbstwind das Laub zu ihren Füßen. Aber das funktionierte nicht, denn der Orkan entstand in ihrem Inneren.

Daniel musste daran denken, wie angriffslustig sich Markus und Horst Kranich verhalten hatten, als er sie mit Tomasz in Chorweiler aufgesucht hatte. Dabei waren sie dort gewesen, um von ihnen sachdienliche Hinweise zu bekommen, die womöglich zum Durchbruch bei der Suche nach Julias Mörder hätten führen können, und nicht, um sie als Verdächtige zu verhören.

Der Ältere hatte mit seinem aufbrausenden Temperament nicht hinter dem Berg gehalten. Von dem Jüngeren war eher eine subtile Bedrohung ausgegangen. Daniel hatte gedacht, dass Markus Kranich einfach ein arrogantes Arschloch war, der glaubte, cleverer als andere zu sein, da er dem Getto entkommen war. Mit dem Wissen, das er nun hatte, befürchtete er jedoch, dass er sich von ihm hatte blenden lassen. Anscheinend hatte sein wahrer Charakter immer wieder kurz aufgeblitzt, doch anders als sein Vater, besaß er die innere Stärke, das in ihm schwelende aufbrausende Temperament zu kontrollieren.

Etwas regte sich tief in Daniel. Ein nervöses Ziehen in seinen Eingeweiden.

Nachdenklich strich er mit Daumen und Zeigefinger über seinen gestutzten Mund-Kinn-Bart. „Warum haben sich Nadine und Markus getrennt?"

Herr Schmitz verschränkte seine Arme vor dem Oberkörper und legte sie auf seinem Bauch ab. „Er wollte sehr gerne Kinder haben, sie auf keinen Fall."

„Zumindest nicht von ihm", warf seine Ehefrau ein und schaute mit besorgt gerunzelter Stirn zum Himmel auf, der seine Farbe von Hellgrau zu Anthrazit wechselte.

„Sie hatte Angst", Marie zögerte und sprach dann doch weiter, „er könnte die Kids misshandeln, so wie er sie misshandelt hat."

Während er nickte, senkte Frau Schmitz verlegen ihren Blick.

Wieder einmal überraschte es Daniel, wie gut sich Marie in andere hineinversetzen konnte. Er selbst wäre davon ausgegangen, dass Nadine es einfach nur satthatte, ihre blauen Augen mit Make-up zu kaschieren und im Hochsommer langärmelige Oberteile zu tragen, damit ihre Kommilitonen die Blutergüsse nicht bemerkten.

„Er passte nicht zu ihr, nicht in diese Gegend, nicht in unsere Schicht. Entschuldigen Sie, wenn ich so offen bin, aber mochte seine Kleidung auch teurer sein als unsere, er war trotzdem nicht unser Niveau." Die Schweißflecken unter Herrn Schmitz' Achseln wurden immer größer.

„Nur weil er aus Chorweiler stammt?" Hatte Marie eben noch Anteilnahme gezeigt, so schnaubte sie nun umso empörter. „Dort wohnen gute, ehrliche Menschen, die teilweise drei Jobs haben, um überhaupt einigermaßen über die Runden zu kommen."

Daniel quittierte Maries Gerechtigkeitssinn mit einem Lächeln und schwieg.

„Er geriet öfter mit dem Gesetz in Konflikt, wie man so schön sagt." Vereinzelte dicke Regentropfen fielen auf Herrn Schmitz' Schultern und hinterließen dort Wasserflecke. „Trunkenheit am Steuer, Fahren ohne Fahrerlaubnis, Schwarzfahren, als er seinen Lappen einige Monate abgeben musste ... Er sieht picobello aus, weiß sich zu verkaufen, aber irgendwas in seinem Kopf tickt nicht richtig."

Er tippte mit seinem Zeigefinger so energisch gegen seine Stirn, dass Daniel befürchtete, es könnte eine Delle zurückbleiben.

„Wie meinen Sie das?"

„Ein Wolf im Schafspelz." Herrn Schmitz' Miene verfinsterte sich. „Er will etwas Besseres sein, schafft es aber nicht. Der Apfel fällt nicht weit vom Stamm, wie Sie so treffend sagten. Markus Kranich ist ein Schläger wie sein Vater, aber man sieht und merkt es ihm nicht an. Er weiß sich eben zu verkaufen, ist gewitzt und brutal wie Hannibal Lecter in *Das Schweigen der Lämmer*, falls Sie sich an den Film noch erinnern."

Plötzlich kam Daniel das Profil des Serienkillers in den Sinn. Stück für Stück fielen die Puzzleteile an ihren Platz.

38. KAPITEL

„Der Gesuchte besitzt Sozialkompetenz …“, hatte Tomasz gesagt.

Klack.

„Männlich, intelligent, aber in einem kontrollierten Rahmen gewaltbereit, denkt, er wäre zu clever, um erwischt zu werden.“

Klack.

„Außerdem muss er in Köln leben, das beweist sein Aktionsradius.“

Klack.

Möglicherweise Bogenschütze, falls Maik nicht aus Verzweiflung um das eigene Leben und das seiner Eltern doch auf Ben und Heide geschossen hatte. Kam an Drogen heran, war aber selber vermutlich clean. Kannte sich mit dem Internet aus und war mobil, besaß also einen Führerschein und ein Auto, was wiederum aussagte, dass er mindestens zur Mittelklasse gehörte.

„Hat Kranich jemals Rauschgift genommen, als er mit ihrer Tochter zusammenlebte?“, fragte Daniel gedankenversunken. Erst Frau Schmitz’ unerwartet heftiges Schluchzen riss ihn vollkommen aus seinen Überlegungen.

„Nadine hat ihn mit unserer Hilfe rausgeworfen. Doch als wir arbeiten waren“, Herr Schmitz schluckte immer wieder heftig, als hätte er Mühe, die Worte über seine Lippen zu bringen, „ist er zurückgekehrt, hat ihr irgendetwas eingeflößt und sie …“

Vergewaltigt. Das musste nicht ausgesprochen werden, Daniel wusste auch so, was er meinte. Markus hat sich genommen, was sie ihm verweigert hatte, um ihr zu beweisen, wer die Kontrolle über ihre Beziehung besaß. Niemand servierte ihn ab. Man verließ ihn nicht ungeschoren, sondern er war derjenige, der ging, wann er es für richtig hielt.

Die Stimme von Nadines Vater klang belegt: „Sie musste danach genäht werden. Er kam nie wieder.“

„Es ging ihm allein um eine Demonstration seiner Macht.“ Nun verstand Daniel so einiges. Während er am Vortag mit Nadine gesprochen hatte, war sie immer blasser und kränklicher geworden, nicht etwa, weil ihre Erkältung schlimmer wurde, sondern weil das Grauen zurückgekehrt war – die Angst, die Schmerzen und die Scham. Sie musste in der Beziehung mit Markus aus nervlicher Belastung stark abgenommen haben, denn als sie sich kennengelernt hatten, hatte sie noch einige Kilos mehr gewogen, das belegte das Schulabschlussfoto, das er bei ihr gesehen hatte. Jetzt war sie nur noch ein Schatten ihrer selbst. Vermutlich lag sie im Bett, weil sie psychisch labil war und die Erinnerungen sie fertigmachten.

Daniel machte sich große Sorgen um sie. Sie hatte sich auffällig gut in Frau Kranich hineinversetzen können und ihm die Gründe für Ewas Suizid erklärt, als wären die Gedanken und Gefühle der Frau für sie glasklar, dabei hatten sie sich kaum gekannt und sich bestimmt nicht über ihre brutalen Partner ausgetauscht. Aber Nadine hatte, anders als Ewa, Rückhalt. Ihre Eltern kümmerten sich um sie, jetzt wahrscheinlich noch mehr als früher. Daniel nahm an, dass ihre Tochter schon immer emotional leicht zu erschüttern gewesen war. Aus diesem Grund hatte sie sich vermutlich geweigert, mit Markus zusammenzuziehen, nicht weil sie sich noch zu jung dafür gefühlt hatte.

Nun, da er sie noch kaputter hinterlassen hatte, würde sie noch viele weitere Jahre im Nest ihrer Familie bleiben oder gar nicht mehr flügge werden, befürchtete Daniel.

Das Ziehen in seinem Magen trat wieder ein, heftiger als zuvor. *Alles passt. Denk doch nach!*

Er ließ die Begegnung mit Markus Kranich noch einmal Revue passieren. Sie war äußerst merkwürdig gewesen, eine unangenehme Berg- und Talfahrt. Markus hatte ihn immer wieder gereizt und dann doch jedes Mal eingelenkt. Sicherlich hatte Kranich ihn mit seinen Sticheleien provozieren wollen.

Doch nun deutete Daniel sein Verhalten zum einen als Zeichen dafür, dass sein Hass auf die Polizei – und auf Benjamins Familie, fügte seine innere Stimme hinzu – immer wieder durchgekommen war. Wahrscheinlich hatte Markus sich nur schwer zurückhalten können, aber er hatte es geschafft.

Zum anderen wies das auf Kranichs ambivalenten Charakter hin. Wie Daniel bereits wusste, war Markus von seinem Vater ebenso wie seine Mutter geschlagen worden. In seiner Beziehung zu Nadine war er später selbst zum Täter geworden, wie es leider oft in Missbrauchsfällen der Fall war.

„Er hat sich immer um alles gekümmert, war die Schnittstelle von uns zur Familie, damals als Julia verschwand wie auch heute, wo wir wegen Mordes ermitteln. Ein aufgeweckter Bursche, wenn du mich fragst", hatte Tomasz ihn beschrieben. *„Er hat seine Schwester über alles geliebt, sie standen sich wohl sehr nah. So wie er aussagte, war ihr*

Verhältnis inniger als zu den Eltern, weshalb er ihr ab und zu heimlich Geld für Kleidung gab und ihr ein Smartphone kaufte. Jedenfalls verlor er im Herbst seinen Job und kurz darauf auch seine Freundin. Nachdem Julia vom Erdboden verschwand, ging sein Leben den Bach runter. Der Kummer fraß ihn innerlich auf, so sehe ich das, aber inzwischen hat er sich wieder im Griff.“

Klack.

Hatte Kranich das wirklich? Hatte er nicht vielmehr ein Ventil gefunden, das ihm Erleichterung verschaffte, um nicht an dem Verlust seiner Schwester zu zerbrechen?

„Sind wir nicht alle auf die eine oder andere Art beschädigt?“, hatte Kranich ihn bei ihrem Besuch gefragt. Daniel hatte gedacht, er hätte damit auf Daniels Rollstuhl und die Prügel, die Markus als Kind von seinem Vater kassierte, angesprochen. Aber jetzt war er sicher, dass er damit gemeint hatte, dass Julia ihm gewaltsam entrissen worden war. Der Verlust hatte offenbar sein Herz gebrochen, es war eine offene Wunde.

Klack.

Daniel konnte dennoch kein Mitgefühl für ihn entwickeln. Verletzte Tiere waren die gefährlichsten. Bisher war er unfähig, Markus' Charakter vollkommen zu durchschauen, weil dieser ihn durch seine Stimmungsschwankungen in die Irre geführt hatte, aber der Nebel lichtete sich langsam.

Mehr und mehr sah Daniel klarer. Er stand kurz vor einem Durchbruch, er spürte es mit jeder Faser seines Körpers, in dem er noch Gefühl hatte. Er ließ seinen Gedanken freien Lauf. Sie liefen im Zickzackkurs wild umher und sammelten die Puzzleteile ein.

Wie hatte der kanadische Kriminalpsychologe Robert D. Hare einen Psychopathen noch beschrieben? *Charmant wie George Clooney, verlogen wie Pinocchio, betrügerisch wie Bernard Madoff, selbstherrlich wie Josef Stalin und aufbrausend wie Adolf Hitler.* Ein „Raubtier im Menschen“, ohne Gewissen.

Markus' blutendes Herz ... Die abgeschlachteten Ratten und die Leichen von Mike Schardt, Günther Lenz und Corinna Backes tauchten vor Daniels geistigem Auge auf.

Klack.

Marie schaute ihn besorgt an und er erinnerte sich wieder an seine Gedanken. *Selbst jemand, der so perfekt aussah und auftrat wie Marie, trug Narben auf seiner Seele und verbarg sie vor der Welt, bis etwas geschah, das ihn aufbrechen ließ, sodass er sich offenbarte. Das konnte etwas Gutes, aber auch etwas Schlechtes bedeuten.*

Kranich war durch Julias Ermordung regelrecht explodiert. Die Misshandlung durch seinen Vater hatte aus ihm selbst einen Schläger gemacht. Und Julias Ermordung machte aus ihm … einen Mörder?

Innerlich nickte Daniel bestätigend. Dasselbe Verhaltensmuster.

Klack.

„Ich hätte ihn erkennen müssen", murmelte er verbissen. Markus Kranich trug die gleiche Glut in seinen Augen wie sein Vater, wusste sein Temperament aber zu verbergen. Er war ein Schauspieler, gab auf der Bühne des Alltags den Engel und tobte hinter den Kulissen wie ein Teufel.

Genau diese niederträchtige Intelligenz hatte Daniel dem Serienmörder zugesprochen, als ihm klar wurde, dass sie zwei Straftäter suchten. Horst gab seine Aggression offen zu, das hätte der Mörder, der die drei Erwachsenen nicht nur getötet, sondern auch gefoltert und hergerichtet hatte, um eine Botschaft zu vermitteln, niemals getan.

Klack.

Aber was zur Hölle wollte Markus Kranich ihnen durch die abgehackten Gliedmaßen, die zugenähten Körperöffnungen und den aufgeschlitzten Bauch mitteilen?

Daniel hörte zwar, dass Marie sich weiterhin mit Nadines Eltern unterhielt, aber die Worte drangen nicht zu ihm durch. Er bezweifelte, dass sie ihm noch mehr Informationen liefern konnten.

Seine Gedanken kreisten erneut um das Zusammentreffen mit dem jungen Kranich. Ihm wurde klar, dass Markus ihn und Tomasz durch verbale Attacken gereizt hatte, damit sie preisgaben, wie viel sie über ihn und sein Alter Ego wussten. Er hatte versucht, den Stand der Ermittlungen herauszufinden, ob sie ihm auf die Schliche kamen. Was musste er sich innerlich kaputtgelacht haben, als er erfuhr, dass die Kripo vermutete, Julias Mörder wäre auch der von Schardt, Lenz und Backes, und deshalb in die falsche Richtung ermittelte!

Sein Alter Ego kannte Daniel sogar auch. Der Patron, wie er sich selbst nannte.

Klack.

Er ballte die Hände um die Armlehnen und knirschte mit den Zähnen, weil er so blind gewesen war.

„Es handelt sich um einen vorausplanenden Täter und keinen impulsiven, denn er hat seine Opfer gezielt ausgewählt“, hatte er zu Tomasz gemeint, als sie über die Täteranalyse sprachen. *„Sie müssen mit der Party in Zusammenhang stehen.“*

„Er ist ein Perfektionist, bisher hat er nie Spuren hinterlassen und mit an Sicherheit grenzender Wahrscheinlichkeit alle Taten bis ins Detail vorab geplant.“

Daniel hatte Tom zugestimmt. *„Alles lief so, wie er es wollte. Bis er das ungeborene Kind in Backes Bauch sah. Plötzlich stieg sein Mitgefühl an die Oberfläche und seine menschliche Seite verdrängte den Psychopathen in ihm.“*

Weil er Kinder mochte, dachte Daniel. Und Teenager. Junge Menschen wie Julia. Sie waren unschuldig und oft selbst Opfer. Deshalb auch der Rückzieher bei der schwangeren Polizistin. Anscheinend wollte er ihr das Kind nicht gewaltsam entreißen, wie Julia ihm gewaltsam entrissen worden war.

Plötzlich lag das Motiv glasklar vor Daniel. *Vergeltung.*

Kranich hatte die Ermordung seiner Schwester gerächt. Er wusste, dass Ben, Denis und Maik sie auf dem Gewissen hatten, aber er hatte die Jungs nicht einfach töten können, genauso wenig wie er den Fötus aus Backes' Bauch hatte schneiden können. Weil sie noch jung waren. Sie genossen Welpenschutz bei ihm.

Verschonen wollte er das Rat Pack allerdings nicht, deshalb inszenierte er ein grausames Spiel. Erst stahl er das Vertrauen der Jungs, machte sie glauben, es handele sich um eine harmlose Geocaching-Suche, dann spionierte er sie aus und brachte sie in immer riskantere Situationen, bis er sich ihnen schließlich offenbarte und ihre Familien bedrohte. Er wollte sie anscheinend dazu bringen, zu verzweifeln und Angst zu haben, um ihr eigenes Leben und das der Personen, die sie am meisten liebten. Denn er selbst hatte das Liebste bereits verloren. Julia. Über allem stand das Ziel, die Jungs leiden zu lassen, bis sie Suizid begingen, weil ihre Nerven blank lagen oder sie dachten, sie könnten ihre Eltern und Geschwister auf diese Weise schützen, oder volljährig wurden.

Klack.

Die ACAB-Mütze fiel Daniel ein. *All cops are bastards.* Anscheinend hasste Markus Kranich die Polizei regelrecht, mutmaßlich weil sie ihm in der Hölle seiner Kindheit nicht geholfen hatte. Als er dann auch noch mitbekam, dass die Ermittler vor einem Jahr das Verschwinden von Julia nicht ernst nahmen, und sich später herausstellte, dass sie ermordet worden war, drückte sich sein Hass in der Tötung von Corinna Backes aus.

Klack.

„Alles in Ordnung mit dir?“, fragte Marie.

Schweigend nickte Daniel. Er durfte das Zusammenfügen des Puzzles nicht unterbrechen, um nicht ein Teil zu übersehen.

Die Morde an Schardt, Lenz und der Polizistin fanden erst nach dem Fund von Julias Leiche statt. Dieser musste der Auslöser gewesen sein. Aber die Geocaching-Spiele hatten schon früher begonnen. Folglich kannte Markus die Wahrheit bereits. Nur woher?

Warum er sich nicht an das Polizeipräsidium gewandt hatte, lag auf der Hand. Fehlendes Vertrauen. Stattdessen hatte er sich auf seine Vendetta begeben.

Daniel sah sich wieder in Julias Zimmer sitzen und hörte erneut, wie Kranich ihm erzählte, dass er ihr ein Handy und einen Computer geschenkt hatte. Nicht sie hatte ihn darum gebeten, sondern er hatte gewollt, dass sie diese Dinge besaß. Dass er eine Technikaffinität hatte, war Daniel durch sein Alter Ego bekannt, nur hatte er dieses bisher nicht mit Kranich zusammengebracht. Jetzt legte er sie übereinander, wie eine Schablone über eine Zeichnung.

Klack.

Seine Gedanken wirbelten durcheinander. Es fehlte noch ein Bindeglied. Eine Frage war noch ungeklärt. Sie hatte mit Feuer und Molotowcocktails zu tun. „Wissen Sie, ob Markus Kranich Bogenschütze ist?“

Erst jetzt bemerkte er, dass Herr Schmitz nicht mehr im Vorgarten stand, sondern neben seiner Frau auf dem Weg. „So haben sich Nadine und er doch kennengelernt. Sie jobbte am Fühlinger See in einem Strandbad. Da gibt es neben viel Sand auch einen Wassersportverleih und einen Schießstand. Er fuhr auch manchmal in die Eifel, da kann man im Wald auf Tiere schießen. Aus Pappe natürlich“, stellte er rasch klar. „Er hat stundenlang Pfeile selbst gebaut, wie ein Jäger. Würde mich allerdings nicht wundern, wenn er auch auf lebende Tiere geschossen hat, denn ich glaubte mal getrocknetes Blut an einer Pfeilspitze gesehen zu haben. Er behauptete, es sei Farbe. Aber woher sollte die denn stammen?“

KLACK! Das letzte Puzzleteil fiel laut wie eine Bombe an seinen Platz.

Plötzlich hatte Daniel es eilig, sich zu verabschieden. Marie bedachte ihn mit einem skeptischen Blick, doch er tauchte schon wieder in seine Überlegungen ab.

Während sie zum Wagen zurückkehrten, resümierte Daniel.

Markus hatte viele Jahre zusammen mit Julia in einem Zimmer gewohnt, hatte sie vor den Übergriffen ihres Vaters geschützt und sich um sie gekümmert, selbst noch, nachdem er von zu Hause ausgezogen war. Ihr Verhältnis war eng. Sehr eng.

Als sie ermordet wurde, drohte er am Kummer darüber zu zerbrechen. Hinzu kam, dass er sich nicht einfach etwas ungesühnt wegnehmen ließ, dass nur er eine Beziehung beenden durfte, wie er durch Nadines Vergewaltigung bewies.

Sein eigenes Leid hatte dazu geführt, dass er andere leiden ließ. Aus Vergeltung. Aus Hass. Aber auch, um sie den Schmerz spüren zu lassen, den er selbst empfand.

Markus Kranich war der Serienkiller.

Der Serienkiller war GeoGod.

Markus Kranich war GeoGod.

Er hatte davon Kenntnis, dass Denis, Ben und Maik die Schuld an Julias Tod trugen, und übte nun eine perfide Form von Selbstjustiz aus. Nur, woher kannte er die Wahrheit?

Er hatte die Jungs nicht einfach umgebracht, weil sie zu dem Zeitpunkt, an dem er seinen Rachefeldzug begann, noch nicht volljährig gewesen waren, denn er mochte Kinder und Jugendliche, weil sie unschuldig und Opfer waren.

Aber wie passten der Streetworker, der Obdachlose und die Polizistin ins Bild?

„Er zieht weg. Darf er das trotz laufender Ermittlungen?" Marie verstaute seinen Rollstuhl auf dem Rücksitz, nachdem Daniel eingestiegen war.

Verwirrt lehnte er sich aus der Öffnung an der Fahrerseite. „Wer?"

„Markus Kranich. Hast du denn nicht zugehört?" Ungläubig schüttelte sie den Kopf. Sie warf die Tür zu, ging um das Auto herum und setzte sich neben ihn. „Frau Schmitz kennt seinen neuen Vermieter durch den KVV, den Kölner Vermieterverein, dem das Ehepaar Schmitz auch angehört, und der erzählte ihr von Kranichs Auszug. Als er ihn um seine neue Telefonnummer bat, im Falle von Rückfragen, sagte er, er würde dort, wo er hinwill, kein Telefon haben. Was hat das zu bedeuten?"

„Dass er untertauchen wird." Aufbrausend schlug er auf das Lenkrad. „Scheiße!"

Marie warf ihm einen tadelnden Blick zu. „Die Schmitz sind froh. Wenn es nach ihnen geht, können sie gar nicht genug Kilometer von Kranich trennen. Er ist ein rotes Tuch für sie, kein Wunder."

Kaum hatte sie ihre Tür zugezogen, ging ein Regenschauer nieder. Die großen Tropfen trommelten ohrenbetäubend aufs Dach.

„Wir müssen Benjamin aus dem Krankenhaus holen", sagte Daniel laut, um den Krach zu übertönen.

Maries Stirn legte sich in Falten. Sie neigte sich zu ihm, anscheinend, damit sie nicht ebenso schreien musste wie er. „Das ist noch zu früh. Es wird noch ganz schön viel Alkohol in seinen Adern fließen."

„Dort ist er nicht sicher." Daniel glaubte nicht, dass es ausreichen würde, einen Kollegen der Schutzpolizei vor Bens Krankenzimmer zu positionieren. Der würde GeoGod nicht daran hindern, sein Spiel zu beenden. Denis befand sich in der Psychiatrie und Maik in Polizeigewahrsam. Folglich stellte Ben die einzige Person dar, die etwas mit Julias Ableben zu tun hatte und für GeoGod noch zu erreichen war.

Besorgt weiteten sich Maries Augen.

Er würde ihr alles auf der Fahrt zur Klinik erklären. Daniel holte sein Handy aus der Hosentasche und wählte Tomasz' Nummer, um ihn und ja, auch Leander, zu alarmieren.

Der Regen lief in dicken Schlieren über die Scheiben und schirmte sie vom Rest der Welt ab.

Marie hatte wie immer recht gehabt, das Frühstück würde an diesem Morgen ausfallen, aber ihm war vor Aufregung und Sorge um Benjamin ohnehin der Appetit vergangen.

39. KAPITEL

Marie konnte mit Daniel, der seinen Rollstuhl mit schnellen kräftigen Armbewegungen anschob, kaum Schritt halten. Das Klacken ihrer Pumps klang unangenehm laut auf dem Klinikboden und hallte in den Gängen wider. Skeptische Blicke verfolgten sie. Dass die Krankenschwestern sie nicht aufhielten oder gar hinauswarfen, grenzte an ein Wunder. Aber wahrscheinlich dachten sie, es handele sich um einen Notfall. Und es war ja auch irgendwie einer, auch wenn Marie glaubte, dass Kranich nicht ausgerechnet jetzt zuschlug, während Benjamin sich in einer öffentlichen Einrichtung aufhielt.

Als sie am Glaskasten der Stationsschwestern vorbeirauschten, fiel Marie ein Mann in Straßenkleidung auf, der etwas auf einem Block notierte oder es zumindest versuchte, die Spitze seines Kugelschreibers anhauchte und dann weiterschrieb, stoppte und die Miene wild über das Blatt kratzen ließ, sodass es zerriss. Der Pfleger vor ihm verdrehte seine Augen und reichte ihm einen neuen Kuli.

„Leander? Was macht der denn hier?“, fragte Daniel, ohne sein Tempo zu drosseln.

„Wer ist das?“

„Er sitzt in meinem Büro, auf meinem Platz und macht meinen Job. Ach, nein, macht er doch nicht, denn sonst wüsste er längst, was ich … wir herausgefunden haben.“ Lächelnd drehte er sein Gesicht zu Marie und zwinkerte.

Seine Schiebermütze wurde von seinem Kopf geweht. Geschickt fing Marie sie auf und rannte hinter ihm her. „Dein Nachfolger?“

„Ein Hospitant.“ Sicher lenkte er seinen Rolli um zwei ältere Damen herum, die erschrocken an die Wand auswichen. „Er sollte eigentlich nach Kranich suchen, deshalb hatte ich Tom doch angerufen, bevor wir von den Schmitz’ losgefahren sind. Hier vergeudet er nur Zeit.“

Entschuldigend lächelte Marie den grauhaarigen Ladys zu.

Ihnen begegneten weitere Polizisten, diesmal in Uniform, sie befragten die Patienten. Marie wurde mulmig. Ihre Beine fühlten sich immer schwerer an und dennoch ermahnte sie sich, schneller zu gehen.

Tomasz fing sie vor Benjamins Krankenzimmer ab. Er sah aus, als könnte er eine Zigarette vertragen, fand Marie – gestresst. Sein Kürbisgesicht färbte sich rot, als er ihnen den Weg versperrte. „Warum habt ihr mich nicht früher eingeweiht?“

Knapp vor seinen Beinen bremste Daniel ab. Es passte vielleicht noch eine Münze zwischen die Fußstützen und Toms Jeans. „Ich habe doch eben selbst erst erkannt, dass Markus Kranich Michael „Mike" Schardt, Günther „Schnapper" Lenz und die Kollegin Backes ermordet hat. Warum sucht ihr nicht nach dem Serienmörder?"

„Die Polizeireviere in Köln und Umgebung sind bereits informiert worden." Tomasz war der geringe Abstand wohl unangenehm, denn er trat einen Schritt zurück. „Sobald wir hier fertig sind, fahren wir zu seinem Vater und Kranichs eigener Wohnung."

„Könnt ihr euch sparen, er ist ausgezogen und hat nicht gesagt, wohin." Mit mürrischer Miene nahm Daniel seine Mütze von Marie an und setzte sie auf.

Ein Knopf von Toms orangebraunem Hemd fehlte, sodass es in Höhe des Bauchnabels etwas offen stand. „Vielleicht hat er den Nachbarn etwas über sein Ziel erzählt."

„Er ist wohl kaum der Typ, der Freundschaften pflegt", sagte Daniel abfällig und wischte sich die Feuchtigkeit von seiner schwarzen Fleecejacke, sodass winzige Tropfen umherstoben.

„Wir müssen sie trotzdem befragen. Ich habe schon rumtelefoniert. Auf der Arbeit hatte er schon vor einem Monat seinen letzten Tag."

Durch den Sturzregen hatten sie an die zwei Stunden von Widdersdorf bis zum Hospital gebraucht, weil die Straßen verstopft waren. In den Außenbezirken Kölns floss der Verkehr nur noch zäh, in der City war er fast vollkommen zum Erliegen gekommen.

Marie schaute zum Fenster am Ende des Korridors. Die Tropfen fielen senkrecht. Wie ein Vorhang hingen sie hinter der Scheibe und verwässerten den Ausblick auf die Hochhäuser.

Man könnte glatt meinen, in einer Waschmaschine zu stecken, dachte Marie. Das alles kam ihr so unwirklich vor wie in einem bösen Traum.

Sichtlich ungehalten verlagerte Tomasz vor Daniel sein Gewicht von einem Fuß auf den anderen. „Und wann wolltest du mir sagen, dass Ben weiß, wie Julia umkam, weil er bei ihrer Tötung dabei war?"

Angespannt drehte Marie sich vom Fenster zu ihm herum. „Er hat es uns erst gestern Abend gebeichtet. Danach trank er sich ins Koma und wir brachten ihn ins Krankenhaus. Sobald er wieder auf dem Damm ist, wären wir aufs Polizeipräsidium gekommen."

„Schon morgen, dafür hätte ich gesorgt." Daniels Kiefer mahlten.

Nervös knetete Marie ihre Handtasche. „Ich möchte ihn sehen."

Tomasz atmete tief ein. Mit einem einzigen kräftigen Atemzug stieß er die Luft aus seinen Lungen aus, sodass Marie Nikotin roch. „Er ist nicht mehr hier."

„Wie bitte?" Vor Schreck ließ sie ihre Tasche fallen. Sie hob sie auf und trat näher an Tomasz heran.

„Er ist nicht da", wiederholte Tom etwas lauter und dämpfte seine Stimme wieder. „Als seine beiden Zimmergenossen vom Kiosk im Erdgeschoss zurückkehrten, war Benjamin weg. Seitdem ist er unauffindbar. Das Personal hat den ganzen Vormittag nach ihm gesucht. Im Moment durchkämmen Kollegen von der Schutzpolizei das Hospital, aber ich habe wenig Hoffnung."

Entsetzt keuchte Marie. „Die Stationsschwestern und Pfleger?"

„Haben nichts mitgekriegt." Tom zuckte kaum merklich mit den Achseln. Seine Unterlippe war eingerissen, als hätte er vor Anspannung zu oft darauf gebissen.

Ungehalten nahm Daniel seine Mütze vom Kopf, warf sie in die Tasche unter seinem Sitz und öffnete den Reißverschluss seiner Jacke. „Das ist unmöglich."

„Ben ist abgehauen", eindringlich sah Tomasz zwischen ihnen hin und her, „als ihm bewusst wurde, dass er im Suff das Geheimnis von ihm und seinen Freunden ausgeplaudert hat und sich stellen muss."

„Das würde er niemals tun." Marie kannte ihn. Benjamin war manchmal naiv und saß Dinge aus, anstatt sie anzugehen. Aber wenn er erst einmal einen Entschluss gefasst hatte, stand er auch dazu. „So ist er nicht."

„Kranich hat ihn", sagte Daniel aus dem Brustton der Überzeugung.

Tom schüttelte seinen Kopf. Einige zurückgegelte Strähnen lösten sich aus der Pomade und stellten sich störrisch auf. „Es gibt keinen Hinweis auf eine Entführung."

„Aber auch keinen darauf, dass Ben geflüchtet ist." In Gedanken entschuldigte sich Marie bei Daniel, weil sie geglaubt hatte, er übertreibe mit seiner Eile. Aber er hatte mit seiner Einschätzung recht gehabt. GeoGod machte seinen letzten Schachzug. Viel früher als erwartet. Noch heute.

„Markus Kranich hat alles vorbereitet, um sich aus dem Staub zu machen", begann Daniel.

Und Marie führte seine Überlegung zu Ende: „Vorher muss er noch seine Vendetta vollenden. Ben …" Sie schlug eine Hand vor ihren Mund.

„Du musst Fuchs darüber in Kenntnis setzen und ihn bitten, mit dem Staatsanwalt zu sprechen, damit dieser eine Öffentlichkeitsfahndung einleitet." Daniels Nicken kam einer Aufforderung gleich.

Aus dem Augenwinkel heraus beobachtete Tom einen Polizisten, der durch die offen stehende Tür von Bens Zimmer auf den Gang trat und den Kopf schüttelte, weil er, so vermutete Marie, keine hilfreichen Informationen von den Zimmergenossen erhalten hatte. „Selbstverständlich suchen wir nach Markus Kranich und haben ihn intern als möglichen Verdächtigen eingestuft ..."

„Intern?", brauste Daniel auf. „*Möglicher* Verdächtiger?"

Unbeirrt fuhr Tom fort: „Aber es gibt keine hieb- und stichfesten Beweise, dass er der Mörder von Schardt, Lenz und Backes ist."

„Er ist Bogenschütze", erinnerte Daniel ihn.

„Das heißt lediglich, dass er für den Brandanschlag auf Benjamin und Heide Mannteufel verantwortlich sein *könnte*." Das letzte Wort betonte Tomasz. „Genauso wie alle anderen Bogenschützen in Köln."

Marie wusste, dass Tom sich an die Richtlinien halten musste und ihm die Hände gebunden waren, dennoch hätte sie ihm wegen seiner Verbohrtheit am liebsten ihre Tasche übergebraten. „Zwischen Ben und Markus gibt es eine Verbindung – Julia Kranich."

„Das Mordopfer", bemerkte Daniel sarkastisch, neigte sich vor und stützte sich auf seinen Oberschenkeln ab.

„Woher sollte Kranich denn gewusst haben, dass Benjamin etwas mit ihrem Ableben zu tun hat?" Tomasz breitete seine Arme aus und hob skeptisch seine Augenbrauen.

„Hat Ben nicht!", korrigierte Marie ihn. „Er war nur dabei und glaubte, er würde einen Drogentrip durchleben."

Wild gestikulierte Daniel. „Macht einen Abgleich zwischen seinen selbst gebastelten Pfeilen und denen, die ihr in der Wohnung der Mannteufels sichergestellt habt und, voilà, da ist euer erster Beweis."

„Die waren aus Holz und sind verbrannt." Tom trat beiseite und ließ zwei Pfleger mit einem leeren Krankenbett passieren. „Den Kriminaltechnikern des Landeskriminalamtes bleiben nur die Stahlspitzen und winzige Reste der Molotowcocktails."

„Auf denen sie keine Spuren finden werden, denn wenn das Feuer nicht alle Beweise vernichtet hat, dann das Löschwasser." Resignierend seufzte Daniel. „Familie Schmitz wird bestimmt gegen ihn aussagen."

Marie war sich da nicht so sicher! Offenbar fürchteten sie sich vor

Kranich und wollten seinen Zorn nicht auf sich ziehen, zumal sein Aufenthaltsort unbekannt war. Sie hatten ja schon einmal erlebt, wohin das führte, wenn man sich gegen ihn wandte – wozu diese Bestie fähig war. Nur weil Nadine sich von ihm getrennt hatte, setzte er sie unter Drogen und vergewaltigte sie brutal. Was würde er erst mit ihr und ihren Eltern tun, wenn er erfuhr, dass er dank ihnen in den Fokus der Kripo geraten war? „Das brächte sie in Lebensgefahr. Wir können sie erst darum bitten, nachdem Markus Kranich in Haft sitzt."

Daniel raufte sich die Haare. „Ihre Aussagen werden aber benötigt, um ihn genau dorthin zu bringen. Verdammt!"

„Wir werden Markus Kranich finden, das verspreche ich euch!" Rötliche Halbmonde zeigten sich auf Toms Wangen, dicht unter seinen Augen, sodass Marie sich fragte, was ihn verlegen machte. Eine Sekunde später erfuhr sie es von ihm: „Die Ringfahndung nach Benjamin hat Priorität, immerhin haben wir da eure Zeugenaussagen."

In einer herausfordernden Art lehnte sich Daniel in seinem Rollstuhl zurück und verschränkte seine Arme vor dem Brustkorb. „Die ihr erst noch protokollieren müsst."

Tom blinzelte ihn an. „Willst du plötzlich behaupten, von nichts zu wissen?"

„Natürlich nicht." Schnalzend schlug Daniel mit seiner Faust auf die Armlehne seines Rollis. „Aber Kranich ist unser Mann!"

„Das glaube ich dir." Als hätte ihn die Diskussion erschöpft, lehnte sich Tomasz mit seiner Schulter gegen die weiße Krankenhauswand. „Aber erst nehmen wir eure umfassenden Aussagen auf und dann bespreche ich mit Fuchs, ob genug Indizien gegen Kranich vorliegen, um den Staatsanwalt einzuschalten – nachdem ich mit Benjamin aufs Präsidium zurückgekehrt bin. Während dieser Zeit halten alle Polizisten Kölns die Augen nach ihm offen und bringen ihn sofort ins KK 11, sobald er sich irgendwo zeigt."

Marie trat beiseite, sodass Leander an ihr vorbeikam. Der schlaksige junge Mann trug einen dünnen himmelblauen Pullover über einem weißen Hemd, das locker über seine Jeans hing. Ihr fiel auf, dass er darauf achtete, nicht zu nah bei Daniel stehen zu bleiben, als befürchtete der Hospitant, Daniel könnte nach ihm schnappen. Sie warf ihrem Ehemann einen mahnenden Blick zu, doch er bekam es nicht mit.

In einer unsicheren Geste strich sich Leander durch seine blonden Locken. „Corinna Backes, die Polizistin, hat ihren Mörder doch gekratzt."

Hatte Daniel eben noch ausgesehen, als wollte er ihn fressen, so öffnete er nun überrascht seinen Mund. „Natürlich!"

„Wir haben keine Vergleichs-DNA und kommen auch nicht so einfach und schnell an sie heran, weil Kranich aus seiner alten Wohnung ausgezogen und sein neuer Aufenthaltsort unbekannt ist." Zerknirscht blickte Tomasz zwischen den beiden Männern und Marie hin und her.

„Warte!" Daniel fuhr eine Radumdrehung vor. „In seinem ehemaligen Kinderzimmer liegt seine Mütze."

„Bei seinem Vater?", fragte Tom und stieß sich von der Wand ab.

Aufgeregt pochte Daniel immer wieder mit seiner geschlossenen Faust auf die Armlehne seines Rollis. „Ich habe sie gesehen, als ich dort war. Wir unterhielten uns kurz über sie. Darin findet ihr garantiert seine Haare und Epithelien. Eine Wollmütze, schwarz, ACAB steht darauf."

„Aber wird der alte Kranich sie ohne richterliche Anweisung herausgeben?" Tom schnalzte. „Er ist ein harter Brocken."

„Man muss ihn nur mit Samthandschuhen anfassen. College-Boy traue ich das zu. Er hat Frauenhände." Maries Schnauben ob seiner Bemerkung quittierte Daniel mit einem breiten Lächeln.

Fragend sah Leander zu Tomasz. Als dieser nickte, sauste er davon. „Sollte die DNA übereinstimmen, verspreche ich dir, alle mir zur Verfügung stehenden Mitarbeiter auf ihn anzusetzen und die Medien einzuschalten. Dann hast du deine bundesweite Öffentlichkeitsfahndung."

„Das dauert zu lange, viel zu lange, allein die Laboranalyse!"

„Sorry, mehr kann ich nicht tun."

Einige Male tippte Daniel mit seiner Zungenspitze gegen seine Vorderzähne. Plötzlich veränderte sich sein Gesichtsausdruck. „Du hast recht. Es nutzt nichts. Fahren wir zum Präsidium, Schatz. Je schneller wir unsere Aussage machen, desto eher erkennt die Mordkommission, dass Markus Kranich der Serienkiller ist. Bis dahin suchen Tom und seine Männer weiter nach Benjamin. Das ist doch gut, denn wir machen uns große Sorgen um den Jungen."

Fassungslos starrte sie ihn an. Sie schnappte nach Luft, setzte an, um ihm an den Kopf zu werfen, dass er ja herumsitzen und Däumchen drehen könnte, sie würde das auf keinen Fall tun, überlegte es sich jedoch anders und kniff ihre Augen misstrauisch zusammen.

Etwas war im Busch.

Dafür, dass er nicht der Typ war, der die Hände in den Schoß legte und wartete, lehnte er sich zu entspannt in seinem Rollstuhl zurück.

Mit ausdrucksloser Miene wendete er. Leise quietschten seine Räder auf dem Krankenhausboden. Er nickte ihr auffordernd zu und deutete sogar ein versöhnliches Lächeln an, aber seine Finger krampften sich um die Greifringe, als wollten sie sie losreißen.

Sprachlos folgte sie ihm. Was hatte er vor?

Im Aufzug hielt sie ihren Ärger nicht länger zurück. „Hast du deinen Kampfgeist verloren? Natürlich steht nicht fest, dass Kranich Benjamin in seiner Gewalt hat, aber wenn auch nur der Hauch der Möglichkeit besteht, müssen wir etwas unternehmen!" Außerdem befürchtete sie, Ben könnte sich genauso etwas antun wie Denis.

Die Türen glitten zu. „Selbstverständlich werden wir das."

„Selbstverständlich?"

„Ich hatte nie etwas anderes vor", sagte Daniel und drückte den Knopf für das Erdgeschoss. Mit einem Ruck setzte sich der Lift in Bewegung. „Fangen wir unsere Suche in der ehemaligen Volksküche an. Dort begann der Horror."

„Glaubst du wirklich, dass Markus Kranich ihn dorthin verschleppt hat? Wäre das nicht zu offensichtlich?"

„Vielleicht will er Ben genau dort, wo Julia umkam, dafür bestrafen, dass er ihr nicht geholfen und sie vor seinen Freunden gerettet hat." Nachdem sich die Türen geöffnet hatten, bedeutete er ihr mit einer Geste, dass er ihr den Vortritt ließ.

Sie ging hinaus und wartete, bis er zu ihr aufgeschlossen hatte. „Also gehst du doch davon aus, dass er abgehauen ist."

„Ich ziehe alle Möglichkeiten in Betracht, wie Tomasz auch."

Manchmal verstand sie ihn nicht. „Warum hast du dich dann mit ihm gestritten?"

„Weil ich andere Prioritäten setze." Während er neben ihr zum Ausgang fuhr, zwinkerte er ihr zu. „Wenn sie Kranich finden, werden sie ihn aufs Präsidium zum Verhör bringen oder Benjamin aus seinen Klauen retten. So oder so wäre Ben in Sicherheit."

„Und warum suchen wir nicht nach Markus Kranich?", fragte sie und hielt ihm die Seitentür auf, damit er nicht durch die Drehtür musste, die ihrer Meinung nach viel zu klein für Rollstuhlfahrer konzipiert war.

„Weil wir unbewaffnet sind." Zerknirscht presste er die Worte heraus. „Weil wir nur zu zweit sind. Weil wir keinen Zugriff auf die Informationen, die dem KK 11 vorliegen, haben. Es dauert zu lange, bis wir herausgefunden haben, wo er gearbeitet, gewohnt und seine Freizeit verbracht hat, und mit allen gesprochen haben, um zu erfahren, wohin er gezogen sein könnte. Uns läuft die Zeit davon. Für eine Fahndung ist unser Heer zu klein."

„Unser Heer?"

„Unser Ermittlerteam." Er schenkte ihr ein warmes Lächeln. „Was die Suche nach Ben betrifft, haben wir zumindest Ansatzpunkte."

Das klang gut in ihren Ohren. Als Daniel im März den Kletterunfall gehabt hatte, war die Eisscholle, auf der sie gemeinsam gelebt hatten, entzweigebrochen. Sie hatten auf den verschiedenen Stücken gesessen und waren auseinandergedriftet. Doch die Strömung hatte sie wieder zusammengeführt und die Teile wuchsen langsam wieder zusammen. Nun, endlich, waren sie wieder Partner – in zweierlei Hinsicht!

Durch den strömenden Regen kämpften sie sich nach Porz durch. Marie war froh, dass Daniel den Wagen fuhr, denn man konnte auf der Straße kaum das Auto vor einem erkennen. Wie er die umgebaute Mechanik beherrschte! Sie war stolz auf ihn. Souverän parkte er vor der ehemaligen Vokü, als hätte er nie etwas anderes als ein Fahrzeug mit Handkupplung gefahren.

Obwohl sie ihre Kapuze über den Kopf zog, war sie von oben bis unten nass, nachdem sie Daniel mit dem Rolli geholfen und zum Gebäude geeilt war. Auf der Treppe schüttelte sie sich.

Er hielt vor dem Eingang an und schrie gegen das Trommeln des Regens an: „Ich werde erst den Hintereingang prüfen, damit wir keine böse Überraschung erleben. Warte hier! Geh nicht alleine rein."

Dicht drückte sie ihren Rücken gegen die Haustür. Quietschend glitt diese auf.

Marie spähte in den dunklen Gang und haderte. Sollte sie schon hineingehen? Daniel hatte gesagt, sie sollte auf ihn warten, aber sie war sich nicht sicher, ob er mit seinem Rolli von hinten das Haus betreten konnte, denn, wie sie von ihrem ersten Besuch wusste, war die Terrasse erhöht.

Es kribbelte unter ihren Sohlen. Sie glaubte, ihre Armbanduhr ticken hören zu können, vielleicht war es auch ihr Herz, das vor Aufregung schneller schlug. Der Tag verging erschreckend schnell, es war bereits Mittag. Sie konnten es sich nicht leisten, Zeit zu vergeuden. Vielleicht hielt Kranich Benjamin in der Volksküche gefangen und Ben stand Todesängste aus. Möglicherweise kauerte ihr Cousin auch an den Bahnschienen, heulte sich die Augen aus und, anders als bei Denis, war niemand bei ihm, der ihn davon abhielt, sich vor einen Zug zu werfen.

Marie kramte in ihrer Handtasche, zog das Pfefferspray hervor und betrat das Haus. Es ärgerte sie, dass jeder ihrer Schritte knirschte, da der Boden neben Müll und Fäkalien auch mit Scherben bedeckt war. Viel zu laut!

Mit heftig pochendem Herzen blieb sie stehen. Die Stille zerrte an ihren Nerven. Nervös spähte sie in den Raum gegenüber der Theke. Nichts. Der anhaltende Regen fraß an dem Gebäude, als wollte er es sich einverleiben. Eindringende Feuchtigkeit malte ein Gemälde aus schwarzen Flecken auf die Wand neben dem Eingang. Es roch nach nassem Hund.

Marie hob ihr Halstuch über ihren Mund und ging mit erhobenem Spray weiter. Vorsichtig setzte sie einen Fuß vor den anderen, um weniger Krach zu machen.

Bei ihrem letzten Besuch war die Atmosphäre schon gruselig gewesen, diesmal empfand sie echte Angst. Wie sollte sie sich verhalten, wenn Kranich aus einer dunklen Ecke sprang?

Ihm Pfeffer in die Augen sprühen und weglaufen? Wäre Benjamin, sollte er sich überhaupt in Markus' Händen befinden, dann nicht endgültig verloren? Bis Marie die Polizei gerufen hätte und Daniels Kollegen kämen, wäre ihr Cousin längst tot. Aber bei einem Kampf hätte sie wohl kaum eine Chance.

Plötzlich fragte sie sich, was sie hier überhaupt tat. Das war doch Wahnsinn!

Ein Gedanke nagte an ihr. Es war vielmehr eine Frage, die augenblicklich ihre Schuldgefühle weckte. Sollte es zu einer Konfrontation mit Kranich kommen, würde sie wirklich nach Daniel rufen? Was konnte ein Rollstuhlfahrer schon gegen einen Angreifer ausmachen? Marie hatte Markus auf Julias Beerdigung gesehen. Er war groß, kräftig und hatte den Eindruck hinterlassen, als würde er ohne zu zögern jedem eine reinhauen, der ihm blöd kam. Selbst einer Frau?

Stöhnend blieb sie kurz stehen, ignorierte tapfer das Zittern ihrer Beine, weil sie daran dachte, dass er mit Corinna Backes auch kein Erbarmen gehabt hatte, und ging weiter.

Als Daniel gesagt hatte, sie seien ein Ermittlerteam, war das wie Balsam für ihre Seele gewesen, weil die psychischen Belastungen der Querschnittslähmung sie beinahe getrennt hatten. Doch nun wurde ihr bewusst, dass ihr Team aus einer Frau und einem Rollifahrer bestand.

Kopfschüttelnd blieb sie vor dem Raum, in dem sie die Ratten gefunden hatten, stehen. Sie konnte ihre lächerliche Waffe kaum ruhig halten, weil sie befürchtete, Ben ebenso abgeschlachtet vorzufinden.

Bange schaute sie in das Zimmer hinein. Und atmete erleichtert aus. Es war leer. Bis auf die armen Tiere, die immer noch so lagen wie beim letzten Besuch. Maden krochen über die kleinen Kadaver. Der aufgeschlitzte Körper der Mutterratte sah seltsam flach aus, wie eine Handpuppe, die nur aus Fell mit einem Kopf bestand. Ihre Föten waren nur noch Flecke auf dem Betonboden.

Bald würde die Polizei die Tierleichen finden, wenn sie den Tatort noch einmal gemeinsam mit Ben abgingen und er ihnen haargenau schildern musste, was sich in der Nacht, als Julia umkam, geschah.

Plötzlich zerbrach etwas auf dem Korridor. Maries Nackenhaare stellten sich auf.

40. KAPITEL

Sie flog herum. Das Blut pulsierte unangenehm in ihren Schläfen. Ihre Nerven waren zum Zerreißen gespannt. Überreizt blinzelte sie in die Dunkelheit, die der Regen über das Haus legte, denn sie sah niemanden. Aber da musste jemand sein! Sie hatte ihn gehört.

Bitte, lass es Gully sein, betete sie. Doch im Grunde erwartete sie Kranich oder die Teenager, die sie in die Tiefgarage gejagt hatten, oder eine andere kranke Seele, die nirgends hingehörte und deshalb an diesem Ort, der nach Verwesung stank, Schutz suchte.

„Beruhige dich. Mein Bock ist nur über eine Latte gefahren. Hier sieht's aus, als hätte ein Spinner eine Holzkiste zerschlagen." Daniel fügte ein wenig vorwurfsvoll hinzu: „Du solltest doch auf mich warten!"

Nun, da sie tiefer blickte, machte sie ihn endlich im Halbdunkeln aus. Sie hatte ihn nur nicht gesehen, weil sie nach einer stehenden Person gesucht hatte. „Ich befürchtete, du würdest nicht hineinkommen können, weil die Terrasse nicht eben mit dem Garten abschließt."

„An einer Seite lag so viel Erdreich und Müll, dass ich beides zusammen als Rampe nutzen konnte. Leider stellt die Treppe ins Obergeschoss dagegen ein unüberwindbares Hindernis für mich dar." Er klang zerknirscht.

„Ich schau nach, ob Benjamin dort ist."

„Pass auf dich auf." Als sie an ihm vorbeischritt, hielt er ihr Handgelenk fest. „Es tut mir leid."

„Was meinst du?"

In dem diffusen Licht, das von der Terrasse in den Gang fiel, wirkten die strahlenförmigen Lachfalten um seine Augen tiefer, mehr wie Sorgenfalten. „Dass ich das nicht übernehmen kann."

„Schon gut", sagte sie und berührte seine Schulter.

„Es wäre meine Aufgabe."

„Jaja, du bist der Mann. Komm runter von deinem Macho-Trip." Lächelnd hob sie das Pfefferspray an, reckte ihr Kinn und stellte sich breitbeinig in eine Kämpferpose. „Hier siehst du geballte Frauenpower."

„Du bist nicht Lara Croft."

„Und du nicht Riddick."

„Pass auf dich auf."

Mit jeder Treppenstufe, die sie hochstieg, schwand ihre eben zur Schau gestellte Zuversicht. Oben angekommen, wurde ihr bewusst, dass sie nur hatte tapfer erscheinen wollen, damit er nicht noch niedergeschlagener war. Wer sollte sonst die erste Etage überprüfen, wenn nicht sie? Das Obergeschoss hätte auch auf einem anderen Kontinent liegen können, so schwer erreichbar war es für ihn.

Marie wusste nicht, ob sie sich freuen sollte oder nicht, dass sie weder Benjamin noch Kranich fand. Eilig kehrte sie zu Daniel zurück und schüttelte ihren Kopf. „Lass uns den Garten und das Nachbargrundstück absuchen."

Sie fanden einen Regenschirm, der an einer Seite abgeknickt war und herabhing. Obwohl der Bezug Löcher aufwies, klemmte Daniel ihn zwischen Rücken und Lehne ein, damit er seine Hände frei hatte. Marie bestand darauf, dass er ihn benutzte, und begnügte sich mit einer Plastiktüte, die am Hinterausgang lag.

Nass wurden sie trotzdem beide, als sie sich ihren Weg durch den Regen und den Garten bahnten. Immer wieder drohten die Räder von Daniels Rollstuhl im Schlamm stecken zu bleiben. Schirm und Tüte schützten zwar ihre Köpfe, aber ihre Kleidung saugte sich mit Wasser voll.

Am Rheinufer blieben sie stehen.

„Hier müssen Maik und Denis zu Julia und Ben aufgeschlossen haben." Das Plätschern des nicht enden wollenden Wolkenbruchs übertönte Maries Worte fast. Sie bekam eine so starke Gänsehaut, dass es wehtat. „Hier nahm alles seinen Anfang: Julias Misshandlungen, die in ihrem Tod gipfelten, die Morde an Schardt, Schnapper und Backes, und GeoGods perfides Spiel mit dem Rat Pack."

Sanft knetete Daniel ihren Oberschenkel. „Lass uns kurz einen Blick auf das Gelände der ehemaligen Spedition werfen und hier verschwinden."

Auch dort fanden sie keine Spur von Kranich oder Benjamin, nur Maries Übelkeit nahm weiter zu. An dieser Stelle geschah die Tragödie! Hier war passiert, was die Teenager mit Marie auch hätten anstellen können. In der Tiefgarage wäre ihr niemand zur Hilfe gekommen. Nur Schnapper, der tote Obdachlose, hatte sie verscheucht. Makaber!

Blieb noch die Frage, ob Maik und Denis Julia umgebracht hätten, wäre sie nicht mit dem Kopf auf den Kilometerstein gefallen, oder ob die Jungs vor dem letzten Schritt zurückgeschreckt wären. Eine Antwort würde es darauf nie geben.

Marie und Daniel eilten zum Auto zurück. Tropfnass setzten sie sich hinein. Er legte seine Hände ans Lenkrad, fuhr jedoch nicht los. Während er durch die Windschutzscheibe starrte, bewegten sich seine Finger permanent, was Marie zeigte, wie angespannt er war. Das Schweigen bedrückte sie. Sie mussten doch etwas tun können!

„Ich rufe Heide an. Vielleicht ist Ben zu seinen Eltern gefahren." Hastig holte sie ihr Smartphone hervor und wählte die Telefonnummer ihrer Eltern, bei denen ihre Tante und ihr Onkel immer noch wohnten.

Die Hausdame meldete sich, und Marie war einmal mehr froh, der Villa Bast entkommen zu sein. So praktisch wie Hauspersonal war, es schränkte die Privatsphäre ein. Selbst wenn weggeschaut wurde, stand man doch ständig unter Beobachtung.

Sie ließ sich mit Heide verbinden und suchte nach den richtigen Worten, doch ihre Gedanken schwirrten durcheinander. Ihre Angst um Ben nahm mit jeder Minute, die ohne ein Lebenszeichen von ihm verstrich, zu.

Als Heide sich meldete, sparte sich Marie die Begrüßungsfloskeln. „Ist Ben bei euch?"

„Nein."

Marie warf Daniel einen Blick zu, worauf dieser seine Lippen zusammenpresste.

„Warum fragst du?" Heide am anderen Ende der Leitung klang merkwürdig nasal. „Ist er nicht in der Schule?"

„Ihm ging es heute Morgen nicht gut." Das war nicht einmal gelogen. „Jetzt ist er nicht mehr in seinem Bett. Wahrscheinlich hat er sich erholt und ist doch noch zum Gymnasium gefahren."

„Moment, bitte." Das Schnäuzen hörte sich entfernt an. Heide musste den Hörer abgelegt haben und sich die Nase putzen. „Hab mich erkältet. Ist ja auch kein Wunder bei dem Sauwetter. Hat er sein Handy nicht dabei? Er geht nie ohne aus dem Haus."

Maries Atem flatterte unruhig, aber Heide schien das nicht aufzufallen. „Darüber kann ich ihn nicht erreichen. Er hat es vermutlich stumm geschaltet, weil er im Unterricht sitzt." Diese Lüge war diesmal tatsächlich eine, denn sein Smartphone lag in seinem Zimmer.

Ihre Tante hustete. Dann knisterte es, als würde sie ein Taschentuch aus einer Verpackung ziehen. „Ist alles in Ordnung?"

Plötzlich schien Maries Zunge anzuschwellen, sodass sie nicht antworten konnte. Schwer lag sie in ihrem Mund und machte das Atmen und das Sprechen mühsam. Eine Einbildung, die erschreckend real erschien. „Ja, sicher."

Eine weitere Unaufrichtigkeit, zum Schutz von Heide und Hajo. Was nutzte es, sie einzuweihen? Sie würden sich nur mit ihnen treffen und die Wahrheit in allen Einzelheiten hören und sich mit auf die Suche machen wollen. Dazu fehlte ihnen die Zeit. Außerdem wünschte sich Marie, dass Benjamin seinen Eltern alles selbst erzählte, weil sie sich sonst wie eine Verräterin vorgekommen wäre.

Etwas zu überstürzt verabschiedete sie sich, bevor Heide nachbohren konnte.

Daniel startete unerwartet den Wagen und gab Gas.

„Wohin fahren wir?", fragte Marie und schnallte sich an.

„Irgendwohin, nur nicht länger auf einer Stelle bleiben. Das macht mich kirre!"

„Es könnte sein, dass Ben längst vor unserer Wohnung sitzt und auf uns wartet. Er hatte ja keinen Schlüssel im Krankenhaus dabei." Marie wählte die Nummer ihrer Nachbarn und drückte den Daumen ihrer freien Hand, in der Hoffnung, dass das Glück auf ihrer Seite war, doch keine fünf Minuten später hatte sie Gewissheit, dass ihr Cousin weder auf der Treppe, die zu ihrem Apartment im Obergeschoss führte, noch vor der Haustür saß. „Fehlanzeige."

„Wo hielten sich Benjamin und seine Kumpel für gewöhnlich auf?" Kurz schaute er sie stirnrunzelnd an, dann richtete er seinen Blick wieder auf die Fahrbahn. Der Regen warf Blasen auf dem Asphalt und die Abwasserkanäle liefen über. „Vielleicht hatten sie ein geheimes Versteck, trafen sich unter einer der Rheinbrücken oder wer weiß wo."

„Keine Ahnung."

Er schlug auf das Lenkrad. „Dann sind wir am Arsch."

Rügend ob seiner Ausdrucksweise sah Marie ihn an, doch er murrte nur. „Aber ich kenne jemanden, der es weiß."

Als Frau Buschhütter sich unter ihrer Handynummer, die sie ausgetauscht hatten, meldete, musste Marie feinfühliger vorgehen. Sie fiel nicht gleich mit der Tür ins Haus, sondern rang sich einen kurzen Small Talk ab.

Ungeduldig trommelte Daniel mit seinen Fingerspitzen auf das Lenkrad.

Diesmal war das Glück auf ihrer Seite, denn Frau Buschhütter brachte gerade gewaschene Kleidung in die Psychiatrie. Zuerst weigerte sich Denis, das mögliche Versteck seines Freundes zu verpetzen, doch sie bedrängte ihn so lange, bis er mit der Sprache herausrückte.

Leider trafen Marie und Daniel Benjamin weder an der Halfpipe im Skatepark Lohserampe in Nippes, an der das Rat Pack früher herumlungert hatte, noch am Decksteiner Weiher oder auf dem Rangierbahnhof in Kalk.

Zwischendurch hatte Marie belegte Vollkornbrötchen besorgt, die für eine ganze Fußballmannschaft gereicht hätten. Nun bedienten sie und Daniel sich ein zweites Mal aus der Bäckereitüte und saßen schweigend nebeneinander. Die Stimmung war bedrückend.

„Er ist wie vom Erdboden verschluckt." Obwohl Marie Hunger hatte, da es bereits nach Mittag war, bekam sie kaum einen Bissen herunter. Das Wasser prasselte nicht mehr vom Himmel herab, als wollte es alles Leben auslöschen, sondern es regnete Bindfäden – leise, monoton und melancholisch. Wie passend!, dachte sie.

Daniel biss regelrecht aggressiv von seinem Brötchen ab und kaute kräftig, während er die Leute, die an ihrem parkenden Auto vorübergingen, ihre Gesichter unter Kapuzen und Regenschirmen verborgen, beobachtete. „Was unternahm Ben denn alleine? Du kennst ihn besser als ich."

„Musst du mit vollem Mund reden?"

„Ist das jetzt wichtig?"

War es nicht, aber es störte sie trotzdem. Sie erinnerte sich daran, wie ihre Mutter ihr brutal eingetrichtert hatte, dass man erst sprach, nachdem man das Essen heruntergeschluckt hatte. Wütend darüber, dass die Bastschen Erziehungsmethoden sie immer noch wie im Schraubstock hielten, aß sie ein Stück Brötchen absichtlich schmatzend. „Benjamin verbrachte seine Freizeit meistens mit seinen Freunden Maik und Denis. War er nicht mit ihnen unterwegs, traf man ihn für gewöhnlich in seinem Zimmer an. Er saß vor dem Computer, döste auf dem Bett und hörte dabei Musik, was Teenager eben so machen."

„Besuchte er Jugendeinrichtungen?"

„Glaube nicht. Benjamin war auch nicht der Typ, der Mitglied in einem Verein war. Er hasste Sport, spielte kein Instrument und …" Plötzlich hatte sie eine Idee. „Dancemania!"

Er trank einen Schluck Mineralwasser und schaute Marie über die

Flasche hinweg an. Seine Stirn legte sich in Falten.

Rasch würgte sie den Bissen herunter, damit er sie besser verstand, weil ihre Kehle vor Aufregung wie zugeschnürt schien. „So heißt die Tanzschule, in der sich Ben und Julia kennenlernten." Ihr Nacken kribbelte und ihr Magen rumorte, sodass sie das restliche Brötchen zurück in die Papiertüte steckte.

„Dort begann alles, na klar!" Daniel riss seine Augen auf. „Nicht in der Volksküche, wie wir zuerst dachten."

Ärgerlich, weil sie nicht früher darauf gekommen war, presste Marie kurz ihre Kiefer so fest aufeinander, dass es wehtat. „Hätte Benjamin Julia dort nicht getroffen, wäre sie nie zur Party nach Porz gefahren, um ihn mit ihrem aufreizenden Outfit zu beeindrucken, Maik wäre nicht eifersüchtig geworden ... Halt, nein, das ist nicht das passende Wort, er war vielmehr neidisch, denn es ging ihm nicht um das Mädchen, sondern um Ben."

Ein Summen entstand in ihrem Schädel, das immer lauter wurde. Sie war auf der richtigen Spur, das spürte sie einfach.

„Maik hätte nicht befürchtet, dass Benjamin ihn als Womanizer des Dreiergespanns ablösen könnte, und Denis hätte nicht bei den Misshandlungen mitgemacht, um Bens Stellung in der Hierarchie des Rat Packs einzunehmen und die Nummer zwei hinter Maik zu werden. Dieses pubertäre Gerangel kostete dem Mädchen am Ende ihr Leben." Daniel wollte etwas sagen, doch sie war schneller: „Und das konnte nur geschehen, weil Ben mit Julia tanzte."

„Scheiße!" Hektisch schraubte er den Verschluss zu, warf das Wasser auf den Rücksitz und startete den Motor.

Er fuhr wie der Teufel, nahm Abkürzungen über Supermarktparkplätze, öffentliche Rasenflächen und verwaiste Schulhöfe. Marie staunte nicht schlecht, wie gut er inzwischen mit der Handschaltung zurechtkam, und sorgte sich gleichzeitig, sie könnten einen Unfall haben.

Wohlbehalten kamen sie an der Tanzschule an. Daniel quetschte den Wagen in eine enge Parklücke. Kaum erstarb der Motor, riss er auch schon die Tür auf. Auch Marie flog aus dem Auto, um ihm seinen Rolli anzureichen.

Als sie schließlich vor dem Studio standen, wusste Marie nicht, ob sie sich darüber freuen sollte, dass Dancemanie offensichtlich pleite war und bereits seit Längerem geschlossen hatte, oder ob sie resignieren sollte. Bei einem Tanzlehrer, zu dem er Vertrauen entwickelt hatte, konnte er nicht untergeschlüpft sein, denn Ben kannte wohl kaum seine Privatadresse. Aber vielleicht versteckte er sich in den verlassenen Räumen. Noch war diese Spur warm, wie Daniel es ausdrücken würde, aber sie war ein wenig abgekühlt.

Marie drückte ihr Gesicht an die Scheibe des Schaufensters, das mit Zeitungspapier tapeziert worden war, und las das Datum der Ausgabe. „Juli dieses Jahres. Anscheinend haben sie die Kurse bis Anfang der Schulferien durchgezogen und dann dichtgemacht."

„Hier gibt es sogar eine Rampe", sagte Daniel, der vor den Eingang rollte. Über die linke Hälfte der zweistufigen Treppe war ein breites, dickes Brett angebracht und am Boden befestigt worden. Die Konstruktion sah nicht sonderlich professionell aus, aber sie erfüllte ihren Zweck und machte einen stabilen Eindruck.

Mit ihrem Zeigefinger tippte Marie gegen das Glas, hinter der ein verblasstes Werbeposter hing. „Sie boten sogar Kurse für Rollstuhlfahrer an."

„Saßen dabei alle mit ihrer Krüppel-Harley im Kreis, es wurde *Die Hände zum Himmel* gespielt und alle streckten ihre Arme in die Höhe, weil sie so viel Kontrolle über ihre Beine hatten wie über den Mond?" Daniels Haare waren so nass, dass sie eng am Kopf anlagen. Tropfen rannen ihm in die Augen, er blinzelte sie fort.

Genervt von seinen sarkastischen Kommentaren verdrehte sie ihre Augen. Sie wollte ihm gerade eine passende Antwort geben und ihn auf die Paralympics hinweisen, als ein Mädchen mit zwei weißblonden Zöpfen aus dem Gebäude trat. Sie hielt ihnen die Haustür auf, zog die Kapuze ihres pinken Regenmantels über den Kopf und hüpfte davon, indem sie mit ihren rosafarbenen Stiefeln jede Pfütze mitnahm.

Maries Nervosität stieg. Das Treppenhaus wirkte wie eine Höhle und sie fragte sich, wer auf die bescheuerte Idee gekommen war, es dunkelbraun anzustreichen. Die Briefkästen waren mit Aufklebern bedeckt, die alle älteren Datums zu sein schienen. Es roch nach Spaghetti Bolognese oder nach Abfluss, das konnte sie nicht mit Sicherheit sagen. Der Ausgang zum Hof stand offen und sie erspähte die Mülltonnen. Jemand hatte einen Ziegelstein auf einen der Deckel gelegt, als wollte er verhindern, dass etwas heraussprang.

Als sie gerade hingehen und nachschauen wollte, ob darin ein Tier gefangen war, hielt Daniel sie am Arm fest und zeigte auf die Tür des Tanzstudios, das im Erdgeschoss gleich rechts lag. Jemand hatte sie aufgebrochen. Sie war angelehnt, sodass es nur auffiel, wenn man genau hinschaute.

„Vielleicht Kids, die hofften, es gäbe noch etwas zu stehlen", versuchte sie sich zu beruhigen, aber sie glaubte selbst nicht daran.

„Die Nachbarn über der Schule werden sich bedankt haben für die Dauerbeschallung."

„Das Haus sieht ziemlich verwaist aus." Sie erinnerte sich an die fehlenden Namen auf den Schildern am Eingang. Auf nur drei von sechs Klingeln hatte jemand mit einem Kuli Namen geschrieben, und davon war einer der des Studios. „Es könnte gut sein, dass niemand darüber wohnt."

Diese Abgeschiedenheit gefiel ihr nicht. Sie hätte lieber viele Menschen um sich gehabt. Zeugen. Männer, die ihnen zu Hilfe kämen, sollten sie angegriffen werden. Doch sie waren auf sich allein gestellt. Mit nichts weiter als Pfefferspray als Waffe.

Wir müssen verrückt sein!, dachte sie und bemühte sich, das Zittern ihrer Beine zu unterdrücken und zuversichtlicher dreinzublicken, als sie sich fühlte.

Das leise Knarren der Tür klang erschreckend laut in der Stille, die über dem Gebäude lag. Durch die zugeklebten Fenster drang kaum Helligkeit ins Innere. Der Lichtkegel von Daniels Stabtaschenlampe zuckte hin und her und leuchtete zuerst die Ecken aus. Das Studio roch muffig. Anscheinend war seit der Schließung nicht mehr gelüftet worden. Staubflocken stoben umher, als sie eintraten und sich umsahen.

Die Räder des Rollis quietschten auf dem Tanzparkett. Marie bekam eine Gänsehaut von dem Geräusch. Leise machte sie einen Schritt vor den anderen. Ihre eigene Bewegung im Spiegel, der eine gesamte Seite des kleinen Raums einnahm, irritierte sie. Nervös schaute sie immer wieder hin.

Mitten im Zimmer blieb sie stehen und schlang die Arme um ihren Oberkörper. Das Frösteln schob sie auf ihre feuchte Kleidung. „Hier ist niemand."

„Warum flüsterst du dann?", fragte er belustigt.

Sie zuckte mit den Achseln. „Dieser Ort ist mir unheimlich."

„Wir durchsuchen nur noch eben die Büroräume, dann hauen wir ab." Aufmunternd lächelte er sie an. Er klemmte die Taschenlampe zwischen seinem rechten Bein und der Armlehne ein, damit sie nach vorne strahlte, und fuhr langsam in Richtung Durchgang.

Hinter dem Türbogen erwartete sie ein dunkler Gang, der wenig einladend auf Marie wirkte.

„Aber schnell. Ich habe genug von dahinsiechenden Häusern." Während sie ihre Oberarme rieb, folgte sie ihm in den hinteren Bereich der Schule. Dieser Ort war leer und tot, außerdem würde der Vermieter wohl kaum erfreut sein, wenn er sie erwischte. „Du solltest dich bei Tomasz melden. Schon möglich, dass er Benjamin längst auf dem Polizeipräsidium verhört."

„Das glaube ich kaum. Er hätte mich angerufen und zur Schnecke gemacht, weil wir nicht, wie versprochen, zu seinen Kollegen gefahren sind und unsere Aussagen gemacht haben."

Sie fragte nicht, warum er den Reißverschluss seiner Armlehnentasche öffnete und kurz hineinlangte, aber nichts herausnahm. Das beunruhigte sie. „Und warum flüsterst *du* auf einmal?"

„Nur so ein Gefühl."

Doch Männer und Bauchgefühl passten einfach nicht zusammen. Das war, als wollte man einen Pfeil in ein Gewehr einlegen. Im Büro fanden sie niemanden vor und in den Toiletten auch nicht.

Entmutigt stieß Marie die Tür zum Männerumkleideraum auf. Nach Dancemania wusste sie nicht mehr, wo sie noch suchen sollten.

Als der Lichtkegel auf den Tisch traf, gab sie einen Schrei von sich. Überrascht und entsetzt blieb sie im ersten Moment stehen und versperrte Daniel den Weg. Sie konnte kaum glauben, was sie erblickte. Wie ein verschnürtes Paket lag Benjamin dort. Seine Hände waren mit Isolierband hinter seinem Rücken gefesselt und seine Fußgelenke zusammengebunden.

Träge hob Benjamin seinen Kopf. Als er sie erkannte, bewegte er sich panisch hin und her und drohte herunterzufallen. Der Klebestreifen auf seinem Mund machte das Reden unmöglich, trotzdem versuchte er es, brachte jedoch nur unverständliche Laute hervor.

„Ben!" Völlig aufgelöst stürmte Marie zu ihm hin.

Hinter ihr schrie Daniel: „Neeeiiin. Nicht reingehen. Bleib hier!"

Doch nichts und niemand hätte sie in diesem Moment aufhalten können! Sie musste Benjamin befreien, so schnell wie möglich. Mit dem Knie stieß sie gegen eine Sitzbank, Schmerz durchzuckte ihr Bein. Die Handsäge, die neben der Nadel und der Fadenspule darauf lag, fiel polternd herunter.

Vor Abscheu keuchte sie.

Plötzlich krachte die Zimmertür hinter ihr zu.

Daniels Brüllen auf der anderen Seite klang merkwürdig gedämpft, obwohl er nur acht Schritte – oder vier Radumdrehungen seines Rollis – von ihr entfernt war.

Erschrocken fuhr sie herum. Angst kroch ihre Wirbelsäule empor.

Als Markus Kranich dahinter hervortrat und arglistig grinste, wusste sie, dass sie einen Fehler begangen hatte.

41. KAPITEL

Ohne auch nur eine Sekunde zu zögern oder ein einziges Mal an sein Handicap zu denken, schob Daniel seinen Chopper mit raschen Bewegungen bis zur Wand hinter ihm zurück. Mithilfe seiner Hände stellte er seine Füße waagerecht auf die Stützen. Sogleich gab er Gas. Die Anschaffung von fingerlosen Handschuhen hatte sich wahrlich gelohnt, denn durch den Grip beschleunigte er rasch.

Als er mit voller Wucht gegen die Tür zur Umkleide prallte, hörte er Marie aufschreien.

Kam er zu spät? Hatte sich Kranich schon auf sie gestürzt, sie getötet oder begonnen, sie wie Ben mit Isolierband zu verschnüren?

Es kümmerte Daniel einen Scheiß, ob er sich die Zehen trotz Vorsichtsmaßnahme gebrochen oder die Kniescheiben zersplittert hatte, wenn er Marie und Benjamin nur rettete!

Durch den Aufprall flog die Tür auf. Daniel sah im hin und her zuckenden Schein seiner Taschenlampe noch, wie Markus, der offenbar noch immer direkt dahintergestanden hatte, durch den Stoß nach vorne geschleudert wurde. Wild ruderte dieser mit seinen Armen.

Im ersten Moment freute sich Daniel darüber, dass die Hände des jungen Kranichs leer waren. Das verbesserte ihre Aussicht, ihn zu überwältigen. Sie waren zu dritt, er alleine und darin, dass er glaubte, unbesiegbar zu sein – was sich auch darin äußerte, dass er sich nicht bewaffnet hatte, als er sie kommen gehört haben musste –, sah Daniel eine Chance, ihn dingfest zu machen. Denn wer unterschätzt wurde, konnte seinen Vorteil aus einem Überraschungsmoment ziehen.

Doch schon als er mit seinem Bock in den Raum hineinrollte, bröckelte seine Zuversicht, denn Markus taumelte ausgerechnet in Maries Richtung.

Erschrocken drückte sie sich gegenüber des Eingangs mit dem Rücken gegen das weiß getünchte Mauerwerk. Kranich griff nach ihr, sie duckte sich weg und machte einen Schritt von ihm fort. Vergebens! Sie kam nicht weit. Brutal packte er ihre Jacke. Mit einem Ruck zog er Marie zurück. Sie verlor ihr Gleichgewicht und stieß hilflos gegen ihn. Sein Arm legte sich wie ein Schraubstock um ihre Hüften, der andere um ihren Hals. Er riss sie hoch, was ihr den Atem raubte. Strampelnd versuchte sie, Halt zu finden. Erst nachdem sie wieder auf ihren Füßen stand, sog sie laut und tief, ja, gierig, Luft in ihre Lungen.

Daniel schoss mit seinem Chopper nach vorne.

„Komm näher und ich breche ihr das Genick!", brüllte Kranich. Seine Augen funkelten in einer explosiven Mischung aus Überheblichkeit und Aggression.

Bestürzt stoppte Daniel so abrupt, dass er auf dem Sitz etwas nach vorne rutschte. Er stützte sich auf den Armlehnen ab, hob seinen Körper an und setzte sich wieder weiter nach hinten.

Am liebsten hätte er Markus sein teuflisches Grinsen aus dem Gesicht geschlagen. Offensichtlich amüsierte sich das Schwein prächtig darüber, dass er Marie in seiner Gewalt hatte und von einem Kriminalkommissar auf einer Krüppel-Harley angegriffen wurde.

Markus Kranich hatte die Situation im Griff.

Schwer atmend lag Benjamin auf dem Tisch und schaute panisch zwischen ihnen hin und her. Die einzige anwesende Person, die Markus aufhalten konnte, war ein Querschnittsgelähmter, der nicht mehr als eine Stabtaschenlampe zur Verteidigung zur Verfügungen hatte.

So denkst du doch, nicht wahr?, durchschaute Daniel ihn und presste seine Kiefer aufeinander, *aber du irrst dich*. Er hatte seinen Chopper, den er als Rammbock oder Walze einsetzen konnte, und seine Fäuste funktionierten genauso gut wie vor seinem Unfall, was auch für seinen Kopf galt.

Er musste Zeit gewinnen, musste Kranich ablenken, bis er eine Möglichkeit fand, ihn aufzuhalten … oder Marie es schaffte, unbemerkt ihr Pfefferspray aus ihrer Umhängetasche zu nehmen, denn sie tastete sich im Zeitlupentempo vor und blinzelte, um Daniel zu verstehen zu geben, was sie vorhatte.

Die beiden Oberlichter hinter Kranich waren gekippt. Die kühle Luft, die hereindrang, roch feucht. Das Prasseln des Regens nahm zu, als wollte er die Situation mit einer dramatischen Melodie unterlegen. Der Rhythmus wirkte sich auf Daniels Herzschlag aus. Sein Puls raste unangenehm und machte ihn zappelig.

Um sich zu beruhigen und nicht die Kontrolle über seine Nervosität zu verlieren, biss er sich von innen auf die Wange. Für Sekunden konzentrierte sich alles in ihm auf den Schmerz. Als dieser verging, nutzte Daniel die gebündelten Gedanken, um einen Plan zu schmieden. Er konnte Kranich nur an den Hörnern packen, wenn er ein emotionales Thema ansprach, etwas, das ihn berührte und sein Interesse an Marie für den Moment verringerte.

Leise wimmerte Benjamin, sodass Daniel ihn aus dem Augenwinkel heraus ansah. Kranich wollte sich an dem Jungen rächen, so viel stand fest. Monatelang ließ er ihn leiden, nur darauf wartend, dass er die Rache an den anderen vollendet hatte und Ben volljährig wurde. Heute sollte seine Vergeltung in Bens Tod gipfeln. Er hatte diesen ganzen kranken Zirkus nur aufgrund seiner persönlichen Vendetta inszeniert. Hier und heute in der Tanzschule, wo sich Ben und Julia kennenlernten, fand das große Finale statt.

Daniel sprach selbstbewusst und laut, um seinem Gegner zu signalisieren, dass er sich nicht vor ihm fürchtete. „Sie haben Ihre Schwester über alles geliebt, nicht wahr?"

„Ich liebe sie immer noch", schrie Markus aufbrausend, als wollte er nicht wahrhaben, dass sie auf dem Westfriedhof unter der Erde lag und verrottete.

„Sind Sie eifersüchtig auf Benjamin?" Kaum merklich schob Daniel seinen Rolli einige Zentimeter näher an ihn heran.

Kranich kniff seine Augen zusammen. „Was soll der Scheiß?"

„Julia war in Ben verschossen", wagte sich Daniel weiter vor. „Wollten Sie Ihre Schwester ganz für sich alleine haben?"

„Wir hatten kein ... wir haben nicht ... das ist doch pervers!" Er verstärkte den Druck auf Maries Kehle, worauf sie die Hand – leider ohne Reizstoffsprühgerät – aus ihrer Tasche nahm und an seinem Arm zog, doch er reagierte nicht einmal darauf, sondern starrte Daniel an. „Wag es ja nicht, Julias Ehre in den Schmutz zu ziehen. Unsere Liebe war rein! Sie war alles, was ich auf der Welt hatte."

Es fiel Daniel unglaublich schwer, nicht vorzupreschen und sich auf ihn zu stürzen, sondern Ruhe zu bewahren. Der Anblick von Maries gerötetem Gesicht war, als würde jemand ein Messer in sein Herz stechen. Schweiß perlte von ihrer Stirn. So derangiert und angsterfüllt hatte er sie noch nie gesehen. „Und Ihre Mutter Ewa?"

„Sie hat unsere Familie verlassen", gab Kranich trocken zurück, doch die Sehnen an seinem Hals spannten sich an.

„Sie meinen, sie hat *Sie* verlassen." Darum ging es doch, um Verlust. Markus kam nicht damit klar, wenn ihm etwas weggenommen wurde, wenn sich etwas seiner Kontrolle entzog und er dem Schicksal machtlos ausgeliefert war. Denn wenn das passierte, fühlte er sich so klein und ohnmächtig wie in Kindertagen, als sein Vater ihn verdroschen hatte und ihm niemand geholfen hat.

Für Daniel gab es keinen Zweifel daran, dass Markus das Gefühl der psychischen Qual als weitaus schlimmer empfunden hatte als die körperliche Züchtigung. Die Misshandlungen hatte er verinnerlicht, aus ihnen die falschen Schlüsse gezogen, und wandte dieselbe Methode inzwischen selbst an, um zu bestrafen, wenn jemand ihm Kummer bereitete.

Hinzu kam, dass er das emotionale Leid von damals bis heute nicht verarbeitet hatte. Um diese Schwäche zu verbergen, wurde er ebenso handgreiflich – eine Spirale, der er nicht entkommen konnte.

Alle Wege führten für ihn zu Gewalt. Daniel wurde klar, dass er den jungen Kranich niemals zur Aufgabe würde überreden können. Nur, wie sollte er ohne funktionierende Beine einen Kampf gegen ihn gewinnen?

Während sich Marie am Riemen riss, an die Zimmerdecke schaute – vielleicht weil ihr das half, ihre Luftnot zu ignorieren, oder sie in der Haltung besser atmen konnte – und ihre Finger sich erneut vorsichtig ihren Weg an ihrem Körper hinabtasteten, beging Daniel nicht den Fehler, Markus' Aufmerksamkeit auf ihr Tun zu lenken, indem er auf ihre Tasche starrte.

Stattdessen sah er Kranich direkt an, auch weil er ahnte, wie sehr dieser es verabscheute, wenn jemand ihm die Stirn bot. Daniel köderte ihn, indem er ihm zeigte, dass er sich auf einer Stufe mit ihm sah. Das war gefährlich, keine Frage, aber er musste diese Gratwanderung wagen. „Wie sind Sie auf Günther Lenz gestoßen?"

„Wen?"

„Schnapper, der Obdachlose?"

„Es war so einfach. Jedes Kind hätte ihn ausfindig machen können." Kranichs breites Grinsen wurde zunehmend bitterer. „Nur die Bullenschweine hatten keinen Bock und machten ihren Job nicht. Wie immer. Was sollte man von denen auch erwarten?"

Es war nicht das erste Mal, dass Daniel solche Beschuldigungen an den Kopf geworfen bekam, daher prallten sie an ihm ab. Markus hasste die Polizei, weil sie ihn nicht vor seinem Vater beschützt hatte und vor Übergriffen aus dem Getto vermutlich auch nicht. „Aber Sie waren cleverer."

„Ein Kinderspiel, hätte Julia gesagt." Da sich Marie entspannte, vermutete Daniel, dass Markus nicht mehr genau auf sie achtete, während er mit seinen Bluttaten prahlte, und seinen Arm lockerer ließ. Er fuhr fort, als freute er sich darüber, endlich jemandem berichten zu können, wie gewitzt er gewesen war. „Angeblich ergaben die Zeugenbefragungen in der Volksküche rein gar nichts. Aber als ich die Arschficker und Fotzen in die Mangel nahm, plauderten sie wie Wasserfälle. Man muss dieses Pack nur richtig anfassen."

Innerlich brodelte es in Daniel. Er wäre Kranich am liebsten an die Gurgel gegangen, doch er hielt sich im Zaum und lobte ihn, nur damit er mit seinem Geständnis fortfuhr: „Das haben Sie drauf."

„Und wie ich das draufhabe!" Zum Beweis hob er mit seinem Ellbogen Maries Kinn an. Diese keuchte zwar erschrocken, hielt sich jedoch tapfer und nahm ihre Hand nicht aus ihrer Tasche. „Zuerst behauptete der Penner, von nichts zu wissen. Zwei Zähne im Maul weniger, einige Schläge in die Nieren und Tritte in die Eier ging er zu Boden. Auf Knien und mit blutiger Fresse hielt er mir Julias Smartphone hin, als wäre ich der verfickte Messias."

Ganz langsam bewegte sich Daniel ein Stück vorwärts. „Das hat Ihnen gefallen, oder?"

„Nein, hat es nicht. Es machte mich stinkwütend", schrie Kranich so laut, dass Daniel hoffte, sein Geschrei wäre auf dem Hof zu hören, und jemand, der zum Beispiel den Müll wegbrachte, würde seine Kollegen rufen, doch die Minuten verstrichen und nichts geschah. „Er hatte Julias Telefon. Das Handy meiner Schwester, die zu dem Zeitpunkt spurlos verschwunden war. Wie hätte mir das gefallen können? Bist du bescheuert, oder was?"

Vor Ärger über seine unbedachte Bemerkung bohrte Daniel seine Fingernägel in die Handballen. Er wusste, er durfte nicht zu weit gehen, hielt seinen Mund und blieb mit seinem Rolli stehen. Wenn er Kranich zu zornig machte, würde Marie als Erste dafür büßen. Auch wenn Daniel ihm körperlich unterlegen war, würde er nicht zögern, ihn anzugreifen, sobald sich ihm die Möglichkeit bot.

Markus' Körper bebte. „Auf dem letzten Foto, das Julia geschossen hatte, war der Asoziale zu sehen, wie er meine Schwester aus dem Gebüsch heraus begaffte. Er muss beobachtet haben, wie sie misshandelt und getötet worden war, aber er hat einfach nur zugeschaut, hat sich ihr Smartphone gekrallt und ist weggelaufen, ohne ihr zu helfen oder wenigstens Hilfe zu holen. Er sagte, er würde sich immer aus allem raushalten, er hätte schon wegen seines Faibles für kleine Mädchen alles verloren und wollte nicht auch noch im Fegefeuer landen, wenn er starb."

Sein schäbiges Lachen hallte von den Wänden wider. „Hab ihn schon zu Lebzeiten durch die Hölle geschickt, sodass er es mit dem Sterben plötzlich eilig hatte. Menschen ändern ihre Meinungen so schnell, es ist zum Kotzen!"

„Deshalb haben Sie ihm also den Mund zugenäht und die Füße abgesägt, weil er floh und das Verbrechen, dessen heimlicher Zeuge er war, verschwieg." Jetzt verstand Daniel. Wie er die Leichen präpariert hatte, um eine Botschaft zu vermitteln, schien mit einem Mal logisch, auf eine äußerst kranke Art und Weise.

„Weißt du, wer noch auf dem letzten Foto zu sehen war?", fragte Kranich gereizt und schielte Benjamin mit einem reptilhaften Blick an.

Neben ihnen rutschte der gefesselte Junge auf dem Tisch hin und her. Ein feuchter Fleck breitete sich auf seiner Jeans aus, auf dem Oberschenkel.

Daniel musste Markus dringend von Ben und seinen Freunden abbringen. Sofort! „Dann haben Sie den Streetworker folglich auch für etwas büßen lassen. Sie haben Michael Schardt genauso qualvoll umgebracht wie Schnapper."

„Nicht genauso! Sondern so, wie das Schwein es verdient hatte. Der Penner war ein Schlappschwanz gewesen, aber Mikey dagegen hatte einfach nur keinen Bock gehabt."

„Sie haben ihm die Hände abgesägt und die Augen mit Nähgarn verschlossen, weil er weggeschaut und sich nicht gerührt hat, als Julia ihn brauchte", brachte Marie mühsam hervor, und Daniel dachte an ihr Gespräch mit Gully, das sie ihm gegenüber erwähnt hatte.

„Sie hatte ihn darum gebeten, sie vor den drei Minipimmeln zu schützen, aber der alte Wichser meinte, er wäre privat auf der Party, er hätte gerade einen anstrengenden Prozess hinter sich."

Der gegen die Punker, die wegen Gruppenvergewaltigung einer Einundzwanzigjährigen angeklagt worden waren, erinnerte sich Daniel. Marie hatte ihm den Zeitungsartikel gezeigt.

„Er wollte seine Ruhe haben, sich einen picheln und vom Stress runterkommen. Wenn sie noch ein Foto von ihm schießen würde, als wäre sie von der stinkenden Presse, würde er vergessen, dass sie ein Mädchen ist und ihr das Handy in den Arsch schieben. Der Herr Sozialarbeiter hatte keine Lust, einen auf sozial zu machen." Aus den Tiefen seiner Nebenhöhlen zog Kranich Rotz hoch und spuckte ihn aus. „Lieber dröhnte er sich den Schädel zu, wie alle anderen auch. Dabei fühlte sich meine Julia bedroht. Sie hatte eine scheiß Angst!“

So wie Benjamin in diesem Moment. Er zitterte am ganzen Leib. Tränen rannen aus seinen Augenwinkeln. Daniel berührte seine Beine und machte „Scht“, denn wenn Bens Nase verstopfte, würde er keine Luft mehr bekommen. Er musste ihm dringend das Klebeband vom Mund reißen, aber noch befand er sich nicht nah genug an dem Gesicht des Jungen.

Mit dem Blick auf Benjamin gerichtet sprach Markus weiter und es lag etwas Düsteres in seiner Stimme. „Ich habe Mike um sein Leben betteln lassen. Lange. Immer wieder. Hab ihn verprügelt, gewartet, bis er sich erholte, und schlug ihn erneut ohnmächtig, so lange, bis er sich kaum noch geregt hat. Erst dann nahm ich die Säge.“

Mit seinem Fuß tippte er mehrmals auf das Sägeblatt, das vor ihm auf dem Boden lag. Das Klappern war nur leise, aber gerade darum klang es umso provozierender. Es reizte die Nervenenden.

Verzweifelt schluchzte Benjamin.

Daniel spürte instinktiv, dass Kranich kurz davor stand, sich auf sein eigentliches Opfer zu stürzen. Marie interessierte ihn nicht wirklich. Sobald sein schwelender Groll zu Zorn anschwoll, würde er kurzen Prozess mit ihr machen, eventuell ihr das Genick brechen, sie fallen lassen wie einen Gegenstand, den er nicht mehr brauchte, und seinen Rachefeldzug vollenden.

Aber wenn Daniel jetzt vorpreschte, löste er womöglich diese Reaktion vorzeitig aus, ohne Marie rechtzeitig aus seinen Klauen befreien zu können. Daher musste er warten. Nur noch ein wenig. Auch wenn es ihm unsagbar schwerfiel. Geduld war noch nie seine Stärke gewesen. Dieses enervierende Kribbeln in seinem Nacken machte ihn hibbelig. Alles in ihm war in Alarmbereitschaft.

Er stach seine Fingernägel in die Handballen und ermahnte sich, auf keinen Fall die Beherrschung zu verlieren.

Plötzlich zog Marie blitzschnell die Hand aus ihrer Tasche. Sie hielt das Pfefferspray über ihren Kopf und drückte auf den Auslöser, Augen und Mund zusammengepresst. Vermutlich, davon ging Daniel aus, versuchte sie in diesem Moment nicht einzuatmen. Sie drehte ihr Gesicht so weit es ging von dem Strahl weg.

Sichtlich erschrocken ließ Markus sie los. Er riss schützend seine Arme hoch und duckte sich hinter ihr.

Rasch fuhr Daniel neben Benjamin und riss ihm den Streifen Isolierband vom Mund, damit der Junge nicht erstickte.

Marie nahm ihren Finger vom Auslöser. Über ihre Schulter hinweg prüfte sie, ob sie erfolgreich mit ihrem Angriff war. Doch offenbar hatte sie Kranich nicht gut getroffen, denn er richtete sich bereits wieder auf. Mit hochroten tränenden Augen und blinzelnd brüllte er verärgert etwas, das Daniel nicht verstand, weil Markus' Worte vor Rage wie ein einziges lang gezogenes Donnergrollen klangen.

Er wischte sich den Rotz von der Nase und lief hochrot an. Sie saßen schon die ganze Zeit auf einem Pulverfass, das in diesem Moment explodierte.

Aufbrausend versuchte er Marie eine Ohrfeige zu verpassen. Doch sie wandte sich rechtzeitig ab, sodass seine Handfläche nur ihren Hinterkopf traf. Sogleich vergrub er seine Finger in ihren Haaren. Grob riss er sie zurück. Wie von Sinnen schüttelte er sie, was sie so durcheinanderbrachte, dass sie sich nicht einmal wehrte. Schließlich stieß er sie brutal gegen den Spind gegenüber dem Tisch, auf dem sich Benjamin wand und gerade seinen zusätzlichen Knebel ausspuckte. Das schmutzige Tuch landete auf Daniel. Angewidert wischte er es von seinem Schoß. Unentwegt schluckte Ben.

Als Marie benommen an dem Metallschrank hinabsank, schrie Ben wie am Spieß, zuerst heiser, dann immer durchdringender.

Stinksauer gab Daniel Gummi. Sein Bock rammte Kranich mit voller Wucht, die Fußstützen kollidierten hart mit seinen Schienbeinen. Durch den Schwung flog er jedoch nach vorne und landete auf Daniel. Dieser ließ die Greifringe los. Mit aller Kraft stemmte er sich gegen Kranichs Schultern und stieß ihn von sich fort. Ohne Zeit zu vergeuden rollte er mit seinem Chopper ein Stück zurück, nahm erneut Anlauf und krachte gegen ihn.

Kranich wurde zwischen Rollstuhl und Wand eingeklemmt. Sein Schmerz entlud sich in einem markerschütternden Aufschrei. Er wimmerte, während er an seine Beine fasste.

Benjamin jubelte. Noch immer gefesselt setzte er sich auf.

„Bist du okay?“, fragte Daniel Marie besorgt.

Als er zu ihr schaute, sah er aus dem Augenwinkel heraus, wie eine Faust angeflogen kam. Der Boxhieb traf ihn an der Schläfe, und er befürchtete schon, sein Schädel würde bersten. Sein Kopf wurde zurückgeschleudert. Ihm wurde schwarz vor Augen. Ein weiterer Schlag traf ihn an der Wange, er weckte Daniel merkwürdigerweise wieder auf. Er öffnete seine Lider, schmeckte Blut und widerstand dem Drang, seine Lippe zu betasten, denn das hätte ihn wertvolle Sekunden gekostet.

Rasch trat er den Rückzug an. Er rollte rückwärts. Während er seine Räder mühsam allein mit der Kraft seiner Arme anschob, war Kranich schon mit einem Satz bei ihm. Erneut holte dieser aus, sein Gesicht zu einer wütenden Fratze verzogen. Ein Teufel mit zornig funkelnden Augen und aufgerissenem Maul, das Daniel zu verschlingen drohte.

Daniel hob seine Fäuste zum Kampf. Aus Erfahrung wusste er, wie schwer es war, sich nach oben zu verteidigen. Kranich, der über ihm stand, hatte die bessere Position von ihnen. Aber Kapitulation war keine Option für einen Zucker!

So laut kreischend, dass es in Daniels Ohren klingelte, drehte sich Benjamin auf dem Tisch herum. Er zog blitzschnell seine Beine an und stieß Kranich mit beiden Füßen in die Seite.

Durch die Erschütterung taumelte Markus, der seine Deckung nur in Daniels Richtung aufrechterhalten hatte, überrascht in den Raum hinein. Mit schmerzverzerrter Miene rieb er seine Nierengegend.

Im Hintergrund rappelte sich Marie mit einem Ächzen auf. Sie legte ihre Hände an den Spind. Unter offenkundig großer Kraftaufbringung warf sie ihn um. Der Metallschrank knallte auf Markus, brachte ihn zu Fall und begrub ihn unter sich. Bewegungslos blieb Kranich am Boden liegen.

Benjamin jauchzte.

„Du musst mit Ben hier raus“, forderte Daniel Marie auf.

„Auf keinen Fall!“ Energisch schüttelte sie ihren Kopf. Krause Haarsträhnen standen wirr von ihrem Kopf ab und ihr Dekolleté war gerötet. „Ich lasse dich nicht alleine.“

„Das ist zu gefährlich.“ Er machte sich jetzt schon Vorwürfe. „Ich hätte dich erst gar nicht auf die Suche mitnehmen sollen, das war leichtsinnig und verantwortungslos von mir. Es tut mir leid!“

„Sind wir ein Team oder nicht?“, fragte sie, während sie die Staubflocken von ihrer Hose zupfte.

Plötzlich schnellte ein Arm unter dem Spind hervor. Kranich griff die kleine Säge, die er an Schardt und Lenz bereits erprobt hatte, und schnitt tief in Daniels Beine.

42. KAPITEL

Verwundert beobachtete Daniel, wie seine Hose aufklaffte und Blut herauslief. Es sollte wehtun, sagte ihm sein Verstand, aber seine Synapsen reagierten nicht. Er wusste zwar, dass er ab der Taille abwärts nichts mehr spürte, aber der Schnitt und die ausbleibende körperliche Reaktion irritierten ihn trotzdem.

Noch mehr aus der Fassung brachte es jedoch Markus. Er kroch unter dem Schrank hervor, sah, dass Daniel nicht mit der Wimper zuckte, und stockte, noch in der Hocke, verunsichert.

„So clever bist du ganz offensichtlich doch nicht", presste Daniel zwischen zusammengebissenen Zähnen hervor, griff nach der Stabtaschenlampe neben ihm auf dem Sitz und zog sie zwei Mal kräftig über Kranichs Schädel, sodass dieser zusammensackte. Dessen Schopf färbte sich rot.

Seine Querschnittslähmung hatte ihn gerettet. Wer hätte das gedacht, dass sie auch zu etwas nutze sein konnte! Daniel selbst am allerwenigsten. Aber er empfand keine Freude, sondern wollte zuerst Marie und Benjamin in Sicherheit bringen und dann Kranich in Schach halten, bis seine Kollegen kamen.

Als Marie zu ihm stürzte, nahm er sie in seine Arme. Sie zitterte. Beruhigend streichelte er ihre Hüften – als Ben schrie.

Marie zuckte vor Schreck zusammen. Sie richtete sich auf, wandte sich um und keuchte entsetzt.

Ihr Gegner war zäher, als Daniel erwartet hatte. Er ärgerte sich darüber, Kranich unterschätzt zu haben, denn der stand längst wieder sicher auf seinen Füßen. Sogar sein fieses Grinsen hatte er wiedergefunden. Blut rann über sein Ohr und tropfte von dort auf seine Schulter, es unterstrich auf Furcht einflößende Weise seine Brutalität.

Selbstsicher drückte er Benjamin mit dem Rücken auf den Tisch. Kranichs Hand zog Bens Kinn nach oben und zwang somit seinen Kopf in den Nacken. Mit sichtlicher Genugtuung rollte Markus eine Nadel zwischen Daumen und Zeigefinger hin und her. Als Daniel näher herankam, senkte er sie tiefer über Benjamins Auge.

Sofort stoppte Daniel. Sein Puls, der gerade erst dabei war, sich zu normalisieren, stieg erneut rasant an.

Ängstlich schloss Ben sein Lid. Seine Hände waren immer noch gefesselt, sodass er ein Hohlkreuz machen musste. Der Junge wimmerte.

Tränen liefen über seine Wangen. Seine Füße zuckten, als bekäme er Stromstöße. Immer wieder ging ein Beben durch ihn hindurch, die Furcht ließ ihn immer öfter unkontrolliert krampfen. Er geriet zunehmend in Panik. Doch je unruhiger er wurde, desto fester packte Markus seinen Kopf, sodass Ben bereits Probleme mit dem Schlucken bekam, da sein Hals überdehnt war.

Ein und dasselbe Ablenkungsmanöver funktionierte eigentlich nur ein einziges Mal, doch Daniel wusste sich nicht anders zu helfen und nahm ihr Gespräch von vorhin wieder auf. Außerdem gab es noch ungeklärte Fragen. Markus hatte die Gewaltbereitschaft seines Vaters Horst geerbt, allerdings nahm sie bei ihm psychopathische Ausmaße an. Warum? „Sie sind GeoGod."

Markus' Lächeln wurde breiter und geradezu selbstgefällig, als Daniel hinzufügte: „Der gottgleiche Rächer", aber Kranich schwieg.

„Der alle, die seiner Meinung nach an Julias Tod Schuld trugen, leiden ließ, wie er selbst unter ihrem Verlust leidet." Daniel tat so, als würde er zum Nachdenken mal hier, mal dort hinsehen, doch in Wahrheit schaute er sich nach etwas um, das er als Waffe benutzen konnte. Nichts. Die Besitzer von Dancemania hatten so gut wie alles bei ihrem Auszug mitgenommen und der Rest war vermutlich gestohlen worden. „Sie ließen sie Ihren Schmerz spüren."

„Sparen Sie sich das Psychogequatsche."

Bei Verhören gab es mehrere Methoden, den Verdächtigen zum Reden zu bringen. Eine davon war, ihm Anerkennung vorzuheucheln. Widerstrebend polierte Daniel Markus' Ego. „Ich wäre Ihnen beinahe nicht auf die Schliche gekommen. Das mit dem Geocaching war gewitzt. Von außen betrachtet sah es wie ein harmloses Spiel aus. Die Jungs kapierten erst, dass es um Leben und Tod ging, als sie schon in der Falle saßen."

Abfällig schnaubte Kranich.

Auf diese Weise überrumpelte Daniel ihn zwar nicht, aber immerhin hielt er ihn davon ab, die Nadel in Bens Auge zu stechen. Allerdings ließ sich Markus dieses Mal nicht so leicht aus der Reserve locken und zum Plaudern bringen.

„Was ich immer noch nicht verstehe, ist …" Mit dem ausgestreckten Zeigefinger tippte sich Daniel gegen seine Unterlippe. „Warum haben Sie Benjamin nicht mit einem Pfeil erschossen oder ihm durch ein geschickt gelegtes Feuer den Fluchtweg abgeschnitten, damit er bei dem Brand, den Sie in der Wohnung der Mannteufels legten, umkam?"

„Die Zeit war noch nicht reif für ihn." Grob bohrten sich seine Finger von unten in Bens Kiefer, worauf der Junge winselte. „Er war noch nicht dran."

Erst musste Corinna Backes daran glauben. Natürlich, dachte Daniel, vor ihm stand ein organisierter Täter, der alles bis ins Detail geplant hatte, zum Beispiel, dass er Corinna Backes die Augäpfel entfernte, weil sie bei der Spurensuche nicht richtig hingeschaut hatte. Den Fötus wollte er aus ihrem Bauch herausschneiden, nahm Daniel an, weil ihm ebenfalls etwas Liebes und Unschuldiges geraubt worden war. Auge um Auge, Zahn um Zahn, Kind um Kind.

Allerdings hatten weder Daniel noch Marie bei seinem großen Finale, der Folterung und Verstümmelung von Benjamin, dabei sein sollen. Diesen grandiosen Moment wollte Kranich für sich alleine haben, wollte den Jungen sein eigenes Seelenleid körperlich spüren lassen und sich durch dessen Schmerz, Angst, Heulen und Betteln Genugtuung verschaffen. Aber das konnte er nicht, solange Marie und Daniel anwesend waren.

Endlich begriff Daniel. Kranich würde Ben nichts tun, bevor er sie nicht erledigt hatte, weil sonst nicht alles wie in seinen Vergeltungsfantasien ablief, und wenn nicht alles exakt so war, würde er seine Befriedigung nicht bekommen.

Adrenalin rauschte durch Daniels Adern. Es fiel ihm schwer, ruhig zu bleiben. „Aber es läuft nicht immer nach Plan, nicht wahr?"

Angesäuert rümpfte Kranich seine Nase und fixierte Marie. „Hab der da extra Julias Smartphone zugespielt. Hast du eine Ahnung, wie schwer es mir fiel, dieses scheiß Telefon herzugeben? Es war, als würde ich einen Teil meiner Schwester für immer loslassen."

„Weil Sie es ihr geschenkt hatten und sie es ständig bei sich trug und Fotos schoss", heuchelte Daniel Verständnis vor.

„Und was macht diese Schlampe?" Er spuckte in ihre Richtung, sodass Marie zurückwich. „Statt sich von diesem Schwanzlutscher abzuwenden, weil er und seine Freunde Dreck am Stecken haben, entscheidet sie sich, ihr Maul zu halten und ihm zu helfen. Aber ich hätte es wissen müssen. Alle Weiber ticken nicht richtig, sie sind schwach." Mit der Nähnadel, die eben noch auf Bens Lid gerichtet gewesen war, zeigte er nun auf Marie. „Diese Hure fickt nicht nur einen Krüppel, sie beschützt auch noch das Böse. Das Schlechte obsiegt immer." Er gab ein Gebrüll von sich wie ein verletztes Tier.

Aus seinen Erfahrungen zog Markus das falsche Fazit, erkannte Daniel, und wurde selbst gemeingefährlich. Er glaubte, niemand könnte ihm etwas anhaben, denn immer, wenn etwas Schlimmes in seinem Leben passiert war, hatten alle um ihn herum geschwiegen und den Täter sogar vor der Polizei, den Nachbarn, Freunden und dem Krankenhauspersonal gedeckt, sodass dieser nie für seine Untaten bestraft wurde – angefangen bei seinem Vater Horst über die Misshandlungen von Nadine Schmitz durch ihn selbst bis hin zu Schardt, Lenz, Backes und dem Rat Pack. Ungesühnte Verbrechen, die ihn in seinem fehlgeleiteten Denken bestätigten und in seinem Verhalten bestärkten, sodass sich seine Gewaltbereitschaft nach oben schraubte.

„Warum konnte ich herausfinden, wie Julia starb? Wieso kriegten das die Bullenschweine nicht gebacken? Scheiße noch mal, keiner kümmerte sich um meine Schwester. Sie war allen egal. Allen!" Kranich redete sich immer mehr in Rage. Sein Gesicht lief purpurn an und färbte sich immer dunkler. „Aber vor allen Dingen die verfickten Drecksbullen. Die waren noch nie für etwas gut. Schreiben ein Protokoll und heften es ab. Das war's dann. Job erledigt. Dafür kriegen diese Bastarde auch noch Kohle. Wir sind es, die bluten. Immer nur wir. Dabei müssten sie es sein!"

Plötzlich ließ er die Nadel fallen. Sie prallte an Benjamins Lid ab und fiel auf den Tisch. Doch Kranich war das egal. Er beachtete den Jungen nicht weiter, sondern preschte vor und stieß Marie brutal zur Seite. Sie fiel rücklings über den quer auf dem Boden liegenden Spind und krümmte sich, eine Hand auf ihren Steiß pressend und ihren Mund zu einem stummen Schrei geöffnet. Trotz ihrer geschlossenen Augen waren ihre Wangen binnen Sekunden nass.

Kämpferisch hob Daniel die Taschenlampe. Doch seine Wut machte Kranich noch schneller, noch gefährlicher und erbarmungsloser. Er schlug Daniel die Waffe aus der Hand, packte seine Fußgelenke und zerrte ihn aus seinem Rollstuhl.

Daniels Hinterkopf knallte auf den Fußboden. Hilflos mit dem Oberkörper zappelnd, konnte er nichts dagegen tun, dass Kranich ihn aus der Umkleide zog.

Er kam sich vor wie ein exotischer Käfer, der auf dem Rücken lag und dem jeden Moment eine gigantische Nadel in den Bauch gejagt werden würde, um hinter Glas gepackt und als Trophäe ausgestellt zu werden, konserviert für die Ewigkeit und trotzdem mausetot.

Rücksichtslos schleifte Kranich ihn in das Studio. Die Einfassung der Tanzfläche erschütterte Daniel wie eine riesige Bodenwelle, als er darüber hinweg gezerrt wurde. Jeder einzelne Wirbel, der noch nicht seinen Geist aufgegeben hatte, tat höllisch weh.

Mitten auf dem Parkett stellte Markus seinen Fuß auf Daniels Kehle und verlagerte sein Gewicht darauf. „Na, spürst du das wenigstens, Bullenwichser?"

Sein gehässiges Lachen drang kaum zu Daniel durch. Er sah es mehr, als dass er es hörte, denn das Blut rauschte so laut in seinen Ohren, als würde er neben dem Kölner Autobahnring zur Hauptverkehrszeit stehen. Die Frage, warum Kranich seinen Angriff nicht in der Umkleidekabine gestartet hatte, wurde Daniel beantwortet, als sein Angreifer sich stolz in der Spiegelwand betrachtete.

Dieser Psycho poste!

Das machte Daniel stinksauer. Fest boxte er gegen Kranichs Wade. Erfolglos. Er krallte seine Finger hinein, schob dessen Hose hoch und versuchte, empfindliche Punkte an seinem Fußgelenk zu ertasten, um ihn dazu zu bringen, von ihm abzulassen, doch Kranich schien das in seinem Wahn gar nicht wahrzunehmen.

Zunehmend verlor er an Kraft. Die Luft wurde knapp. Hatte Markus am Anfang noch zwischendurch immer mal wieder kurz seine Sohle von seinem Hals genommen, damit Daniel durchatmen konnte, so sparte er sich diese arglistige Spielerei nun und machte sich schwer. Schwer wie ein Kilometerstein am Rhein lag sein Fuß auf Daniels Adamsapfel.

Daniels Schädel fühlte sich an, als würde er jeden Moment platzen. Panisch schlug er um sich. Er ermahnte sich, dass das nichts brachte, nahm all seine innere Stärke zusammen und hörte damit auf.

Sogleich streckte er seinen Arm. Er machte eine Faust, um sie mit einem einzigen kraftvollen Stoß in Kranichs Unterleib zu versenken, reichte aber nicht heran. Nicht einmal, wenn er sie öffnete und seine Finger streckte, damit er wenigstens diese schmerzhaft in dessen Weichteile bohren konnte.

Was immer Daniel versuchte, es war umsonst.

Langsam verlor er seinen Mut. Er kämpfte dagegen an, ohnmächtig zu werden, denn wenn das geschah, waren nicht nur er, sondern auch Marie und Benjamin verloren. Aber er konnte sie nur retten, indem er sein Bein anhob und Kranichs Glocken gehörig zum Klingeln brachte.

Das war jedoch unmöglich, denn sein Unterkörper gehorchte ihm schon lange nicht mehr.

Dieser Kampf war aussichtslos. Daniel war am Ende.

Alles vor seinem Sichtfeld verschwamm. Er blinzelte hektisch und sah wieder klarer, doch ein seltsamer Dunst waberte heran. Seine Lider wurden schwerer.

Im Dämmerzustand wurde ihm klar, dass er nur gegen Kranich gewinnen konnte, wenn sie zu gleichen Bedingungen gegeneinander antraten.

Und was bringt dir diese Erkenntnis nun?, fragte eine Stimme sarkastisch in ihm.

Hatte er eben noch vor Panik gekrampft wie ein Epileptiker, so legte sich nun eine Gelassenheit über ihn, die ihn erschreckte, aber er konnte den morbiden Gleichmut nicht verhindern. Das Rauschen in den Ohren verstummte, seine Gedanken wurden träger und er legte seine Arme hin, statt sich weiter sinnlos an Kranichs Schenkel zu klammern.

Plötzlich stürmte Marie in den Raum herein. Ihr Mund bewegte sich und sie hielt ein Handy in der Hand, aber er hörte nicht, was sie sagte, als wäre der Ton abgestellt. Hinter ihr folgte Ben. Er strauchelte und fiel der Länge nach hin. Als er Daniel etwas schwungvoll über den Boden zuschob, erkannte er den Gegenstand nicht sofort. Erst als er neben seinem Gesicht liegen blieb, nahm er die Handsäge wahr, umgeben von einer Corona, hervorgerufen durch den steigenden Augendruck.

Ihm ging ein Licht auf. Jetzt hatte er die Möglichkeit, eine Chancengleichheit zwischen Kranich und sich herzustellen.

Ermattet griff er die Säge. Es kostete ihn große Mühe, sie anzuheben, doch er schaffte es. Mit der freien Hand tastete er nach Markus' Ferse, setzte das Sägeblatt auf Höhe der Achillessehne an und mobilisierte seine letzten Kräfte, um sie zu durchtrennen.

Kranichs lauter Schmerzensschrei pustete seine Ohren frei, was auch daran lag, dass dieser neben ihm auf seine Knie fiel und Daniel wieder frei durchatmen konnte. Gierig sog er die Luft tief in seine Lungen. Seine Sicht klärte sich.

Im nächsten Moment stand Marie schon über Markus. Sie hatte Daniels Rollstuhl zusammengefaltet. Wie sie es schaffte, ihn hochzuheben, so zierlich wie sie war, und nach allem, was sie durchgemacht hatte, blieb ihm ein Rätsel. Sie machte einen höchst fuchsigen Eindruck. Er nahm sich vor, sie nie derart gegen sich aufzubringen, denn sie schmetterte den Bock wie eine Furie gegen Kranich. Einmal, zweimal und ein drittes Mal! Bis dieser schließlich zur Seite kippte und reglos liegen blieb.

Geschwächt ließ sie den Rolli fallen. Sie bewegte ihre Finger und rieb ihre Arme. Ihr Brustkorb hob und senkte sich heftig.

Immer noch keuchend riss Daniel den Chopper an sich. Er konnte nicht erklären, was er vorhatte, denn seine Kehle brannte wie Feuer. Überrascht blickte Marie ihn an und er hob entschuldigend seine Hand. Er entnahm seiner Armlehnentasche den Kabelbinder, den er übrig gehabt hatte, als er im Sommer einen Bambussichtschutz rund um die Dachterrasse angebracht hatte. Erst am Morgen hatte er ihn seiner Ausrüstung hinzugefügt. Nun band er damit Kranichs Armgelenke hinter seinem Rücken zusammen.

Erschöpft setzte er sich auf und lehnte sich gegen die Spiegelwand. Sein Hals fühlte sich an, als hätte er flüssiges Eisen geschluckt. Noch immer war er nicht ganz bei sich. Der Nebel vor seinen Augen hatte sich verzogen, aber sein Kreislauf beschwerte sich und seine Glieder waren schwer wie Blei.

Marie und Ben setzten sich neben ihn. Sie schlang den Arm um ihren Cousin, der erneut zu weinen anfing. Sein „Danke“ ging in Schluchzen über.

„Die Polizei ist unterwegs.“ Über Ben hinweg streichelte Marie Daniels Schulter. „Beweise haben wir zwar nicht gefunden, aber drei Zeugen können Markus Kranichs Geständnis bestätigen, das wird reichen, um ihn festzunehmen und anzuklagen.“

„Das ist gut, aber prinzipiell wäre das gar nicht nötig“, krächzte Daniel mühsam. „Wir haben seine DNA und das hier.“

Aus seiner Armlehnentasche holt er ein Diktiergerät heraus, das er besorgt hatte, als Marie in der Bäckerei gewesen war, und stoppte die Aufnahme. Er brauchte dringend mehr Stauraum. Und mehr Equipment. Ein Multitool zum Beispiel. Denn bald würde er zum KK 11 zurückkehren. Das Ticket dafür hielt er gerade in der Hand.

„Ziemlich kitschig, dieser Trend." Kopfschüttelnd zeigte Daniel in Richtung Hohenzollernbrücke.

Es war so ein wunderschöner sonniger Herbstnachmittag, dass sie sich entschlossen hatten, spazieren zu gehen. Ihr Weg hatte sie auf die Rheinpromenade und durch die Altstadt geführt. Der Vorschlag war von Daniel gekommen. Allein deshalb hätte Marie ihn angenommen, selbst wenn es in Strömen gegossen hätte.

Noch vor Kurzem hatte er sich aufgrund seiner Gehbehinderung in der gemeinsamen Wohnung eingeigelt. Jetzt drängte es ihn förmlich nach draußen, wie früher. Die Ermittlungen hatten ihn gezwungen, sein Schneckenhaus zu verlassen. So schlimm, wie der Angriff von Markus Kranich gewesen war, der Daniel beinahe das Leben gekostet hatte, er war daran gewachsen. „Ich finde sie romantisch."

„Das sind nur Vorhängeschlösser." Als wollte er ihr den Beweis erbringen, fuhr er auf die Bogenbrücke, vorbei an den unzähligen Hinterlassenschaften verliebter Paare. „Eines Tages werden sie alles zum Einsturz bringen, weil die Brückenpfeiler das Gewicht nicht mehr tragen."

„Warum fährst du dann auch noch darauf?", fragte sie in einem sarkastischen Ton, der seiner würdig war. „Vielleicht ist ausgerechnet das Gewicht von dir und deinem Rollstuhl zu viel. Du spürst zwar deinen Unterleib nicht mehr, aber das bedeutet nicht, dass er leicht wie Luft ist."

Überrascht schaute er sie über seine Schulter hinweg an, bevor er anerkennend schmunzelte, wohl weil sie ihn mit seinen eigenen Waffen schlug. Er fuhr weiter. „Ben tut die psychologische Betreuung gut, nicht wahr? Er ist jetzt schon nicht mehr so in sich gekehrt."

Während seine Freunde in Untersuchungshaft saßen, durfte er die Zeit bis zum Prozess zu Hause verbringen, weil keine Fluchtgefahr bestand. Außerdem hatte Daniel sich für ihn eingesetzt und bürgte mit seinem Ruf als Kriminalhauptkommissar für ihn.

Bens Anwalt rechnete damit, dass er wegen unterlassener Hilfeleistung eine Bewährungsstrafe bekam, eventuell Sozialstunden oder höchstens Warnschussarrest, da er während der Tat unter Alkohol- und Drogeneinfluss gestanden und geglaubt hatte, Julias Misshandlungen seien Teil eines Horrortrips und würden nicht real passieren. Zumal er selbst nicht an dem Delikt beteiligt gewesen war.

Außerdem war er zum Tatzeitpunkt minderjährig gewesen, wodurch er nach Jugendstrafrecht zu verurteilen war. Eine Verurteilung in der erwarteten Höhe würde immerhin nicht im polizeilichen Führungszeugnis auftauchen. Das beruhigte Marie, denn Benjamin war ein guter Junge. Genau darin lag das Problem. Eben weil er gut war, erkannte er auch nicht das Böse in anderen Menschen, war ein leichtes Opfer für sie, ließ sich verführen und in üble Dinge hineinziehen. Aber die Erlebnisse des vergangenen Jahres hatten ihn geprägt und verändert. Er war eine Spur erwachsener geworden.

Maik und Denis dagegen würden weit weniger glimpflich davonkommen. Das Rat Pack existierte nicht mehr.

Gemächlich spazierte Marie neben Daniel in Richtung Kalker Uferseite. In der Mitte der Brücke frischte der Wind auf, aber das war ihr egal.

Er blieb stehen, schirmte mit der Hand seine Augen ab und beobachtete ein Rheinschiff mit holländischer Flagge, das unter ihnen hindurchfuhr. „Kranich war doch nicht so ein Perfektionist."

„War er nicht?" Sie zog ihren Schal enger um ihren Hals, stellte den Kragen ihrer Jacke auf und hielt ihr Gesicht in die Sonne, die zwar nur noch schwach wärmte, aber nach der langen Regenperiode tat selbst das gut.

„In der leer stehenden Wohnung, aus der er seine brennenden Pfeile auf Ben und Heide geschossen hatte, fand der Erkennungsdienst Schleifspuren in der Toilette, die das Labor eindeutig ihm zuordnen konnte." Seine Lachfalten wurden tiefer.

Maries Brauen hoben sich. Angeekelt rümpfte sie ihre Nase. „Das kommt davon, wenn *Mann* keine WC-Bürste benutzt."

„*Man* würdest du in dem Fall klein und mit nur einem N schreiben, nicht wahr?" Er setzte seine schwarze Schiebermütze schräg auf, was ihm etwas Draufgängerisches verlieh.

Sie sparte sich eine Antwort und trat näher an das Geländer heran, um eine Gruppe Fahrradfahrer vorbeizulassen.

„Er machte weitere Fehler. Das kommt davon, wenn man überheblich ist und denkt, keiner könnte einem was." Kurz machte Daniel eine Pause, weil ein Pärchen an ihnen vorbeischlenderte, nickte ihnen zum Gruß zu und fuhr leiser fort: „Auf der Innenseite einer der Drogenverpackungen, die auf dem Flughafen bei Maik sichergestellt wurden, fand man einen Teilabdruck von Markus' Schuhsohle."

Entspannt lehnte sie sich gegen die Brüstung und setzte ihre Sonnenbrille auf. „Wie konnte das passiert sein?"

„Es wurden auch winzige Teppichhaare entdeckt." Ein Zug, der an ihnen vorbeiratterte, zwang Daniel dazu, eine Sprechpause einzulegen. „Vermutlich hat er das Stück Alufolie bei offenem Fenster von der Rolle abgerissen, eine Windböe hat es vom Tisch geweht und er hielt es auf, indem er sich draufgestellt hat. Oder er ist versehentlich daraufgetreten."

Vor Genugtuung konnte sie sich ein Grinsen nicht verkneifen. „Dumm gelaufen." Was für ein schöner Tag!, dachte sie, und so voller guter Nachrichten.

„Kranich behauptet, Maik hätte ihm die Drogen abgekauft, aber es fanden sich keine Fingerabdrücke des Jungen auf der Verpackung, überhaupt keine anderen Abdrücke, nur seine."

Wie sie wusste, schwieg Maik beharrlich zu den Vorwürfen, er hätte Julia misshandelt, mit einem Gegenstand anal missbraucht und ihre Leiche im Rhein versenkt. Aber Denis hatte ein volles Geständnis abgelegt und Benjamins Aussage somit bestätigt.

Marie berührte Daniels Schulter. „Ist es für dich wirklich in Ordnung, wenn Ben vorerst bei uns wohnen bleibt?"

„Selbstverständlich, das sagte ich doch schon und meinte es auch so." Er legte seine Hand auf die ihre und drückte sie sachte.

„Danke."

Inzwischen hatte sich herausgestellt, dass der Slip, den Heide bei Hans-Joachim entdeckt hatte und der sie glauben ließ, ihr Ehemann hätte eine heimliche Affäre, von Markus Kranichs ehemaliger Freundin stammte. Er musste ihn wie eine Trophäe nach der Vergewaltigung mitgenommen haben. Nadine Schmitz merkte zwar, dass er nach Kranichs letztem Übergriff fehlte, aber ihr schien das nicht wichtig genug zu sein, um es zu erwähnen.

Obwohl Heide inzwischen von der Unschuld ihres Mannes überzeugt war, hatte Kranich die Kluft, die schon vorher zwischen ihr und Hajo bestand, noch tiefer und breiter werden lassen. Einen Steg hatten sie dank ihres Therapeuten bereits gebaut, um sich wieder anzunähern, doch bis sie wieder zusammengewachsen waren, würde es dauern.

Weiterhin gingen Heide und Hans-Joachim zur Eheberatung. Weiterhin arbeitete Maries Tante daran, keine Glucke mehr zu sein, was mehr Aufmerksamkeit für ihren Mann und weniger für Ben bedeutete, dafür legte Hajo keine Geschäftstermine mehr in die Abendstunden, es sei denn, es ging nicht anders. Weiterhin wohnten sie bei Irene und

Rainer Bast, in einer Villa, in der es selbst im Hochsommer kalt wie in einem Eisschrank war.

„Es ist wirklich besser, wenn Ben noch etwas bei uns bleibt“, sagte Marie im Brustton der Überzeugung. „Mindestens bis Heide und Hajo eine neue Wohnung gefunden haben.“

Eine Gruppe von um die zwanzig Personen mit einem Mann von der Größe eines Basketballspielers an der Spitze, der ein Schild an einer Stange hochhielt, auf dem „Bitte folgen“ stand, ging laut palavernd vorüber und begaffte die Liebesschlösser wie eine Touristenattraktion.

Während die Frauen und Männer an ihnen vorbeizogen wie ein Schwarm schnatternder Gänse, öffnete Daniel den Reißverschluss seiner Armlehnentasche, entnahm ihr jedoch nichts. Das erinnerte Marie unangenehm an ihre zweite und letzte Begegnung mit Markus Kranich in der Tanzschule.

Alarmiert schaute sie sich um und drückte sich enger an das Geländer, um mehr Abstand zwischen sich und die Horde zu bringen. Aber nichts geschah. Die Menschen zogen weiter. Das Horn eines Rheinschiffes löste das Schwatzen ab.

„Ich habe es geschafft.“ In einer gespielt arroganten Geste benässte Daniel die Kuppe seines kleinen Fingers und strich damit über seine Braue.

Marie schaute einer Möwe hinterher, bis sie so hoch flog, dass sie sie nicht mehr sehen konnte. „Was meinst du?“

„Ich darf wieder nach Hause.“ Während er Anführungsstriche in die Luft malte, um seine letzten beiden Worte zu relativieren, strahlte er übers ganze Gesicht. „Wenn auch aufgrund des Hamburger Modells während der Wiedereingliederungsphase vorerst nur stundenweise.“

„Ins Kriminalkommissariat 11?“

„Über eine Hintertür“, flüsterte er unnötigerweise und zuckte mit den Achseln. „Offiziell werde ich aufgrund der Rechtslage als externer Berater bei schwierigen Fällen hinzugezogen.“

„Weil ein Rollstuhlfahrer nun mal nicht bei der Mordkommission ermitteln darf.“

„Das ist leider in Stein gemeißelt. Aber Steine sind keine Berge, man kann sie umfahren.“

Sie stützte sich mit beiden Händen hinter ihrem Rücken auf dem Geländer ab und sah auf Daniel hinunter. „Besonders wenn jemand so geschickt mit seinem Popo-Ferrari umgehen kann.“

„Ich hätte den Begriff nicht erwähnen sollen." Murrend kraulte er seinen Henri-Quatre-Bart, doch seine Augen lächelten.

Die Brise bauschte ihren beigefarbenen Trenchcoat auf. Ein letztes Mal kam ein Hauch von Sommerfeeling in ihr auf, bevor der lange Winter begann. Sie war so gut gelaunt wie schon lange nicht mehr. Es kümmerte sie nicht einmal, dass ihre Eltern sie zu einem Versöhnungsdinner eingeladen hatten, aber Daniel noch nicht bereit dazu war. Dafür hatte sie Verständnis. Sie würde ihm so viel Zeit geben, wie er brauchte. Ihre Mutter und ihr Vater konnten ruhig noch ein wenig an ihrem schlechten Gewissen zu knabbern haben. Die beiden hatten es verdient! „Rallyefahrzeug mit integriertem Rammbock, gefällt dir das besser? Du brauchst einen Waffenschein für deinen fahrbaren Untersatz."

„Lass das ja nicht den Leiter der Direktion Kriminalität hören. Christian Voigt würde das sofort aufgreifen, um mich wieder loszuwerden." Daniel ballte seine Faust und tat so, als würde er sein Kinn boxen, worauf sein Kopf zur Seite flog, als wäre er getroffen. „Ich bin ihm ein Dorn im Auge, weil er glaubt, ich könnte nicht dieselbe Arbeit schaffen wie alle anderen. Seiner Meinung nach bin ich der Klotz am Bein der Kollegen, der sie ausbremst. Aber ich werde ihn eines Besseren belehren!"

„Mich wundert eh, dass er sich darauf eingelassen hat, dich wieder bei der Kripo aufzunehmen", gab sie zu und kreuzte ihre in Nylonstrümpfen steckenden Beine.

Mahnend hob Daniel seinen Finger hoch. „Nur als Berater. Nur hin und wieder. Und dann auch nur für wenige Stunden."

„Also nie." Man versuchte Daniel auszutricksen, begriff Marie und verschränkte verärgert ihre Arme vor dem Körper.

„EKHK Karsten Fuchs und Tomasz wollen es deichseln, dass ich regelmäßig gerufen werde." Mit den Handflächen schlug er auf seine Armlehnen. „Ob sie das schaffen, bleibt abzuwarten."

„Du bist eine Kämpfernatur. Ich habe keinen Zweifel, dass du dich mit ihrer Hilfe durchsetzen wirst."

„Die Personalführung und Präsidiumsleitung hat sich nur darauf eingelassen, weil sie fürchten, ich verklage sie wegen Diskriminierung."

Sie spähte zum Musical Dome neben dem Hauptbahnhof hinüber und freute sich, an diesem Tag freizuhaben. „Auch sie wissen, wie stur du bist."

„He, eben hieß es noch, ich sei ein Kämpfer."

„Das ist doch dasselbe." Schallend lachte sie und schien die Passanten damit anzustecken, denn lauter freundliche Gesichter sahen sie an.

„Sie haben eine scheiß …" Entschuldigend schielte Daniel zu ihr hoch und korrigierte sich: „Heidenangst, ich könnte einen solchen Prozess zur Überraschung aller tatsächlich gewinnen, weil ich, der Querulant mit der Krüppel-Harley, die Morde an Julia Kranich, Günther Lenz, Michael Schardt und Corinna Backes aufgeklärt habe." Er nahm ihre Hand. „Mit deiner Unterstützung."

„Erwähne mich ja nicht!" Wenn bekannt würde, dass ihre eigenen Ermittlungen zu Daniels Durchbruch beigetragen hatten, würde das die Bedrohung, die Voigt durch ihn empfand, verringern, daher musste der Sieg als sein alleiniger gelten. Auf keinen Fall wollte Marie im Rampenlicht stehen! Sie war glücklich, ihren Ehemann zurückzuhaben, nur das zählte für sie.

„Wenn das geschähe, hätten sie einen Präzedenzfall, das wäre der Supergau für das Kölner Polizeipräsidium und alle anderen Reviere bundesweit." Kurz grübelte er, und Marie schloss nicht aus, dass er ernsthaft darüber nachdachte, doch noch vor Gericht zu ziehen, um einen Sieg für alle Rollstuhlfahrer zu erringen, aber auch er war niemand, der Publicity wollte. Er wünschte sich nur, in sein Team zurückzukehren. „Ich halte mir die Option offen, falls Voigt mir doch noch ans gelähmte Bein pisst und durch einen miesen Trick versucht, mich rauszuwerfen."

„Dann muss Leander deinen alten Arbeitsplatz räumen?"

Daniel gab ein Murren von sich. „Wir werden zu dritt in dem Büro sitzen."

„Sei nett zu ihm", bat sie ihn und legte ihre Hand an seine Wange.

„Selbstverständlich! Wo denkst du hin?" Daniels Einlenken täuschte sie nicht und er bestätigte ihre Skepsis schon im nächsten Moment, indem er hinzufügte: „Ich werde kollegial sein, versprochen. Er darf mir Kaffee holen, Akten raussuchen, Zeugen zur Befragung vom Empfang hoch ins KK 11 geleiten und zu mir bringen …"

„Falls du glaubst, er wird sich zum Laufburschen degradieren lassen, schätzt du ihn meiner Meinung nach falsch ein."

„Das ist Teamwork." Vor offensichtlich diebischer Vorfreude rieb er seine Handflächen aneinander. „Leider gehört zum Deal mit der

Führungsebene, dass ich regelmäßige Termine mit dem Polizeipsychologen wahrnehme. Aber wenn Voigt und seine Arschkriecher denken, ich mache das ihretwegen, sind sie auf dem Holzweg." Plötzlich wurde er ernst. Er legte seine Hände in ihre Kniekehlen und beugte sich etwas vor. „Ich gehe wegen uns dorthin."

Sie hielt die Luft an.

„Jetzt bin ich endlich so weit, mir einzugestehen, dass nicht du ein Problem mit meiner Querschnittslähmung hast, sondern ich." Verlegen ließ er seinen Blick über den Rhein schweifen. Er atmete tief durch und sah sie wieder an. „Ich komme mit dem Bock klar, das haben mir die Ermittlungen gezeigt. Trotzdem werden Phasen kommen, in denen ich verzweifle, in denen ich mich wieder in unserer Wohnung verkrieche und das Leben nur noch in Grauschattierungen sehe. Aber diesmal weiß ich, dass diese Depressionsschübe vorübergehen werden. Sie werden immer seltener auftreten und irgendwann verschwinden, das hoffe ich. Nein, davon gehe ich sehr stark aus!"

Marie schluckte den Kloß im Hals herunter. „Ich bin für dich da."

„Das weiß ich doch." Sein Daumen strich über ihren Handrücken. „Aber ab jetzt bin ich auch wieder für dich da, das wollte ich eigentlich damit sagen. Du hast mein Ehrenwort!"

Gerührt beugte sie sich hinab. Sie zog sein Gesicht heran und küsste ihn, ungeachtet der Spaziergänger um sie herum.

„Ich hab schon wieder nicht die richtigen Worte gefunden. Hab's doch nicht so damit, zumindest wenn es um Gefühlsangelegenheiten geht, deshalb hab ich das hier besorgt." Er räusperte sich und holte einen Gegenstand aus seiner Armlehnentasche.

Marie traute ihren Augen kaum. Er reichte ihr doch tatsächlich ein handtellergroßes rotes Vorhängeschloss in Herzform. Das machte sie sprachlos! Er hatte sogar schon ihre Namen und ihr Hochzeitsdatum eingravieren lassen.

„Ziemlich kitschig", sagte sie in Anspielung auf seine Bemerkung, die er vorhin hatte fallen lassen, anscheinend, wie ihr jetzt ein Licht aufging, um sie auf die Hohenzollernbrücke zu lotsen.

Er seufzte gespielt theatralisch. „Wahrscheinlich wird ausgerechnet unser Schloss alles zum Einsturz bringen."

„Lassen wir es darauf ankommen?"

„Lassen wir es darauf ankommen!" Er zog sie auf seinen Schoß und fuhr gemeinsam mit ihr so nah wie möglich an das Geländer heran.

Marie brachte ihr Liebesschloss an einer freien Stelle an. Für sie stellte es ein Symbol für ihre Ehe, die das erste Tief überlebt hatte, dar und stand gleichzeitig für den Neubeginn, privat wie beruflich.

Daniel umschloss ihr Handgelenk. Gemeinsam warfen sie den Schlüssel in den Rhein.

Manchmal geschehen noch Wunder, dachte Marie glücklich und war gespannt, was die Zukunft an Abenteuern, aber auch an Prüfungen für sie bereithielt.

ENDE

DANKSAGUNGEN

Ohne die Hilfe von vielen Profis, Bekannten, Freunden und Familie hätte es das erste Abenteuer der Zuckers in dieser Form wohl nie gegeben.

Danke an meine ehemalige Lektorin Bettina Steinhage dafür, dass sie sich ebenso tief in mein Exposé hineingekniet hat wie ich und meine Begeisterung bis heute teilt. Es ist toll, wenn man nur zu sagen braucht: „Marie ist ein Blumentyp", und der andere weiß genau, von welcher Art Buchheldin man spricht. Sogar die bepflanzte Dachterrasse hatten wir beide gleichzeitig im Sinn. Gespenstisch!

Danke auch an meine Lektorin Daniela Peter, die das Projekt ebenso engagiert weiterbetreut. Ich freue mich auf kommende gemeinsame Zucker-Bände. Ebenso an meinen Lektor Thorben Buttke für den Feinschliff und für den Beweis, dass Lektorate auch lustig sein können („Nerd-Fact"). Mein Dank gilt auch dem Mira Verlag für das Vertrauen, dass er in mich und die Zuckers setzt, und dem Vertrieb in Köln, der von Anfang an von dem Projekt begeistert war. Woran das wohl liegen mag?

Ebenfalls danke ich Polizeihauptkommissar Volker Scherzberg von der Abteilung Öffentlichkeitsarbeit für die Führung durch das Polizeipräsidium Köln. Danke an ihn und den Leiter des Kriminalkommissariats 11, den Ersten Kriminalhauptkommissar Fred Breitenbach, für die geduldige Beantwortung meiner Fragen. Dass ich die Chance bekam, hinter die Kulissen zu blicken, sie mit Fragen zu löchern und gezeigt zu bekommen, wie behindertengerecht das Gebäude eingerichtet ist. Sollten Parallelen zu EKHK Fuchs auftauchen, sind sie rein zufällig, ich schwöre!

Für die Beantwortung meiner Fragen bedanke ich mich ebenfalls bei Polizeihauptkommissarin Manuela Baumgarten sowie bei Kriminalkommissar Bernhard Hatterscheidt, der mit seinem Kollegen Ludwig Kroner ebenfalls an einer Kölner Krimireihe schreibt.

Danke auch an Dr. Heinrich Benthake für die Hilfe bei Daniels Diagnose und den Auswirkungen.

Ebenso an meine Freundin, die durch einen Schicksalsschlag unglücklicherweise seit dem Jahr, in dem ich an „Leiden sollst du" schrieb, im Rollstuhl sitzt, und für ihre Ratschläge zu diesem Thema. Ich bin immer für dich da!

Ich habe mich bemüht, den Polizeidienst sowie das Leben als Rollstuhlfahrer realistisch darzustellen, habe jedoch Details, die keine Rolle für die Handlung spielten, nicht thematisiert oder frei interpretiert, um den Fluss der Geschichte und die Spannung zu erhalten und Daniel durch Aspekte seiner Krankheit nicht bloßzustellen, schließlich handelt es sich nicht um eine Dokumentation, sondern um einen fiktiven Roman.

Mein Dank geht auch an meine Tante Barbara Henke, Rechtsanwältin mit eigener Kanzlei, für ihre Hilfe bei Gerichtsurteilen, und ebenso an meine Cousine Beatrice für ihre Einschätzung der strafrechtlichen Situation. Wie ich deinen Biss kenne, wirst du das Jurastudium spielend schaffen, ich glaube an dich, Bea!

An meinen Onkel Wilfried Henke, der jahrelang im Belgischen Viertel wohnte, dass er mir bei allen Fragen rund um Köln zur Verfügung stand.

An Ursula Bühler und ihre beiden Kinder Nadja und Markus für ihren Rat, was das Auftreten und den Slang von Jugendlichen betrifft. Außerdem ist sie schon seit Jahren meine hochgeschätzte Testleserin, die mir mit ihrer schonungslosen Kritik hilft. Du bist super!

Dank schulde ich auch meinem Mann, der mir jederzeit in Sachen Handy, Computer und Internet mit Erklärungen zur Seite stand. Durch ihn lernte ich vor Jahren Geocaching kennen. Auch seine Begeisterung für das Bogenschießen inspirierte mich beim Konzipieren des ersten Zucker-Bands.

Last but not least, möchte ich auch Ihnen, lieber Leser, danken, dass Sie sich für „Leiden sollst du“ entschieden haben und dieser neuen Krimi-Reihe eine Chance gegeben haben. Ich hoffe, dass Sie Marie, Daniel und Ben gerne wiedertreffen würden, denn die drei sind mir ans Herz gewachsen, und ich habe bereits zahlreiche weitere Abenteuer im Kopf.

Die Kapitel 27 bis 31 entstanden übrigens im Literaturhotel Franzosenhohl in Iserlohn, wohin ich mich zur Schreibklausur zurückgezogen hatte.

Jedwede Fehler, die sich trotz meiner intensiven Recherche eingeschlichen haben sollten, gehen selbstverständlich allein auf mein Konto! Im Zweifelsfall schiebe ich sie kess auf meine künstlerische Freiheit.

Deutsche Erstveröffentlichung

J. T. Ellison

Todessymphonie

Ein totes Mädchen. Drapiert wie auf einem alten Gemälde. Dazu spielt klassische Musik. Schnell ist klar, dies ist das Werk des Dirigenten. Eines Psychopathen, der sich junge Frauen greift und sie in einem gläsernen Sarg verhungern lässt, bevor er sich an ihnen vergeht.

Band-Nr. 25623

8,99 € (D)

ISBN: 978-3-86278-470-7

eBook: 978-3-86278-537-7

368 Seiten

Deutsche Erstveröffentlichung

J. T. Ellison

Judasmord

Erschlagen liegt die schwangere Corinne in ihrem eigenen Haus. Neben ihr harrt ihre kleine Tochter aus. Wer tut so etwas nur, fragt sich Taylor Jackson, als sie den Tatort betritt. Hinter der adretten Fassade der Familie scheint ein ungeahnter Abgrund zu lauern.

Band-Nr. 25579

8,99 € (D)

ISBN: 978-3-86278-300-7

eBook: 978-3-86278-384-7

336 Seiten